ブリュヌチエール

アントワーヌ・コンパニョン

ブリュヌチエール

――ある反ドレフュス派知識人の肖像

今井勉 訳

水声社

本書は
《言語の政治》叢書の一冊として
刊行された。

目次

序論

一九世紀末の最も卓越したフランスの批評家であり、サント＝ブーヴとテーヌの後継者であったフェルディナン・ブリュヌチエールの名前は今ではもはや誰の関心も引かないか、仮に何かまだ人の気を引くことがあるとしてもそれはまったく良い印象のものではないだろう。ブリュヌチエールは古びて使えない。ダーウィンの進化論に倣った文学ジャンルの進化についての彼の理論はその文学的な評判を恒久的に曇らせた。しかも『ルヴュ・デ・ドゥー・モンド〔両世界評論〕』誌の編集長であったこの学士院会員《アカデミシアン》は保守主義者にして反ドレフュス主義者、つまりは教権主義者であった。ドレフュス事件と政教分離の間にある二〇世紀初頭において、急進主義の知識人たちはブリュヌチエールのような同業者たちにイデオロギー的に勝利した。ブリュヌチエールがなしたことを再調査するのを有益と判断した人はまだ誰もいない。ブリュヌチエールを救済することは問題外となっている。しかし、フランス文学史の創設者たるギュスターヴ・ランソンについて調査する折に出くわして以来、この人物はずっと私の心に引っかかっていた(1)。ランソンはその経歴の初期においてブリュヌチエールの庇護を受けたが、その後風向きが変わるとすぐに卑怯にも恩人を見限った。この点についてはペギーがのちに次のように非難しているとおりである。

ブリュヌチエール氏が力を持っていた間ずっとランソン氏は、知恵遅れの民衆に向かってみずからブリュヌチエール氏に抱いていた尊敬と崇拝と感謝の念を隠さなかった。しかしブリュヌチエール氏という星が知と政治の天空を下降し始めるやいなや、そしてこの偉大な批評家にして偉大な歴史家でもある人物があのような暗闇のなかに、その晩年とその死に、光輪に包まれた栄光とも、黙想生活ともいえるものをもたらした、あの苦悩と崇高の偉大なるストア派的孤独のなかに入ったとき、このようなブリュヌチエール氏は必ずしも共和主義を擁護する批評家でも作家でもないことに自分は今になってようやく気がついたとランソン氏は民衆に隠すことがなかった。[2]

当時「知識人党」に敵対していたペギーが怨恨と憐憫の両面で表現を強めているところがあるとしても実際、私にはランソンよりもブリュヌチエールのほうがはるかに興味深い存在と思われた。より独創的にして複雑、悲劇的な存在であり、またより気がかりな存在、怪しい存在に思われたのである。私が当時抱いた感情はその後、全面的に確認されることになるだろう。ブリュヌチエールは運命の奇妙な一撃あるいは歴史の策略によって追放されたが、文学についてのブリュヌチエールの明確な判断の数々は規範となって伝達された結果、一八九五年のランソンの『フランス文学史』から私たちの青春を築いた「ラガルドとミシャール」〔フランス文学とフランス史の高校生向け教科書・参考書の定番として長く親しまれた〕に至るまで、私たちは相変わらずそれらに依存したままなのである。

ところでブリュヌチエールはその後も私の研究の途上に繰り返し姿を現しつづけた。ゾラの専門家でニューヨークのコロンビア大学の同僚でもあるアンリ・ミットランのための記念論文集に寄稿することになった私は、ブリュヌチエールが一八九七年にコロンビア大学で、不倶戴天の敵であったゾラについて講演を行ったことを発見した。その組み合せは奇異なものに見えた。しかしともかく、彼がその日何を語ったか、どうすればわかるだろうか。私はその講演があった翌日付の『ニューヨーク・タイムズ』紙を調べ、すぐにブリュヌチエールのアメリカ旅行について想像していた以上に多くのことを知ることになった。彼の講演旅行は一八八〇年代の大女優サラ・ベルナールのアメリカ公演旅行に匹敵する大成功を収めたのである。(3) それからマルク・フュマロリとクロード・ピショワの誘いにより、一八九四年の創立から百周年を迎えた『ルヴュ・ディストワール・リテレール・ド・ラ・フランス〔フランス文学史評論〕』誌のために話をすることになった際、ひとつの謎が私を悩ませた。なぜ当時、最も著名な文学の歴史家であったブリュヌチエールが同誌の創立メンバーのなかに入っていないのか。排除されたことがその理由だったのだろうか。(4) この二つの調査で私は、世紀転換期のフランスの大学とアメリカの大学について多くのことを学んだ。しかし、ボードレールに対して「家具付き邸宅の悪魔」だの「食卓の魔王ベルゼビュート」だのと散々な扱いをした人物に、個別研究《モノグラフィー》を捧げるほどの決意にはまだ至らなかった。(5)

それでもとにかくやってみようと私に決断させたのはドレフュス事件へのブリュヌチエールの関与の仕方であり、そのいかにも偏った立場だった。自然主義と実証主義に対する変わることのない敵意、一八九四年の『ルヴュ・ディストワール・リテレール・ド・ラ・フランス』誌との間にあった距離、事件勃発直前の一八九七年におけるアメリカン・デモクラシーへの熱狂、これらは今後の考察の方向を予告する問題点となりえた。ゼヴ・ステルネルの招きによりエルサレムでのドレフュス事件百周年記念シンポジウムで話をすることになった私は、フランス国立図書館のブリュヌチエール文庫の調査に着手した。そこには批評家ブリュヌチエールが受け取った数多くの私信が含まれており、(6) これらの手紙はドレフュス再審への反対、〈人権同盟〉に対抗して結成された国粋主義的・伝統主義的な〈フランス祖国同盟〉への加入、そして――ブリュヌチエールはじつに人を挑発するタイプの人間であった――最も厄介な時期におけるカトリックへの彼の転向の内実を解明してくれるものだった。それ以後折々に進められた私の研究は、忘却のなかに眠っていたこの文学ジャーナリスト個人のレベルをはるかに越える困難な問題を提起した。それは一八九八年頃の反ドレフュス主義、反ユダヤ主義、教権主義の間のさまざまな関係の性質に関わる根本的で微妙な、満足なかたちではこれまで一度も解決されたことのない問題であり、ドレフュス事件の先と後におけるユダヤ教とカトリック教の共和国との親和性あるいは一七九一年のユダヤ人解放以降の近代フランスとの親和性に関わる問題に他ならなかった。ペギーは『我らの青春』のなかでそのことに触れ、ドレフュス事件は少なくとも「それ自体突出した三つの歴史」すなわち「イスラエル史」、「フランス史」、「キリスト教史」におけるひとつの「突出した危機」であったと述べている。「世界史におけるおそらく唯一の突き合わせの機会」であったその危機にあって、これら三つの歴史は頂点に達した。そうであったからこそ「絶えず、いやがおうもなく、何をどうしようとも」、それは「やはり幽霊のように、しばらく音沙汰のなかった人のようにまたぞろ表に出てくるのだ」、今日でもなお。[7]

ところで反ドレフュス主義と反ユダヤ主義、あるいは反ユダヤ主義と人種差別主義、あるいはまたカトリシズムと反ドレフュス主義、したがってカトリシズムと反ユダヤ主義、これらはドレフュス事件の間、それぞれ一般に同一視されていた。ほとんどのカトリック教徒は実際、反ドレフュス主義者であったし、ほとんどの反ドレフュス主義者はその反ユダヤ主義によって反ドレフュス主義であった。また反ドレフュス主義と反共和主義も混同されていた。というのもコンブ政権下で教権派に与した反ドレフュス主義者たちのなかには〈ろくでなしの共和国〉〔一九世紀末、共和政反対者が共和国につけた綽名〕を恨みに思う者が数多くいたからである。しかしこれらの組み合せは、歴史的には不十分なおおよその見当に過ぎない。それらの混同を解決しようとする試みにおいてブリュヌチエールは見事な典型例を提供してくれる。第三共和政の成立期以来みずから標榜していたとおり、彼は自由の擁護者として同時代の人種差別主義への反対を絶えず表明し、猛烈な反ユダヤ主義者であったことなどは一度もなかった。しかし彼はまた、それ以上に反ユダヤ主義者とりわけカトリックの反ユダヤ主義者たちの断固たる敵というわけでもなかった。とりわけ五月一六日〔一八七七年五月一六日事件。王党派の大統領マク＝マオンが首相シモンを解任し、議会に対する圧力を強めた事件〕以降、国家に対して個人の尊重と人権の保護を要求していた多くの自由主義者たちと同様に、彼はドレフュス事件の間、自身の原理原則と調和して行動する契機を逃してしまったのである。

以上がブリュヌチエールについて本を書く正当な、また必然的な理由であった。彼のおかげで私はドレフュス事件についての新たなパースペクティヴを垣間見ることができた。それは特に、自由主義者たちの態度という未解決の問題について、親ユダヤと反ユダヤの間、そして共和国と民主主義の間における彼らのためらいについて展望をもたらしてくれたのである。これらの調査は他のさまざまな研究に続いて「ミクロの歴史」(8)と呼びたいものに属している。これらの調査は小さな事実、細部、逸話あるいは偶然の巡りあわせから出発して、それらの痕跡を追い、それらを時間と空間のなかで他のより大きな歴史の流れと共鳴させせようと試みるものである。ブリュヌチエールのアメリカ旅行——彼はフランスからやってきた最初期の客員教授のひとりであった——は、歴史に参入する思いがけない機会を彼に提供することになった。それは米国におけるフランス大学人の漫遊という壮大な運命を約束された歴史の始まりであり、とりわけその後の歳月における彼の偏った立場に影響を与える政治哲学を明かすものとなる。その反ドレフュス主義について言えば、ブリュヌチエール自身、ユダヤ人は嫌いだと認めたあとであっても、一八八六年のエドゥアール・ドリュモン著『ユダヤのフランス』の最も卓越した批判者のひとりであっただけになおさらのこと無関係な問題ではない。一八九八年、プロテスタントとフリーメーソンと並んでユダヤ人が第三共和政下において影響力を持ち過ぎるようになったことを嘆きつつも、ブリュヌチエールは改めて人種差別的な反ユダヤ主義を断罪した。続いて一八九九年初頭、彼は〈フランス祖国同盟〉の創設に参加したが、一カ月後、組織が彼の趣味からするとあまりにも反共和主義的で反ユダヤ主義的であることが明らかになったとき、その指導部を離れたのであった。このように反復される両義的な態度を分析してみると、この時代の教権主義と反ユダヤ主義の錯綜がよくわかるし、この世紀転換期において、自分はカトリックであり同時に共和派であると言うことの困難さ、あるいは不可能性も具体的に理解することができるのである。

ブリュヌチエールは一風変わった人物であり、その生涯はまったく普通ではなかった。彼は再審反対派の代表的な人物でもあった。再審反対派の人びとは明らかに、反ユダヤ主義からそうなったのではなく、正義よりも国民を重視し、ユダヤ問題よりも軍事問題を優先し、そして間違いを犯した人びとだった。その後の歴史は彼らを除け者にした。なぜならその選択は、距離を置いてみると、賛成か、反対か、どちらか一方という単純な様相を呈したからである。ペギーは「それは戦闘の法則そのものだ[9]」と強調した。ドレフュス事件史もまたきわめてしばしば同様なありさまで、中道穏健派の存在というものを無視している。結局、ニュアンス、否認〔精神医学の用語で、抑圧されていた欲望などを表明しながら一方でそれを否定すること〕、心内留保〔決疑論の用語で、同じ言葉を相手の解する意味と異なる意味で用いること〕といったものはもはや感知されることがない。レーモン・アロンはハンナ・アーレントの大著『全体主義の起源』（一九五一）のなかのドレフュス事件をめぐる部分についてその点を残念だと評している。そこでは「一方で行き過ぎた合理化、他方で素朴な人間への行き過ぎた軽蔑が歪んだ人間の表象に行き着いて」おり、著者は「人びとの心を引き裂いた良心の悲劇を見せないように工夫を凝らしているかに見え」、そのような「芳しくない印象」をもたしているというのである[10]。したがって別の水準においては、ブリュヌチエールの思想の矛盾と逸脱はより一般的にドレフュス事件における大方の精神のうちにある混乱を代表的に示すものとして理解することができる。「勝利者になったことを歌い上げるのはやめよう。なぜなら戦いは混迷を極めていたのだから。」のちにダニエル・アレヴィはそう見積もるだろう[11]。一方の人びとはドレフュス主義者であり、他方の人びとは反ドレフュス主義者であったということを人は記憶にとどめた。人は進んで——先に示したとおり——カトリックと反ユダヤ主義を同一視し、反ドレフュス主義と反共和主義を同一視した。細部を遠ざけたいと願う場合、高みから見ればそれでまったく十分であるが、ブリュヌチエールの場合のような歴史ははるかに不明瞭で、還元することがはるかに難しい関与のあり方というものを明らかにしている。ペギーが言ったように「反ドレフュスの反ドレフュス主義者」と「親ドレフュスの反ドレフュス主義者」がいた。ペギーは同時に「ドレフュス主義の神秘」と「反キリスト教の政治」を区別しようとした(12)。二つの陣営――味方と敵――の間には、双方をつなぐ架け橋が数多く存在していたのであり、行動が極端に走ることのない限り、両者の対話は絶えず続いていたのである。

そしてついに、この研究の途上で私は、ブリュヌチエールの素晴らしい文通相手であり、彼をからかい、彼を立ち直らせる術を心得ており、そして彼を愛したひとりの例外的な女性、才気に満ちた女性に行き当たったのである。調査はそのときこれまで顧みられることのなかった対象のほうへと旋回した。それはより広範な仕事に値する研究対象、すなわちドレフュス事件における女性たちの役割および、より一般的に言って二つの戦争の間、一八七〇年と一九一四年の間における女性たちの果たした役割というテーマであった。ブリュヌチエールがこの書物の中心に位置するが、フロール・サンジェ――これ以上その名前を秘密にしておくこともなかろう――はこの書物のプリマ・ドンナである。世紀を覆った彼女の人生はその始まりから終わりまで小説的かつ歴史的である。重要な事件に絶えず交わってきた彼女の生涯はほぼ百年にわたる。フロール・サンジェとブリュヌチエールの友情は私を、一九世紀におけるユダヤ人の棄教とカトリックへの改宗――これは当時の私には世紀末の反ユダヤ主義の、あまり指摘されることはないが本質的な予兆になっているものと思われた――に関する思いもよらない調査へと導いた。もちろん、ある人が反ユダヤ主義でないのは、ユダヤ人の女友達がいるからではない。「私の最良の友人の何人かはユダヤ人である」とはみずからの無垢を主張する反ユダヤ主義者のよくある言い分である。したがってフロール・サンジェの忠実な態度を論拠にして、ましてやエコール・ノルマル〔高等師範学校〕教員時代の彼の生徒であり――やがて見るように――彼の意外な擁護者のひとりとなるアンドレ・シュアレスが彼に対して抱いていた愛着を根拠にして、ブリュヌチエールの無実を証明しようなどというのではない。しかしフロール・サンジェがいなかったならば、この書物は存在する理由がなかっただろうと言っても過言ではないのである。

パリ大学がブリュヌチエールに対して行使した追放は彼の晩年を憂鬱なものにした。一九〇四年、コレージュ・ド・フランスへの立候補は失敗し、エコール・ノルマルからは追われ、ソルボンヌへの道は遮られた。そのすぐあと、フランス・カトリック教会の政教分離法への帰順に対する彼の弁護は教皇ピウス一〇世によって非難された。これらはすべて、大の愛煙家でもあったこの大雄弁家が、喉頭癌――当時は結核性喉頭炎と言われていた――によって沈黙の刑に処されていた間の出来事であった。生涯の終わりにブリュヌチエールがこうして自分の仕事を奪われていった状況は、フランス高等教育のベルエポック、一八七〇年と一九一四年の間になされたその再構築期に暗い影を投げかけている。たしかにごく少数ではあったが、意外にもフランス革命の急進主義的な歴史家アルフォンス・オラールを含む幾人かは、当時猖獗《しょうけつ》を極めた宗教戦争にもかかわらず、そうした状況を即座に察する高い見識を示したのであった。

このミクロの歴史の検討が微細なもので終わらなかったとすれば、それはこの研究がかなり長期にわたる期間を相手にしているためであり、個々人の選択に一般的な意味を与える政治的、文化的、制度的な文脈にも目配りをしているためである。しかじかの層、階級や職業に関わる全体的パノラマよりも繊細なこうした検討の手続きは、しかしながら、実証主義的伝記という古くからの魔物を野放しにする危険がある。が、それは問題になることはない。ブリュヌチエールとフロール・サンジェという具体的な人物を超えて本書が狙いを定めているのは、ドレフュス事件前後におけるカトリック教とユダヤ教の関係であり、共和国とそれらふたつが取り結ぶ関係のあり方なのである。フロール・サンジェとブリュヌチエールは範列的な人物として重要なのである。彼女のほうはフランスのユダヤ人と一九世紀の彼らの歴史の範列として、彼のほうは自由主義者あるいは民主主義者がカトリック教、ユダヤ教そして国家と取り結んだ不確かな関係の範列としてそれぞれ重要な存在なのである。このふたりに関心を持つことは、一九世紀から二〇世紀へと転換する運命的な一〇年間に探索の測鉛をおろしてみることであり、その一〇年間は、二一世紀を迎える今、現代フランスの起源を理解するために、そこに立ち戻ることが常に不可欠でありつづける一〇年間なのである。

Ｂａｃプラスゼロ

備忘のため、フェルディナン・ブリュヌチエール（一八四九―一九〇六）がどのような人物だったのか、ざっと確認しておこう。ヴァンデ出身の両親のもとトゥーロンで生まれ、ロリアンとマルセイユで育った。驚きの第一点目であるが、この批評家はバカロレア〔大学入学資格〕よりも上の大学のいかなる学位も保持していなかった[13]。ルイ＝ル＝グラン高校の生徒だった彼は一八七〇年の戦争前に高等師範学校の入学試験に失敗している。近視のため兵役免除となったあと一兵卒として入隊を志願したが、その後再び志願することはなかった。一八七〇年代初頭、サント＝ジュヌヴィエーヴの丘にあったバカロレア受験塾ルラルジュ校で講師を務めた。同僚にポール・ブールジェ（一八五二―一九三五）がいて、ブリュヌチエールの死に際し追悼文を書いている。以下の細部はそれに拠る[14]。一八七七年二月に視学官が記したように、「彼の告白によれば、ラテン詩とギリシャ語作文がすこぶる苦手で学士の称号を得ることができなかった」が、それでも大学区長の委託により、専任として採用される見込みのないまま一八七六年から一八七八年にルイ＝ル＝グラン高校の理系のふたつのクラスで文学の教育を任されている。というのも、「このような報いるところの少ないクラスに、もっとよいクラスの担当を主張できる権利を持った学士号保持者や教授資格保持者の教員を配置するのは困難だった[15]」からである。デビューした頃はあくせく働く毎日だったが、ブールジェはブリュヌチエールの実務能力の高さとその威厳に感銘を受け、一八三一年から『ルヴュ・デ・ドゥー・モンド』誌の編集長を務めていたフランソワ・ビュローズ（一八〇三―一八七七）に彼を紹介し、ビュローズはブリュヌチエールを採用することになった[16]。一八七五年四月一日、自然主義に敵対する初期の論文「写実主義小説」を発表したのは同誌上である。以後、ブリュヌチエールの経歴のすべてはこの雑誌と一体化することになるだろう。一八七七年には編集事務局員のひとりとなって「ビュローズ・フィス」と呼ばれたシャルル・ビュローズ（一八四三―一九〇五）の指揮下で働き、その後一八九三年から死ぬまで編集長を務め、一八七五年から一九〇六年まで、じつに彼の全作品の三分の二に当たるおよそ三〇〇本の論文をそこに発表した。それらは以下の書物に収録されている。『フランス文学の歴史に関する批評的研究』（アシェット社、一八八〇―一九〇三、七巻、さらに二巻が死後の一九〇七年と一九二五年に出ている）、『歴史と文学』（カルマン・レヴィ社、一八八四―一八八六、三巻）、『批評の問題および新問題』（カルマン・レヴィ社、一八八九―一八九〇）、『現代文学についての試論および新試論』（カルマン・レヴィ社、一八九二―一八九五）、『フランス演劇の諸時代一六三六―一八五〇』（カルマン・レヴィ社、一八九二）、『オノレ・ド・バルザック』（カルマン・レヴィ社、一九〇六）等。彼だけに固有の誤りではなかったが、ブリュヌチエールはフローベールからゾラに至るまでほとんどの現代作家について間違った判断を下した。ゾラについては、『自然主義小説』のなかで過剰なまでに厳しい態度を示した。この『自然主義小説』（カルマン・レヴィ社、一八八三。新版、一八九二）は伝統派の中心人物としてのブリュヌチエールの評判を決定的なものにした。しかし彼の判断の偏狭さをもっともよく示し、その救いようのないドグマ主義を暴露しているのが、一八八七年にボードレールの『〔内面の〕日記』が出版された際に彼がボードレールに下した道徳的な非難であり、これはアナトール・フランスの激しい反論を呼んだ[17]。ブリュヌチエールはフランス文学全般について語ったが、彼の好みが向かったのは一七世紀、とりわけボシュエであった。彼はもっとあとまでとっておきたかったとでもいうように、みずからの死に際してもまだボシュエに書物を捧げていなかった[18]。

　ただのバシュリエ〔バカロレア資格保持者〕に過ぎなかったがユルム街〔高等師範学校〕で教えた――もっともそれは大学の再編成以前のことであったが――サント＝ブーヴと同様、ブリュヌチエールは一八八六年、新高等教育局長（在職一八八四―一九〇二）にして高等教育改革の顔だったルイ・リアール（一八四六―一九一七）から高等師範学校の准教授に任命された。疑いのない共和主義者だったこのノルマリアンの目に、ブリュヌチエールはいずれにせよ当面は時流に合致した存在として映ったのである。ルイ・ベルトラン（一八六六―一九四一）はこう語っている。「彼が現れたとき高等師範学校では、それは一種の大革命のようなものでした。」まずそれは、彼の「大聖堂の身廊全体を満たすことのできる説教者の声」に因っていた。「静穏な寮の部屋で、彼のばかでかい声を耳にしなかったノルマリアンはひとりもいませんでした。[19]」そしてもうひとりの文学の准教授、一八六七年から高等師範学校で教えていたフェルディナン・ド・ラ・クーロンシュが後衛に属していたということも理由のひとつであった。ロマン・ロラン（一八六六―一九四四）の報告によれば、「均整をとって二つの名詞を用い、それぞれに一個か二個の形容詞をつける、もったいぶった文」を馬鹿にする際、高等師範学校の隠語で「クーロンシュする」と言ったものだという。[20]一八八七年一二月、ロマン・ロランはブリュヌチエールが生徒たちに及ぼす影響をこう記している。「この間違った体系の偉大な構築者は私たち全員の人気者になった。この人は藁を詰めた案山子などではない、少なくともこの人は！　彼は生きていたのだ。」しかしノルマリアンたちは、自分たちの師の偏ったものの見方にも敏感であった。「彼はルメートルの趣味の繊細さやブールジェの知的なディレッタンティズムもまったく持ち合わせていなかった。[21]」ブリュヌチエールがフランス文学の歴史にダーウィン理論を体系的に応用しながら文学ジャンルの進化についての学説を展開したのはそこでのこと、ノルマリアンたちを前にしてのことであった。唯一『ルネサンスから今日までの批評の進化』（アシェット社、一八九〇）が出版されたが、彼の理論の破綻を示すためにはそれ一冊で十分であった。ラ・クーロンシュはパリで話題になったある事件のあと一八九三年六月、一年次の生徒たちが彼の講義に出席するのをボイコットしたことで教育をやめざるをえなくなった。[22]それに対して、諸作家に関するブリュヌチエールの断固たる判断はノルマリアンたちを魅了し続けた。「髪の毛の刈り揃わない、もみあげの先端を鋏で切り取ったこの猪子は、世界を征服しつくすために、花柄のベストをこれ見よがしに身につけ、馬術を習っていた。[23]」彼はパリの人気スターになった。およそ半世紀後、ルイ・ベルトランはこう回想するだろう。「ブリュヌチエールの雄弁に完全に熱狂した私は、ノルマリアンのある世代全体がそうだったように、彼の影響を深く受けました。[24]」

若い頃は不可知論者だったブリュヌチエールだが、少しずつカトリック教会に近づき、レオ一三世の民主的な社会政治的回勅――一八九一年の「レールム・ノヴァールム〔「新しき事柄について」の意。「資本と労働の権利と義務」という表題がついており、カトリック教会に社会問題について取り組むことを指示した初の回勅として有名〕」と、一八九二年にフランスのカトリック教徒に向けた「心遣いのただなかで」――のあとで意を決することになる。友人だったウジェーヌ＝メルシオール・ド・ヴォギュエ（一八四八―一九一〇）――ロシア小説についての重要な書物の著者であり、[25]理想主義的で社会的な新キリスト教を代表する人物――の紹介により、一八九四年一一月、ブリュヌチエールは教皇に拝謁し、一八九五年一月一日の『ルヴュ・デ・ドゥー・モンド』誌に「ヴァチカン訪問のあとで」を発表した。この論文は激しい反論を呼び起こした。レオン・ブロワはこう記している。「『ルヴュ・デ・ドゥー・モンド』誌で批評の仕事をしていた得体のしれない半可通に強烈な平手打ちの嵐が突如吹き荒れた。[26]」新アカデミシアンたるブリュヌチエールはそこで、科学という現代の宗教を批判した。彼が批判する科学とは、エルネスト・ルナン（一八二三―一八九二）が青年期に執筆し、亡くなる少し前に出版した著作、その知的生涯の全体を導き、その巨大な影響力を正当化した『科学の未来』[27]において特に主張していたのと同じ科学であった。ラフカディオに会いそこねたジュリウス・ド・バラリウール〔いずれもジッドの小説『法王庁の抜け穴』の登場人物〕さながら、[28]ブリュヌチエールは社会道徳を提供しえない科学の破産を宣言し、あまり精神的とは言えない功利主義の名のもとで、そしてまた宗教的な信仰心の問題とは無関係に、唯一カトリック教会のみが現代社会を崩壊から救うことができると主張したのである。

民主主義は道徳に無関心でいてよいなどとは考えない人びとすべてにとって［……］もはや重要なことは、

キリスト教の諸々の形式のなかから道徳の再生に向けてもっともよく利用できる形式を選び取ることのみである。それはカトリシズムであると私は躊躇なく言おう。(29)

共和主義者のマルスラン・ベルトロ（一八二七―一九〇七）は一八九五年二月一日の『ルヴュ・ド・パリ』誌で、化学者として、コレージュ・ド・フランス教授として、元公教育大臣としての権威をすべてまとってブリュヌチエールに反駁し、四月四日にはサン＝マンデで「科学の名誉のために」八〇〇人の参会者を擁した非宗教《ライック》の大饗宴が催された。そこでは数多くの雄弁家が発言したが、そのなかにはゾラもいた。そしてブリュヌチエールは罵倒された。

一八九七年春のアメリカ講演旅行から戻るとドレフュス事件は最高潮に達していた。彼は再審に強く反対し、〈フランス祖国同盟〉の創立者のひとりとなった。それは急進派の大学人や社会主義者や反教権主義者が多くを占めた〈人権同盟〉に対抗するために、多くのアカデミシアンを結集した組織であった。一九〇〇年の終わりになってようやくブリュヌチエールは自分のカトリック信仰とヴァチカンへの帰依を公的に宣言した。そうこうする間、一九〇四年の高等師範学校の改革の折、ブリュヌチエールはソルボンヌに配置換えされることがなかった唯一の准教授となった。彼はますます宗教、権威、そして尊敬――彼がボシュエにおいて称賛していた三つの価値――の熱烈な支持者となり、『闘争の演説』（ペラン社、一九〇〇、一九〇三、一九〇七）、時代のイドラを引きずり倒した攻撃文書《パンフレ》である『エルネスト・ルナンについての五つの手紙』（ペラン社、一九〇四）、オーギュスト・コントの実証主義に基づいた護教論『信仰への途上で』（ペラン社、一九〇五）を出版した。彼の死後には、『現在の諸問題』（ペラン社、一九〇七）と『闘争の手紙』（ペラン社、一九一二）が刊行された。

体系的精神の持ち主であり、疲れを知らない読書家であり、卓越した力強い雄弁家であった彼はまた、『フランス文学史の教科書』（ドラグラーヴ社、一八九八）と『フランス古典文学の歴史　一五一五―一八三〇』（ドラグラーヴ社、一九〇四―一九一九、四巻）を出版した。後者の大部分は死後出版である。両者ともランソン（一八五七―一九三四）の有名な教科書、『フランス文学史』（アシェット社、一八九五）よりもあとに出版されている――ランソンは著作執筆に当たりブリュヌチエールが渡してくれた手書きのメモに感謝の意を表している――にもかかわらず、また右翼の人間による著書であるにもかかわらず、急進主義的なフランスの文学の規範《カノン》を幅広く決定した著作であったように思われる。(30) さらに、教授たちの共和国〔エリオの第三共和政をめぐるチボーデの一九二七年の有名なエッセー『教授たちの共和国』を参照している〕の臣下であり、かつて一冊の教科書を著したこともあるエドゥアール・エリオ（一八七二―一九五七）〔急進社会党の領袖として三度（一九二四、一九二六、一九三二）内閣を組織した〕は、ユルム街時代の彼の教え子のひとりであり、彼に尊敬の念を抱いていた。ずっとのちのことであるがエリオは、ブリュヌチエールに負っているもののすべてに、目立ちすぎるベストを身につけたこの「一種のダンディ」、その「攻撃的なドグマ主義」にもかかわらず「卓越した雄弁家にしてたぐいまれな教授」であったこの人物に感謝の念を捧げている。(31) 一八九八年にはエコール・ノルマルに近づくことを禁止するとブリュヌチエールに宣告していたペギー(32)（一八七三―一九一四）について言えば、自分のかつての師であった敵ブリュヌチエール、社会主義者の新聞雑誌がこぞって酷評した『フランス文学史の教科書』の著者ブリュヌチエールを、一九〇一年以降は自由の名のもとに擁護する側に回るだろう。(33)

失墜はいっそう厳しく

一八九四年頃、ブリュヌチエールは権勢と栄光の頂点に達した。一九世紀末にひとりの知識人がそのなかを動き回っていたパリという環境の狭さを測るためには、その時期についてもう少し詳しく検討してみる必要があるだろう。糸を一本引っ張ってみると生地の全体が動き出す。この小さな世界ではお互いがお互いのことをよく知っていて、何か噂が立つと、それは瞬く間に流布し、耳をそばだてて待ち構えている新聞によって噂はさらに増幅された。たったひとつの固有名詞から私たちは突如、パリの名士たちの迷宮奥深くへと入り込むことになるのである。『著名人録』、『紳士録』あるいは『貴族年鑑』がなければ、芸術や文学の端役を演じる人びとのなかに迷い込んで、誰が誰だかわからなくなる。結果は眩暈を起こす危険があるほどだ。当時の人びとは今日に比べると、より悲劇的にあるいは少なくともよりメロドラマ的な仕方で暮らしていたように思われる――が、それはおそらくまったく私的な事件も上流社会の鏡のなかにあってはすぐさま反射して映し出されてしまうところから来る幻影だったのかもしれない――。突然の別れや死といった不幸な出来事は数え切れなかったのである。

四度の失敗のあと、ブリュヌチエールは一八九三年六月七日、『ジュルナル・デ・デバ』紙の元編集長ジョン・ルモワンヌ（一八一五―一八九二）の席を襲ってアカデミー・フランセーズ会員に選出された。優雅に公務を引退していた詩人ウジェーヌ・マニュエル[34]よりも一票多い票を獲得したブリュヌチエールは、ゾラに対して二二票対四票という大差で楽々と勝利した。入会式は一八九四年二月一五日に行われた。「アカデミー・フランセーズ会員の徴である緑の礼服をまとい、髭をそり残した顔に衒学的な話しぶり、鼻眼鏡を斜めにした彼は物知りぶった様子をしていた。[35]」ドーソンヴィル伯爵（一八四三―一九二四）が答辞を述べた。ブリュヌチエールは自分の前任者に賛辞を送りながら、当代の報道記者たちについて、ルモワンヌと違って「その厚かましい熱意は、思想に対する彼らの完全な無関心に勝るとも劣らぬものだ[36]」と言い切った。ブリュヌチエールは新聞を徹底的にこきおろしたため、ジャーナリストや学生たちは彼のソルボンヌ公開講義の場に押しかけ、地元警察の署長や警視総監まで駆けつけるほどの騒ぎとなった。[37]そして彼は『ルヴュ・デ・ドゥー・モンド』誌の指揮をとることになったのだが、もっと名誉ある仕方でそうなればよかったのだが……という訳ありのものだった。というのも彼の編集長就任は、一八九三年七月、ある性犯罪に巻き込まれてどうやら恐喝の犠牲者になったらしいシャルル・ビュローズが辞職に追い込まれざるを得なかったことを受けてのことだったからである。[38]パナマ事件の直後、この件はかなりのスキャンダルだった！　リュニヴェルシテ通りの同誌事務所に原稿を取りにやってきたレオン・ドーデは、壁の向こうで交わされている激しい口論を耳にした。ブリュヌチエールの叫び声とビュローズの涙声、つまりは「悲喜劇の一場面」[39]なのであった。閨《ねや》の秘め事に常に聞き耳を立てているエドモン・ド・ゴンクールは、一八八九年からすでにビュローズ・フィスの行状の数々を知っていた。それらは四年後には周知の事実となっていたらしい。

売春宿の女主人はレオン・ドーデにこう語った。シャルル・ビュローズは定期的にやってきては、四、五人の半裸の女を周囲に侍らせ、女たちは彼の周囲をくるくる回りながらスカートを猥褻にちょっとだけ持ち上げる。そして、この光景を前に、『ルヴュ・デ・ドゥー・モンド』誌の謹厳実直な編集長は、自分本位に、マスターベーションに耽るのだった。[40]

『ルヴュ・デ・ドゥー・モンド』誌がアカデミー・フランセーズ会員に選ばれてまもないブリュヌチエールを祝って開いた夕食会の席上、そしてシャルル・ビュローズの排斥を引き起こすことになる放蕩露見の数日前、ビュローズはこう叫んだという。「今やアカデミー会員になられたあなたは、あの助平なゾラをそこに入れるのは阻止なさるのでしょうね？」[41]

ブリュヌチエールのソルボンヌ公開講義は、一八九三年春が一九世紀フランス抒情詩の進展について、そして一八九四年がボシュエについて――この講義はやじられた。「ブリュヌチエールを倒せ！　我らに必要なのはゾラ、ゾラだ！　新聞万歳！」学生たちは拍子をとりながらそう叫んだ[42]――であり、『ル・プチ・ジュルナル』紙によれば四〇〇〇人以上という大群衆が押し寄せたため大講堂を開けなければならなかったという。すっかり魅了されてしまうことは拒否し、講師に夢中になる社交界の女性聴衆を馬鹿にしていたひとりの神父は、いたずらっぽくこう記した。「歴史に多く見られるこうした対照のひとつとして、一八九四年はほぼアナーキストたちの年とブリュヌチエール氏の年と呼ばれることだろう。[43]」彼は公人になった。その言葉の生まれる以前の「知識人」になった。ほんのわずかな宣言でも新聞に発表されたうえ、彼はまたそうした宣言を惜しみなく振りまいた。同じ神父はこう報告している。「この半年というものブリュヌチエール氏の話でもちきりである。街のおまわりさんに至るまで彼の名前を覚えぬ者はいない。[44]」ルネ・ドゥーミックはその著『今日の作家たち』のなかでブリュヌチエールに絶賛調の一章を割いている。[45]ブリュヌチエールはかなりの影響力を持っていたが同時に、一定のいらだちを掻き立てる人、あるいは強い敵意を掻き立てる人でもあった。「彼は今日、フランスで最も敵の多い作家である[46]」と、ドゥーミックも認めている。懐疑主義者、自由思想家、人文主義者《ユマニスト》であったアナトール・フランスはブリュヌチエールに対して断固とした態度をとる者たちのひとりであり、二年間にわたって断続的に続いた論争のあと、一八九一年に自身の宿敵について次のように描いている。

> 彼はフランスの文学を支配しようと熱望している。ちょうど、彼の師であるボシュエがフランス教会を支配したのと同じように。そして、彼自身、熱意をもって説教と教書——オデオン座での講演会や『ルヴュ・デ・ドゥー・モンド』誌の論文という意味であるが——を重ねることによって、また、教条主義的《ドグマ》な著作をいくつも発表することによって、一種の司祭職をみずからに任じた。彼は、気質的に、司教であり、神学者なのだ。[47]

やがて最初のドレフュス支持者となるベルナール・ラザール（一八六五—一九〇三）は、一八九四年に『ル・フィガロ』紙に発表した一連の風刺的肖像のうちのひとつをブリュヌチエールに捧げて、こう書いている。

ブリュヌチエール氏は近眼で強情な人間の典型である。彼は時に赤い布切れを目がけて襲いかかる牛の勇気を持つが、その近眼に陰険さはなく、その強情も狡猾ではない。ブリュヌチエール氏は正々堂々とした反動的批評家であるが、そういう氏のほうが見かけだけ一徹な他の批評家たちよりも私には好ましい。[48]少なくともラザールは新たなアカデミシアンを日和見主義者と指弾することはなかった。ラザールはブリュヌチエールに文学的な判断力を少しも認めてはいないが、彼には誠実さがあると認め、共感ではなくとも一定の敬意を抱いていた。たとえばルメートルに対してはもっと扱いが厳しいし、ゾラもさほどよい扱いを受けているとはいえない。

ブリュヌチエールを快く思わず、一八八八年には「ビュローズの臨時雇い」[49]扱いしていたエドモン・ド・ゴンクールはじつに奇妙な色事を報告している。この話は一八九四年一二月に詩人のジョゼ・マリア・ド・エレディア(一八四二―一九〇五)がゴンクールに語ったというもので、自然主義の大暗黒小説といった趣の話である。事はブリュヌチエールの人生にとって転機となった年、実際はそれより少し前のことらしいが、そんな重要な年に起きたことだという。

[ブロック][50]夫人は『ルヴュ・デ・ドゥー・モンド』誌向けの何本かの記事をブリュヌチエールのところに持参し、この編集局員をじつに巧妙に焚きつけた結果、愛情を注がれずにひ弱に育ったノルマリアンが皆そうであるように、[51]この白熱した批評家は『ルヴュ』でかなりの抵抗にあったにもかかわらずそれらの記事を活字に組ませた。この特別に親切な行為の報酬として彼はじつに心惹かれる愛のあかしを得たので、彼はこの魅惑的な女性に、自分の妻とは離婚し、『ルヴュ』も辞めて、彼女と一緒に外国で暮らすことを約束するほどであった。[ブロック]夫人は金持ちだったので、このスキャンダルを噂する人びとは、裏で汚い金の

やりとりがあったのではないかと想定している。

ちょうどその頃ブリュヌチエールは妻の新しい情人であったクラルティから――この男も褒められたものではないが――彼が受け取った恋文の束を受け取る[52]。そして彼は［ブロック］夫人に短信を送り、すべては破棄されたと伝える。それでもって妻は自殺する。だがここで、エレディアの物語はどぎつい話になるので統制が必要である。死んだ妻はベッドに横たわり、かつての愛人だったポワリエがベッドの足元にひざまずきながら彼女の手に接吻しようとしていたところへ夫が現れる。妻の過去の不倫を疑っていた夫は拳銃に弾がまだ残っているのに気づき、ポワリエの背中に二発の銃弾を撃ち込むのであった。

ここでは、物語の筋がまったく不明瞭になるほどに、素性のまったく不明なポワリエなる人物をめぐってエレディアの挿話劇〔関連のない挿話で組み立てられた劇〕が勝手な増殖を果たしている[53]。統制が必要なのは物語の結末だけではない。

［シャルコーの[54]］右腕だったこのポワリエなる人物はにやけた助平男で、師の家にせっせと通い詰めたのをいいことに師の次女を自分の物にした。父親は翌日家に戻ってきた次女の純潔を調べさせた[55]……。それにしてもこの処女が育った家庭内の羞恥心の少なさに鑑みれば、彼女がいくらか傷物でなかったというのはまったく驚くべきことだ。彼女の兄は――学術用語が思い浮かばないが――いつも勃起していたというのだが、その陰茎に冷たい水をぶっかけたのは彼女だったのである[56]。

あのはにかみ屋のブリュヌチエールがかくも破廉恥な三面記事的事件に関与していたなどとは、かくも背徳的な波乱万丈のメロドラマにどっぷり浸っていたなどとは想像しがたいことである。こうしたことの一切は結局のところ――ドリュモンのフランスについての見解をみずからも共有していたエドモン・ド・ゴンクールがそのことに無頓着ではありえなかったはずであるが――あるユダヤ人女性との関係をブリュヌチエールに帰したいがためのものであったろう！　ブリュヌチエールの夫婦生活はこのうえなく平穏なものだった。ベルギー出身で姉さん女房だったブリュヌチエール夫人は慎ましい女性であり、家事を取り仕切り――彼女の作る羊の腿肉料理は評判だった――、夫が旅行に出ているときはジャムを作り、夫の書物を読むことはなかった。[57] ブリュヌチエール夫人の姪で代子でもあったフェルナンドは、彼らと共に暮らしパリで成長した。したがって、一八九四年一一月二七日の『ルヴュ・デ・ドゥー・モンド』誌編集長の最初のヴァチカンでの拝謁のわずか数日後のこととされている終わりのない連続劇によるこうした噂の広まりは、じつに胡散臭いものである。ただロマン・ロランは、高等師範学校時代の彼の師が、その背後に「男たちの耳と女たちの心」を連れ歩いていたことを想起して次のような油断のならない括弧書きによる記述を付け加えている。「(ある女性は数年後、彼のために自殺することになった。〔インドの王侯の妃が着る〕ベガムを豪奢に身にまとって。[58])」ブリュヌチエール自身、時にはみずからも身に覚えがあるという印象を与えるような話題に踏み込むことがあった。たとえば一九〇四年、悲劇とメロドラマを区別するものを正確に画定しようとしたときがそうである。

> たとえば、「恋と戯れてはいけない〔ミュッセの戯曲のタイトル『戯れに恋はすまじ』〕」ということを思い起こしていただくのが良い。あるいはより一般的に言って、情念と戯れてはいけないということを。その結果が時折は喜劇的であり、また時折はどうでもよかったり、あるいは無害であったりということもあるが、それはまた時折は恥辱に満ちたものになったり、流血騒ぎになったりするということもあるのだ。[59]

また、彼のものである次の言葉もよく知られていた。「偉大な情念は、偉大な天才と同じく稀である。[60]」しかし、いずれ劣らず悲劇的な展開を見せるこの一連の不可解な物語が実際に起こったことであったとしても、そして、名誉ある『ルヴュ・デ・ドゥー・モンド』誌の評判を危うくするのがシャルル・ビュローズただひとりではなかったとしても、その出来事はいずれにせよブリュヌチエールの思想が「道徳の問題」の方へと大きく転換していくほんの少し前のことだった。人びとから「恐るべきフェルディナン」と呼ばれていた人物は「カトリック教徒フェルディナン」[61]になったのである。ブリュヌチエールはまず物質主義に反対する砦として、次に信仰の表明としてカトリック教会に転向した。世紀転換期の彼のカトリックへの積極的な関与はことごとく彼自身の孤立と失墜を加速した。ブリュヌチエールのカトリック宣言が『ルヴュ・デ・ドゥー・モンド』誌に予約購読者よりも多くの解約者をもたらしたのは本当のようである。というのも、一八九三年のスキャンダルのあと別居離婚を申請し、夫の後継者としてブリュヌチエールの名前を提案していたビュローズ夫人（シャルル・ビュローズの妻）は、一八九八年一一月には自分の持ち株収入が減少したことを嘆き、もっと短くて柔らかい内容の記事を出してはどうかとブリュヌチエールに示唆していたからである。[62]

名声を得てから一〇年後、ブリュヌチエールは「共和主義による最後の粛清のひとつ[63]」の犠牲者となった。さらに、彼が一九〇六年一二月九日に没した際にはヴァチカンとの関係までも悪化していた。一九〇三年にレオ一三世のあとを継いだピウス一〇世は、カトリックの知識人が宗教的な実践を軽視してミサに行かないことに対して前任者ほど寛容ではなかった。また第一次世界大戦前夜、ブリュヌチエールの批評方法に対してエルンスト・ローベルト・クルチウスが厳しい非難を表明して以来、[64]ブリュヌチエールに捧げられる数少ない著作は批評というよりはむしろ擁護の色合いの濃いものだった。[65]彼の生涯のうちその晩年だけが時折研究の対象とされた――良質な研究の対象になっているのも彼の晩年のみである――が、いずれも思想的および宗教的な活動の観点から扱われている。[66]ここ数年の関心の内容は、フランス史のなかでも最も騒々しく決定的だった時期、すなわちドレフュス事件から政教分離までの時期に向かっており、その時期に関する検討を深く掘り下げてみるということである。ブリュヌチエールはまさにこの重大な連続ドラマの特権的な証人であり、無視できない俳優なのであった。

ドレフュス事件を扱う以上、ブリュヌチエールとその友人たちに関する調査を行うこの研究もまた不可避的に同時代の反ユダヤ主義を考察の対象とすることになる。ブリュヌチエールは当時、ユダヤ人の側からも反ユダヤ主義者の側からも、反ユダヤ主義者とは見なされていなかった。したがって二〇世紀の歴史の名のもとにブリュヌチエールを性急に指弾するようなことがあってはなるまい。そもそも彼において最も疑わしいことは――これからその内容を検討することになるわけだが――彼がルナンに対して行う、反ユダヤ主義の不断の告発である。それはまるで他者を攻撃することが自分にとってひとつの十分なアリバイを構成することになるとでもいうようなのである。ブリュヌチエールのケースが明示しているのはまさに、事件が起きた時期において反ドレフュス主義と反ユダヤ主義を同一視したり、反ユダヤ主義と人種差別主義を同一視したりすることに甘んじることはできないということに他ならない。しかしながら今日からすれば、反ユダヤ主義にいくつかの段階を区別することは時宜を得ないことのように見えるかもしれない。なぜなら、いかなる反ユダヤ主義者も――そして反ユダヤ主義について沈黙している人びともその共謀者である――最終的解決〔一九四〇年七月三一日にヒトラーが指示した「ユダヤ人問題の最終的解決」を参照している〕を準備している、ア・プリオリにそれに同意しているということになっているからである。再審反対主義と反ユダヤ主義との微妙な違いはそれ自体、立場を告白しない反ユダヤ主義の詭弁のように見えるのである。しかしだからといって、ブリュヌチエールの反ドレフュス主義を歴史的な文脈に置くことが、毒性も危険性も比較的薄い反ユダヤ主義の一形式の過ちを許すことになるわけではけっしてない。また、人種差別主義を免れているように見える限りにおいて、それ相応の理由のあるユダヤ排斥論を許容することになるわけでもけっしてない。今日では、何か機会が持ち上がるたびごとに、反ユダヤ主義ではないが反ドレフュス主義であるということ、あるいは反ユダヤ主義にも多少の程度差があるなどということはもはや許されないことのようである。なぜなら、反ユダヤ主義への迎合がどこに行き着いたかということを私たちみなよく知っているからである。第二次世界大戦はドレフュス事件の時代には普通に見られた決疑論〔個々のケースに応じて道徳問題を解決しようとする立場〕の用語を決定的に削除した。このことが、今日においてもなおその正当な理解までをも困難なものにしている――不可能にしていると言う人も多い――のである。反ユダヤ主義あるいは反ドレフュス主義を弾劾することにほんの少しでも躊躇すれば、それは絶対的な恐怖に加担することなのだと理解されなければならないというわけである。このような要請は過去に対して適用されることはできない。反ユダヤ主義は不動の一カテゴリーなのではない。しかし、だからこそまさしく、それを歴史のただなかにおいて研究すること――それの歴史を作ること――が重要なのである。ブリュヌチエールの存命中にあって、彼の反ドレフュス主義は、反ユダヤ主義の明確な運動が不在であったときでさえ、ドリュモンやバレスのそれのようなはるかに乱暴な反ユダヤ主義と同一視されるものではなかった。彼の過ちの数々を彼の時代にそれらが実際にそうであったものよりも重いものにしたのは二〇世紀の歴史である。こうした確認によって私たちは、ブリュヌチエールの過ちの重さを軽くするというのではなく、彼の過ちをひたすら現代の私たちの視点にのみ関係づける仕方ではないかたちで検討する必要がある、と考えるのである。歴史の距離をとってみることは私たちの視点をより澄明なものにするだろう。したがって私としては、ブリュヌチエールとその友人たちに関するこの調査研究が、フランスにおける反ユダヤ主義の歴史の決定的な一章に新たな貢献をもたらすものであることを願う次第である。

*

本書の執筆過程において原稿に目を通してくれた方々、また資料へのアクセスを導いてくれた友人たちに、以下名前を記して感謝する。リリー・シェール、アニェス・テルランダン、ミレイユ・アダス＝ルベル、ピエール・ノラ、ジャン＝ピエール・リウー、ミシェル・ヴィノック、アンドレ・ギュイヨー、レジーナ・スラトキン、スティーヴン・G・ニコルズ、ロベール・モリッセイ、R・ホワード・ブロック、アルノ・マイエール、レーモン゠ジョジュエ・セッケル、ロイック・ショタール、ミシェル・ドルーアン、ピエール・ビルンボーム、ローラ・スラトキン。これらの方々のコメントのおかげで大きな間違いが避けられたとしても、まだ残っている誤りについての責任は著者ひとりにある。

一九九六年秋に、本研究に基づいて、プリンストン大学の「ガウス・レクチャー」で講義を行う機会を得た。その講義後の討論で提示された重要な問題に本書で答える時間がなかったのが残念である。

第一章　ユダヤのフランス

立場のはっきりしない文人たち

ドレフュス主義者のほうが反ドレフュス主義者よりも有名である。ゾラがその主人公を務めた共和主義で非宗教《ライック》の〈人権同盟〉のほうが、ゾラの古くからの敵であったブリュヌチエールが創設メンバーのひとりであり国粋主義、カトリック、意志的な反体制を旨とした〈フランス祖国同盟〉よりも有名である。(1)しかし、再審請求の賛同者と反対者の一見したところ明快に見える対立の背後で、個々人の政治参加のイデオロギー的な複雑さについては、一方から他方の陣営を区別することは必ずしも容易ではない。『ルヴュ・デ・ドゥー・モンド』誌の編集長は、その一般的な評判が示唆する以上に込み入った人物であった。戦闘的な再審反対論者ではあったけれども熱狂的な反対論者というわけではなかった彼は、反ユダヤ主義者ではなかったように見える。あるいは少なくとも人種差別主義者ではなかった。国民と軍隊に対する自身の擁護を共和国に対する嫌悪へと転じるようなことを、彼はけっしてしなかった。彼が反ドレフュス主義者になったのはおそらく普通の流れだったたし、もし反対の選択をしていたら彼自身が奇異に思ったことであろう。事件以前すでに、キリスト教会によって庇護された秩序と伝統に賛同する立場をブリュヌチエールは表明していたのである。(2) したがって再審に対する彼の反感は、国民文学の遺産の番人たるアカデミックな批評を自然主義や象徴主義の前衛に対置させる態度と同様、彼自身の二〇年来の美学的、政治的、宗教的な歩みぶりに合致していたのである。再審への反対はゾラに対する敵意と矛盾するものではなかった。あるいはまた一八八九年にブールジェの小説『弟子』をめぐって、また一八九一年には「印象批評」をめぐって激しい論争を交わしたアナトール・フランスに対する敵意とも矛盾するものではなかったのである。(3) ゾラとアナトール・フランス――このふたりは再審を要求する「抗議」、「私は告発する」(4) の翌日に出た「知識人宣言」の署名者リストの最初と二番である――この両名とブリュヌチエールの間の怨恨の根は深く、それはことあるごとに噴き出してくるのであった。しかしながら再審の動機やアンリ中佐の自殺に至るまでその事情を理解しようとしない頑なな態度をとったことで、あるいはまた〈フランス祖国同盟〉では反ユダヤ主義者たちに寛容な態度をとったことで例証されるこの批評家の順応主義が重要視しなければならなかったのは、それらとは異なる別の価値、すなわちキリスト教と自由主義の価値だった――この両者はブリュヌチエールの目には同じものだった――のであり、彼はそれらの価値の使徒たろうと欲してさえいたのである。社会的な論理の名のもとに、また伝記的な論理の名のもとにとさえ言ってもよいが、ブリュヌチエールの態度というものがどうしても必要とされるように見えるとしても、ますますカトリックに帰依するようになりつつも常に共和主義者であり続けた彼のような人間の選択は、この事件のなかでは必然的に込み入ったものだったのである。

三つのテクストの系列がブリュヌチエールの行動に光を当てるだろう。第一に、一八八六年に『ルヴュ・デ・ドゥー・モンド』誌に発表したドリュモン著『ユダヤのフランス』についての書評。第二に、一八九八年の自身の立場を表明したテクストで、三月一五日の『ルヴュ・デ・ドゥー・モンド』誌に発表した有名な論文「訴訟のあと」（ここでの訴訟とはゾラ裁判のこと）およびそれに続いて同年八月と九月、急進社会主義でドレフュス派の新聞『ル・シエークル』紙の編集長イヴ・ギヨー宛に反駁文掲載権を行使して発表した一二通の公開書簡。そして第三に、一八九九年の〈フランス祖国同盟〉設立当初におけるブリュヌチエールのさまざまな発言である。ブリュヌチエールは一八九七年の春、米国、なかでも特にボルチモアのジョンズ・ホプキンス大学に滞在した。帰国後、彼は『ルヴュ・デ・ドゥー・モンド』誌に旅行記を発表する。一八九七年一一月の「米国東部にて――ニューヨーク、ボルチモア、ブリンマー」がそれである。アメリカの社会と大学に関する彼の省察は、数カ月後、パリの「知識人たち」に対する弾劾となって具現化する。［これら三つのテクスト系列に加えて］さらにフランス国立図書館のブリュヌチエール文庫に寄託されている私信、および批評家の受信書簡を補完する他のさまざまな人物がブリュヌチエールから受け取った相当数の書簡――それらはモーリス・バレス文庫、アルチュール・シュケ文庫、ガストン・パリス文庫およびジョゼフ・レナック文庫に所蔵の資料である――によってブリュヌチエールの立場を分析し、その実際の色合いの濃淡を識別することが可能である。

ドレフュス事件期の文人や大学人との私信のやりとりを見ると、以下ふたつの予備的な観察結果が導かれる。一、事件の最盛期において交わされた書簡において、事件そのものは実際のところほとんど問題にされていない――これは面食らうことがらに見えるだろう――うえに、〈フランス祖国同盟〉については話題にすらなっていないということ。作家たちと教授たちは、キャリア、仕事、出版そして昇進といった自分たちの身に直接関わることではるかに忙しいのである。嘆願書に署名をするにしても、それについて語るということがほとんどない。公的な宣言は自身の私的・職業的な生活に大した影響をもたらさず、よく考えもしないまま署名したという風情なのである。彼らの意見は根本において一致していたため、わざわざ文章で事件に触れるのは余計なことだったと考えることも可能ではあるが、事件がじつに多くの紆余曲折を経たことに鑑みれば、そのような説明に十分な説得力があるとは言い難い。こうしたことは、自分たちの生活範囲に食い込んでこない事件への大半のエリートや知識人の参加の重みをおそらくは相対化することに行き着くだろう。ブリュヌチエール、詩人フランソワ・コペ（一八四二―一九〇八）、批評家ジュール・ルメートル（一八五三―一九一四）、この〈フランス祖国同盟〉の創立者である三名は、頻繁に手紙を交換し合ってはいるものの、それは文学的な主題、こう言ってよければ結局のところ職業的な主題をめぐって交わされたものである。一八九八年夏の間、ブリュヌチエールとルメートルは手紙を何通もやりとりしているが、それは一八九六年以来ルメートルが『ルヴュ・デ・ドゥー・モンド』誌に執筆していた「劇評」欄の中断とその再開の金銭的条件に関するものであり、ドレフュス事件が言及されることはまったくないかほとんどないのである。さらに注目すべきことに、事件が言及されるのは政治生活、内閣の安定性、大統領選挙に対する事件の影響、すなわち社交的な会話のありふれた話題になることがらへの影響が多いか少ないかに応じてのみなのである。

　ここに挙げるのはブリュヌチエールからバレス（一八六二―一九二三）に宛てられた一八九八年一一月二三日付の手紙である。事件への言及がなされている点でかなり珍しい手紙であり、その点でひとつの転機に書かれたものであることはたしかであろう。一八九七年に『ルヴュ・ド・パリ』誌に連載された『国民的エネルギーの小説』の第一巻『根こぎにされた人びと』[5]の続きとなる、まとまった部分を発表してはどうかとブールジェが示唆し、その件を話し合うために『ルヴュ・デ・ドゥー・モンド』誌の編集部に立ち寄ってほしいとバレスに依頼したあとブリュヌチエールは、立ち寄ってくれれば他の話題についてもふたりで話をする機会になるだろうと付け加え、こう書いている。

> 事件についても談じることができるでしょう――それとお互い、同じく気にかかっていることについても。どんなに最悪の出来事からであっても、それらが時に含んでいるほんのわずかな善を引き出そうと努めねばなりません。さしあたり私は静かにしておりますが、破棄院〔最高裁判所〕の見解がいかなるものであれ、それを

心待ちにしております。そしてそこから私たちは、残酷であってもエネルギーに満ちた教訓を引き出さねばなりますまい(6)。

文章の調子は一般的で、距離を保ったものであり、達観した態度が感じられるが、結局のところはっきりした態度を示したものとは言えない。ドレフュスは名指しされておらず、それは大して重要ではないように見える。

　唯一の例外はポール・ブールジェの手紙に見出される。これらの手紙ははるかに詳細であり、ブリュヌチエールの論文をひとつひとつ根気よく読みながら意見の一致点や、あるいは基本的な認識の違いを記した記述が見られる(7)。ブールジェとブリュヌチエールはルイ＝ル＝グラン高校時代からの知り合いである。ふたりは一八七〇年の戦争の直後、金のない青春時代にルラルジュ学院〔高等師範学校受験予備校〕の講師として同僚の間柄であった。その後早い段階でふたりとも有名になり、ブールジェは一八七五年にフランソワ・ビュローズに紹介の労を取ったことでブリュヌチエールに職業経歴の道を開いてやったことを自慢するだろう。ブールジェはブリュヌチエール以上に、一イデオローグとなった。

　二、一八九八年と一八九九年にブリュヌチエールが公的な宣言を行ったことから、友人知己ではない未知の人びとから受け取った数多くの手紙もまたフランス国立図書館のブリュヌチエール文庫に寄託されている。これらの手紙にはパリ、地方、外国から届いたものが含まれ、差出人は市民、職人、司祭、教授とさまざまである。ドレフュス事件によってじつに多くのインクが流されたのである。人びとはいたるところで、こぞって新聞雑誌に読者の声を送り始めた。ところで、ドレフュス派からのものであれ、反ドレフュス派からのものであれ、これらの手紙にはほとんど常に熱狂のアクセントがついて回る。大半の手紙は折に触れて暴走する。たとえば一例だけ挙げると、あるドレフュス派の書き手からの手紙は、ギヨーとの論争をめぐってブリュヌチエールを厳しく戒めながらきわめて思慮深く理性的な数頁をつらねたあと、突然調子を変え、決疑論者をこう非難するのである。

「ジャンヌ・ダルクを火刑に処したのは決疑論者たちでした。それと同様いたるところに、あらゆる時代のあらゆる国に――このうえなく卑劣なあらゆることがらが決疑論者たちによって犯されたのです。[8]」要するにまたしても誤りは決疑論者にありというわけである。この手紙の書き手は興奮し、声のトーンを上げる。おそらくそれは新聞雑誌に投稿する人びとによくみられるケースなのであろう。しばしば彼らは「少々ずれている」。そのような理由から私は、未知の人間から届いたこれらの手紙については脇に置くこととした。ただし、先に触れたひとつの例を除くものとする。当然のことながらこの人物はもはや未知の女性どころではない。むしろヒロインとさえ呼ぶことのできる重要な存在である。そもそもこうしたたぐいの手紙についてはよく知られており、ドレフュス事件がいかに狂気の風を煽ったかということについてもまたよく知られているとおりである。先に示したようなエリートたちの無関心とこれら未知の手紙の主たちすべての激昂との間のコントラストは、厄介な問題として残りつづけるだろう。

便利な特異体質

ブリュヌチエールはドリュモン（一八四四―一九一七）の『ユダヤのフランス』[9]に関する重要な書評のひとつを書いている。この書評は一八八六年六月一日の『ルヴュ・デ・ドゥー・モンド』誌に掲載された。ドレフュス事件におけるブリュヌチエールの態度をよりよく理解するためには、歴史家たちによってさまざまに解釈されている[10]このフランスのユダヤ人をめぐる元々の彼の立ち位置に回帰してみることが必要不可欠である。その創立者と同様、第二帝政期にはオルレアン派だったが、その後チエール政権を積極的に支持するようになり、保守的・自由主義的な共和政と連携するようになっていた『ルヴュ・デ・ドゥー・モンド』誌は当時、党派的で不当なまでに反教権主義的と見られていたガンベッタやジュール・フェリー、日和見主義者たちによる政策の実行——たとえば非宗教性《ライシテ》に関する法律の制定や、内面的信条の自由を侵害しようとする態度や、教育に関して国家による独占支配を敷こうとする傾向など——を激しく非難していた。一八五二年からその死に至るまでほとんど中断することなく政治時評を担当したシャルル・ド・マザド（一八二〇—一八九三）をさまざまな人の筆が手助けした。なかでもアナトール（一八四二—一九一二）とポール（一八四三—一九一六）のルロワ＝ボーリウ兄弟がそうであり、ふたりの父はフランソワ・ビュローズとつながりが深かった。彼らは第三共和政期フランスの政治的・経済的自由主義の最も卓越した代表者であった。[11] これらの名士たちは一七八九年を限定付きで受け容れつつ、大革命を堅固な「ブロック」と見なすことはせず、大革命初期の自由主義的なインスピレーションに留保なしで賛同していた。一方にはオルレアン主義から遅れてやってきて共和政に「連携し」た自由主義者にして保守主義者が、他方には「真の」共和主義者がいるというこの並存する両者の間の差異は、原理的には普通選挙をどう見るかという考え方の違いに関わっている。普通選挙を形式として捉えるのか、それとも内実として捉えるのか、つまり単なる政治制度、政権の形態と捉えるのか、それとも主権の原理、「政治的な権利の行使における国民の擬人化」[12]と捉えるのかという違いである。すべての時期にわたって、憲法問題に対する『ルヴュ・デ・ドゥー・モンド』誌の顕著な関心は、政治的な討論に介入する自由主義者たちのお決まりの作法によって説明されるものである。フランソワ・ビュローズが主導していた時期においてヴォルテール主義を標榜した同誌は以後、宗教論争の緩和に好意的な態度を示すようになるが、だからといって教権派だったわけではない。自由主義の伝統においては、急進的な反教権主義に対する告発には必ず教皇至上論的教権主義とその現代的な権利の主張の過剰に対する告発が伴う。[13] その後まもなく、政治的に誇張されたあらゆる表現に反対し、ブーランジェ主義〔対独強硬派のブーランジェ将軍が主張した強兵のための独裁制を支持する運動〕に敵対した同誌は、ヴォギュエやアナトール・ルロワ＝ボーリウ[14]と共にレオ一三世の社会的カトリシズムのほうへ進んでいく。特にアナトール・ルロワ＝ボーリウは『ルヴュ・デ・ドゥー・モンド』誌と同盟関係にあった『ルヴュ・ブルー』誌において、ロシアで一八八一年と一八八二年に起こったポグロム〔ユダヤ人大虐殺〕にいち早く反応したひとりであった。[15]

『ユダヤのフランス』についての書評においてブリュヌチエールは『ルヴュ・デ・ドゥー・モンド』誌の政治的な主張と位相を同じくしている。すなわち同誌の次の号でアンリ・ジェルマンの大論文が喚起することになる、穏健な自由主義、保守的な共和主義、礼節を重んじる市民主義、「社会改革」賛成・社会主義反対という立場がそれである。[16] ブリュヌチエールはドリュモンの著作を激しく非難し、のっけからその議論を要約して、単純化の甚だしい、受け入れがたいものだと断じている。「日に日に数が多くなり、力強くなり、豊かになっていく――とりわけ豊かになっていく――ユダヤ人たちは、キリスト教徒がユダヤ人を〈抹殺する〉のにまだ少しでも手間取っていると、結局はキリスト教徒を農奴のように耕作地に縛りつけることになるだろう。私の理解に誤りがなければ、これこそまさしくドリュモン氏の書物が言わんとしていることのすべてである。」[17] ドリュモンの書物がユダヤ人を〈抹殺する〉ことを目指している点をしっかりと看取したブリュヌチエールはしたがって明確に距離を置いており、かなり厳かな調子でこう宣告する。「私はこれまでこれ以上に明快な書物を数多く読んできた。それらの中心的な思想はより明快に引き出され、無用な展開を気にかけずに済む類いのものであった。しかるに私はこれまでこれ以上に危険な書物を読んだことはほとんどない。」反ユダヤ主義からの揺さぶりは、その社会主義への共感と民衆の暴力によって『ルヴュ・デ・ドゥー・モンド』誌の読者層であったブルジョワの世界を不安に陥れる。そしてブリュヌチエールは秩序への気遣いからドリュモンに毅然と反対し、また人権を擁護する姿勢を明確にしている。したがって反ユダヤ主義を大目に見ているなどと非難される筋合いはまったくないように見える。それどころかブリュヌチエールは政治情勢のなかにあって、その権威が過小評価されることのなかった論壇としての『ルヴュ・デ・ドゥー・モンド』誌において、ドリュモンの著作をすぐさま論駁することに心を配った数少ない書き手のひとりだったのである。

しかし真実はそれほど単純ではない。ブリュヌチエールがフランス大革命の獲得物の名のもとにユダヤ人を擁護しているのは事実であるとしても、彼はその弁護に先立って次のような、今日からすればぎょっとさせるような宣言を連ねているからである。

> 私自身が全般的にユダヤ人を大いに評価するからというのではない。改めてよく考えてみれば、ユダヤ人は私の好みにまったく合わないとさえ思う。音楽も登山も私の好みでないのと同様である。おそらくそれは個人的な気質の結果であり、特異体質——障害という語を用いたくない場合にそういう言い方をするだろう——のもたらす効果なのであろう。しかし私たちの個人的な共感や反感が、私たちの判断の基準や尺度になるようなことがあってはなるまい。そしてそうは見えなくても、私たちが自分の思想を自分の好みに従わせようとするとき、それはひょっとすると不寛容の最たるものかもしれないのである。私たちの好みは好みでひとつのものであり、私たちの思想は思想でまたひとつのものである、あるいは好みとは異なるもうひとつのものでなければなるまい[18]。

ユダヤ人は嫌いだと実質的には言っているのだが、あるイデオロギーの根拠を気質的な傾向の上に置くことはできないだろうとブリュヌチエールは言っているのである。彼の姿は寛容な合理主義者として立ち現れている。そして彼がドリュモンを断罪するのは、私的な領域と公的な領域、個人的な好みと知的な確信、個人的な感受性と普遍的な理性との間の必要な区別の名のもとにおいてである。自分はユダヤ人をあまり好まないと告白することは——これはおそらくそのときの文脈において、ユダヤ人を擁護するために必要不可欠な修辞的な一句、すなわち「キャプタチオ・ベネヴォレンチアエ」〔読者の好意を惹く表現技巧〕ではなかったろうか——結果としてドリュモンに対するブリュヌチエールの反駁を強化することになっている。というのも彼はユダヤ人への共感が疑われる視点については語っていないため、彼の判断は依怙贔屓から自由になっているからである。彼の反論はそうした分だけさらに強さを増しているのである。

ユダヤ人への憎悪で理性を失い、その憎悪にもっともらしい名目を与えようとするも虚しく失敗しているドリュモン氏は、時代に対する不満から現状の責任をひたすらユダヤ人のみに負わせようとした。ユダヤ人もたしかに状況を利用したかもしれないが、その状況を引き起こすために何かしたわけではまったくない。彼らはそこでよく働いてきたのであり、そのことで彼らを非難するのは不当だとさえ思われる。なぜなら彼らがそこで働いてきたのはひたすら私たちとともにであったからだ[19]。

ドリュモンに反対するブリュヌチエールは、鋭い洞察力をもって反ユダヤ主義と反現代主義《アンチ・モダニズム》を結びつけている。人は現代主義《モダニズム》への嫌悪あるいは恐怖によって反ユダヤ主義者となるようだと彼は言う。ルナンは晩年それと同じことを語っていた。「あらゆるユダヤ人は自由主義者である。［……］ユダヤ教の敵は逆に、近づいてよく見てみたまえ、あなたはそれが一般的に言って現代精神の敵であることがわかるだろう[20]。」そして仮にデカダンスがあるとしても、あるいは仮に現代性をデカダンスと呼びたいとしても、ユダヤ人はいずれにせよ非ユダヤ人と同じくその責任者ではない。「私たちの問題は彼らの問題ではなかろうか。彼らはフランス人なのか、それともフランス人ではないのか[21]。」この修辞的な問いかけが参照しているのは明らかにフランス大革命と一七九一年のユダヤ人解放であり、歴史上のこの二大転機を受け入れるのか、それとも拒否するのかという問題である。ところでブリュヌチエールは、そのどちらをも改めて問題化して過去に戻ろうと願う人びとには与していない。モーラスの言葉によれば、どのような反ユダヤ主義の根底にも存在する「皮膚にしみついた根っからの」ユダヤ嫌いについて彼は無関心なのである。ブリュヌチエールはからかいながらこう叫んでいる。ドリュモンは「ふざけたいのだろう。それは彼が、どんなユダヤ人も人種のにおい、〈ユダヤ臭〔foetor judaica〕〉を発散するようだと言うときである。――おまけに、彼は文法的な誤りを犯しているが、これはアーリア語としてはよろしくない。[22]」他方でブリュヌチエールは、近代の反ユダヤ主義を構成する三つの要素については一貫してそれらを退けている。その三要素とはカトリック教徒で民主主義者のアナトール・ルロワ＝ボーリウが一八九〇年代初頭に明示することになるものであり[23]、また少しあとでベルナール・ラザールが反ユダヤ主義の大きな三つの「変種」として同定することになるはずのものである[24]。すなわち、まずキリスト教による伝統的な反ユダヤ教主義[25]、次に民衆による、とりわけ――ロチルド家の富にとりつかれていた――社会主義者による反資本主義[26]、そして新しい人類学と文献学に基づく人種差別主義[27]、以上の三要素である。ブリュヌチエールはユダヤ人が厳密な意味でのひとつの人種を構成するということは認めず、彼らの連帯を抑圧と迫害に抵抗するための必要性によって正当なものと見ていた。そしてそこから、彼は、ユダヤ人が商業と金融業に従事したのは、それ以外の活動が彼らには禁じられていたからだと結論づけた[28]。ユダヤ人に対するキリスト教の敵意については、ブリュヌチエールはここでまたドリュモンの論に戻ってこう述べている。

> そして最後にそれが真であるとして――人がそこまで言うことがありうる以上、私もまたそこまで言うのだが――彼らの心の奥底にキリスト教という名に対する憎悪の古い種がいまだに残存しているというのが真であるとして、いったい誰がそこに、その種を蒔いたのであろうか――私たちではないのだとしたら。いったい誰がそこで、その種を育てたのであろうか。いったい誰がそこで、その種を手間暇かけて発酵させたのであろうか――それがドリュモン氏自身でないとしたら、彼の本のような攻撃文書《パンフレ》でもってそうしたのでないとしたら[29]。

要するにブリュヌチエールは、ユダヤ問題にどのような角度から向き合おうと、それを非ユダヤ問題として扱うのである。それはのちにジャン＝ポール・サルトルが、ユダヤ人を構成しているのは他者の眼差しであると主張するのと同じである。つまり数世紀来のユダヤ人の孤立、したがってユダヤ人の典型と習俗の存在、ユダヤ教の永続性のそもそもの責任は非ユダヤ人にある、なによりも反ユダヤ主義者たちにあるという見方である。それに対してルナンは、ゲットーでの禁域生活を迫害の結果ではなく、ユダヤ人側の自主的な隔離の結果と見ていた。[30] このことはブリュヌチエールが同化の支持者であること、さらにはフランス国民におけるユダヤ教の融合をも許容する考えの持ち主であることを明らかにするに十分であろう。そうであるからこそ彼は次のように結論づけることができたのである。

要するに［……］数多くの誇張的言辞のなかで、それでもこの書物には少しばかりの真実が残されている。その真実とは社会への風刺であり、誇張そのものである。そもそも私たちがかくも堕落している――その点についてはドリュモン氏が主張するとおりである――のは、その責任をユダヤ人たちに負わせているからである。久しい以前から私たちは誰にも促されることなく、みずから進んで堕落への道を辿り、そしていともたやすくそこで満足することができたのである。[31]

ブリュヌチエールがドリュモンに譲歩した真実のすべては、誇張されてはいるが堕落したフランスというタブローであった。そのうえでブリュヌチエールは、ドリュモンがその堕落の原因をユダヤ人のせいにしたことを非常識なこととして非難したのである。

ドレフュス事件の間、ブリュヌチエールの人物像を描いた最も的確な肖像のひとつのなかでヴィクトル・バッシュは、多に対して常に一を良しとする好みを通そうとするブリュヌチエールの抑えがたい「合理主義」、その「秩序、規律、規則、伝統、統一性への生まれながらの好み」を強調している。それはブリュヌチエールをして、いたるところで普遍理性を個人的な感受性の上に置かせしめるのだ。[32] バッシュによれば、それによってブリュヌチエールの文学的な好み――一七世紀への情熱と一八世紀への反感、自然主義への反対闘争と現代文学への不信感、中世あるいは詩一般に対する無理解――も説明され、さらには社会や政治、道徳や宗教に関するブリュヌチエールの見解、たとえば進化論に対する彼の初期の信奉や大革命の容認――テーヌはそれを「古典的精神の原理の到達点にして実践[33]」と理解していた――も説明されるという。抽象的な人間のための法が制定された点については、テーヌや多くの自由主義者が大革命を非難したのに対して、ブリュヌチエールは逆にその点を称揚したわけである。結局のところこのことがブリュヌチエール自身の自由主義の信憑性を危ういものにしている点は否めない。[34] ブリュヌチエールは普遍的な人間というものを信じているのである。「あらゆる人間のうちに人間的なものが存在するのであり、残余のものはこの人間性にみずからを重ねることによってそれを無化することはない。[35]」しかしながら啓蒙主義の哲学者たちとは違って、ボシュエやパスカルに賛同するブリュヌチエールは人間が生まれながらにして善良であるとは考えない。バッシュは、ブリュヌチエールにおいてその合理主義とは衝突するものとして同じく根深い「悲観主義」の存在を看取し、この悲観主義がブリュヌチエールをして個別の理性に対する軽蔑の方向へ、社会的な防護柵としての宗教に頼る方向へと向かわせているという。[36] いずれにせよ普遍的なもの「以外のあらゆるもの」、「過剰で、奇妙で、偶発的なあらゆるもの」、あらゆるアナーキーなものが彼にとって嫌悪の対象であったのと同様に、[37] 反ユダヤ主義――バッシュはこれについてはブリュヌチエールの視点に言及していない――は、彼の合理主義の確信にとって常に認めがたいものでありつづけるだろう。要するにドリュモンの書物がごく自然に彼を憤慨させたのは、まさしくブリュヌチエールに「独断家」と「独裁者」の気質が備わっていたからなのであった。

一方、その書評のなかで〈世界イスラエリット連盟〉を非難する点では、ブリュヌチエールはドリュモンと意見が一致していた。同組織は「ローマあるいはエルサレムと関係を結ぶだけでなく、その名が示すとおり全世界と関係を結んでいる。その指導的メンバーはフランクフルト、リヴォルノ、バーゼル、ニューヨーク、ブリュッセル、ライプチヒにいる。[38]」たしかに、ユダヤ人のコスモポリタニズムを告発するのは反ユダヤ主義の常套手段であったが、ブリュヌチエールの議論はより特殊である。ローマと緊密すぎる関係を持つことがフランスのカトリック教徒には禁じられていることと、ユダヤ人たちの博愛主義に許されている自由とを彼は対比する。反教権主義の機運が高まりを見せた一八八〇年代の中葉にあってブリュヌチエールは、たとえば「カトリック教徒たちが自分たちの信心会に与えることが許されないものを、なぜユダヤ人たちは世界イスラエリット連盟に与えることができるのだろうか」と問うている。[39] 彼の弁護のためにこの問題を解釈すると、ここでは反教権主義と反ユダヤ主義との比較が問題になっているという点を強調することができる。この比較は市民のカテゴリーが何であれ――カトリック教徒であれ、ユダヤ教徒であれ、その他の宗徒であれ――例外規定は一切認めないアナトール・ルロワ＝ボーリウのような自由主義者たちにおいてよく見られたものである。[40] カトリックに回心する一〇年以上前のこの段階において、ブリュヌチエールを支えているのは、要するに法の前での市民の平等という原則である。「平等性を持っているユダヤ人たちが自分たちのためにそれを破ったり、自分たちのために特権体制を作ったりすることができると主張するようなことは厳に慎しむべきであろう。[41]」一八八六年にはそんなことはもちろんないが、自由主義の美しい原則の高貴な呼びかけの背後にはこうした懸念がたしかにひそんでいたようである。しかしブリュヌチエールは高らかにこう結論づけていた。ドリュモンの「醜悪な」言葉につられて興奮した「何人かの不幸な人びと」がユダヤ人への攻撃を決意したとしても、彼らはその妨げになるものに出くわすことであろう。というのも「ユダヤ人をまったく好まない人びとでさえ、少なくとも彼らのうちにある、私たちがいまでも時折は尊重している唯一のもの、すなわち人間の権利というものであるが、それを擁護しようとするはずだからである。〈ユダヤ人は目を持たぬというのか。ユダヤ人には手が、内臓が、感覚が、愛情が、情念がないとでもいうのか〉[42]。」

ブリュヌチエールは親ユダヤではなかった。彼がドリュモンに反対してユダヤ人擁護に回ったのは、合理主義の確信とユマニスムへの顧慮によってであり、心からのものというよりは頭によるものであった。やがてまぎれもない反ドレフュス主義者になる彼であるが、反ユダヤ主義を表明したことは一度たりともない。したがって、この点について私たちはアナクロニズムの誤りを犯してはなるまい。とはいえ、もし私がフランス国立図書館でブリュヌチエールのユダヤ人の女友達からの手紙に行き着くことがなかったとしたら、ドリュモンに反駁し、大革命以降のフランスにおけるユダヤ人の同化に好意的な論を展開するために、「あえて」ユダヤ人への「好み」が自分には欠けていることを価値づけることから始めているこの書評論文に反ユダヤ主義は含まれていない、と明確に否定することに躊躇したかもしれない。その手紙で彼女は、この論文が出たことで彼に感謝を捧げ、彼がユダヤ人に与えた支持を次のように祝福しているのである。

> ええそうですとも、親愛なるブリュヌチエール様、あなたはユダヤ人におけるメシアの役割というものを見事に理解されました。メシアは世界に〈平和〉と〈正義〉をもたらすはずであり、この地上に幸福の夢を実現するはずであるというのはまったくそのとおりなのです……。そうであるにもかかわらず〈律法〉を救おうとして何世紀にもわたる辱しめと殉難を被ってきたこれらの人びとを実利主義者と見なす権利など誰にあるというのでしょう。私はまったく反対だと思います。そもそもキリストはエッセネ派の人〔キリストの時代に存在したユダヤ教内の一宗派で、厳しい戒律の下に共同生活をしていた〕、つまりユダヤ人であったということを思い出しましょう[43]！

ブリュヌチエールの文通相手だったこの女性はここで、ルナンの弟子でコレージュ・ド・フランスのペルシャ語教授だったジャーム・ダルメステテール（一八四九―一八九四）による一八八〇年の小冊子『ユダヤ民族史瞥見[44]』に刺激されて公然と広がってきた動きを非難しているのである。ブリュヌチエールによれば、ユダヤ人の一九世紀への適応が容易に進んだことと現代世界における彼らの成功を説明するために、ダルメストテールはプロテスタンティズムと資本主義の間の親近性に関するマックス・ウェーバーのテーゼ〔一九〇四年の主著『プロテスタンティズムの倫理と資本主義の精神』〕を先取りし、「ユダヤ人の伝統的かつ〈肉体的《シャルネル》〔地上的〕な〉理想[45]」と現代的な実利主義の目標との間にある類似性を「キリスト教の神秘的な理想[46]」との対比において強調していたという。ダルメストテールと共にブリュヌチエールはユダヤの伝統と現代の実利主義との間で起こった単なる「遭遇」について語っており、ドリュモンのように、デカダンスとして理解された現代の責任をユダヤ人になすりつけることを可能にする因果性については語っていない。

> 存在するのは偶然の一致であって相関関係ではない。正しいのはダルメストテール氏のほうである。世界は楽観的になりつつある以上、ユダヤ的になりつつある。ユダヤ人は彼らが準備したのではない状況を利用するのに、この世界においてちょうどよいときにあるのだ。彼らが何の役にも立たなかったとか、必ずしも毎日役立っているわけではないとか、そのようなことを言いたいのではない。世界が彼らのところへやってくるというのに、彼らが世界のほうへ向かって歩み寄らないとしたら、それはあまりに軽率あるいはあまりに横柄であろう。しかし事態が正確に同じ仕方で必然的に進行するならば、その間は彼らは何もしないだろう。[47]

現代世界におけるユダヤ人の成功は諸々の偶然が重なった結果である。すなわちユダヤ教はこれまでもずっと進歩主義的であったし、文明の前衛をつねに構成してきたが、以後——歴史において新たな現象であるが——ユダヤ教はフランスの普遍的な使命を果たす革命および共和国のイデオロギーと完全に調和する、とダルメストテールは述べていた。キリスト教に対抗してユダヤ教は現代性と同盟ないしは結託しているという判断に基づくドリユモン流の反ユダヤ主義の議論が、大革命をユダヤの影響によるものとする極端な見方にまで進もうとしていた一方で、ブリュヌチエールはまさしくユダヤの亡国的な陰謀を想像するドリュモンの幻想に立ち向かうためにダルメストテールの独創的な議論に回帰していたのである。

ところで、ユダヤ教の諸価値の総合としての「フランコ＝ユダイズム」の――あるいは自身が祭式なきユダヤ教をそう呼んでいたところに従えば「預言主義《プロフェティスム》」の――主唱者であると同時に共和政フランスの主要な推進者でもあったダルメストテールは、ユダヤ教の根本的な二つの教義――世界における律法の単一性としての一神論と、人類における正義の地上的な勝利としてのメシア論[48]――が以後、現代フランスの基盤すなわち人間と市民の権利、自由、平等という基盤を構成することになると考えていた。ダルメストテールはフランス大革命についてこう述べている。

> フランス大革命はユダヤ民族の実利主義的な歴史に終わりをもたらし、その思想の歴史においてこれまでになかった新たな時代を切り開いた。ユダヤの思想は人類の良心と初めて調和し、もはや闘争関係に置かれることはなくなったのである。[49]

フランスでは摂理的あるいは普遍的な事実としての大革命以来、ユダヤ教の理想そのもの、「その本能とその伝統[50]」を反映した社会が構築されたのであり、そのなかでユダヤの民は次第に「消えていくだろう[51]」というのが当時、ダルメストテールが迷うことなく検討していたことがらであった。「モーセはまさしく山頂で〔山岳派の頂点で〕語るひとりの国民公会議員である」、ダルメストテールはそのように鮮やかなイメージを用いて聖書と大革命の一致を要約した。[52]ジャンヌ・ダルクに格別の尊敬を捧げていたこの学者が一八八一年に『初等教育用　フランス史の愛国的読解』を刊行した際に用いたJ＝D・ルフランセというペンネームはそのようなユートピアを例証するものであった。[53] ドレフュス事件はユダヤ人および非ユダヤ人のフランコ＝ユダイズム信奉者たちの不意を襲ったが、ダルメストテールは大尉の逮捕が一八九四年一〇月末にドリュモンの『ラ・リーブル・パロール』紙上で公にされる数日前に亡くなった。

したがってドリュモンに対する批判において、ブリュヌチエールはダルメストテールやたとえばテオドール・レナック（一八六〇―一九二八）のような統合的同化に好意的なユダヤ知識人たちの唱えるフランコ＝ユダイズムの考え方に近い存在だったのである。それについてはしかし、ブリュヌチエールの文通相手の女性は次のような言葉遣いで、こう続けていた。

そのような留保をしたうえで、ドリュモン氏の書物についてのあなたの素晴らしい御論文と、あなたがあなたにとって感じの良くない一種族について語られた寛大な勇気とを称賛することをお許しいただきたいのです。あなたのように少数派のために筆を執るというのは勇敢で善良なことです。[54]

つまりブリュヌチエールが公言したユダヤ人に対する反感は、この文通相手の女性にとってはさほど気になるものではなかったということである。彼女のこの手紙は相手をはっと驚かせたにちがいないほど力のこもった皮肉で終わっていた。彼女は彼の論文の結句をぴしゃりと彼に送り返していたのである。

親愛なるお方、ユダヤ人を愛することなく擁護してくださったことに御礼申し上げます。人が彼らを擁護する必要がなくとも彼らを愛する日が来ることを、共に願いましょう。

心よりの尊敬をこめて、敬具。[55]

この女性にはエスプリがあった。ブリュヌチエールを誇張的に褒めたたえながら、ユダヤ人を擁護するこの奇特な人間の「寛大な勇気」を茶化しているところがある。いずれにせよ彼女の手紙はブリュヌチエール文庫のなかでも最も見事な手紙である。

アレクサンドル・サンジェ夫人、旧姓ラティスボンヌ

フェルディナン・ブリュヌチエールにかくも忠実であった文通相手のこの女性とは、いったいどのような人物であったのだろうか。彼女は手紙にフロール・サンジェ〔Flore Singer〕、のちにフロールとのみ署名している。すでに高齢で、眼病を患っていた彼女は、朗読係の女性を雇い、特に『ルヴュ・デ・ドゥー・モンド』誌を朗読させていた。鉛筆で書きなぐった数語を除いて彼女がみずから文字を記すことはなく、一八九〇年代には手紙を口述筆記させていた。アレクサンドル・サンジェ夫人、旧姓名フロール・ラティスボンヌ（一八二四―一九一五）は数年前からブリュヌチエールの面識を得て手紙を交わす間柄になった。レターヘッド付きの便箋に記されたその住所には、ヴェルサイユではパリ大通り四一番地の二、パリではオッシュ大通り四五番地、ガリレー通り六二番地、そしてクレベール大通り五五番地――彼女は一八八〇年代と一八九〇年代に何度も引っ越しをしている――またセーヌ＝エ＝マルヌ県ではトゥールナンの隣のヌフムーチエの住所――彼女はそこに《ル・シュマン》という城館を所有していた――が記されていた。[56] ブリュヌチエールの死後、ふたりの共通の友人であったアルフレッド・メジエール[57]は「アレクサンドル・サンジェ夫人は彼が最も高く評価していた人物のひとりであり、彼はその生涯の最後の日々まで彼女と文通を続けた」[58]と語っている。ジョルジュ・レヴィの旅行記の原稿を推薦するためブリュヌチエールに宛てて書いた最初期の手紙で夫人はブリュヌチエールの研究論文、おそらく一八八一年

に出た「紋切型の理論[59]」について賛辞を述べている。ブリュヌチエールは結局レヴィの旅行記を雑誌に掲載することはなかったものの、のちの一八九三年以降ラファエル＝ジョルジュ・レヴィは『ルヴュ・デ・ドゥー・モンド』誌にしばしば寄稿することになるだろう。[60]レヴィはまた一九一五年にフロール・サンジェの追悼文も刊行することになる。[61]その姉を通じて（マルグリット・レヴィはプルースト夫人の従兄と結婚していた）プルーストと姻戚関係にあったレヴィは時に、とりわけ一九一四年の戦争の間、プルーストに財務面で助言を与えることがあった。プルーストは一九一二年、レヴィを第一顧問のリオネル・オーゼールに次のように紹介している。「ラファエル＝ジョルジュ・レヴィ氏については私が常日頃あなたにデルフォイの神託として引用している人物であることは承知しており、おそらく私の大の親友と思われているに相違ありませんが、じつは私は氏のことをあまり存じ上げないのです[62]！」

　フロール・サンジェは名門の家柄に属していた。ルイ・ラティスボンヌ（一八二七―一九〇〇）は彼女の弟である。ルイ・ラティスボンヌは文人であり、一八五一年には国務院の聴取官であったが、一二月二日〔ルイ・ナポレオンによるクーデタの日。第二共和政が瓦解し第二帝政へと移行〕以後は宣誓を拒んで辞職し、ダンテの『神曲』の韻文訳（一八五二―一八五九）に専念、詩人ヴィニーの遺言執行人、その詩集『運命』（一八六四）と『ある詩人の日記』（一八六七）の編者を務めた傍ら、『ジュルナル・デ・デバ』紙の編集に長く携わった[63]（一八五三―一八七六）。本名やトリムという筆名を用いて詩を発表したほか、子供向けの道徳的な寓話集を数多く執筆した。たとえば『子供喜劇』（一八六〇）は、テオフィル・ゴーチエによれば「母親が子供の肩越しに読んでやり、寝入った子供を父親が寝室へ運んでやるような、そういう童話集のひとつ[64]」であるという。その後もしばしば版を重ねた同書のほか、『小さな男たち』（一八六八）と『小さな女たち』（一八七一）もそうした児童書の例である。彼はフォンテーヌブロー城の図書館司書、続いて共和政時代に入って上院図書館司書を務めた。[65]今日ではすでに時代遅れのものとなっている――ミシェル・レヴィ書店やアシェット社から刊行された挿絵入りの彼の作品はエッツェル書店、それからドラグラーヴ書店の刊行で長い間版を重ね、賞品の本として配布され、やがて屋根裏部屋に片づけられた――が、ルイ・ラティスボンヌの名声は『ジュティストのアルバム』のなかでランボーとラウル・ポンションによってパロディー化される栄誉に浴している。

だが、縁石《ボルヌ》のほうへ、今まさに
顔色悪く、ぞくぞく悪寒を感じつつ、走っていくのは
色黒のアンジュロ君、よろめく彼は
棗の実を食べ過ぎちゃった

うんこをした彼は消え去った
だが、彼の嫌なうんこが出現した
休む聖なる月明かりのもと
汚い血の軽やかな汚物だめ[66]！

しかし当時非常に有名だったのは、フロールとルイの叔父に当たるふたりの人物、すなわちテオドール・ラティスボンヌ（一八〇二―一八八四）とアルフォンス・ラティスボンヌ（一八一四―一八八四）であった。このふたりはペール・マリー＝テオドール〔マリー＝テオドール・ラティスボンヌ神父〕およびペール・マリー＝アルフォンス・ラティスボンヌ〔マリー＝アルフォンス・ラティスボンヌ神父〕の名前によってよく知られている。ふたりはストラスブールの名高いユダヤ商人一族の末裔

であり、大セール・ベール・ド・メデルスハイム（一七二六―一七九三）――アルザスのユダヤ人の頭領にしてフランスの宮廷ユダヤ人の典型であったこの人物は解放理論家のモーゼス・メンデルスゾーン（一七二九―一七八六）と関係が深く、彼自身もまた一七九一年のフランスにおけるユダヤ人解放の先導者であった[67]――の曾孫であり、マルクス・ベール[68]（一七五六―一八一七）の孫であり、オーギュスト・ラティスボンヌ（一七七〇―一八三〇）――銀行家にしてバ＝ラン県ユダヤ教長老会の代表を務めた[69]――の息子であった。ふたりはパリで法学を十分に学んだあと新人銀行家となったが、次々にユダヤ教を放棄して、フランス、その後はエルサレムに、いずれもユダヤ教徒をカトリック教徒に改宗させることを旨とするノートル＝ダム・ド・シオン神父会および女子修道会を設立した。当時、ユダヤ教徒の子弟が通う小学校の校長だったテオドールは、一八二七年にストラスブールで密かに洗礼を受け、その一年後には聖職に就いていた。そのあと、彼の年下の弟は家で兄を苦しめた。一八四〇年の末、テオドールはストラスブールを離れてパリのノートル＝ダム・デ・ヴィクトワールの主任司祭であったデュフリッシュ＝デジュネット神父と行動をともにした。罪人の改宗を祈る大兄弟会の創設者でもあったデュフリッシュ＝デジュネット神父は、首都パリの最も非キリスト教化の進んだ教区のひとつにおいて大成功を収めたことで知られる人物であった。

一方、人生を愛し、湯水のごとく金を使い、馬丁付きでフランス初のティルバリー〔二輪軽装馬車〕を所有した若きダンディにして、叔父のルイ・ラティスボンヌが経営する銀行の共同出資者であり、輝かしい将来を約束されていた、皮肉と呪詛を好む自由思想家であったアルフォンスの改宗は、かなりの騒ぎを引き起こした。一八四二年一月二〇日、ローマのスペイン広場のすぐ近くにあるサンタンドレア・デッレ・フラッテ教会で彼の前に聖母マリアが現れたのである。これについては、ほぼ実地の報告を、父親の聴罪司祭の手紙を引用しているオーガスタス・クレイヴン夫人、旧姓名ポーリーヌ・ド・ラ・フェロネー（一八〇八―一八九一）の記念碑的作品『あるシスターの物語』のなかに見出すことができる。シャトーブリアンの友人で、王政復古期に外務大臣やローマ大使を務めたド・ラ・フェロネー伯爵（一七七七―一八四二）が一月一七日に突然ローマで亡くなるという出来事があった。

アルザスのきわめて裕福な家柄に属するひとりのユダヤ人がたまたまローマに来ていて、ちょうどあなたのお父様の葬儀のための準備が行われていたサンタンドレア・デッレ・フラッテ教会を散策していたところ、そこで突然回心をしたのです。［……］数歩離れたところにある、守護天使に捧げられた礼拝堂を前に彼が立っていたところ、突如、聖母マリアの光り輝く出現に遭遇したのです。マリア様は彼にこの礼拝堂のほうへ進むように合図をされました。抵抗できない力が彼をそこへと導き、彼はそこに倒れて跪き、そして一瞬にしてキリスト教徒となったのです。(70)

アルフォンスはすぐにド・ラ・フェロネー氏の祈祷に感謝を捧げたらしく、この奇跡は氏のとりなしによるものであるとした。ふたつの出来事――ド・ラ・フェロネー伯爵の死とアルフォンス・ラティスボンヌの回心――は同時代のあらゆる報告のなかで互いに結びつけられることになる。(71) オーガスタス・クレイヴン夫人の手紙の相手はこの奇跡を次のような言葉で解説している。

この若者の誠実さを疑う余地はありません。申し上げたとおり、彼はとても金持ちでしたから、施しものと引き換えにキリスト教徒になるような貧しいユダヤ人に対してであればすぐに抱きうるかもしれない疑念も、彼に関しては持ちえません。［……］彼の世俗的な関心のすべてがその回心を妨げるはずでしたし、宗教的な実践に対するかなり無関心な態度と結びついた彼のユダヤ思想もまたそれに反対していました。それに彼はじつに礼儀正しく、じつに才気のある若者で、自分の考えを的確に述べることができます。(72)

この回心は一大伝説となり、宗教画に描かれて広く流布し、一九世紀半ばの聖母マリア信仰のキリスト教の宣伝に広く用いられた。この最初の証言が十分に証明しているように、そこには伝統的な反ユダヤ教のにおいがないわけではなかった。「奇蹟のヴィジョンからやがて生まれてくる豊饒な結果のなかに、ここにこそ厳かな聖母マリアへの信心に与えられた新たな跳躍を［……］位置づけなければならない」――一九〇三年に修道士たちの教化のために、そして列聖の手続きに備えて執筆されたテオドール・ラティスボンヌの公的な伝記ではそのように判断されている。(73) この回心への人びとの好奇心は即刻大きな広がりを見せた。当時サン＝シュルピス神学校の生徒だったルナンが、デュパンルー神父（一八〇二―一八七八）に伴われてアルフォンス・ラティスボンヌが訪問に来るときを今か今かと待っていたのもその一例である。将来のオルレアン司教であるデュパンルー神父は、彼もまた一月にローマに滞在しており、奇蹟を受けた人間の洗礼において説教を行っていたのであった。「彼［デュパンルー神父］が皆にラティスボンヌ氏とともに私たちに会いに来る休日を約束してから一カ月以上がたつ［……］。あの有名な回心者に会って、彼自身の口からあのように奇蹟的な事実の物語を聞きたくて私はうずうずしていた。」(74) ノートル＝ダム・デ・ヴィクトワールの主任司祭への手紙のかたちをとったアルフォンスの回心の自伝的な物語は、自身を〈マリアの子〉として扱い、(75) 一八四二年以降数多くの版を重ね、翻訳もされた。

私はいかなる想念にも立ち止まることなく私の周囲に視線を機械的に投じた。私が覚えているのは、私の歩みの前をとんだりはねたりする一匹の黒い犬だけである……。やがてこの犬が消え、教会の全体もそっくり消えた。私にはもう何も見えなくなった……。いやむしろ、おお神よ、私にはただひとつのものだけが見えたのだ！　それについて語ることがどうして可能だろうか。おお！　それはできないことだ。人間の言葉は言葉に表せないことがらを表現しようとしてはならないのだ。どんな描写も、それがどれほど崇高なものであろうとも、言葉にできない真実の冒瀆に過ぎないだろう。私がどこにいるのか私にはわからなかった。私がアルフォンスなのか、別の人間なのか、私にはわからなかった。私には自分が別のもうひとりの自分自身だと思われた……。私は自分をとりもどそうとしたが、とりもどすことができなかった。このうえなく激しい喜びが私の魂の奥底で爆発した。私は話すことができなかった。私は何も啓示したくなかった。私は私自身のうちに、私のために司祭を呼ばせるような荘厳で神聖な何かを感じていた。

アルフォンスの物語のこの一節を抜粋したピエール・ラルース[76]はもちろん、この事件について次のようにいぶかしげな言葉遣いで注釈を付している。「この若者の幻覚は当然のことながら大騒ぎを引き起こした。素朴な精神の持ち主は我勝ちに奇蹟を叫び、信心家の世界はストラスブールのユダヤ人が奇蹟の出現を目のあたりにしたことを肯定した。」一八五八年にルルドでベルナデットが聖母マリアを目にしたことと合わせて、その激しさからしばしば聖パウロのそれに比せられるローマでのアルフォンス・ラティスボンヌの突然の回心は、一九世紀の最も有名な奇蹟のひとつとなった。この奇蹟はウィリアム・ジェームズ――ジェームズは突然の回心譚のなかでも自身が知る限り最も興味深い物語としてアルフォンスからデュフリッシュ゠デジュネット神父への手紙を長々と引用している――から、密かに改宗したアンリ・ベルクソン、そして「その憎悪の過剰さ自体が愛の予兆であった」としたジャン・ギットンまで[77]――ギットンによるこの説明は一八九三年のローマ滞在の折に、夢に聖母マリアが出現した『法王庁の抜け穴』の登場人物であるフリーメーソン会員アンチーム・アルマン゠デュボワの治癒と回心をジッドがそう理由づけしたのと同じものである[78]――数多くの医師、心理学者、哲学者による注釈の対象となった。

ところで、聖母マリアを目にしたときアルフォンスには婚約者がいた。結婚は一八四二年八月半ばに行われることが決まっていたので、彼はそれまでに旅行をしておこうと決意し、オリエントへの道を辿ってイタリアに旅立ち、ナポリを訪れてから再びローマにのぼり、そこで奇蹟が起こったのである。そして——奇蹟のなかの奇蹟というべきであろう——その年若い婚約相手の女性こそ、彼より十歳年下の(79)彼自身の姪、年上の兄アドルフの娘、将来ブリュヌチエールの文通相手となる女性、すなわち我らがフロールに他ならなかったのである。(80)ふたりの結婚は家族の希望に応えるものであった。「私には姪がひとりいた。私の上の兄の娘である。私たちがふたりとも子供の頃から、彼女は私の婚約者だった。」アルフォンスはその回心譚のなかでそう説明するだろう。(81)その間、彼が彼女を愛していたことは、一八四一年三月八日付の兄テオドール宛の手紙で——この兄とは仲たがいをしていたにもかかわらず、自分の婚約を知らせる手紙のなかで——そのことを次のように打ち明けていたことからも明らかである。

フロール［……］、彼女は善良、美徳そのものであり、あらゆる美しいものの集合体です。慈愛、諦念、機転、判断力、高度な理性、高貴な感情、これらのすべてがこの一六歳の少女のうちにあります。そしてその彼女が私の婚約者なのです！　私の喜びをわかっていただけますね。(82)

幸福に浸ったアルフォンスは、一年前にテオドールを激しくなじったことについて許しを乞うてすらいる。ふたりの甥であり、フロールの下の弟だったオーギュストが一八四〇年三月二五日に一〇歳で亡くなる数日前、テオドールは甥に洗礼を与えようと試みたが、アルフォンスはそれに激しく反対し、兄に罵詈雑言を浴びせて威嚇するという出来事があったのである。しかし、その激しい怒りも過去のものとなる。フロールに愛情を募らせていったアルフォンスはその回心譚のなかで次のように述べるだろう。

彼女は成長するにつれ、目に見えて優美さを増していきました。私は彼女のうちに私の未来のすべてを、私に用意された幸福の希望のすべてを見ていました。私の婚約者だった女性の礼賛をここで行うのは適当なこととは思われません。彼女を知らない方々には無益なことかもしれませんが、彼女を目にしたことのある方々ならば、彼女以上に優しく、愛らしく、優美な若い女性を想像することは困難であろうことを理解してくださるでしょう。彼女は私にとってまったく特別な創造物であり、それは私の存在を補うためにのみ作られているように見えたのです。そして私たちのお互いの共感に賛同した私の家族全体の願いがついに長い間待ち望まれたこの婚姻を取り決めたとき、私は以後、私の至福にとって不足するものは何もないだろうと思ったのです。[83]

フロールは愛らしかったが、世俗の愛は次第に神聖な愛へと変化していった。「私は婚約者を愛しながら、彼女の魂が神性を帯びたものであると思ったのです。少なくとも私は真の崇拝の念をもって彼女を敬っていましたし、このきわめて激しく、きわめて純粋な愛によって自分が自分自身のうちで持ち上げられるように感じていたものですから、私は本能的に神に祈り始めたのです。[84]」彼はのちにそう明らかにするだろう。宗教への渇望を表明しながら彼は一年前にすでに、彼の兄に向かって自分の婚約を告げたあと、時折フロールを天使だと思うことがあると告白していた。「彼女から遠く離れたところにいる今、私は時折彼女がルーベンスの筆から現れたあの天使たちのように雲に取り囲まれている様子を思い浮かべるのです。[85]」聖母マリアの出現に向けて、彼にとって機は熟していたのである。

奇蹟が起こった翌日にアルフォンスが書いた最初の手紙はフロールに宛てられていた。まず自身に生じた大きな新しい幸福を知らせるため、ただしフロールを怖がらせないように聖母マリアの出現については強調せずに曖昧な言葉を用いてそれを知らせるために、そして同時に彼女への自分の情愛が変わらないことを改めて伝えるために――というのも彼はまだ彼女を諦めていなかったし、自身の神秘的なふたつの愛着の対象を両立させることを望んでいたからである——彼はさっそく彼女に手紙を書いたのであった。[86] 数日後アルフォンスは自分の姉妹のひとりに宛ててこう書いている。「私の意図は修道会に入ることではありません。それについて決意するのはフロールとの結婚が不可能になった場合に限られるでしょう。そして彼女がカトリック教徒にならない場合、彼女との結婚は不可能になります。というのも彼女が私の姪である以上、私には聖なる父〔ローマ教皇〕による贖宥が必要となるからです。[87]」贖宥と免除を混同しているところがあるとしても、彼はすでに教会法の細部にかなり通じていた。しかし結婚の話を進めず、関係の断絶を切り出すことになるのはフロールの側であった。おそらくは家族の助けを借りながら書いた最初の返信において彼女は悲嘆の念を表明しながらもアルフォンスを自分たちのほうへ、自分たちの宗教のほうへと立ち戻らせようとしている。

アルフォンス、あなたは悔いることもないまま私を苦しめていますが、私が何をしたというのでしょう。あなたは私にあなたを愛してほしいと望みました。そして私はあなたを愛しました！　あなたは私にこう言っていましたね。あなたの幸福のためには、私たちのふたつの魂が互いに理解し合わなければならないと。それで私はあなたの魂のなかに私の美質と共感するように思われたあなたの美質を探し求めました！　あなたは絶えず率直な調子であなたの人生は私に捧げられるのだと繰り返し言ってくれました。私はそれを信じました！……　私はあなたに謝意を求めはいたしませんが、あなたは男らしい方ではもはやないのかと問いたいのです。私はあなたに、あなたが情け容赦もなく、もはや振り撒く涙も枯れてしまうほど強く私を泣かせておくことができるのかどうか、あなたを愛情で取り巻いている家族の絶望に無感覚なままでいることができるのかどうかを問いたいのです……。

二日前あなたは洗礼を受け、カトリック教徒になったと聞きました！　そう言われた以上、それを信じたいと思いますが、それは理解しがたい、説明しがたい行為です！　その知らせは私を想念の迷宮に投げ込み、私は夢想の餌食になったと思わずにはけっしてその外に出ることが出来ません！　アルフォンス、いったいどうしてあなたはそのような思い上がった弱さに引きずられてしまったのでしょう！　いったいどうしてあなたは謙虚で弱い人びとを離れ傲慢で力強い人びとの側に移ってしまったのでしょう！　何があなたをそれほどに突然で無思慮な決意へと導いてしまったのでしょうか。あなたの父祖伝来の宗教のなかであなたは幸福ではなかったのでしょうか。そしてユダヤ人であっても万人から尊重されることこそが高貴な行いの報いではなかったのでしょうか。[88]

フロールはアルフォンスの蒙を啓いてくれることを神に祈り、自分の親族の誰も彼の例に倣うことはないだろうと警告している。悲嘆に満ち、威嚇と愛情を同時に含んだ彼女の手紙は、アルフォンスの洗礼という知らせに対する家族全体の狼狽をよく証言している。ところでアルフォンスは、フロールも同じく改宗してくれるのであれば彼女と結婚したいという希望を捨てていなかったのに対して、この一八歳の若い女性は彼に絶縁状を──知性と威厳に満ちた見事な、そして決定的な絶縁の手紙を──書き送っている。

アルフォンス、あなたに言うべき言葉はただひとつだけです。この言葉は苦痛に満ちたもので、私は震えながらそれを記しています！　いいえ、震えるのは間違っています。強い魂は義務の声以外のどのような声をもその心のなかで抑制しなければなりません！

あなたは私がカトリック教徒になるなら私と結婚したいと望んでいます。それならば、アルフォンス、あなたは私を諦めなければなりません。というのもそれはけっして起こらないことだからです。一年前に私があなたの伴侶になることを約束したとき、この結婚が私の幸福を約束するものであると同時に、私の可哀相なお父様の魂のなかにも幸福をもたらすものであること、そして私の愛と感謝に権利を有する叔父様[89]の願いをも満たすものであることから私は幸福でした。とりわけ天におられるお母様も祝福してくださることを私は確信していたからです。

しかし今では、すべてが変わりました。かつてのアルフォンスは消え去りました。今日のアルフォンスに従うことは私にはもはや出来ません。

もしこの言葉があなたを驚かせるとしたら、あなたがあなたの人生において最も重要な行為を決意したときに私の思い出があなたを止めることはなかったこと、私たちの結婚を破棄し、このうえなく神聖な約束を最初に破ったのはあなたのほうであることを考えてください(90)。

フロールが改宗するはずはなかったが、たとえ彼女がその手紙を羞恥と高貴に満ちた結びで終えていたとしても、彼女が経験したトラウマは生涯にわたって残るものとなる。

アルフォンス、あなたは私に多大な苦しみを与えました。私はそれを忘れます。あなたは私のお父様の心を深く悲しませました。それも私は忘れましょう！……　今後は、私はあなたをひとりの兄弟として見なし、愛します。幸せになってください！　ユダヤの女は人を許すことができるのです。

この言い回しはまさしく、『ユダヤのフランス』をめぐるブリュヌチエールへの手紙と同じ筆遣いに拠るものである。そこにはアルフォンスを「婚約者と、その父と、その叔父の殺人者(91)」として扱い、また彼がカトリックの豊かな結婚の誘惑に屈したのではないかと疑う一方で、家族としての愛情を彼に確保し、スキャンダルを恐れてストラスブールに戻ることは禁じながらパリへの帰還を懇請するという、この一家がこのエピソードの全体にわたって証言することになる両面価値性《アンビヴァレンツ》が見出されるだろう。それでもフロールが苦しんだことは事実であった。

この可哀相なひとは翌日、私の妹[92]宛てに手紙を書いています。彼女は私を忘れたくても忘れられず、私に罪があるわけではないと感じているだけにそれは彼女にとって不可能であることが述べられていました。彼女はその後も引き続き私の前で私に会うことがあり、夜も夢のなかで苦しんでいるということです[93]。

フロールの手紙は一家とその宗教から離れていく人間を慨嘆し、脅かす一方で、結局は彼を許し、彼に自由を取り戻させる、そうした一家全体の引き裂かれた状態というものを開示してくれる点で興味深いものがある。三月早々、叔父のルイもまた「自分の許しと自分の友情が揺るがないことを知らせるために[94]」アルフォンスに手紙を書き送っている。家族のショックと憤りは、この出来事がテオドールの回心をよりいっそう目立つものとして思い起こさせただけに、またそれまでアルフォンスが態度で示していたキリスト教への敵愾心がその最初の回心を補って余りあるものであっただけにいっそう強いものとなっていた。兄弟ふたりのうちアルフォンスは常に突発的に行動するタイプであったのに対して、テオドールのほうは熟慮するタイプであった。実際テオドールは著者として『聖ベルナール〔およびその時代〕の歴史』（一八四〇）や、一九二六年まで版を重ねた『キリスト教徒の母の教本』（一八五九）、そしてサルトルが有名なエッセーでそのタイトルを再利用することになる伝統的な書物『ユダヤの問題』（一八六八）を執筆している。デゼッサント〔ユイスマンスの小説『さかしま』の主人公〕はテオドールが用いる伝統的な言葉遣いの陰鬱さを嫌悪していた[95]。

ミシュレはドイツに赴く途中の一八四二年六月、ストラスブールに立ち寄り、テオドールとアルフォンスの兄弟であったアシル・ラティスボンヌに会っている。ミシュレはアシルからシュワーベン訪問のための紹介状を何通か書いてもらった。いくつかの理由から一家が狼狽した状態にあったことがまだ明らかに感じられた。

ラティスボンヌ氏は死にかかっている子供がひとりいるのだと私に言った。それは彼らが受けた三つ目の衝撃だった（最近もまた、叔父さんが欄干から転落するという出来事があったが、この御仁は病気のレヴロー氏のためにシナゴーグで祈りを捧げたことのある、信心深いキリスト教の心を持った人物であった）[96]。息子が病気で、叔父さん――おそらくルイ叔父を指しているだろう――が転落した。文面からもうひとつ、第三の「衝撃」があったはずだが、それについてミシュレは語っていない。それはひょっとしてアルフォンスの回心ではなかっただろうか。いずれにせよ歴史家がルイ叔父にかぶせている形容詞、すなわちミシュレがストラスブールで会ったもうひとりの人物であるレヴロー氏のためにシナゴーグで祈りを捧げた「キリスト教の心を持った人物」という表現は意表をつく言葉として残るだろう。

ラティスボンヌ家はその先祖の活躍のおかげで手に入れた解放のあと、この国の社会的、金融的、政治的、文化的な生活に見事にコミットし、二世代ないし三世代のうちに深く同化し、還俗し、異文化受容を果たしていた。それが辿った歴史的な進展の道筋は、テオドール・ラティスボンヌがその著『ユダヤの問題』のなかで、それが含んだ宗教的感情の喪失を悔やみつつも次のように描写することになるはずのものであった。

前世紀と共に消え去ったユダヤ人世代は、それと共にもろもろの伝統、根深い偏見とタルムードの難解な実践をも運び去った。続いてやってきた世代は復古王政と共に年老いていった世代であるが、未来の幸福の条件を心配することなく現世の生活を享受することだけを考えるようになった。そして最後にそのあとの世代、大半がキリスト教の学校で教育を受けて育ったか、あるいは宗教教育をまったく受けずに育った世代は、シナゴーグの古色蒼然たる信仰の記憶に無縁な態度を示しさえするようになっているように思われる[97]。

その回心譚でアルフォンス・ラティスボンヌもまた、彼の家族のなかで宗教的な伝統は「完全に消えて」いたと指摘している。「私は名前だけのユダヤ人でした。それがすべてです。というのも私は神を信じてすらいなかったのですから。[98]」ナフタリ・セール・ベールの孫たちの世代以降ラティスボンヌ家では、ユダヤ教のこまかな戒律が遵守されることはなかったようである。アルフォンスは「ユダヤ人の信仰を改革する手段について、そしてそれを時代の精神と調和させる手段について熟慮するために」イタリアに向けてまさに出発しようとする直前に、ストラスブールのユダヤ人コミュニティのお偉方が集まる会合で〈神〉、〈モーセ〉、〈聖書〉といった言葉は口に出されることがなかったと語っている。[99]「ユダヤ人はもはやユダヤ教徒ではない。彼らはいまだキリスト教徒ではない。」テオドール・ラティスボンヌはそう結論づけるだろう。[100]アルフォンスはテオドール・ド・ビュシエール宛の手紙のなかで、フロールが用いた最後の一句（「ユダヤの女は人を許すことができるのです」）を次のような意味に解釈している。「自分の敵を許すこと、自分に危害を加える者たちのために祈ること、これは崇高なことではないでしょうか！　まったくそうです！　それはモーセの律法とは正反対です……。まったくそうです！　それはイエス・キリスト以前のユダヤ人たちにとって未知のことでした。[101]」フロールは――そのユダヤ教はおそらくキリスト教を経由して獲得されたものであっただろう――しかしながら、棄教の道を選んで婚約者のあとを追う心の準備はできていなかった。そしてアルフォンスはフロールの宗教を真面目に考えることなく次のようなことを妹のひとりに打ち明けたとき、誤りを犯していたのである。「彼女が自分の宗教（それは土曜日に菓子を食べるというものです）を棄てるだろうということだけでなく、彼女が熱烈なカトリック教徒になるだろうということをも私は確信しています。[102]」このうえなく同化した数多くのユダヤ人におけるのと同様、ラティスボンヌ家においては宗教的な規律の遵守はほとんど無に帰していたというのが事実であったとしても、ユダヤの伝統と連帯の意味は大きなものとして残っていた。フロールはその生涯の最期まで、それに忠実でありつづけるだろう。[103]

「カトリック教会の外に救済なし！」

ラティスボンヌ兄弟のケースが典型的となったカトリックへの改宗は同化の最終段階――フランス人であるというのはカトリック教徒であることだ(104)――を実現するものであった。しかしそれはまた逆説的にも、神聖なものへの欲求、そして宗教への欲望の存在をも明らかに示すものであった。それは半世紀以来、非宗教化が進み、典礼を忘れ、アナクロニズムとして退けられてきた彼らの父親たちの宗教ではもはや満たすことのできなくなっていた欲望であった。アルフォンスはこう書いている。「私の心には空虚が存在していました。あらゆるものが豊富にあるなかで私はまったく幸福ではありませんでした。何かが私には欠けていたのです(105)。」聖母マリアが出現しキリスト教の洗礼を受けるまでの間に妹のひとりに宛てて書いた手紙には、ユダヤ教に対する軽蔑の念が驚くほどの率直さでもって吐露されている。

カトリック教が［……］私たちの祖先の宗教ではないこと、そして日々消え去りつつあり、歴史に前例のない理解しがたい運命がそのうえに重くのしかかっているのがユダヤ教であることを認めながらも、私は家族と兄弟姉妹、その子供たちがいかなる宗教的な感情も抱かず、いかなる宗教的な実践も行わないまま生きていく――それは永続しえないことです――そのような姿を見るよりは、キリスト教徒であること、良きカトリック教徒であることのほうを選びます。あなたがたは早晩、そうありたいという欲求を感じることでしょう。でもそのときあなたがたはどうするのでしょうか。ユダヤ教徒になるのでしょうか。いいえ、それはありえないことです。なぜならあなたがたはご自分の馬鹿げた行為をお笑いになるはずだからです(106)。

ユダヤ教を精神的に貧しいものとみなし、そのこまごまとした戒律を愚劣とみる感情、信仰への深い渇望との葛藤においてユダヤ教徒であることを恥辱とする感情、こうした感情がアルフォンスの改宗を説明する。そうして聖母マリア出現の数日前にローマのゲットーを横切りながら「一八〇〇年前にたったひとりの男を殺したことで、果たして一民族全体がかくも野蛮でかくも終わりなき偏見に満ちた扱いを受けなければならなかったのかどうか」についていまだ自問し、「自分は抑圧者の側よりも被抑圧者の側にいたい」[107]と宣言していたこの男、この同じ男が「自分の婚約者、自分の家族の愛情、自分の友人たちの尊敬、ユダヤ人への愛着を」[108]放棄し、彼らから狂人と見なされ、一八四二年一月三一日には早くも洗礼を受け、ユダヤ人を洗礼する際のローマ・カトリック教会の典礼の指示——「ユダヤ人の裏切りを憎悪せよ、ヘブライの迷信を否定せよ」[109]——に躊躇なく従い、トビーという ユダヤの名前を棄て、聖母自身の名前を採用するに至ったのである。彼はすぐさま二月三日、教皇との拝謁を許される。ユダヤ教からカトリック教への瞬時にして完璧な、驚くべきその改宗は同年六月三日の教皇令によって認定された[110]。そうして彼はイエズス会士たちのあいだでも認められ、一八四八年には司祭に叙階され、一八五二年にノートル＝ダム・ド・シオン修道会——一八四二年に彼の改宗を記念して兄テオドールによって設立された——に入る。そして一八五五年以後は、同修道会をパレスチナの地に根付かせる活動に尽力し、やがてエルサレムで没することになる。一方、ラティスボンヌ兄弟の会社は後継者がいなかったため一八四九年に事業を叔父のルイに譲渡した[111]。

伝統的な反ユダヤ教神学によれば、改宗はユダヤ民族——偉大だが、キリストを正当に評価せず、生まれつつあったカトリック教会を抑圧して以来失墜し、神に罰せられ、四散させられた民族——にとって可能な唯一の出口であった。ローマ・カトリック教会の教父たちによって肯定されたこのテーゼはボシュエによって、そしてこのテーゼがその同化論の基礎となっているグレゴワール神父によって、またボナルド、メーストルあるいはラムネーによって多かれ少なかれ辛辣さを含みつつ採り入れられ、一九世紀にはあらゆる公教要理、聖職者養成のための教科書、そしてユダヤ問題に関する諸々の著作――そこには改宗者の著作も含まれているが、いずれもユダヤ教に対する無知と軽蔑と不寛容によって特徴づけられる著作群――のなかに連綿として出現している。あとはユダヤ民族の大量改宗の時機が到来しているかどうかを決定することであるが、カトリック教会はこの争点については一律の答えを示してはいない。実際のところ聖職者がユダヤ人をカトリックへと勧誘することを嫌がるとき、それは寛容の徴というよりはむしろ反ユダヤ主義の徴になっている。一八五二年に『アルシーヴ・イスラエリット』誌に引用されたロングリュ神父の言葉は次のようなものであった。「ユダヤ人に洗礼を施すのは水の無駄遣いである。ユダヤ人は一〇代後までもユダヤ人のままである。[112]」ユダヤ人共同体からすればあらゆる改宗は、とりわけその動機が単に日和見主義的なものではなく宗教的なものである場合には、ふたつの教義の古くからの対立をよみがえらせ、実際のところユダヤ人の国民への同化を遅らせるものとなるだろう。ダルメステテールはそのことを想起してこう述べている。

ユダヤ人を改宗させること、新たな信仰の正当性をその新たな信仰に入る予定の相続者に認めさせること、これこそが真の勝利であり、真の証拠、至高にして疑いえない証言である。新たな信仰の正当性を否認する昔のカトリック教会の会員がいる限り、新たなカトリック教会はその相続者としての心の平安が乱されると感じるだろう。[113]

一九世紀フランスにおけるユダヤ人のキリスト教への改宗の歴史はいまだに作られていないが、その理由はおそらくこれらの改宗がユダヤ人とカトリック教徒の双方にとって厄介なものだったからであろう。すなわち一方には自分たちの宗教の一時的な衰退を、他方にはみずからの同宗者たちの過去の狂信をそれぞれ思い起こさせてしまうからである。[114] ユダヤ人解放とドレフュス事件の間で改宗者が何人いたかという数字そのものはよく知られていない。ボルドーのポルトガル系ユダヤ人の場合を除いて、[115] 改宗者の数はドイツやオーストリアと同じ水準には遥かに達しない、無視できる数であるとされてきた。ドイツやオーストリアでは、棄教は軍隊の将校や大学の教授など国家の一定の職業に就く際に不可欠なものであった。[116] だがその数は予想されたほど少なくもなかったのである。とりわけカトリックによるプロパガンダが勝利を収めた一八三〇年代や一八四〇年代においてはそうであった。[117] ラティスボンヌ兄弟のいとこでジャーナリスト、改宗者の息子で熱烈なキリスト教徒だったアルフォンス・セールベール・ド・メデルスハイム（一八一七―一八八三）は、その現象の重要性を誇張した。彼は大セール・ベールの家族のうち半分はすでにその父祖伝来の信仰を捨てていたことを喜びながら、一八四四年にその匿名の序文執筆者に次のように語らせている。

ユダヤ教は日に日に衰退し、その陣営はますますまばらになっている。この二〇年来、洗礼を受けたイスラエル人の数は非常に多く、洗礼を望んではいるがもはや虚しい遠慮によってのみ洗礼を受けていない人間の数はさらに多い。[118]

七月王政期そして第二帝政期においても、きわめて高い地位に就いたユダヤ人は、有名なアシル・フールドのようにそのほとんどが改宗者であった。[119] カトリックが多数派を占め、いまだに含むところのあった社会に溶け込もうとする彼らの意図の現れが棄教なのであった。プロテスタントのジョアンヌ・ド・ル・ロワは、改宗に関して基本文献となっているその一八九九年刊行の書物のなかで一九世紀フランスにおけるキリスト教への改宗ユダヤ人の数を一八〇〇人と見積もり、そのうち一二〇〇人はカトリックへの改宗者であり、六〇〇人は――おそらく膨らませた数字ではあろうが――プロテスタントへの改宗者であるとしている。[120] これらの数字は大きなものではないが、改宗者たちはひとつの集団を構成し、その目立ち方と影響力は改宗者の数と共通の尺度では測ることのできないものであった。たとえば改宗者のなかでもよく知られたひとりであるダヴィッド・ポール・ドラックは一八三〇年頃、「その会員、あるいは少なくとも有力者で、カトリックの親戚を持たない」長老会はフランスにひとつもないと主張した。[121] それは誇張ではなかった。銀行家のオルリー・ヴォルムス・ド・ロミイーは、自分の孫娘が異教徒との結婚をして改宗したあとの一八四三年、中央長老会の会長職を辞任しなければならなかった。[122] 彼の後継者となった弁護士で代議士のアドルフ・クレミューは、フランスのユダヤ人のみならずオリエントのユダヤ人のためにも力を尽くした人物であったが、自身の妻と娘たちが洗礼を受けていたことが発覚した一八四五年、やはり辞任することになるだろう。[123] その結果、フランスのユダヤ教の改革と再生を目的にサミュエル・カエンによって一八四〇年に創刊された『アルシーヴ・イスラエリット』誌と、一八四四年に創刊された伝統主義的な『リュニヴェール・イスラエリット』紙〔こちらは雑誌ではなく週刊新聞のため「紙」と記す（訳者）〕との間で「我々の宗教とは無縁な子供たちを持つイスラエル人を長老会の職務から排除すること」の有効性をめぐって激しい議論が交わされた。[124] しかしクレミューは「キリスト教嫌いのピューリタニズム」[125] のない改革派や保守派の友好的な圧力に譲歩したあとも、自分の決意を翻すことはなかった。[126] 一八四六年から一八七一年まで彼のあとを継いだマックス・セールベール大佐は、その従妹に当たる女性でありテオドールおよびアルフォンス兄弟の妹であったエリザ・ラティスボンヌの夫に他ならなかった。[127] そして一八六一年にもまた、テオドールおよびアルフォンス・ラティスボンヌの兄弟であり、彼らの父と叔父ルイを継いで一八五五年以降ストラスブール長老会の会長を務めていたアシル・ラティスボンヌは、家族の了承を得ずにノートル＝ダム・ド・シオン修道会に入った若いユダヤ人の娘たちの改宗が惹き起こしたスキャンダルのため会長職を退かなければならなかった。[128]

　おそらくラティスボンヌ兄弟のそれのような改宗は、固有の意味での改宗ではなく、ましてカトリック教会が彼らの改宗をそう呼ぼうとしたような異端放棄や棄教ではなかったかもしれない。というのも彼らにはあらかじめ信仰や精神的生活があったわけではなかったからである。しかし彼らの改宗は社会的な野心や結婚をその動機としていなかっただけになおのこと、またそれらの改宗が裕福にしろそうでないにしろユダヤ・エリートの子息たちに影響を及ぼしただけに、いっそうユダヤ人共同体を苛立たせるものであった。しばしば優れた世俗教育を受けていた子息たちはその後、特にアルザスにおいては遅れていると彼らが判断した自分たちの共同体のなかで孤立感を深めていくことになった。[129] 苦い思いはさらにいや増していく。多くの改宗者たちが当時、王政復古以来の華美と壮麗に輝いていた三位一体の宗教の魅力に屈したあとすぐさま改宗させる側の人間となって、彼らのかつての同宗者たちにつきまとったのである。背教ユダヤ人たちの変わらぬ熱心さは、カトリック教会に入る前のアルフォンス自身による兄テオドールに対する不寛容と、アルフォンスの洗礼を知った際のフロールの憤慨を説明するだろう。

一八四五年、『アルシーヴ・イスラエリット』誌はテオドール・ラティスボンヌに対する激しい攻撃に乗り出した。反教権主義のジャーナリズムによって利用されるある事件が敵意を掻き立てた。ラティスボンヌ神父は二月、割礼の専門家であり死の床にあったラザール・テルケム医師を数年前に洗礼を受けていたその妻や娘たちと共謀して強制的に改宗させたとして非難されたのである。[130] 当時まだ数カ月間は中央長老会の会長職にあったクレミューは、法務および宗教担当大臣を仲介者としてラティスボンヌ神父をパリ大司教に告発した。大司教の回答の文言は相手を大いに傷つけるものであったため、大臣はその返書を長老会に渡すことを控えた。[131] 医師の兄弟で、過激な改革派にして激烈な攻撃文書作家だった数学者のオルリー・テルケム[132]とラティスボンヌ神父は、長い間さまざまな新聞雑誌上で論争を交わした。「ふたりの背教者（神父と医師未亡人）の大胆不敵な攻撃」というタイトルのもと、時に罵り合いとなる彼らの往復書簡を再録した『アルシーヴ・イスラエリット』誌は、テオドール・ラティスボンヌを取り巻く「魂を勧誘する男娼たち、そしてとりわけ娼婦たちの一味」には気をつけるようにと警告を発し、彼らは監視されているとし、彼らを法的に追及するといって脅かした。攻撃の調子は激しさを増していく。

> ラティスボンヌ氏への最後の言葉。もしこの元ユダヤ人が死体を洗礼することによって、彼が棄てた先祖伝来の宗教を侮辱することを意図しているとしたら、それは大間違いであり、彼は自分が入信した宗教を冒瀆しているだけのことである。もし彼がそうすることで恭順の証を示したいと望み、それによって公の軽蔑を得たいと望んでいるとしたら、彼はその目的をすでに完全に果たしていることになる。[133]

同誌はこの機に乗じて、大臣にノートル＝ダム・ド・シオン修道会の閉鎖を求めるパリ長老会のエドモン・アルファンが執筆した、布教活動についての基本的な研究を掲載し[134]、さらにラティスボンヌ神父の伝記に立ち戻って、その「若い頃に非常に問題だった［……］知的能力[135]」を嘲笑し、またノートル＝ダム・ド・シオン修道会を嘲笑した。

> ノートル＝ダム・ド・シオン修道会！　なんとも夢のような名である！　なんとまあよい響きであることか！　資本金一億の株式会社にぴったりの立派な名義である！［……］
>
> だが、皆さんはこうおっしゃるだろう。「ノートル＝ダムという語とシオンという語の組み合せには何か気に障るものがある。というのもノートル＝ダムはすぐれてキリスト教的であり、シオンは本質的にユダヤ教的であるからだ［……］。」皆さんがいくらかでもオペラ・コミック好きであるなら、よく知られた調べにのせてこう歌ってくれるだろう。この謎やいかに？[136]

このオペラの旋律のハミングは『失われた時を求めて』のなかで、ブロックと主人公のユダヤ出自のその他の友人たちが家にやってきた際の主人公の祖父のそれを予告している。[137] あらゆる口実が有効であり、神父が七八歳の年老いた改宗者をいまだにラビと呼んでいることを非難した。それによって、その語意についての彼の無知を示そうとしたのである。[138] あるいはまた神父がだまされやすい人たちをシナゴーグから遠ざけようとしているとして非難した。[139]『アルシーヴ・イスラエリット』誌は司祭たちの意地の悪さについてのミシュレの最近の著作[140]を引用しながら、お互いの寛容を主張した。「司祭には教会に、ラビにはシナゴーグにとどまっていてほしい。とにかくこのような魂狩りは許さないようにしようではないか。[141]」同誌はボルドーの若い下士官のケースのようにユダヤ教への稀な改宗については慎重に扱っていた。「我々はキリスト教徒がユダヤ教徒を改宗させるときのように勝利を叫ぶ者ではない。我々はまた自分たちの会員がキリスト教徒になる際にシナゴーグの崩壊を見る者でもない。[142]」状況はその後数年で鎮静化した。一八四六年の総括において『アルシーヴ・イスラエリット』誌の編集長は「改宗させる人びとの熱心さは我々に対していくらか収まったように見える」としている。[143] 改革されたユダヤ教が新たな宗教的熱気を刺激したこともあり、キリスト教への改宗はより少なくなっていったが一八六一年に新たなスキャンダルが巻き起こった。子供たちに精神的な圧力をかけて改宗させたとして、また貧しいユダヤ人に金銭的な見返りと引き換えに洗礼を施したとしてテオドール・ラティスボンヌが再び嫌疑をかけられ、今度は法廷を含めて、それを否認し、みずからを擁護しなければならなかった。[144]

ラティスボンヌ兄弟以外で一九世紀前半の最もよく知られた改宗者としては、一八二三年のダヴィッド・ポール・ドラック（一七九一―一八六五）がいる。ドラックはタルムード学者で、パリの長老会が運営する学校の教師、のちにその校長を務め、中央長老会の大ラビであったエマニュエル・ドゥッツの娘婿となった。ドラックは一八二八年、ドゥッツの息子シモンを改宗させる。[145] ドラックは一八二六年、フランソワ＝マリー・リベルマン（一八〇二―一八五二）も改宗させている。リベルマンはサヴェルヌのラビの息子で、精霊修道会の第二の創立者にして聖心マリア伝道会の創立者であり、一八七六年に始まる列聖手続きの対象となる最初の「イスラエルの民出身者」となるだろう。[146] その後、改宗の潮は引いていく。最後のセンセーショナルな背教は一八五四年、オーギュスタン（一八三六―一九〇九）とジョゼフ（一八三六―一九一五）の双子、レマン兄弟のそれであった。ふたりは自分たちの布教活動を「イスラエルの残りの人びと」――ふたりはユダヤ人をそう呼んでいた――の救済に捧げた。自分たちの元の宗教についてはあまり知ることなく、聖職者からよくものを尋ねられる神学者、歴史家、リヨン大学カトリック学部の教授として、ふたりはラティスボンヌ兄弟よりも積極的に、伝統的な反ユダヤ的護教論を自家薬籠中のものとし、ユダヤ＝フリーメーソン陰謀論を信じ、第三共和政期における反ユダヤ主義の目覚めに貢献した。[147] ドラックとレマン兄弟はノートル＝ダム・ド・シオン修道会に頻繁に通った。

一九世紀後半においては第二帝政が一八五八年にイタリア統一を支持することを決定し、フランスでは教皇至上権主義と修道会に対して闘いを挑む道を選ぶや、また聖職者の影響力をさらに低減させた第三共和政下にあって、フランコ＝ユダイズムの盛り上がりは改宗を無益なもの、さらにはますます同化に反するものとした。例外は、裕福な家の幾人かの若いユダヤ人女性――プルーストは彼女たちを「ハーベル家とハイネ家の改宗女性たち」と呼んだ[148]――であり、彼女らは金のない貴族と結婚した。ノートル＝ダム・ド・シオン修道会はその初期の数年以後は布教活動を控えるようになり、女子教育に専念するようになった。[149] 非宗教性《ライシテ》が陣地を拡大していくにつれて自由思想がよりよい統合の要因になっていった。フロマンタル・アレヴィの娘にしてジョルジュ・ビゼーの未亡人であり、プルーストの女友達でゲルマント精神のモデルであったジュヌヴィエーヴ・ストロースは、彼女を改宗させようと願っていたミュニエ神父に、こう答えたという。「変えるほどの宗教を私は持ち合わせておりません。[150]」

フロールのサロン

叔父〔婚約者だったアルフォンス・ラティスボンヌ〕に捨てられ、カトリックのプロパガンダに翻弄されるがままになったフロール――アルフォンスは一八四二年三月、「フロールの名前は有名になり、キリスト教の世界で知られるようになった」と告白している[151]――について言えば、周囲に静けさが戻った一八四六年、彼女は両替商アレクサンドル・サンジェ（生年未詳―一八七九）と結婚する。夫の父親ダヴィッド・サンジェ[152]（一七七八―一八四六）はミュルーズに近いウフハイムの生まれで、一八歳の時、一文無しで、しかもフランス語がひと言も話せないままパリに出て、そこで財を成し、非ユダヤ社会に同化した。彼は王政復古期および七月王政期のパリのユダヤ人成功者の典型的なモデルであった。卸売商、綿工場経営者、ユダヤ人共同体の有力メンバー、慈善家として活動した彼は、一八二〇年には小冊子『フランスのイスラエル長老会』の著者となり、フランス語を導入することでユダヤ教の改革と長老会の廃止を目指したが、その後関心を失い、どうやら同宗者たちを避けるようになったらしい。その点についてはサミュエル・カエンが故人の追悼文のなかで「彼〔ダヴィッド・サンジェ〕は教育のある人びととの付き合いを好んだ。たとえそれがユダヤ教徒であっても」[153]という言い方で示唆しているとおりである。彼はパリ一六区のサンジェ通りにその名を残した[154]。『アルシーヴ・イスラエリット』誌はダヴィッド・サンジェの遺言が公表された際にユダヤ人共同体に多額の寄付をしなかったといって非難したが[155]、その息子アレクサンドル・サンジェとフロール・ラティスボンヌの結婚についても相変わらず失礼な文体で、次のような報告記事を書いている。

ストラスブールのユダヤ寺院運営委員会の要請により以下のとおり告知する。パリ株式取引所近くで両替商を営むA・サンジェ氏は、去る八月二六日、ストラスブールにて祝賀されたラティスボンヌ嬢との婚姻の儀に際し、同市の貧しいユダヤ人に配付されるべく、同委員会の口座に金千フランを振り込まれたとのことである。
父上が財を成し、よく慈善事業も行われたパリで生まれ育ったサンジェ氏が、我々の宗教の信奉者のなかで不幸な者たちがこの地にもいるということ、軽減すべき苦しみがこの地にもあるということに思いを致されなかったことは、まことに残念なことである。[156]

その数頁先で、『アルシーヴ・イスラエリット』誌は宿敵テオドール・ラティスボンヌにまたもや、しかし今回はユーモアを添えて攻撃を加えている。

最近、我々の同宗者のひとりがユダヤ人にたいそう関心のあるノール県のある大都市の市長と会見した。博愛主義の市長はこう言った。「あらゆる職業において、あなたがたの同宗者は卓越しております。たったひとつ、彼らもいまだ我々を凌駕していない職業がありますが、そこでもやはり彼らはその職業をこの上なく徹底的に推し進めました。」会見相手が「その職業とは何でしょうか」と問うと、市長の返事はこうであった。「カトリック教への改宗を挑発するという職業において元ユダヤ教徒、神父ラティスボンヌ氏は司祭たちの誰よりも徹底してその道を進んでいます。もちろん司祭たちもまた、カトリック教の普及に心を砕くべきであることは当然ですが。[157]」

ラティスボンヌ神父兄弟の近親者たちは、改宗者たち——ユダヤ人からは拒絶され、かといってカトリック教徒によって真に同化されるわけでもない者たち——に対するこうした揶揄から免れることはけっしてなかった。

フロールの結婚によってふたつの家は、同化し無宗教となっていたユダヤ人の大ブルジョワジーに近づいた。[158]

「この男〔アレクサンドル・サンジェ〕は気取らない人柄であると同時に見事に高い識見の持ち主であり、みずからの運命を彼の運命とひとつのものにした伴侶を高く評価し、理解することができた。」そう書くのは、フロールが一八八〇年代初頭にブリュヌチエールに推薦した詩人・経済学者ラファエル＝ジョルジュ・レヴィである。レヴィはこう続ける。「彼は妻がサロンを開くのをかげながら援助した。そのサロンは半世紀もの間、芸術家、作家、政治家が集う場所となり、家の女主人の周りで同じ敬愛の念が彼らをひとつに結びつけていた。[159]」パリのエリートを集めたフロールのサロンは、解放以来ユダヤ人男性、そしてまたユダヤ人女性が獲得した社会的な地位を例証するものであった。女子も時には男子と同じ世俗の教育を受ける権利を持ち、彼女たちは彼らと同様に宗教の戒律から自由になった。そしてユダヤ人女性に関して、おそらく信頼に値する大ブルジョワジーにおいては、一八四二年にセールベール・ド・メデルスハイムが示唆したように「彼女たちが一流の家庭に生まれ、懇ろな教育を受けたとき、彼女たちは稀な卓越性と完璧な優雅さとエスプリを備えたサロンを開いて礼を尽くすことだろう。[160]」

「軽い心」の持ち主とされた男エミール・オリヴィエ[161]（一八二五―一九一三）はフロールの結婚について、ラファエル＝ジョルジュ・レヴィがフロールの追悼文という場でみずから許せる範囲で述べた言葉に比べ、より率直な調子で語っている。青年時代の友人だったフェリックス・ヴォルムス・ド・ロミイーがフロールの妹エリザと結婚して間もない一八五三年一二月、オリヴィエをフロールに紹介した。「彼女は私がそうした女性を欲望し、愛するような、そういう女性である。あまりにも月並みに過ぎることであるが彼女もまた、彼女の本性の繊細優美さを微塵も理解しない夫と結婚したが、彼女は妻としての道からよろめくことはけっしてなかった。彼女は苦しみながら自身の義務をまっとうしていたのである[162]……。」歴史の数々の苦難を通ってオリヴィエの死に至るまで六〇年間にわたって、フロールとオリヴィエは親密な関係であり続けるだろう。オリヴィエの日記には、フロールとその妹ゼリー（ド・スールドヴァル夫人）に宛てた愛情に満ちた手紙が数多く採録されている。「あなたは私の生涯の最も絶望的な時期にあっても、けっして隠れることのなかった稀な光源のひとつです。」一八六四年、オリヴィエはふたりの友情の始まった頃を思い起こしながら、そうフロールに書き送っている。彼はこう続ける。「そうしたいといくら望んだところで、私の心からあなたを引き離すことなどできないでしょう。私の心にとってあなたはこのうえない真の喜びのひとつであり、そのようなことを望むことなどまったくありえないことなのです。」[163] 二年前に妻ブランディーヌ——リストとマリー・ダグー（ダニエル・ステルンの筆名で作家活動をした）の娘——を亡くしたオリヴィエは、フロール宛のこの感傷的な手紙のなかで再婚はまだ考えていないと告白している。オリヴィエはフロールのうちに良き女友達、彼に対して常に信頼を寄せ、常に彼を褒めてくれる優しい女友達を見出していた。オリヴィエは一八六九年にマルセイユの卸商人の娘で一八歳の若いクレオール女性と結婚するだろう。一八七〇年から一八七三年までイタリアに亡命した数年間、ラティスボンヌ姉妹に宛てて書いた数多くの内省的な手紙のなかで、彼はその若い妻マリー＝テレーズ・グラヴィエを「小さな青いヴェール《ル・プチ・ヴォワル・ブルー》」と呼んでいる。彼はフロールには「白喉鳥《ラ・フォーヴェット》」という愛情を込めたニックネームを与えている。

この呼び名は白喉鳥のためのもの、首を傾げ、深い眼差しをして、敏捷な動きをする、言葉遣いはあるときはゆっくりと、またあるときは素早く、あるときは悲しげで、あるときは陽気で、いつも歌うようなその声は不運な日々を慰めてくれる、いつも愛される白喉鳥のためのもので、社交的なサンジェ夫人のためのものではありません。[164]

感動的な思い出に立ち返るように、オリヴィエは好んでふたりの最初の出会いのシーンを思い起こす。

ごく自然に、そしてまったく突然、私があなたに惹きつけられたあのときのこと（最初のきっかけ）をどうして忘れることができましょう。覚えておられますか、リヴォリ通りのあの小さなお部屋、フーコー〔物理学者でもあった友人フェリックス・ヴォルムス・ド・ロミイーにフーコーの振子で有名な物理学者レオン・フーコーにちなんでオリヴィエがつけた綽名と思われる〕とこの私めが厳かなる入場を許されたあのお部屋を。あなたは窓近くのマントルピースの右側におられ、私は控え目にその反対側に座し、高名なるフーコーは中央に鎮座していました。覚えておられますか、あの善良なフェリックスの動揺を。あなたの髪の毛が乱れて、いつもの魅力に欠けて見えることを心配した彼が何かの用事を装ってあなたを部屋の外に呼び出し、下に垂れていた三つ編みの髪を持ち上げさせたあのときのことを。あの日はすでに遠い過去のことですが、私にはまだ現在のことのようです。あの日から私の心はあなたと共にあります。他人の意見などどうでもよい私なのに、あなたが私の意見に同意してくださらないときにはむきになって怒ってしまうほどです。そんなことはあなたには許されないことだと私には思われるのです。[165]

ゼリーと共にフロールはオリヴィエにとって最も近しい女友達のひとりでありつづけるだろう。一八七九年、彼はフロールにこう告白している。「私が何かの著作を発表するとき、他の人間の意見はどうでもよいのですが、その人の判断を心配しながら待つ人物が四人ないし五人います。あなたはそうした五人のうちのひとりです[166]……。」フロールのサロンの常連の多くと同様、オリヴィエもまた――フロールには「あなたがおっしゃっているのと同様、私はユダヤの宗教を嫌うものではありません。〔……〕私は自分が、偉大で唯一の神を崇敬するユダヤ人だと感じます。[167]」と言っていたにもかかわらず――ドレフュスの再審には反対の立場を示すことになるとしても、ふたりの親密さが揺らぐことはないだろう。[168]彼は一八九八年一〇月、ゼリー宛にこう書くだろう。「お願いですが、私たちがそれについて必ずしも意見を同じくはしていないこの悲しい事件のことは脇に置いておくことといたしましょう。[169]」一九〇〇年以降もフロール・サンジェはブリュヌチエールを「(ふたりの)共通の友人であるエミール・オリヴィエ家の人びと[170]」と一緒に夕食に招いている。『ルヴュ・デ・ドゥー・モンド』誌の寄稿者だったヴィクトル・デュ・ブレドはビュローズ夫人とその他幾人かのサロンの回想のなかで、一八九七年五月三〇日のフロール・サンジェとエミール・オリヴィエ家の人びととのそうした晩餐のひとつを思い起こし、すでにカトリック教会に共鳴していたがいまだ信者ではなかったブリュヌチエールについて、オリヴィエが「教権主義の政治をよしとする自由思想家」と描写していたことを伝えている。[171]

サンジェ家の人びとは長い間、マラケー河岸通りにあるシメー館の二階に住んだ。カラマン＝シメー家は館の一階より上の階も占有するほどの財力を持たなかったので、上階は賃貸としていた。[172] そしてユニオン・ジェネラル銀行の破産のあと、一八八四年に館を国家に売却した。[173] 劇作家エドゥアール・パイユロン（一八三四―一八九九）の娘でフランソワ・ビュローズの孫娘に当たり、のちに『ルヴュ・デ・ドゥー・モンド』誌の初期の歴史についての研究者となるマリー＝ルイーズ・パイユロン（一八七〇―一九五二）は、両親が一八七三年あるいは一八七四年頃に入居したシメー館で幼年時代を過ごし、その回想のなかでシメー館の様子を正確に記述している。二階を借りていたのは四世帯で、左側、河岸に面した翼《よく》に医師シャルコーの一家が住み、庭の奥にパイユロン家とサンジェ家のアパルトマンがそれぞれ続き、その南向きの広大なサロンは隣の美術学校の庭園に面していた。そして右側、河岸に面したもうひとつの翼にはビュローズ夫人が住んでいた。夫人は一八七七年のフランソワ・ビュローズの死後、娘とその婿が暮らす場所から遠くないこの館に入居した。[174] 一八七九年、「ビールを一杯」飲みにシャルコー家に呼ばれたエドモン・ド・ゴンクールは「シメー館のあの美しく広大なアパルトマンのひとつ」についてこう書いている。「その高窓は河岸とセーヌ川に面していて、アパルトマンは緑のなかに埋もれていた［……］。我々と一緒に上がってきたのはカラマン公夫人である。[175]」これら四世帯の間で往還は頻繁になされた。[176] 三階には館を一周する廻廊があり、それが各階段を結ぶと同時に屋根裏部屋へと通じるかたちになっていて、お友達のジャンヌ・シャルコーやジャン・シャルコーよりいくらか年下だった小さな女の子は、『失われた時を求めて』の主人公がゲルマントの館でそうしたように、[177] 庭を横切ることなくひとつのアパルトマンから別のアパルトマンへと行くことができた。

帝国末期と共和国初期にその栄華を極めたフロールのサロンについては画家ジャック゠エミール・ブランシュ（一八六一―一九四二）がその回想録のなかで紹介している。[178] 数多くのアカデミー・フランセーズ会員の選出がフロールのサロンで決まったとされ、一八六五年、皇帝を苛立たせたリベラル派のチャンピオンであり、レオン・アレヴィの私生児だったアナトール・プレヴォ゠パラドルの選出もここで決まったという。[179] 人びとは毎週木曜日、学士院を出るとすぐシメー館に赴いた。オリヴィエやプレヴォ゠パラドルの他、ヴィニー、[180] ルナン、クレミュー、ジョン・ルモワンヌ、エドモン・アブー、パイユロン、アルフレッド・メジエール、哲学者のアドルフ・フランクとエルム・カロ、[181] オクターヴ・フイエ、[182] ラテン文学者のガストン・ボワシエ、[183] 考古学者のエルネスト・ブーレとジョルジュ・ペロー、[184] アメデ・アシャール、[185] シャルル・ドルフュス、[186] ルイ゠ル゠グラン高校でボードレールと同窓だったエミール・デシャネル、[187] その息子でやがて共和国大統領となるポール・デシャネル、[188]「さらにオルレアン派、正統王朝派、穏健共和派、帝国の〈リベラル派〉、自由思想の知識人」がそこに集ったとブランシュは付け加えている。ブランシュにとってフロールのサロンの政治的な色合いはあまり目立つものではなかった。[189] マラケー河岸のサロンはたしかに折衷的な集まりの場であった。常連の大半はどちらかといえばオルレアン派で、皇帝とは対立する立場にあったが、フイエとフロールの親しい友人であったその妻は宮廷に頻繁に出入りしていたし、[190] オリヴィエとプレヴォ゠パラドルもやがて皇帝と連盟することになるだろう。他のいかなる体制にも増してフロールのサロンは、オリヴィエの大著のタイトルに従えば「リベラルな帝国」とよく調和していたのである。[191] ビュローズだけでなく『ジュルナル・デ・デバ』紙の編集長フランソワ・ベルタンもまたここの常連であった。多くの作家たちもフロールのサロンに出入りした。なかでもビュローズ夫人およびパイユロン一家と親しかったウジェーヌ・フロマンタンについて、フロール・サンジェは一九〇三年、ブリュヌチエールに宛てた手紙で彼を「少し知っている」と書いている。[192] 常連にはジョルジュ・ビベスコ公[193]やアルベール・ド・モナコ公[194]

もいた。ルイ・ラティスボンヌを通じてフロールのサロンに導き入れられたメジエールは第二帝政に関する彼の回想録のなかで、フロールを「我々の時代の最も善き、最も精神的な人物のひとり」として紹介し、こう付け加えている。「マラケー河岸のあのじつに居心地のよいサロンとヌフムーチエのあの見事な城館で、我々は何と多くの素晴らしい時間を過ごしたことだろう！」[195] マリー＝ルイーズ・パイユロンによれば、彼女の父親はその傑作『退屈な世界』（一八八一）で一八八二年にアカデミー・フランセーズ入りを果たすことができたが、その作品はフロールのサロンに集まる老人たちのおしゃべりに想を得ているという。しかしフロールのサロンよりも人びとの話題にのぼったのは、それと競合したもうひとつのサロン、より高い威信を誇ったオーベルノン・ド・ネルヴィル夫人のサロンであった。[196]「それは一八八一年、ランブイエの館でのことだった。そこはひとつの社交界であり、そこで人びとはおしゃべりをし、ポーズをとった。ペダンティズムが科学の、感傷主義が感情の、プレシオジテが繊細さの、それぞれ代理を務めていた。[197]」ふたりの女性のサロンの両方に顔を出していた哲学者のカロ[198]は、社交界の女性たちにちやほやされる哲学者としてみずからを任じていた。彼を褒めそやす女性たちは「カロの貴婦人たち」あるいは、そういう呼称があったように「カロリーヌたち」と呼ばれた。[199] オクターヴ・フイエ夫人は「窓が美術学校の庭園に面していた広壮なサロン」[200]を憶えているが、マリー＝ルイーズ・パイユロンとジャック＝エミール・ブランシュがフロールの晩年に彼女を訪問したときフロールは、現代的な快適さのない、不便で大きな部屋に引き籠もって暮らしていた。[201]

> 玄関広間を入るとすぐ、お隣りの女性の住まいが［……］壁掛けと重いカーテンとレース織の日除けに覆われていて、それが部屋を暗くしている様子が見て取れた。サンジェ夫人は絶えずからだの具合がよくないと言い、強い外光は目を疲れさせると言っていた。彼女はクッションの入った大きな安楽椅子の奥で、とても痩せたからだに透き通った肌をして、たくさんの小さなテーブルに囲まれて暮らしていた。寡黙な使用人た

ちが四六時中コンソメスープや紅茶やハーブティーなどを上げ下げしていた。フロールはそれらに唇をつけ、ひと口だけ飲み、カップを置く。彼女の一日はそうして、ひとつの飲み物から別の飲み物へと過ぎて行くのだった。[202]

この薄暗く閑静なアパルトマンで、少女は老女に、その老女の弟〔ルイ・ラティスボンヌ〕が書いたおとぎ話を話して聞かせた。当時の子供たちは皆、話の筋をすっかり覚えていたのである。しかしそれでもフロールは学士院の会議のあとに彼女のサロンを訪れる多くの人びとやオクターヴ・フイエ夫人を受け入れていた。ブランシュはシメー館の荘厳さと、その「王侯のような」玄関広間と、その幅の広い階段、そして「とても高い、金塗りの天井と美術学校のきわめて詩的な内庭を映し出していた鏡で覆われた」サロン、さらに子供たちに質問を浴びせ助言を与える「マダム・フロール」が彼に覚えさせた畏怖の念を思い起こしている。[203] フロールはギュスターヴ・モローの絵画を数点所有していた。ブランシュはのちにその絵を彼女の引っ越した先のアパルトマンでじっくりと眺めるだろう。エドモン・ド・ゴンクールは一八九四年と一八九五年に、フイエとデュマについてフロール・サンジェの語る挿話を引用している。[204] そして一九一五年のフロールの死に際して、ラファエル＝ジョルジュ・レヴィは次のように書くだろう。

> 彼女には何よりもまず主要な美質がふたつ備わっていた。完璧な公正さと深い感受性である。〔……〕彼女に高く評価されることで誰もが昂揚感を味わった。〔……〕あの心の温かさ、あの真の共感〔……〕、サンジェ夫人は高貴で美しいものすべてにそうした感情を抱いていた。[205]

おそらくフランソワ・ビュローズによってそのサロンへ導き入れられたと思われるブリュヌチエールは、フロール・サンジェのうちにたぐいまれなひとりの女友達を見出していた。もはや絶頂期を終え、当時は『ルヴュ・デ・ドゥー・モンド』誌がコンティ河岸〔学士院〕の最良の控えの間になっていたとしても、フロールのサロンが一八九三年のブリュヌチエールのアカデミー入りに有利に作用したことはたしかであろう。結局のところブリュヌチエールの椅子は何より、自然主義に対する彼の長きにわたる闘いの報酬として与えられたのである。そもそもフロールは自分の弟の古くからの友人であったウジェーヌ・マニュエルの対抗馬としてブリュヌチエールが立候補することを必ずしも支持はしなかった。(206) フロールは自分の叔父たちや親戚の者たちのようにカトリックに改宗することはけっしてなかったが、ユダヤ教への愛着が強いわけでもなかった。たとえば一九〇一年、彼女はブリュヌチエールに次のように書いている。「私たちの心の鼓動に耳を傾けるために、神の耳が地上へと常に垂れていたあの時代はいったいどこに行ってしまったのでしょう。私が神様！　と言えば、すべてを言ったことになったあの時代は。(207)」しかしながら彼女は強い個性の持ち主であり、近親者たちに深い影響力を行使していた。一八八三年、テオドールは「サンジェ夫人が改宗したら一族全部を連れて行くことになるだろう(208)」と推測している。時が経って、彼女はアルフォンス・ラティスボンヌと和解した。アルフォンスはパリに立ち寄る際、たとえば一八六六年と一八六七年、かつての婚約相手のヴォルテール的な精神を残念に思いながらもかなり熱心にフロールのサロンに通っている。アルフォンスの改宗の奇蹟譚を含むオーガスタス・クレイヴン夫人の『あるシスターの物語』が出版された一八六六年に、フロールはその本をアルフォンスに貸し与えている。(209) ノートル＝ダム・ド・シオン修道会がその創立初期の極端な布教活動を放棄して良家の子女たちの教育に専念するようになって以降、この修道会とフロールの関係は悪いものではなくなった。一八七〇年代、ジャック＝エミール・ブランシュは、その女友達で、父親の自殺以来ノートル＝ダム・ド・シオン修道会に寄宿していたテレーズ・プレヴォ＝パラドルを伴って、マラケー河岸のフロール宅を定期的に訪問していた。(210) そして自由思想家フロールはその叔父たちの修道会活動のためにたびたび資金を提供した。彼女の一族の歴史が彼女を、カトリック教会とユダヤ教の関係、そして世紀末の新たな政治的反ユダヤ主義にとりわけ敏感にさせていた。プルーストは、表面上は彼女の叔父たちのことは考えていない様子で、「カトリック教に関係することがらや名前に対してイスラエルの民が常に持っている特別な好み」の例としてフロールの場合を引用している。サンジェ夫人は「修道院《モナステール》を意味するヌフムースチエ《ママ》[211]」の「ル・シュマン」城に住んでおり、そこで彼女は秋になると狩猟パーティーのための大量の食糧を受け取り[212]、そこから列車便でブリュヌチエール宛に「小さな獣たち」を送っていた[213]。皮肉を含んだプルーストの省察は「ソドムとゴモラ」におけるシャルリュス――彼もまたシメー館の住人であった[214]――の反ユダヤ的なコメントに活かされるだろう。「それはこの種族に特有の、犠牲に対する奇妙な嗜好に由来するものです。ユダヤ人がひとたび城館を購入するに十分な金を手にするや、彼はいつもプリウレ〔修道院長〕とかアベイ〔僧院〕とか、モナステール〔修道院〕とかメゾン゠ディウ〔神の家〕といった名前の城を選ぶのです[215]。」この地名への暗示のかたちでフロール・サンジェは『失われた時を求めて』のなかに存在しているのである。しかしそれとは別のところでもプルーストがフロールを想起している可能性がある。それは「囚われの女」のなかでプルーストがヴェルデュラン夫人の新しいサロンを「コンティ河岸」に置くときである。「ヴェルデュランのサロンがそこに移動してからというもの、常連たちはサロンをそう呼びならわしていた[216]」が、それはちょうどフロール・サンジェのすべての友人たちが、学士院にすぐ隣接していたフロールのサロンを「マラケー河岸」と呼びならわしていたのと同じだったからである。

第二章　アメリカの印象

ジョゼフ・レナック、ジャーム・ダルメストテール、アナトール・ルロワ゠ボーリウ、そしてビュローズ夫人

ユダヤ人に対するブリュヌチエールの態度を示すもうひとつの指標はジョゼフ・レナック（一八五六―一九二一）との関係である。レナックはピエール・ビルンボームが日和見主義的で穏健な共和国の熱烈な支持者たちをそう呼んでいるような「国家のユダヤ人」の典型であった。(1) レナックは一八九一年に大軍事演習に関する報告を『ルヴュ・デ・ドゥー・モンド』誌にイニシャルだけの署名で寄稿している。(2) 一八九五年の春、ドレフュス事件がまだその盛期に達していなかった頃、一八八九年以来バス゠アルプ県選出の代議士で一八九三年に再選されていた――一八九八年五月には落選する――レナックは、ブリュヌチエールに補欠選挙に立候補してはどうかと強く勧めたようである。しかし同じ一八九五年一月一日の「ヴァチカン訪問のあとで」の発表以後、批評家の

カトリック的な傾向はすでに広く知られる事実となっており、サン゠マンデの饗宴の際には、ブリュヌチエールは急進主義者たちと反教権主義者たちから激しい攻撃を受けていた。しかし、一八九二年二月にレオ一三世がフランスのカトリック教徒たちに向かって共和国を受け入れるようにと強く促していた回勅「配慮のさなかで」――『法王庁の抜け穴』におけるヴィルモンタルの偽の司教座聖堂参事会員によれば「その名に値するすべてのフランス人の心はいまだに血を流して」おり、彼は「聖なるカトリック教会が王権の大義を否認した〈フランスへの回勅〉をフリーメーソンたちがレオ一三世の代わりに据え付けた偽法王によるものだとした」(3)――の発出時点と、一八九八年のドレフュス事件の爆発時点との、ちょうど間の時期に行われた一八九三年の総選挙においては、〔王党派カトリックの側からの〕第三共和政への加担政策は一定の成果をあげていた。穏健派の共和主義者たちの側もまた、アナーキストによる襲撃の年であった一八九四年と、CGT〔フランス労働総同盟〕の創立の年であった一八九五年には、革命の危険と社会主義の進展に反対するために、カトリック教徒および保守派の共和主義者たちとの連合の有効性を認識していた。したがってレナックは、やがてヴァルデック゠ルソーとコンブが宗教戦争を再び活発化させることになる前の段階、すなわちモダニズムに理解のあるカトリック教徒たちと共和国との連合の機運が最も強かった時宜を捉えるかたちで、ブリュヌチエールを代議士にしてはどうかと考えたのである。しかしブリュヌチエールはヴァンサンス夫人を通じて伝えられたレナックの申し出を断る。アルヴェード・バリーヌ（一八四〇―一九〇八）という筆名で知られる女流文学者のヴァンサンス夫人は『ルヴュ・ブルー』誌の中心人物であり、ブリュヌチエールが編集長を務めていた時期の『ルヴュ・デ・ドゥー・モンド』誌の常連寄稿者で、早い時期からロシアや他の地域での反ユダヤ主義を告発していた(4)。ブリュヌチエールはレナックに次のように返答している。「告白いたしますが、差し当たって代議士職はこの世で私の心を最も惹きつけないものであることは確かです(5)。」理由は『ルヴュ・デ・ドゥー・モンド』誌の編集長の地位のほうが、影響力が大きいと思われたからであろうし、ブリュヌチエール自身、同誌を「フランスにおいて、おそらくはヨーロッパにおいて、他のいかなるものにも劣らぬほどの赫々たる論壇」[6]にしたいと願っていたからであろう。しかし一八九六年以後、ふたりの政治的な見解の不一致は明白となり、ブリュヌチエールはレナックの寄稿を拒否するようになるだろう。[7]

一八八六年にはドリュモンへの反駁において便利な後ろ盾であったジャーム・ダルメストテールとブリュヌチエールの関係もまた、ドレフュス事件へと続いていく歳月において『ルヴュ・デ・ドゥー・モンド』誌と『ルヴュ・ド・パリ』誌――その新シリーズが一八九四年、ダルメストテールとかつて『ルヴュ・デ・ドゥー・モンド』誌の劇評を一八八〇年から一八八八年まで担当したルイ・ガンドラス（一八五五―一九四〇）の指導下、カルマン・レヴィ社の刊行で創設された――の間の明白なライバル関係が出来上がるなかで、おそらくは悪化していったものと思われる。カルマン・レヴィ（一八一九―一八九一）の長男ポール・レヴィ（一八五三―一九〇〇）は長い間雑誌の刊行を夢見ており、一八九三年一〇月にスポルベルシュ・ド・ロヴァンジュール子爵にその計画を打ち明けていた。シャルル・ビュローズの辞任以後、『ルヴュ・デ・ドゥー・モンド』誌の責任者がちょうど不在だった折のことである。[8]ポール・レヴィに近かった新雑誌の編集委員会は発刊時においては『ルヴュ・デ・ドゥー・モンド』誌に比べて明らかにオルレアン派の色合いが濃い分だけ共和派色は薄かったが、エルネスト・ラヴィスとリュシアン・エールが加わり、さらにドレフュス事件が勃発するに及んで、その王党派的な色合いは弱まることになった。一八九四年二月一日の『ルヴュ・ド・パリ』誌創刊号には、エミール・ファゲによる友人ブリュヌチエールに関する長文の称賛記事が掲載されていたが、こうした礼儀正しさもふたつの雑誌の激しい競合関係を隠すことはできなかった。ダルメストテールは一八九四年一〇月に急死し、代わって編集長となったエルネスト・ラヴィス（一八四二―一九二二）はリュシアン・エール（一八六四―一九二六）を『ルヴュ・ド・パリ』誌の編集事務局長に任じた。その頃、ブリュヌチエールはエールに『ルヴュ・デ・ドゥー・モンド』誌の定期寄稿者になってほしいと依頼し、エールが『ルヴュ・ユニヴェルシテール』誌で担当していた新刊書紹介欄をそこに持ってきてはどうかと提案している。[9]エールはその申し出に対する強い反対の念を隠さなかった。

この件についてはエールからブリュヌチエールに宛てた二通の長い説明の手紙があるが、そのなかでエールはブリュヌチエールの申し出を「陰険」であると非難している。[10] エールはふたりの間の意見に根本的な不一致があることを隠さなかった。「つまり、私が〔『ルヴュ・ド・パリ』誌の事務局長就任の〕依頼を引き受けたのは、『ルヴュ・デ・ドゥー・モンド』誌の横に『ルヴュ・デ・ドゥー・モンド』誌とは別の雑誌のための場所があると考えたからなのです。」[11] 二年もたたないうちに、「ヴァチカン訪問のあとで」に対するマルスラン・ベルトロによる反駁が『ルヴュ・ド・パリ』誌に掲載され、ブリュヌチエールに対する非宗教性《ライシテ》主義者たちの敵意を煽ることになるだろう。[12] そうして『ルヴュ・デ・ドゥー・モンド』誌の編集長は一八八三年の『自然主義小説』以来大半の著作をそこから刊行していたカルマン・レヴィ社と袂を分かつことになる。以後、彼は「知識人」としての発言についてはペラン社から、批評家としての仕事についてはドラグラーヴ社とアシェット社から著作を刊行することになり、再びカルマン・レヴィ社に戻るのは——結びつきそのものは一九〇一年に遡るが——その死の直前、一九〇六年の『バルザック』刊行においてであった。

　ドレフュス事件に向かっていく歳月において、ユダヤ人や人種差別や同化に関するブリュヌチエールの意見はアナトール・ルロワ＝ボーリウの意見とほぼ同じものであった。ルロワ＝ボーリウの意見は、反ユダヤ主義をきっぱりと断罪し、共和主義的な自由主義を素直に支持する姿勢に基づいていた。[13]『ルヴュ・デ・ドゥー・モンド』誌は一八九一年と一八九二年、同誌でのブリュヌチエールの影響力が支配的なものとなった折、ルロワ＝ボーリウに反ユダヤ主義に関する意見を自由に開陳させた。[14] キリスト教徒であり民主主義者であったルロワ＝ボーリウは、反ユダヤ主義と反教権主義の対比を利用して、ユダヤ人のもつ国民的で宗教的な二重の帰属を擁護することによってその論を結んでいる。

　我々はユダヤ教徒やイエズス会士が人民の国民性や国家の独立性を危険に陥れていると信じる人間たちでは

ない。ユダに反対であれ、ロヨラに反対であれ、例外規定の必要性を我々は認めない。［……］我々がユダヤ人であれ、プロテスタントであれ、カトリックであれ、祖国の外に愛情を抱いていると人が非難するとき、人はすべての偉大な宗教が国際的なものであるということを忘れているのである。[15]

ルロワ＝ボーリウは反ユダヤ主義をフランスの「正義と自由の伝統」に反するものとして、そして特に社会現象の複雑さに関する無知の点で単純化の誤りをおかしたものとして告発しつづけるだろう。「反ユダヤ主義は我々の目を欺くものである。それは我々の悪の原因が我々自身の内部にあるのではなく我々の外部にあるのだと信じ込ませようとし、我々自身の目をくらませようとしている。[16]」それは、『ユダヤのフランス』に対する書評のなかでブリュヌチエールがすでに下していた裁定と同じものであった。大学区長在任中に亡くなるデュルスト猊下（一八四一―一八九六）の誘いを受けてパリ・カトリック研究所で一八九七年二月二七日に騒然とした雰囲気のなかで行った講演や、[17]ドレフュス事件後の一九〇一年に社会高等研究院で行った複数の講演においても、[18]ルロワ＝ボーリウは諸々の事件を通じて自身でも確認したブリュヌチエールによる分析の内容を繰り返し述べるだろう。あらゆる反ユダヤ主義についての慎重な観察者であったルロワ＝ボーリウは、自身は慎重なリベラル派として「高みから判断を下し、抑制の利かなくなった情念を超越して見下ろすべく努力しながら[19]」ドレフュス事件においてみずからの立場を公に明らかにすることを控えたにもかかわらず、当然のことながらドリュモンによって親ユダヤ主義者として非難された。ルロワ＝ボーリウはまた一八九九年一月、「司法［……］および軍の意向を等しく重んじる」穏健派を糾合してラヴィスが発した「融和への呼びかけ」に署名もしている。[20]反ユダヤ主義者の目からすれば、ユダヤ人は改宗してもユダヤ人であったが、それに対して親ユダヤ主義、あるいはごく単純に言って、反ユダヤ主義に対する抵抗は、非ユダヤ人をユダヤ人に同化するものと映るのであった。『ルヴュ・デ・ドゥー・モンド』誌で反ユダヤ主義に関する教授の大論文が発表された頃、そのことで教授をノルポワとは反対に主人公の父親の人文学・政治学アカデミーへの立候補の支持者としていた[21]一八九一年に、自由政治学院でルロワ＝ボーリウの講義を聴いていたプルーストは、ルロワ＝ボーリウの——ただし小説で言及されているのは弟のポール・ルロワ＝ボーリウのほうであったが[22]——「アッシリアふうの横顔」への言及に含まれる悪意のない皮肉でもってこれらの攻撃をおそらくは要約している。「アッシリアふうの」という形容詞は単に「髭を生やした」という意味だが、世紀転換期においてはしばしばユダヤ人を指して用いられた。[23] アナトール・ルロワ＝ボーリウ自身、似たような形容詞を用いて、ヘブライ人たちの「カルデア〔古代バビロニア〕ふうの横顔」を喚起している。[24] したがってちょうどピカール大佐が「ユダヤ人の技師」[25]に似ていたのと同じように、親ユダヤのルロワ＝ボーリウはユダヤ人の様相を帯びることになるだろう。みずからは反ユダヤ主義的な傾向を持っていたにもかかわらずプルーストを愛していた人びとによってプルースト自身の先祖がユダヤ出自であることがしばしば示されたのもまた、アッシリアふうであれカルデアふうであれ、いずれにせよオリエントふうを指す、同様の婉曲語法によってなのであった。たとえば、元反ドレフュス主義者のジャック＝エミール・ブランシュは、プルーストの顔について「若いアッシリア人ふうのその顔の純粋な卵型」[26]を思い起こしているし、また元コラボ〔ナチス・ドイツへの協力者〕のジャック・ブノワ＝メシャンは一九五七年に、かつて一九二二年にプルーストと面会した際のことを回想して、その「アッシリアの祭司《マギ》」[27]ふうの様子がきわめて印象的だったと語っている。

　ブリュヌチエールはルロワ＝ボーリウほど断固とした態度を示すことはなく、「憎悪の教義」に対して厳しいわけでもなかった。[28]『ユダヤのフランス』に対する彼の厳しい書評があるからといって彼の無実が証明されるわけではないし、フロール・サンジェへの友情にしてもそうである。ただ、一世紀の距離を置いて、我々のものとは異なる文脈のなかで、あるテクストの人種差別や反ユダヤ主義について判断するのは困難である。その間、反ユダヤ主義の意味は根本的に変化したからである。したがって、ドレフュス事件が勃発した時期である一八九七年において人種差別がどのようなものであったかを思い起こすためには、ブリュヌチエールのもうひとりの重要な女友達であり、一八八四年から彼の死まで大量の手紙のやりとりがあったルイーズ・ビュローズを引用することが適当であろう。『ルヴュ・デ・ドゥー・モンド』誌創刊者〔フランソワ・ビュローズ〕の義理の娘〔息子シャルル・ビュローズの妻〕である彼女は旧姓をリシェといい、パリの高名な外科医であったアルフレッド・リシェ（一八一六―一八九一）の娘であり、父親と同じく医師のシャルル・リシェ（一八五〇―一九三五）の姉であった。シャルル・リシェはまさしく万能の人で、積極的なドレフュス派であり、一八八〇年以降は『ルヴュ・シアンティフィック（ルヴュ・ローズ）』誌の編集長を務め、一八九五年には科学の破綻に関するブリュヌチエールのテーゼに対する反駁文を同誌上に発表している。[29] 一八八七年にはパリ大学医学部の生理学教授となり、一九一三年にはのちのノーベル医学賞を受賞。フリーメーソン会員にして小説と戯曲と寓話の作者、飛行機とオカルティズムの愛好家であり、一八八四年からは戦闘的な平和主義者となり、〈人権同盟〉の共同創立者となった。[30] ルイーズ・ビュローズは教養ある女性で、一八七六年から一九一三年まで、ビュローズ家とリシェ家の住まいがあったリュニヴェルシテ通り一五番地の見事なボーアルネ館で、パリのエリート層のサロンを主宰した。その館には一八八四年以降、『ルヴュ・デ・ドゥー・モンド』誌の本部が置かれ、そこで彼女は毎週火曜日、二〇名ほどの客を招いて夕食会を催した。日曜日と夏の間はエピネー城で客を受け入れた。彼女は生涯を旅行に費やし、世界中を見て回った。サンクトペテルブルクから戻るとすぐにコンスタンチノープルに赴くといった具合であった。夫ビュローズ・フィスの排斥の理由となったスキャンダル――完璧な配偶者と思っていた夫が「二人ないし五人での羽目を外した行為」を犯していることを彼女は二〇年間まったく知らなかった――のあと、一八九三年にブリュヌチエールが編集長になってから、夫と離婚し、生活の資を与えることも拒否した彼女は、ブリュヌチエールが雑誌に与えていた道徳的な進展の歩みに同調するようになっていた。[31] 彼女と同じく、彼女もまた一八九一年五月に発せられたレオ一三世による回勅「レールム・ノヴァールム」で推奨された社会的カトリシズムに好意的な態度を示していた。相変わらず口の悪いエドモン・ド・ゴンクールは、ビュローズ家の人びとの結婚を仲介したとされるグノーの妹から聞いた話として、次のように主張している。

彼女はあまり女らしいところがなく、何より野心家で、夫の災厄に悲しむ素振りもまったくなく、結局今や彼女が暮らす部屋にはブリュヌチエールの肖像画と胸像がたくさんあって、ふたりの間柄は、最終的には結婚に行き着くだろうと彼女は信じている。[32]

ルイーズ・ビュローズとブリュヌチエールの間で交わされた往復書簡はかなりの分量——およそ五〇〇枚——にのぼり、その内容は常に温かく時に親密ではあるが、ゴンクールが言うような事実はまったく暗示されていない。[33]ブリュヌチエールは彼女に、なぜ自分が姪のフェルナンドの婚約を破棄しなければならなかったか事細かに語っている。[34]一九〇五年のシャルル・ビュローズの死に際して、彼女はシャルルを許したようである。というのも彼女はシャルルの胸像を買い戻しているからである。その胸像については、より執念深かったブリュヌチエールは、雑誌の事務所内にある創業者フランソワ・ビュローズの胸像の傍らに息子シャルルのそれを置くのを拒否していた。[35]シャルルの死から数カ月後、彼女は長いこと彼女の旅の道連れであったルイ・ランドゥーズィ医師（一八四五—一九一七）と結婚する。医学界の重鎮で結核の専門家、一八九三年以来医学部の治療学教授を務め、一九〇七年には医学部長となった人物である。[36]彼女は一九一八年四月に亡くなる。[37]

さて、この開明的な女性が、一八九七年の秋、『ルヴュ・デ・ドゥー・モンド』誌に載った「アメリカ東部において」というブリュヌチエールのアメリカ合衆国旅行記を読んだあと、ブリュヌチエールに宛ててこんな手紙を書いているのである。

アメリカについてのあなたの記事をとても興味深く拝読しました。しかし、それにしてもなぜあなたはあれほど黒人たちに会いたいと思われたのでしょうか。彼らは悪いにおいがするのに加えて、嘘つきで盗人ですし、彼らに魂があるとは言われていないのだとすると、私は彼らを犬よりも劣った存在と見なすことになりましょう。犬といえば、私の留守中に私の老いた雌犬ニトゥーシュが死んでしまい、もう二度と会えない苦しみにあえぎました。(38)

人種差別的な妄想は、アメリカの「黒人たち」と、ビュローズ夫人によってちゃんと名前を付けられた犬との間の、この素早い遷移のなかで頂点に達しており、こうした物言いには想像を絶するものがある。ビュローズ夫人のこの証言は、一八八六年にユダヤ人に対してあまり好みではないと述べたブリュヌチエールの告白がもつ射程を計測すべき基準を提供するものである。それは、世紀転換期におけるパリの教養ある国際的なブルジョワジーのエリート層において、人種差別がどのような形式を帯びていたかを如実に示すものだ。しかしそれでは、そうした言葉を口にしなかった者は誰もが人種差別主義者ではなかったと認めることが果たしてできるのだろうか。滞在していたローマからビュローズ夫人宛てに返事を書いたブリュヌチエールは、手紙の相手の偏見を正そうと努めている。彼の返事には自民族中心主義的な家父長主義の色合いが感じられ、フランス社会における現在の自分の地位をその後ろ盾によって獲得することができた恩人に他ならない女性の思想に対するお愛想がそこに示されているとしても、文章の調子はもちろんかなり異なったものとなっている。

それからアメリカのことについてですが、あなたはあの哀れな黒人たちに対して少々厳しすぎるのではないでしょうか。受け合いますが、アメリカでは彼らの表情に絶えずみられる微笑や、仕事における彼らの親しみ深い愛想の良さや、彼らの黒い顔のなかの歯の輝く白さが大いに評価されているのです！　私はボルチモアで、小さな黒人の女の子たちが学校から出てきて、少々動物じみた陽気さではしゃぎまわる姿を見るのが好きでした。さらに、ご安心いただきたいのですが、私はしまいには黒人たちの言葉も話すようになりました。そうした点については、続きの記事のなかではもはや言及されることもないでしょうが。[39]

ブリュヌチエールはボルチモアで黒人の女の子たちの情景を愛したのであり、彼女たちの様子を形容するために選んだ言葉――「少々動物じみた陽気さ」――も、おそらく大した意味を持たないだろう。黒人たちについてビュローズ夫人が彼に語りかけた調子の自由さのほうが彼を〔当時のパリのエリート層ブルジョワジーにおける人種差別の空気に〕加担させているのであり、ドレフュス事件期において彼が示す他のいくつかの例も含めて「憎悪の教義」に対する彼の、ある種の寛容さを証言しているのである。しかし、ドリュモンに対する彼の厳しい態度が弱まることはない。一八九六年、ドリュモンの新たな攻撃文書『金、泥、血』[40]に対してブリュヌチエールは次のように断罪するだろう。「ドリュモン氏の書物には〔……〕ひとつの思想しか存在しない。ひとつの固定観念になっているそれは、正しい思想でもなければ、とりわけ、実りのある思想でもない。[41]」

〈客員教授〉のモデル

一八九七年の春、ブリュヌチエールは七週間にわたって米国とカナダに滞在した。パリに戻ると間もなく、ドレフュス事件が人びとの関心を独占することになる。一八九七―一八九八年のシーズンの間、彼が『ルヴュ・デ・ドゥー・モンド』誌に発表した三つの論文は相互に密接な連関を保っている。アメリカ旅行記である「アメリカ東部において――ニューヨーク、ボルチモア、ブリンマー」(一八九七年一一月一日)、ゾラの「私は告発する」とゾラ裁判を受けて「知識人たち」への反対の念と軍部擁護の立場を明らかにした「訴訟のあと」(一八九八年三月一五日）、そして、一八九八年の春に出版されたゾラの「都市三部作」の最後の巻についての書評「エミール・ゾラ氏の『パリ』」（一八九八年四月一五日）、以上の三本である。同じ一本の導きの糸が、これらの記事の一方の端から他方の端までを貫いており、それらの統一性を確かなものにしている。すなわち現代世界における個人主義という問題である。この連続記事は、ブリュヌチエールが一八八七年にゾラの『大地』を評して(42)以来、宿敵の小説についてはもはや書評をものしていなかっただけに、いっそうの注目に値するだろう。アメリカ合衆国、ドレフュス事件、ゾラの『パリ』について書かれたこれら三つのテクストの連続継起と一貫性は、アメリカの発見が彼の翌年のアンガージュマンに及ぼした影響を確実に示すものとなっている。このアメリカ旅行がやや詳しく検討されるに値する所以である。

　ブリュヌチエールは一八九七年三月二二日、シャンパーニュ号(43)での「少なくとも御婦人方にとっては、非常に耐え難い以上のものとなった航海」――彼はビュローズ夫人にそう報告している(44)――のあと、ニューヨークに到着した。この「御婦人方」とはブリュヌチエール夫人とブラン夫人のことであった。ブラン夫人は多産な小説家で、翻訳家、アメリカ研究者、雑誌の定期的な寄稿者であり(45)、ブリュヌチエールの米国派遣に付き添ったのである。ニューヨークはブリュヌチエールの目に「〈国際的な〉大都市、きわめて大きな都市、巨大都市」として映った。「ひとりの黒人の影」も見ないことに彼は驚いているが(46)、街路を散歩し、一五階建ての巨大な建物が「地面にめり込む様子もなく、まるで地面にそのまま置かれたような状態になっている……(47)」と記している。彼はすぐ翌日に列車でボルチモアに移動し、〈プルマン・カー〉〔プルマン社製の豪華な客車〕のなかでようやくひとりの「黒人」を目にする。デラウェア州を横断しながら、文人は「あらゆる種類の文学、シャトーブリアンやフェニモア・クーパーの繰り返し想起される思い出(48)」をなかなか忘れることができなかった。彼はアメリカを絶対的に独自な存在たらしめた差異を発見するにはまだ至っていないが、しかし、ブリュヌチエールにとって、海を渡った光景の独特な特徴は「広告」であるように見える。見渡す限り、壁のうえ、建物の屋根、見えるのは広告ばかりである。ホワイトフィールド・サイクルズ、クエーカーズ・オーツ、マンドレイクス・ピルズ、デリシャス・ティーズ、石鹸に歯磨き粉、特にミネラルウォーター、下剤液、強壮飲料、あらゆる方面で眼を射るのは広告、派手な多色刷りの広告、三フィートはある文字で書かれた巨大な広告である。なかでも「衛生関係の」広告と、敢えて言えば「消化関係の」広告が多い。アメリカ人は皆、胃腸の調子が悪いのだろうか。あらゆる人民のなかで最も楽観的である、あるいはそのように目されている人びとは、ひょっとして最も消化不良を患う人びとなのだろうか。(49)

やがてアポリネールや未来派の詩のなかに登場することになるはずの壁面広告の初期の描写のひとつを、ブリュヌチエールや『ルヴュ・デ・ドゥー・モンド』誌に見出すとは意表をつかれることがらであろう。こうしたありのままの素描はボルチモア到着後の旅行記からは残念ながら消えていくことになる。

高名な批評家がその地に赴いたのは、ジョンズ・ホプキンス大学の学長ダニエル・コイット・ギルマン（一八三一―一九〇八）の招待によるものであった。ギルマンはしばしば「アメリカの大学の守護聖人」と形容される人物であるが、それはギルマンが一九世紀後半にアメリカ合衆国に普及したアカデミー・モデルの創設者だったからである。(50)「明後日、大学の大講堂で、アメリカの大学においてフランス文学についてフランス語で行われる初めての連続講演を私が行うことになるだろう。(51)」ブリュヌチエールの米国講演を、ジョンズ・ホプキンス大学がその実例を提供した、フランスの知識人による講演旅行というアメリカ的伝統の慣習の嚆矢と見る必要があるだろうか。おそらくその見方で正しいだろう。というのも、一八七六年創立のジョンズ・ホプキンス大学はアメリカで最初の近代的な大学だったからである。欧州視察後にギルマンによって構想され、主にドイツの高等教育と「フランスの」高等研究実習院をモデルに着想されたジョンズ・ホプキンス大学は博士の養成と研究に特化された大学であり、その創立に続く二〇年間において、当時はまだ教養教育中心の宗教学校であったり、英国モデルに基づいて創立から一世紀以上を経ていた一般教育中心のカレッジであったりしたもの（ハーヴァード、イェール、コロンビア、プリンストンなど）が、一般教育と学位取得のプログラムを共に備えた完全な大学へと変化する過程において、ひとつの参照モデルとなったのである。ブリュヌチエールは称賛と共に次のように記している。

それが出来て以来二一年間にわたり、ジョンズ・ホプキンス大学は、たった一校で、百名を超える教授たちをアメリカ各地の大学に提供した。同大学は高等教育のための人材が採用されるエコール・ノルマルのような存在になったのである。(52)

まったく異なる政治的・文化的コンテクストにおいてではあったが、フランスの大学のディシプリンが構築されたのも一八七〇年以後の同じ三〇年間においてであった。両国の大学の比較は教えるところが多く、一八九七年にブリュヌチエールによって示された比較の見当は的確である。というのも、実際のところフランスにおいては何も変わっておらず、大学の再編成がいまだ進行中であった段階においてすでにブリュヌチエールはシステムの不整合に気づいていたからである。

アメリカの大学はみずからの予算、みずからの教育の素材、みずからの教授の人選においていずれも決定権を握っている。これら三つの点に基づいてみるとき、私は、私たちフランスの大学のことについて思うところを隠すわけにはいかないだろう。フランスの大学は望まれるどのようなかたちにもなれるであろうが、しかし、私の見るところ、フランスの大学の教授陣が国家によって選出され、任用され、給料を支払われる限りにおいて、そしてとりわけ、学生に受けさせる試験が国家による試験である限りにおいて――そのプログラムが国家によって決定され、その免状がいわば国家資格を構成するものであるという意味であるが――その限りにおいて、フランスの大学は、大学の名に真にふさわしいものとはなりえないだろう。[53]

フランスの大学の原罪をこれ以上見事に定義する言葉もあるまい。ブリュヌチエールはギルマンのうちに大学の別の習俗のあり方を学ぶべき理想的な代弁者を見出していた。フランスの免状は「とりわけ、そしてまず何よりも国家の価値」を持つものであり、それは「何らかの職業生活に入るために要請される資格」なのであった。あるいはまた、フランスの高等教育の欠点をよく要約する言葉によれば、フランスの高等教育は研究者の再生産というものをまったく優先しなかった。「私たちの大学は弁護士や医師や教授を準備し、そこから科学者や学者が出てくればそれでよいとしている！　だが、それについてどう考えているにせよ、私たちの大学は科学者や学者の養成のためによく構成されてはおらず、十分な組織化もなされていないのである。[54]」方法の普及を主要目的とするジョンズ・ホプキンス大学のあの「研究室」や「セミナー」にブリュヌチエールは驚嘆している。たとえ、その後すぐに、そうした研究組織が文学そのものの教育よりはむしろ文献学の教育にふさわしいものであることを彼自身嘆くことになるとしても、である。

ロマンス語文献学講座の主任教授アーロン・マーシャル・エリオット（一八四四―一九一〇）の提唱によって[55]、ジョンズ・ホプキンス大学はブリュヌチエールを「パーシー・ターンバル記念詩学講座」の枠組みで招待した。これはボルチモアの印刷業者ターンバル夫妻によって一八八九年に創設された寄附講座で、詩に関する講演に毎年度資金を提供するというものであった。その唯一の条件は、講演者が「あらゆる愛と真実と美の無限の源としての神に崇敬に満ちた明白な感謝の念[56]」を表明するというもので、ブリュヌチエールの場合、その条項に関して問題が生ずるおそれはなかった。ギルマンの見立てによれば、〈客員教授〉たちは博士課程の教育プログラムに不可欠な補遺をもたらすはずのものであった。[57]『ルヴュ・デ・ドゥー・モンド』誌の編集長を招聘するという選択は、ドイツ的な方法で価値を高めているこの大学にとって逆説的な選択であったが、しかしそれはまた意味のある選択でもあった。逆説的というのは、ブリュヌチエールが文献学者でもなければ大学人でもなく、世紀末フランスにおける大学の実証主義の復活に対して――たとえ彼が一八八六年にリアールによって高等師範学校准教授に任命されていたとしても――敵対的だったからである。しかし、ドイツ流の、すなわち学問的で、アカデミックで、文献学と方法に深く根を下ろしていたこれらのアメリカの大学が、フランスから学者ではなく知識人を招聘することを習いとしていたのは、すでに典型的な選択なのであった。それはあたかも、「知識人」という単語が誕生する以前の一八九七年の段階ですでにアメリカの大学が、フランスには真の研究大学はけっして存在しないであろうこと、そしてフランスからの訪問者に要求しなければならないのは〔自分たちにあるものとは〕別のもの、すなわち方法ではなく、エスプリなのだということを、常によく心得ていたかのようなのである。ブリュヌチエールは大学制度の彼我の差異に強い印象を受けた。帰国後、彼はこう記している。「フランスにおいて我々は、知〔科学〕についてより神秘的で、なおかつより実際的な考えを抱いている。[58]」ここで実際的というのは、知が「試験の材料あるいは免状の契機」に過ぎず、ちょうど第三共和政の新体制下で「鉱山学校公爵」や「土木学校代官」になるように、特権を正当化するものに過ぎないからである。[59]また神秘的というのは、フランスの高等教育においては、すべてがあたかも、知は天賦の才能であって、研究者は生まれながらにして研究者であり、あるいは少なくとも研究者が研究者になることを助けるものが存在しないとでもいうかのような状態だからである。ブリュヌチエールから今日に至るまで、根深い一貫性がアメリカの大学の好み――その文献学的研究に〔いわば〕魂の補遺を与えるためにフランスの知識人を呼ぶという選択――を活気づけている。ブリュヌチエールはすでにひとりのスターであった。ちょうど、一八八〇―一八八一年および一八八六―一八八七年の二シーズンにおけるアメリカ公演旅行が大成功を収めた大女優サラ・ベルナールや、一八七六年の作曲家・チェロ奏者オッフェンバックあるいは一八八二年の作家オスカー・ワイルドの大成功と同様である。フランスへ帰国すると、ブリュヌチエールは「記者たち――大衆が十分には知らないことがらについて大衆に教えようとする準備がすっかり整った記者たち――が、座長の指示通りに街から街へと走り回る私を、まるで公演旅行中の女優のように――これはまったく私にとってはおべっかも甚だしいことであったが――描き出したこと」(60)に対する嫌味に満ちた言葉から身を守らねばならなかった。

一八九七年三月二五日、ブリュヌチエールは全九回にわたる講義「フランス詩の歴史短観」の第一回を行った。聴衆は「六〇〇ないし七〇〇人」で、「女性も排除されてはいなかった」(61)。彼は講義を三部に分け、それぞれ中世、古典詩、一九世紀に充当した。(62)そこで、珍しく遠慮の念に捉えられた彼は、自分の確信をいったんは疑うまでに至るが、しかしそれも長くは続かなかった。

エドガー・ポーが眠るこの街で、私はボードレールやヴェルレーヌの作品に対してこの街の人びとが抱いていると耳にした共感を励ますような譲歩をすべきだろうか。いや、それでは神のお気に召すまい！　そういうわけで、そのような譲歩の方向とは逆に、フランスでヴェルレーヌやボードレールについて私が語ってきたことを、この地でも繰り返すことにした。(63)

ヴェルレーヌとてブリュヌチエールに負けてはいなかった。ヴェルレーヌは一八九三年に、『悪の華』の作者にオマージュを捧げる彫像建立の計画が起こったときに批評家がまたしてもボードレールを中傷したことのうちに、あたかも自分自身が「侮辱された」と感じたあとで、ブリュヌチエールを「永遠の愚か者」扱いしたのであった。(64)ブリュヌチエールはジョンズ・ホプキンス大学で現代詩に対する罵詈雑言を繰り返した。彼はおそらくそれをフィラデルフィアに近いブリンマーの女学校でも繰り返したはずである。女子教育に対して偏見を抱いていたにもかかわらず、ブリュヌチエールはそこで三〇〇ないし四〇〇人の——その前に行われた複数の講演と同様、信じがたいほどの多人数であるが——「とても覚醒した、とても知的な」[65]女子学生たちを前に、フランス悲劇の進化をめぐる三回の講演を行うことを引き受けた。それにしてもアメリカに来てまだ一八日というのに、すでに一二回の講演をこなすとは！

ゾラ、ノックアウト負け

一八九七年一一月の『ルヴュ・デ・ドゥー・モンド』誌に掲載されたブリュヌチエールのアメリカ旅行記の抄録は、残念ながら一八九七年四月一〇日のところで止まっている。その日、伝道師は彼のアメリカ巡回講演旅行の次の訪問地となるボストンおよびハーヴァード大学に向けて列車に乗っている。一八九七年秋のフランスの現状はおそらく彼に、物語の続きの文章をじっくりと練り上げる——そうしたいのはやまやまだったが——時間を与えなかったのであろう。ブリュヌチエールのケンブリッジ〔ハーヴァード大学のあるボストン近郊の都市〕滞在の詳細は知られていないが、彼の公刊された日記の最後のエントリーによれば、四月一八日、復活祭のミサに参列するため、ボルチモア大聖堂の司教ギボンズ枢機卿の招きにより、いったんボルチモアに戻ったはずであることがわかる。[66]いずれにせよ、ブリュヌチエールは四月二一日水曜日には再びニューヨークにいた。その日、彼はコロンビア大学で「現代フランス文学」をめぐる五回連続の——四月二四日にイェール大学への訪問が間に入る[67]——公開講演の初回を行っている。これらの講演はコロンビア大学のすぐ近く、マディソン・アヴェニュー五九番通りの〈レノックス・ライセアム〉で行われた。大学は当時まだ数カ月の間は同アヴェニュー四九番通りと五〇番通りの間にあった。[68]ブリュヌチエールは詩、歴史、悲劇、批評、小説という五つのテーマを連続で講義し、日々講演が進むに従って聴衆の熱狂は高まっていった。というのも聴衆の数が詩と歴史の回では一〇〇〇人に近かったこと、それが悲劇の回では一五〇〇人を超え、批評と小説の回ではさらにその数字を上回ったことを『ニューヨーク・タイムズ』紙が伝えているからである。[69] 同紙は最初の頁に講演のタイトルを掲げ、各講演の内容を報告し、ブリュヌチエール夫人の同席と共に、一八九三年からコロンビア大学のロマンス語文献学の教授を務めていたヘンリー・アルフレッド・トッド（一八五四―一九二五）が同席したことも報じている。[70] この人物はジョンズ・ホプキンス大学が生んだ初期の博士たちのひとりで、パリでガストン・パリスやポール・メイエ、アルセーヌ・ダルメステールの指導を受けたあと、ベルリンでアドルフ・トブラーの指導を受けている。彼は一八八三年の〈モダン・ランゲージ・アソシエーション〉――言語および文学の教授たちの権威ある学会――の創設者のひとりで、一九〇九年には『ロマニック・レヴュー』誌の創刊にも携わっている。

文人たち、学校の教員たち、聖職者たちがコロンビアの学生や女子生徒たちとぴったり身を寄せ合っていた。皆、自分のフランス語理解力の度合いを測ろうと、その最も卓越した師のひとりが語る本場のフランス語に注意深く耳を傾けていた。理論だけで知識を得た者たちや、数年にわたる実際経験に由来する理解力を持たない者たちにとって、それは難題であった。ブリュヌチエール氏は速記者と新聞記者を絶望させた。氏は驚くべき速さでフランス語の発声の一斉射撃を行っていたのである。[71]

ブリュヌチエール自身は大いに満足していた。「他のどこでもこれほどよく受け入れられたことはありません。」[72] 彼はビュローズ夫人にそう打ち明けている。ずっと天気が良く、自身が抱いていた先入観を裏切ってくれたアメリカを彼は好んだ。四月二二日、彼はまたニューヨークからビュローズ夫人宛に書いている。

ニューヨークは愉快な街であることを申し上げましたでしょうか。第二印象は第一印象を強めています。確言しますが、この地が気に入らないためには、出来損ないの性格を持っている必要があるでしょう。それにまた全般的に言えることですが、ひと月こちらに滞在してみて、以前聞かされていたような特徴をアメリカに見出すことはまったくありませんでした。もちろん私がこちらで出会ったのは、ある特定の世界、最もリッチではないにしても、最も教養ある人びとの世界であって、アスター家〔不動産王の一族〕やヴァンダービルト家〔鉄道王の一族〕のような世界とはまったく異なる世界の人びとであったことは確かです。それに私はまだシカゴは見ておりません！[73]

ニューヨーク全体が熱気に包まれていた。というのもブリュヌチエールの当地への滞在はちょうど、四月二七日火曜日、リヴァーサイド・ドライヴ、通称クレアモントでの、南北戦争の英雄グラント将軍を称える記念碑、〈グランツ・トゥーム〉〔グラントの墓〕の除幕式と重なったからである。この式典に列席するためニューヨークには合衆国大統領および副大統領をはじめ、数多くの大使、軍人、その他お歴々、さらに無数の野次馬たちが集まっていた[74]。「こちらの御婦人方も国民的な慶賀の式典に参加しに出かけており[75]」、ブリュヌチエールは休みとなったその日を利用してビュローズ夫人に手紙を書くとともに、〔アカデミー・フランセーズで〕同僚のウジェーヌ＝メルシオール・ド・ヴォギュエにも手紙を書いている。「かれこれひと月というもの、少しも閑暇を得ることがありませんでした。グラント将軍が介入してくれなかったら、あなたにこれら幾ばくかの言葉をどのようにしてお送りしてよいものかわからなかったでしょう。」結論として、「ニューヨークは今日、もはやかつてのニューヨークの状態ではありません。」そして、この手紙はブリュヌチエールにとって現状分析をする機会ともなった。「昨日、私にとって二〇回目の講演を行いました――たしかに二〇回目なのです。と言いますのも、私は同じ内容の講演を繰り返すことは一度たりともしないということを自分に義務付けていたからです――残りはあと五回だけです。

そのうちの二回はカナダで行う予定です。[76]」

一八九七年四月三〇日にコロンビアで行われたゾラについての講演はブリュヌチエールのアメリカ巡回講演の目玉であった。「小説〔Roman〕」というタイトルでブリュヌチエールが語ろうとしていたのはいったいどのような「ローマの話〔chose romaine〕」なのかと隣の聴衆に問いかけたという婦人の話を人びとは長く語り継ぐことになるだろう。[77] この講演の噂はマドリードまで伝わり、一九〇二年になってもまだニューヨークの人びとはその講演のことを記憶しているだろう。[78] この小説家に対する批評家の敵意はよく知られていた。『自然主義小説[79]』のなかで彼はフランス小説へのゾラの悪影響を激怒していた。ニューヨークまでやってきても、彼は自然主義に対する最も執拗な敵対者だった。一八九七年四月三〇日金曜日の午後、一五〇〇人を超える聴衆が、一時間以上にわたって、彼がフランス語で長広舌をふるう講演を聞いた。この人数はフランスのいかなる知識人も破ることがなかったにちがいない記録であった。翌日、『ニューヨーク・タイムズ』紙の見出しと副見出しは「ブリュヌチエール、ゾラをやっつける〔Brunetière scores Zola〕」で始まっていた。原文の意味は、より正確には「ブリュヌチエール、ゾラを殴り倒す」という感じであろう。以下、記事は長々と続いていた。

> フランスの批評家による現代フランス文学に関する最後の講演は熱狂を誘った。
> **彼は自然主義の死を告げた。**
> 彼はフランスの生活についてのリアリズムの描写は間違っており自然に反するものと宣告――その野蛮さを激しく告発――他の作家への悪影響を指摘。

ニューヨークの雑誌『リテラリー・ダイジェスト』は一八九七年五月一五日号でこの一件を次のように報じている。

『ルヴュ・デ・ドゥー・モンド』誌の編集長であり、現在アカデミー・フランセーズ会員として文学上の支配的な力をふるうフランスの偉大な批評家が、我々の複数の大学で一連の講演会を行い、日刊紙からも異例の注目を浴びた。小説についての彼の講演はコロンビア大学の聴衆が最も期待していたものであった。本誌は、記者が英語で書いた『ヘラルド』紙の、見たところ正確ではあるが全体をカバーしたものではない報告記事から、自然主義の流派について演者が言わねばならなかったことの断片を抄録する。(80)

それは、コロンビアでフランス語によって行われたフランス文学に関する講演の要約をニューヨークの日刊紙『タイムズ』や『ヘラルド』が掲載するという、祝福された時代であった。

ブリュヌチエールはテーヌ以降の自然主義の展開を大まかにたどったのち、ゾラを攻撃している。『ニューヨーク・ヘラルド』紙の要約をフランス語に翻訳してみよう。

ゾラの小説が示しているフランス社会のイメージに対してあまり強く抗議することはできないかもしれない。その支配的な美質は想像力の力あるいは効力である。とりわけ構築的な想像力においてはたしかにその通りだ。しかし彼ほど気遣いの欠けた、意識の薄い、真実でない観察者もこれまでになかったことは付言しなければならない。

ゾラ氏が描く農民はフランスの農民ではない。彼の描く労働者はフランスの労働者ではない。彼の描くブルジョワはフランスのブルジョワではない。彼の描く兵士や将校もまたフランスの兵士や将校ではない。フランスに欠点があることは事実だが、ゾラが描いているように、人びとが徹底して粗野な性格を持っているわけではないし、道徳が絶対的に欠如しているわけでもないし、完全な犬儒主義に陥っているわけでもないのである。[81]

ブリュヌチエールは続いて、ゾラの有害な影響の兆候としてエドモン・ド・ゴンクールの最近の作品を槍玉にあげ、彼らを晩年のモーパッサンの本物の自然主義や、シャトーブリアン以来の最良のフランス語による散文であるロチの叙述と対置した。最後に彼はゾラとブールジェを背中合わせに置き、一方を物理的な欲望の小説家、他方をパリ的およびコスモポリタン的な心理の小説家として対比した。一八七〇年代初頭にルラルジュ校で同僚として仕事をして以来の旧友であったブールジェのほうは、彼らのやりとりの習いとなっている皮肉で始まる手紙のなかで、ゾラに助け舟を出さねばならなかった。

『ヘラルド』紙で私が目にした記事によれば、あなたは私についてとても感じの良いことを言ってくれました。ゾラについてのあなたの批評に私が賛同しないなどと付け加えたら、ひょっとしてあなたは私を信用してくれなくなるかもしれません。私はたまたまゾラの『金銭』を再読してみたところです。そこには一種の天才が見て取れますし、それを否定するのは不当です。付言するなら、ああした粗暴さのすべては、あなたがそれについてどう考えようとも、不健康なものではありません。たしかにそれはきつい表現です。それは[フランス的]です。しかし奥底は真率なものですし、彼がフランスを中傷していると人から非難される際には、私は彼のためにも、また自分のためにも、そうした非難を容認することはできません。記録はしょせん記録です。それにここだけの話ですが、ゾラの書いていることは間違っているでしょうか。[82]

さらにブリュヌチエールはゾラについて、テーヌを引き合いにだしておきながら自分の師を攻撃する機会を逃すことはなかったとして、不誠実極まりないと非難していた。

ボストンの雑誌『リテラリー・ワールド』では、ブリュヌチエールの講演に関する語り口はいっそう冷笑的なものになっている。「彼の出だしには批評の花火が伴っていた。その花火は空全体を照らすことはなかったとしても、ニューヨーカーたちの目はくらませたようである。[83]」こうした懐疑主義にはふたつの都市の間の古くからのライバル関係のしるしが読み取れるだろう。フローベールを称賛したあとでブリュヌチエールは、アルフォンス・ドーデをディケンズに比べている。『リテラリー・ワールド』誌は『タイムズ』の報告記事を追っているが、その記事はより活き活きとして辛辣であり、いきり立った感嘆符と憤慨した疑問符の多い記事となっている。

ゾラ！　彼は文学のために何をなしたというのか？　彼は自然主義を、あるいは彼がそう呼ぶような現実主義を、いったいどのようにして例証したというのか？　たしかに、彼には豊かな想像力がある。彼は人生をありのままに描いていると主張する。だが彼の描写は何と悲惨な失敗であることか！ [……]
　ゾラのようにほとんどパリを知らない場合、ひとはそれを敢えてどう描くというのか？　しかし、それでも彼は敢えて描くのだ。結果ときたら、彼の戯画は不吉で、悲観的で、中傷に満ちたものだ——それは彼自身の性格の肖像なのだ。[84]

『ヘラルド』紙は訴訟と召喚状の比喩を選択しているのに対して、『タイムズ』紙はスポーツの試合の比喩を展開している。いずれにせよ、ブリュヌチエールの講演とゾラへの攻撃は大成功をおさめたのであり、そのことを『タイムズ』紙に相変わらず忠実な『リテラリー・ワールド』誌はまるでブリュヌチエールが歌手で、その公演のことが話題になっているかのように、こんなふうに報告している。

堂々たる演説の最後に、演者は大喝采を浴びた。聴衆は一五分間粘り強く待った結果、雄弁家は再び姿を現して拍手喝采にこたえた。しかし彼の唯一の返答は挨拶をひとつすることだけだった。それで十分に意は通じた。倒れた敵をたたきのめすという南北戦争の規則全体に彼は反対の意を表したのである。そしてゾラは打倒された。この〈ノックアウト〉のあと彼が床に倒れたままであることを願おう。少なくともブリュヌチエール氏はゾラ主義に一撃をくらわし、ゾラ主義はそのパンチの痕跡を長くとどめることだろう。

ニューヨークの聴衆の素朴さに対してことさらに——さらには「愛するアカデミー・フランセーズの古典的な猜疑心〔嫉妬心〕の影を今や再び踏んでいる」ブリュヌチエールに対してもまた——投げかけられている皮肉にもかかわらず、『リテラリー・ワールド』誌は、『リテラリー・ダイジェスト』誌と——そのより控え目なトーンにもかかわらず——まったく同様、批評家のほうに与しており、自然主義に対する批評家の留保のほうを採用しているように見えるのである。

女性、金銭、ケベック

当時のアメリカにはゾラの信奉者や擁護者はいなかったのだろうか。それともアメリカ人は外国の文学論争に首を突っ込んで態度を表明するようなことは拒絶し、殴り合いのパンチの数を数えることで満足し、その結果ブリュヌチエールの形勢が有利だったということなのだろうか。後者のほうに理があるように見える。というのも一八九五年からすでに、科学と宗教をめぐるブリュヌチエールと科学者たち——ゾラや自由思想家たちが支持した科学者たち——との間の論争について『リテラリー・ダイジェスト』誌は『ルヴュ・デ・ドゥー・モンド』誌と『ルヴュ・シアンティフィック』[85]誌の抜粋を要約・翻訳紹介しながら、ルルドをめぐるゾラの小説を非難していた教皇を訪問したことの影響をブリュヌチエールの論文が深く受けていた点だけを指摘していたからである。(86)同誌は別の雑誌『ブックマン』から借用した均衡のとれた紹介記事によってブリュヌチエールの米国訪問を予告することになる。その記事はアドルフ・コーン（一八五一―一九三〇）の署名によるものであった。コーンは一八九一年以来コロンビア大学ロマンス語担当教授およびロマンス語専攻分野主任を務め、一八七〇年以前にはおそらくルイ゠ル゠グラン高校でブリュヌチエールと同窓であったらしい人物である。(87)ブリュヌチエールが今やかつてサント゠ブーヴがそうであったのと同じほど卓越した存在になっているとしても、コーンは、批評家たちの最初の存在たるサント゠ブーヴとは違ってブリュヌチエールには人気がなく、また彼が人気者になることをけっして目指さず、逆にその全作品において一貫して大衆への軽蔑を証言しているとし、こうした特徴が偉大なアメリカ民主主義においては好意をもって受け入れられることのできないものであると見ていた。

　実際、『ルヴュ・デ・ドゥー・モンド』誌にブリュヌチエールのアメリカ旅行記が掲載されたとき、『リテラリー・ダイジェスト』誌はかなりの苛立ちを表明することになる。批評家はその旅行記でアメリカの特徴的な差異を探求しようと装っているが、それを見出したのはただ女性たちの独立性と川の大きさにおいてのみであった。実際、ブリュヌチエールがボルチモアからビュローズ夫人宛に伝えているとおり、アメリカの女性たちは彼の先入観をひっくり返したのだった。

> また会ってみるにじつに興味深い女性たちがいます。彼女たちはとても積極的で、フランス語を話し、私にアメリカ女性の礼賛を期待している人たちです。そのように私に語ったのは少なくとも彼女たちのほうであり、その語り方はきわめて才気煥発であることを受け合いますが、いくらか彼女たち自身を揶揄しているような風もありましたし……きわめて魅力的だった私をも揶揄しているフシがありました。(88)

数十年後、セリーヌもまたアメリカ人女性のふくらはぎを目の前にしてうっとりすることだろう。『リテラリー・ダイジェスト』誌のいくらか不満を含んだ要約は、次のように始まっていた。「われらの女性たちとわれらの川たち――それはどうやら、講演者であり編集長でもある有名な批評家がこの地で見出したもののすべて、彼にとって新鮮に見えたもののすべてであったらしい。[89]」続いてそこではブリュヌチエールがアメリカについて行ったことを示すために「write up」という動詞の二重の意味――詳しく報告することと同時に、オーバーな話を盛るというふたつの意味――が用いられている。アメリカ人たちは彼のうちにかつてトクヴィルが彼の地で発見していた意味での民主主義者を認めさせることはなかった。しかし、彼はアメリカから何も持たずに帰ってきたわけではなかった。彼はニューヨークからヴォギュエ宛にこう書いている。

> 今日、あなたにアメリカの感動を語ることが私にできないのにはいくつか理由がありますが、一番の理由は、私がいくらか確信できる感動を持つことができるのは追憶《レミニッセンス》の形式においてのみであり、対象がその実在によって私に影響するということがもはやないときにおいてのみであるからです。私は自分が実際のところ、一五分の間は自分自身ほとんどあまりにもアメリカ人的であると思うときがありますが、それでひどく苛立つというのではありません。ただやはりそのことに驚くのです！　誰が自分自身というものを知るでしょうか。あらゆる神秘のなかで、私たちにとって私たち自身の個人というものほど不可解なものはないということを私たちは決定的に知っているでしょうか。私の印象を書く際には、この見事な主題を展開してみるつもりです。[90]

『ブックマン』誌によれば、ブリュヌチエールはアメリカの印象について複数の論文を発表するつもりであることを友人に伝え、それらは永遠のライバルであるブールジェのそれとは大きく異なるだろうという。ブールジェは少し前、『海の彼方』（一八九五）のなかで、アメリカにおける生活のスピードとカオスを非難していた。外国で同国人を悪く語った点で愛国精神に欠けるとしてブリュヌチエールを非難していたフランスのマスコミから、『ブックマン』誌はこの機会に乗じて、批評家を擁護した。[91]

ブリュヌチエールはアメリカが彼に気前よく謝金を支払ってくれただけにいっそうアメリカを愛した。貧窮からスタートしたこの人物は成功の徴としての金銭に敏感だった。彼はコロンビア大学での五回の講演で相当な額の謝金を受け取ったことが当時、一八九七年春、コーンの研究休暇の間、専攻分野主任代理を務めていたトッドの手紙から判明する。コロンビア大学の学長で将来のニューヨーク市長セート・ロウ（一八五〇—一九一六）に宛ててトッドは一八九七年四月三〇日、ゾラについてのブリュヌチエールの最後の講演が行われた日、収支報告の手紙を書いている。[92]講演の支出は合計一二五〇ドルで、そのうち一〇〇〇ドルがブリュヌチエールへの謝金、二五〇ドルがレノックス・ライセアムの会場使用料であった。この連続講演の資金として、一人当たり二〇〇ドルを限度とした拠出金が募られ、一二七五ドルが集まった。そのうち一〇〇ドルは学長自身による拠出であった。ロウが個別に礼を述べることができるように、トッドは寛大な寄付者たちの名前を列記した。アメリカはブリュヌチエールを貪欲にしていたが、コロンビア大学はみずから寛大なところを見せたわけである。ジョンズ・ホプキンス大学では九回の講演で同じ金額を手にした。彼は当初フィラデルフィアのペンシルヴェニア大学に招待されていたが、結局そこに行くことはなかった。それはブリュヌチエールが五回の講演で一〇〇〇ドルの謝金を要求したのに対して、高名な演者による講演謝金は一回あたり一〇〇ドルが相場であるため五〇〇ドルしか払えないと言ってきたからであった。[93]コロンビア大学は致し方なく譲歩し、ブリュヌチエールは五回の講演で、専攻分野の文献学のホープであったトッドの年収の三分の一に相当する額を手にしたのである！　トッドが一八九三年に着任した年に支給された年収は三〇〇〇ドルであった。トッドは一九〇二年に、ロウの後任で一九〇一年から一九四五年まで学長を務めたニコラス・マーレー・バトラー（一八六二—一九四七）に宛てて、一〇〇〇ドルの昇給を願い出ているが、拒否されている。彼の昇給が認められたのはようやく一九一二年になってからのことで、じつに大学勤務一九年が経過していた。そして二度目にして最後となった昇給は一九二〇年、コロンビア大学奉職三二〔ママ〕年が経過した年であった。彼はその後一九二五年に亡くなる。インフレーションは第一次世界大戦まではおそらく無視できる程のものであったが、とりわけトッドにあっては、つましく昇給を願い出ることでみずから認めていたとおり大学の給料だけでは生活が立ち行かないことを自覚していたことがわかる。

　ブリュヌチエールは一八九七年五月一日土曜日にニューヨークを離れ、カナダに向かった。そこではまたさらなる成功が彼を待っていた。五月三日、雄弁家ボシュエについての講演をモントリオールのラヴァル大学で、もうひとつの講演をケベックのラヴァル大学で行うはずだった。訪問を企画したのはモントリオールのサン＝シュルピス修道会の院長L・コラン師(94)と、特に、在カナダ・フランス総領事A・ド・クレツコウスキー(95)であった。カナダ訪問の設定はアメリカの巡回講演と比べるとはるかに骨の折れるものであったことがわかる。理由の多くは、妥協しないカトリック教、そして大学間のライバル意識によるものであった。まず、ブリュヌチエールは「カトリックの正統からは外れた人物として見なされ(96)」ていた。それでモントリオールのマッギル大学——イギリス系のプロテスタントの大学——からも招待を受けていたが、辞退せざるをえなかった(97)。それからケベック大学の自尊心に気を配る必要もあった。大学としてはこちらのほうが「ケベックのラヴァル大学よりも」古く、総本山ともいうべき大学だったので、彼は第二の講演場所として結局こちらへ赴くことにした。最後に、その前で一度しか講演をしないケベックの人びとの自尊心を傷つけることのないように、モントリオールで当初予定されていた二回の講演のうちの一回をキャンセルしなければならなかった。領事はブリュヌチエールに「ケベックはモントリオールほど寛大に扱ってもらえなかったとなるとあなたを許さないでしょう。その逆もまたしかりです(98)。」と言い含めていた。これらの苦労のすべてにもかかわらず「旅行代とホテル代は自前で(99)」二〇〇ドルとは！　ケベックでは、彼はそれでもセント・ローレンス川に面した素晴らしいホテル〈シャトー・フロンテナック〉に投宿している。それは彼が一八世紀についての講演の概要を記した紙のレターヘッドに〈シャトー・フロンテナック・カンパニー〉と記されていたことからわかる。[100] そして彼はニューヨークに戻って五月八日土曜日にル・アーヴルに向けて〈トゥーレーヌ〉号に乗船する。コロンビア大学で五つの講演のうちふたつを終えた四月二七日にヴォギュエに知らせていたとおりの予定であった。「あと残す講演は五つだけで、そのうちふたつはカナダでの講演になります。私たちは五月八日に船に乗り、五月一六日のあたりにはパリに着いているはずです。[101]」その到着日はまさしく、カトリック教徒の目には共和国からの彼らの排除を象徴したあの一八七七年五月一六日の二〇周年の日であり、ラリマン〔王党派やカトリック教徒による第三共和政支持〕の短い凪状態のあと、ヴァルデック＝ルソーおよびコンブ政権下でドレフュス事件がその記憶を新たにすることになるあの五月一六日なのであった。[102]

　ブリュヌチエールはアメリカに素晴らしい土産を残した。彼の旅は、その地におけるフランス文化の存在を強固にした。翌年、師を継いで講演者としてアメリカ合衆国巡回講演を行ったドゥーミックは、ボストンの婦人が言った面白い言葉を引用している。「ブリュヌチエール先生がここに来たあと、私たちは皆、『ルヴュ・デ・ドゥー・モンド』誌のアバンドネ〔「放棄者」の意〕になりました。[103]」〔この婦人はアボネ（定期購読者）と言おうとしてアバンドネと言い間違えてしまったのである〕一八九八年の三月初めから四月末まで合衆国に滞在したドゥーミックはニューヨーク、ボストン、ワシントン、シカゴ――この街を彼は好きになれなかった――そしてモントリオールを訪れ、フランスの大学人がアメリカに向かう運動の起源にブリュヌチエールを置き、こう書いている。「あなたは合図を鳴らして進むべき道を示しました。この地ではほとんどあらゆるところで学生たちによるフランス語サークルが結成されています。[104]」アリアンス・フランセーズのために一八九八年一二月四日にソルボンヌで行った講演「アメリカとフランス精神」の際、ドゥーミックはブリュヌチエールが果たした役割の大きさを喚起している。[105] 彼に続いてアメリカが切望した講演者は、ドゥーミックがブリュヌチエールに伝えているとおり、[106] ルメートルであった。しかしブリュヌチエールは友人ファゲに旅行をするように提案していた。ファゲはもっともな理由を付けて断っていた。「アメリカには全然行きたくありません。外国旅行も講演も大嫌いなものですから。しかもこのふたつは、問題の計画のなかで、見事に総合されていますからね。[107]」

第三章　アンガージュマン

訴訟のあと

〈バザール・ド・ラ・シャリテ〉の火災〔一八九七年五月四日、貴族主催のチャリティー・イベントのアトラクションが開催された建物の火災により、死者一二六名、負傷者二〇〇名以上を出した〕を目にすることのなかったブリュヌチエールがパリに戻ってからというもの、人びとは少しずつ抗いがたくドレフュス事件にのめり込んでいった。ブリュヌチエールのアメリカ旅行記の始まりの部分が『ルヴュ・デ・ドゥー・モンド』誌一八九七年一一月一日号に掲載されたが、その続きが出ることはない。しかし「ニューヨーク‐ボルチモア‐ブリンマー」という副題がつけられていた以上、旅行記を閉じるものとして「ケンブリッジ‐ニューヨーク‐ケベック」が予告されていたわけであり、第二回が続いて出ることを人びとは期待していたのである。しかも最終行には明確に、「私は明日ボストンで目覚めることだろう。[1]」と記されていた。そもそもニューヨークから同誌の編集事務局員ラドーに宛ててブリュヌチエールは、自分の「アメリカの印象」のうち「三本ないし四本の興味深い記事の素材が見つかるだろう」と伝えていたのである。[2] 実際一八九七年七月にブリュヌチエールのパリの自宅に泊まったジョンズ・ホプキンス大学のエリオット教授は、ブリュヌチエールの出来上がったばかりの最初の旅行記の手稿を読み、計画されているあと二本の記事について次のような報告を受けていた。「二本目では合衆国の女性教育を扱うつもりです。三本目ではカナダと今日の新世界に提起されているカトリックの諸問題について扱うつもりです。［……］一〇月と一一月に掲載されることになる三本の記事は、その後一冊の本にまとめられる予定になっています。[3]」しかしパリの情勢はこのアメリカものの企画からブリュヌチエールを遠ざけざるをえなかった。一八九七年一一月一五日、マチウ・ドレフュス〔ドレフュス大尉の兄〕は陸軍省のエステラジー少佐を真犯人として告発した。再審への賛成・反対の闘いが勃発し、一二月一日には『ルヴュ・デ・ドゥー・モンド』誌上でも初めてドレフュス事件が問題となった。一八九八年の春、当時合衆国にいたドゥーミックがブリュヌチエールにかつての約束を思い起こさせても無駄なことであった。「皆があなたのアメリカについての第二の記事を今か今かと待っていて、いつ発表されるのかと私に尋ねてきます。[4]」しかし再審をめぐる闘いは次から次へと続いたため、ブリュヌチエールは結局アメリカ旅行記を完成させることはなかった。

一八九八年春の『ルヴュ・デ・ドゥー・モンド』誌へのブリュヌチエールの寄稿のうちの二本——三月の「訴訟のあと」と四月のゾラの小説『パリ』についての書評[5]——はしかし、アメリカ旅行記のなかにすでに現れていた三つの主題を発展させたものだった。すなわち現代社会における人種と個人という、射程は広いが、やがて見るとおり、それをめぐる省察がブリュヌチエールのアメリカ旅行のもたらした主要な貢献と言ってよいふたつの主題に加えて、さらに、その省察はアメリカの大学に関する根本的な考察において対照的に、一八九八年春の論稿に共通する第三の主題すなわちフランスの「知識人」のテーマをも示していた。したがって「アメリカの感動」は、ドレフュスとゾラに反対するブリュヌチエールのアンガージュマン、および、とりわけゾラの「私は告発する」が出た際に脚光を浴びたフランスの「知識人」の典型に対するブリュヌチエールの告発と、無関係どころの話ではまったくなかった。「知識人」という新語に関するブリュヌチエールの考察は実際、彼のアメリカの「追憶《レミニッセンス》」と深く関係していたのである。

ゾラが一八九八年一月一三日の「私は告発する」という弾劾記事でアンガージュマンの姿勢を鮮明にするまではブリュヌチエールがドレフュス事件に加わった様子はない。数日後、一月二五日付のエミール・オリヴィエ宛の手紙でブリュヌチエールは、自分自身はあまり関係していないと感じる旨を述べている。「この不幸な事件、それについてあなたがどのように考えておられるか私にはわかりませんし、敢えて申せば、私自身もどう考えたものかわかりかねるこの事件が、ここでは皆の注意を惹きつけていながら、世論のなかにいかなる場所も残していません。[6]」とはいえこの事件は彼にとって過去二〇年以上にわたって自然主義の指導者たるゾラに対して繰り広げてきた闘いの新たな段階が到来したことを指し示していた。先に述べたとおりブリュヌチエールは一八八七年以来もはやゾラの小説について語ることはなかったが、『三都物語』のはじめの二作をなす『ルルド』(一八九四)と『ローマ』(一八九六)は彼のうちにカトリック教会への熱烈な信奉者を再び呼び起こし、ゾラへの敵意を再燃させる契機となった。ところで一八九七年一一月、ちょうどこの頃ブリュヌチエールはローマに滞在していた。彼の留守中に『ルヴュ・デ・ドゥー・モンド』誌の運営を代理していたシャルル・ブノワ[7]から毎日のように送られてくる手紙は、ドレフュス事件とゾラ事件のふたつがいまだ交錯してはいないものの、やがてそのふたつが混淆して爆発する寸前の、すでに危険な並列状態にあったことを暗示する事柄で満ちている。

新聞雑誌類のなかに、あなたがまさに今ローマでゾラの小説に反駁するための書物を準備中であるとする記事を見つけました! それにしてもパリはドレフュス事件一色です。事件はますます途方もない規模に広がっており、あらゆる常識が恐ろしくも廃棄される状態に私たちは陥っており、その状態がますますひどくなっています。このような無政府状態になるとはまったく思いもよりませんでした![8]

同じような気持ちでブリュヌチエールはその前日、レオ一三世に謁見を許されたあと、ビュローズ夫人にこう書いていた。

そのあたりの新聞雑誌とともに、私がゾラ氏の『ローマ』を書き直すことの適切さについて法王に尋ねたなどと少なくともあなたは思っておられないでしょうね。私の気にかかっているものがあるとすれば、それはむしろゾラ氏の『パリ』のほうですし、来年春にはその心配がさらに募っていることでしょう。(9)

ゾラの小説『パリ』は一八九七年一〇月から一八九八年二月まで『ル・ジュルナル』紙に連載された。それは『ル・フィガロ』紙や『ロロール』紙でのドレフュス事件をめぐるゾラの初期の発言と並行した著作であり、作家が禁固一年および罰金三〇〇〇フランの刑を宣告された〔一八八一年の新聞法の改正により新聞における個人名を挙げての誹謗中傷は侮辱罪として禁止されていた〕二日後の一八九八年二月二五日にファスケル社から一巻の書物として刊行された。ブリュヌチエールは一八九八年四月一五日の『ルヴュ・デ・ドゥー・モンド』誌で『三都物語』の最終巻となる『パリ』についての書評を発表する。そしてこの記事こそまさに、ひと月前に発表していた「訴訟のあと」の続篇を構成するものであった。

ブリュヌチエールは数カ月来少しずつドレフュス事件に身を乗り出していた。一八九七年一二月一日、フランシス・シャルムは『ルヴュ・デ・ドゥー・モンド』誌の政治欄においてためらいの念があるにもかかわらず事件について語らざるを得なかった。(10)「我々は実際のところ、この半月来というもの世論をきわめて乱暴に活気づけているドレフュス＝ヴァルサン＝エステラジー事件〔エステラジー少佐のフルネームは、Ferdinand Walsin Esterhazy〕について言うべき何ものもないこの事件について、何も語らずにいることが出来ればと願うものである。(11)」シャルムは再審を要求はしなかったものの、司法が濫用された可能性があることを認め、事件の終息に至るまで彼がそうすることになるように、冷静な態度をとるべきことを説いた。相変わらずローマに、というか正確にはパリへの帰還途中、モンテ＝カルロにいたブリュヌチエールは一一月二八日、シャルムの原稿の校正刷りを受け取ったシャルル・ブノワからすぐさま次のような注意喚起の手紙を受け取っている。

シャルムの時評の大部分がドレフュス事件について展開されているので――それは印刷された校正刷りを受け取って私が知ったことなのですが――あなたにも一部お送りする次第です。

もしご異論やご意見がある場合は月曜日の昼までに電報にてお知らせください。いずれにせよこの件については、あなたのご指示に従う所存です。[12]

実際ブリュヌチエールは削除を依頼し、すぐさまシャルムとブノワはその要請に応じている。[13] このことからわかるのは、いずれにせよ事件については編集長であるブリュヌチエールの見解がシャルムの時評に忠実に反映されているということである。経験のある政治家であり、パリから離れたところにいたシャルムはのちに、ブリュヌチエールに次のように意見伺いを立てている。「すでに時評のことを考えております。すっかり片付いたはずのドレフュス事件について語る必要があるとお考えでしょうか。語る必要がある場合、それについてどんなふうに語ればよいかお考えがありますでしょうか。[14]」ブリュヌチエールが一八九五年にレナックから代議士職への立候補を打診された際、それを拒絶したことについて先に触れたとおり、ブリュヌチエールは『ルヴュ・デ・ドゥー・モンド』誌の論壇のほうが議会よりも影響力があると考えていた。[15] いずれにせよ、高等師範学校でブリュヌチエールの教えを受けたが、彼の友人にはならなかったエリー・アレヴィは一八九七年一二月の時点で、ブリュヌチエールがドレフュス擁護の意見を表明する可能性をなお最終的に排除はしていなかった。「ブリュヌチエールはカトリック教徒です。彼は動くでしょうか。[16]」シャルムは判決がすでに出ている事態への尊重、国防という国益の優位性、そして平静への回帰を説き続けた。シャルムが一八九八年三月一日にゾラを非難したのはそのような意図においてであり、彼はゾラの有罪判決を肯定し、再審賛成派の者たちに対しては、「規範に則った純粋に法的な手続きを進めるのではなく」奇妙にも軍を敵に回して「革命の術策」を用いていると言って非難した。[17] シャルムの主導動機《ライトモチーフ》は一定している。「国をかくも深い混乱に陥れた事件については沈黙が敷かれるのが望ましいことであろう。[18]」三月一五日に「訴訟のあと」を発表したブリュヌチエールの意図はおそらく、事件を超えて、あるいは事件のあとで、良識ある人びと同士の間の了解の地平をならしておきたいということであったはずだが、彼のとったイニシアチヴはシャルムが望んだような沈黙の結果を招くどころの話ではなかった。

　現代社会における個人主義の性質についての考察を軸とする「訴訟のあと」は三つの部分から成っている。第一部は一方でドレフュス事件によって覚醒させられた反ユダヤ主義について、第二部は同時に、そしてもう一方の端から、軍にかけられた嫌疑について、そして第三部はユダヤ人に対する告発者と軍に対する告発者のどちらの肩も持つことなく、最終的な責任者と判定された知識人たちを告発する内容となっている。ブリュヌチエールの発言は数多くの反論を惹き起こした。そのうちの主なものとしては、パスツール研究所所長で、ゾラとアナトール・フランスに続いて「知識人宣言」の第三の署名者であったエミール・デュクロー（一八四〇―一九〇四）のそれ、[19] プルーストやエリー・アレヴィやダニエル・アレヴィなど多くの将来有望な若者たちを教えたリセ・コンドルセの哲学教授アルフォンス・ダルリュ（一八四九―一九二一）のそれ、[20] ヴィクトル・バッシュ（一八六三―一九四四）のそれ、[21] そして社会学者エミール・デュルケームのそれが挙げられる。[22] いずれもブリュヌチエールが危険な敵に属する人間ではないことを証言している点で、論争における調子には礼節が保たれていた。その証拠にダルリュは反駁に入る前に、「最初の二点について彼が言っている事柄には、ほとんど全面的に賛同する」と譲歩している。最初の二点とはすなわち反ユダヤ主義と軍に関するブリュヌチエールの見解である。そしてダルリュはブリュヌチエールが一八八六年からすでに『ユダヤのフランス』の危険に反対して、警戒を説いていた点にも注意を喚起している。[23] 少し先のところではブリュヌチエールが最近もドリュモンの問題点を指摘したことはよいことだったと評価している。「じつに強い理性の力でもって、じつに高尚な言葉でもって彼が『ラ・リーブル・パロール』紙の申し出を拒絶したのを見ることは痛快であった。[24]」バッシュは、これまでもブリュヌチエールを丁寧に読み込んできたことを示しながら、ブリュヌチエールの思想が理想主義の方向へ進んで行ったこと、そして「個人の理性の永続権」に対して彼が最近とみに軽蔑の念を示していることを、古くからブリュヌチエールにおいて顕在していたその「合理主義」とその「悲観主義」との緊張関係によって、また現代の思想の潮流によって説明した。[25] ブリュヌチエールは同じ愛想のよさでもって彼らの反駁に応答しなければならなかった。[26]

まず反ユダヤ主義についてブリュヌチエールは、ドリュモンに対する一八八六年の書評論文におけるのと同じくそれを排斥しながら、今回はその原因を、「キリスト教、啓蒙主義そしてフランス大革命によって次々と宣明されてきた平等性の原理の代わりに人種間の不平等の原理を採用した、傲慢な、そしてそもそも不確実な科学のうちに」見てとっている。[27] ブリュヌチエールの筆によるこのような非難の言葉は——小冊子版に付け加えられた註において彼は、「人種の複数性」の原理がカトリックの原理に反しているとすれば、それは同じ程度か、あるいはそれ以上に高い程度で、「自由、平等、博愛という革命の理想の哲学的な基盤そのもの」を揺るがすものであることを強調している[28]——彼がその非難に当たってジョゼフ・ド・メーストルの革命批判の言葉を前置きとして用いているだけにいっそう注目に値する。ド・メーストルは「抽象的な人間［……］、フランス人でもなく英国人でもない、ギリシャ人でもなくローマ人でもない、中国人でもなくアメリカ・インディアンでもない、人間というもの、その資格において、あらゆる義務と同様、あらゆる権利を持つことができる！　人間というものを制定したことで[29]」フランス大革命を非難していたのである。普遍性を求める大革命の主張を——それと同じ希求がすでに福音書を特徴づけている以上——どうして一カトリック教徒が告発することなどできるだろうか、とブリュヌチエールは反論する。続いて彼は、人類学者、民族学者そして言語学者を、そして何よりもまず、ブリュヌチエールが常に現代の反ユダヤ主義の基礎を作った人物であるとみなすルナンを非難する。小冊子版でブリュヌチエールが喚起しているように、彼らが唱える多人種理論は、「創世記」によって表明された人種の単一性の原理を誤りとするために、反教権主義者たちによって利用されてきたものである。[30] ルナンとの差異をはっきりさせるため、ブリュヌチエールはルナンの『イスラエル民族の歴史』（一八八七）の有名な冒頭句――「言語は人種にとって思想の形式そのものである。[31]」――を引用している。この命題は、レオン・ドーデのような反ユダヤ主義者が「ドリュモンは近代および現代において〔ルナンの〕『イスラエル民族の歴史』を継続したまでのことである[32]」と主張するための根拠を与えることになるだろう。ブリュヌチエールはまた『セム語の歴史』（一八五五）の第一章に見られる「セム民族およびセム語の一般的特徴」に関する巧みさに欠ける宣言――「私は、セム種族がインド＝ヨーロッパ種族と比べて人間性の劣った組み合せを現実に表象していることを認める最初の人間である。[33]」――を思い起こさせている。ブリュヌチエールは最後に、この怪しい理論を「民衆の想像界」のなかに広めた歴史家や批評家たちを断罪している。[34] 人類全体に呼びかけるのであって、ひとつの国民や特殊個別の民族に呼びかけるのではないキリスト教、啓蒙主義、大革命の普遍的な理想との連続性にみずから明示的に依拠しつつ、ブリュヌチエールは一貫して種族の思想に反対の論を展開している。アメリカ合衆国で、特徴的な差異の探求が困難だったなかで、社会の国際主義《コスモポリタニズム》は彼に同じような省察をもたらしていた。

いいや、明らかに、ヨーロッパと同様にここでも、「種族〔race〕」という語に重要性は与えられていない。というかむしろ、「複数の種族〔races〕」をつくりだすのは、慣習であり、文明であり、歴史なのである。そして現代の我々の世界において、大西洋の両岸において、もしエコノミストたちが普遍的な運動が「財の均等化」の方向に作用していると言いうるのであれば、さらにいっそう真実であるのは、普遍的な運動が、あらゆる特殊なもの――それらは個人的なものではない――の消失に向かっているということである。[35]

ブリュヌチエールの目から見て種族は、現代社会におけるアンシャン・レジームの遺物として映っている。現代社会について言えば、その特徴は個人の極度の流動性である。個人と社会の間にあって、種族は――論のついでに彼はそれを、血筋と対照させて、環境へと、つまり習慣、文明、そして歴史へと還元しているが――もはや決定論的な中間項を構成するものではないのである。

したがって種族を引き合いに出すのは彼によれば、ユダヤ人への嫌悪感を正当化しようとする人びとが持ち出してくる言い訳あるいはアリバイに過ぎない。ブリュヌチエールが露骨な言い方――その構文は彼自身がそう考えているということを示すものではないが、長いこと人びとの不興を買う表現になるだろう――で要約しているように、「もし我々が率直になることを望むのであれば、それについてはこう述べる必要があるだろう。つまり反ユダヤ主義とは、ユダヤ人から地位を剥奪したいという強い欲望を隠蔽するために用いられるひとつの名詞に過ぎない、と。[36]」ただし、ブリュヌチエールが人種差別主義者でなく、人種差別による反ユダヤ主義者でもないのは事実だったとしても、彼が反ユダヤ主義を説明するために、あるいは反ユダヤ主義を大目に見さえするために、ごく慣例的となっていた議論のひとつを再生産しているのもまた事実であった。たとえばユダヤ人――ブリュヌチエールの呼び方によれば「最近になって家族の一員になった者たち[37]」であるが、この言い方には、彼らはもう少し控え目な態度を示すのが適当であろうという考えが含まれている――は、〔一八七七年〕五月一六日以降および「教権主義者たち」の排除以降[38]、フランス共和国において、この国におけるプロテスタントやフリーメーソン会員と同じように少ない彼らの人数に比べると不釣り合いな地位を占めているといった議論がそうである。「およそこの二〇年来、法的、政治的あるいは行政的な代表制は、我々の国においては、それが代表していると見なされる社会の分量に比例したものとはなっていない。[39]」この表現はまだ慎重であるが、ここはあまりにも危険なところで、ブリュヌチエールはすぐに躓いてしまう。「三八〇〇万人のフランス人は一〇〇年前と同じく今日も、自分たちがわずか数百人の支配の下に永遠に置かれることを好む気にはなれないのである。」[40]「一〇〇年前」というフランス大革命への暗示はブリュヌチエールの筆によるものとしては例外的な共和国の問題化――五月一六日によって排除されたものたちが行った反＝革命への呼びかけとほとんど同じような事態――を招くものとなっている。たとえ彼が自分自身をその点で「公平かつ完全に無私な観察者」として描き、自分の名で明確に語っているわけではないとしても、である。「共和主義のレッテルのもつ神秘的な力を信じることが許されるとすれば、それとは異なるもうひとつのレッテルのほうを愛することもおそらくは許され、あるいは少なくとも同じように許されるべきことであろう。」[41]「失墜したものへの忠実さ」の称賛が、シャルル・ブノワを思わせる表現によれば「無機的な普通選挙の体制」についての留保の姿勢と両立するとき、ブノワ──この人物はやがて保守的な共和主義から全面的な国粋主義のほうへと移行していくことになる[43]――の影響をおそらくは受けていたブリュヌチエールは、敷居を超えてそのもうひとつの側――反共和主義あるいは反ユダヤ主義――を理解することで、それと共に自分の身を危うくすることになってしまう、そんな敷居を踏み超えてしまったようである。行き過ぎた自由主義によって――あるいはむしろ、自由の敵と判断された国家に対する反動の自由主義という非正当性の現れによってかもしれないが――人は反共和主義の正当化まであと一歩のところにまで進むだろうし、また権力を失ったカトリック多数派の面目をかけた擁護としての反ユダヤ主義、あるいはたとえばイヴ・ギヨーが論争の間ずっとそのことでブリュヌチエールを非難することになるような「これらの抑圧された人びとの正当な復讐」としての反ユダヤ主義までもあと一歩というところまで進むだろう。[44]

事件前夜、アナトール・ルロワ＝ボーリウはブリュヌチエールのそれに近い言葉、フランスのユダヤ人の同化に関してふたりがつけた留保によって同じように両義的な言葉に依拠してこう述べていた。

ユダヤ人であれキリスト教徒であれ、国に生まれた者たちと外部からやってきた新参者たち――フランスの古くからのフランス人と新フランス人、〔アルプス〕山脈の向こうから到着したばかりの者やライン川の向こうから到着したばかりの者のようなフランス人志願者――とを、慌てて同列に扱うことをしないというのは、私は悪いこととは思わないだろう。(45)

たしかに、ここでルロワ＝ボーリウは、イタリアの移民とドイツのユダヤ人を同等の存在として扱ってはいるが、しかしそれでも彼が悪く思っていたのは、ますます怪しげな調子を帯びていく彼の言葉の続きが全面的にそのことをよく示しているように、後者の、ドイツから来たユダヤ人たちについてである。その言葉のなかには一八九二年冬に勃発したパナマ事件〔パナマ運河開発をめぐる政界を巻き込んだ大規模な贈収賄事件。贈賄工作の中心だったジャック・ド・レナックとコルネリウス・エルツはともにドイツ系ユダヤ人だった〕への暗示も含まれている。

この後者の人びと〔ライン川の向こうからやってきた者たち〕については、それをわざわざ言う必要もあるまいが、この残念な冬のあとでは、必ずしも満足するわけにはいかないところがある。私は外国人の帰化に反対したいのではない。神に誓ってそんなことはない！〔……〕しかしさらにこのうえ、これらの昨日あるいは明日の帰化人たちに、政府のありとあらゆる優遇措置、勲章、恩寵、職階の数々を惜しみなく与える必要はないだろう。優先順位はむしろ、この国の人びと、フランスのフランス人たちにこそ与えられてしかるべきだろう。ところではっきり言っておかねばならないが、第三共和政下のフランスにあって私たちが目にしてきたのは、しばしばそれとは逆のことであった。私たちに関わる事柄において外国人が占める重要性は過去一五年間にわたる体制の諸特徴のひとつであり悪徳のひとつであった。(46)

このように、当時一般的には親ユダヤと目されていた同じひとりの人物においてさえ、反ユダヤ主義への嫌悪と「フランスをフランスのフランス人の手に取り戻せ」というスローガンが共存していたわけである。暗示はまた、五月一六日と、日和見主義的共和政下の自由主義者と教権主義者の排除の感情を参照している。それはさらに、一八八六年のブリュヌチエールと同じ、ルロワ＝ボーリウによるドリュモンへの唯一の譲歩を示す次のような結論にも見てとることができる。「このような観点からすると、『ユダヤのフランス』が申し立てている苦情は必ずしも根拠のないものではなかった。それは反ユダヤ主義を養いさえしたのである。[47]」言い換えれば、ユダヤ人たちは現代フランスにおける彼らの名声によって、少なくとも部分的に、反ユダヤ主義の責任を負っているというのである。

共和国のエリート層においてユダヤ人が過剰に代表しているという強迫観念はドリュモンによって幅広く利用されていた。『ユダヤのフランス』というタイトル自体、追い詰められた多数派のヒステリーを印象深いイメージのなかに凝縮している。解放以来のユダヤ人の昇進について、今度は留保なしにルロワ＝ボーリウが注意を促しているように、「彼らは数がすべてではないことを証明するがそれは誤りである。これについては数字がそれを許さない。[48]」その数字が示す程度は共和国の功績主義の恩恵を疑わせるほどのものだった。テオドール・ラティスボンヌ——そのキリスト教への回心によって反ユダヤ主義の宣伝には敏感になっており、またそれがユダヤ人の繁栄についての彼の誇りを低減させることはなかった限りで、その問題については目を閉じていた、あるいはこれらふたつの理由が混じり合っていたかもしれないが——は、すでに第二帝政期において、さらには七月王政期においてすら、彼のかつての同宗者たちの社会的な優位を信じていた。

彼らは株式取引所、新聞、演劇、文学、行政、陸路および海路の大交通手段を支配している。そして彼らの財産と才能の力を行使して、キリスト教社会の全体を今現在の時代にしっかりと結び付けて、網のなかに取り込むように掌握している。[49]

人はまるで『ラ・リーブル・パロール』紙を読んでいるように思うだろう！　しかしユダヤ人に呼びかけるラティスボンヌ神父はその結論として、完璧な同化を果たすためには彼らにはもはや改宗の道しか残されていないと述べる。ドリュモンはそれとはまったく逆に、自分たちの場所を奪い取るためにユダヤ人を追放しようと願う人びとの恨みを刺激するのであった。

「したがってこのことは認めるとしよう。すなわち、いくらかのユダヤ人は反ユダヤ主義の責任がまったくないわけではないということを。」ルロワ＝ボーリウの意見にまったく同感であったブリュヌチエールはそう判断していた。ゾラに続いてアンガージュマンに乗り出したアナトール・フランスの『現代史』の最初のふたつの巻、『散歩道の楡の木』（一八九七）と『柳のマネキン人形』（一八九七）を、現代フランス社会において非カトリック教徒が占有している不当な地位の例証として彼が持ち出したのには、悪意がないわけではなかった[50]。こうした議論は厚顔無恥な反ユダヤ主義者によく見られただけでなく、反ユダヤ主義をひたすら糾弾する側の開明的な人びとにもよく見られたものであり、彼らは反ユダヤ主義を排斥する一方で、反ユダヤ主義者たちを犯罪者としてではなく犠牲者として扱い、彼らを頭ごなしに非難することには抵抗を感じていた。こうした考え方はユダヤ人の日和見主義と傲慢さによって、国家機関と共和国エリートにおける彼らの過剰な存在――ジョゼフ・レナックと「国家のユダヤ人」、さらには共和国に狙いを定めて、ドリュモンを全面的に支持していたエドモン・ド・ゴンクールが一八八六年に「共和国のユダヤ人どもの厚かましい全面的勝利[51]」と呼んだもの――によって、ユダヤ人自身を反ユダヤ主義の責任者にするというものであった。ブリュヌチエール自身はドリュモンやゴンクールのような公然たる反ユダヤ主義者ではなかったし、反共和主義者でもなかったが、国民の代表の全てのレベルにおいて、量的配分によって、さまざまな少数派共同体の存在を制限したいとする一種の「アイデンティティ政策」――これは法の前の市民の平等、したがって共和国の原理とユダヤ人解放とは無縁のものである――を彼は、弾劾してはおらず、時には率直にそれを求めているようにすら見えるのである。アイデンティティ政策がまた、多くの場合プロテスタントやフリーメーソンと近い関係にあるユダヤ人に反対する、いくつかのマイノリティによる昇進意志にも応えることができるものであるとすると、[52]この政策は、多数派が一貫して強力なフランスのような国にあっては必然的に、マイノリティの「社会的身分《ステータス》」についての定義や、ユダヤ人の数が多過ぎる職業における「定員制限」の制定につながる差別への道を開くことになるだろう。エリート層におけるユダヤ人の人口過密と「国家のユダヤ人」の慎みのなさへの執拗な参照は、共和国においてユダヤ人とその他の市民との間で区別が維持されていること、したがって一七九一年の解放が徹底的には認められていないことを明らかにしている。こうした心的な制限——あるいは権利と事実との間の分離——はいずれにせよ、ブリュヌチエールがキリスト教から啓蒙主義そして大革命までのうちに見ていた普遍主義における連続性の精神に反するものであった。躊躇なく発言し、声高に憎悪を叫ぶ反ユダヤ主義の狂信の傍らには、より控え目で、より油断のならない、声に出されることのない、あるいはそれ自体に無意識なもうひとつの反ユダヤ主義のかたちが存在する。それはこのうえなく騒々しい反ユダヤ主義者たちを打ち負かすことは拒否するというかたちで現れる。ところでブリュヌチエールもまた、大方の上品な反ドレフュス主義者たち——彼らにとっては軍事問題が優先事項であり、反ユダヤ主義は第一動機でもなければ主要原因でもなかった——と同様に、この潜在的で、礼儀にかなった、それだけに恐ろしい、この第二の反ユダヤ主義から無傷な存在ではなかったのである。

可動的民主主義かアンシャン・レジームか

反軍国主義については、ブリュヌチエールは、祖国にとって重要な関心事となるためそれを反ユダヤ主義よりも明らかに危険な問題と捉えており、国防を問題化している点で再審主義を反軍国主義と同一視していた――この点は彼の粘り強いアンガージュマンの前提を成しており、反ユダヤ主義ではない反ドレフュス主義であった他の共和主義者たちにとってと同様、ブリュヌチエールにとって真の問題は軍事問題であって、ユダヤ問題ではなかった[53]――わけであるが、彼はそれを、民主主義があまりにもしばしば個人主義と無政府主義に還元されてしまうことの帰結であると捉えていた。思い出しておく必要があるが、そうした還元は一九世紀最後の一〇年間においてまさにひとつの思想以上のものだったのである。「この世で最も相反するものを、今日、我々は混同している。すなわち集団主義を無政府主義と混同し、社会主義を個人主義と混同し、財産あるいは知性の貴族主義を民主主義と混同している。[54]」ブリュヌチエールは軍法会議についてはひと言も触れていない。というのも彼にとって根本的な問題は個人と社会の関係に帰着していたからである。ところで、フランス革命以後、軍隊は国の自由を保証するものであっただけでなく、民主主義のモデルでもあった。軍隊は「平等と［……］規律とヒエラルキーの学校」であり、そこでは社会的な諸階級は軍服のもとに混然一体となり、昇進は功績次第であった[55]。ブリュヌチエールはみずからをフランス革命の子とみなし、フランス社会における諸々の特権の再構築に反対し、革命がもたらした自由の遺産を守ろうとしていた。このような分析とアメリカに関する彼の考察との相補性は明白である。フランス革命が起こったにもかかわらず第三共和政が再生産している身分社会、とりわけ大学の学位を国家資格とする考え方によって再生産しているフランスの身分社会とは異なった機能をもつ社会を、ブリュヌチエールは大西洋の向こう側で発見した。ところで、競争はあらゆる人間をそのありのままに等しい存在にする。

この地［アメリカ合衆国］で人びとの間に作られる区別は堅固であり、現実のものであって、それはいかなる気まぐれにも、あるいはいかなる恣意性にも依存しない、あるいはヨーロッパと比べてはるかに依存しない。「植民地出身の奥様」はたくさん存在するが古い貴族制度は存在しない。巨大な富は存在するが「支配階級」は存在しない。教授、医師、弁護士は存在するが「自由業」は存在しない。室内装飾業者が他の人びとの家のなかを飾る人間であるように、医師は他の人びとを診察看護する人間である。金持ちの人間は金持ちの人間であり、あらゆる土地におけると同様、彼には多くのことができるが、それはその所有している金額に可能な範囲においてである。また教育のある人間が価値を持つのも、その人間の功績がもたらす観念によってのみである。[56]

アメリカも「社会問題」を解決してはいないということを理解してほしいと言った見知らぬ相手に向かって、ブリュヌチエールはこうした自由主義擁護の親米的な弁舌によって応じていた。しかし、アメリカを訪れたフランス人旅行者の多くが、リベラルな民主主義と野蛮なほどの競争という「ゲームの規則」を驚きとともに発見したのと同様、ブリュヌチエールもまたアメリカ人以上にアメリカ人的となり、さらにはアメリカ人以上にシステムの落後者に対して容赦のない姿勢を示し、「社会問題」の解決不可能性を補って余りある「利点の数々がこの厳しい競争社会にはある」と断定するのであった。[57] ブリュヌチエールはニューヨークからヴォギュエに宛てて、「自分自身ほとんどあまりにもアメリカ人的であると思う」と打ち明けなかっただろうか。フランスの外に出ることができない人びとは仕方がないが、旅行者であった彼らはアメリカに行くことで何を期待できるかわかっていた。ブリュヌチエールは彼の地で機能的な民主主義のモデルを発見したのである。それは個人主義的な無政府主義と集団主義的な社会主義の混淆物とは正反対のものであり、エリート主義と連帯主義の混淆物とは正反対のものだった。彼の目には、フランス社会がフランス革命の自由主義的な理想あるいはキリスト教的な理想を犠牲にして、そうした混淆物のほうへと向かっているように見えていた。これについてブリュヌチエールは「訴訟のあと」のなかで、「敵は民主主義ではない。敵は個人主義であり、無政府主義である[58]」と結論づけるだろう。彼は合衆国におけるカトリック教徒たちに関する一八九八年一一月の論文のなかで、フランスとアメリカの個人主義の意味の違いについて改めてこう言及している。

ヨーロッパとアメリカで同じ語が正確に同じ事柄を意味するわけではない。〔……〕個人主義とはアメリカにおいては――おそらく英国においてもそうであろうが――、法によって明確に禁じられていないことなら何でも許される、そして必要とあらば不当にも自分を法の上に置く権利を与えるという我々における ような意味ではまったくない。そうではなく、法のみに従うという意味、理由があって法と闘い、法を改めることができるのは、法をみずからの助けとすることにおいてのみであるという意味なのである。[59]

こうした考察はトクヴィル〔一八〇五―一八五九〕を想起させる。トクヴィルの『アメリカの民主主義について』〔一八三一〕はブリュヌチエールのアメリカの印象における着想源のひとつとなっている。[60] したがって「訴訟のあと」の反個人主義は、国粋主義的な言説と安易に同一視されるべきものではない。共和主義者である以上に民主主義者であるブリュヌチエールの弁舌は、アメリカ流の制度的あるいはホーリズム的な〔部分要素に還元できない総体としての〕個人主義をよしとしているのであって、啓蒙主義の説く人間を非難しているのではない。抽象的な人間に対するメーストルの攻撃をカトリシズムへの敵対と感じ、メーストルを警戒していたブリュヌチエールは、反革命の伝統に属する人間ではないのである。

ブリュヌチエールは、アメリカの機能的な民主主義が「知性の貴族主義」を生む高等教育と相容れないものではないということも合衆国において理解していた。

これらの偉大な大学を通じて、アメリカのある部分の全体が貴族化されつつある。〔……〕我々が我々の伝統から知らず知らずのうちに離脱しつつある一方で、アメリカ人たち――何百年もの歴史を持たないことに満足できない彼ら——は、まさしく我々が放棄する伝統に逆に執着しようと努めている。[……]アメリカにおける大学の傾向はこの偉大な民主主義のなかで知性の貴族主義を構成することへと向かっているのだ。そしてほとんど皮肉と言っていいのは、この知性の形式について、ブヴァールとペキュシェの何倍もの存在である我々が、民主主義の進歩に対する最大の敵として恐れるという誤謬ないしは愚劣をおかしているということなのである。(61)

ちょうど同じ頃、一八九七年一〇月に刊行された『根こぎにされた人びと』のなかでバレスは、革命右派に典型的な、よく似た言葉遣いで、共和国の大学がその学生たちに課している運命を批判した。「彼らは上昇する民主主義ではなく、堕落する貴族主義だ。(62)」やがて、世紀転換期にソルボンヌが職のない学士を量産したことによって、批判者たちは「堕落する貴族主義」についてはもはや語ることすらせず、その代わりに「知的プロレタリアート」について語るだろう。(63) しかし、ブリュヌチエールはフランスの高等教育の現状からバレスと同じ結論を引き出すことはせず、アメリカ流の進展に期待をかけている。ブリュヌチエールは、フランスの大学が一般教育の部分をますます減らし、何よりも「国家資格」を交付することに奉仕し、同業組合を再び作り上げているとして嘆くのに対し、逆に、アメリカの大学は新たなヒューマニズムを生み出しているとしてこれを称えるのであった。ブリュヌチエールのこうした表面的なアメリカ主義のなかには、またしてもルナンに対する攻撃が含まれているということを見てとる必要があるだろう。ルナンはアメリカを物質主義の最悪の事例とみなし、それに対して「知的貴族主義」を陶冶しているフランスを擁護した。それは「恐ろしい年〔普仏戦争敗北の一八七〇年〕」への反動として一八七一年に刊行された『知的道徳的改革』の教訓であったが、ルナンは一八六九年からすでに以下のものをまとめて告発していた。

万人に平等な権利という思想、政府を人びとがその給料を支払い、それに尊敬の念も感謝の念も持たない単なる公僕とみなす流儀、一種のアメリカ的無礼、自分は国家の最良の人物たちと同じほど賢明であるという自惚れ。(64)

ルナンはしかし、アメリカの諸々の制度がフランスにおいて優位に立つことはないと考えていた。ルナンによれば、フランスは大革命を経験したにもかかわらず君主政と貴族主義の国のままなのであった。

フランスは洗練されたものにおいてのみ優れ、上流のみを愛し、貴族的な振る舞いのみを行う術を心得ている。我々は貴族の種族なのである。我々の理想は貴族によって作られた。誠実な市民や真面目な実業家たちによって作られたアメリカの理想とは違うのである。(65)

したがってアメリカでブリュヌチエールが称賛した民主主義的なヒューマニズムは、フランス革命に対してはるかに敵対的だったテーヌとルナンが、勢いを増す普通選挙という野蛮に対する盾として引き合いに出した「知的貴族主義」とは、そもそも折り合うはずのないものだったのである。ブリュヌチエールは知性の貴族主義の傲慢さをしばしば非難したが、ルナン流のディレッタントとニーチェの超人はそうした傲慢さの具体例なのであった。一八九八年にブリュヌチエールが示した知識人への不信感には、ルナンに対して古くから抱いていた反感が大きく作用していたことは確実である。

アメリカの民主主義が一八九七年にブリュヌチエールに与えた印象とフランス共和国に対する一八九八年のブリュヌチエールによる非難とを結びつけるのは行き過ぎではないかと思われるかもしれないので、ここでジョンズ・ホプキンス大学の学長、ブリュヌチエールをボルチモアに迎えたあのダニエル・コイット・ギルマン——ブリュヌチエールがアメリカ旅行記のなかでこのうえなく称賛的な肖像を描き、大学の使命に関するその定義を、尊敬の念を込めて引用しているこの人物——が、少なくともブリュヌチエールによれば、ある著作の執筆者でもあったということを指摘しておきたい。「訴訟のあと」の結末部において個人主義に対する毒舌を展開するなかでブリュヌチエールは、自身の議論の要点を示すため、ギルマンの著作を引用している。

そして最後に私が借用するのはアメリカ人の著者D＝C・ギルマン氏が『社会主義とアメリカ精神』についての著書で述べておられる数行である。「今日において最も必要なことは、自由競争という神聖不可侵にして不謬の名のもとに社会主義に対して十字軍を起こすことではなく、我々の時代に氾濫する粗野な個人主義に対して力強く抵抗することなのである。[66]」

ブリュヌチエールはこの箇所と同じような意味においてフランチェスコ・サヴェリオ・ニッティの著作も引用していた。[67] ニッティのこの著作については、ゾラもまた——ブリュヌチエールとゾラはともに「社会問題」に強い関心を抱いていた以上、ふたりの間の政治的な不和は必ずしも絶対的なものではなかったということを示す興味深い一致と言えるだろう——小説『ローマ』のなかで、主人公のピエール・フロマンの「カトリック的社会主義」を説明するために用いていた。[68]

だが不都合なことに——これは他の人びとにとっては常に善なるものであった文献学の方法に対するブリュヌチエールの感覚が実際のところどのようなものであったかということを明示するものであるが——ジョンズ・ホプキンス大学初代学長にしてアメリカにおける大学院教育の推進者であった人物は、『社会主義とアメリカ精神』と多少なりとも類似したタイトルをもついかなる著作も書いていなかった。米国大統領ジェイムズ・モンローの生涯についての著作をものしたこの人物は、そのアカデミックな書き物の主なものを『合衆国における大学問題』(一八九八)と『大学の設立、その他』(一九〇六)にまとめていた。そして一八九八年にニューヨークで出版されたトクヴィルの『アメリカの民主主義について』の翻訳版で序文を執筆している。ブリュヌチエールをボルチモアに迎えた当時、彼はこの序文を準備中であった[69]。ただし「訴訟のあと」で強烈な引用がなされている『社会主義とアメリカ精神』という書物を彼は書いていない。しかし引用文の著者がD・C・ギルマンではなく、教育学者のN・P・ギルマン、すなわちニコラス・ペイン・ギルマン(一八四九―一九一二)であったのは、いわば不幸中の幸いであった。ジョンズ・ホプキンス大学の学長とは親戚関係のない、牧師にして社会学と倫理学の教授であったN・P・ギルマンの著書『社会主義とアメリカ精神』(一八九三年にボストンとニューヨークで出版され、一八九六年と一九〇〇年に再版されている)は、キリスト教的で博愛主義的なアメリカを長々と弁護した書物であり、高級な個人主義と精神的な社会主義を擁護して、科学的な社会主義と「自分さえよければ」という無政府主義に要約される低級な個人主義への反論を展開したものであった[70]。

ここに至って、ブリュヌチエールがふたりのギルマン――大学の守護聖人と博愛主義の使徒――を混同しただけになおさらのこと、特権者の個人主義を体現するものとして一八九八年に糾弾されたフランスの知識人が、ジョンズ・ホプキンス大学で出会った方法的で綿密で、機能的なアメリカの大学人とは正反対の存在であったということは容易に見てとれよう。

彼らがある専門分野で高い評価と実際の卓越性を獲得することに成功すると、何かしら外方浸透のような現象によって、その評価が彼らの考えるすべてのことがらに伝染し、彼らの実際の評価が自分たちの語るすべてのことがらに伝染するものと彼らは思うようになっている。それは彼らにとっては大いなる不幸であり、我々にとっては大いなる危険である[71]!

「現今の大いなる病」である個人主義はフランスの大学を堕落させており、そこでは「科学的な方法、知性の貴族主義、真理の尊重(72)」といった「大言壮語」がアンシャン・レジームへのノスタルジーと特権の再構築を隠蔽することにのみ奉仕している。「彼らは我々の知らないことがらを知っているという理由で、我々は彼らが知らないことがらについてまで彼らのいうことを信じている。(73)」

　歴史と文学の研究における実証的な方法とドイツ的な精神の支配に対する古くからの攻撃を繰り返しながらブリュヌチエールが特に悪玉と見なしていたのは、ゾラ裁判で次々に姿を現してきた古文書学校出身の学者たちであった。

> この際一度だけはっきり申し上げておきたい。言語学、文献学、韻律学、訓詁学、人類学、民族学――今日、こうした列挙は無限に連ねることができようが――これらは「科学」ではないし、「知」ですらもない。[……]古文書学者あるいは文献学者は博識家であり、お望みならば知識人であるが、彼らは「学者」ではない。彼らは永久に、いかなる次元においても学者ではないだろう。ある本物の学者はこう言った。知とは、力ないし予見である、と。古文書学者に何ができるだろうか。訓詁学者にどんな予見が可能だろうか(74)。

歴史と批評は科学ではないし、そもそも学問は「他者による服従や他者からの尊敬の権利を与えるものではない(75)」。知識人たちの意見は、彼らが学者ないしは博識家であるという口実のもとにいかなる権威も獲得しない。このテーゼを矛盾も顧みず押し進めるブリュヌチエールは、古文書学者は古文書を扱う官吏と同様、裁判に口を挟むべきではないと結論づける。彼がとりわけ攻撃したのが、古文書学校校長でありゾラ裁判の証言者であり〈人権同盟〉の発起人の一人でもあったポール・メイエ（一八四〇―一九一七）であった。

> この古文書学者と、三つの軍法会議が下した判決とを対置してはならない。彼は人間の正義がいかなるものかをわきまえているし、事実、彼は古文書学校の校長ではなかろうか。〔……〕法を支持するために作られていない存在、いやむしろ、みずからを法の上に置くために作られている存在、そのような存在はニーチェの「超人」か、あるいは「法の敵」に他ならない。(76)

ニーチェへの暗示――「超人」――とバレスへの暗示――「法の敵」〔一八九三年のバレスの小説の題名〕――が示しているのは、ブリュヌチエールにとって知識人は民主主義者ではなく無政府主義者であるということであり、彼はそのような知識人に国家の大問題に対して公的に発言する権利をいっさい認めていないということである。そうした見方から出てきたのが、小冊子版に再録された論文に付された最初の註でこの紛争の一面を要約するあの毒舌である。「軍法会議の問題に小説家が――有名な人だとしても――口出しするのは、ロマン主義の起源の問題に憲兵隊の大佐が口出しするのと同じくらい場違いであると思われた。(77)」

モーリス・パレオローグ(78)は一八九八年一月一五日の自身の日記のなかで、知識人たちに対するブリュヌチエールの毒舌を書きとめていた。オーベルノン・ド・ネルヴィル夫人宅での夕食会の折、『ルヴュ・デ・ドゥー・モンド』誌の編集長は作家のポール・エルヴィウ(79)と大学人ギュスターヴ・ラルーメ(80)、ヴィクトル・ブロシャール(81)、そしてガブリエル・セアイユ(82)――いずれも再審派であった――を挑発する言葉を弄していた。

> 研究所や図書館のなかで生きている人びとを一種の貴族のカーストとして指し示すために、知識人というこの語が最近作られたという事実、この事実だけでも我々の時代の最も嗤うべき欠点のひとつを告発するに十分である。私が言いたいのは、作家、学者、教授、文献学者を超人の位置にまで持ち上げようとする自惚れのことだ。私は知的な能力を蔑ろにするわけではないが、それは相対的な価値しか持ちえない。私は、社会

的な次元においては、意志の堅さ、性格の強さ、判断力の確かさ、実際的な経験のほうをいっそう高く評価する。したがって、私がよく知っているしかじかの農業従事者や商売人のほうを、名前を挙げる気もしないしかじかの博識家や生物学者や数学者よりもはるかに上に置くことを躊躇しない[83]……。

「私は告発する」が出た翌日から、パレオローグはブリュヌチエールの考え方には無理があると判断していた。「訴訟のあと」のなかで名指しはされていないものの非難されていたポール・メイエは一八九八年八月に、ブリュヌチエールとイヴ・ギヨーとの公開論争が行われていた間、ブリュヌチエールに対する軽蔑の念を率直に明らかにしている。メイエはガストン・パリス宛にこう書いている。「このブリュヌチエールという男は何という愚か者でしょう！　まったくうんざりさせられます。最初からそんな奴だろうと思っていました[84]。」数年前にブリュヌチエールと面識を得ていたジョゼフ・レナックは、これほど頭の良い人間がこれほどまでに教授たちの発言、すなわち裁判問題における批評的精神の専門家たちの発言に気分を害するとは理解できないことだとして、こう言うだろう。「こうした大胆な発言はごくありふれたものであるが、彼にはそれがまったくもって言語道断なことがらに思われた。この大批評家は批評そのものを呪詛したのである[85]。」しかし『ルヴュ・デ・ドゥー・モンド』誌の編集長による知識人たちへの攻撃文——判決が出ている事態への頑なまでの尊重と軍への限りない敬意に基づく攻撃文——は甚大な影響を及ぼした。三月三一日、ワシントンからドゥーミックは師匠に向けてこう書いている。

あなたの見事な論文「訴訟のあと」を拝読しました。私としては、このところ多くの人びとに理屈の合わないことを言わせていたいくつかの点についてあなたが非常にきっぱりとご意見を開陳されたことを嬉しく思っております。こちらの大使館では人びとはあなたの論文にいたく感銘を受け、カンボン氏[86]などはこちらの人びとにそれを知らせ、広めることに努めますと言っておりました。と言いますのも、ご存知のとおり、アメリカはほとんど全員一致でゾラを支持しており、新聞などもこの点については絶えず私たちを罵り、フランスにもはや正義はないなどと宣告している有様だからです。それは多くの人びとが私に、多分に礼節を含んではおりますが断固たる調子で繰り返し述べたことがらでして、私としては彼らに道理を言い聞かせようとしてもなかなかうまく行かないことを恐れている次第です。(87)

たしかな事実として確認できることであるが、ゾラに対する闘いはブリュヌチエールの新たなアンガージュマンと切り離しがたいものであった。ブリュヌチエールのアンガージュマンはパリのさまざまなサロンで大きな成功をおさめ、一八九九年には『ルヴュ・デ・ドゥー・モンド』誌編集長が、ドレフュス事件に想を得た初期の小説のひとつ、高等師範学校出身でやがて同誌の寄稿者となるアンドレ・ボーニエ（一八六九―一九二五）の『デュポン＝ルテリエ家の人びと』のなかで――その長ったらしい言い回しで大いに揶揄されてはいるが――登場しているほどであった。(88)

パリの権力の頂点に達していたとしても、ブリュヌチエールの独特の経歴は彼を知識人のなかで孤立させるものだった。大学入学資格者《バシュリエ》以外の称号を持たなかったブリュヌチエールを高等師範学校の彼の生徒たちはしばしば見下していた。ブリュヌチエールが一八八八年にレジオン・ドヌール・シュヴァリエ勲章を受けることを知ったときのロマン・ロランの言葉がその例証である。「この成り上がり者はこれらの勲章を力づくで獲得しただけになおのこと喜んでいるように思われる。(89)」一八九四年二月のアカデミー・フランセーズ入りのあとのカルチエ・ラタンの大騒ぎや、彼の自宅まで押し掛けた夜の大行列や、彼のレオ一三世称賛に反対して催された一八九五年四月の非宗教《ライック》の宴――これらは皆、ドレフュス事件以前からすでに、大学人に対するブリュヌチエールの敵意を先鋭化させていたものであったにちがいない。米国で彼が味わった幸福感はそうした点からも説明することができるだろう。すなわち高等師範学校卒業生《ノルマリアン》にも「生まれつく」ことのなかったブリュヌチエールは、フランスではことあるごとにそのことを感じさせられざるを得なかった。だが大西洋の向こうでは、そんなことは何の重要性もなかった。先にも触れたとおり、あちらでは「金持ちは金持ち」であり、教授は教授、ジャーナリストはジャーナリストであった。ところでブリュヌチエールはそのどちらでもなかった。おそらくそこから教授やジャーナリストに対する彼の根本的な攻撃性が生じているのであろう。実際にはブリュヌチエールは、みずからの知識の普遍性の名のもとにあらゆることがらについて語る知識人の典型であった。しかしドレフュス事件は、大学とマスコミの間の架け橋の数を増すことによって、ブリュヌチエールがみずからのために築き上げていた演壇から彼自身を立ち退かせようとしていた。それ以来というものブリュヌチエールは、学者のなかでも最も実証主義的な化学者や古文書学者たちを彼らの専門分野の能力の範囲に押し込めようと考え、第三共和政のエリートたちを――試験によって登用され、「貴族のカースト」を復活させて権力の座を狙うあらゆる高級官僚を、この少数による支配体制のなかで彼によれば過剰代表となっている「国家のユダヤ人」に加えて――まとめて非難するようになるのである。こうした争いに加わることのなかったデュルケームは、最初は『ルヴュ・ド・パリ』誌への掲載を予定して執筆したのだが、どこまでも中立を貫こうとするラヴィスに断られたため、結局『ルヴュ・ブルー』誌に掲載することになった論文において、現代の個人主義に関するブリュヌチエールの省察に反論した。[90]「訴訟のあと」が惹き起こした他の人びとの反応――デュクローやダルリュのそれ――と同様、デュルケームの論文も落ち着いた調子のものであり、一八九八年八月のイヴ・ギヨー宛の公開書簡までは少なくとも、ブリュヌチエールは再審反対陣営の知識人として、また尊重すべき敵として扱われている。社会学者デュルケームは「文士」ブリュヌチエールがふたつの個人主義を混淆しているとして非難している。すなわちハーバート・スペンサーおよび自由主義経済学者たちのいう利己主義的な功利主義、つまり個人の上には何も置かない功利主義と、人間を「国家の上に」置くものの、「個人の権利と同様、集団の権利にも十分配慮する」カントやルソー以来の人権とをブリュヌチエールが区別していないというのである。[91] デュルケームによれば、個人主義とは各人の権利を守りながらも同時に社会的な紐帯の原則をも支持するというものである。ただ、N・P・ギルマンの『社会主義とアメリカ精神』で提起された社会主義と個人主義の和解の試みに強い影響を受けたブリュヌチエールのアメリカ論が示しているのは、ブリュヌチエールとデュルケーム、この両者の個人主義の理解はさほど異なったものではないということであり、ふたりとも、個人主義が国民という上位の利益と合致することを同じように要求しているということである。[92] しかしながら——民主主義と共和主義の間にある古くからの議論は一〇〇年前においては今日ほど月並みな議論ではなかったことに注意しよう——ブリュヌチエールは急進主義者ではなかった。また彼は、個人と国民のこの力学は、少なくとも第三共和政においては、フランスよりも合衆国においてよりいっそう実現されていると評価していたのである。

他方でデュルケームは、「化学者や文献学者、哲学者や歴史家といった彼らの資格においてではなく」、また「何かしらの固有の特権」によってでもなく、人間として、そして理性の名において、知識人が裁判問題に口出しする権利を承認していた。単純に、「彼らが社会の他の人びとよりもいっそうこの権利に執着したのは」、「自身の疑問が解明されないと感じる限りは判断を留保するという科学的な方法の実践に慣れた彼らにとっては、人を巻き込む大衆の力や権威の威光に対して容易には譲歩しないのが自然なこと[93]」だったからである。この点については、ブリュヌチエールとの不一致は明らかである。デュルケームは科学的な精神が実証主義的なディシプリンに共通しており、その実践者の大多数によるドレフュス支持に合致していると捉えている。一方のブリュヌチエールは歴史家に科学者の資格を認めず、実証主義およびドイツ的方法に対する二〇年来の反感を抱き続けるなかで、科学による侵略から人文学を守ろうとする。ドレフュス事件を機に、以前からあったふたつの争いが再び顕在化する。ひとつは人文学の性質に関する争いであり、もうひとつは共和国の性質に関する争いである。ドレフュスの有罪性の問題を常に避けて通り、議論を一般的な個人主義の地平にずらすことによってブリュヌチエールは、実際のところ、裁きを前にした個人の権利を否定し、国是の前での個人を放棄しているわけであるが、これはいわゆる自由主義者《リベラル》にあってはいささかも逆説的なことがらではない。五月一六日以後、自由主義《リベラリズム》はしばしば、反急進主義の感情を示すための代用表現として役立ってきた[94]。そして秩序と権威を愛するブリュヌチエールの自由主義は、国家がブリュヌチエール自身の思いとは逆の方向に進んでいくにつれて、時に、ますますこれ見よがしの合理化の様相を呈していくのである。

怒れるフロール・サンジェ

「訴訟のあと」を受けて、ブリュヌチエールの女友達であるフロール・サンジェはブリュヌチエールに一八九八年四月一九日付の手紙で率直かつ明快な反論を寄せた。私はこの手紙の全文を引用したい。それほどこの手紙は美しく力強い。

> あなたの署名のもとで四月一日号[95]の『ルヴュ・デ・ドゥー・モンド』誌上に掲載された論文について私がどう思っているか、関心をお持ちであると伺いました。
>
> そのような友情の証しに感動し、あなたに率直な感想を述べる勇気が湧きました。その逆のことをあなたはお望みにはならないでしょうからね。
>
> さて、この論文は——あなたが読者にもたらす影響力からしてこれはほとんどひとつの行動といってよいものですが——私に深い驚きと紛れもない悲しみをもたらしました。親愛なる人よ、あなたは、鳥は空気を引き裂きながら風に立ち向かって飛ぶものであるということをご存知のはずです。私は、あなたならば、そ

の力強い翼でもって、あらゆる種類の新聞雑誌が吹き付けている意地悪な風——科学的な名称で飾られてはいますが、その実、愚かで野蛮なだけの意地悪な風——つまり〈反ユダヤ主義〉です！——の流れを引き裂き、それを塞いでくださるだろうと、そう思っておりましたのに。

きわめてしばしば辛辣で不当な批評の的になっても、それらを取り合うことのなかったあなたは、どうして、まったく同様に、私がその平板な乱暴さをよく存じておりますイスラエリットの新聞雑誌があなたに下した酷評を唾棄しなかったのでしょうか。[96]

ルイ・ヴイヨは今世紀で最も恐ろしい侮辱者ではなかったでしょうか、また彼の攻撃の責任をカトリック教徒たちに着せようなどと誰が思ったでしょうか。[97]

ルナンはユダヤの種族を他の種族よりも劣った存在と見なしていた、そうあなたはおっしゃいます。ルナンが言いたかったことをあなたは誤解しておられるようです。思いますに、彼は種族のことを語っていたのではなく、アラブ文明のことを語っていたのです。[98]

ひとつの種族が過去においてマイモニデス〔諸学に通じた中世のラビで哲学者〕のようなモラリストを、スピノザのような思想家を、現在において、ディズレーリ〔イギリスの政治家・首相〕のような、ハインリヒ・ハイネ〔ドイツの詩人〕のような、マイアベーア〔ドイツの作曲家〕のような、アレヴィ〔フランスのオペラ作曲家〕のような、マリブラン〔フランスのオペラ歌手〕とラシェル〔フランスの女優〕のような人びとを、オッペール[99]、ブレアル[100]、リップマン[101]、ダルメステテール[102]や他の多くの人[103]のような学者を生み出した事実を見るとき、この種族にこの上何を望みえましょうか。

信じていただきたいのですが、上に記したダルメステテールは、あなたもそう思っておられるように、ユダヤ民族の疑り深さを指摘したことを後悔などしていないでしょう。[104]それを指摘しながら彼の念頭にあったのはただ検討の精神だけでした。それはイスラエルの民の気質のなかに存在するものであり、宗教的な感情を排除するものではありません。[105]

ユダヤ人たちはキリスト教の神話を遠ざけました。しかし彼らの歴史は長い殉教の歴史に他なりません。彼らは律法の石板を手に世界をめぐりました。この律法はシナイ山のうえで、稲妻と雷鳴のさなか、彼らに啓示されたのです。彼らは世界の〈神〉に固有の名前を与えることは拒みました。ただひたすら、「永遠なるもの、かつて存在し、今存在し、未来に存在しつづけるもの」の加護を祈ったのです。

そこにまさしく偉大さがあるのです。彼らが闖入者として非難されるのではなく、世界の饗宴に参加を許されるためには、洗礼を求めるだけで足りたことでしょう。解放の水の滴を頑なに拒む彼らのその頑固さを、あなたは軽蔑すべきものと見なされるのでしょうか。

〈知識人〉については、あなたに語るつもりはありません。彼らについてあなたがおっしゃっていることは私には単なる毒舌としか思えません。著名な研究者であるあなたが、まじめにおっしゃったなどとはありえないことです。さあ、かたがたよ、目を羊皮紙のうえに、鼻を試験管のなかに、そしてポケットには良心を！

〈軍隊〉については、あなたはわかりきったことを説明しているにすぎません。そう言わせていただきます、親愛なる友よ。

フランスまるごとすべてに他ならない〈軍隊〉に、いったい誰が反対できるでしょうか。

軍の法規のなかに再審［に関する条項］を導き入れた人物は〈軍隊〉を侮辱するつもりなど毛頭なかったことは明らかです。それに再審が軍の法規のうちに存在している以上、明らかな形式上の悪徳によって再審が必要となるに至った状況において、それを要求することで、どうして犯罪者になりうるのか、まったく理解できません。

フランス革命がイスラエリットに与えてくれた諸権利のなかで、彼らの命をフランスに捧げることを許すという権利ほど彼らにとって貴重なものはありません。それは言葉のうえだけのことではありません。一八七〇年に彼らはその権利を身をもって証明したのです。私の息子は他の多くの人びとと同様に、規定の年齢になる前に出征しましたし、祖国への献身が必要となった場合には、規定の年齢以後も、再び出征する準備ができていました。[106]

もはやイスラエリットは存在せず、存在するのはフランス人だけであるということを、よく知っていただきたいのです。

国のなかに市民のカテゴリーを設けようなどと企む人びとがいるとしたらまったく罪深い人びとです！　責任の所在がずらされて、公共精神が損なわれました。誤った愛国主義ほど最悪のものはありません。「軍隊万歳！」と叫ぶのはきわめて容易なことです。

より困難なのは、自分の義務を果たすことです。

私の義務は今日、とても重く私にのしかかっております。と言いますのも、ある重要な一点において、私は、今日まで思想と感情を共有することができてとても幸福であったお方と袂を分かたなければならないからです。

そのお心が私の心と通じ合っておられる、あなたの奥様のことを思い出させていただきます。奥様は相変わらず潔白を信じておられるでしょうね。[107]

私はと言えば、そんなこと〔ドレフュスがフランスを裏切ったとされること〕はありそうに思えません、それについては〔ドレフュスが潔白であることを〕確信しています。

私が自分自身の真実を知っているように、権力者のなかには真実を知っている人びとがいます。これらの人びとには奥さんがいて、子供がいて、彼らもまた食事をし、眠ることができるのです!!

彼らにどうして〔ドレフュスに罪をかぶせるなどということが〕できたのか。

ああ！　それはなんと悲しいことでしょう！……

握手をいたします。

フロール[108]

この手紙は感動的である。とりわけ、フランス革命以後フランスにいるユダヤ人の権利となった祖国のために死ぬ権利への愛着を語ったくだりは読む者の心を動かす。教師でありアカデミシアンである手紙の相手にフロール・サンジェは率直に語りかけている。相手は自分の息子と同じような年齢で、ふたりとも一八七〇年の戦争に出征している点は「〔一八〕七〇年に、ごく若い国民遊撃隊員」であり、それによって勲章を得ていたスワン[109]〔プルーストの小説『失われた時を求めて』のユダヤ人の登場人物〕と同じであった。フロールはこの手紙のなかで今ひとたび、かつて彼女の婚約者〔叔父のアルフォンス・ラティスボンヌ〕が自分の回心のあとに彼女にも受けさせようとした「解放の水の滴」を高らかに拒絶している。フロールは軍隊と知識人をめぐるブリュヌチエールの考えを馬鹿ばかしいものと判定し、そのことを隠さず述べている。現代の反ユダヤ主義については、ブリュヌチエールの分析はその曖昧さを含めて、一八八六年のドリュモン批判と一致したままであったが、フロールにはもはや、彼がかつて以上に反ユダヤ主義と決別していないのを許すことができなかった。ブリュヌチエールが反ユダヤ主義者たちに対する弾劾に乗り気でないのは、結局は彼らの言い分を正当化することにつながるとして、フロールはブリュヌチエールに反省を強いている。実際、彼女は、反ユダヤ主義に対するブリュヌチエールのような譲歩がフランスのうちに再び特殊な「市民のカテゴリー」を生み出しかねないということをよく承知していたのだ。だからこそ彼女はユダヤ人の愛国主義を顕揚したのである。実際それは、ちょうど「以前の立場とは逆に、軍事的な名誉が自分のレジオン・ドヌール・シュヴァリエ勲章に与えられるように求める補足書を遺言書に付け加える」[110]スワンの矜持が示すように、ドレフュス擁護の試金石なのであった。また、スワンの矜持とは正反対の仕方で、『失われた時を求めて』の主人公に外国人の友人を持つようにと励ますシャルリュスの反ユダヤ主義的長広舌――「ブロックはフランス人ですよ、と私が答えると、シャルリュス氏は、ああそう！　私は彼はユダヤ人だと思っていました、と言った。」――もまたそのことを示していた。シャルリュスのドレフュス擁護がきわめて特殊な性質のものであることを明かすやりとりがそのあとに続く。シャルリュスにとってドレフュス大尉は明らかに潔白だが、その理由は大尉がフランスを裏切ることはできなかったということであった。「ドレフュスは自分の祖国に対する罪を犯したと新聞は書きたてているようだ［……］。だがいずれにせよ罪など存在しないのだ。あなたの友人の同国人は、もしユダヤ王国を裏切ったのだとしたら彼の祖国に対する罪を犯したことになるでしょうが、彼はいったいフランスとどんな関係があるというのですか[三]。」

　きわめて説得的に論が進められ、哀切な調子で結ばれたフロールの長い呼びかけの手紙のあと、ブリュヌチエールはフロールとの関係を絶つことは差し控えた。彼がフロール・サンジェに返事を出したことは確実であろう。フロールのもう一通の手紙には日付がないが、先の手紙のあとに続いたものと思われる。彼女はそこでいつものエスプリを取り戻し、ユダヤ人一流のあのユダヤ嫌い――ユダヤ的なユーモアに固有のあの自己中傷という意味であるが、ちょうどプルーストからシャルリュスへと立場が変わるとそうなるように、これが非ユダヤ人の語るところとなると、典型的な反ユダヤ主義へと一転する――に訴えて、自身の同宗者たちを贔屓目に見る偏見は自分にはないのだということをブリュヌチエールに納得させようとしている。

> 　私の心のうちをきわめて率直に吐露したあと、私は、親愛なる友よ、昨日の日曜日にあなたに会いに出かけようと思っておりました。そしてあなたにさらに小さなことをいくつか申し上げようと思っていたのですが、すでにあまりにも長々しくなってしまった手紙をさらに長くするのではないかという筆先の懸念から、思いとどまった次第です。
>
> 　残念なことに、なかなか冷静になることができないという不手際を働いてしまい、お宅をおたずねするの

は次の日曜日に延期させていただきました。

　私があなたにさらに言いたいと思っていたこと、それは、人びとが、裁判に関わる運動をユダヤ人の運動と見なすとき、彼らは間違いを犯しているということなのです。ユダヤ人は、全体として、それほど公平無私なわけではありません。この運動の全体が彼らの頭のうえにまで及び、彼らに害をなすものであることを彼らは承知しております。私にはユダヤ人の知り合いはあまりいません――それは軽蔑によるものではなく、状況の偶然によるものです――が、実際、私とつながりのある幾人かのイスラエリットは皆ほとんど同じ口ぶりで私にこう言うのです。「あの不幸者などとっとと消え失せてくれればいいのに！〔原文の「aller au diable」は直訳すると「悪魔のところへ行く」の意〕」そして私は決まってこう答えるのです。「彼はもうそこにいますよ」と〔ドレフュス大尉は南米の「悪魔島」の牢獄に送られていた〕。

　お願いです、親愛なる友よ、彼はカトリック教徒であること、それも二倍カトリック教徒であることを忘れないでください。というのも彼は信仰者なのですから。[112] それに、彼はフランス人の将校であること、しかも私たちを引き裂いているこの嘆かわしい事件のなかで率先して難局に当たった〔原文の「attacher le grelot」は直訳すると「猫の首に鈴をつける」の意〕アルザス人である以上、二倍フランス人であることを忘れないでください。あの最初の鈴の音に耳を閉ざそうとしなかったならば、今日こうして私たちが分断されることもなかったかもしれません。私の若い時分、私のワルツの踊りの相手になったひとりが左足から動き出すとき、彼は右足で態勢を立て直すまではふらついていたものです。哀れな参謀本部はふらついていますが、やがて体勢を立て直すことができるでしょう。参謀本部が良心に反する判断を下したなどということは、私はこれまでまったく考えたこともありませんでした。しかし参謀本部は、単なる思い上がりから、嫌悪の感情によって、軽率な判断を下してしまいました。私としては、親愛なる友よ、仮に、彼の地のその孤独の岩窟のうえで自身の心を苛んでいるあの不幸者が、モルモン教徒であれ、カトリック教徒であれ、マロン教徒であれ、不可知論者であれ、私はまったく同じ同情の力を彼に対して正確に抱くことでしょう。そして仮に、潔白ではなく、彼が罪びとであるならば、私は、自分の種族においても、自分の血においても、傷つけられたとは感じないでしょう。そして私は自分自身の両足ですっくと立ちあがることでしょう。すなわち、久しい以前からあなたと誠実な思いでつながり、私たちの一時的な対立にもかかわらず、心からの崇敬の念のすべてをあなたに抱いているあのフロールとなるでしょう。

さあ、今度はあなたが私を悪魔島へ送る番です。[113]

フロール

例外的に深刻な調子をもったこの前の手紙を除いて、いつものように、フロール・サンジェはエスプリの利いたところを見せる手段を取り戻し、最後の部分で示された皮肉はドレフュス主義者たちに対する彼女の独立性を示している。完全に同化したパリの大ブルジョワジーに属し、ノートル＝ダム・ド・シオン修道院の創設者の姪であるフロールは、見かけは明らかにユダヤ人と袂を分かち、彼女が言うとおり、自身の「種族」や自身の「血」とは距離を置いている。彼女が告白しているところによれば、彼女はユダヤ人との付き合いはあまりなく、彼女が交際する人びとはドレフュス擁護者ではない。彼らは、臆病さによって――そうフロール自身が暗示しているように――事件が彼らの獲得した状況にもたらしかねない偏見をおそらくは恐れ、大尉〔の救済〕を断念するのをよしとする人びとなのであった。[114] しかしそれは、カトリック教徒としてではないとしても、少なくともフランス人としてのドレフュスをよりよく擁護するためであった。ドレフュスが二倍フランス人であったというのは、一八七〇年以後にアルザスを離れた彼の家族の脱出《エグゾード》はフランスへの同化の意志を、しばしばフランス人になった将校などに比べていっそう確実に示すものとなっているからである。このことは、フロールが同宗者たちと距離をとっているだけにいっそうの重みをドレフュス弁護に与えることとなっている。それはちょうどブレアルが一八九八年八月に『ル・シエークル』紙で次のように書いたのと同じことである。「私は長い間宗教上のいかなる信仰の束縛からも離れていると思ってきた。私の友人の何人かは私を冗談で反ユダヤ主義者として扱っている。」ブレアルはこのような言い方で、ドレフュス擁護の宣言への前口上としたのである。[115] ブリュヌチエールとフロールの対話は、解放と同化が、一方からであれ、他方からであれ、反ユダヤ主義によってであれ、シオニズムによってであれ、再び問題化されることのない限り、断絶する理由がなかった。ところで、再審に関するふたりの意見の不一致は、一七九一年から継承された原理にも、また一九世紀フランスのユダヤ人の歴史にも抵触することはなかった。マックス・ノルドー（一八四九―一九二三）――一八九七年八月にバーゼルでテオドール・ヘルツルによって開催された第一回シオニスト会議のあと、同化に対するノルドーの警戒心を理由として、『リュニヴェール・イスラエリット』紙はノルドーをドリュモンの弟子と見なした[116]――が説くようなシオニズムにフロールが賛同することはなく、その後もけっして賛同することはないだろう。つまりフロールとブリュヌチエールの文通は、ドレフュス事件の進展にもかかわらず、またフロールが恥じらいを込めて「一時的な対立」と呼んだものがあったにもかかわらず再開されたのである。

ブリュヌチエールが〈フランス祖国同盟〉へのアンガージュマンに乗り出す直前、一八九八年の年の瀬になってもまだフロール・サンジェは、ブリュヌチエールを再審派に与させようという希望を自分は失っていないということを伝えていた。

親愛なる方、数カ月以前、私はあなたに、正々堂々と、そして友情を込めて、裁判についてのあなたのお考えが私にもたらした悲しみについて申し上げました。私は、けっしてユダヤ人の運動ではなく、正義の運動である！　と、私が常に見なしてきた運動のなかで、あなたのご助力をいただけることを、非常に大きな願望として抱いておりました。

［……］

親愛なる友よ、私があなたを拙宅での夕食会にお呼びし、あなたのご出席を賜る喜びを私に与えてくださるために、裁判所の決定が出るのを待ったり、国に平和がもたらされるのを待ったりなさらないよう願っております。と言いますのも、事の成り行き次第では、あなたは私に再び会うことがないかもしれないからです[117]……。

一八九八年と一八九九年のふたりの文通の継続は、一八九九年に、ブリュヌチエールの名前には触れずに〈フランス祖国同盟〉の他の主要人物たちを非難するシュアレスの慎重な気遣い[118]と同様に、「訴訟のあと」の内容にもかかわらず、またイヴ・ギヨーとの論争や祖国同盟設立のあとも、ブリュヌチエールが一穏健派と見なされていたことを証明しているように思われる。つまり彼の敵たちは彼を狂信的な反ユダヤ主義者とは結びつけていなかったのである。「本能的に私はユダヤ人が嫌いだ。しかし反ユダヤ主義は深く嫌悪する。」ジュヌヴィエーヴ・ストロースとの会話のあとでパレオローグはそう記していた。当時、パレオローグはユダヤ人に対する自分の反感をルナンからのいくつかの引用によって正当化していた[119]。「特異体質《アンビヴァレンツ》」と人間主義の双方を分有していたブリュヌチエールの態度もまた、ドレフュス事件の間じゅうずっと、同じ両面感情によって導かれていたように思われる。

人種差別主義に対するブリュヌチエールの拒絶は、文学者のなかでも自身の教義上の立場について文章で議論を交わす稀な文通相手であったブールジェと比べてみると、いっそうはっきりとしてくる。ブールジェはブリュヌチエールに反対して、自身の青年時代の親ユダヤ主義からはすっかり離れて[120]、人種の観念を全面的に是認しようとしている。そのうえで、ブリュヌチエールが権力を持ったエリート層のなかでユダヤ人が過剰に代表されている状態にあると見ている点では反ユダヤ主義者と同類であるように見えるかもしれないが、同時にブリュヌチエールがユダヤ人を攻撃しないのは人種差別主義の立場には立っていないからだということを、ブールジェは十分了解していた。ブールジェはブリュヌチエールの過激な記事に対して次のような言葉で反応しなければならなかった。

あなたの「訴訟のあと」はまったく正しいものです。ただし、あなたの激し過ぎる闘争心が種族の観念を非難攻撃し、それこそが危機の主因であると評論のなかであなたが認めている点だけはいただけません。種族！　このレッテルが示す範囲はたしかに独特に広大であり、濫用されることもしばしばであるということは私も認めます。しかし否定できないふたつの事実があるということはおわかりいただけるでしょう。

一、諸々の場合の一般性において、さまざまな血筋（白色、黄色、黒色）という根本的な不均等性が存在するということ。

二、いくつかの特徴は遺伝、環境、気候風土、道徳的慣習によって固定され、我々人間の短い生涯にとってはそれが種の形式に等しい固定性を持つということ。

フランス大革命の人道的な理論について言えば、それもまた種の差異を排除するものではありません。犬種がブルドッグ、グレーハウンド、プードル、バセット、テリア等々の差異を排除していないのと同じことです。重要なのは、人道の思想を種族の思想に追随させること——これはたとえば狂信的な反ユダヤ主義者やごく単純に言ってアフリカのヨーロッパ人たちが行っていることです——でもなければ、種族の思想を人道の思想に追随させること——これは革命家たちが行ったことであり、あなたが行っていることです——でもないのです。(121)

ところでブリュヌチエールは、ドリュモンの本についての書評や、アメリカについての覚書や、「訴訟のあと」においても一貫して、種族の観念、すなわちブールジェが言う諸々の種族や血筋間の不均等性の原理を絶えず槍玉にあげ、種〔*race*〕という語がルナンから継承してきた不確実性を排除しようとしている。一方ブールジェは、問題となっている二項〔種族の思想と人道の思想〕の位置を転倒させながら、この手紙とはまた別のところでも旧友の「種の観念に対する偏見」[(122)]を非難し、旧友ブリュヌチエールを「革命家たち」の同類として扱っている。ブールジェが記しているとおり、ブリュヌチエールの反人種差別主義はフランス革命に関する視点と不可分のものである。ラヴィスやブリュヌチエールにとってフランス革命はフランスの伝統に属するものであり、けっして撤回することのできないことがらであった。ここでもまたブリュヌチエールは共和主義者たちと同じ立場に立っている。彼が人権の原理に忠実でありつづける限り、彼が〈フランス祖国同盟〉の運動に深入りしていくことはないだろう。しかし、人種差別主義が一九世紀末以降の反ユダヤ主義の定義において支配的な要素になることはたしかであるとしても、人種差別主義だけが反ユダヤ主義の構成要素になっているというわけではない。あらゆる反ユダヤ主義はルロワ＝ボーリウが識別したさまざまな要素——人種的な要素だけでなく、宗教的、経済的、本能的な諸々の要素——を含んだアマルガムであり、あるひとつの要素がないからといって他の諸要素も含まれていないないなどということはないのである。たしかにブリュヌチエールの反人種差別主義は、ブリュヌチエールをバレスやブールジェから隔てるものであるとしても、人種差別的な動機がないからといってブリュヌチエールの反ユダヤ主義がさほどの非難に値しないもののように見るのは、二〇世紀の歴史の光によって過去を振り返った場合の見方になるだろう。「火事だ！」と叫ぶ放火犯が陥る心理状態と同じように、ブリュヌチエールの反人種差別主義の抗議は、ルナンに対する攻撃と相まって、ブリュヌチエール自身が持っていた反ユダヤ的な感情を否認する方向に作用し、さらにはブリュヌチエール自身がそうした感情の存在に気づかない状態を許してしまうということはありうることである。

ニューヨーク－パリ

際立った手並みでブールジェはブリュヌチエールの「訴訟のあと」への攻撃を続けながらさらに、ゾラの小説『パリ』についてのブリュヌチエールの書評についても攻撃を仕掛けている。ブールジェの反応は、ブリュヌチエールのこの二つの論文がひと揃いのものとしてよく読まれたことを示している。

『パリ』の相当部分に対してあなたはかなり公正さを欠いているようにお見受けしました。あなたの論文には公正なところもありますが、現在のところじつにひどいやり方で罵倒されている一作家に対してあまりにも厳し過ぎるように思われます。たしかに彼がこういう事態をみずから欲したということは事実です！　しかし、この分野の専門家であり、小説をひとつ構築するということがどれほど困難な作業であるかよく承知している私は、その創作の旺盛な力を前にした時に抱く感情を、やはり彼に対しても抱くのです――その創作物に文句をつける余地があるとしても、です。あなたが十分指摘されたとおり、この書物に最も欠けているのは、司祭が司祭という資格において送る道徳的な生活であるということは確かでしょう。(123)

ここでは逆説的なことに、手紙をやりとりする両者のうち、人種の観念を信奉し、反ユダヤ主義がいっそう極端であることが明らかなブールジェのほうが、「現在のところじつにひどいやり方で罵倒されている」ゾラを擁護しているわけである。文学の批評家たちが下す評決に反対する小説家同士の連帯感、主義主張の論理を気にかけないダンディズム、機会があるごとにブリュヌチエールを厳しく戒めてやりたいという抵抗しがたい衝動、こうしたものがブールジェのうちにあったのであろう。
『ルヴュ・デ・ドゥー・モンド』誌において久しい以前からルロワ＝ボーリウ兄弟によって称賛されていた政治的・経済的な自由主義《リベラリズム》の美徳を発見するために、ブリュヌチエールがわざわざボルチモアに赴くことが不可欠なわけではなかった。しかし一八九八年にゾラに反対する議論の新機軸をなすのは、まさにこの自由主義についての確信であった。ブリュヌチエールは都合に合わせて、自身の思想の一貫性を犠牲にしてまでゾラに反対する議論を展開しているという批判を受けるかもしれない。実際、アメリカ旅行記や、それに続く「訴訟のあと」のなかでブリュヌチエールは、機能的社会としてのアメリカ民主主義と、身分と市民特権に基づく社会としてのフランス共和国とを対置したが、『パリ』の書評においては、そうしたフランス観を――今後ますますアメリカの自由なモデルへと近づいていくであろうという見通しのもとに――フランス社会の現実の進化とは無縁な古臭いものと判断し、ゾラがそうしたフランス観を提示しているとして批判している。いずれにせよブリュヌチエールは以後、相変わらずゾラと敵対する争点を、かつての『自然主義小説』の頃には芸術と道徳の地平に位置づけられていたものから、政治哲学と社会学の領域へと移すことになるのである。

　ブリュヌチエールは「このレジオン・ドヌール・オフィシエ勲章の受章者、このアカデミー・フランセーズ会員候補者[124]、この資産家」に対してたちまち激昂する。ブリュヌチエールによればゾラは、自分のそうした立場を棚に上げて絶えず「〈一七〉八九年の分割で第四身分〔民衆〕を犠牲にしてあらゆることで私腹を肥やし、それでいて何も返さない〉このブルジョワジーを罵倒している[125]」のである。ところでブリュヌチエールはブルジョワジーと第四身分とをこのように区別することには反対だった。彼からするとそのような区別――そこでは第三身分は「特権者たち」が免かれていた責務を担う存在であると定義されていた――は、古いフランスの名残りに過ぎなかった。とにかく特権は廃棄されたのであって、ブルジョワジーは今日、当該の第四身分と同様、みずからの労働によって生活しているではないかと見るのである。ゾラの政治的擬古主義を指弾するために、ブリュヌチエールは暗示的な表現を用いつつもためらうことなくゾラの社会的な出自を攻撃している。

ゾラ氏の出自がどのようなものであるか私は知らないし、知りたいとも思わない。ただその家柄は高貴なものであるはずだ！　だが、「八九年の分割においてあらゆることで私腹を肥やし」たとして彼の非難する我々のほうはといえばその侘しい系図のなかに農民や労働者を見出すために何世代遡ればよいか、彼に想像がつくだろうか。[126]

攻撃のためならどんな手段も許された。ブリュヌチエールはみずからのリベラリズムを保証するために、自身が庶民の生まれであるということを強調しさえするのだった。ブリュヌチエールは自分が自分の力で人生を切り開いた人間《セルフ・メイド・マン》であること――これもまたブリュヌチエールのアメリカ主義のひとつの特徴である――を自負し、ゾラにおける遺産相続者の側面を一刀両断しながら、自分自身は一般庶民の擁護者なのだと主張する。そうすることでブリュヌチエールは、一八九四年のアカデミー・フランセーズ新会員受諾演説への答辞のなかでドーソンヴィル伯爵が語ったことでとりわけ広まり、その後も皆が繰り返し語ることになった自身の出自神話と共謀した。すなわち若きフェルディナンは一八七一年に「文学の運命を試してみようと決意して、七四フランのお金と銀の時計を懐にして[127]」パリへ到着したという逸話である。この伝説が自分たち家族のことを当て擦っている点に傷ついたブリュヌチエールの兄弟はその伝説の訂正に努めなければならなかった。すなわち時計は銀ではなく金であり、若きフェルディナンが貧乏だったのは、父親が息子の文学者としての才能を認めなかったために仕送りを打ち切ったことによるのだ、と。[128] どうやらブリュヌチエールの父親も怒りっぽい人だったようである。ヴァンデの良家の息子で、理工科学校に合格したが、一年後に学校を辞めて軍人を志したこの人は、海軍省の主任監察官まで務め上げた人物であった。父も息子もグランド・ゼコールを出ることはなかったが、ふたりとも成功者であった。ブリュヌチエールは貧しい暮らしを送ってはいなかった。ブリュヌチエールのアメリカ旅行の企画者であり、一八九七年七月にブリュヌチエール宅に滞在もしたエリオット教授は、ジョンズ・ホプキンス大学長宛の手紙のなかで、ジョゼフ＝バラ通りのブリュヌチエール家の日常生活について次のように記している。

ブリュヌチエール家の人びとはリュクサンブール公園のすぐそばにある、じつに優雅で広壮な建物の三階で豊かな暮らしを送っています。そのアパルトマンにはおよそ一二の部屋があり、調度品は見事なものばかりで、すべてがかなりの財産であることが察せられます。私は書斎に隣接した友人用の美しい寝室に泊まっておりますが、ホテルにいるのと同じような独立性を享受できています。B氏は仕事部屋をふたつ持っていて、そのうちの大きいほうを氏が用い、小さいほうの部屋を私に貸してくれています。その部屋のすぐ隣が私の寝室になります。［……］ブリュヌチエール夫人は理想的な女主人であり、私がこれまで目にしたなかでも最良の奥さんのひとりです。彼女は夫の世話をし、まるで子供のように甘やかしています。夫妻の食卓にのぼるものはみな、市場で手に入る最高の品質のものから成っており、しかも最高の方法によって調理されたものばかりです。[129]

上層ブルジョワジーと交流し、『ルヴュ・デ・ドゥー・モンド』誌編集長としてある意味でそれを利用してもいたブリュヌチエールにとって、金銭は常にひとつの問題であり続けたように思われる。パリの豪奢に目をみはったアメリカの一大学人の目からすれば、ブリュヌチエール家の人びとにプチ＝ブルジョワ的なところはなかった。たしかに、夫も妻も共によく働き、ほとんど休暇をとるということがなかった。ブリュヌチエールは朝も晩も執筆に向かい、午後は雑誌の編集部で過ごした。一方、妻のほうは朝早くから起きだして、市場で買物をした。

しかし、ふたりとも庶民の子であったとしても、それでもやはりそこからは明確に抜け出しているように見えた。ただ、ブリュヌチエールにとっては、それだけではまだ不十分であったらしい。

ゾラに反対するために、そして階級間の分断や闘争を否定するために、ブリュヌチエールはみずからがアメリカで見たと思っている社会をモデルにして、階級のない社会を称賛した。前に見たとおり、そこには「巨大な富は存在するが〈支配階級〉は存在しない」のであった〔本書一三三―一三四頁参照〕。

> こうした階級間の区別――とっくに廃棄されたと思われたはずなのに、それについて殊更に語ることでまたそれを生み出そうとしたり復活させようとしたりしている始末である〔……〕――、こうしたあらゆる区別は、何ら現実的なものでなく、実際に存在するものではなく、何ものにも対応しておらず、ひたすら人びとの警戒心と憎悪の念を維持しようとする政治家たちの役に立っているに過ぎないものである。[130]

フランスとアメリカの違いはもはやそれほど大きなものではなく、大西洋の両側で、ブルジョワもプロレタリアももはや存在しない。リベラル派が説く見事なトートロジーであるが、存在するのは各人に応じた価値を持つ人間だというのである。資本主義を階級闘争とする考え方を政治的なプロパガンダと見なし、自由な社会の「可動性」、機能主義、透明性を称揚するこうした議論は旧知のものである。

> 実を言えば、今日のフランスには「ブルジョワジー」も「第四身分」も存在しない。至るところ同様、存在するのはただ金持ちと貧乏人だけである。波のように動き変化する民主主義だけが存在しているのだ。そこではあらゆる条件が混ざり合い、あらゆる「階級」が溶け合い、あらゆる個人が同じ権利を有し、ある者は上昇し、別のある者は下降し、先頭の者が最後尾の者となり、プロレタリアが毎日資本家へと変化するのだ。

彼らがそこで採る手段が必ずしも褒められたものでないことは私も進んで認めるとしよう。しかし、それは階級や人種の区別とはまったく別問題であり、階級や人種の区別と何らの共通点も持たないというのは誰にでもわかることではなかろうか。(131)

要するに、原理的に言って、ブリュヌチエールが非難しているのは、小説『パリ』のなかでゾラが表明した漠然とした社会主義的政治哲学なのである。そしてブリュヌチエールはここで、階級と同様、人種もまた、現代の生存闘争においては何の意味もないということを再確認しようとしている。

「訴訟のあと」におけるのと同様、すべての主張は相互に関連している。ブリュヌチエールはすぐさま、彼によれば特権の残存が見受けられる社会における、いわゆる第四階級と不可分のもうひとつの擬古主義へと話題を振っている。その話題とはすなわち、自分たちがいったい何を語っているかがわからないあの知識人たちのことに他ならない。

そうしてひとりの「知識人」は――私は「知識人だ」と、彼の兄弟でないとすれば、ピエール・フロマン神父がどこかでそう叫んでいるが――自分の知らない諸問題に堂々と口出しをし、気づまりを感じるどころか逆に、自分の無知そのものに助けられさえして、それらの諸問題を裁断しているのである。(132)

やはりここでも、問題の状況をよく知り、無数の先行研究をたゆまず渉猟し、各人に属するものを各人に返し、結論を急ぐことは極力控えようとするあのジョンズ・ホプキンス大学の文献学者たちのあり方とは正反対の態度をブリュヌチエールは弾劾するのである。

しかしこうした戸惑いの念は「知識人たち」には一向に感じられない。彼らは知っているのだ！　知るためには、学んでおく必要などないということばかりでなく、さらには学ばないことが自分たちの力にさえなっており、自分たち自身に関して良い意見を持つ大胆不敵さと、最終的な決定権を自分たちは持っているという確信を養っているのだということを。

もちろん、ここで狙いを定められているのは「私は告発する」であり、ドレフュスの無罪を確信しているあの化学者たちと古文書学者たちである。実際のところ、ブリュヌチエールはジョンズ・ホプキンス大学の文献学者たちのことなど気にもとめていないとしても、またアメリカが彼をドイツ流の方法を身に着けた中世学者たちと和解させることはなかったとしても、リベラル派の議論――彼がアンシャン・レジームの「遺物」と見なしたゾラと知識人たちへの反対闘争は、その形となって一八九八年春に現れたのである――はアメリカの民主主義の「レミニッセンス」として読まれるべきものである。論文「訴訟のあと」、そして『パリ』についての書評が、ドレフュス事件の急展開によって発表が中断したアメリカ旅行記の続篇となっていることは間違いない。

第四章　危険を冒す

「不正義によって正義に達することはない」

一八九八年の間、ブリュヌチエールは奇妙な偶然の一致から、自身が裁判沙汰を経験するはめになった。『ルヴュ・デ・ドゥー・モンド』誌の「演劇時評」欄で評者のルメートルが、一八九七年五月にコメディー・フランセーズで上演されたアルフレッド・デュブーの『フレデゴンド』を酷評したあと(1)、デュブーは新聞に関する一八八一年七月二九日の法律の第一三条に則って、一四頁にわたる反駁文掲載権の行使を要求した。ブリュヌチエールは、雑誌は新聞ではないことを理由に、また作品を公にする作者は批評に身を晒すものであって、結果として反駁文掲載権を有するのは批評の側であり、権利はそこで止まるべきであるということを理由にデュブーの要求を拒否した。セーヌ県裁判所は雑誌側の主張を正当と認め、裁判所としては反駁文掲載権を原則として認めるが、今回の場合についてはデュブーの反駁はルメートルに対する嫌がらせの性格をもつことから反駁文掲載の要件を構成しないと見なした。[2] しかしパリ控訴院〔高等裁判所〕は一審とは別の判断を示し、春、最終判決が破棄院〔最高裁判所〕に委ねられた。ブリュヌチエールは一八九八年六月一九日付のビュローズ夫人宛の手紙で心のうちをこう吐露している（彼の用いた比喩は無視できるものではなく、また手紙の相手との共謀関係を証すものでもあるため、ここで引用しておきたい）。「デュブー事件での破棄院の判決はまったく不公平の極みです。あるいは、その法の字面だけを尊重する態度をもって、こんな場合こそ古代ユダヤ人的〔*judaïque*〕、そしてパリサイ人的〔*pharisaïque*〕でさえあると言うのがぴったりです！[3]」雑誌はデュブーの反駁を掲載しなければならないという破棄院の判決を受け、雑誌側は一八九八年七月一日号の誌上でそれを掲載したが、そのあとにはルメートルによる皮肉たっぷりな駁論と、司法が反駁文掲載権に加えた制限についての、および批評の権利と自由についてのブリュヌチエールのコメントが続いていた。[4]

この一件は、同じ一八九八年の夏、ドレフュス派の日刊紙『ル・シエークル』に発表されたイヴ・ギヨーとの長い論争においてブリュヌチエールが普段以上の頻度で自身の反駁文掲載権を利用しただけに、いっそう興味深い。[5] ギヨーはこの論争において、ブリュヌチエールが「反ユダヤ主義を共和国に対する五月一六日の敗北者たちの復讐と見なした[6]」点で反ユダヤ主義者であり、それと不可分なものとして共和主義体制への敵対者でもあるとして執拗な攻撃を繰り返した。自分は反ユダヤ主義者でもなければ反共和主義者でもないとブリュヌチエールが繰り返し主張しても、またドリュモンの『ユダヤのフランス』とテーヌの『現代フランスの起源』を厳しく非難したことがあるみずからの実績に立ち返っても――たとえば「私は野蛮で非人道的なことがらを告発する機会を逃すことはありませんでしたし、こうした人種憎悪には動物的なものがあるとも指摘してまいりました[7]」とブリュヌチエールは述べたのであるが――無駄であった。相手の言うことを聞こうとしないこの往復対話は、必要があって行われたとしても、かつての「ラリマン」、すなわち共和主義のカトリシズムというものが、ドレフュス事件期にあってはもはやほとんど想像しがたいものになっていたということをよく示している。最後にはギヨー自身もまた、断固たる非宗教性《ライシテ》というみずからの立場を明らかにすることになる。「ひとは共和主義者でありなおかつカトリック教徒であることが可能であると私が言ったとブリュヌチエール氏は主張しています。〔カトリック教徒の多い〕南米に共和国がいくつか存在することは私も承知していますが、それらは私の理想ではないということを氏にはよくお考えいただかねばなりません。[8]」

追い詰められたブリュヌチエールは事件の核心について自分の意見を表明することを避け、ドレフュスという固有名詞を出さぬよう婉曲語法すら用いてはいるものの、それでもギヨーへの一連の手紙のなかのひとつで「一八九四年の被告人の無罪について人びとが与えようとしてきたいわゆる〈証拠〉のすべては私には弱いものに見えました[9]」と認めることになる——ただしそのすぐあとに、自身の用いた語は厳密な意味にとどまるものであること、つまりあくまでもそう「私には見えた」ということ、そして「弱い」とはすなわち『アカデミー・フランセーズ辞典』によれば「その種類においてきわめて悪い」という意味で、それ以上の含みはないことを強調することになるだろう。[10] それはドレフュス事件そのものについての意見表明のなかでブリュヌチエールがもっとも踏み込んだ表現であった。この論争たけなわの八月三一日にアンリ少佐の自殺という事件が起こったとき、当初から「判決済みのことがらのもつ権威」への賛同を主張していたブリュヌチエールは事態の急変に対応して、ついに再審への賛同を表明し、公開論争に終止符を打った。いわゆる〈アンリ偽書〉〔一八九六年に陸軍参謀本部少佐ユベール・アンリが作成した、ドレフュス有罪を補強する偽文書〕の発覚によってブリュヌチエールの意見は『ル・シエークル』紙への第一一番目の手紙において一変したのである。この手紙は文体においてそれ以前の一連の手紙とはまったく調子が異なっており、「純粋に司法上の事件が司法上の手段によって執行され結審されるように[11]」様子を見ましょうと論敵に促す内容となっている。ブリュヌチエールはこの最後の手紙を次のような言葉で結ぶだろう。「不正義によって正義に達することはなく、暴力によって真実に達することはないでしょう！[12]」だが遅すぎた。ブリュヌチエールにはこの重罪を暴露することについての確認を論敵である「知識人たち」に求める余地はまったくなかったのである。

レンヌ裁判でドレフュスを見かけたあと「ドレフュスは裏切りを働くことができるということ、私はそれを彼の人種から結論する[13]」と主張したバレスは、まったく意見を変えていなかったにちがいない。ブールジェもまた疑念を抱くことはなく、『ル・シエークル』紙に掲載されたブリュヌチエールの一連の手紙に対して迷うことなくこう反応した。

再度のお願いではありますが、あなたと『ル・シエークル』紙との論争の記事をお送りください。あなたは、この事件すべてに関して私の印象がそのまま反映されていると思われたご論文のなかで、正確に意見を述べられました。そのうえで私には次の三つの論点についてどんな答えがありうるのか了解できずにおります。（一）将校の忠誠に対する信頼。（二）法的に確立された能力を承認する社会的な必要性。（三）司法上の誤りを証明するためにこれまでに提供された証拠の不十分さ。議論できるのはこの最後の三点目だけでしょう。と言いますのも再審主義者たちの有効な部分のうち他の二点についてあえて議論する者はいないでしょうから。しかしそれにしても私たち――あなた、ルメートル、ベルトロ[14]、私、まったく利害関係のない多くの他の人びと――が、提供された証拠に納得できないのは、それらの証拠が決定的なものではないからだということが、どうして善意の持ち主である人びとにはわからないのでしょうか。それらの証拠が可能性を形成すること、可能性ということは疑念をも形成するということを認めるところまでいくと、疑念でかくも病んだ一国をさらに混乱させることになり、それには重大な責任が伴うことになります。私にとってはそこがひとつの謎なのです。モノーやセアイユやその他の者たちのよう「に真面目」な連中がそのようには感じていないということなのです。私たちは暗い時間を通過しつつあります。ドイツに「占領されて」いて、そしてメッスがどれほどパリに近いか最近になって了解したとき、不確実性に基づく軍隊へのこの反対運動には私たちの胸を締めつけるものがあります[15]。

反ドレフュス派の理屈がこのように端的に述べられたのは稀なことである。つまり、大尉の無罪の可能性が軍法会議の判決を再検討に付すのに十分なものとならないために、大尉の有罪に関する不確実性の代わりに大尉の無実に関する不確実性を持ち出してくる――無実の可能性ということはこの無実についての疑念ということだ！――という心的なアクロバットを決定的な論拠として受け入れる必要があるわけである。

アンリ偽書の発見を待たずとも、ブリュヌチエールはドレフュスの有罪性の問題――これについてブリュヌチエールはほとんど口を挿む危険を冒していない――と、ブリュヌチエールにとって唯一気がかりの対象であった、軍に対する知識人たちの非難攻撃とを、慎重に区別していた[16]。一八九八年九月、高等師範学校の教え子のひとりフォルチュナ・ストロウスキーは、ブリュヌチエールの立場を共有するリセの教員代表団の訪問を師に受け入れてくれるように依頼し、彼らの気持ちを次のように書いている。「ドレフュスの無実を主張したり、あるいは有罪を主張したりする意図は彼らにはありません。彼らは知識人たちから自分たちを区別したいのです[17]。」この微妙な区別は、今日の私たちの目には、臆病な反ドレフュス主義者の詭弁あるいは陰険な反ユダヤ主義者の詭弁に見えるかもしれないし、過激主義者たちを目の前にした時代にそもそも支持すること自体が困難な立場であることが明らかになるが、この微妙な区別こそが、おそらくはストロウスキーが自分の師に紹介しようとしたリセの教員たちがまさにイニシアチヴを握った〈フランス祖国同盟〉の創設の原理としてあったものにちがいないのである。

一八九八年と一八九九年の間、両陣営からは距離を保ち、日和見姿勢をとっていた大部分の自由主義者たち[18]と同じような沈黙を保つことがもはやできなくなっていたブリュヌチエールは、一八九八年の秋には、ますます居心地の悪い立場に立たされるようになっていく。彼はそのことを、パリから遠く離れて旅行中だったビュローズ夫人に宛てた数通の手紙のなかで明らかにしていた。

親愛なるマダム、事件から遠く離れてひと月を過ごすことができるあなたは幸せな方です！　しかし私はと言えば、仮に家を空けることができたとしても、自分自身と闘わねばなりません！　鎮静化が進むどころの話ではないということです。行儀のよかった新聞各紙も未だかつてこれほどきたない罵詈雑言の応酬をし合ったことはありません。心ある人びとの分断はひどくなり、共に相手を破壊しようと躍起になっている両陣営――おそらく共にうまくいくはずがありません――のどちらがひとつのフランスを再生できるか人びとは自問しているほどです。[19]

日頃から憂鬱気質の抜けない批評家は、フランスのために心を痛めている。

この一年来起きていることは、陽気さにはあまり向かない性質の者の気鬱をなかなか散らしてはくれないということに、あなたならおそらく賛同してくださるでしょう。事件、内閣、ファッショダ、その他諸々です！[20]

こうしたブリュヌチエールの気鬱を〈フランス祖国同盟〉はしばらくの間、散らしてくれることになるだろう。

フランス祖国同盟

一八九九年一月一三日、ロシアからの帰途、各地に寄りつつ今はベルリンに滞在中のビュローズ夫人に宛てて再びブリュヌチエールは、行動に移るときの例外的な活気に満ちたこんな手紙を書いている。「〈フランス祖国同盟〉の話を聞いたことはおありでしょうか。その経緯については今度お話したいと思います。あなたが戻られる頃には、それは全面的な宣伝活動に入っていることでしょう。[21]」だが、この熱狂は短期間で終わることになる。〈フランス祖国同盟〉の設立は一八九八年一二月三一日に『ル・タン』紙（一八九九年一月一日付）上で告知された。告知に合わせて発表された参加者の名簿は、同日朝に『ル・ソレイユ』紙に発表されたものを厚かましくも再録したものだった。「あらゆる党派的な精神を除外した」立場に立とうとする、どちら側にもつかない一体主義的なアピールの署名者には、二三名のアカデミー・フランセーズ会員、そのなかには終身事務局長ガストン・ボワシエ、ブリュヌチエール、コペ、ドーソンヴィル、エレディア、ルメートル、メジエール、ド・マン、アルベール・ソレル、テュロー＝ダンジャン、アルベール・ヴァンダル、ヴォギュエ、ブールジェ――つまり『ルヴュ・デ・ドゥー・モンド』誌の全体と社会的ネオカトリシズムの全体に、エミール・オリヴィエを除く[22]フロール・サンジェのサロンを合わせたもの――が含まれていただけでなく、さらに地理学者マルセル・デュボワ（一八五六―一九一六）、ギュスターヴ・ラルーメ、レオン・クルーレ、エミール・ファゲ、ルイ・プチ・ド・ジュルヴィル[23]などの学士院会員やソルボンヌの教授たち、そしてバレスのような作家たち、最後にルイ・ドーセ、フォルチュナ・ストロウスキー、ガブリエル・シヴトン、アンリ・ヴォージョワといったリセ教師たちがいた。

皆、基本的に〈人権同盟〉の知識人たちのことをよく思ってはいなかった。「私の友人たちの多くと私自身は、研究や思想に従事するすべての人間や知識人たちが皆同じ側の人間であると耳にすることに辟易し、苛立っております。」一月一日付の『ル・タン』紙上での対談で、ブリュヌチエールはそう宣言している[24]。ところで、この一方の「側」については、ブリュヌチエールはそれを唯一、「この一年来の軍隊に対するおぞましい攻撃」によって定義し、それ以外の正義と真実についてのあらゆる考察は定義のなかに含めていない。「鎮静化の作業」を提案しながらブリュヌチエールは今一度、ひとつの否認〔軍隊への批判を是認しないということの一点〕を通じて、知識人たちとの自身の論争をドレフュス事件から分離しようとしている。「ドレフュス事件――その解決は最高裁判所の手に委ねられており、最高裁判所が放棄することなど一度もなかったはずの司法の場に戻っています――に参画することはせず」、真実を求める闘争と軍隊に対する攻撃とを混同してきた人びとの蒙を啓くことが大切なのですとブリュヌチエールは続けている。再審賛成派と軍隊の敵とを同一視しているのではないかと尋ねられたブリュヌチエールは、根本的な問題はまさしく共和主義体制の本性に関わっており、ラヴィスのような人物は、「軍隊は共和国にとって危険なものである」と考えるジョレスのような人物とはまったく別の考えを代表していることを認めて次のように言っている。「社会主義者とその同盟者たちは時代を三〇年遡ろうとしており、国民の警護隊の構成に関するジュール・シモンやジュール・ファーヴルのような人びとの考え方を再度取り入れようとしています。」ところでブリュヌチエール自身は常にチエール主義者であった。「国内的には無政府状態にあり対外的には不穏な状態にある現在の政治状況にあって、そしてもはや王もなく皇帝もないこの国にあっては、国の統一の唯一の絆、敵に対する唯一の庇護者は、国民による民主的な軍隊以外にはありません。」それは軍隊であって、共和国ではなく、人権でもない。ブリュヌチエールが国の統一性を保証するものとして再度強調するのは国民であり、「国民による民主的な」軍隊である。したがってこのことからブリュヌチエールを反共和主義者であると断じることはできない。ブリュヌチエールはあくまでも、あの保守的な、アテネ的な、リベラルな――彼がアメリカ合衆国においてよりいっそう実現されていると見たリベラルな――共和国の信奉者なのであった。

創設者全員のうち、ブリュヌチエールは最もよくこの不可能な「一体主義」――これが〈フランス祖国同盟〉の急速な瓦解を説明するのであるが――を代表していた。[25] この新しい同盟が「〈人権同盟〉と競合するもの」ではないのかと問われたブリュヌチエールは、完全な統一主義思想とまったく詭弁的な機微でもってこう返答している。

> そんなことはありません！〈人権同盟〉は私たちにとって邪魔な存在ではありません。倫理的には同じ仲間に属しています。［……］私たちはドレフュス事件そのものには関与せず、破棄院の刑事部が下す判決に敬意を表する準備が出来ております。私たちはとりわけ反ユダヤ主義的で国粋主義的な教義を強く排斥します。私たちは定冠詞つきの〈愛国者同盟〉ではなく、不定冠詞つきの「愛国者同盟」のあるひとつのかたちを形成するものです。このことは反ユダヤ主義者たちやデルーレード氏の信奉者たちが私たちの組織の仲間に入ることを妨げるものではありません。[26]

こうした立場が孕んでいる矛盾には乗り越えがたいものがあった。〈人権同盟〉と〈愛国者同盟〉の統一を実現すること、反ユダヤ主義と国粋主義を教義としては拒否すること、それでいて国粋主義者と反ユダヤ主義者を仲間として受け入れること、ピカール中佐〔ドレフュスの無罪を確信し、冤罪の証拠を上層部に示したが、逆に左遷された〕を擁護して『ロロール』[27]紙や『ル・シエークル』紙に〔罷免への〕抗議の署名を発表した人びととアンリ少佐の記念碑への寄付の署名をしつつある人びとを同時に受け入れること、以上のようなことが可能なはずはなかった。共和派と反体制派の連合は〈フランス祖国同盟〉内部で一気に最も脆弱な関係として現れた。コペとルメートルはブリュヌチエールのような穏健派のラインには属していなかったし、バレスについては言うまでもなかった。バレスにとっては、「卓越したアカデミシアン」の宣言は「個人的な意見の表明」に過ぎないものであり、「〈フランス祖国〔同盟〕〉の思想そのもの」を示すものではなかった。[28]バレスは、ブリュヌチエールとは反対に、会員の大半は「ドレフュス事件が司法の場に移されるのを見るのを喜んでいない」こと、バレス自身は、特にブリュヌチエールが言った、「私たちはとりわけ反ユダヤ主義的で国粋主義的な教義を強く排斥します」というあの言葉をきっぱりと否認し、次のように厳しいコメントを付けた。

きわめてありそうなことだが、それはブリュヌチエールが語った言葉を歪めたものであり、当初の設立者たちの全体がこの〈同盟〉に提起した態度を歪曲したものであるにちがいない。私にとって関心のあるのはただひとつのことである。それはすなわち国粋主義の教義であり、私が〈フランス祖国〔同盟〕〉に所属するのは、それがこの国粋主義に深く浸っている限りにおいてのことである。[29]

誤解の幅は大きく、ブリュヌチエールのいう「国民による民主的な」愛国主義が、いかにバレスの国粋主義から遠いものだったかがわかるだろう。

アンリの記念碑への寄付に応じていたコペ[30]は、一八九九年一月二日の段階ですでに、前日の『ル・タン』紙におけるブリュヌチエールの宣言についての懸念を、気送速達《プチ・ブルー》で送っている。〈フランス祖国同盟〉は、かつて『ロロール』紙や『ル・シエークル』紙で署名をした人びと――すなわち〔ゾラの〕「私は告発する」や〈人権同盟〉を支持した人びと――や、一八九八年一一月末にピカール中佐の支援者リストに名を連ねた人びとについては、会員として認めないということを明言する必要があると詩人コペは考えていた。

今朝の『ル・ソレイユ』紙の記事の最後の段落がやや気がかりです。[31]『ル・タン』紙に掲載されたインタビュー記事であなたの考えがいくらか歪曲されたのだとしたら、さっそく今日にも、同紙宛にひと言、差し当たって、『ロロール』紙や『ル・シエークル』紙のリストに署名した人びとや、ピカール擁護の誓願に署名した人びとについては、何びとも会員として受け入れることは我々の本意ではないということを発せられることは有効かと存じますが、いかがでしょうか。もちろん、こう申し上げたからといって、いかなる意味でもあなたに影響を与えるつもりはございませんが。[32]

釈明が必要になるのは、二週間前にピカール擁護の誓願に署名した人びとが今では新たな同盟〔フランス祖国同盟〕の志願者になっているためである。ところでブリュヌチエールは『ル・タン』紙での彼の宣言が、天真爛漫にせよ不手際であるにせよ、そのことをよく示していたとおり、彼らを排除する人びとには属していなかった。たとえば、『ル・ソレイユ』紙[33]の編集主幹であり王党派であったエルヴェ・ド・ケロアンは、ピカール擁護のために署名をしていた。しかし、この人物は、一月二日付の『ル・ソレイユ』紙上で〈フランス祖国同盟〉に参加する準備が出来ていることを、その会員名簿をフライングで公表したあと――翌日、「どんな罪も赦される」と書き加えることになるが[34]――宣言したのであった。ケロアンの〈フランス祖国同盟〉への参加は六人のメンバーから成る「主導委員会」によって拒否された。その六人の委員会にはコペとルメートルは含まれていたが、ブリュヌチエールは含まれていなかった[35]。

ブリュヌチエールはラヴィスのような穏健派の大物共和主義知識人たちの普遍主義的な立場を崩さなかった。ただしラヴィスは〈フランス祖国同盟〉の宣言に対しては厳しい態度を示し、『ル・タン』紙への書簡のなかで、宣言の内容が不十分で曖昧であると断じていた。「思想と習俗の進歩を祖国フランスの伝統と和解させながら伝統を維持することに努めること」が同盟会員の願望であるというが、ラヴィスは、思想と習俗の進歩か伝統か、どちらかがより多く犠牲にされることへの懸念を表明する[36]。同盟会員は「偉大な一人民のあらゆる世代を時代を横断して結びつけるような連帯の精神を強化すること」を願うというが、ラヴィスはそれに対して、「私には、自分がそれと連帯の関係にあるとは感じない、あるいは感じたくない世代がいくつかあります」と言って反撃した。要するにラヴィスは同盟会員たちがあまりにも過去に向きすぎていて十分に未来のほうに向いていないと見ていた。ラヴィスは皮肉を込めて、「団体の理論を伝統に当てはめるのはよしましょう」という推奨の言葉を彼らに投げつけている。とはいえラヴィスはフランスの伝統というものをブリュヌチエールに近い意味で、すなわち「死んだもの」としてではなく「過去から現在のなかに生き残っているもの」として理解していたことは確かである。ブリュヌチエールは一八九九年三月の講演でラヴィスの言葉を賛同と共に引用するだろう。(37) ラヴィスにとってと同様、ブリュヌチエールにとって国民とは歴史である。あるいは、「人民を作るのは血でもなく、言語でもなく、征服でもない。国民はおのずから作られるのである。(38)」これは一八八二年のルナンの有名な講演「国民とは何か」を思わせる定義である。(39)

ラヴィスはそれでも、ますます多くの知識人が国民融和のために動員されることを喜んでいた。ラヴィスは自身の立場を守るために熱弁をふるった。その後間もなくラヴィスは、〈フランス祖国同盟〉がその抑えがたい反ドレフュス主義を暴露するやいなや、「融和への呼びかけ」を一月二三日に発表する。そこでのラヴィスの主張は、国の分裂を超越した立場にみずからを位置づけ、アカデミー・フランセーズとソルボンヌが交わる十字路の真ん中に立ち、自由政治学院校長のエミール・ブートミーや、アナトール・ルロワ＝ボーリウ、ガストン・パリスといった、「その判決がいかなるものであれ、あらかじめ破棄院の決定には従う」態度を明らかにしているこのうえなく理性的な人びととの糾合を目指したものであり、成功裡に受け入れられる可能性の高いものであった。(40) ブリュヌチエールとラヴィスを分ける線はしたがってさほど太いものではなかった。両者の間に位置して、同盟発足当初の様子を幅広く報じていた『ル・タン』紙は一月四日、ラヴィスの書簡と同じ頁に、同盟に批判的な社説を掲載する。そのなかで『ル・タン』紙の編集者は、事態の鎮静化を希求すると共に破棄院の判決をあらかじめ承認し、「反ユダヤ主義的で国粋主義的な教義を強く排斥する」ブリュヌチエールと、再審反対派と反ユダヤ主義者を区別しないコペとを対比しながら、賢明にもこう述べていた。「このようなわけで、皆自分の意見をはっきり述べ出したらすぐに、この同盟は解散となり、その初期のメンバーは互いに袂を分かつことになるだろう。(41)」

その間、バレス、コペ、ルメートルが発した声明は同盟の初期の宣言に対して明らかにいっそう辛辣な調子を与えることになった。そのためラルーメをはじめとする何人かの大学人は、(42) 一月六日付の『ル・タン』紙上に正式な会員名簿が公表される前に、早々と距離を取った。[43]〈フランス祖国同盟〉はあっという間に公然たる党派的集団となり、当初の呼びかけにあった一体主義と和解の精神から断絶した。一月一九日に行われたルメートルの講演は同盟会員に公的な第一回総会の機会を提供する場となった。[44] ルメートルはそこでは反ユダヤ主義を次のように非難していた。

イスラエリットはフランスの市民である。どうして、どのような厚かましさでもって、我々の七万人の同胞を、彼らの血を理由に、そもそも我々の血とほとんど同じく混じり合っているというのに、また彼らの宗教を理由に、追放するなどということができるだろうか。イスラエリットのある者たちは我々と共にあってしかもきわめて勇敢な態度を示している。そういった人びとが〔我々の間に〕もっとたくさんいないことを心から残念に思う。

ルメートルはしかし、ユダヤ人の「大多数」は「他の国民たちと一体になる」代わりに「同宗者との盲目的な連帯意識」に従ってきたとして、その点を嘆いてもいる。[45] この留保を除けば、ルメートルはブリュヌチエールと同様に、同盟の反ユダヤ主義を断固として否定していた。ただしルメートルの講演のこの部分は、『ル・タン』紙の報告に見られるとおり、聴衆の拍手によって中断されることはなかった。『ル・タン』紙は最終的な委員会の名簿を掲載し、その翌日には事務局メンバーの名簿も付け加えている。[46] この段階では、ブリュヌチエールもルメートルも、ふたりとも満場一致で選出されている。つまり、同盟の上層部であるこの委員会と事務局の両者において、ブリュヌチエールの名前は、バレス、名誉会長コペ、そして会長ルメートルの名前の横に並んでいたのである。[47]

だが急速に事態は暗転する。二月二二日に『ル・タン』紙は、委員会と事務局からは身を引くが同盟は辞めないとするブリュヌチエールの新たな声明を発表する。一月一六日に時の共和国大統領フェリックス・フォールが急逝したあと、ルメートルとコペが、二月一八日に共和国大統領に選出された上院議長で元総理大臣のエミール・ルーベを激しく非難した。その選出の日の朝、ルメートルは反ドレフュス派の新聞『レコー・ド・パリ』の一面に次のような声明を発表した。

我々は彼を望まない。理由は、彼がそれを望むと望まざるとにかかわらず、彼が「パナマ派〔パナマ事件に深く関与した人物〕」の候補者であり、なおかつ「ドレフュス派」の候補者であるからだ。〔……〕

これを書きながら私は確信しているが、ここで私が表明しているのは〈フランス祖国同盟〉のほぼ満場一致の感情である。(48)

ルメートルはさらに翌日も、「辞職しろ!」の叫びと共に、激しい言葉を反復し、ほとんど蜂起を促すかのようにこう結んでいる。「しかしながら希望するとしよう……これ以上何を言うことがあるだろうか。私がこの文章を書いている間も、この新聞社の窓の下に、憤慨した高邁な人びとの大きなざわめきの音が聞こえてきて、それが私に勇気を与えてくれるのだ。(49)」

ルーベが大統領に選ばれた日の夜、パリの街中ではさまざまな騒動が起こった。モンマルトル大通りの《カフェ・デ・プランス》では、コペが〈フランス祖国同盟〉と〈愛国者同盟〉の合併を希望すると呼びかけ、ポール・デルーレード〔一八四六―一九一四、フランスの作家・右翼政治家、〈愛国者同盟〉の代表〕を支持した。そのあと、夜の昂奮状態のなかで馬車を見つけることができなかった詩人は、

証券取引所行きの乗り合い馬車の天井席に攀じ登らざるを得なかった。この揺れる演壇の上から、フランソ

ワ・コペは、じつに若々しい熱気をもって、彼に従って証券取引所まで「コペ万歳！　軍隊万歳！　「ルーベは」辞職しろ！」の叫びをあげる数千のデモ参加者たちの歓呼に応えていた。[50]

ルーアンで講演をしていたブリュヌチエールの不在のうちに、二月一九日にコペ宅で開催された同盟の委員会は、祖国と軍隊に対して負うべき義務をルーベに呼びかける議案を採決した。[51] 詩人は『ル・タン』紙に応じて、蜂起を促すかのようなルメートルの声明を〈フランス祖国同盟〉として支持する旨を表明した。「この「ルメートルの」文書はつまり我々の総意を正確に表現したものであり、そこに削除すべきものは何もない。本日の「新大統領の」選出は公論への挑戦である。[52]」

同盟の会員たちのなかでも最も適法主義——つまりは共和主義——である人びとは、こうした行き過ぎた言葉遣いに憤慨した。二月一九日、エレディアはブリュヌチエール宅を訪問したものの不在のため会うことができなかったあと、ブリュヌチエールに宛ててこう書いている。

> 新聞をお読みになったでしょう。私たちをも巻き込んでいるルメートルの声明と、コペの乗合馬車上の仰々しい演説を報じる記事です。私たちは今や珍妙極まりない革命家と愛国主義の同盟会員の亜流の役割を負わせられている始末です。私はそのようなものはまったく望んでおりませんし、あなたも私と同意見だと思います。それはアカデミー・フランセーズの果たすべき役割ではありませんし、私たちはこれ以上それに参加することはできません。私はこの件についてソレルにも手紙を書いています。私たち三人とも、公開書簡を通じて、抗議を行い、私たちが名前を貸し、私たちを奇妙な仕方で悪用している一協会から身を引くべきであると思います。[53]

ブリュヌチエールはパリに戻るやいなや、ルメートルおよびコペと袂を分かち、『ル・タン』紙で、〈フランス祖国同盟〉にあって適法主義の立場を堅持する共和主義者の視点を示して、こう述べている。

私はルーベ氏と面識はない。氏に話しかけたこともないし、会ったこともない。しかし、私の見るところ、原理上、共和国の第二位にある者が、この国の最高役職が空席となった際には、その席を占めて第一位になるというのは、きわめて自然なことがらであると言明する。また、「祖国フランスのため」を標榜する一同盟が国家元首に疑念を投じたり、彼に注がれる罵詈雑言や中傷に与したりするというのは、非常に醜いことがらであると付言する。それはじつに常軌を逸したことであり、馬鹿げたことである。

さらに言うならば、民主主義は、庶民の出であるその子供のひとりが、自分の力と功績のみを頼りに、かくも高位の役職に昇り詰めることができたことを誇るべきであろうと思う。我々、民主主義者は、百姓の帽子をかぶって猫の額ほどの土地を耕しながら生きてきたひとりの貧しくも勇敢なフランスの老女が、その国に、権力の頂点に立ちつつも素朴な精神と心根を失わないひとりの息子を与えたということに、ある喜ばしい感動を味わうべきではないのだろうか。しかも、大統領職の委譲が、今回ほど迅速に、規則に基づいた正確な仕方で遂行されたのは未だかつてないことであった。したがって我々の民主主義は、私の見るところ、私の語るこの誇りの感覚を完全な正義のうちに味わうことができるのである。[54]

この辞任表明のなかには一月一日の呼びかけの穏健な――共和主義的というよりはむしろ民主主義的な（民主主義という単語は三回用いられている）――調子が見出される。ブリュヌチエールは身を引くに際して、その呼びかけについては自分が「第一執筆者」であったことを告白している。[55]『ルヴュ・デ・ドゥー・モンド』誌の編集長には共和国の体制を転覆するためにこの危機を利用しようなどという意図は毛頭なかった。ルーベのつましい出自への民主主義的な思いの吐露や、新大統領の田舎の素朴な老母への感動について言えば、これらはいずれもブリュヌチエールにおけるポピュリズムを物語ると同時に、公共の善のために用いられる個人のエネルギーへの称賛、現代の社会的な可動性——ブリュヌチエールはたとえばアメリカ人の社会的な可動性をフランス第三共和政下の同業者的排他主義の再構築に対置していた——への礼賛を思い起こさせるものである。しかしやはりここでも、最も多くの混乱を惹き起こしているのは、ドレフュス事件の政治生活面における反響であって、事件が明らかにした不正ではなかった。こうして〈フランス祖国同盟〉の穏和主義の面は砕け散った。ブリュヌチエールに続いて、翌日、エレディアとアルベール・ソレルが同盟を退いた。

一八九九年二月二一日付のブリュヌチエール宛の手紙でルメートルは自分の行動を次のように釈明している。

ルーベ氏の大統領職は七年続くかもしれない隠然たる災禍です。それが私自身の名前で私が行ったことを説明するものです。しかしあなたは私の個人的な行動を〈フランス祖国同盟〉会長たる私の役目から切り離すような虚構はお認めくださらないでしょう。それは理解しております……そして、それは残念です。というのも私たちはあなたを失うことで大きな力を失うことになるのですから。

カーンについては、あなたのお望みどおりにいたしましょう。というのもあなたがいったん下された決心をもう一度もとにもどすのは困難だと思いますので。——それでもあなたおひとりで、しかも単なる私人として出かけ、その講演をすると決意されるのであれば、二四時間お待ちいたしましょう。(56)

実際には、『レコー・ド・パリ』紙でのルメートルの激烈な声明は「ほぼ満場一致」を明示したことによって同盟の全体を巻き込むものとなり、コペは蜂起を呼びかけるようなルメートルの声明を「我々の総意を正確に表現したもの」とすることによってさらにその勢いを強めた。そして彼らの説明はむしろ混乱しているように見えた。(57)

コペはブリュヌチエールの辞任に軽い驚きでもって応じた。それはこれらの文人たちが皆ディレッタントであり、ドレフュス事件は彼らにとって文人の気晴らし程度のものであるという印象を肯定するものであった。

親愛なる友よ、あなたにどう言えばよいでしょうか。あなたが私たちを離れるのは、とりわけ私がその部分的な原因を作ってしまったからには、まことに残念なことです。それでも私は今朝の私の記事から同盟の件は外しておいたのです。あなたの手紙については連中に知らせます——近いうちに、これらのすべてについて、親しくあなたにお話したいと思います。[58]

フェリックス・フォールの葬式が行われた二月二三日の夕刻、大統領府〔エリゼ宮〕に向けて一連隊を引き連れ、権力を奪取しようとしたデルーレードのクーデター未遂事件のあと、すぐに後景に退けられたこのエピソードのあとも、ブリュヌチエールはパリと地方での講演会に出演しつづけた。そのなかには〈フランス祖国同盟〉の主催による講演も含まれていた。一八九九年春の談話のうちのふたつ、「フランス魂の敵」と「国民と軍隊」は、一九〇〇年四月に『闘争の演説』のなかに収録され、ブリュヌチエールの評判を最も傷つけることになりかねないテクストとなる。[59] 後者の講演は一八九九年四月に〈フランス祖国同盟〉のために行われたものである。一八九九年三月二〇日にコペはブリュヌチエールに宛てて、「私たちのところへ完全にまた戻ってくださるとはなんと寛大なお取り計らいでありましょう」と書いている。[60] これは〈フランス祖国同盟〉の主催で一八九九年三月一〇日に行われたバレスの有名な談話「大地と死者たち」[61]に続くものであった。同盟の会員たちを前に述べられたブリュヌチエールの言葉は彼らの度肝を抜くものだったにちがいない。というのもブリュヌチエールは金権政治と拮抗し、真正の社会主義を予兆する対抗勢力として軍隊を擁護したからである。

皆さん、ここで私が助力を乞うのは社会主義者たちです。もとより彼らの思想を共有することからは大いに離れてはいますが、少なくとも自分の仕事によってのみ生きるという点で共通している彼らに私は一人間として共感を抱いています。私は「支配階層」の人間でしょうか。それは私にはわかりません。しかし私がよく承知しているのは、金権政治に対して憎悪——こうした乱暴な言葉を私は用いたくありません——とは言わないまでも、本能的な、そして如何ともしがたい不信感を抱いているということなのです。(62)

雄弁家はおそらく聴衆に取り入っているところがあるだろう。ここでの聴衆はドレフュス事件の間、この場合の「金権政治」という言葉に反ユダヤ主義的な罵詈雑言の意味を含める傾向を持っていたはずである。ブリュヌチエールは聴衆と共謀している。ドリュモンや反ユダヤ主義者たちに著作が利用された点でルナンを非難したブリュヌチエールであったが、そうした知識人の責任について言えばブリュヌチエールもまた同罪である。ところでこの「金権政治」という語は、アナトール・ルロワ゠ボーリウが『諸国民におけるイスラエリット』の続篇として、一巻の書物にまとめることはなかったものの、一八九四年三月一五日号から一八九八年一月一五日号までの『ルヴュ・デ・ドゥー・モンド』誌上に「金銭支配」というタイトルで発表した一連の論文のなかに頻出する語であった。第一論文はユダヤ人をまさに「金銭支配」の責任者と見なす反ユダヤ主義への反駁を目的としたものであったが、第二論文はそれに代えて次のような脈絡を提示していた。「民主主義は金権政治を生む［……］。それは自然の法則であり、歴史の法則である。(63)」ここでもやはりブリュヌチエールが最も近づく先はルロワ゠ボーリウであり、キリスト教的民主主義である。自称自由主義者《リベラル》のブリュヌチエールが庶民の弁護士を自負するとき、それでもブリュヌチエールの主張は曖昧な部分、潜在的には「プジャード派的〔一九五四年に結成された右派政党のようにプチブル的・反動的〕な」調子を含んでおり、ひとたび軍隊の擁護が話題となって続くや、さらに良からぬ調子を帯びた。ブリュヌチエールにとって軍隊は社会主義者が糾弾するような「資本主義の道具」ではなく、逆に「金権政治」と「金銭による物質主義的な暴政」の高まりに対する「我々にとってほとんど唯一の庇護者」なのであった。狡猾なこの議論が示すのは、ブリュヌチエールが、現代の反ユダヤ主義に含まれている反資本主義的で社会主義的な要素がブリュヌチエール自身にとっておそらくは必ずしもまったく無縁ではないということを証言しながら、国粋主義的な同盟会員たちの頭越しに、民衆に語りかけているということである。結局のところ、ブリュヌチエールが軍隊をモデルにして称揚しているのはひとつの国家社会主義ではなかろうか。

ブリュヌチエールはしかし、ドレフュス事件そのものに明白な言及を行うことは差し控えている。名うての反ユダヤ主義者たちを前に演壇に立つことがある場合も、彼自身の演説が彼らの感情に直接こだまを返すようには見えなかったが、彼の沈黙と省略語法は聴衆——カトリック教徒であれ、同盟会員であれ——に対して必ずしもそうではなかった。ブリュヌチエールが得意としたのは個人主義に対する非難、彼が個人主義と呼ぶものに対する非難であり、それはとりもなおさず国民の伝統の支柱をなす祖国とカトリシズムの弁護であった。ブリュヌチエールの擁護のために一八九九年三月の次の宣言を引用しておこう。

実際、歴史において私が確認するもの、それは全世界において、プロテスタンティズムと言えば英国であり、「正教」と言えばロシアであるのと同じように、皆さん、フランスと言えばカトリシズムであるということです。(64)

しかしブリュヌチエールは「宗教的な伝統」について、それが尊重されることを求めるためにことさらそれを話題にして付け加えることもしていなければ、諸々の信条がそれに順応するように要求することもまったくせず、諸々の自由を問題化することもしていない。ブリュヌチエールのカトリック共和主義——一七八九年の革命とその教義への忠誠と、キリスト教信仰のなかなかありそうもない混淆——は直後の説明文のなかである程度十分に要約されている。

人はイスラム教徒で「フランス人」、イスラエリットで「フランス人」、自由思想家で「フランス人」、プロテスタントで「フランス人」でありうるが、同時に「偶像崇拝者でキリスト教徒」ではありえない――私が言いたいのは、フランス人で「反カトリック」はありえないということである。[65]

カトリック教徒の大半が反ドレフュス主義または反ユダヤ主義であった当時、明らかに十分理解されることのなかった――ブリュヌチエール自身も註においてそのように指摘している――この言葉は、不寛容あるいは狂信を含むものとして解釈され、「カトリックのフランス」――反ドレフュス主義者たちが唱えていたような「三八〇〇万人のカトリック教徒のフランス」――による共和国に対する十字軍の呼びかけとして解釈された。しかしブリュヌチエールは、自分はドレフュス事件が結果として連鎖的に惹き起こした敵対的で「反カトリック的な」戦闘主義、反教権主義的なセクト主義を批判しているだけなのだと主張する。フランス人とカトリックは同義であるとは言わないが、フランス人であることの前提に、人はカトリック教徒ではないとしても、少なくとも国の伝統がカトリックであること――「である」あるいは「であった」こと――を認めるだろうと主張する。この種の議論は歴史上の断絶の瞬間に出現するものであり、その断絶を吸収しようとするのが、伝統としてのカトリシズムと信条としてのカトリシズムのふたつを区別する考え方である。

同じ意味で、「カトリシズムと言えばフランスであり、フランスと言えばカトリシズムである[66]」という最終判断もまたブリュヌチエールの発言に帰せられている。実際、一八九八年二月にブザンソンで述べた祝辞の折、イタリアおよびアメリカへの最近の旅行について質問を受けたブリュヌチエールは、キリスト教思想がフランスで消え去る運命にはないことを希望する複数の理由のなかで、政治的な理由のひとつを喚起してこう述べていた。

「私が通過した至るところで、カトリシズムと言えばフランスであり、フランスと言えばカトリシズムであることを私は確認することができたからです。[67]」文言はまったく同じわけではなく、ここではフランスとカトリシズムの同一性が外国の視点から語られている。ふたつの表現の間にあるのはおそらくニュアンスの差だけであろうし、この種のニュアンスは二〇世紀の歴史および、カトリック国粋主義の進展にブリュヌチエールが与えた影響から見たら取るに足りないものであろう。数少ないドレフュス派のカトリック教徒を糾合した〈人権擁護のためのカトリック委員会〉を一八九九年二月に創設したポール・ヴィオレ[68]は早くから、カトリックの大多数を占めていた反ドレフュス主義が反教権主義的な反応をもたらすであろうことを理解しており、ブリュヌチエールをその責任者と目していた。一八九八年夏、イヴ・ギヨーとブリュヌチエールの論争のあとすぐに、ヴィオレはブリュヌチエール宛に書簡を送り、一八九八年九月九日付の『ル・シエークル』紙はそれを「一カトリック教徒から一転向者への手紙」と題して発表した。

あなたはカトリック教徒です。私はあなたのためにそのことを真摯に喜びます。しかし、フランスのカトリック教徒の利益において、あなたがカトリック教会のふところからきわめて遠いところにおられるということを承知していただきたいものです。と言いますのもあなたは、その偉大な才能のおかげで、私たちの同宗者たちに惨憺たる影響を及ぼしておられるからです。[69]

そしてヴィオレはブリュヌチエールが「一七八九年の諸原理と〈人権宣言〉」よりもジョゼフ・ド・メーストルのほうに多くの信用を与えている――これは正しくないが――と言って非難したのち、ブリュヌチエールに「ご自身のカトリシズムに少しだけいっそうの批判精神と自由主義と科学的な精神を結び合わせてくださること」を希望すると付け加えた。ブリュヌチエールが繰り返す決まり文句は重要視されることがなかった。カトリシズムとフランスに関するブリュヌチエールのこの宣言がフランスの大半のカトリック教徒によって承認された反ユダヤ主義的な意味においてマスコミから幅広く解釈されたとしても、ブリュヌチエールが国民の伝統に――それが過去のことがらであるにせよ――呼びかけたのはあくまでも勃興する反カトリシズムの動きへの対抗措置によるものであったということは重要視されなかったのである。

それでもやはり、ブリュヌチエールにとって、こうした宗教的かつ国民的な伝統はフランス革命の諸価値と不可分なのであった。昔のフランスの理想と共和国の理想との神秘的な同一性、福音的キリスト教と永遠の国民との神秘的な同一性は、一九一〇年の『ジャンヌ・ダルクの慈愛の神秘』および『我らの青春』以来、ペギーの頭にとりついて離れない強迫観念となっていた。ペギーはそうした神秘的な同一性の完全な受肉をオルレアンの少女のうちに見てとっていた。こうした親和性は、ブリュヌチエールと同じく現代世界や議会制民主主義や政党に対して不信感を抱いていた精神的共和主義者であったペギーが、政教分離と第一次世界大戦の間、かつての〔高等師範学校時代の〕師の記憶を「知識人党」に対して擁護する役割を少しずつ負うようになっていったことを説明するだろう。[70] この論理に忠実だったブリュヌチエールは、一九〇五年、カトリックの伝統のなかで今でも国民的でありうる――以後国民において少数派となる――ものを救済するために、国粋的なカトリック教会よりはいっそう適合的であるとして政教分離法の公正な試みを推奨しなければならなかった。[71] プロテスタントの著名な歴史家にして『ルヴュ・イストリック』誌の編集長、〈人権同盟〉の共同創設者にして高等師範学校でブリュヌチエールの同僚でもあったガブリエル・モノー（一八四四―一九一二）――一八九四年三月のソルボンヌでの学生騒動のあとブリュヌチエール支持を表明し、[72] 一九〇三年には高等師範学校の改革〔ソルボンヌへの併合〕に反対した――は、ブリュヌチエールのカトリック信仰の本質を十分に見抜いており、批評家の死に際してモノーはそれを次のように述べた。

ブリュヌチエールがカトリシズムを擁護したのは歴史の名において、とりわけフランスの歴史の名においてであり、社会的な理由によってであった。それは、仮にブリュヌチエールがフランス人ではなくイギリス人に生まれていたならば、フランスにおいて彼をカトリックたらしめたのと同じ理由によってプロテスタントたらしめていたのではないかと自問せざるをえないほどであった。(73)

ブリュヌチエールにとっては、要するに、ルロワ＝ボーリウが国民においてあらゆる宗教に正当な権利として要求した二重の所属に従って、ひとはユダヤ教徒であると同時にフランス人であることが可能であり、プロテスタントであると同時にフランス人であることが可能であったが、カトリックであると同時に反ユダヤ主義であったり反プロテスタントであったりすることはできないのと同様に、フランス人であると同時に反教権主義的であることはできないのであった。(74) しかしすべての陣営の人間がこのような弁証法的一貫性を顧慮するわけではなかった。結局のところ、ひとはブリュヌチエールのうちにこうした演繹の痕跡は見出さないとしても、フランスの伝統とカトリシズムとの不可分性を強調するその論点は、第三共和政を通じて、カトリックでない国家公務員の拒否を要求し、時折それを獲得するための反復的な口実を提供したのである。(75) ブリュヌチエールよりも慎重で、より真正な自由主義者《リベラル》であったルロワ＝ボーリウはそうした含意を十分察知しており、一方で常にバランスに配慮しながら、あらゆる「憎悪の教義」がもつ排他主義を告発した。「これら三つの「反《アンチ》」［反ユダヤ主義、反プロテスタンティズム、反教権主義］の普及の根本理由のひとつ、それは公職に対する闘争である。我々において機能主義の重要性がどれほど大きいかということは各人がわかっているはずである。(76)」ブリュヌチエールに差別的な意図などおそらくなかったが、彼が危険を冒していたことは確かであった。

ペロー氏の女婿

ブリュヌチエールがカトリシズムへの改宗を公的に明らかにし、またルナンを攻撃したことは、ドレフュス事件における役どころとして高くついた。ルナンはブリュヌチエールにとっては学者でもなければ歴史家でもなく、モラリストでもない、単なる作家、ひとりの大作家に過ぎなかった。[77] 一八九四年、『ルヴュ・デ・ドゥー・モンド』誌の若き編集長にして新進気鋭のアカデミシアンであったブリュヌチエールの威光は卓越していた。それから一〇年後の一九〇四年、五五歳の彼は一連の印象深い恥辱にまみれた。その年の初め、彼はエミール・デシャネル[78]の後継としてコレージュ・ド・フランスのフランス語フランス文学講座担当教授の選考に立候補した。[79] これは複数の教授たちからぜひ立候補するようにと促された結果であった。ブリュヌチエールを推したひとりがガストン・ボワシエ（一八二三―一九〇八）である。ボワシエはブリュヌチエールの高等師範学校の同僚であり、一八六五年から一八九九年まで教壇に立った、昔ながらの人文学者の最後のひとり――エリオやロマン・ロランやユベール・ブールジンといったノルマリアンたちが揃って回想録のなかで彼をそのように描写している――であり、一八六二年からコレージュ・ド・フランスのラテン詩講座担当教授、一八九二年から一八九五年までコレージュの院長、さらにアカデミー・フランセーズの終身事務局長を務め、フロール・サンジェのサロンの常連でもあった。[80] これに対して、共和主義と非宗教《ライック》の側からの反ブリュヌチエール・キャンペーンが始まった。一九〇四年三月一三日付『ロロール』紙は第一回投票日の朝、この選挙について、共和国の大学において支配的な縁故主義に対する皮肉の込もったコメントを発表した。

ブリュヌチエール氏がおそらくトップになるだろう。他の票は、高等師範学校校長のペロー氏の女婿であるガストン・デシャン氏、ガストン・パリス氏の女婿であるポール・デジャルダン氏、ポール・アルベール氏の息子であるモーリス・アルベール氏、コレージュ・ド・フランスの事務職員であるアベル・ルフラン氏の間で分け合われるだろう。したがって問題はブリュヌチエール氏の競争相手のなかで誰が第二位に入るかである。というのも第二回投票においては、ブリュヌチエール氏を排除したいと望むすべての者たちが氏の競争相手のなかで最も票の多い人物に一丸となって投票することがほぼ確実だからである。アベル・ルフラン氏が最終的な闘いに残るのに最適の人物であることはほぼ衆目の一致するところである。[81]

ブリュヌチエールは内輪の人間ではなかった。彼の立候補に対する反対運動は、部分的には、アカデミックなキャンペーン時においてアウトサイダーに対する場合、おそらくは特にひどくなる習慣的な大騒動の部類に属していた。[82] しかしこの競争を「最終的な闘い」と形容し、「一丸となって」という表現を用いて、ブリュヌチエールを「排除する」ことに決めている教授たちを糾合する『ロロール』紙の干渉は、この選挙においては政治的な背景が明らかであったことを物語っている。一九〇四年にブリュヌチエールが被った災難のひとつひとつが挿話に属する出来事であったとしても、イデオロギー的な文脈はそれらの出来事相互の連関を関心対象とするに十分なものとなっている。[83]

ブリュヌチエールは第一回投票において予想通りトップに立った。しかし「共和主義防衛」の戦略は、さらに三回行われた投票で〔自分たちの推す候補アベル・ルフランが〕過半数を獲得するには至らなかったとしても、とにかくブリュヌチエールを阻むことには効果を発揮した。『ロロール』紙によれば五月に、『ル・タン』紙によれば無期限に選挙が延期されたことによって選挙人は分断された。[84]「あなたが揺さぶられているとのことですが、奇妙な話ですね！」とフロール・サンジェは叫んでいる。「誰もあなたに匹敵することなどできなかったはずですのに！　あなたは比肩するもののないあの芸術品のような存在ではないでしょうか。[85]」ところで、一九〇二年から一九〇五年までコンブ内閣で公教育および美術担当大臣を務めたジョゼフ・ショーミエ（一八四九―一九一九）は次の日曜日に当たる三月二〇日にコレージュ・ド・フランスの教授たちに電報を打って招集をかけ、教授たちは投票を再開し、『ロロール』紙によれば「アベル・ルフラン氏を第一位に推薦することにきわめて迅速に一致し、ルフラン氏は二二票を獲得した。ブリュヌチエール氏は一二票しか獲得できなかった。デジャルダン氏は二票、ガストン・デシャン氏は一票だった。[86]」『ル・タン』紙の記述はより慎重である。第五回の投票で、投票総数三七票のうち、ブリュヌチエールが一三票、ルフランが一八票だった。ボワシエはブリュヌチエールが立候補を辞退する意向であると告げた。そのあとの第六回投票で、ルフランは二二票を獲得、ブリュヌチエールは一二票だった。[87]コレージュ・ド・フランスの投票に縛られることはないとしてもアカデミー・フランセーズの意向が再び照会されたはずであったが、ブリュヌチエールがもはや乗り気ではなかったことは、彼自身、『ル・タン』紙でこう宣言していたことからも明らかである。

私は立候補を取り下げます。［……］というのも、これ以上実験〔投票〕を重ねても無駄だからです。これは敗北です。それを隠蔽すべきではありません。
　私はこの選挙の結果をじつに残念に思います。まずは自分自身に対して残念です。というのも私は候補者であり、候補者であるからには任命されるに値することを望んでいたからです。続いてコレージュ・ド・フランスそのものに対して残念です。昨日の指名を許した二二名の教授たちは公権力への服従という遺憾な事例を残したと同時に、教授陣の自治に委ねられている偉大な組織の利益を奇妙にも忘却したことを露わにしたからです。[88]

この結果に憤慨したフロール・サンジェは、コレージュ・ド・フランスとアカデミー・フランセーズの間に衝突が起こればよいのにと願ったようである。「昨晩の『ル・タン』紙で、親愛なる友よ、あなたが立候補をすっかり断念されると知りました。他方、アカデミーは満場一致であなたを第一位に置いていただろうということも聞きました。なぜあなたはこのイベントを断念されたのでしょうか。[89]」ブリュヌチエールの撤退を前にアカデミー・フランセーズは一九〇四年四月一四日の会合で候補者の指名は行わず、アベル・ルフランが大臣によって任命された。一八九五年の論争でブリュヌチエールを恨んではいなかったベルトロは、「科学の利益とコレージュ・ド・フランスの評価を何よりも高めることを顧慮し[90]」、迷わずブリュヌチエールに投票していた。しかし、敗北はこれで終わりではなかった。

もうひとつの敗北がやってくる。高等師範学校は一九〇三年一一月一〇日の政令（施行は一九〇四年一一月一二日）によりパリ大学に統合再編され、教授陣もソルボンヌに編入されることとなったが、ひとりブリュヌチエールだけは、アグレジェでもなければ博士でもなく、正式なかたちで任用されていなかったということ、あるいはまた、政令の発せられた折に休職中であったということを口実に無視されたのである。[91]こうした対人攻撃が張り巡らされていた政治的雰囲気の証拠としては、一八九七年にスタニスラス校の教員職を離れていたドゥーミックが、同じ数年間でどのような扱いを受けていたかを思い起こしてみれば十分である。一九〇二年、ドゥーミックは高等師範学校のブリュヌチエールの代理講師の地位を得ることを希望し、まず高等師範学校校長（在任一八八四―一九〇四）のジョルジュ・ペロー（一八三二―一九一四）に面会した。考古学者、古代ギリシャ語学者で、プロテスタントであったペロー[92]は、ドゥーミックに〔事態の背景を〕あけすけに語った。続いて高等教育局長（在任一八八四―一九〇二）のリアールに面会したが、その際立って党派主義的な言葉遣いについて、ドゥーミックはブリュヌチエールに次のように報告している。

高等師範学校講師の件ですが、あなたがもつ政治的な意見によってあなたは遠ざけられるでしょう。是非はともかく、あなたの立場は決まっています。あなたは共和主義者とは見なされていません。高等師範学校は国家の教授たちを養成することを義務としています。それは特別に微妙な機関なのです。あなたによって申請され、ブリュヌチエール氏によって紹介される高等師範学校講師職への応募は、現在の大臣たちによってはけっして受け入れられないでしょう。[93]

反共和主義という表現でリアールが言いたいのはつまりカトリックであるということであり、補足的には少し前の反ドレフュス主義者であるということである。数カ月後、ドゥーミックはソルボンヌの准教授職の選任においても「ペロー氏の二番目の女婿」[94]に敗北を喫する。ドゥーミックはブリュヌチエールにこう打ち明けている。「今回の敗北はまったく予想通りでしたので、たいして心も動きません。しかし、こうして高等教育への扉がすべてひとつひとつ自分の目の前で閉じられていくのを見るのは残念なことです。[95]」これが一八九四年の『ルヴュ・ディストワール・リテレール・ド・ラ・フランス』誌の創刊号の巻頭を「現代風俗喜劇」についての自身の論文で飾った人物がたどる運命であった。そもそもその論文は『ルヴュ・デ・ドゥー・モンド』誌に掲載されたほうがよかったのかもしれない。というのもドゥーミックはその論文のなかで「ラビッシュは滑稽叙事詩のホメロスであった」と皮肉なしに宣言していたからである。[96]ドゥーミックは博士論文の審査に臨んだことはなく、一八九五年から一九〇四年までブリュヌチエールと連帯していたために大学とは疎遠なままだった。ブリュヌチエールがコレージュ・ド・フランスの教授選挙に敗れたあと、「あなたと連帯したことを後悔する大学人がいるでしょうか」とドゥーミックは若干の苦い思いと共にブリュヌチエールに問いかけている。[97]

ブリュヌチエールがこの一九〇四年に味わう最後の恥辱は、一一月二四日にソルボンヌで行われた、「大臣が新たに創設を決めたフランス語フランス文学担当准教授」候補者の選挙であった。これは高等師範学校のブリュヌチエールのポストの代替として創設されたものであった。[98] パリ大学文学部教授会議事録に——どうやって手に入れたのかは不明だが——アクセスし、きわめて正確な情報をブリュヌチエールに知らせたのは、またしてもドゥーミックである。

大臣が決めたソルボンヌのフランス文学講座の創設に当たって、三人の候補者の資格審査が行われました。[……] ファゲ氏はゴーチエを推すと言い、ランソン氏はゴーチエとミショーは同順位であるとし、ブリュノー氏はミショーを推しました。[99]

フランス詩の教授ファゲ(一八四七—一九一六)とフランス語史の少壮教授ブリュノー(一八六〇—一九三八)の間、すなわち古いソルボンヌと新しいソルボンヌの間の対立がこれほどはっきり際立ったこともないだろう。ポール・ゴーチエとギュスターヴ・ミショーは共に一九〇三年に博士論文の審査を受け、ゴーチエは一月に『スタール夫人とナポレオン』で、ミショーは六月に『《月曜閑談》以前のサント=ブーヴ——その精神と批評方法の形成をめぐる試論』で博士となった。注目に値するのがランソンの態度である。ランソンは一九〇三年一二月にソルボンヌに着任したばかりの新参者であり、ゴーチエとミショー、つまりはファゲとブリュノーのふたつの派閥あるいはふたつの世代のどちらを推すべきか迷っている。この態度は日和見主義あるいは待機主義に見えるが、ランソンの票がそのすぐあとミショーのほうに回ることに疑いはなく、事実、ミショーが勝利することになる。ドゥーミックはさらに続ける。

その時、オラール氏が発言しました。問題提起のされ方に驚きを感じる、そもそも新たな講座を設ける必然性がわからない、顧慮すらされない風に装われているひとりの人物がいるが、それはフェルディナン・ブリュヌチエール氏である、ブリュヌチエール氏は高等師範学校再編の法令により、高等師範学校のすべての人員と共にソルボンヌに編入されてしかるべきであった、と氏は述べました。〔記録されている〕文言通りには、氏は「この教員は辞職しているのか、それとも罷免されているのか」と結びました。

この文言は議事録に載っているとおりのものです。[100]

学部長[101]は、自分はその問題を扱う準備が出来ておらず、何も言うことができないと返答しました。

オラール氏は、このような条件下では、自分は白票を投じると宣言しました。

それからファゲ氏、ルモニエ氏[102]、そしてオラール氏の間で意見交換が行われました。

投票に移りました。

ミショー　一三票
ゴーチエ　八票[103]
ジロムスキー[104]　一票
（以上）二二票

白票は八票ありました。

教授会は終了しました。

白票八票というのはおそらく、三〇人の教授のうち八人が、ショーミエがブリュヌチエールを扱った仕方を非難したことを意味するだろう。

この件についてはもうひとつの物語をラヴィスの手紙のなかに読み取ることができる。コレージュ・ド・フランス教授選でのブリュヌチエールの敗北の折にラヴィスはすでにブリュヌチエール宛に次のような手紙を送っていた。

私とあなたは現在の状況において対極に置かれてはいますが、このたび、私たちの時代において最も多くの仕事をし、思考し、骨を折った人物のひとりであるあなたに対して犯された乱暴な不正義に憤慨しているということを、私はあなたにお伝えせずにはいられません。[105]

「対極」に置かれているというのは、特に『ルヴュ・デ・ドゥー・モンド』誌と『ルヴュ・ド・パリ』誌の関係を指している。すでに見たとおりラヴィスはドレフュス事件と政教分離の間の時期、穏健派の代表的な存在であった。エドモン・ド・ゴンクールが一八九二年にラヴィスについて下した、いつもながら極端な判断は、そうしたラヴィスの一面をよく示している。

ラヴィスは、アカデミー・フランセーズ入りを果たすために愛国的な歴史を書いたと同時に、〔他方で〕プロシアに対してあまりにも公平過ぎる態度を示しているので、今度また侵攻された折には、自分のアパルトマンの調度品がドイツ人たちから丁重に扱われるように準備をしている、そんな感じを抱かせる歴史家である。[106]

しかしブリュヌチエールはおそらく、このわずかな開口部を拠り所にして、ラヴィスが一九〇四年一一月の初めに高等師範学校の校長に任命されたとき、[107]この偉大な歴史家にとりなしの相談を行ったはずである。というのも一一月一四日にラヴィスはブリュヌチエール宛に次のような返事を送っているからである。

私が高等師範学校の校長職を受け入れてすぐ、たまたま会ったシャルル・ブノワ[108]から、あなたに対してなされた決定について、明確な通知を直接あなたが受け取っていなかったということを知りました。それには私もたいへん驚きました。すぐに問い合わせをし、ブノワが知らせてくれた情報についての確認が行われました。実際のところ、私への回答は、あなたに関する件について仮に一一月一日以前に何も裁定されていなかったとしたら、あなたは現在その職が廃止されている職務の地位に就いていることになるだろうということ、そして〔その場合〕あなたが法と規定によって保持し得ると考えておられる権利を行使することはあなたに委ねられていることになるだろうという旨の手紙を大臣が夏季休業中にあなた宛に書いたということでした。またその手紙を受け取ったあなたが大臣宛に、大臣があなたに返事を書きたいとは思わないような仕方で返信したということも聞き及びました。[109]

したがってあなたの准教授職が廃止されたということ、そして必ずしも高等師範学校のすべての准教授をソルボンヌに移管任命しなければならないわけではないという、大臣に委ねられた権利を大臣が行使したということは本当のことです。あなたが間接的なかたちでしか通知を受けていなかったというのは私には理解できません。当局は明らかにあなたに説明を行ったはずです。現在のあなたがどのような権利を行使することができるのか、私には見当がつきません。というのも実際のところ〔すでに退職扱いとなっている〕あなたには退職する権利〔そのもの〕が〔もはや〕ないからです。そして、私が校長に就く以前の出来事である以上、私の意見が求められたわけではないこれらすべてのことがらは、多くの理由で私を苦しめております。

私があなたに申し上げられることは以上がすべてです。もっと他のことをあなたにお話できればよかったのにと思う次第です。[110]

ブリュヌチエールが必ずしも熱心な教師であったわけではなく、しばしば代理講師に頼ったのは事実であった[111]——しかし一九〇〇—一九〇一年度には自分のポストを占め、生徒たちと共にヴィクトル・ユゴーに関するモノグラフィーを刊行していることは、必要な場合には、その職業的な良心の証拠にはなるだろう[112]——としても、大臣のこの自由裁量は常軌を逸しているように見える。しかし、ラヴィスは行政的な屁理屈の背後に逃げ、問題の核心について返答することを避けるため、無駄な議論をこねまわすだけであった。ラヴィスは一九〇四年一二月一日付の手紙で再びこの不幸な出来事を話題にし、そこでソルボンヌでの選挙についても言及し、文学部でのみずからの逃避を名誉など気にすることもなく正当化しようとしている。ラヴィスはブリュヌチエールに肩入れすることはせず、もうひとりのカトリックの候補者〔ギュスターヴ・ミショー〕を通そうとしたのである！

> 私は次の回答以外のものは受け取りませんでした。すなわち大臣はすべての准教授を大学の枠組みに移管しなければならないわけではないということ、何人かの准教授は退職扱いとなったこと、あなたは職を退いているということです。このことについて、そしてあなたが間接的および不完全なかたちによってしか知らされなかったことについては、私の考えるところを述べたとおりです。決定は私の高等師範学校校長任命以前に行われたものである以上、私には他の回答を得るいかなる手段もありません。
>
> 　文学部でオラールが先週木曜日、あなたに対してなされたことの状況に関して学部長に問いただしたのと同時に、きわめて不用意な仕方で、我々に事前に問われていた意見に関する投票において白票を投じる旨の発言をしたことは事実です。あらかじめあなたの件について知らせておくことをしなかったのはオラールの失敗でしたが、その発言に学部長はひどく困惑しました。彼は事態について知らなかったか、あるいはきわめて漠然としか知らなかったのです。この問題をどのように扱ってよいか自分にはわからないと彼は答えました、あるいは概ねそのように回答しました。
>
> 　私が何も発言しなかったのは本当です。学部長が〔本来の〕議題に立ち戻ることを我々に要請したことも理由のひとつですが、特に三つの理由から私は黙っておりました。
>
> 　学部の多数がミショー氏を推薦することに傾いていることがわかっていましたし、白票に含まれている抗

議の意思はごくわずかの票しか集めないだろうということも確信していました。実際、それは七票ないし八票しか集めませんでした。これはオラールの不手際を示すものです。

私はミショー氏が、大多数の票を得て推薦されることがなかった場合には、（カトリックであるという理由で）任用されないのではないかと恐れました。

そしてもし仮に、准教授職に関して大臣によって諮問を受けた学部が回答をしなかった場合には、学部は、諮問を受ける権利を失うのではなく——というのも、学部がこの権利を持つのは講座担当教員の推薦に関してだけですから——、諮問を受ける慣例を失う事態に晒されるのではないか——この慣例はしばらく以前から明白なものとなっていますが、これを制限する方向に進むのではないか——と恐れたのです。

先週木曜日の教授会については、別の機会に、できるだけ近いうちに、詳細にご説明したいと思います。[113]

著名な歴史家のこの策士的な視野狭窄は、オラールとは違って、大学の自主独立への顧慮を失わせているだけでなく、ほぼあらゆる名誉の感覚さえも失わせている。

「あの信じがたい手品」

フランスの「脱キリスト教化」の流れにみずからもまた敏感であり、「共和国の神秘」に「キリスト教の神秘」を重ねようとしていたペギーは、第一次世界大戦直前に行われた、ランソンとかつてのドレフュス主義者たちに反対する論争が起こった際、一九〇四年にブリュヌチエールが犠牲になった「あの信じがたい手品」を徹底的に槍玉にあげるだろう。[114] ラヴィスが括弧書きで記していたとおり——その人あたりの柔らかさこそ、ラヴィスが多年にわたって保持し続けた影響力を理解させるものであるが——ミショー（一八七〇—一九四六）もまた実際カトリックであったが、このことはすでに不愉快であった状況を快活にするにはまったく不適当であった。ミショーは〈フランス祖国同盟〉の会員であり、[115]おまけにブリュヌチエールの最も忠実な弟子のひとりであった。ミショーはブリュヌチエールを師と仰ぎ、一八九三年には論文テーマの選択（「プレイヤード派のアレクサンドラン主義」か「『アストレ』と一七世紀におけるその文学的影響」か）について相談を持ち掛けていた。[116]ミショーはスイスのフライブルクにある一八八九年創設のカトリック大学[117]で一八九四年から一九〇四年まで教えた。この大学では、高等師範学校以来ブリュヌチエールと親しかった卒業生たちが長く教育に携わった。中世学者ジョゼフ・ベディエ[118]（一八六四—一九三八）（「ベディエだけはブリュヌチエールに変わらず忠誠を尽くすだろう」とペギーは書くはずであり、実際、国立図書館のブリュヌチエール文庫の分類整理に当たったのは、ブリュヌチエール宛の手紙にその深い敬愛の念が窺えるベディエであった[119]）。マルク・サンニエの「シヨン」〔カトリシズムと共和国の協同を説くキリスト教民主主義の運動〕に近く、妻と共同でラスキンに関する書物も著した地理学者[120]ジャン・ブリュヌ（一八六九—一九三〇）。一八九三年に「ラリマン」に関する書物を著し、[121]修道会の支援闘争では数年間にわたってブリュヌチエールと親しく交わり、ブリュヌチエールのヴァチカン訪問の仲介の労もとった歴史学者[122]ジョルジュ・ゴワイヨー（一八六九—一九三九）。ボシュエに関する師の研究——ブリュヌチエール自身は書物にまとめることがなかった——を集め、のちに師についてのモノグラフィーを一冊書くことになるヴィクトル・ジロー[123]〔こうした人びとの名前が挙げられる〕。〔そうしたなかで、一九〇二年、〕ミショーはちょうど、ブリュヌチエールの方法に触発された「パスカル思想の諸時代」に関する著作を刊行したばかりであった。[124]ブリュヌチエールの方法を参照した著作としては、彼のもうひとりのカトリックの弟子であり、一八九九年に〈フランス祖国同盟〉の初期の会員のひとりであったフォルチュナ・ストロウスキー（一八七〇—一九五二）が同じ頃に準備していたモンテーニュ論がある。[125]ユルム街の「タラ〔高等師範学校のカトリック系活動家〕」とベディエ[126]あるいは、イタリアのリヴォルノからマルセイユに移ってきたユダヤ人

郵　便　は　が　き

料金受取人払郵便

223-8790

綱島郵便局
承　認
2334

差出有効期間
2025年12月
31日まで
（切手不要）

神奈川県横浜市港北区新吉田東
1-77-17

水　声　社　行

御氏名（ふりがな）	性別 男・女	年齢 才
御住所（郵便番号）		
御職業	御専攻	
御購読の新聞・雑誌等		
御買上書店名 書店	県 市 区	町

読　者　カ　ー　ド

お求めの本のタイトル

お求めの動機

1. 新聞・雑誌等の広告をみて（掲載紙誌名　　　　　　　　　　）
2. 書評を読んで（掲載紙誌名　　　　　　　　　　）
3. 書店で実物をみて
4. 人にすすめられて
5. ダイレクトメールを読んで
6. その他（　　　　　　　　　　）

本書についてのご感想（内容、造本等）、編集部へのご意見、ご希望等

注文書（ご注文いただく場合のみ、書名と冊数をご記入下さい）

［書名］	［冊数］
	冊
	冊
	冊
	冊

e-mailで直接ご注文いただく場合は《eigyo-bu@suiseisha.net》へ、ブッククラブについてのお問い合わせは《comet-bc@suiseisha.net》へご連絡下さい。

家庭出身のアンドレ・シュアレス[127]（一八六八―一九四八）のような他の数人もブリュヌチエールに忠誠を尽くした。ロマン・ロランはこう書くだろう。「高等師範学校の生徒に対する彼の影響力は絶大だった。私のように彼に反抗的だった人間も、彼のごつごつとした人間性には畏れ入っていた。[128]」彼らのなかに、反抗することから遠い人間として、ギュスターヴ・リュドレール（一八七二―一九五七）もいた。のちにランソンに魂を売ったような存在となるリュドレールは、『続・金銭』のなかでペギーから意地悪い非難を浴びせられ、第一次世界大戦後はイギリスに送られ、オックスフォード大学のフォッシュ元帥記念フランス文学講座で長く教鞭をとることになる。リュドレールは一八九五年、ブリュヌチエールの指導に感謝を捧げ、フランスにおけるネオカトリシズムについての論文テーマを提出して師の判断を仰いでいた。[129]リュドレールにとって幸運なことに、ペギーはその最初の仕事を知らなかった！　もしペギーがそれを知っていたら、リュドレールはさらに酷評されていたことだろう。ところで、ミショーはフランスに戻ることを強く希望していた。[130]一九〇三年の夏にミショーが師ブリュヌチエール宛に書き送った、驚くほどよく大学内の事情に通じた手紙が、そのことをよく物語っている。

> 現在、フランス語の教育においてかなり重要な動きの兆しがあります。このたびラルーメ氏が亡くなりました。おそらくランソン氏がそのあとを継ぐことになるでしょう。[131]もっとも、どういう計画かはわかりませんが、すでにランソン氏のためにソルボンヌにポストがひとつ確保されていた話は信用できる筋から聞いています。そしてベディエ氏がコレージュ・ド・フランスに任用されることもまたきわめて有力です。[132]したがって動きのあるポストは三つ、そのうちのおそらくふたつは――ひとつは確実に――高等師範学校のポストになります。高等師範学校では、ポール・デジャルダン氏[133]が立候補するならば、ランソン氏がそれを支持するのは堅いとのことでした。そして聞いたところでは、ペロー氏〔高等師範学校校長〕の女婿のレニエ氏[134]がたぶん立候補するだろうとのことです。そこで自問してみたのですが、私があなたの生徒であったこと――あなたの講義

の受講者であっただけでなく弟子でもあるという意味です――、あなたに学んだ方法を私の仕事に応用したこと、以上に鑑みて〔……〕私はひょっとして、あなたのあと、あなたに従って、あなたのポストを保持することを切望することはできませんでしょうか。[135]

ブリュヌチエールがミショーに好意的な返答をしたので、ミショーはペローに相談してみたが、ペローは、おそらくドゥーミックに対して〔一年前の一九〇二年に〕返答したのと同様の率直な物言いで、ミショーに立候補を思いとどまらせようとした。[136] ミショーは自分の立候補のタイミングがよくないことについて、ペローがすでに、高等教育局のリアールの後継者シャルル・バイエ（一八四九―一九一八）を説得していたのではないかと恐れた。これ〔ブリュヌチエールの代理講師のポスト〕はドゥーミックの気を惹いたポストであったが、ブリュヌチエールの好みが実際のところ誰に向かっていたのかはわからない。しかし、ここで問題となっている動きは高等師範学校の改革によって宙に浮くこととなった。

ミショーは一九〇三年の段階では高等師範学校に戻ることができなかったとしても、ペギーがかなり奇妙な「手品」の存在を疑ったのは間違いではなかった。というのもミショーは、一九〇四年一一月に、ブリュヌチエールがユルム街で占めていたポストの代替として設置されたソルボンヌのポストに任用されたあと、ごくあっさりと高等師範学校に派遣された〔戻された〕からである。[137] ミショーは師ブリュヌチエールにこう書いている。

ソルボンヌの准教授に私が任用された旨を通知する高等教育局長殿からの書簡を受け取りました。もちろん私はこの任用をとても喜んでおります。たったひとつの、しかし強く残念な思いが私の喜びを台無しにしています。そこであなたにお会いするという、当然そうあってしかるべきであったことがかなわない残念さです。[138]

困ったことは、それがひとつの同じポストだったということである。ペギーならばこの話の偽善性を確実に告発していたことだろう。というのも彼はよりいっそうシニカルな目でこの「手品」の裏側を見ていたからである。

誰かがいたのだ。たぶんブリュヌチエールが昔教えた生徒のひとりだろう。その者がその時、新しい高等師範学校のなかに、偶発的にできた新たなポストを、代理的な、そして補足的な、要するにブリュヌチエールの場所を奪うための新たなポストを作ってもらったのだ。[139]

この計画の発案が果たしてミショーに帰せられるか否かはともかくとして、いずれにせよミショーの忠誠には限界があったことは、一九〇八年に、ブリュヌチエールの『フランス古典文学史　一五一五—一八三〇』の死後刊行[140]に関してドゥーミックがブリュヌチエール夫人宛に送った手紙に示唆されているとおりである。

昨日、息子のほうのドラグラーヴ氏と面会し、あなたとお話した内容を確認いたしました。
当初の問題がひとつ宙づりになったままです。ミショー氏はこの仕事から手を引くお考えなのでしょうか。[……]もしミショー氏がこの件を断念される場合は、私がこの仕事をお引き受けいたします。[……]重ねて申し上げますが、親愛なる師の記憶を言祝ぐために貢献できるのであればどんな仕事も私はいつでも買って出る準備が出来ております。[141]

このような献身は、師の代わりに選ばれたことを逡巡なく受け入れていたミショーには必ずしも共有されていなかったようである。[142]

しかしながらこの一件において最も興味深いのは、アルフォンス・オラール（一八四九―一九二八）――ソルボンヌのフランス革命史講座担当講師（一八八六）、その後、教授（一八九一―一九二二）を務め、現代史の教育と研究のための公教育大臣の中心的な助言者であり、他の誰よりも急進社会党および非宗教性《ライシテ》との結びつきが強く、その党派主義によって広く知られた人物であった――が、一九〇四年のソルボンヌでただ一人、ブリュヌチエールの擁護に回ったということである。(143) イデオロギー闘争は実際のところその頂点に達しており、ブリュヌチエールの排斥は間違いなく政治的な性格のものであり、政治の地平で利用されたのは必然的な流れであった。この点についてはモルビアン県選出の上院議員で保守派、教権支持派だったギュスターヴ・ド・ラマルゼル（一八五二―一九二九）が、公教育省の予算審議の折に、大臣ショーミエに不審尋問を行うための準備として、ブリュヌチエールと交わした往復書簡のなかでブリュヌチエールが明らかにしているとおりである。(144) ところで、オラールはソルボンヌの内輪の場でブリュヌチエールを擁護することだけでは満足していなかった。それより数カ月前の一九〇四年二月に、オラールは『ロロール』紙に、コレージュ・ド・フランスへのブリュヌチエールの立候補をめぐって公教育大臣宛の公開書簡を発表していた。この思いがけない文章は、そこに表明されている大学についての高邁な思想によって注目すべきものである。オラールは決然として、大学を執拗な政治的あるいは宗教的な論争とは離れたところ、あるいはそれらを超えたところに置き、厳密な学術上の評価に基づかないような理由からブリュヌチエールのコレージュ・ド・フランスへのアクセスを禁じる措置は差し控えるべきであると大臣に向かって注文をつけたのである。

> たしかに、ブリュヌチエール氏は非宗教の共和国の最も強烈な敵のひとりです。氏のカトリシズムへの改宗はたいへんな騒ぎを惹き起こしました。［……］科学の破綻を語ったのは氏です。［……］〈フランス祖国同盟〉発足の最初の日から会員になったアカデミシアンの名簿のなかに、ソレル氏やブールジェ氏の名前と並

んで氏の名前があるのを私は目にしました。政治においてブリュヌチエール氏は我々の気に入らないあらゆることを支持し、我々の愛するほとんどあらゆるものに闘いを仕掛けています。

しかし、そう言いながらオラールは、ブリュヌチエールがコレージュ・ド・フランスの選挙人によって第一位に指名された場合には、共和国と非宗教の大義の名のもと、大臣はブリュヌチエールを任命すべきではないと要求した自陣の声に対して、力強い調子で雄弁に反論する。オラールは、原則として候補者の能力にのみ基づくべきであって、それ以外の基準は考慮すべきでないという学問世界の投票を尊重せよと呼びかけるのである。

ブリュヌチエール氏の名誉あるきわめて尊重すべき競争相手たちを悲しませるつもりは私にはありません。しかし結局のところ疑いないのは、最も才能があるのはブリュヌチエール氏だということです。誰もそのことに真剣に反論する者はいないでしょう。こう言ってよければ、それは不愉快な才能、嘆かわしい思想に奉仕する才能、さらにこう言ってよければ、感じの悪い性格をもった才能、我々の気に入らない才能ですが、それでも才能であることに変わりありません。仮にブリュヌチエール氏に才能がなかったとしたら、我々はこれほどまでに氏と闘いを交えることもないでしょう。

オラールによれば、聴講者たちの批判精神を発展させることになるとしても、あらゆる教義がコレージュ・ド・フランスにその場を持ってしかるべきであり、仮にショーミエがブリュヌチエールの任用署名を拒否するようなことになれば、同じ教育機関からルナンを追放した第二帝政の轍を踏むことによって、現実には非宗教共和国の敵を利することになるだろうというのであった[145]。結局のところ、オラールは大臣を説得するのにおそらくはよりふさわしい議論に依拠しながら、ブリュヌチエールの任命はコレージュ・ド・フランスの、彼の呼ぶところの右翼と左翼の間の政治的な均衡を変えることはないだろうと付け加える。

最悪の事態を考えてみましょう。つまり講義の途中で氏がボシュエやシャトーブリアンについて語りながら、フランス共和国はキリスト教になればよいのにと述べるとしましょう。さて、それでどうなるというのでしょう。いかなる点でこれが危険と言えるのでしょう。危険な教義が存在するでしょうか。共和主義の自由思想家である我々が今、それを言える立場でしょうか。

ブリュヌチエールを任命するよりも排除することのほうが不都合は多いだろう。ブリュヌチエールを犠牲者、殉教者にしてしまうことになるだろう。結局彼が擁護する大義を聖別化してしまうことになるだろう。

つまり氏を任命しない場合はどうなるか。氏を排除することによって氏にどれほどの名誉を与えることになるか！　氏にどれほどの影響力をもたらすことになるか、しかも氏の才能の前に、氏の人格の前に、恐れをなして退却するようなかたちで！　あなたは氏の力を弱めようと欲しておられます。しかるに、あなたが氏を恐れている――氏に作家としての功績があるとしても、ブルジョワジーの宗教的スノビズムのほとんどまったく恐るるに足りない信奉者に過ぎないブリュヌチエール氏を恐れる必要などまったくないと私があなたに確言するときであってさえ、あなたは氏を恐れておられる――と人びとに思わせることによって、あなたは逆に氏の力を増大させることになるのです。

私としては、仮に私が公教育大臣となる栄誉を得るならば、必要とあらば、この敵の任命に躊躇なく署名することでしょう。[146]

共和国の大学を支持するオラールの主張がコレージュ・ド・フランスの選挙人たちを決意させるのに十分ではなかったとしても、この発言は、トレギエでの政府支援によるルナンの銅像の建立に対する反動として『現代フランスの起源』の著者〔テーヌ〕の記念碑を建立しようという教権支持者たちの意図をオラールが告発したあと、ブリュヌチエールが一九〇三年九月に名指しでオラールを非難していただけにいっそう、オラールの名誉を確固たるものにした[147]。ただし、そうは言っても、ブリュヌチエールがオラールと同様、フランス革命に関するテーヌの著作を評価していなかったことには変わりがない。このようにソルボンヌの一教授がコレージュ・ド・フランスの教授任命に公的に口出しをするという事態に驚く向きもあろうが、ふたつの教育機関のヒエラルキーは、文学部が休眠状態にあった一八七〇年以前のものではもはやなかった一方で、ますます重労働となっていく試験業務を逃れるためにソルボンヌの最良の教授たちの多くがサン＝ジャック通りをはさんで向かいに位置するコレージュ・ド・フランスの教授に転出し始めた第一次世界大戦後に確立されることになるヒエラルキーには未だ至っていなかったということを思い起こす必要があるだろう[148]。

大原則を超えて、誕生日が同じ（一八四九年七月一九日生まれ）であり、一八七〇年の戦争の前にルイ＝ル＝グラン高校に共に通っていたオラールとブリュヌチエールの間には、少年期を共有した同年代の人間同士のある種の親近感——ふたりの立場上ありそうもない親近性を説明できるのはこの点ぐらいである——が存在したことを想定する必要があるのではなかろうか。その可能性はある。実際、たとえば高等師範学校や古文書学校の同期入学者たちの友情と絆のネットワークがもつ影響力はドレフュス事件とその展開期において支配的なものであったが、ふたりの間のそうした関係を証明するような私信は見当たらない。ただ、立場の違いや数々の論争があったにもかかわらず、オラールと高等師範学校で同期（一八六七年入学）だったファゲが一度すでにふたりの間の仲介役を務めたことはあった。ブリュヌチエールへのファゲの言葉がそれを証言している。そこでファゲは、一九〇一年、歴史家オラールの評価を決定的なものとする著作『フランス革命の政治史』[149]の書評を『ルヴュ・デ・

ドゥー・モンド』誌で取り上げてはどうかと主張し、それを受けてブリュヌチエールは、ファゲの著作に対する長文の称賛記事を載せた。[150] おそらくオラールとブリュヌチエールは久しい以前から面識もあったはずである。ともかく、歴史家オラールが一九〇四年にブリュヌチエールの擁護に回ったのは、ブリュヌチエールがフランス革命に根本的に敵対する人間ではなかったということもその理由であっただろう。オラールが触れていたようにブリュヌチエールがコレージュ・ド・フランスでしでかしかねない最悪の事態が、その講壇を利用してフランス共和国をキリスト教へ、より正確にはカトリシズムへと帰着させることであったとしても、それはフランス共和国を転覆させるためではなかったのである。

しかし、オラールのこうした寛容さには、彼がペギーと同じく慧眼の持ち主であったとすれば、また別の理由があったかもしれない。ペギーは実際、一九〇六年夏に執筆され、結局完成されることのなかったブリュヌチエールについての論考のなかで、諸々の見かけの背後で、実際のところ、ブリュヌチエールほど根本的にコンブ主義者の文学史家はいないと主張していた。たしかにブリュヌチエールは宗教のほうへ深入りし、科学の破産を告げはしたものの、それ以前には、彼ほど科学を信じ、科学の名のもとに害を及ぼした者もいなかったのである。

［科学に反対する］反抗の旗を最も高く掲げた人物、しかもこのうえなく派手に、一番に、長くたったひとりその旗を掲げた人物はまた、確かに科学の支配の確立に最も貢献した人物でもあった。[151]

ところで、実証主義と共和主義の大学の中堅どころとなっていたまるごと一世代のノルマリアンたち――ペギーがその後微妙な関係になる相手たち――を教育したのは他ならぬブリュヌチエールであった。

すぐ前の世代、今日、三八歳かそれより上の世代にブリュヌチエールが及ぼした絶大な影響――その波の最後の飛沫を我々自身が経験している影響——によって、すぐ次の世代、今日、四〇歳未満の人びとの世代、我々と同時代の世代のなかにコンブ主義がもたらした思いがけない、そして実に尋常でない災厄を、おそらく誰よりも準備したのはブリュヌチエール自身であった。[152]

要するにコンブ主義の全体はブリュヌチエールから出てきたのであり、バルザックに関するブリュヌチエールの最後の書物も、そのカトリック教会への帰依にもかかわらず、ブリュヌチエールが文学の科学主義を相変わらず放棄していなかったことを示したばかりであった。ブリュヌチエールではなく「ポンピニャンのあのルフラン」、「あのアベルまたはあのカイン・ルフラン」、あの「ゼロの男」、「あの旧共和主義防衛の青二才の候補者」のほうを選ぶなどというのは、コンブ主義の観点からは理に合わないことなのであった。[153] 事実と法理は区別しなければなるまい。法理の上においては確かに、ブリュヌチエールはドレフュス主義者でもなければ、コンブ主義者でもなかった。しかし、事実の上においては、「文学史家ブリュヌチエール氏は現代世界と自身のいわゆる科学的な方法の支持者であるばかりか、その最も決然たる、おそらくは最も堅固な支持者のひとりなのである。[154]」要するに、「もしコンブ氏が賢明であったならば、自陣の候補者はブリュヌチエール氏に他ならないことをすぐさま、誰よりも早く理解していたことだろう。[155]」「知識人党」はそのすべてを氏に負っていたはずである。「ブリュヌチエールは彼らの党の一員だったのだ[156]」とペギーは一九一三年に繰り返し述べるだろう。いつものようにペギーの論は逆説に近いが、結局、ペギーにとってみれば自明なこの逆説こそが唯一、教授たちから成る共和国に対峙する明白なひとりの敵が、その文学規範に及ぼした持続的な影響の深さを理解させてくれるのである。

病気のために沈黙を余儀なくされ、公務員のポストが得られていたら改善していたかもしれない金銭的な不安を抱えていただけにいっそう、大学からの追放はブリュヌチエールの晩年の疲労と意気阻喪を増大させた。一九〇二年からすでにドゥーミックはブリュヌチエールの憂鬱を心配していた。「あなたのお言葉には、周りでその闇が濃くなっていくと感じておられる知的な死への不安、ご自分がどこに行くのかわからないと嘆いておられるその不安のすべてが察せられます。[157]」

ブリュヌチエールはこうした虚無感、「それが何のためになるのか」という感情を、コレージュ・ド・フランスでの敗北の翌日にアルヴェード・バリーヌ宛に吐露している。

> 苦い思いですって？　そうですね、親愛なる我が友のマダム、「訪問」〔アカデミー・フランセーズ会員候補者による会員個別訪問〕の恥辱に耐え忍んで以来というもの、自分がそのような思いを味わうなどとは予想すらしていなかったとすれば、たしかにそうです！　そして「知識人」の名誉を救うために私に票を入れたのがたった一二人しかいなかったとすれば、やはりそのとおりです。私が、自分の持つ力と共に、生きたいという意欲、単に意欲をもつことさえもが自分のなかで日々減少していくのを感じるとすれば、こうしたことはすべて私にはかなりどうでもよいことでしょう。こういう時にこそ言うのでしょうが、私のあら皮〔バルザックの小説『あら皮』への参照。希望をかなえるたびに徐々にすり減っていくもの〕からは、もはやほんの小さな断片しか残っておりません。[158]

フロール・サンジェは、比類のない公人としてのブリュヌチエールの権威を彼に思い起こさせながら、その元気を回復させようと努めている。

> あなたは裕福ではありません――が、それでいながら確実に数百万の富を手にできるでしょう！――考えてもごらんなさい！　あなたは黄金の口をお持ちなのですよ！　その口からは真珠がいくつも零れ落ちてきます！　ロチルド男爵も、自分がフェルディナン・ブリュヌチエールという名前であったら、おそらくとても嬉しく思うことでしょう。[159]

ところで、一九〇四年には、本質的にひとりの雄弁家であり、独自の語りのスタイルを持っていた――彼の繰り出す関係代名詞の qui や que は常に批判者たちから槍玉にあげられた――ブリュヌチエールは、人びとの前で話をすることを断念しなければならなかった。一九〇〇年以後、ブリュヌチエールとフロール・サンジェはますます過去に属する人間になっていった。ブリュヌチエールはフロール・サンジェやオリヴィエやメジエールよりも二五歳も年下であったにもかかわらず、メジエールはまるで四人が同じ世代に属する人間であるかのように、第二帝政下のフロールのサロンの思い出を語っている。

館の女主人は、内面の哀しみによってその老境に影が差してはいたが、その喪のヴェールの下で、まだ、その知性の活気とその心根の上品な善良さのすべてを保っていた。エミール・オリヴィエ氏とブリュヌチエール氏と私、過去の証人である私たち三名は、堅固で忠実な友情が私たちを現在において保ってくれているものが何であるかを知っている。(160)

ブリュヌチエールは一八七〇年にはまだルイ＝ル＝グラン高校の生徒であり、フロール・サンジェがやがて一八八四年の少しあとに離れなければならなかったシメー館をおそらくは知らなかったか、あるいはほとんど知らなかったはずである。しかし、病気のせいで早い老いを迎えたブリュヌチエールは、メジエールがこの文章を書いていた時には危篤状態にあり、メジエールの本が出版される前に亡くなった。メジエールはこの頁に次のような脚注を付け加えている。

亡くなる前、ブリュヌチエールはこの頁に彼の名前が記されているのを見た。私たちの古い友情の愛すべき、そして苦痛に満ちた思い出として私はそこに彼の名前を置いた。アレクサンドル・サンジェ夫人が彼の最も高く評価した人物のひとりであり、彼がその晩年に至るまで文通を交わした女性であったことを述べても、彼の思い出をけがすことにはなるまい。

この文通の最後もまた検討されるに値する。

第五章　ではカトリックのフランスなのか？

フロールと護教論

ドレフュス事件の間、ブリュヌチエールにとって、宗教的少数派の影響力が彼らの国民における人口比に応じて決定されていないことを遺憾に思うということはあった。その留保を除けば、彼は一七八九年の遺産に忠実であった。彼は民主主義を認めていたし、その共和主義への忠誠に疑問の余地はなかった。しかしながら、興味深いことに、シャルル・ブノワの記述によれば、ブノワがパリ選出の代議士に当選した一九〇二年に、ブリュヌチエールは一八九四年以来住んでいたパリ六区の「選挙人名簿に登録されることをけっして望まなかった(1)」というのである。したがって、ブリュヌチエールは一八九八年も一九〇二年も、共に選挙戦の争点が宗教問題であったにもかかわらず、また、一八九八年の投票直前に当たる五月一日の『ルヴュ・デ・ドゥー・モンド』誌の「半月時評」で、みずから署名記事を書いていたにもかかわらず、国会議員選挙で投票をしなかったと見られるのである。ファゲは、ブリュヌチエールのリベラリズムのもうひとつの限界に触れている。〈フランス祖国同盟〉が数名の候補者を立てた一九〇二年の選挙の折、ブリュヌチエールが告発し、抗議したのは、〈フランス祖国同盟〉の人びとが構想している「議会主義」に対してであり、漠然としたリベラリズムでもって、ジャコバン主義とフリーメーソンの結合した動きに勝利できると信じ込んでいるかに見える人びとの幻想に対してなのであった。(2)

したがって、この時のブリュヌチエールは、祖国同盟の会員たちよりも強い反議会主義の態度、あるいは普通選挙というものに対する不信感を露わにしていたわけである。しかし、他方で、一八九八年にブザンソンで行われた、彼の回心への道のりのうえで決定的に重要な講演のひとつ「信仰する必要」のなかで、ブリュヌチエールは次のように言明していたのである。

私はフランス革命の敵対者ではまったくありません。それどころか、人びとがそれへの全面的な称賛を私に押し付ける暴君的な意図を持たないのであるならば、私は進んで私自身をその擁護者のひとりに数えることでしょう。(3)

一八九一年の国会でロベスピエールを槍玉にあげたジョゼフ・レナックと同様に——そのレナックに対してクレマンソーはブロックという有名な言葉〔「フランス革命は分割できないひとつの総体である」とするテーゼ〕を作り出して対抗した——ブリュヌチエールはフランス革命を、そのすべてを良しとする、あるいは、そのすべてを悪しとするような、ひとつの全体と見なすことを拒否し、〔良い部分と悪い部分を〕区別する権利、選択する権利を要求した。(4) やはりレナックと同様、しかも「共和国狂い」ではなかっただけにいっそうのこと、ブリュヌチエールが何より毛嫌いしたのがジャコバン的〔急進主義的〕な精神なのであった。ユダヤ人が多くを占める、共和国の少数派による支配体制の復活を非難しはしたものの、フランス革命以来のユダヤ人の解放は、ブリュヌチエールがけっして問題視することのない原理なのであった。ブリュヌチエールは能力主義《メリトクラシー》の熱烈な信奉者であったが、彼がそれと同一視していたのは、第三共和政下で再び台頭するのを目の当たりにしていた協同組合主義ではなく、「生存闘争〔*struggle for life*〕」――これをめぐるダーウィンの理論とアメリカの実践が彼を魅了していた――のほうであった。

やがてブリュヌチエールは、一九〇〇年一一月、自身のカトリック信仰を公に明らかにし、ローマ・カトリック教会の権威と連携することになる。ある演説のなかで、彼は次のように告白している。「私が何を信じるか［……］、それはローマに訊ねていただきたい。(5)」しかし、この演説は、またしてもキリスト教と民主主義とを融合した、モダニスト的であると同時に普遍主義的な、とっぴな信仰告白で終わっていたのである。

> われわれが信仰する理由、今世紀に民主主義運動が加速する現在の理由は、人間の、あらゆる人間の――あらゆる人種の、あらゆる時代の、そしてあらゆる国の――〈自由〉、〈平等〉、〈博愛〉への希求のうちにある、破壊されえないものによって、永遠のものであり、そうあり続けるのです。(6)

カトリック教徒たちを前にしてフランス共和国の標語を公言するということには、意表を突くものがある。ブリュヌチエールはドレフュス事件後も相変わらず、ラリマン、すなわち、キリスト教と共和主義の価値の総合、あるいは一種のフランス＝カトリシズムを放棄することがなかったが、それは一〇年前のダルメストテール流のフランコ＝ユダイズムと同様、夢想的なものであり、おそらくはそれをそっくり模倣したものであった。ペギーは『我らの青春』のなかで、さらに明快に、永遠のフランスおよび共和国とキリスト教との同一性を「共和国の神秘であったかつてのフランスの神秘。そしてとりわけ革命の神秘[7]」として、過去においては積極的なかたちで肯定しようとし、また、ブリュヌチエールのように〔一八七七年〕五月一六日ではなくその少しあとの「一八八一年頃に」――この英雄的な神秘が「知識人党」の日和見主義的で、非宗教的で、幼稚な政治によって破壊されはじめたときに――ペギー自身が位置づける日付以降の現在においては消極的なかたちで肯定しようとしていた。

フランスの脱共和主義化の運動は、深いところでは、その脱キリスト教化の運動と同じものである。それは共に、脱神秘化という同一にして唯一の運動なのである。この民が共和国をもはや信じず、神をもはや信じず、共和主義の生活を送ることをもはや願わず、キリスト教徒の生活を送ることをもはや願わないのは、深いところで、同一の運動、唯一の運動から生じているのである[8]。

アンシャン・レジーム、革命と共和国、キリスト教とドレフュス主義、ペギーにとって、これらはすべて一体であった。なぜなら、それがフランスだからである。しかし、それはかつてのフランスであった。一九一三年にブリュヌチエールを擁護したペギーはおそらく、基本的には、実証主義歴史学者たちへのルサンチマンによって突き動かされていたものの、政教分離の際にブリュヌチエールの筆によってなされた「共和国の神秘」への呼びかけに無関心ではいられなかったにちがいない。それらの呼びかけは、ドレフュス事件期において両者が反目したにもかかわらず、それ以後のふたりを近づけるものであった。

ブリュヌチエールは、ジュール・ルナールが彼をそう呼んだように「修道服を身にまとった人」となり[9]、修道会の活動の自由を〔認可制によって〕制限する、結社契約に関する一九〇一年七月一日の法律〔いわゆる新結社法〕の施行以後、修道会を擁護する活動にのめり込んでいった。ただし、ブリュヌチエールは自由主義者たちの側にあっては、そうした活動を行うのに慎重な姿勢をとった。ヴァルデック＝ルソー政権およびコンブ政権のもとで、彼は常に臨戦態勢にあった。共和派カトリック教徒で、保守派の有力者であったセーヌ県選出の代議士ドゥニ・コシャン（一八五一―一九二二）の主導による一九〇二年八月の〈教育自由同盟〉の創設にブリュヌチエールは参加し、その事務局長になった。[10] ブリュヌチエールは、自身が国の「脱カトリック化」[11]と呼んだものの次なる段階となった、一九〇五年一二月の政教分離法に関する議論の際には、再び、アナトール・ルロワ＝ボーリウに与した。ルロワ＝ボーリウは、自由主義のアカデミシアンたちがそう呼ばれた、あの「緑服の枢機卿たち」のひとりであった。この自由主義者たちは、国民的カトリック教会という制度の脅威――この脅威は一時期、コンブによって盛んに煽られた――と比べれば、より小さな悪と見なされた法律の「公正な施行」に忠実な人びとであった。国家による反教権主義には反対であったが、かといって教権主義者でもなかったプルーストはその時、オラールよりもルロワ＝ボーリウの考えを好んでおり、[12]バレス、[13]あるいはブリュヌチエールに近い考えを持っていた。ブリュヌチエールにとっては、この事件については、その政治的な側面を超えて、

> 大きな問題は、将来の社会や文明、とりわけフランスの文明が、「キリスト教的な」ものになるのか、それともそうならないのかを知ることである。〔……〕真の問題は、フランスが、「脱フランス化すること」を望むのかどうか、そして世界が「脱洗礼化すること」を望むのかどうかを知ることなのである。[14]

「順応主義者たち」の考え方によれば、この難題に応えるためには、フランスのカトリック教会を国家に従わせる国有化よりも、みずからの自由を確保しておく分離政策のほうがましなのであった。しかし、彼らの同宗者たちの大多数は、〈ろくでなしの共和国〉に対して反抗する準備が出来ており、順応主義者たちを罵倒した。そして、ピウス一〇世〔カトリックの革新を説いたレオ一三世の次の保守伝統派の教皇〕は、一九〇六年八月の回勅「グラヴィッシモ・オフェキイ・ムネーレ〔「きわめて重大な務め」の意〕」で、共和国とのあらゆる妥協を拒絶し、順応主義者たちを非難した。[15] ブリュヌ

チエールの最後の発言のひとつは寛容と穏健を訴える文章であった[16]。彼の死の直前、エリー・アレヴィは、ブリュヌチエールとその友人たちの自由主義がふたつの極端な動きの攻撃に屈しなかったことに驚いている。

私を驚かせるのは、三年に及んだコンブ主義〔急進社会主義〕のあとも、修道会に対する迫害のあとも〔政教分離のあと、とは言いません〕、自由主義の運動はカトリック教徒たちにあって、それ以前と同じ力強さを保っていたということです。私はすぐさま崩壊するだろうと思っていたのですが[17]。

これは、ドレフュス事件とその後の余波のなかでひとりの敵であった者の眼から見ても、ブリュヌチエールが過激な教権派に与することはけっしてなかったということを示す証言である。

ブリュヌチエールは当時の演説のなかでドレフュス事件に立ち戻ることはけっしてなかった。しかしながら、自身の反ドレフュス的な言動と〈フランス祖国同盟〉への加入に関しては常に距離感を抱いていたことを示す指標は存在する。実際、すぐさま書物のかたちに編纂されることのなかった『ルヴュ・デ・ドゥー・モンド』誌掲載のブリュヌチエールの論文というのは稀である。ところで、興味深い偶然の一致だが、私たちがこれまで詳しく検討してきた彼の諸論文はいずれもその稀なケースに当たるのである。一八八六年のドリュモンの『ユダヤのフランス』に対する書評しかり、一八九八年の「訴訟のあと」とゾラの『パリ』をめぐる書評しかり、一八九七年の旅行記「アメリカ東部において」しかりである。それはあたかも、ブリュヌチエールの公的な発言が『闘争の言説』のなかに収録された時点において、これら一連のテクストが絶えず彼に気まずい思いを与えつづけていたとでもいうかのようなのである。

ブリュヌチエールが慎重さを示したこれらの歳月において、フロール・サンジェの友情はおそらく無視しえないものであった。奇妙なことに、フロールからブリュヌチエールに宛てた手紙の数は、一九〇〇年から一九〇四年の間、つまりドレフュス事件のあと、批評家がカトリックに回心し、彼が修道会や自由教育の擁護に励んでいた間、これらの活動がフロールのような合理主義者を彼から離れるべく促したとしても仕方ないにもかかわらず、以前にもまして増えている。距離を置くどころかむしろ、彼女は、信仰、奇蹟、カトリック教会、政教分離、国家の反教権主義によるカトリック教徒の迫害をめぐるブリュヌチエールの長文の手紙に、注意深い返信をしたためているのである。それは、自由思想を信奉してきたみずからの長い人生の晩年に当たって、ブリュヌチエールのカトリック信仰がフロールの関心をいたく刺激したかのようであった。あるいはまた、それは、手紙の相手の言葉によれば「信仰する必要」とまではいわないとしても、少なくとも、家の同化が成功したにもかかわらず、あるいは同化が成功したがゆえに、その仕上げとして、その最後の署名として、フロールの叔父たちが身を委ねたあの「信仰する必要」への好奇心を、彼女のうちに覚醒させたかのようであった。この老女と病におかされたこの男との間の対話は驚くべきものである。彼女は信仰の擁護者を反駁し、説得しようとするが、同時に友人をもてあそび、絶えず彼をからかう。フロールはもはや何も信じてはいないし、とりわけ、彼女のデカルト主義を苛立たせる奇蹟を信じようとしない。それでいて、彼女は何度も繰り返し攻撃を挑み、ブリュヌチエールを挑発し、問いへの回答を求める。護教論の問題は、フロールが言うように、彼女を「夢中にさせる」[18]ものなのであった。

一九〇一年八月、フロールはブリュヌチエールに、カトリックの典礼と信仰の神秘に関する次のような長い手紙を送っている。

今日は聖母被昇天の祭日です。私のところの小さな教会堂も庭師が飾りつけを施して、緑と花でいっぱいです。なぜ信者たちはワインを使って聖体拝領をしなくなったのか司祭に訊ねましたら、よくあることだそうですが、ワインの滴がいくらか床にこぼれ落ちてしまうのを避けるためだと知りました。司祭は私に憤慨した調子でこう言うのです。「奥様、考えてもみてください、イエス＝キリストの血が床に落ちるなどとは！」

さて、親愛なる友よ、ご想像がつきますでしょうか、若くて頭の良い方の口から出たこの言葉、私は理解に苦しむのです。

おわかりでしょうが、私がこの世で最も愛する幾人かの方がたの信仰を私が共有したくても、いつもどうにもそれに従うことができません。奇蹟にはまったく興味が湧かないのです。反対に、私の魂は、自然の聖なる神秘を前に困惑します。野ばらが薔薇と呼ばれるあの驚異の優雅さをまとうとき、羽毛でふかふかの巣がこれから生まれる鳥のために樹木の暗がりのなかに作られるとき、私の意志という、このまったく観念的なものが、私の手に運動を命じるとき、母親がその無意識の乳房からちょうどよい頃合いに子供を養う乳を湧き出させるとき、ただ両目の眼差しだけを通じて、私たちの魂が外部に顕われ、思うままに、優しさ、熱狂、苦しみ、あるいは愛情を表現するとき、自分の唇の純粋な吐息を通して、空気の振動を通して、私の思考のあらゆるニュアンスを伝えることができるとき、文字という記号を用いて、これらの思考を、私たちを隔てる遠距離まで託すことが許されるとき、これらの、じつに見事な秘密に満ちた自然法則の数々を前にして、旧約聖書や新約聖書で語られるどのような奇蹟よりも高尚な神の観念というものを抱かずにはいられません。こうした光景や現象のあとに、言葉を話す驢馬だの、動きを止める太陽だの、まったく歩かなくなった聖者が復活するだの、あるいは、切られた自分の首を手にもったまま歩く聖者だの、私の興味をひくわけがありません。受肉し、最低の運命に従う神、あのかた、宇宙の諸々の魂の神、そんなものにはまったく興味をひかれません。

実際のところ、親愛なる友よ、私に奇蹟を信じさせることができるのはあなただけです。ご多忙でしょうが、ヌフムーチエにお越しいただけるようでしたら、あらかじめ敗北を宣言しておきます。

とにかく、この長い手紙をお許しください。これはいわば不承不承晒される心のうちといったものなのですから。[19]

フロールは城主夫人を気取って、聖母マリアの祝祭のために自分の村の教会に花を飾らせたが[20]、それは、六〇年前、彼女の叔父であり婚約者であった人、その前に聖母が現れたマリアの子たる人の、奇蹟による回心を記念するためでもあっただろう。ただ彼女はヌフムーチエの司祭には恵まれなかったようである。一八七〇年以前、シャトーにヴァカンスを過ごしにやってきた折、当時の司祭に新聞を届けに行ったオクターヴ・フイエ夫人は、その司祭を同じく退屈な人間と判断していた。

司祭はたいてい自分の庭で、小鎌を手に、厚地の青いエプロンをつけて畑仕事をしていた。家に戻るには、シュークルート〔キャベツの酢漬け〕で一杯の樽が並んだ廊下を横切らなければならなかった。司祭は誇らしげにそれらの樽を指さしていたが、その間ずっと、私は鼻をつまんでいた。[21]

こぼれ落ちて床に広がるワインをめぐるフロールと「若くて頭の良い」司祭との会話に関しても、やはり奇妙なものに見える。中世においては、その冒瀆行為は、カトリック教会の伝統的な反ユダヤ主義によって、神殺しのユダヤ人たちに進んで帰せられてきたことを思えば、特にその感は強い。ブロック家がブラン＝マントー〔聖母マリア下僕会会員の通称「純白外套托鉢修道士」〕通りに住んでいるように、キリスト教にちなむ名前の場所に好んで住みたがるユダヤ人を延々と罵倒する際に、シャルリュスがきまって触れる逸話が思い起こされる。

ホスチヤ〔聖体のパン〕を釜ゆでにした変なユダヤ人が住んでいたのは結局そのあたりですが、そのあとたしか、そいつ自身が釜ゆでにされたと思います。ユダヤ人のからだが神の御身と同じ価値を持ってしまいかねないことからすると、その話はさらに変ですが[22]。

フロールは〈受肉〉も〈実体変化〉も信じない。カトリック信仰のこのふたつの根本的なドグマは彼女の堅固な合理主義とは真っ向から対立する。神の子が人となり、パンとワインがキリストのからだと血になるという神秘を、彼女は、預言者と殉教者の実行したこのうえなく風変わりな驚異に帰着させている。三〇年前、彼女の態度がすでに同じく強固なものであったことは、亡命中のオリヴィエの手紙が示しているとおりである。「奇蹟についてのあなたの談話は完璧です。そして、神を説明することは神を否定することと同じくよいことではありません。神はただ感じるものです。[23]」オリヴィエは神が見えると主張する人間の思い上がりについてのタルムードの箴言を引用し、続いてルルドの奇蹟〔一八五八年二月、村の少女ベルナデット・スビルーに聖母マリアが現れたとされる奇蹟〕について皮肉を述べている。「結局のところ、幻覚にとらわれたか、嘘つきなのか、とにかく愚かな羊飼いたちが神の訪れを受けたと信じることが彼らを幸福にするのであれば、私たちがそれをよその国の話と見なしてよいからには、その快楽について彼らを叱ることはできますまい。ですからカロ家の人びとは、上から〔軽蔑するにせよ〕、下から〔尊敬するにせよ〕、放っておきましょう！[24]」フロールは、オリヴィエやブリュヌチエールと同じように、純粋理性を奇蹟の上に置いており、それらの奇蹟に対して、唯一、神の観念を彼女に与えうる自然の神秘を対置していた。しかし、しばしばそうであるように、彼女の毒舌は、冗談めかした口上とヌフムーチエへの遠出の誘い、あるいはクレベール大通りでの夕食会への誘いで終わる。

しかし、フロールがブリュヌチエールについてさらに理解できなかったのは――ほとんどすべての手紙のなかでフロールはそこに立ち返るのだが――ブリュヌチエールが抱いていた、カトリック教会を変えることができるという幻想、カトリック教会を現代化し、それをフランス革命および現代と和解させ、それを「アメリカナイズする」ことができるという幻想であった。

「歴史という街道で私がカトリック教会に出会うとき――クーザン氏は言いました――、それは私が脱帽する偉大な婦人です。」

たしかに、それはきわめて偉大な婦人で、最も高貴なお方でありましょう。しかし、実際には、その方を讃えるためにあまりに多くの戦いが起きました。あなたの力強い頭脳ならば、クーザン氏とはまったく別の光のもとで、その婦人の姿が見えてくるのではないでしょうか。もしあなたが教皇だったら――なんという教皇でしょう！――、この偉大で高貴なお方も絶えまない運動に晒されていくだろうということは私も確信できます。しかし、現在において、そのような運動は感知されないごく小さな身振りであり、それについてそのお方は意識すらされていないようにお見受けします。と言いますのも、その主張は、不動でありつづけるということであり、どの公会議においても、議論は常に、革新することではなく、定義することに限定されているからです。そもそも、真実は絶対で、カトリック教会はそれを所有している、あるいは同じことですが、それを所有している風を装っているということは、あなたもよくご存知のとおりです[25]。

フロールにとって、カトリック教会はけっして進歩することのない存在であった。そして、カトリック教会というこの第一の陣地がブリュヌチエールの体系のなかに穿たれるや、フロールはその機に乗じて、奇蹟に対するみずからの不可知論と懐疑主義を再確認するのであった。

パリのど真ん中に陳列された美術館［ギメ美術館］を前にして、さらに信仰を保持することなどできるでしょうか。諸宗教の美術館ですよ！　なんという皮肉でしょう！　雷鳴と雷光のなか神がモーセに語ったのかどうか、そして幾世期かのちに、雷鳴も雷光もなく神がペテロとパウロに再び語ったのかどうか、もはやそういう問いを私が発しなくなって長い年月が過ぎました。ああ、なんということでしょう！——これはあなたにだけ打ち明けることですが——もはや神が存在するかどうかさえ私にはわからないのです！

勝ち誇ったように、そして私を説き伏せるかのように、世界がひとりでに作られたなんてどうして信じられるでしょうか、と言われるときがあります。人びとは困難を先へ押しやって、それを解決することをしません。神の永遠性は宇宙のそれと同じくらい理解するのが難しいのではないでしょうか。

したがって、人びとが形而上学と呼ぶ、この闇の中の戦いは、なんと恐ろしいものでしょう。まったく、デカルトはこう言ったほうがよかったでしょう。「我思う、ゆえに我苦しむ」と。

私たちの心の鼓動に耳を傾けるために、神の耳が地上へと常に垂れていたあの時代はいったいどこに行ってしまったのでしょう。私が「神様！」と言えば、すべてを言ったことになったあの時代は[26]……。

ユダヤの聖書〔旧約聖書〕の神も、新約聖書の受肉した神も、フロールは信じなかった。ブリュヌチエールは誤っていると彼女は判断していたが、その一方で、ブリュヌチエールの講演や、新聞雑誌で要約されたり、再録されたりするその宣言の文章に対しては、奇妙なまでに注意深い態度を維持し、個人的にそれらに返信をしたためてもいた[27]。

フロールは返信のたびに、とりわけカトリック教会をめぐるブリュヌチエールの幻想を暴いている。「著名にして親愛なる友よ、私は先ほど、本当に見事なあなたの講演を朗読してもらったところです。[……]それにしても、〈誤謬〉の自由とは、これはまたいったいどういうことでしょう。あなたがそんなことをお考えとはとんでもないことです。それにローマの宮廷はいったい何て言うことでしょう！　何という異端説をあなたは主張しておられることでしょう！[28]」数日後もまた、フロールは攻撃を再開して、ブリュヌチエールの願いはかなうまいと思いつつ、次のような手紙を書いている。

ヴェネチア共和国と大トルコとを、権威の原理と精神の自由とを結婚させるのは無理でしょう。ローマ宮廷から出てこないあらゆる改革は、プロテスタンティズムに向かうでしょう。教皇庁に改革などできません。不動であることだけがその存在理由なのですから。どうしてあなたがフェルディナン派と呼ばれる党を作らないのか、私にはわかりません。あなたとご一緒するということだけが目的であっても、親愛なる友よ、私はその党に入ることでしょう[29]！

実際、フロール・サンジェは話のついでにブリュヌチエールの最も弱い点をついている。ブリュヌチエールは実際、預言の数々と共にキリスト教の最も堅固な実証的証拠としての奇蹟の数々を、正統でない仕方で、「信じ難いことがら」とみなし、比較宗教学上の諸々の障害を乗り越えるために長い時間を費やし、あるいはまた、プロテスタンティズムに対するみずからの立場を常に曖昧なままにし、ひとたびピウス一〇世が教皇となるや、カトリック教会の権威に従うことに困難を覚えていたのである[30]。

ローマ・カトリック教会とのいかなる妥協も認めないもうひとつの議論として、フロールはやはり機会を捉えては、新改宗者ブリュヌチエールの眼前に、カトリック教会の古くからの反ユダイズムと現代の政治的な反ユダヤ主義との連続性をつきつけるのであった。

ある書物のことを思い出します。それは六名ほどの司教とパリ大司教座の助任司祭一名がその本の表紙に名前を記したことでお墨付きを得ている書物です。そのなかに、私はこんな一節を見つけました。
「ユダヤ人はみな裏切り者である。彼らにはいかなる道徳心も正義感もない。彼らはフランスの富の四分の三を所有しており、このまま彼らを追放しないでいると、フランスは駄目になってしまう。」

この書物は賞品授与式で若い人たちに贈呈されているのですが、そのタイトルは『歴史の花』というのです。これは毒のある花ではないでしょうか?[31]

フロールが折よく思い出しているのはテオフィル・ヴァランタンによる『歴史の花——若者のための対話、伝記、物語』であり、トゥールーズの大司教デプレ枢機卿を含むフランスの多くの司教たちによる推薦の辞が寄せられているこの書物は、一八九七年と一八九八年にいくらか物議を醸した[32]。実際、この書物のなかには、憎悪を著しく凝縮した書きぶりで『ユダヤのフランス』が子供たちの手の届くところに置かれており、そのことは、一九世紀末のカトリック教徒の間で、いかにドレフュス支持者が少数で、反ユダヤ主義者が多数であったかということをよく物語っている。

ユダヤ人は、我らが主を売り、その善意を見誤って以来、呪われた種族である。ハゲワシが豊かな獲物に襲いかかるように、高利貸しの彼らは、あらゆる国民を襲ってはこれを隷属させ、滅ぼす傾向がある。彼らは貪欲で危険な寄生者であり、犯罪が起こる場所には常に彼らの姿がある……。イスラエルの大きな帽子をかぶったひとりの男が最近、その息子に向かって、フランス人のことを話題にしながら、こう言った。「彼らが我々を好きなようにさせてくれたら、二〇年後には、彼らに我々の靴を磨かせていることだろう。」両替商は皆ユダヤ人である。フランスの富は一五〇〇億［フラン］と推定されるが、ユダヤ人だけで八〇〇億以上を所有している。それでいて、我々のところにやってきたとき、彼らは一文無しだったのだ。フリーメーソン団は彼らの手に握られた従順な手先であり、今日、彼らはそれによって世界を支配している。考えを変えないと人びとはユダヤ人に滅ぼされるだろう。[33]

一八九七年一一月二六日、「このような誹謗中傷と、事実と異なる意地の悪い攻撃文書が普及して、子どもたちの記憶のなかに刻まれること」を懸念した中央長老会は、フランス南西部の自由学校でこの書物が用いられることに反対して、宗教担当大臣に抗議を行った。公教育高等審議会の通告を受けて、この書物は一八九八年九月五日の政令により、公立および私立学校での使用を禁止され、一八九八年一〇月二五日に中央長老会にその旨が通知された。フランスが歴史上経験した最悪の反ユダヤ主義の騒動と同時期に起こった、比較的取るに足りないこの事例を、騒動から五年後にフロールが思い起こしている点は興味深い。というのも、この事例は、反ユダヤ主義がフランスで猖獗を極めた時期において、中央長老会が受け身の態度であった――長老会にはその他に特に介入の行動を起こした形跡が見られない――ことと、政府の動きが緩慢であったことを、共に示唆しているからである。[34]

ブリュヌチエールは、修道会に対する政府の執拗な攻撃を嘆き、フロール・サンジェもその攻撃が度を越したものであることを進んで認めていた。しかし、カトリック教会の根強い反ユダヤ教主義と、ドレフュス事件においてそれが果たした全体としては擁護することのできない役割、そして一八九〇年代におけるカトリシズムと反ユダヤ主義がほぼ同一の態度を示すことなどを挙げて[35]ブリュヌチエールに反論するフロールは、コンブ主義を一方的に断罪するブリュヌチエールの見解に従うことはなかった。一八九二年、レオン・ブロワはドリュモンによって活気づけられた反ユダヤ主義運動へ聖職者たちが参加することを憤っていた。「無数の司祭たちまでがイスラエルの血が流れて数百万の犬を酔わせる次の大騒ぎを望んで熱狂している姿が見られた。[36]」ドレフュス事件の間ずっと、聖母被昇天会の大部数の日刊紙『ラ・クロワ』は、〔ドリュモンの主宰する〕『ラ・リーブル・パロール』に勝るとも劣らず反ユダヤの旗幟を鮮明にしたし、同じく聖母被昇天会の出版社「ボンヌ・プレス」が一九世紀末の大衆的反ユダヤ主義の拡散において果たした役割は甚大であった。[37]一方にコンブがいて、他方にヴイヨやドリュモンがいて、その間でフロールはどちらかに決めたいとは思わなかった。いずれにおいても不寛容が支配していたからである。

フロール・サンジェは一世紀来彼女の家族が辿ってきた同化の道のりを改めて問題にすることなどしなかったが、ドレフュス事件、そしてとりわけ反ユダヤ主義の盛り上がりにおけるカトリック教会の責任は、フランスの多くのユダヤ人に対してと同様、フロールにも、ユダヤ人解放の限界をまざまざと見せつけた。シオニズムの進展をドレフュス事件への反応によって説明すること――ヘルツルはドレフュス大尉の官位剥奪式に出席していた――は、シオニズム運動がフランスにおいては比較的脆弱な成功しか見なかっただけにいっそうのこと[38]、あまりに性急であるとしても、フランス社会に最もよく同化したユダヤ・ブルジョワジーに対してドレフュス事件がもたらしたショックは過小評価されるべきものではない。最もよく非宗教化した者たちにとってすら、ドレフュス事件は自分たちの共同体への所属をあるいは意識させ、あるいは思い起こさせる機会となった。『失われた時を求めて』のなかで、スワンはカトリックに改宗した祖父とプロテスタントの祖母の孫であった。見かけ上、彼の家族は数世代来、完全に同化していた。しかしながら、反ユダヤ主義者で、のちにドレフュス派に転じることになるゲルマント大公がスワンを受け入れる際、スワンにユダヤ人の祖父がいたことを否認するフィクションのもとに受け入れているのである。

スワンの祖母が、ユダヤ人と結婚したプロテスタントであり、ベリー公爵の愛人でもあったことを知っていた大公は、時おり、スワンの父親を公爵の私生児とする伝説を信じようとした。その仮説においては、そもそもそれ自体誤った仮説であったが、スワンはカトリック教徒の息子であり、ブルボン家の人間である父親とカトリック教徒である母親の間に生まれた息子であって、正真正銘のキリスト教徒なのであった[39]。

スワンは異教徒間の結婚から生まれた人間であり、その祖先はユダヤ教を棄教していて、みずからもジョッキー・クラブへの加入が認められ、パリ伯やプリンス・ウェールズと親しい交わりを持っていて、またフォーブール・サン＝ジェルマンの最も閉鎖的なサロンに出入りすることができたにもかかわらず、スワンは全員からユダヤ人として理解されており、とりわけ小説の冒頭以来、主人公の祖父によってそのように理解されていた。スワンの生涯の終わりに主人公がその姿を再び目にするとき、病気で変わり果てたスワンは、その遺伝形質と、それまでは未知のものであったが、彼のドレフュス主義が彼のうちに目覚めさせた民族感情とに由来する身体的な特徴を露呈する。

ここ数日のスワンにあっては、彼の血筋が、おそらく、その血筋を特徴づける体型とともに、他のユダヤ人との倫理的な連帯感をいっそうはっきりと際立たせていたのかもしれない。この連帯感は、スワンがその生涯にわたって忘れていたように見えるが、不治の病と、ドレフュス事件と、そして反ユダヤ主義のプロパガンダが次々と結びついて、彼のうちに覚醒させたのであった。[40]

スワンの物語は、誰も、おそらく彼自身さえも、ユダヤ人の同化も決定的な改宗も本当には信じていなかったということを示している。「ユダヤ人がフランス人になりうると私が信じてしまったのは浅はかでした。立派なユダヤ人、社交界の人士という意味です。」スワンのドレフュス主義に幻滅したゲルマント公爵はそう結論づけるだろう。[41] この根深い懐疑主義は、将来のゲルマント大公夫人であるローム大公夫人と、ガラルドン夫人が、スワンを、そのユダヤ性にもかかわらず、ふたりの司教の妹と義理の妹となる女性に結びつけている友情について交える対話のなかにも表れている。

――恥ずかしいことですが、そのことで衝撃は受けていないことを白状いたしますわ。そうローム大公夫人は言った。

――彼が改宗者だということは知っています。すでに彼のご両親と、彼の祖父母もそうであるということも。しかし、改宗者は他の人以上に彼らの宗教に愛着を持っていて、つまり、改宗はうわべだけだそうですが、本当でしょうか。

――その件については、私は明るくありませんの。(42)

唯一、反ユダヤ主義だけが許容する逆説的な理屈によって、改宗したユダヤ人は、一〇世代あとまでもユダヤ人であり続けるばかりでなく、みずからの不滅のユダヤ性に偽善と隠蔽を加えたことによって、他の誰よりもユダヤ人となる。「ユダヤ人にとって、自身の信仰を救う最も確実な手段は、その信仰を否定することであった」、そのようにルロワ＝ボーリウは指摘した。(43) ガラルドン夫人の返答は――少なくともこの点については――ユダヤ人は同化されているだけにいっそうユダヤ人であるとしたハンナ・アーレントの主張を認めるものであった。アーレントから見て、ユダヤ教への忠誠は、ユダヤ人を、遺伝と血筋〔人種〕の観点でのみ理解可能なユダヤ性から彼らを――守るどころか、逆に――追い払うことのない同化と比べて、よりよく、反ユダヤ主義から守るものなのであった。(44)

スワンと同様に、ドレフュス主義によってその連帯感に火のついたフロールは、一九〇三年、かつて自分とブリュヌチエールを対立させたドレフュス事件に話題を戻す。フロールは、古い友人の態度を自身はどのように理解していたかをまず明らかにし、ブリュヌチエールがドレフュス再審に対して反対であったにもかかわらず、自分は相変わらずブリュヌチエールに語りつづけることができたことに注意を促している。

仮に、あなたをドリュモンや、ドリュモンのいとこのいとこであると見なしただけでも、どんな機会にあっても表明してきたあなたへの優しい尊敬の念を抱くことはなかったでしょう！

それでも、フランスをひっくり返したあの恐ろしい事件のなかで、あなたが私と同じ立場ではなかったということを、私は忘れてはおりません。

しかし、私は、あなたの善意を疑ったことは一度もありません！

他の人たちときたらどうでしょう！　真実を知っていた人たち、そして是が非でも不公正を押し通そうとした人たちときたら[45]！

フロールはブリュヌチエールの反ドレフュス主義を許していたように見える。「ユダヤの女は人を許すことができるのです」、六〇年前に彼女はそう認めていた。フロールはブリュヌチエールに手紙を書き、彼に会い続け、しかもその頻度は以前よりも増していた。彼女は、彼をドリュモンから引き離すものが何であるかをはっきりと示しているが、それはまた、カトリックによる反ユダヤ主義をよりいっそう厳しく非難するためでもあった。

それからキリスト教の説教壇そのものは、放任を決め込みましたね[46]！

それでも、あなたが先般、そのお方についてじつに立派なお言葉を公にしたばかりの当の教皇は[47]、自分の声を人びとに聴かせようと欲しました。そのことはイタリアの大臣であるルザッチを通じて私も存じております[48]。しかし、政治を口実に、パリの大司教はそれを教皇に勧めなかったのです[49]……。

ああ、まったく！　正義が問題であるときに、政治を持ち出すとは、なんたることでしょう！　カトリック教会はそういうところで〔改革のための〕素晴らしい好機をどれだけ失ってきたことでしょう！　友よ、私たちは苦しんでこなかったとでもいうのでしょうか。暮らしてさえいければ、また自分の財産や地位を保全できさえすれば、それで十分だとでもいうのでしょうか。私たちの同胞であるフランス人が「ユダヤ人に死を！」と叫んでいたとき、私たちが苦痛を感じずにその叫びを聞くことができたなどとお思いでしょうか。そうです！　今日、今度はカトリック教徒が苦しむ番になっています。しかし、私が彼らと共に苦しんでいないなどと思われるとしたら、それは大間違いです。[50]

国家が迫害しているのは今やカトリック教徒である。ブリュヌチエールは――その「偉大な八頁」をフロールは受け取ったばかりだった――ドレフュス事件期のユダヤ人の苦しみと、彼の目からしたらもっと残酷な、反教権主義のコンブ政権下でのカトリック教徒の苦しみとを天秤にかけた。フロールはこの比較にぴしゃりと反論している。なぜなら、カトリック教会自体は反ドレフュス主義に積極的に加担したのに対して、ユダヤ人はカトリック教徒の現在の苦境に何の関係もないうえ、さらには、彼女がその典型であるように、その苦境に同情さえしているからである。実際、一九世紀全般を通じて、フランスのユダヤ人は「宗教問題」について態度を明らかにすることは差し控えていた。それはおそらく、政教条約《コンコルダート》を破棄すれば、他の宗教と同じくユダヤの信仰にも影響が及ぶと考えられたからであり、また反教権主義は宗教一般を非難していたためでもあったが、とりわけ、不寛容と狂信が、どのような対象であっても、その矛先をいつ変えてもおかしくない状態だったために、それらに対する警戒心が強く働いたせいでもあっただろう。[51] ブリュヌチエールが以後、あらゆる方面からの攻撃に晒され、国内にあっては自分の同宗者たちと共に少数派であり、自分の同宗者たちのなかにあってはみずからの自由主義のために少数派であったが、結局のところ、ブリュヌチエールの頑固さゆえにそうなるのは仕方がないこととフロールは判断していた。というのもブリュヌチエールは「フランス革命の原理と近代謬説表[52]の原理――かくも正反対のもの同士――を連合させること[53]」を主張していたからである。そのような主張に対する反論はフロールにおいて常に一定していた。カトリック教会は今後も動くことはないでしょう――フロールは手紙でそう繰り返すだろう。そして、結びはいつもどおりのユーモアで締めくくられる。「さあ、親愛なる友よ、もしあなたがこの不可能な結婚を成し遂げることができたなら、私は奇蹟を信じることといたしましょう。そして、使徒であるあなたの下僕となりましょう[54]……。」

フロールが見抜いていたとおり、フランス革命と近代謬説表を和解させることはほとんど不可能であった。ブリュヌチエールは人間と市民の諸権利に記された自由と平等の名において自由教育を擁護することを思い描いたが、その自由と平等はそもそもキリスト教を離れては考えられない価値をもつものであると彼は判断していた。一九〇〇年、教育を行う修道会に好意的な最初の発言を行ったときから、彼が提唱していたように、「教育を行う権利は本来、考える権利、書く権利、話す権利の帰結あるいは延長に他ならない[55]。」このような論証は、ブリュヌチエールが批評は回答への権利であると定義したときと同じく、もっともらしいものであった[56]。ブリュヌチエールはあまりにも精妙で逆説的なために、説き伏せることの困難な論証家であった。しかし、教育を行う修道会の自由を擁護するこの闘争のなかで、ブリュヌチエールにとってありそうもない味方のひとりとなったのがベルナール・ラザールであり、それはこの非凡なふたりの人物によって進められた最後の闘争であった[57]。一九〇二年、『カイエ・ド・ラ・カンゼーヌ』誌におけるペギーの意見聴取への回答でラザールは、まず、モノーやブレアルが追随した、ヴィオレとその〈権利擁護のためのカトリック委員会〉を除けば、「侵害された自由の名において[58]」現在、抗議を行っているのは、何人かの「反動」とかつての反ドレフュス主義者だけであるのに対して、「共和派」とドレフュス主義者たちは、「共和国の上位の利益」をためらうことなく引き合いにだしている――それはちょうど、かつて、彼らの敵対者たちの目からすれば「祖国の上位の利益は［……］軍法会議の不法行為を正当化していた[59]」のと同じことである――として、慨嘆した。ほとんどすべての主要人物たちにおいて、この純粋にして単純な「過去数年における立場の逆転[60]」が暴露した原理の不在を告発しながら、ベルナール・ラザールは、カトリック教会がその背後に世論を持たなかったとすれば、その影響力は小さかったはずだと考え、ドレフュス事件におけるカトリック教会の責任を小さく見積もりさえした。そしてなおかつ、自由が危険に晒されるいかなる場所においても自由を守る頑固な使徒であることを自任するラザールは、力よりも理性に頼ることで、教権主義に痛手を与えようとした。

用心しないと、明日にも、子どもの腕をつかんで非宗教の学校へ入れさせようとするフランスの憲兵を褒めたたえるように命じられることだろう［……］。我々はカトリック教会によって作成されたドグマと同じく、教育を行う国家によって作成されたドグマも受け入れることは拒否するだろう。我々は修道会にも大学にも信用を置いてはいないのだ。[61]

ドレフュス事件のあと、融合にまで推し進められた同化の罠の裏をかくため、ユダヤ人に向かって国民のなかでの二重の所属を要求した彼は、論理上、それと同じことを、どうやら迫害される少数派の側になりつつあるカトリック教徒に向かって拒否することはできなかった。「彼らが祈りを捧げているからといって、彼らの邪魔をすることはできない」、コンブやジョレスや修道会法へのベルナール・ラザールの根本的な反対は、ペギーによれば、そのように要約されるのだった。[62]

フランス革命および共和国と手を組んで、あるいはペギーの言葉を借りれば、それらの「神秘」と手を組んで、ベルナール・ラザールが主張するこうした修道会教育の自由主義的な正当化、あるいは絶対自由主義的でさえある正当化は、カトリック教徒の大多数を憤慨させ、〈フランス祖国同盟〉の創設者のひとりであったアンリ・ヴォージョワからは「哀れな戦術」扱いされ、またアクション・フランセーズからも批判された。[63]「共和国防衛」は、フランス革命を継承する制度に本来的に敵対していたカトリック教徒たちを教育の場から排除することを要請していた。この要請を原理に置く政治家や大学人たちを前にして――リアールからドゥーミックへの宣告がそれをよく物語っていたとおり[64]――ラザールの主張が成果を見なかったことはたしかである。ところで、これらの不寛容な共和国信奉者たちを相手に、ブリュヌチエールは、一九〇〇年、かつてフロール・サンジェが一八八六年にユダヤ人を擁護するなかで用いた至言に、奇蹟的にもみずから回帰する。今や、こう叫ぶのはブリュヌチエールのほうである。「私としては、共和国を擁護する方法はひとつしか知らない。たったひとつの方法、それは、共和国を愛される存在にすることによって、共和国が擁護される必要のないようにすることである。[65]」この言葉遣いは、たしかに、フロールの言葉遣いほど十分に均衡のとれたものではなかった。「ユダヤ人を愛することなく擁護してくださったことに御礼申し上げます。人が彼らを擁護する必要がなくとも彼らを愛する日が来ることを、共に願いましょう。[66]」それでも、この言葉遣いは、その辛辣さが核心をついていることを暗示し、ブリュヌチエールがその生涯の終わりに、コンブ主義下の共和派カトリック教徒の運命を一八九八年の反ユダヤ主義運動下のユダヤ人の状況と同一視したはずであることを認めるものとなっている。それはまた、ペギーがその記憶を弁護していることも説明する。興味深いことに、ペギーによるブリュヌチエールとベルナール・ラザールの肖像は、いくらか互いに似ているのである。ペギーはふたりについてそれぞれ一冊の書物を書き始めたが、完成に至ることはなかった。ペギーは何よりも彼らの「誠実さ」、「神秘」への彼らの忠誠を称えている――たとえ両者の立場が反対であっても、神秘においては例外的に、互いに反対の者たちもひとつに交わるのだ。[67]それはあたかも、ブリュヌチエールが、その死後、ペギーの記憶のなかで、少し前のベルナール・ラザールのまだ早すぎる死の恩恵を受けた結果、意識の自由を擁護する彼らの最後の弁論が、唯一の悲劇的な遺言書へとまとめあげられているかのようである。[68]

修道院のユダヤ女

一九〇三年と一九〇四年のフロール・サンジェの手紙にはその他にもさまざまな気遣いが見て取れる。彼女の朗読役だったエステル・ベニスティは、エステル・ド・スュズという立派な筆名と『女教師』というタイトルのもとで、フロールの形容によれば、一篇の「観念小説」を出版する。[69] フロールはブリュヌチエールにその小説についての短評を「貴重な黄色い表紙」の『ルヴュ・デ・ドゥー・モンド』誌にぜひ掲載してやってほしいと促した。[70] 彼女は「『女教師』というタイトルだけでも、本当に昨今のアクチュアリティにぴったりのものだと思われます」と記して、友人の好奇心を刺激し、友人は進んでそれに従った。一年後、フロールは再び彼に、アカデミー・フランセーズにも掛け合ってほしいと依頼している。

> 私の若い朗読役のエステル・ド・スュズのことなのですが、彼女は去年出版した最新作『女教師』でモンティヨン賞《プリ》を取れればと希望しています。この小説はあなたのご尽力で『ルヴュ』の表紙に名前が載り、称賛の数行を獲得しました。その著者が、なんと九人姉弟《きょうだい》！の一番上の姉で、財産もないということを付け加えるならば、この点の考慮は価値《プリ》あることではないでしょうか。駄洒落は別ですけど。[71]

フロール・サンジェのアカデミー・フランセーズとの関係は疎遠になっていて、会員候補の選出がもはや彼女の邸宅で行われることがなくなってすでに久しかったが、彼女は賞の選考委員会にいるメジエールとの友情をまだ当てにすることができた。また総会においては、歴史家アルベール・ヴァンダル（一八五三―一九一〇）、リュドヴィク・アレヴィ、そして将来の共和国大統領ポール・デシャネルの支持を期待することができた。フロールの手腕を示す証拠として、エステル・ド・スュズはモンティヨン賞を獲得するだろう。(72)

ところで、エステル・ド・スュズには、ドレフュス事件真っ盛りの一八九九年に出版されたもうひとつの小説がある。そのタイトル『修道院のユダヤ女の日記』(73)はシャルリュスにもプルーストにも気に入られていたかもしれない。ブリュヌチエールはその作品をおそらく読まなかったが、フロール・サンジェがそれを――たぶん、エステル・ド・スュズ自身によって――朗読してもらったことは確実である。この小説はフロールに、自分の叔父たち〔アルフォンスとテオドールのラティスボンヌ兄弟〕とその元同宗者たちとの間の悶着を思い起こさせたにちがいない。元同宗者たちは、フロールの叔父たちが、子どもや思春期の娘を、その親や親戚の思いに反して、とりわけ、彼らの宣教活動に対して大人よりも弱い存在だった貧しい娘や孤児の少女たちをノートル＝ダム・ド・シオン修道会の館に受け入れて、無理やり改宗させたとして非難したのだった。一八四五年、『アルシーヴ・イスラエリット』誌によって惹き起こされたテオドール・ラティスボンヌに対する反対運動は、まだひとつの兆候に過ぎなかった。というのも、ラティスボンヌ神父は第二帝政期の司直ともひと悶着起こしたからである。一八六一年、ふたつの深刻な、そしてかなり突飛なスキャンダルが巻き起こった。ちょうど第二帝政のカトリック教会政策の転換と軌を一にして起きたこのふたつのスキャンダルは、有名な訴訟事件であると同時に国家的な事件となり、教皇至上論の反動と共に、テオドール・ラティスボンヌを決定的なかたちで危険に晒すこととなった。(74)自由主義の新聞諸紙は、あのモルタラ事件を苦々しく彷彿とさせるこれらの軽罪三面記事の事件を得々と報告した。モルタラ事件はすでに、フランス軍が教皇の一時的な権力を助けるためローマを占拠していた一八五八年、ナポレオン三世とピウス九世の関係を緊張させたことがあった。(75)

第一のスキャンダルは、二二歳の若いユダヤ人女性アンナ・ブリュトが一八四七年にカトリックに改宗したことがそもそもの始まりだった。アンナは、最近になってフランスにやってきたドイツ系ユダヤ移民の娘で、テオドール・ラティスボンヌは彼女に、マリア・シオナというきわめて象徴的な名前を授けていた。その後、ラティスボンヌ神父はアンナの父親と妹のミンシェンにも洗礼を施したが、母親のブリュット夫人は神父の勧めに抵抗していた。父親のブリュットはまず、自分の下の息子ふたり、ルイとイザドールをカトリックの学校に入れ、下の三人の娘たち、ルイーズ、ソフィー、エリザベトをノートル゠ダム・ド・シオンに入れた。数年後の一八五四年、カンブレーの女教師だったアンナは、司教座聖堂参事会員マレ神父の愛人となっていた。マレ神父は一家の恩人だった。神父はアンナの一番上の兄弟であるアドルフをも改宗させ、ドゥエのカトリック学校の語学教師のポストを世話した。また、司教を通じて、ミンシェンのために裁縫材料を商う店を購入してやった。すべては順調だった――ブリュット夫人の反対にもかかわらず、カトリック教会がブリュット一家の面倒をみていたわけである――が、それは、一八五五年、父親ブリュットと息子アドルフがアンナとマレ神父の関係に気づいて、再び棄教し、父祖伝来の宗教へと戻った日に終わった。ふたりは続いて自分の子どもたち、兄弟姉妹にも〔カトリックを棄教してユダヤ教に回帰することを〕呼び掛けた。しかし、四年以上もの間、アンナの下の三人姉妹の行方がわからないままだった。彼女たちはマレ神父の謀略によって、フランス、ベルギー、英国それぞれのサント゠ユニオン修道院に幽閉されていたのである。マレ神父は剃髪の上にかつらを被って変装し、三人の若い娘たちを秘密裏に修道院から修道院へと連れ回していた。しかも彼は、彼女らの姉であるアンナに対してそうしたのと同様の不適切な振る舞いを、彼女たちにもしていたらしいのである。事件は一八六〇年四月、一番下の娘エリザベトが修道院を遍歴させられたことにすっかり動揺して正気を失い、サント゠ユニオンの修道女たちの手で精神病院に入れられるはめになったとき、大団円に近づいた。エリザベトの入院によって、司直と両親は、彼女の辿った跡を知ることができた。公教育および宗教担当大臣ギュスターヴ・ルーランは、皇帝と歩調を合わせ、この時点で事件に介入した。「ローマ問題」が世論を騒がせ、教皇の至上権を揺るがすイタリア統一に好意的となっていた皇帝の政策に反対すべく聖職者たちが立ち上がっていたまさにそのとき、この物語は不穏な広がりを帯びたのである。

政教条約《コンコルダート》〔国家は教会の活動を認めるが、制限を設け、あくまで教会を国家の統制下に置くことが骨子〕を重んじるフランス教会独立主義者であったルーランは、一八六〇年以来、教皇権至上主義の進展と修道会活動の行き過ぎを抑え込むことに専念していた。この種の三面記事的な破廉恥事件はそれまで、司教たちからは最大限の箝口令でもって取り扱われ、裁判沙汰になることもなかったが、ブリュト事件は担当大臣に、聖職者の構成員による破廉恥極まりない行為を白日のもとに曝け出す格好のチャンスを与えた。マレ神父は未成年者誘拐容疑で訴追され、共謀を疑われたテオドール・ラティスボンヌは一八六一年三月、ノール県の重罪裁判所に証人として出廷を命じられた。アドルフ・ブリュトは新聞で、若い妹たちを監禁し、精神的な束縛を及ぼしたあと、親族の了解もないまま、彼女たちに洗礼を施したとしてラティスボンヌ神父を非難した。アンナ・ブリュト、別名マリア・シオナは、流産のあと、彼女もまた発狂し、二度と正気を取り戻すことがなかったと言われている。マレ神父は禁固六年の刑――上告審のあとソンム県の重罪裁判所によって禁固五年に減刑――で済んだ。この普通犯訴訟は修道院の活動が今後さらに制限されることを予告していた。それは一八四九年からオルレアン大司教を務め、自由主義カトリックの頭目だったデュパンルー猊下の激しい抗議を惹き起こした。[76]ドゥエにあったサント＝ユニオン女子修道院の院長棟は閉鎖され、ルーランは政令によりこの修道院の活動許可を取り消した。ノートル＝ダム・ド・シオンは一八五六年に獲得していた許可の取り消しをぎりぎりのところで免れたが、裁判所への出頭や行き過ぎた宣教に対する批判キャンペーンによって辱しめを受け、苦い思いを味わったテオドール・ラティスボンヌは、ユダヤ人を猛烈に恨み始めた。彼によれば、ユダヤ人は彼の伝道活動の成功を理由に彼を迫害し、ブリュト事件が反教権主義運動に利用された背景にはユダヤ人の陰険な影響力が見て取れるというのだった。彼はこう判断していた。「極端な悪意がこの事件を導いたのです。私たちの進歩主義の社会を牛耳っているのはユダヤ人であるのと同様、彼らはカトリック教会の顔に泥を塗る機会をも掴んだのです。[77]」

第二のスキャンダルは、〔ブリュト事件の〕すぐあと、リオン〔クレルモン＝フェラン北郊の町〕で起こった。[78]一八四三年に行商人メイエ・リンネヴィールとヴァン・ヴィーンという名のその連れ合い――ふたりともオランダ出身――の娘として生まれた赤貧の子エリザベト・リンネヴィール[79]は、里子に出され、その後棄てられた。クレルモン＝フェランのユダヤ人共同体に引き取られた彼女は、ユダヤ人の商人の養女となり、ユダヤの姓と名を与えられ、サラ・エストネールと名のった。里親の死後、一八六〇年、それまでも接触は続いていた実の両親は、彼女を引き取りたい彼女を引き取りたいと希望した。しかし、エストネール家の遺言執行人であったリオンの執達吏コラスはカトリック教徒で、一八六〇年五月、彼女をカトリックに改宗させるために、自分の妻と敬虔な加担者の助けを得て、リオンのカルメル会の修道女たちのところに、それからボン＝スクール修道会のシスターたちのところに、それからミゼリコルド修道会のシスターたちのところに、そして最後の五カ月間は、コルベイユに近いグラン＝ブールにあるシオン系の宿舎学校サント＝マチルドに、彼女の身を隠させたのである。一八六一年三月、マレ神父の裁判に恐れをなしたラティスボンヌ神父は、彼女を、パリのサクレ＝クール修道院のシスターたちのところへ送り、彼女はそこからル・ピュイにあるボン＝パストゥール修道院のシスターたちのところへ赴き、そしてようやくオーセールに辿り着く。変装と隠れ場所を次々に変える大冒険の果てに、一八六一年六月、彼女はオーセールにいた父親のもとに返されたのである。この事件は裁判となった。父親のリンネヴィールはオランダで最初の妻と離婚していなかったため、娘の母親だけが損害賠償請求人となることができた。そして、原告の弁護人が呼んだ言い方によれば「ラティスボンヌ氏の改宗の館[80]」が長期にわたる予審と厳しい取り調べの対象となった。修道女たちは自分たちの言い分として、娘自身が洗礼への熱烈な希望を表明したことを引き合いに出した。また一八六一年一一月、ピュイ＝ド＝ドーム県重罪裁判所で行われた、未成年者誘拐の容疑での執達吏と、その妻と、ふたりの加担者の裁判で、テオドールは再び証人として聴取を受けた。「これはブリュト事件のマレ神父裁判の第二章である」と、ルーランは皇帝への報告書のなかに記している[81]。テオドールは刑を免れた一方、被疑者たちは、娘の両親に結婚の事実がなかったことを理由に無罪放免となり、娘の母親はそれでも三〇〇〇フランの損害賠償と利子分を受け取った。しかし、このふたつの事件は、ラティスボンヌ神父の宣教活動にブレーキをかけ、彼のここ数年来の反ユダヤ主義を昂進させる結果となった。リオンの裁判の前に彼はこう書いている。「正義と真理だけが問題化されたのならば、我々は何も恐れることなどないでしょう。しかし、背後にはユダヤ人の影があり、彼らの金があります。政治的な情念と悪しき新聞があるのです。」[82] ノートル＝ダム・ド・シオンとユダヤ人共同体の関係はひどいものとなった。世界イスラエリット連盟は、このうえない貧窮に喘ぐユダヤ人家庭の子どもたちのために、競合する学校を開設し、〔ユダヤ人の子どもたちをカトリックに〕改宗させる運動はやがて廃れていく。正統王朝派〔ブルボン家支持派〕貴族と結びつきがあり、ヴイヨに近かったラティスボンヌ神父が、教皇権至上主義の反動カトリックとして決定的なレッテルを貼られたまさにそのとき、姪のフロールのサロンは自由主義の帝国の有力者たちが集まる場所として勢いを増していた。[83]

ところで、『修道院のユダヤ女の日記』は僅かな部分を除き、ブリュト事件およびリンネヴィール事件と同じように話が始まる。この小さな書物はふたつの事件をフィクションのかたちにほぼ転置しているのである。奇蹟的なことに、この本は一八八六年以降、ブリュヌチエールとフロール・サンジェの交わした文通全体の中心にある問題、彼らの辿ってきた個人的な道のりの意義を問う問題に触れている。それは、ドレフュス事件の前と後の、ユダイズムとカトリシズムと国家の関係という問題である。エステル・ド・スュズは典型的な筋立てを想像した。つまり、ひとりの貧しいユダヤ人女性が修道院に幽閉され、そこで洗礼を受け入れるようにと修道女たちから執拗な催促を受ける。この小説もまた、カトリック典礼と特にマリア信仰が、一定数のユダヤ人たち——自分たちの宗教の典礼に満足していないユダヤ人たち——に対して、ラティスボンヌ兄弟の棄教のあとも長い間、影響を及ぼしてきたその魅惑の例を語っている。しかし、その魅惑の力は断ち切られる。それは、ちょうどこの物語が誇り高く証言するように、今後は過去のものとなる。「ああ！　花と、香と、無垢に震えるホスチヤと、木の十字架上で〈磔刑に処せられた主〉の痙攣のあのポエジーときたら、そのすべてはなんと私を陶酔させたことでしょう[84]……！」冒頭からそのように叫ぶヒロインは、カトリックの美学に対する情熱からすっかり醒め切っている。

したがって、物語は、ひとりの若いユダヤ人女性の物語である。彼女は、最後まで、カトリシズムの魅惑に抵抗する。その魅惑は、次々と——悪魔的に——美しく聖なる女性によって、そして、美しく純粋な若い男性によって具現され、彼らはしきりに彼女を改宗させようとする。二〇歳のユダヤ人孤児であるリア・ランデルスは美しく聡明な女性である。リアは修道女たちによって育てられ、修道院の規律のなかで幼いときから幸福だった。彼女は、ユダヤ人を解放したフランスを愛し、フランスに同化しようと熱烈に願っているが、それまで洗礼を受けることは拒否してきた。それは両親への忠誠、とりわけ母親への忠誠によるものだった。母親は生前、リアに、祖国フランスを称賛すると同時に、みずからの宗教に背いてはいけないことを説いていたのである。「私の言うことをよく覚えておくのだよ、娘よ。フランスを、お前の義務を、お前の宗教を熱烈に愛するのです。[85]」修道女たちはといえば、一九世紀で普通に見られた反ユダヤ主義の紋切型に従って、唯一キリストだけが偉大にして美しいものを教え導くことができること、ユダヤ芸術は存在しないこと、「未だかつてユダヤ人が詩人、彫刻家、画家、音楽家、結局、偉人であったことはないこと[86]」を、繰り返しリアに吹き込むのだった。ドリュモンからセリーヌまで、ユダヤ人の「創造の無能」は常に、アーリア人の優越を確立するための決定的な論拠として役立ってきた。ドリュモンは「フランスの大作家であるユダヤ人の名前を挙げることはできないだろう[87]」と決めつけていた。リアはそのため、美への愛と家族への愛の間で心をふたつに引き裂かれるが、ある日、人を魅了する崇高な詩句と出会って感嘆する。

私は礼拝堂にいて、『黄金の箔』〔カトリックの定期刊行物〕のある巻のなかで、マニュエルと署名された韻文詩の一節を読んでいた。

群集のなかで、密やかに、
神はときおり新たな魂を掴む[88]……

神に選ばれ、神に鍛えられた魂のこの称賛すべきドラマの著者をリアは知らなかったが、「巻き毛をなびかせ、炎のように熱い唇をもつ、熱烈な修道士の姿」を想像し、涙の出るほど羨望したが、やがて、どのような経緯であったか、彼女はその作者の秘密を嗅ぎつけた。「その晩、マニュエルがユダヤ人の作家であり、貧しい者たちを世話するために力を尽くした医者の息子であると知ったとき……私が感じたのは常軌を逸した熱狂だった[89]！」興味深い偶然の一致であるが、カトリシズムの誘惑からリア・ランデルスを救った、この神のようなヒーローこそ、一八九三年のアカデミー・フランセーズ会員選挙でゾラと並んでブリュヌチエールの古くからのライバルであり、ルイ・ラティスボンヌとアルフレッド・メジエールの友人であり、世界イスラエリット連盟の創始者であった人物、すなわち、あのウジェーヌ・マニュエルその人に他ならなかった。公教育省の視学官まで務めあげたマニュエルの詩は第一次世界大戦に至るまで、非宗教の公立学校においてのみならず、すべての子どもたちに暗唱されたものだった。というのも、『黄金の箔』は伝統主義的な出版物であったため、マニュエルは仲間うちの者と見なされていたからである[90]。この場合、リア・ランデルスの恍惚は、とりわけ一九世紀末のユダヤ出身の若者たちに提示された、ユダヤ人であると同時にフランス人である、民族的な成功の典型としてマニュエルが演じた役割について、示唆を与えるものである。

しかし、この若い女を庇護し、若い女に崇敬された修道女マザー・アニェスは、彼女を改宗させることに成功することなく死去する。彼女は夏の終わりが来る前にキリスト教徒になるか、それとも修道院を去るか、選択を迫られる。彼女は世間に追い出されることになると脅される。その世間で彼女は、教師となる以外に選択肢がない。カトリック教徒になるか、それとも教師になるか、カトリック教会に仕えるか、それとも国家に仕えるか、それは一八九九年の解放された若いユダヤ人女性に与えられたジレンマに他ならず、これはまた、この小説の著者エステル・ド・スュズのもうひとつの職業と彼女の三作目にして最後となった小説の主題を説明するものとなっている。しかし、マザー・アニェスの姉で、地方の古い貴族の出であったモンタニャン公爵夫人は、その若いユダヤ人女性にぜひ会ってみたいと思い、自身の城館に彼女を招き入れる。若い娘はそこで、未亡人となっていた公爵夫人のふたりの子どもと知り合う。背の高いブロンドの若者リシャールと、やはりブロンドの美しい娘アリスである。リシャールは、家系を絶やすことになってしまうと母親が絶望しているにもかかわらず、司祭になることを心に決めている。またアリスについては、その従兄に当たるオリヴィエ・ド・スイユと結婚させたいと母親は思っていたが、アリス自身は、兄リシャールの親友で、画家にして弁護士であり、卓越した才気と気品があって裕福な美男子であり、しかもユダヤ人で自由思想家であるエマニュエル・ダヤンを密かに慕っていた。ユダイズム、カトリシズム、貴族、異教徒間結婚《マリアージュ・ミクスト》――これらが、おおよその筋立てが容易に想像されるこのドラマの構成要素となっている。司祭を目指していたリシャールはすぐに孤児リアに夢中になり、自分の職を投げうってでもこのユダヤ人女性と結婚したいと思う。リシャールはその叔母マザー・アニェスと同じく魅力的な人物だった。リアは騎士道的な恋愛の高貴な夢を相手に葛藤する。ふたつの宗教の闘いは叙事詩を思わせるような波乱に満ちたものとなる。やがて若き公爵はリアを改宗させてカトリックの祭壇に導こうとする。彼がその企てに成功しかけたまさにそのとき、彼女はそれがひとつのはかりごとであることを理解する。息子が人を改宗させる欲望には向かず、神学校も放棄することになるだろうと想像した公爵夫人は、たとえユダヤ女との不釣り合いな結婚という犠牲を払ってでも、みずからの血筋を絶やさないため、ふたりの出会いを仕組んだのだった。それ以降、リアは美しい結婚話の誘惑に抗い、リシャールと自分との組み合わせを英雄的に拒絶する。八月一五日、聖母被昇天《アソンプション》の祭日は、しかるべくして、この小説の頂点となる。それは悲劇的な決意のときとなる。そしてすべては太古からの秩序のうちに収まるだろう。リアはエマニュエル・ダヤンと出会い、その瞬間、雷の一撃《ひとめぼれ》が発生する。「彼が私を欲するのはイエス・キリストのためではない、この人は[91]！」彼女は勝ち誇ってそう叫ぶ。公爵はもはや、自己放棄と先祖返りの貴族性の身振りによって、一番の親友に彼女を譲ることしかできなかった。

ふたつの異教徒間結婚は、こうして、ぎりぎりのところで回避される。ふたりの同宗者同士、リアとエマニュエル、そしてアリスとオリヴィエの結婚が成り、リシャールは世紀の試練を勝利でもって通過し、晴れて司祭となる。これは甘ったるい凡庸な小説、フロールが言う「観念小説」に過ぎないが、その主題はアクチュアルにして深刻である。それまでに成し遂げてきた完璧な同化にもかかわらず、ヒロインは父祖代々の宗教を棄てることを要求する貴族との結婚を拒否する。初めから終わりまでセンチメンタルなこの凡作は、一九〇〇年の若い解放ユダヤ人女性にとっての改宗と異教徒間結婚という本質的な問題を提起しながら、小説の大団円がそのふたつの問題を省いている点に重要な意味があることは確かである。ユダイズムは、まず自由主義《リベラル》的な意味において、宗教的な確信をもたらすことのないまま、カトリシズムの威信と陥穽に対して勝利している。というのもリアは「ずいぶん前に私は、生まれついた宗教に特有のこまごまとした実践を放棄した[92]」と言っているからである。かつてのアルフォンス・ラティスボンヌの場合に劣らず、彼女もまた、そうしたものに矜持もなければ、それらを遵守することもない。しかし、それだけでは足りず、ドレフュス事件の衝撃とユダヤ民族主義の昂揚を見たその年一八九九年のこの小説の大団円は、さらにそのはるか先へと進んでいる。エマニュエル・ダヤンは、婚約者リアを母親に紹介しながら、次のような教訓的な口上を述べるのだ。

> あなたは私にイスラエルの大義のためにも熱烈であれと望んでおられましたが、私のほうは人類という一般的な大義のために熱狂しておりました［……］。しかし今や、お母さん、私はこう考えたのです。ユダヤ人は、その人種を口実に、その宗教ゆえに攻撃されている――ユダヤ人の大義に無関心な思想はいずれもユダヤの教えからの離脱と見なされるだろう［……］、と。私はみずから自由思想家たることを確信しています。

私は自分の思想の広大さを心のなかに保持してまいります。しかし、今やこの私は、人びとに追い詰められているあのイスラエル人の息子へと、白日のもと正々堂々と再び戻ってまいる所存です[93]……。

組織的な反ユダヤ主義の高まりを前に、ベルナール・ラザールが喝破していたように[94]、完全な同化は、もはや解決策でないばかりか、シオニストたちによって現代の反ユダヤ主義の原因として自覚されるようにさえなっていた。民族を肯定することが前面に押し出されたことで[95]、自由思想そのものがもはや心内留保の形でしか考えられないものとなっていたのである。一九世紀の同化と同じく、マラーノ主義〔キリスト教への改宗を拒否し、あくまでもユダヤ教徒でありつづけようとするスペイン・ポルトガル系ユダヤ人に多く見られたユダイズム〕の原理を厳として転覆することによって、父祖代々の戒律を都市生活のなかで実践することのないまま心のなかに密かに保持するのではなく、まったく逆に、エマニュエルとリアはユダイズムの教えを、それを本当には信じることなく、これ見よがしに遵守するだろう。最終的に、改宗はたしかに生起した。しかしそれは、洗礼を通過することで解放が達成されたラティスボンヌ兄弟の時代のようにカトリシズムへと向かう改宗ではもはやなかった。それは、〔ユダヤ民族への〕回帰運動を利用した、ユダイズム、イスラエル、共同体の連帯あるいはさらにシオニズムそのものへと向かう改宗なのであった。『修道院のユダヤ女』はその物語の平板さと月並みさにもかかわらず、融合にまで推し進められていた同化の魅惑から解放されることを、ドレフュス事件への反動として描いた作品なのである。そして、ヴァルデック＝ルソーとコンブの政策が、伝統的なとは言わないまでも、少なくとも確信をもったカトリック教徒たちがそれ以後、フランスでは少数派になることを確かなものにしたのであった。改宗がもはやまったく今日的な問題でなくなったのは、同化するためにカトリックのフランスをよりどころにすることが時宜を得ないものになったからでもあったのである。

知られざる傑作

他方――しかし、ふたりの関心はおそらくつながっており（つまりエステル・ド・スュズの示した範例はその効果をあげたのである）、個人的にエステル・ド・スュズに口述筆記をしたと思われる同じ手紙のなかに、そのことはいずれにせよ見てとれるのだが――フロールもまたものを書くことに着手し、一九〇四年二月にはブリュヌチエールに自作小説の原稿を送っているのである。

これは、去年の夏、田舎に滞在していた折、楽しみながら書いてみた、ちょっとした小説です。主題もなければ、一般的な思想のかけらもないものです。それはあなたが見事な采配で指導しておられる雑誌に載せるにはふさわしくないものと感じます。しかし、できることなら知りたいと思うのは、友よ、あなたがこのわずかばかりの無害な頁についてどのように思われるか、それが果たして開く扉に出くわす可能性のあるものかどうかということなのです。［……］とりわけ、おお、親愛なる友よ、これはまったく単純に言って駄目なしろものであると恐れず私におっしゃってください。(96)

半世紀以上もの間、あらゆる種類の文士たちと付き合ってきたあとで、今度はフロール・サンジェ自身が、「生身の自分の文章が印刷されるのを見てみたい」、そしてとりわけ身分を隠して発表してみたいという欲望を抱いたのである。ここに見られる謙遜の表現――「ちょっとした小説」、「無害な頁」、「主題もなければ、一般的な思想のかけらもない」、「雑誌にふさわしくない」――は逆に、フロールがみずからの身振りに与えている重要性を物語っており、自分の書いた小説についてブリュヌチエールがどのような評決を下すか一刻も早く知りたいという本音を明かすものであろう。しかし、彼女はすぐにその決心を翻し、数日後には、原稿の封を開けずに、そのまま送り返してほしいと願い出ている。

今や、たとえあなたを驚かせることになりましょうとも、あの原稿は私にお返しください、あるいはそのまま封を開けずにお戻し願います！　あのように貧しくちっぽけなしろものをあなたのお目に晒してしまうとは……とんでもないことです！　いまだに自分のしたことが信じられません！……

もしこの新たな激しい願いをお読みになったら、あなたはきっと微笑しながら「女とはよく心変わりをするものだ！」とお思いになられるにちがいありません。そう思われるほうがましです！　私もまだいくらか女であるという証拠を持てるからには、はるかにそちらのほうがましです……。

親愛なる友よ、ありのままの私を引き続き友として愛してくださいますように……。(97)

フロールはいつになく品を作り、媚を売っているように見える。その気まぐれな言動は不可解であるが、態度の豹変は遅すぎた。ブリュヌチエールは送られてきた原稿の封をすでに開け、彼女に自分の意見を伝えていた。それはたぶん厳しい意見だったはずであり、それを彼女は潔く受け入れたようである。

それでは、私の使いの者に例の原稿をお預けくださいますよう、よろしくお願いいたします！　私の原稿のことであなたにご面倒をおかけしなかったことを願っております——それに、あなたのお気に召さなかったのも至極当然と思われるあの結末を変更してみようと思っております！［主人公を］殺してしまうのは容易です。小説などまったく書かないほうが、もっと容易かもしれませんがね……。(98)

小説のヒロイン——もちろん、ある女主人公がここで話題になっている以上、そう思われる——は、殺されるのか、それとも自殺するのか、とにかく死んでしまうようであり、ブリュヌチエールは、そうしたメロドラマ風の終わり方が、一〇年前、エドモン・ド・ゴンクールが彼を巻き込んで書いた凄惨な新聞連載小説を彼に思い出させたかどうかはわからないが、とにかく好まなかった。フロールはというと、小説を書いてみることが正しいのかどうか、まだよくわからなかった。

エステル・ド・スュズのモンティヨン賞獲得に一肌脱いでくれた件でブリュヌチエールに礼を述べている手紙のなかでも、フロールは自分の物語に与えた新たな結末について、こう知らせている。「私のちょっとした小説の結末を変えてみました。彼女、私のジャンヌはもう死んだりはしません！　しかし、彼女は抽斗の奥で退屈のあまり死にそうだとしたらとても残念なことですが。どうやら彼女はもうそこから外に出てこないと決め込んだようです……。」[99] 残念ながら、私たちはそれ以上のことを知ることはできないだろう。この興味深いエピソードのあと、小説は永遠に「抽斗の奥」にとどまってしまうのである。フロールがこの小説の話をすることはもはやない。彼女の息子は重い病気にかかっていた。それはおそらく、一九〇六年にメジエールが彼女の家で目にした「内面の哀しみ」のひとつであっただろう。[100] ブリュヌチエールに宛てた最後の頃の手紙のひとつでフロールは、いつもの論争的な姿勢を放棄することはせず、一九〇五年の相手の論文「政教分離が可決されるとき……」——その結論を彼女は、「フランスはキリスト教国のままなのか、それとも違うのか」という「見事な問い」の形で慧眼をもって要約している——について議論をする場合でも、調子はもはやかつてのような快活なものではまったくなかった。それは率直に言って憂鬱に満ちたものでさえあった。彼女の息子はもはや微笑むことができなかった。ブリュヌチエール自身もまた苦痛に喘いでいた。

親愛なる友よ、私の憐れな息子がその犠牲となった事故について、あなたが関心を示してくださったと聞き、感謝申し上げる次第です！　私がどれほど苦しんだか、お察しのとおりです！　あの可哀そうな息子にはまだ神経の衝撃が残っていて、私どもは今、全力でそれと闘っています！　しかし現在までのところ、喜びを表すために作られているはずのあの顔に微笑みをうかがっても、笑みが浮かぶことはありません……。あなたとお話をすることができればと存じますが……。そうすれば私も心安らぎますのに！　あなたをとても愛している私としましては、あなたにまったくお会いできないというのは本当に苦しいことです！　あなたの文章を読むのはありがたいことですが、しかし、すぐそばに、ほんのわずかの時間でも、私の部屋のごく親しい雰囲気のなかで、あなたをそこにお迎えできることのほうがはるかにありがたいことでありましょう！　すでにかくも短い人生のなかで、愛する人びとにほとんど会うことがかなわないとは！

あなたの
フロール[101]

老女は悲嘆と深刻な気分に襲われているようであり、それはもはや彼女を離れることはないだろう。

一九〇四年にフロール・サンジェがブリュヌチエールに読ませた小説の内容がどのようなものだったか、私たちにはわからない。彼女のジャンヌにいったい何が起こったのか、最後に彼女は死ぬのか、それとも死なないのか。ジャンヌは死ぬ、あるいはジャンヌは死なないという、この与件だけから小説を再構成するのは困難である。ブリュヌチエールがフロールに宛てた――その一通一通が、彼女が自分の「アーカイヴ」[102]と呼んだ宝箱のなかに積み重なっていった――手紙が、今日どこにあるのか、その所在はわからない。確実に想像できるのは、ある感情の波乱万丈の物語であり、愛の悲しみで死ぬほど苦しむジャンヌの姿であろう。

アルフォンス・ラティスボンヌがローマで自分の眼前に聖母マリアが出現したあと放棄しなければならなかっ

た婚約者がフロールその人であったということを、おそらくブリュヌチエールはけっして知ることがなかったにちがいない。あらゆる報告がこの婚約者について語りはしたが、それは、婚約者の存在がアルフォンスの改宗をよりいっそうありそうもないものに、したがって奇蹟をよりいっそう真実らしいものにするからであった。奇蹟を承認するために、一八四二年のカトリック教会による予備調査の過程で婚約者の存在は当然ながら問題となった。しかし、カトリックの世界でその当時いっとき知られたその名前は、さまざまな物語のなかで引かれることはなかったため、やがて忘却されることになったのである。ラティスボンヌ兄弟のいかなる伝記や聖人伝も、ごく最近のものを除けば、その点には触れていない。フロールの家族が、芳しくない評判から彼女を守ろうとしたことは確かであろう。しかしながら、ユダイズムとカトリシズムに対するフロールの態度が、この事件によって永遠に印づけられたということは疑いのないことである。第二帝政や第三共和政期に彼女のサロンの常連だった人びとは、おそらくこの細部については知らなかったはずである。そのうちのひとり、ジャック゠エミール・ブランシュも知らなかっただろう。彼は、シメー館の描写を次のように始めていた。「イスラエリットのラティスボンヌ兄弟ふたりの喧しい改宗騒ぎが、パリの社交界に深い影響を生み出していた。ラティスボンヌ兄弟の姪の文学的かつ政治的なサロンは［……］アカデミー・フランセーズ会員の候補者に支配的な作用を及ぼしていた。」[103] ふたつの命題の間をつなぐひとつの関係が不足しているため、この並列は突飛に見える。叔父たちの改宗は姪のサロンにおまけの楽しみを与えたのだろうか。もし、彼女が叔父の婚約者であったということを皆が知っていたら、いったいどうなっていたことだろう。フロールが一九〇三年に執筆を企てた小説は、おそらくこの暗い点に光を当てるものだったはずである。しかし、欠けた一冊の書物というのは常にある話であり、いかなる探究も、ひとつの欠落に躓き、夢見られたひとつの資料、存在しない資料、謎を解決するであろう資料、その不在に躓くのである。みずからの物語を、エステル・ド・スュズに――それはほぼ確実であろう――口述筆記させたとき、フロール・サンジェは八〇歳だった。彼女はそのあと第一次世界大戦まで生きるだろう。彼女は王政復古を、七月王政を、第二共和政を、第二帝政を、パリ・コミューンを、第三共和政を経験した。勝ち誇る同化の時期と二〇世紀の政治的反ユダヤ主義というその苦い結末を彼女は生きた。彼女の歴史は、解放からシオニズムの誕生にまで至るフランスのユダヤ人の歴史の縮図そのものである。

その歴史はしかし、ブリュヌチエールが一九〇六年に亡くなったときに終わるものではなかった。最後の新たな展開——それまでのものとまったく同じく奇妙な展開——が、さらに付け加えられることになる。まったくフロールにとって改宗者たちは常連客なのであった。彼女が信じなかった奇蹟は最後まで彼女にとりついて離れることがない。彼女は一九一二年一一月、一〇年前にエステル・ド・スュズが占めていた役どころに秘書兼朗読係としてマドレーヌ・セメールという女性を雇い、セメールはフロールの生涯の最後の三年間に仕えることになる。ところで、この教養ある女性は、カトリックの教育を受けたのちも無神論者にして唯物論者であり、〔教会での宗教的な結婚式を行わず〕役所で婚姻の手続きを踏み、息子には洗礼を受けさせず、その後、不倫をはたらいたために離婚させられた点において、これまで出てきた多くの女性たちと同じくロマネスクな人生遍歴を持つ熱狂的な女性であった。彼女は、数カ月前の一九一二年四月にイエスの姿を目にするという奇蹟を経験し、その結果、信仰の道に入る途上にあった。彼女の伝記作者——フロールの最後の秘書兼朗読係はひとつの人生物語として語られるに値する人物だった——は、無神論からカトリックへの改宗が実際に行われたときを、ちょうど彼女がフロールのもとで暮らしていた時期に重なる一九一四年初頭としており、さらに、彼女を改宗へと準備した幻視の体験を、はっきりと、アルフォンス・ラティスボンヌへの聖母マリアのあの有名な出現に比較していた。[104] この件についてフロールとその同伴者の女性との間に交わされた会話を私は想像する。ブリュヌチエールに対してそうであったのと同じく、彼女はやはり論争を仕掛けただろうか。それともすっかり飽き飽きした態度を示しただろうか。マドレーヌ・セメールの日記のおかげで、フロールが戦争の最初の年をどのように生きたかがわかるとともに、その最晩年の読書——とりわけ、彼女がブリュヌチエールをそれに比べたパスカルを読んだこと

——が知られている。一九一四年八月、ふたりの女性はヌフムーチエにいた。ひとたびドイツ軍がソンム川を越えてマルヌ川に接近するやいなや、八月二九日、彼女たちはパリに戻った。[105] ふたりはそれ以後パリを離れることはなく、その地で一九一五年一一月二八日、フロールは九一歳で亡くなった。「私の親愛なる奥様が日曜日の朝、安らかな最期を迎えられた。私の腕のなかで、と言ってよい。」マドレーヌ・セメールは日記にそう記している。[106] フロールは人生に別れを告げるときの心境を綴った手紙を彼女に託していた。「あなたがあらゆる人びとの父なる神を私に信じさせるまでには至らなかったとしても、私はその天使たちを信じています。あなたは務めを全うする神の僕《しもべ》であると同時に、慈愛の天使でした。[107]」フロールは、婚約者アルフォンス・ラティスボンヌ、ブリュヌチエール、そして最後の同伴者セメール[108]という、いずれ劣らぬ雄弁な使徒たちの一連の説得にも耐え抜いたあと、またしても気の利いたひと言によって、うまく切り抜けている。フロールはその最期の夜の間、セメールに一緒に〈我らが父よ〉を三度朗唱することを願ったという。「マドレーヌの模範的な行動は最後の瞬間に奇蹟を達成した。」マドレーヌ・セメールの伝記作者は厚かましくもそのように記している。[109] しかし、テルケム事件においてテオドール・ラティスボンヌの被った災難が、死の間際になって奪い取られるこの種の改宗には用心するようにと教えている以上、[110] その奇蹟を信じないことも許されるだろう。

アルフォンス・ラティスボンヌが彼女について嘆いていたように、ヴォルテール主義者であり、奇蹟や迷信の敵であったフロール・サンジェは、父たちの宗教に忠実だった。彼女の皮肉には深刻さが含まれていないわけではない。「子どもであると同時に百歳の老人であることができるということがおわかりでしょう！　しかもそれは、おそらく、百歳になっているからこそ、子どもに舞い戻ることもできたということなのです……。」小説を書いてしまったこと——彼女自身の実人生以上にロマネスクである可能性はほとんどなかったにちがいない、私たちの知らない物語を書いてしまったこと——を詫びるために、フロールはブリュヌチエールにそう告白した。[111]

しかし、いつも小さな少年のようにフロールから手ひどい扱いを受けていたのは、ブリュヌチエールのほうだった。フロールにとっても、エステル・ド・スュズのヒロインと同様に、カトリシズムは魅惑を失っていた。彼女はブリュヌチエールを相手に戯れ、彼をものともせずに、ブリュヌチエールの愛するボシュエの「洗礼を受けずに死んだ子どもたちの地獄堕ち」に関するおぞましい宣言を、著者の名前は出さずに引用しながら、さあ誰の言葉か当ててみなさいと謎々じみた罠を仕掛け、そのあとに次のような注釈を加えるのであった。

> 親愛なる友よ、このような言葉にあなたは好意を抱くでしょうか。いいえ、そんなはずはありません！　私は確信しております……。その言葉を書いたのは誰か、あなたはご存知でしょうか。ごく単純なこと、それはインノケンティウス一二世に宛てた手紙のなかでボシュエが使った言葉なのです。愚かな大衆が思っているほど、あなたはボシュエ主義者ではないのです！　それどころか、まったく確かなことに！　そう、あなたはパスカルの家族の一員なのです[112]！

フロールは間違ってはいなかった。ヴィクトル・バッシュは一八九九年に、ブリュヌチエールの生まれながらの「合理主義」は、同じくらい根深い「悲観主義」によって痛手を受けていたため、彼の思想はボシュエの積極的な信仰とパスカルの絶望の間で絶えず揺れ動き続けたと判断していた[113]。文通相手であるフロールの揶揄と友情に満ちた譴責《けんせき》の調子は、ますます絶望的になっていく依怙地さと共にひとつまたひとつと一敗地に塗れていくブリュヌチエールの心に気晴らしを与えるものだったはずである。なぜならフロールはユーモアの感覚をけっして失うことなく、文通相手のブリュヌチエールの荘厳な十字軍を鷹揚に扱ってくれたからである。最後まで彼女は彼をしかるべき位置に置き直した。あらゆる修道会による教育を廃止する一九〇四年七月の法案が可決されたあと、コンブは教皇庁《ヴァチカン》との外交関係を断絶し、一〇月には政教分離法案によって在俗の聖職者を攻撃した。それは非宗教性《ライシテ》と教権主義の間の闘争が最も緊張を見せた瞬間だった。ところで、フロールはその書簡をこんなふうに結んでいる。「カトリック教会が国家から引き離されるのは、まあいいでしょう！　でも、私が愛する人びとから引き離されるのは、甘受できません！」[114]あるいはまた、ブリュヌチエールの、見事だが込み入った、少々可笑しい能書[115]について、彼女はこんなふうに言っている。それはとりわけ、自分のユダヤの人格を控え目に想起させることによって、彼女が自分の宗教を完全に放棄したわけではないこと、あるいはそこに回帰したということを示している。「そう、あなたの文字は読み取るのが困難です。それはヘブライ語のようです。あなたのお手紙を開くとき、私は祈りの書を開くような気がします……。でも、神自身を読み解くのは容易なことでしょうか。」これは、フランス革命以来のユダヤ人の解放を再び問題視することはなかったが、共和国はユダヤ人にあまりにも開かれ過ぎていると判断し、反ユダヤ主義者たちに近づくことも躊躇しなかった、これらの礼儀正しい反ドレフュス主義者たちを、どのような調子で扱うべきであったかを示す言葉である。こうした友情とこうしたアイロニーがなかったら、彼らは確実にもっと悪い人間になっていただろう。フロール・サンジェがいなかったら、ブリュヌチエールはおそらくもっと自分の身を危険に晒していたことだろう。

結論

フェルディナン・ブリュヌチエール、ここに眠る
その全作品と共に(1)

一九〇四年、ソルボンヌにおいてブリュヌチエールが敗北した際の教授会の誰それの言葉を次々と報告しながら、この書物の内容について、大学の聴講者たちの前で講演を行ったある日、私は彼らの顔に驚きと一抹の恐怖の色が浮かぶのを目にした。百年後、自分たちの内緒話がかくも詳細に暴露されるかもしれず、自分たちの逃避や裏切りがかくも生々しく表沙汰になるかもしれないと心配になったのである。だが安心してほしい。大学の採用人事の選考委員会の議論が国立古文書館に送られることはもはやないし、私たちは手紙というものをもはやほとんど書かなくなっている。投票前に学部じゅうを揺るがすヒステリーの場は電話のほうに移された。世紀転換期の私たちの祖先――その存在がディシプリンと融合しているマンダリンたち、歴史によって真価を証明された知識人たち、あるいは女友達の尽力によって不名誉から救われた脛《すね》に傷を持つ文学者たち――について私たちが知ることのできるものに比べたら、私たち自身について同じ程度に知ることなどけっして誰もできないだろう。

この時期について研究をすることは刺激的であると同時に辛い仕事でもある。すべてが存在し、すべてが手の

届くところにある。膨大な量の書簡、豊かな史料、無数にある回想録、増殖する雑誌に過剰なほどの新聞。電話はまだ、あるいはほとんどないとしても、「気送速達《プチ・ブルー》」は大量に存在した。しかもこの小世界では人びとはまだかなり頻繁に手紙を書いた。それは歴史上、最も――過剰なまでに――資料を入手しやすい時期であることは確かである。その分、こまかい事柄のなかに迷い込み、残念な「伝記的幻想」の誘惑に負ける危険が常にある。ひしめきあい散乱する事実と絶えず格闘し、眼前に開けるすべての道を追いかけてみたい誘惑に絶えず抵抗しなければならない。一九一四年まで続いたこのアテネ的共和国において、パリの世界はごく小さなものだった。なんと多くの人間がフロール・サンジェのサロンを通過したことだろう！〈フランス祖国同盟〉に通じる道を歩いた人びとはしばしば多すぎるくらいである。この調査の途上で発見されたり再び見出されたりした人びとのうちの幾人かは、彼らを忘却の淵から引き出すモノグラフィー研究に十分値する人物たちであろう。たとえば、アドルフ・フランクやウジェーヌ・マニュエルがそうである。哲学者、詩人であったこのふたりは、七月王政、第二帝政、そして第三共和政を代表する模範的なユダヤ人であった。ロチルド男爵の息子たちのヘブライ語教師を務め、男爵の慈善活動の事務局長も務めたアルベール・コーンもそうである。あるいはまたアナトール・ルロワ＝ボーリウ、ジャーム・ダルメステテール、アルフレッド・メジエールといった、この書物の註を彩った教授、ジャーナリスト、政治家たちのうちのある者、またほかの者もそうである。各人は誰かの息子あるいは甥、義理の弟あるいは女婿であった。ただし、ブリュヌチエールだけは除外される。彼は最もエリートでない人間のひとりである。彼の伝説がそう望むような立志伝中の人《セルフ・メイド・マン》というわけでは必ずしもなかったが、絶縁関係にあった家族も、パリのエリートのサークルの外部にあった結婚も、彼の文学者としての経歴に貢献することはなかった。ブリュヌチエールは遺産相続者ではなかった。彼のイデオロギー的および政治的な彷徨を、また年齢を増すと共に強くなっていった彼の保守主義を――そして特にドレフュス事件期の彼の態度を――心理学や社会学によって説明しようとするならば、おそらくその方面を眺めてみる必要が出てくるだろう。ブリュヌチエールは一八七〇年代の

「知的プロレタリアート」であり[2]、大学入学資格者《バシュリエ》より上の資格を——大学がその身分の者たちを大量に生産し始める時期に当たって——持たず、これらの「国家資格」を有していない彼はひとたび地位に就くやそれを嘲弄するだろう。彼はサーモン色の表紙の雑誌の編集長にたったひとりで昇りつめた。いかなる党派にも属さなかった彼は、知識人たちのなかで、一成り上がり者としてとどまった。彼は臆病で「見かけは厳しいが、内面は優しい[3]」と言われた。こうした言葉はいずれも、彼の数多くの挑発的な言辞とその秩序愛を説明するが、同時に、もし彼がドレフュス派であったら、それとは反対のことを説明するだろう。

あえて名のろうとしない反ユダヤ主義なのか？

ブリュヌチエールは頑迷固陋で、喧嘩腰で、毒舌家だった。彼はあまりにも悪い性格の持ち主だったので、ほとんどあらゆる人びとと仲たがいして、そして死んでいった。わずかに幾人かの友人だけが彼に忠実だった。進化論や哲学や神学など、みずから手をつけた学問領域のほとんどにおいて独学者であった彼は、深い知識を持たなかったため、器用さに身を委ねるところがあった。彼は逆説ばかり追い求めていたので、理屈を通すことが下手だった。他と異なろうとする気遣いから、彼はしばしば孤立した。「人が私と意見を同じくするというのを私は好まない、とりわけ私自身が自分の意見に賛同できないときはそうである。[4]」「血気盛んな論客[5]」というあのエスプリのきいた言い回しはそのように要約することができただろう。後世の評価も穏やかなものではない。「彼はこの上なく厳密な方法によって馬鹿げたものへと到達することができたときに、本当の喜びを感じているようだった。[6]」実際、批評においても政治においても、彼が自縄自縛に陥った非常識な見解は数知れない！　当初はブリュヌチエールを「現代思想を最も言祝いだ人間のひとり[7]」と評価していたレオン・ドーデも、やがて彼を「根っからの阿呆」と見なすに至り、その『回想』のなかでブリュヌチエールを「嘲笑の的」のひとつとして扱っている。しかし、それはアクション・フランセーズが「緑服の枢機卿たち」が政教分離法に与したことを非難したあとのことであり、そうした形容には公平性を欠くところがある。モーラスはこの「キリスト教民主主義、すなわち最悪の政治的・社会的個人主義の寵児[9]」の行動をとりわけ有害なものと見なしていた。『ルヴュ・デ・ドゥー・モンド』誌のブリュヌチエールのふたりの子分、ドゥーミックとりわけブノワは、ブリュヌチエールの死後、アクション・フランセーズに接近していくことになる[10]。ブリュヌチエールが二〇世紀をさらに生き延びていたとしたら、どのような道筋を辿っていただろうか、それを予想するのは不可能である。しかし、彼のきわめて確固とした見解の数々——フランス、フランス革命、共和国、民主主義、自由平等、キリスト教、ユダヤ人、ドレフュス事件、反ユダヤ主義、政教分離、大学、アメリカに関する見解——は、モーラスの全体主義的ナショナリズムや反議会主義的新王政主義とは相容れないものであった。実際、一九三〇年代の極右の指導的思想家となる人びと——バレス、モーラス、ジョルジュ・ソレル、そして不本意ながらペギー——のうち、「偉大にして狂信的、不当にして誤謬のある誠実なるブリュヌチエール[11]」の晩年のテクストが、それらの誤解によるものも含めてもっともよく想起させるのは、『我らの青春』のペギーである。

一八九八年に彼がフランス社会の上層においてユダヤ人が占める均衡を欠いた位置について懸念を抱くことがあった——それは密かな反ユダヤ主義のぼんやりとした以上の幻影、ありうる症候ではあった——ということ、そしてそのことによって、反ユダヤ主義者たちの言い分を認めることがあったということは事実としても、ブリュヌチエールにおいては、古いキリスト教的反ユダヤ教主義も、ユダヤ資本への反資本主義的強迫観念も、科学的であると主張する新たな生物学的人種差別主義も、そしてあらゆる反ユダヤ感情に通底している「皮相な」ユダヤ嫌いも、疑いをかけられることはなかった。それどころか、ブリュヌチエールはユダヤ人への古くからの敵意を政治的なプログラムへと変えようとするこれらの現代的な反ユダヤ主義の諸々の動機を一貫して批判し続けた。しかし、ルナンに対する彼の過剰な敵意は疑念を惹き起こした。一九〇一年にも彼は「反ユダヤ主義の守護聖人[12]」にして「創設者」を激しく非難している。そしてトレギエにルナンの銅像がコンブによって建立された折の一九〇三年九月には、『ル・ウェスト＝エクレール』紙の編集長に宛てた「エルネスト・ルナンについての五通の手紙」において、ブリュヌチエールは「この偉大な〈寛容の使徒〉は、その人種理論によって、一九世紀後半における反ユダヤ主義の守護聖人あるいは扇動者のひとりとなった[13]」と断じている。その非難は、ラディカルな反教権主義が拠り所としていた偉人を打倒することが課題であっただけにいっそう厳しいものになっていた。

歴史家としてのルナンは、ユダヤ人がその犠牲になってきた諸々の偏見の普遍性そのものの上に立って反ユダヤ主義を基礎づけることを恐れもしなかった。［……］言語学者、あるいは民族学者としてのルナンは、アーリア人をセム人から隔てる差異を、根本的で断固とした対立関係、相容れなさ、敵意へと変えようとした[14]。

一八八六年以降、ブリュヌチエールは絶えずルナンをドリュモンや『ラ・リーブル・パロール』紙に犯罪を教唆した責任者と見なし続けていた。

『ユダヤのフランス』を開いてみたまえ。その理論的な部分が、まったく純粋なルナン、最良のルナンでないかどうか、『セム語の一般比較史〔正確な書名は「セム語の一般史および比較体系」〕』の著者の最も真面目な部分でないかどうか、言ってみてほしい。トゥースネルやゴビノーに由来する部分が『ユダヤのフランス』にあることは確かであり[15]、ドリュモン自身に由来するところも数多くある。しかしほとんどそれと同じだけルナンに由来するところがあるのではないか。ルナンは反ユダヤ主義に「似非科学的な」基盤を与えた。彼は言語学と生理学における反ユダヤ主義の基礎を築いた。ヘブライ語学者としての彼の能力はユダヤ人について好き放題のことを言うことへと拡張されたのである。[16]

ルナンに対する不満の声は、一八九八年に、個別のディシプリンにおけるみずからの学問に依拠するかたちでドレフュスの無罪についてみずからの能力の範囲を超えて意見を表明した知識人たちに対する慨嘆と同じものである。その結果、さらなる逆説によってブリュヌチエールはルナンへの警戒心によって反ドレフュス派になったのであると、ほとんどそう言ってもよいかもしれない。彼はルナンの反ユダヤ主義を知識人の悪癖のせいにしていたのである。

したがって、私の見方に寄り添っていただけるならば、必ずそうしてくださるものと思うが、現代の不寛容のもっとも深刻な形式のひとつである反ユダヤ主義において、「寛容の使徒」はその大きな責任の一端を担っているということを私と共に確認して満足していただけることだろう。[17]

このようにルナンを告発することにブリュヌチエールが「満足」しているのは、『イエスの生涯』の著者が仮にその青春時代の宗教に対して変わらず忠実であったとしたら、ユダヤ人に対する敵対的な宣言を発表することは――少なくとも、カトリック教徒の大半が反ユダヤ主義であるという見方を常に否定していたブリュヌチエールによれば――躊躇していたであろうと判断しているからである。ブリュヌチエールの目からすれば、人種理論とそれから引き出される反ユダヤ主義はルナンにおいて、キリスト教、啓蒙主義、およびフランス革命――ブリュヌチエールの筆の下では常に連結していたこれらの普遍的な使命――を否定することによる結果なのであった。

フロール・サンジェはブリュヌチエールの小冊子に関心を抱いたものの、[18]ルナンの反ユダヤ主義に対するブリユヌチエールの殊更な執着はフロールからすれば芳しくないものだった。寓話的な言い方をすれば、ブリュヌチエールはルナンの目のなかにある大きな梁〔長所〕を見るのではなく、そこにある藁〔短所〕ばかりを見ており、しかも、自分の罪を免除するためには他人の罪を指弾すればそれで十分であるといった言動をとっているように見えたのである。[19] たしかに、ドリュモンは『ユダヤのフランス』の冒頭で、ルナンの『セム語の一般史および比較体系』に想を得て、ルナンがそう理解していたような言語的および文化的な意味においてだけでなく、生物学的な意味においてもアーリア人種とユダヤ人種を対立させたことは事実であったが、その一方で、一八八三年五月二六日にユダヤ研究学会で行われた、「種族〔race〕」という用語の濫用に関するルナンの談話「ユダヤ教とキリスト教の根本的思想と漸進的分離」――この談話は当該学会誌に掲載され、[20] 一八八三年六月二日の『ルヴュ・ポリティック・エ・リテレール』誌および同日付の『ジュルナル・デ・デバ』紙に再録され、さらに小冊子にもなって、[21] 広く流布した――は、『ラ・リーブル・パロール』紙によって掻き立てられた世紀末の反ユダヤ主義を反駁する材料としてユダヤ人自身の役に立ったのである。[22] いくらかの悪意なしとはせず、ブリュヌチエールはこのテクストの射程を過小評価している。「これらはロチルド男爵の誘いによってユダヤ研究学会で語られたものであり、その雄弁家が完全に誠実であることを私が疑っているなどとは思ってほしくないものの、ルナンの本当の考えは別のところにある。」[23] そしてブリュヌチエールは、またもや『セム語の一般史および比較体系』冒頭のルナンの巧みさに欠ける文言や、さらに困惑させる度合いの高いその他の文章を引用し、みずからを人種差別主義の周辺に置き、みずからに反ユダヤ主義について考えさせる点で重要だったアメリカ旅行の意義を改めて確認させる次のようなコメントを付すのであった。「それはまさしく、アメリカ合衆国で黒人について語られていることがらである。」カトリックでありナショナリストであったにもかかわらず、ブリュヌチエールは最後の一歩を越えず、反ユダヤ主義を公言することもなかった。彼を途中で止めさせたもの、それはヴィクトル・バッシュが看取しているとおり、絶えず増大していく悲観主義にもかかわらずブリュヌチエールが保持していたあの合理主義という基盤であった。彼の自由主義は勝利した。たとえ、仮に国家が彼の側についていたならば、この専制君主はみずからを自由主義者と見なすことはなかったかもしれないという印象がしばしば抱かれるとしても、である。いずれにせよブリュヌチエールは、中道穏健派の立場が非宗教《ライック》の共和主義と反ユダヤ主義のナショナリズムの間で縮こまざるを得なかった時期に、共和主義的カトリシズム、あるいはアメリカ的カトリシズムに満足したのである。彼の目から見て、ちょうど反教権主義がフランスの伝統と相容れないのと同様に、反ユダヤ主義はキリスト教とは相容れないものなのであった。しかし、フランスにおける現代的な反ユダヤ主義の高まりと同時期になされた彼の改宗、同時期に反ユダヤ主義の大部隊を提供したカトリック教会に対する彼の忠誠は、彼自身に対する場合をも含むかたちで、告白されざる反ユダヤ主義の一形式を示すものではなかっただろうか。

絶望した者か、それとも社会主義の教皇か？

ブリュヌチエールは多くの過ちを犯した――その最大のものである「訴訟のあと」はフロール・サンジェを憤慨させた――が、最も強い確信をもって彼を擁護した弁護人はアンドレ・シュアレスであった。一八八六年に入学したノルマリアンであるシュアレスがブリュヌチエールと結んだ関係は興味深い。高等師範学校でのシュアレスは当初、同級生のロマン・ロランと同様、自分たちの先生を嫌悪すべき人物と断じていた。[24]〈フランス祖国同盟〉創設時には、シュアレスはバレスとルメートルを非難攻撃し、[25]コペを喚問したが、彼らと同様に当時は前のめりの姿勢を示していたブリュヌチエールについては、ルメートルに向けて投げつけた次のような非難の言葉が彼にも当てはまったときにあってさえ、寛大に扱った。「あなたのご友人たち、あなたが手を差し伸べている人たちがどれだけ狡猾であるかを［……］あなたは知らねばなりません。ここであなたが彼らに特別の好意を示すのはもはや許されることではありますまい。茶番劇の時間は終わったのです。」[26] そして、シュアレスの人柄を大いに気に入っていたブリュヌチエールは、[27] 自身が読者大衆の反応を最も気にかけていた一九〇〇年から一九〇三年の間、『ルヴュ・デ・ドゥー・モンド』誌にシュアレスの論稿を受け入れ、[28] さらにエステル・ド・スュズが受賞する一年前の一九〇三年には、ブルターニュについて書かれた『エメラルドの書』でアカデミー・フランセーズのモンティヨン賞をシュアレスに獲得させている。[29] ブリュヌチエールに受け入れてもらった最後の論稿群を一九〇八年に一冊の書物にまとめた際、シュアレスはそれらに、批評家の死の翌日の日付を持つ感動的な献辞を付している。

あなたは私のうちに、勝利というものをひどく毛嫌いしていながら自分の称賛しないものによって打ち負かされることをけっして容認しないひとりの人間を見ていました。そして今、死という大きな敗北のなかで、私はあなたに寄り添い、あなたの大義を採用します。忠実で勇敢だったあなたは、私がこの世にいる限り、打ち負かされることはありません。[30]

シュアレスは一九〇八年、ジャン・モレアスの攻撃を受けて、『ラ・グランド・ルヴュ』誌において再び師を擁護しなければならなかった。その折、彼は人びとがブリュヌチエールに対して行うあらゆる非難をまとめて退けた。ペギーとミシェル・アルノー——いずれも初期からのドレフュス支持派で、彼らのかつての師によってけなされた文学の信奉者たちであったが——と同様、シュアレスもまた、師の悲劇的な運命と、ますますパスカル的になっていくその世界観に敏感であった。[31] まず、その見かけとは裏腹に、ブリュヌチエールは反動家ではなかった。「彼は貴族を憎んでいた。彼は民衆を愛していた。人が何と言おうと、ブリュヌチエール氏はフランス革命の息子であった。[32]」そしてブリュヌチエールのカトリックへの改宗はシュアレスをして、師が「……なんという偉大な社会主義の教皇」になっていたことかと夢想させた！[33] シュアレスは師のすべてを許した。なぜなら師は

「その時代の最も熱意に満ちた人間のひとりだった」[34]からである。シュアレスは実証主義に対する師の攻撃を弁護した。「彼は科学において、科学という宗教を嫌悪したのである。[35]」シュアレスは師の孤独を見事なものと見なした。「彼は人に気に入られようとして何かをするということがけっしてなかった。彼は財の前に跪くということがけっしてなかった。彼は他者の誇りに敏感だった。そして彼の繊細さは洗練されていた。[36]」しかし、シュアレスを何よりも魅了していたもの、ふたりの暗黙の了解を説明するもの、それはブリュヌチエールのメランコリーであり、人生を誤ったというあの感覚[37]、追放された者としての運命を受け入れ、おそらくはそれを追い求めさえしていた点に他ならなかった。「主人公には絶望していてほしい。皆に裏切られる人を私は好む。[38]」ブリュヌチエールの行動に卑しい部分がまったく見られなかったのは、秘めた理由から、彼が敗北者に同一化していたからである。「彼の時代にあって、彼ほど価値のある者はいなかった。［……］私はその人となりを思っているのである」と、シュアレスは述べ、その作品ではなく、と断っている。[39]

　実際、おそらくブリュヌチエールの作品は再評価されるに値するものではないかもしれないが、人びとはしばしばその作品を誤解した。たとえば、文学の諸ジャンルが「この世のあらゆるものと同様、それらもまた死ぬためにのみ生まれている[40]」と宣言されていることを理由に、ブリュヌチエールはジャンルがそれを具体化する作品群の外部で生命を保つと信じているという主張がそうである。ブリュヌチエールの表現は論争上の言い回しであり、鮮やかな比喩に他ならなかったが、そのジャンル進化論は彼にとっては汚点となった。文学批評家としての彼は、読むこと《レクチュール》という視点を常に採用し、ジャンルは彼の分析において作品と読者大衆――そのなかには作品の作者も含まれている――を結ぶ媒介役を果たしていた。それはいくらかハンス・ローベルト・ヤウスの「受容の美学」における歴史上のひとつの世代を定義する規範と約束事の体系である「期待の地平」に似ていた。翻って言うなら、ジャンルとは、あらゆる偉大な新しい作品によって生み出される不均衡と逸脱の地平なのである。「その周辺によってなされるのと同じくらいそれ自身によって、文学作品はそれ自身に先行した作品およびそれに続いて現れた作品によって説明される。」ブリュヌチエールは彼の敵であったマルスラン・ベルトロらによる『ラ・グラン・ダンシクロペディー』のなかの「批評」についての長い項目のなかでそのように宣言している。[41] これによってブリュヌチエールは受容の歴史としてのジャンルの進化をレトリック（作品を作品そのものによって説明するもの）と対立させ、さらに文学史（作品をその環境によって説明するもの）と対立させた。そのように修正されたジャンルは、受容のひとつの正当なカテゴリーとなり、読むこと《レクチュール》の能力のひとつのモデルとなるのであり、実際のところ、現代の批評が読むことと読む者のほうへと傾いていくことをブリュヌチエールほど見事に予見した者はいなかった。[42] 結局ブリュヌチエールは、多くの作者について許容されている私たちの判断を作り上げるために貢献したのであり、幾人かの作者についてはそれほど許容されてはいない判断を作り上げることにも貢献したのである。たとえば、乱暴で、原始的で、無意識的なロラン・バルトのラシーヌがその例であり、ペギーの倒錯したラシーヌや、さらには、とりわけブリュヌチエールの自然主義的なラシーヌ、ゾラの産業的な自然主義とは対立する正真正銘の自然主義的なラシーヌもすでにその例であった。またボードレールについても、ブリュヌチエールは、とりわけその晩年において、巷間言われるほど不寛容だったわけではない。ユダヤ人を語るときと同様、例の特異体質によって、自分はボードレールが好きではないと認めつつ、彼が論を進める際には、自分の主観的な好みに従って知的な判断を下すことは拒否していた。一九〇四年にフランス文学の一二の傑作という書物の計画を相談してきたバレスに対して、ブリュヌチエールは採り上げられた作家リストに不賛成の態度を表明したが、一二人という窮屈な規範のなかに『悪の華』が存在することを問題視することはなかった。

> ご依頼くださった件ですが、あなたのリストで私が驚いたのは『悪の華』の存在ではまったくありません。と言いますのも私は、自分の「共感」を作品の歴史的または客観的な意義から区別することを常々主張してきたからです。[43]

ブリュヌチエールがボードレールの「歴史的な意義」を否定したことは一度もなかった。それは一八八六年にユダヤ人を好むことなく――その擁護の姿勢は仮にユダヤ人を好んでいればいっそうよかったかもしれないし、同じくボードレールを好んでいればいっそうよかったかもしれないとしても――とにかく擁護したのと同じことである。

ブリュヌチエールが辿った生涯はこの上なく奇妙なものである。彼には諸々の矛盾を蓄積する才能があった。エコール・ノルマルの入試に失敗したあと、彼はそこで教え、やがてそこから追い出された。知識人の原型でありながら――「訴訟のあと」のなかでドレフュス派の人びとを相手に激しい毒舌を展開した記事を出したまさに当日の一八九八年三月一五日にヴォギュエ宛に「我々知識人は」と書き、(44)そう書くことで、その語がまだ特有の意味を帯びていないことを確認しながら――ブリュヌチエールは自身の『ルヴュ・デ・ドゥー・モンド』誌の論壇の高みからあらゆる話題について語ったにもかかわらず、他の知識人たちがドレフュス事件について意見することを禁じるよう主張した。共和主義を信奉するカトリック教徒であり、悲観的な合理主義者であり、懐疑主義と無宗教と反ユダヤ主義の守護聖人としてのルナンを嫌い、同時に、フランス革命の敵としてのテーヌを嫌ったこの専制君主は、生涯、大学においても、またカトリック教会においても、その自由主義を断罪され、共和国が脆弱だった時期には共和主義者としてよりも民主主義者として断罪され、その人生をほとんど孤独なまま終えることとなった。レオン・ドーデとは異なる理由からブリュヌチエールに恨みを抱きつつも、政教分離を前にしたブリュヌチエールの態度に鑑みて、その反ドレフュス主義をおそらくは許していたプルーストは、ブリュヌチエールの死の当日、ジョルジュ・ゴワイヨー宛に次のような弔意を示している。

母さんは僕と同じく彼を称賛していましたので、僕と同じく彼の死に悲しみを覚えたことでしょう。そして、この消えた光について、フランスという国は同じような欲求を覚えることはまったくなかったように感じます。現今の時代の苦痛に満ちた闇はますます濃くなっています。(45)

このようなオマージュは予想されなかったものであろう。それは、ブリュヌチエールの生涯において、彼が多くの女性たち、しばしば例外的な女性たちに出会い続けたことが予想されなかったことと同じであろう。フロール・サンジェ、ルイーズ・ビュローズ、テレーズ・バンゾン、アルヴェード・バリーヌ、エステル・ド・スュズ、そして言うまでもなくブリュヌチエール夫人、夫妻の姪フェルナンド、そして神秘に包まれたブロック夫人。ブリュヌチエールは一八九七年に出会った自由で才気煥発なアメリカ女性たちに魅了され、その称賛はアメリカ人男性を苛立たせるほどであった。ただし彼は一九〇三年頃、メランコリーと共に、フランス国立図書館のブリュヌチエール文庫にまぎれた、内面を吐露する稀な思考メモのひとつのなかで、次のように記している――稀な、というのは、ブリュヌチエールには見たところ私生活というものがなく、彼の信仰告白さえ内面性に欠けるものだったからである。

五四歳になった私がこれまでに知った五人の女性のうち――それは正直なところであるが――実際に持った関係をもう一度結び直してみたいと望むような女性がひとりの半分〔二分の一人〕もいないというのはいったいどういうことだろう。

この悟った問いかけについては、彼の病気を考慮に入れるとしよう。というのも、女性たちはブリュヌチエールにとって最良の文通相手であり、彼のかけがえのない友人たちだったからである。彼女たちがいなかったら、私の検討作業は不可能であっただろうし、仮に可能でも味気ないものになっていたことだろう。アメリカを最もよく描いていたのはビュローズ夫人宛の手紙であったし、ドレフュス事件の複雑さを最もよく明らかにしていたのはフロール・サンジェ宛の手紙であった。ひとりの反ドレフュス派の人間をめぐるこの研究は同時にアメリカと大学に関する研究でもあったが、その軌跡は共和国におけるユダヤ人の地位をめぐるものでもあった。ラティスボンヌ兄弟の改宗、ブリュヌチエールのアメリカ合衆国旅行、その大学からの排除、エステル・ド・スュズの小説、これらの物語はいずれも喜遊曲のような雰囲気を持つものであったかもしれないが、これらすべてが導く先は、ブリュヌチエールとフロール・サンジェの手紙のやりとりが如実に描き出しているとおりの、世紀転換期のフランスにおけるカトリシズムとユダイズムと共和国の込み入った対話である。「彼がまだ存命だった数年前に、私はひとつのブリュヌチエール論を書き始めた。それを完成させ、出版できるのは、この禁欲的な男の死後、一〇年か一五年経ってからのことになるだろう。[46]」この告白をして一年後に亡くなったペギーには、自身のブリュヌチエール論を完結させる時間がなかった。彼に代わってそれをやってみる価値はおそらくあったものと思われる。

註

序論

（1）以下を参照。*La Troisième République des lettres de Flaubert à Proust*, Paris, Éd. du Seuil, 1983.〔アントワーヌ・コンパニョン『文学史の誕生――ギュスターヴ・ランソンと文学の第三共和政』今井勉訳、水声社、二〇二〇年〕

（2）Péguy, *L'Argent suite*, *Cahiers de la quinzaine*, XIVe série, IXe cahier, 1913 ; *Œuvres en prose complètes*, éd. Robert Burac, Paris, Gallimard, coll. « Bibliothèque de la Pléiade », 1987-1992, 3 vol., t. III, p. 866.

（3）« Zola à Columbia », *Mimesis et Semiosis. Littérature et réalité. Miscellanées offertes à Henri Mitterand*, éd. Philippe Hamon et Jean-Pierre Leduc-Adine, Paris, Nathan, 1992, p. 561-578.

（4）« Deux absences remarquables en 1894 : Brunetière, Lanson et la fondation de la *Revue d'histoire littéraire de la France* », *Revue d'histoire littéraire de la France* (« Colloque du centenaire »), décembre 1995, supplément, p. 29-53.

（5）Brunetière, « Charles Baudelaire », *Revue des Deux Mondes*, 1er juin 1887 ; repris dans *Questions de critique*, Paris, C. Lévy, 1889, p. 257-258. ブリュヌチエールはボードレールの『火箭』と『赤裸の心』の初版についての書評を書いている。以下を参照。*Œuvres posthumes et correspondances inédites*, Paris, Quantin, 1887.

（6）　ブリュヌチエールの姪で養女のフェルナンド・ディウゼード夫人によってフランス国立図書館手稿部に預託された手紙および書類。N. a. f. 25027-25066.

（7）　Péguy, *Notre jeunesse, Cahiers de la quinzaine*, VIe série, XIIe cahier, 1910 ; *Œuvres en prose complètes*, éd. citée, t. III, p. 40 et 47.

（8）　この語の様々な意味合いについては、以下を参照。*Jeux d'échelle. La microanalyse de l'expérience*, éd. Jacques Revel, Paris, Gallimard-Éd. du Seuil, coll. « Hautes Études », 1996.

（9）　Péguy, *Notre jeunesse*, éd. citée, p. 68.

（10）　R. Aron, « L'essence du totalitarisme », *Critique*, janvier 1954, p. 53 ; réédition *Commentaire*, hiver 1985, p. 416.

（11）　D. Halévy, *Apologie pour notre passé, Cahiers de la quinzaine*, XIe série, X^{e} cahier, 1910, p. 115.

（12）　Péguy, *Notre jeunesse*, éd. citée, p. 53-54.

（13）　一八六五年にエクス＝アン＝プロヴァンスで文学バカロレア、一八六七年にマルセイユで科学バカロレアを取得している（Académie de Paris, dossier Brunetière, Archives nationales, AJ 16 207）。

（14）　Bourget, « Ferdinand Brunetière », *Le Temps*, 11 décembre 1906 ; repris dans *Pages de critique et de doctrine*, Paris, Plon, 1912, t. I, p. 283-293.

（15）　AN AJ 16 207. 署名によれば、一八七七年にブリュヌチエールの成績を視察したのはおそらくフランソワ・ペランス（一八二二—一九〇一）である（以下を参照。Isabelle Havelange *et alii*, *Les Inspecteurs généraux de l'Instruction publique. Dictionnaire biographique, 1802-1914*, Paris, Éd. du CNRS-INRP, 1986, p. 544-545）。

（16）　ブールジェはおそらく自分の役割を誇張している。もうひとり実際の仲介を務めたと思われるのは哲学者のエミール・ボーシール（一八二四—一八八九）である。一八七一年に代議士となったボーシールは、一八七一年五月一日以後、『ルヴュ・デ・ドゥー・モンド』誌の定期的な寄稿者であり——彼の論文「パリと地方のあいだの裁判」では逮捕されるはめになり、雑誌の方にはコミューン政府によって「削除」の処分が下された——やはりヴァンデ出身で、ブリュヌチエールの弟が指摘しているように、彼らの父方の家系が繋がっていた（Charles Brunetière, « Une correspondance inédite de Ferdinand Brunetière », *Revue du Bas-Poitou*, octobre-décembre 1909, p. 374）。

（17）　前述、本書一三頁および註5を参照。A. France, « Charles Baudelaire », *Le Temps*, 14 avril 1889, repris dans *La Vie littéraire*, Paris, C. Lévy, 1891, t. III, p. 20-27 ; et Marie-Claire Bancquart, *Anatole France polémiste*, Paris, Nizet, 1962, p. 127.

（18）　彼の『ボシュエ』（パリ、アシェット社、一九一三）はヴィクトル・ジローによって提供された死後の論集である。

（19） L. Bertrand, *Une destinée*, t. III, *Hyppolyte porte-couronnes*, Paris, Fayard, 1932, p. 202-203.「彼は人の注意を惹きつける」と、既に、一八七七年の視学官の報告に記されているが、彼は「自分に人気があることを確かめるというよりは、注目を浴びて、どんどん前に歩いていくことのほうに関心がある」としている（AN AJ 16 207）。

（20） R. Rolland, *Le Cloître de la rue d'Ulm. Journal de Romain Rolland à l'École normale, 1886-1889*, Paris, Albin Michel, coll. « Cahiers Romain Rolland », 1952, p. 14 et 18.

（21） *Ibid.*, p. 158.

（22） Robert J. Smith, « L'atmosphère politique à l'École normale supérieure à la fin du XIXe siècle », *Revue d'histoire moderne et contemporaine*, avril-juin 1973, p. 248.

（23） R. Rolland, *Mémoire et Fragments du journal*, Paris, Albin Michel, coll. « Cahiers Romain Rolland », 1956, p. 50.

（24） L. Bertrand, *Hippolyte porte-couronnes*, *op. cit.*, p. 210.

（25） E.-M. de Vogüé, *Le Roman russe*, Paris, Plon, 1886.

（26） L. Bloy, *Les Dernières Colonnes de l'Église* (1903), *Œuvres*, éd. Joseph Bollery et Jacques Petit, Paris, Mercure de France, 1964-1969, 9 vol., t. IV, p. 247.

（27） Renan, *L'Avenir de la science*, Paris, C. Lévy, 1890.

（28） 実際にあった事件に想を得て、レオ一三世の司教在職五〇周年記念の一八九三年に〔舞台が〕置かれた、〔ジッドの風刺小説〕『法王庁の抜け穴』（一九一四）の喜劇的なまでに反教権主義的なエピソードは、ドレフュス事件に先行する時期のカトリシズムについての悪くない序説になっている。それは、レオ一三世の進歩的な回勅の結果、共和国との連合をめぐるフランス・カトリック信者間の論争が盛んに行われた時期であった。ブールジェがそのより確からしいモデルではあるものの、ジュリウス・ド・バラリウールという登場人物――伝統主義の作家にして、『ルヴュ・デ・ドゥー・モンド』誌の寄稿者であり、カトリック教会の支持票を得てアカデミー・フランセーズ会員に選ばれ、ブリュヌチエールと同時期に、ローマでの社会学の学会に参加した折、聖父〔＝ローマ教皇〕への謁見を許されたという人物――の造形は、私たちの主人公たる典型的文人の経歴を徹底的に物笑いの種にしている。ジッドはこのソチ〔風刺茶番劇〕において、フリーメーソンについてもユダヤ人についてもこれほどうまくアレンジしてはいない。〔小説中では、ジュリウスは自分の腹違いの弟にあたるラフカディオと「無償の行為」について議論している。〕

（29） Brunetière, « Après une visite au Vatican », *Questions actuelles*, Paris, Perrin, 1907, p. 37.

（30） たとえば、ポール・ベニシューは、その著『偉大な世紀の道徳』を、情念に対する意志の勝利を説くコルネイユという、学校教育によって常に伝達されてきた、時代錯誤的なイメージを作り直す必要性によって正当化した。ところで、コルネイユ劇の主人公たちの途方もない矜持の、このような、もっともで、ブルジョワ的、反自然主義的な解釈は、まずブリュヌチエールにおいて出現し、その後ランソンによって増幅されたものであると、ベニシューは指摘している（Paul Bénichou, *Morales du grand siècle* [1948], Paris, Gallimard, coll. « Folio », 1988, p. 17-18）。

（31） É. Herriot, *Jadis*, Paris, Flammarion, 1948, t. I, p. 74-75. その著『フランス文学史提要』の、多くの部分がブリュヌチエールに捧げられている序文（*Précis de l'histoire des lettres françaises*, Paris, Cornély, 1904, p. VI-XI）において、エリオは、〔ブリュヌチエールの〕『フランス文学の歴史に関する批評的研究』の方法への賞賛を告白しているが、『フランス文学史の教科書』の偏見については態度を保留している。しかし、この留保は最も偉大な作家たちに関係するものではない。一八九六年、当時、リヨンの修辞学教師であり、学士院から賞を受けた論文「ユダヤ人フィロン――アレクサンドリアのユダヤ人学校に関する試論」（*Philon le Juif. Essai sur l'école juive d'Alexandrie*, Paris, Hachette, 1898）の一章を『ルヴュ・デ・ドゥー・モンド』誌に掲載したいと考えたエリオは、高等師範学校で彼が騒いだこと――特に、ヴォギュエに対して犯した無礼な言動――の許しをブリュヌチエールに切々と乞うている。この騒ぎで彼は教員たちの信頼を失い、あやうく〈全フランス教員団〉から排除されそうになったことがあった（N. a. fr. 25041, f° 13-18）。回想録のなかで、エリオは、一八九五年の高等師範学校創立百周年のために雑誌が編まれた折、ブリュヌチエールの講演のパロディーを書いたことで、ブリュヌチエールは自分を恨んでいた、と書いている。エリオは、とりわけ、自分の師がカトリック教会のほうへと歩み寄っていく様子を嘲弄した（*Jadis*, *op. cit.*, p. 111-114）。この雑誌については、以下も参照。Hubert Bourgin, *De Jaurès à Léon Blum. L'École normale et la politique*, Paris, Fayard, 1938 ; réédition Paris, Londres et New York, Gordon and Beach, 1970, p. 311.

（32） Péguy, « Défaites en échelons », *La Revue blanche*, 1er décembre 1898 ; *Œuvres en prose complètes*, éd. citée, t. I, p. 135-136.

（33） Péguy, « Casse-cou », *Cahiers de la quinzaine*, IIe série, VIIe cahier, 1901 ; *Œuvres en prose complètes*, éd. citée, t. I, p. 722-723.

（34） ウジェーヌ・マニュエル（一八二三―一九〇一）は、ノルマリアン（一八四三）、文学アグレジェ（一八四七）、第二帝政期の著名作家で、モルタラ事件（本書一四七頁および註97を参照）のあと、一八六〇年の世界イスラエリット連盟の六人の創設者のひとりとなる。一八七〇年に国防政府で公教育大臣を務めたジュール・シモン（一八一四―一八九六）の内閣官房長を務めた。エコール・ノルマルで教授だったシモンに教わって以来、シモンとはつながりがあった。一八七二年にパリ大学区の視学官に任命され、一八七八年には公教育省の視学総監に任命された。彼は一八八〇年と一八九三年の間に何度もアカデミー・フランセーズの選挙に落ち、最後の挑戦でブリュヌチエールを相手にして敗北した。口語詩の分野で、彼の『親密な頁』と『民衆詩』（Eugène Manuel, *Pages intimes* et *Poésies populaires*, Paris, M. Lévy, 1866 et 1872）は、コペに先行するものであった（マニュエルについては、以下、本書八六頁および註206を参照)。
(35) André Billy, *L'Époque 1900*, Paris, Tallandier, 1951, p. 284.
(36) Académie Française, *Discours prononcés dans la séance publique tenue par l'Académie française pour la réception de M. Brunetière le 15 février 1894*, Paris, Firmin-Didot, 1894, p. 22.
(37) *Le Petit Journal*, 1er et 8 mars 1894, p. 1.
(38) 『レヴェーヌマン』紙、一八九三年七月一二日付、一頁を参照。同紙記事は『ル・フィガロ』、『レコー・ド・パリ』および『一九世紀』の各紙を引用している。「健康上の理由」による辞職が雑誌の監査委員会によって七月一五日に告知された。同委員会は当初、彼に代えて、ビュローズ夫人の甥で、まだ二〇歳に達していなかった(『レヴェーヌマン』紙、一八九三年七月一八日付、一頁)シャルル・リシェ(以下、本書九五頁および註30を参照)の息子の就任案を決めていたらしい。しかし、八月一日号では〔編集長として〕ジョゼフ・ベルトランの名前が署名された。この人物は一八七三年からフランソワ・ビュローズの私設秘書として働いていた編集事務員である。ブリュヌチエールはビュローズ夫人の提案で一一月に編集長に選任され、一八九三年一二月一五日号に〔編集長として〕署名した。一八九三年のものと特定されるブリュヌチエール宛のビュローズの憐れみを誘う三通の手紙は、この不可解な事件の実際のところを裏付けている(N. a. fr. 25034, f° 77-81)。この件については、サーモンピンクの表紙の同誌の編年史家や歴史学者も黙して触れていない。たとえば、『百周年の書。『ルヴュ・デ・ドゥー・モンド』誌によるフランス生活の百年』(*Le Livre du centenaire. Cent ans de vie française à la « Revue des Deux Mondes »*, Paris, Hachette, 1929)や、ヴィクトル・デュ・ブレド著『『ルヴュ・デ・ドゥー・モンド』誌のサロン』がそうであり、後者には、それでも、ビュローズの「若気の至り」への言及が見られる(Victor Du Bled, *Le Salon de la « Revue des Deux Mondes »*, Paris, Bloud et Gay, 1930, p. 20)。あるいはまた、ガブリエル・ド・ブロイ著『『ルヴュ・デ・ドゥー・モンド』誌の政治史　一八二九年から一九七九年まで』は、ビュローズが雑誌運営用の金庫と自分の財布を混同したらしいことをほのめかしている(Gabriel de Broglie, *Histoire politique de la « Revue des Deux Mondes » de 1829 à 1979*, Paris, Librairie académique Perrin, 1979, p. 227)。さらに、大部の『フランス新聞雑誌総合史』に至っては、「一八九三年のシャルル・ビュローズの死により、フェルディナン・ブリュヌチエールが同誌の編集長となった」(*Histoire générale de la presse française*, éd. Claude Bellanger *et alii*, Paris, PUF, 1972, t. III, p. 391)と、ビュローズ・フィスがあとまだ一二年ほど生きることがなかったような書きぶりである!
(39) L. Daudet, *L'Entre-deux-guerres*, Paris, Nouvelle Librairie nationale, 1915 ; réédition *Souvenirs et Polémiques*, éd. Bernard Oudin, Paris, R. Laffont, coll. « Bouquins », 1992, p. 345-346.

(40) E. et J. de Goncourt, *Journal. Mémoires de la vie littéraire* (5 mai 1889), éd. Robert Ricatte, Paris, Fasquelle et Flammarion, 1956 ; réédition Paris, R. Laffont, coll. « Bouquins », 1989, t. III, p. 266-267.

(41) Goncourt, *Journal* (29 juillet 1893), éd. citée, t. III, p. 856.

(42) *La Petite République*, 2 et 9 mars 1894, p. 1 ; Henri Dabot, *Calendriers d'un bourgeois du Quartier latin*, Péronne, A. Doal, 1905, t. II, p. 143 ; cité par Christophe Charles, *Naissance des « intellectuels », 1880-1900*, Paris, Éd. de Minuit, coll. « Le Sens commun », 1990, p. 218.

(43) Abbé Félix Klein, *Autour du dilettantisme*, Paris, Lecoffre, 1895, p. 148.

(44) H・ダボによれば、「街のおまわりさんたち」は、一八九四年三月七日のブリュヌチエールの講義の間、デゼコール通りの通行を妨害する者たちを一斉検挙したという（H. Dabot, *Calendriers d'un bourgeois du Quartier latin, op. cit.*, t. II, p. 143-144）。

(45) ルネ・ドゥーミック（一八六〇―一九三七）は、ノルマリアンで、一八八三年から一八九七年までスタニスラス中学校教授を務め、一八九三年から『ルヴュ・デ・ドゥー・モンド』誌でブリュヌチエールに近い寄稿者、「文学雑誌」欄の執筆者として彼の後任となり、そして――フランシス・シャルムのあと――一九一六年に同誌の編集長となる。一九一〇年にアカデミー・フランセーズ会員に選出され、一九二三年からは終身事務局長となる。二番目の婚姻でエレディアの長女と結婚しているので、アンリ・ド・レニエおよびジルベール・ド・ヴォワザンとは義兄弟の関係にあった。

(46) R. Doumic, *Écrivains d'aujourd'hui*, Paris, Perrin, 1894, p. 171. この章ははじめ、『ル・コレスポンダン』紙、一八九一年一一月一〇日付に掲載されたものであった。

(47) A. France, « Sur Ferdinand Brunetière », *Le Temps*, 20 novembre 1891 ; cité par M.-C. Banquart, *Anatole France polémiste, op. cit.*, p. 196.

(48) Bernard Lazarre, *Figures contemporains, ceux d'aujourd'hui, ceux de demain*, Paris, Perrin, 1895, p. 52-53.

(49) Goncourt, *Journal*, éd. citée, t. III, p. 150.

(50) 『日記』の一九五六年版ではアカデミー・ゴンクールによって固有名詞が削除されている。

(51) ブリュヌチエールは一八九四年にはもう編集局員ではなく、また、彼は高等師範学校の学生《ノルマリアン》であったことは一度もない。

(52) レオ・クラルティ（一八六二―一九二四）は、ジュール・クラルティの甥、ノルマリアン（一八八三）、批評家、ジャーナリスト、小説家。ユルム街では、ブリュヌチエールの教え子だった。ブリュヌチエールはクラルティから一八八七年以降、敬意の籠もった手紙を何通も受け取っている（N. a. fr. 25035, f° 244-257）。これらの手紙の内容は、ゴンクールの話から想定されるふたりの恋愛上のライバル関係とはほとんど整合しない。クラルティは一八九三年に『ルヴュ・デ・ドゥー・モンド』誌に寄稿している（Léo Claretie, « Le parc national des États-Unis », 15 avril 1893）。そして、ブリュヌチエールが編集長に任じられたとき、彼は職員の候補に立っている（一八九三年一一月一五日付の手紙。N. a. fr. 25035, f° 247）。三〇年後、クラルティは鉄道で死体となって発見される。警察の調査は自殺と結論づけた。ジョゼフ・カイヨーへの恋から一九〇八年にレオ・クラルティと離婚し、一九一一年にカイヨーの二番目の妻となったアンリエット・レーヌアールは、一九一四年三月、拳銃五発を放って、『ル・フィガロ』紙の編集長ガストン・カルメットを射殺する。日付はないが一八九三年まで遡ることのできる（雑誌に発表したクラルティの論文が話題になっている）ある手紙のなかで、クラルティはボワ・ド・ラ・トゥールなる夫人の手紙に言及している。その手紙をブリュヌチエールは彼に貸し、彼はそれをブリュヌチエールに返さなければならないという。このことは、エレディアが語ったという話とは、おそらくまったく無関係であろう（N. a. fr. 25035, f° 252 v°）。

（53）ただし、エレディアの話に出てくるポワリエなる人物が、ポール・ポワリエ（一八五三―一九〇七）を指している可能性はあるかもしれない。外科医で、パリ大学医学部解剖学教授（一九〇二）を務めたポワリエは、一八九九年から一九〇二年まで首相を務めることになるヴァルデック＝ルソー（一八四六―一九〇四）のごく親しい友人でもあった（以下を参照。Françoise Huguet, *Les Professeurs de la faculté de médecine de Paris. Dictionnaire biographique, 1794-1939*, Paris, Éd. du CNRS-INRP, 1991, p. 371-372）。レオン・ドーデ（一八六七―一九四二）は自身の医学部時代の思い出のなかで、ポワリエをドン・ジュアンのような男、〔ラクロの小説『危険な関係』に出てくる女たらしの〕ヴァルモンのような男として描いている。ポワリエがブリュヌチエールとライバル関係にあったという噂も実際流れていた。若い頃、解剖実習代表、そして解剖助手も務めたポワリエは、一八七七年にギロチンで死刑に処された有名な殺人鬼プランツィーニの皮膚で自分の財布を作らせたという（L. Daudet, *Devant la douleur*, Paris, Nouvelle Librairie nationale, 1915 ; réédition *Souvenirs et Polémiques*, éd. citée, p. 177-178）。

（54）『日記』の一九五六年版ではアカデミー・ゴンクールによってやはり固有名詞が削除されている。著名な神経科医、ジャン＝マルタン・シャルコー（一八二五―一八九三）は、一年前に亡くなっていた。ポール・ポワリエが彼の「右腕」であったことはないようである。

（55）シャルコーの義理の娘マリー＝デュルヴィスは、シャルコー夫人の最初の結婚で出来た子で、二番目の婚姻で、一八八八年にヴァルデック＝ルソーと結婚した（以下を参照。Pierre Sorlin, *Waldeck-Rousseau*, Paris, Armand Colin, 1966, p. 341）。シャルコーの「次女」、ジャンヌは、レオン・ドーデを愛していたが、ドーデは彼女との結婚を拒否して、一八九一年にジャンヌ・ユゴー（一八六九―一九四一）――大詩人ユゴーの孫娘で、シャルル・ユゴーの娘である（「ジャンヌは乾パンとともにあり……」）――と結婚した。シャルコー家とドーデ家は隣同士だった。彼らの庭は接していた。シャルコー家の人びとは、一八八四年にマラケー河岸通り一七番地のシメー館を離れなければならなくなったあと（以下、本書八二頁および註172を参照）、サン＝ジェルマン大通り二一七番地の、今日ラテンアメリカ協会となっている旧ヴァランジュヴィル館に住んだ。一方、ドーデ家の人びとは一八八五年から一八九七年までベルシャッス通り三一番地に暮らした。エドモン・ド・ゴンクールはそこで開かれる「火曜会」の親しい参会者だった。

（56） Goncourt, *Journal* (9 décembre 1894), éd. citée, t. III, p. 1042-1043. シャルコーの息子であるジャン・シャルコー（一八六七―一九三六）も［父と同じく］医師で、その後、探検家となる――彼は「ポッコワパ［いいね］」号で非業の死を遂げる――。レオン・ドーデと一八九四年に離婚したジャンヌ・ユゴーと結婚した。ドーデは医学部時代の同窓。ジャン・シャルコーとジャンヌ・ユゴーは一九〇五年に離婚している。

（57） 以下を参照。V. Du Bled, *Le Salon de la « Revue des Deux Mondes »*, *op. cit.*, p. 91. 第一次大戦中にフランスの公益事務を担当したベルギー在住のスペインの大臣によって発行された一九一五年のパスポートによると、彼女は一八四五年一〇月一〇日、ビュリー（エノー県のトゥルネーに近い町）の生まれで、旧姓シルヴィ・ルフェーヴルという（N. a. fr. 25053, f° 71）。ブリュヌチエールから妻――夏には家族でブランケンベルグに赴いていた――に宛てた初期の手紙は一八八三年のものである（N. a. fr. 25027, f° 2-69）。しかし、彼は、一八八一年以降、ヴァカンスに出ている間、事務所で番をしていた雑誌の編集局員で天文学者のR・ラドーにブランケンベルグから手紙を書いていた。彼が妻について言及するのは一八八三年である（一八八一年七月二六日付および一八八三年七月九日付。N. a. fr. 25028, f° 188 r° et 22 v°）。結婚の通知には日付が付されていない（N. a. fr. 25053, f° 17-18）。

（58） R. Rolland, *Mémoires et Fragments du journal*, *op. cit.*, p. 51. ブリュヌチエールの死に際して、ジュール・ルナールはやはり彼の日記のなかでこのおそらくパリの名士の間でよく知られていた噂に言及している。「ブリュヌチエールは醜く、退屈で、結核病みで、仕事一途だった。しかし、ひとりの女性が彼のために自殺したらしい。」（Jules Renard, *Journal, 1887-1910* [10 décembre 1906], éd. Léon Guichard et Gilbert Sigaux, Paris, Gallimard, coll. « Bibliothèque de la Pléiade », 1965, p. 1093）しかし、アルベール・ケーム（一八七六―一九四六）は、ブリュヌチエールが原因ではないという、この事件の別バージョンを示している。というのも、この女性は二通の手紙を書いたのだが、封書を間違えたらしいのだ。「［……］ある魅力的な書物の著者で、魅惑と美で称賛すべき、私の小さないとこたちのうちのひとりが、［……］レオ・クラルティに宛てて書いた手紙をブリュヌチエールの住所に出してしまったらしいのだ。そして、失恋した彼女は、死ぬことのほうを選んだようなのだ」（Albert Keim, *Le Demi-Siècle. Souvenirs de la vie littéraire et politique*, Paris, Albin Michel, 1950, p. 168）。

（59） Brunetière, « Mélodrame ou tragédie ? A propos du *Dédale* [de Paul Hervieu] », *Revue des Deux Mondes*, 15 janvier 1904, p. 320.

（60） 以下の著作に引用されている。Pierre Lasserre, *Le Romantisme français. Essai sur la révolution dans les sentiments et les idées au XIX*e *siècle*, Paris, Mercure de France, 1907, p. 280.

（61） Péguy, « Réponses particulières », *Cahiers de la quinzaine*, IIIe série, VIIe cahier, 1902 ; *Œuvres en prose complètes*, éd. citée, t. I, p. 882. V. Du Bled, *Le Salon de la « Revue des Deux Mondes »*, *op. cit.*, p. 78.

（62） Lettre du 14 novembre 1898, N. a. fr. 25034, f° 186-188. ブリュヌチエールは日付のない手紙で長々と返事を書いている（N. a. fr. 25028, f° 124-130）。同様の不満と示唆は一八九七年九月二三日付の手紙にも見られる（N. a. fr. 25034, f° 170-172）。予約購読者の数はしかしかなりの数であった。一八七四年には一万八〇〇〇、一八八五年には二万六〇〇〇、一九一四年には四万に達していた（*Histoire générale de la presse française*, éd. Claude Bellanger *et alii*, *op. cit.*, t. III, p. 391）。

（63） C. Charle, *La République des universitaires, 1870-1940*, Paris, Éd. du Seuil, coll. « L'Univers historique », 1994, p. 228.

（64） E. R. Curtius, *Ferdinand Brunetière. Beitrag zur Geschichte des französischen Kritik*, Strasbourg, Trübner, 1914. 以下を参照。A. Compagnon, « Curtius et les critiques français : Brunetière, Thibaudet, Du Bos », *E. R. Curtius et l'Idée d'Europe*, éd. Jeanne Bem et André Guyaux, Paris, Champion, 1995, p. 119-134.

（65） Victor Giraud, *Brunetière*, Paris, Flammarion, 1932 ; Jacques Nanteuil [pseudonyme de Gaston Giraudias], *Ferdinand Brunetière*, Paris, Bloud et Gay, 1933. 以下も参照。John Clark, *La Pensée de Ferdinand Brunetière*, Paris, Nizet. 1954 ; et Enzo Caramaschi, *Critiques scientistes et Critiques impressionnistes : Taine, Brunetière, Gourmont*, Pise, Libreria goliardica,1963.

（66） Joannes Van der Lugt, *L'Action religieuse de Ferdinand Brunetière, 1895-1906*, Paris, Desclée de Brouwer, 1936 ; Alain Archidec, *Ferdinand Brunetière ou la Rage de croire*, Lille, Service de reproduction des thèses, 1976, 2 vol.

第一章　ユダヤのフランス

（1） とはいえ、次の短いモノグラフィーがあるので参照のこと。Jean-Pierre Rioux, *Nationalisme et Conservatisme. La Ligue de la patrie française, 1899-1904*, Paris, Beauchesne, 1977. また両陣営の政治的態度を説明するC・シャルルの社会学的な分析も参照のこと。C. Charle, « Champ littéraire et champ du pouvoir : les écrivains et l'affaire Dreyfus », *Annales ESC*, mars-avril 1977, p. 240-264, repris dans *La Crise littéraire à l'époque du naturalisme*, Paris, Presses de l'École normale supérieure, 1979, et développé dans *Naissance des « intellectuels », 1880-1900*, Paris, Éd. de Minuit, coll. « Le Sens commun », 1990. また、一九世紀および二〇世紀の大学人の伝記事典として不可欠な以下の文献も参照。C. Charle *et alii*, *Les Professeurs de la faculté des lettres de Paris, 1809-1908* et *1909-1939*, Paris, Éd. du CNRS-INRP, 1985-1986, 2 vol., *Les Professeurs du Collège de France, 1901-1939*, 1988, et *Les Professeurs de la faculté des sciences de Paris, 1901-1939*,

1989. 特別の指示がない限り、本書で定期的に参照したその他の文献として以下のものがある。Gustave Vapereau, *Dictionnaire universel des contemporains*, Paris, Hachette, 1880, 5e éd. ; 1893, 6e éd., *Dictionnaire de biographie française*, Paris, Letouzey et Ané, en cours depuis 1933, 18 vol. parus, Jean Jolly *et alii*, *Dictionnaire des parlementaires français, 1889-1940*, Paris, PUF, 1960-1977, 8 vol.

（2）C. Charle, *Naissance des intellectuels*, *op. cit.*, p. 212 et 218. 以下も参照。Marie-Laurence Netter, « Brunetière », *Mil neuf cent. Revue d'histoire intellectuelle* (« comment sont-ils devenus dreyfusards ou antidreyfusards ? »), 1993, p. 66-70 ; *id.*, « Brunetière », *L'Affaire Dreyfus de A à Z*, éd. Michel Drouin, Paris, Flammarion, 1994, p. 151-155.

（3）以下を参照。M.-C. Bancquart, *Anatole France polémiste*, *op. cit.*, p. 171-197.

（4）*L'Aurore*, 13 et 14 janvier 1898, p. 1.

（5）『国民的エネルギーの小説』の最後の二部、『兵士への呼びかけ』（一九〇〇）と『彼らの顔』（一九〇二）は、ファスケル社から直接出版された。バレスは一九〇四年一一月一日に『ドイツに仕えて』の最初の六章分、続いて、その後『スパルタ旅行』（一九〇六）となる『スパルタへの旅』（一九〇五年一一月一五日、一二月一日および一五日、一九〇六年一月一日）を発表する以前に、『ルヴュ・デ・ドゥー・モンド』誌には何も寄稿していない。

（6）Correspondance Maurice Barrès-Ferdinand Brunetière, Fonds Maurice Barrès, Bibliothèque nationale de France.

（7）たとえば、以下、本書一五六頁および註121を参照。

（8）N. a. fr. 25042, f° 40 v°.

（9）É. Drumont, *La France juive. Essai d'histoire contemporaine*, Paris, Marpon et Flammarion, 1886.

（10）フランスにおける反ユダヤ主義の高まりに関する、時に混乱した記述のある著作のなかで、ロバート・F・バーンズは、ドリュモンに関するブリュヌチエールの論文を「つまらない〔inane〕」と断じているが、それ以外にコメントがない（Robert F. Byrnes, *Antisemitism in Modern France : The Prologue to the Dreyfus Affair*, New Brunswick, Rutgers University Presse, 1950 ; réédition New York, Howard Fertig, 1969, p. 151）。ユニオン・ジェネラル銀行の破産に関する研究のなかで、ジャニーヌ・ヴェルデス＝ルルーは、ブリュヌチエールの論文を、一八八〇年代初頭のアルヴェード・バリーヌやアナトール・ルロワ＝ボーリウやルナンの論文と並べて、「反ユダヤ主義を弾劾しているが、論争には加わらなかった文章群」のうちに位置づけ、ブリュヌチエールをドリュモンに「手厳しい批評家」と形容している（Jeannine Verdès-Leroux, *Scandale financier et Antisémitisme catholique. Le krach de l'Union générale*, Paris, É du Centurion, 1969, p. 251 et 163）。ピエール・ピエラールは、イデオロギー的な複雑さに敏感な眼差しを注いだ著作のなかで、「『ユダヤのフランス』に関する最も知的で最もニュアンスに富む書評は間違いなくフェルディナン・ブリュヌチエールが『ルヴュ・デ・ドゥー・モンド』誌に発表したそれであった」と評価している（Pierre Pierrard, *Juifs et Catholiques français de Drumont à Jules Isaac, 1886-1945*, Paris, Fayard, 1970, p. 63）。

（11） アナトール・ルロワ＝ボーリウは、自由政治学院の現代史の教授（一八八一）を務めたあと、エミール・ブートミー（一八三五―一九〇六）の死後、同校の校長となった。学士院会員（一八八七）。本書九二―九四頁を参照。ポール・ルロワ＝ボーリウは、自由政治学院の金融論教授（一八七二）、学士院会員（一八七八）、コレージュ・ド・フランスの政治経済担当教授（一八八〇）、一八九一年からその死まで『ルヴュ・デ・ドゥー・モンド』誌の監査委員会委員長を務めた。政治家への野心を長く抱き続け、一八八五年の国会議員選挙で王政派の候補者として出馬したが落選した。以下を参照。Pierre Favre, *Naissance de la science politique en France, 1870-1914*, Paris, Fayard, coll. « L'Espace du politique », 1989, p. 199-206 et Dan Warshaw, *Paul Leroy-Beaulieu and Established Liberalism in France*, De Kalb, Northern Illinois University Press, 1991. フランスにおける自由主義については以下を参照。André Jardin, *Histoire du libéralisme politique, de la crise de l'absolutisme à la Constitution de 1875*, Paris, Hachette, 1985, et Louis Girard, *Les Libéraux français, 1814-1875*, Paris, Aubier, 1985.

（12） Edmond Scherer, *La Démocratie et la France*, Paris, Librairie nouvelle, 1883, p. 17. シェレール（一八一五―一八八九）は、プロテスタント、共和主義者、一八六一年の『ル・タン』紙の創設者のひとり、文芸批評家で、一八七一年から上院議員を務めた。中道左派を占め、チエールを支持し、五月一六日事件では政権に反対票を投じた。『ルヴュ・デ・ドゥー・モンド』誌および『ルヴュ・ブルー』誌の寄稿者。自由主義者の共和主義については、以下を参照。Claude Nicolet, *L'Idée républicaine en France, 1789-1924*, Paris, Gallimard, coll. « Bibliothèque des histoires », 1982 ; réédition coll. « Tel », 1994, p. 467-470.

（13） 以下を参照。A. Leroy-Beaulieu, *Les Catholiques libéraux, l'Église et le Libéralisme de 1830 à nos jours*, Paris, Plon, 1885, d'abord publié dans la *Revue des Deux Mondes* (15 août et 15 décembre 1884).

（14） 以下を参照。A. Leroy-Beaulieu, *La Papauté, le Socialisme et la Démocratie*, Paris, C. Lévy, 1892 (suivi du texte de l'encyclique *Rerum novarum*), d'abord publié dans la *Revue des Deux Mondes* (15 décembre 1891, 15 janvier et 1er mars 1892).

（15） A. Leroy-Beaulieu, « Les troubles antisémitiques. La persécution des juifs de Russie », *Revue politique et littéraire*, 20 mai 1882, p. 609-613. アナトール・ルロワ＝ボーリウの記念碑的な著作『ツァーリの帝国とロシア人』（アシェット社、一八八一年、三巻）〔*L'Empire des tsars et les Russes*, Hachette, 1881, 3 vol.〕は、まず、一八七三年以来『ルヴュ・デ・ドゥー・モンド』誌に執筆してきた数多くの論文で発表された。彼はそこで既に、ロシアの法律によってユダヤ人に対して実行された差別の問題を扱っていた。

（16） H. Germain, « L'État politique de la France en 1886 », *Revue des Deux Mondes*, 15 juin 1886, p. 820-838. アンリ・ジェルマン（一八二

四―一九〇五）は、クレディ・リヨネ銀行の創立者で、一八六九年から一八九三年までほぼ中断なく共和派でチエール派の代議士を務めた。五月一六日事件の内閣不信任三六三名のうちのひとりとなったが、その後、日和見となり、中道左派から穏健共和派まで変化した。当時彼は国会には不在だった。政府の財政運営に反対したため、共和派の名簿に載せられなかった彼は、一八八五年の任期満了にともなう選挙時に無所属で出馬して落選していた。

（17） Brunetière, « La France juive », *Revue des Deux Mondes*, 1er juin 1886, p. 694.

（18） *Ibid.*, p. 694.

（19） *Ibid.*, p. 694.

（20） Renan, « Identité originelle et séparation graduelle du judaïsme et du christianisme » (1883), *Œuvres complètes*, éd. Henriette Psichari, Paris, Calmann-Lévy, 1947-1961, 10 vol., t. I, p. 922.

（21） « La France juive », art. cité, p. 696.

（22） *Ibid.*, p. 694. 文法的には「foetor judaicus」が正しい。

（23） アナトール・ルロワ＝ボーリウは『ルヴュ・デ・ドゥー・モンド』誌で「ユダヤ人と反ユダヤ主義」に関する一連の重要な論考を発表した（A. Leroy-Beaulieu, « Les juifs et l'antisémitisme », *Revue des Deux Mondes*, 15 février, 15 mai, 15 juillet 1891, 15 décembre 1892, 1er février 1893）。それらの論考は『諸国民におけるイスラエル――ユダヤ人と反ユダヤ主義』に再録されている（A. Leroy-Beaulieu, *Israël chez les nations. Les juifs et l'antisémitisme*, Paris, C. Lévy, 1893 ; réédition, éd. Roger Errera, préface de René Rémond, Paris, Calmann-Lévy, coll. « Diaspora », 1983）。この書物は『ユダヤのフランス』の一種の陰画であり、ルロワ＝ボーリウはドリュモンの著をきっぱりと否認している。すなわち、そこには、ユダヤ人に関するありとあらゆる紋切型と数多くの偏見が、たとえば「ユダヤ人の心理」という章におけるように、時にじつに無邪気に、あるいはまた、ドリュモンの不正確な引用に従えば「ユダの末裔」と見なされたガンベッタへの毒舌におけるように乱暴な仕方で紹介されている、というのである（*Israël chez les nations*, éd. citée, p. 240-242）。ルロワ＝ボーリウは一点においてのみドリュモンを肯定している。すなわち、反ユダヤ主義の盛り上がりにおけるユダヤ人自身の責任である（*ibid.*, p. 317）。R・レモンはしかしながら、そのことで彼を「無意識の反ユダヤ主義」として批判する誘惑は慎むべきだとして、彼の「客観性に裏打ちされた努力」を強調している（*ibid.*, p. 21）。数年後、一八九七年二月のパリ・カトリック研究所における講演「反ユダヤ主義」（A. Leroy-Beaulieu, *L'Antisémitisme*, Paris, C. Lévy, 1897）で、ルロワ＝ボーリウはよりいっそうはっきりと近代の反ユダヤ主義の三要素を区別している。

（24） ベルナール・ラザールによると、反ユダヤ主義の文書は「しばしば多様な傾向を示す」としても、ひとつの「主調」が全般的に観察可能であるという（Bernard Lazare, *L'Antisémitisme, son histoire et ses causes* [1894], Paris, Crès, 1934, 2 vol., t. II, p. 53 et 74）。今日でも、ミシェル・ヴィノックは近代の反ユダヤ主義を、キリスト教からのユダヤ人に対する古くからの敵意が政治イデオロギーに変化したものとして、同じく三つの要素の組み合わせによって定義づけている（以下を参照。Michel Winock, « Édouard Drumont et *La France juive* », *Édouard Drumont et Cie*, Paris, Éd. du Seuil, coll. « XXe siècle », 1982 ; réédition *Nationalisme, Antisémitisme et Fascisme en France*, Paris, Éd. du Seuil, coll. « Points », 1990, p. 121-132）。

(25) すなわち、選ばれた民は偉大であったが、救世主キリストを認めることを拒んだことで、そして、誕生しつつあったキリスト教会に反対したことで、その民は信用を失ったとする神学的な考え方を指している。キリスト教会の教父たちによるこのテーゼは、ボシュエやグレゴワール神父によって反復され、ユダヤ人の四散〔ディアスポラ〕を神の怒りのしるしと解釈することで反ユダヤ教的なものとなり、また、神殺し〔神の子イエス・キリストを磔刑に処した〕の民への恨みと典礼における殺害への非難に理由を与えるときに反ユダヤ人的なものとなる。ブリュヌチエールは宗教的な反ユダヤ主義の古典『ユダヤ人、ユダヤ教、およびキリスト教の民のユダヤ化』（Roger Gougenot des Mousseaux, *Le Juif, le Judaïsme et la Judaïsation des peuples chrétiens*, 1869）を所有していた（以下を参照。*Catalogue de la bibliothèque de feu M. Ferdinand Brunetière*, préface de E.-M. de Vogüé, Paris, Émile Paul, 1908, 2 vol., nº 1422［このカタログは一九〇八年二月のドルーオでのブリュヌチエールの蔵書といくつかの手稿の売り立てのために準備されたものである］）。

(26) フーリエの弟子であるアルフォンス・トゥースネルの著作『時代の王たるユダヤ人たち——金融封建制の歴史』（一八四五）はドリュモンの社会主義の源泉だった（トゥースネルはすべての銀行家をユダヤ人と呼び、ユダヤ人国家を企図することを認めようとしない。サミュエル・カエンによる同書の以下の書評を参照。Samuel Cahen, *Archives israélites*, septembre 1845, p. 752-754）。同書は、一八八六年に、『ユダヤのフランス』と同じマルポン・エ・フラマリオン社から再版されている。ブリュヌチエールは、グージュノ・デ・ムーソーの書物（前註参照）と同様の装丁を施した美麗な初版本を所有していた。

(27) アルチュール・ド・ゴビノーの『人種不平等論』（一八五三—一八五五）はフランスよりもドイツで大きな影響力を持った書物だが、これは一九世紀末のダーウィン的人種差別主義を予兆するものであり、一八八四年に再版された。

(28) 少し前のアルヴェード・バリーヌの論文と同じ立場である。バリードはユダヤ人の特殊性を人種に還元することを拒否し、それらを「偶発的な欠陥」と、つまり、環境に起因するものだとしている（Arvède Barine, « La question juive d'après des publications récentes », *Revue politique et littéraire*, 8 août 1885, p. 165）。

(29) « La France juive », art. cité, p. 695.

（30） ブリュヌチエールは、一九〇三年にも、ルナンが晩年に『キリスト教会』（Renan, *L'Église chrétienne*, t. VI de l'*Histoire des origines du christianisme*, Paris, C. Lévy, 1879）のなかで示したこの考え――これはブリュヌチエールを憤慨させた――を引用するだろう。「ゲットーはユダヤ人にとって外部に由来する拘束というよりはむしろ、タルムードの精神のもたらした結果であった」（Renan, *Œuvres complètes*, éd. citée, t. V, p. 540 ; Brunetière, *Pages sur Ernest Renan*, Paris, Perrin, 1924, p. 220）。

（31） « La France juive », art. cité, p. 703-704.

（32） V. Basch, « Les idées de M. Brunetière », *La Grande Revue*, 1er janvier 1899, p. 36. ヴィクトル・バッシュについては、本書一二四頁および註21を参照。

（33） *Ibid.*, p. 45.

（34） Brunetière, « Un historien de la Révolution française, M. Taine et ses *Origines de la Révolution française* », 15 septembre 1885, p. 386-425.

（35） *Ibid.*, p. 411.

（36） V. Basch, « Les idées de M. Brunetière », art. cité, p. 49.

（37） *Ibid.*, p. 38.

（38） « La France juive », art. cité, p. 703.

（39） ベルナール・ラザールは、一八九〇年には、世界イスラエリット連盟に対して非常に厳しい態度を示しており、東方のユダヤ人たちがフランスに移民として入ってくることに激しく反対していた。「フランスのイスラエル人たる私にとって、ロシアの高利貸しや、ガリチア〔ポーランド南部〕の質屋の店主や、ポーランドの馬商人や、プラハの古物商や、フランクフルトの両替屋が何の意味があるというのか。ロシアの皇帝が自分に有害なことをなそうとしているように思われた臣民たちに対してとった措置を、いったいどんな所謂博愛の名において私が面倒を見なければならないというのか。〔……〕これらフン族の末裔たちと私にいったいどんな共通点があるというのか。〔……〕結局、こんな団体が行き着く先はどんなところだろうか。惨めな人びとを我々のうちに受け入れ、彼らを助け、彼らを優遇し、彼らを彼らのものでもなく彼らを養う義務もない土地に植民し、彼らにその土地の征服をしやすくしてやること。こんな団体がいったい誰の役に立つというのか。コスモポリタンのユダヤ人の役に立つだけである。いかなる国民ともつながりを持たず、いかなる国民にも愛情を持たないコスモポリタンのユダヤ人は、完全な無関心と共に自分のテントを持ち運ぶベドウィン族と同じである」（Bernard Lazare, « La solidarité juive », *Entretiens politiques et littéraires*, octobre 1890, p. 230 ; 次の文献に一部引用されている。Jeffrey Mehlman, *Genealogies of the Text*, Cambridge, Cambridge University Press, 1995, p. 71）。しかし、ラザールは、一八九四年には、世界イスラエリット連盟とユダヤ人の連帯に対する自身の見方を穏健化している

（*L'Antisémitisme*, éd. citée, t. II, p. 251）。

（40）ブリュヌチエールとルロワ＝ボーリウの親近性については、以下、本書九二—九三頁および註14を参照。

（41）« La France juive », art. cité, p. 702.

（42）*Ibid.*, p. 704. 一八九〇年には、しかし、オデオン座での『ヴェニスの商人』の翻案（*Shylock*, par Edmond Haraucourt avec musique de Gabriel Fauré）を報告する文章のなかで、ブリュヌチエールはシェークスピアのこの戯曲を「寛容と人間の権利のための一種の弁護」として有名なシャイロックの言葉に還元することを拒むだろう（« A propos du *Marchand de Venise* », *Revue des Deux Mondes*, 1er janvier 1890, p. 216）。

（43）日付のない手紙。N. a. fr. f° 25049, f° 434 r°-v°.

（44）James Darmesteter, *Coup d'œil sur l'histoire du peuple juif*, Paris, Librairie nouvelle, 1880 ; repris dans *Les Prophètes d'Israël*, Paris, C. Lévy, 1892, p. 153-197 ; réédition, préface de Salomon Reinach, Paris, Rieder, 1931. この一八九二年の論集『イスラエルの預言者たち』の巻頭論文となり、この論集のタイトルともなっている論考「イスラエルの預言者たちとその新たな歴史家」(p. 1-120) は、ルナンの『イスラエル民族の歴史』第三巻（Renan, *Histoire du peuple d'Israël*, Paris, C. Lévy, 1890）の書評であり、最初に、『ルヴュ・デ・ドゥー・モンド』誌に掲載された（*Revue des Deux Mondes*, 1er avril 1891）。ブリュヌチエール自身、同誌上で、ルナンの著書の第一巻と第二巻について、より厳しい調子で、書評を行っていた（Brunetière, « Le peuple d'Israël et son historien », *Revue des Deux Mondes*, 1er février 1889 ; 本書一二六頁および註31を参照）。

（45）« La France juive », art. cité, p. 697.

（46）*Ibid.*, p. 700. ダルメストテールは次のように判断していた。「ユダヤ教は、あらゆる宗教のなかで唯一、科学とも社会の進歩とも敵対関係になったことが一度もなく、またそうした関係に入ることのけっしてできない宗教であり、［……］それらのあらゆる征服の様を恐れることなく目にしてきたし、今も目にしているのである」(*Les Prophètes d'Israël*, *op. cit.*, p. 195)。

（47）« La France juive », art. cité, p. 701-702. ネリー・ウィルソンは「世界はユダヤ的になりつつある」という一句だけを文脈から切り離して、次のように解釈している。「ブリュヌチエールは、反ユダヤ主義者ではないが、ドリュモンの用語でユダヤの問題を提起した。すなわち、ユダヤ人をどうすればよいのか、という問いである」(Nelly Wilson, *Bernard Lazare : Antisemitism and the Problem of Jewish Identity in Late Nineteenth-Century France*, Cambridge, Cambridge University Press, 1978, p. 73; trad. fr. *Bernard Lazare, l'Antisémitisme, l'Affaire Dreyfus, et la Recherche de l'identité juive*, Paris, Albin Michel, coll. « Présences du judaïsme », 1985)。しかし、ブリュヌチエールによってユダヤの問題がそのような仕方で表現されているところは、問題の書評論文のどこにも見られない。ブリ

ユヌチエールはフランスにおけるユダヤ人の解放と同化を再検討の対象にはしていない。

（48） « Coup d'œil sur l'histoire du peuple juif », *Les Prophètes d'Israël, op. cit.*, p. 176 et 194.

（49） *Ibid.*, p. 192. ユダヤ人を父に、カトリック教徒を母に持つ歴史家のジョゼフ・サルヴァドール（一七九六―一八七三）は、キリスト教の起源の研究でルナンの先駆者であり、聖書の精神の現代的な解釈においてダルメステテールを先取りし、フランス大革命によって創始された第三の時代におけるユダヤ教とキリスト教の総合を予告していた。これは彼の著作のすべて、とりわけその遺作の示すところである (Joseph Salvador, *Paris, Rome, Jérusalem, ou la Question religieuse au XIXe siècle*, Paris, M. Lévy, 1860)。ダルメステテールはその著『イスラエルの預言者たち』の最終章をサルヴァドールに捧げている（Darmesteter, *Les Prophètes d'Israël, op. cit.*, p. 279-386)。しかし、ふたりは、新たな統一体の首都をどこに置くかについては意見を異にしている。ダルメステテールによれば、首都は当面パリに置かれるが、それは、ひとたびフランス大革命の普遍的な運命が完遂された暁には、あらゆるところ、あるいは、どこでもよいものとなるだろうという。一方、サルヴァドールにとっては、エルサレムの復讐を実現するためにも、首都はパレスティナ以外にはありえないものとなるだろう (*Paris, Rome, Jérusalem*, 2e éd., 1880, t. II, p. 232)。ロシアでポグロムが起こった一八八一年にサルヴァドールの思想を要約しながらダルメステテールは、サルヴァドールを、フランコ＝ユダイズムの預言者というよりはむしろ、その言葉の誕生以前のシオニズムの預言者としている。「ガリラヤの沿岸、古きカナーンの地に、新たな国家がかたちづくられるだろう。そこでは、歴史的な記憶とロシアやプロシアの迫害の組み合わさった圧力のもとで、ユダヤの要素が支配するだろう」(*Les Prophètes d'Israël, op. cit.*, p. 366)。テオドール・エルツル（一八六〇―一九〇四）の政治的シオニズムは、フランコ＝ユダイズムとドレフュス事件期の同化への幻滅に反応し、サルヴァドールの幻視的な霊感を再び見出すことになるだろう。

（50） « Coup d'œil sur l'histoire du peuple juif », *Les Prophètes d'Israël, op. cit.*, p. 176 et 193.

（51） *Ibid.*, p. 197.

（52） « Joseph Salvador », *Les Prophètes d'Israël, op. cit.*, p. 355.

（53） J.-D. Lefrançais, *Lectures patriotiques sur l'histoire de France, à l'usage de l'enseignement primaire*, Paris, Delagrave, 1881. ジャーム・ダルメステテールとフランコ＝ユダイズムについては、以下を参照。Michael R. Marrus, *The Politics of Assimilation : A Study of the French Jewish Community at the Time of the Dreyfus Affair*, Oxford, Clarendon Press, 1971; trad. fr. *Les Juifs de France à l'époque de l'affaire Dreyfus. L'assimilation à l'épreuve*, préface de Pierre Vidal-Naquet, Paris, Calmann-Lévy, coll. « Diaspora », 1972 ; réédition Bruxelles, Éd. Complexe, 1985, p. 122-133.

（54） N. a. fr. 25049, f° 434 v°-435 r°.

（55） N. a. fr. 25049, f° 435 r°-v°.

（56） フランス国立図書館にはフロール・サンジェからブリュヌチエールに宛てた一八八一年から一九〇五年までの四四通の手紙が保管されている（N. a. fr. 25049, f° 355-464）。一八九〇年版の『パリ名士録』および『パリ社交界年鑑』には、オッシュ大通り四五番地とヌフムーチエ城の住所が記載されている。彼女の息子であるルイ・サンジェとその妻の住所はガリレー通り六二番地となっている。一八九八年版の『パリ名士録』では、彼女の住所はクレベール大通り五五番地となっており、『ル・タン』紙（一九一五年一一月二九日付、三頁）および『ジュルナル・デ・デバ』紙（一九一五年一一月三〇日付、四頁）の訃報欄によれば一九一五年に亡くなるまでそこに住んだことがわかる。

（57） アルフレッド・メジエール（一八二六―一九一五）はノルマリアン（一八四五）、文学アグレジェ（一八四八）、文学博士（一八五三）、ナンシー大学非常勤講師（一八五六）、同専任講師（一八六一）、ソルボンヌの外国文学教授（一八六三）を歴任し、シェークスピア、ダンテ、ペトラルカ、ゲーテについての著作があり、『ルヴュ・ナシオナル』誌とフランソワ・ビュローズが編集長をしていた時代、とりわけパリ包囲の頃の『ルヴュ・デ・ドゥー・モンド』誌の寄稿者であった。一八七四年にアカデミー・フランセーズ会員に選出され、その後穏健共和派として政治家の道を歩んだ。一八八一年から一九〇〇年までムルト＝エ＝モゼル県選出の代議士となり、一八九八年には軍事委員会委員長、一九〇〇年から没年まで上院議員を務め、ドイツの占領地帯にある故郷レオンに暮らした。この地にあったメジエールはドイツ人から人質と見なされていた。

（58） Alfred Mézières, « Au temps passé. Un coin de la société parisienne sous le second Empire », *Revue des Deux Mondes*, 1er février 1907, p. 567, n. 1 ; repris dans « La société parisienne sous le second Empire », *De tout un peu*, Paris, Hachette, 1909, p. 63, n. 1.

（59） Brunetière, « Théorie du lieu commun », *Revue des Deux Mondes*, 15 juillet 1881.

（60） ラファエル＝ジョルジュ・レヴィ（一八五三―一九三三）は経済学者で、自由政治学院教授を務めた。一九一三年に道徳政治学アカデミー会員に選ばれ、一九二〇年から一九二七年までセーヌ県選出の上院議員、フランスユダヤ教中央長老会議委員を務めた。彼は自身が全国高校学力コンクールのラテン語演説部門最後の優等賞受賞者であることを一八九九年のブリュヌチエール宛の手紙で言及している（N. a. fr. 25043, f° 160）。また、青年時代に詩をものしたことがある（Raphaël-Georges Lévy, *Poésies*, Paris, Lemerre, 1886）。

（61） 本書七九頁および註159を参照。

（62） Proust, *Correspondance*, éd. Ph. Kolb, Paris, Plon, 1970-1993, 21 vol., t. XI, p. 232.

（63） ルイ・ラティスボンヌが執筆したコラムは以下のふたつの書物に集められている。Louis Ratisbonne, *Impressions littéraires* et

Morts et vivants. Nouvelles impressions littéraires, Paris, M. Lévy, 1855 et 1860.

（64） Théophile Gautier, « Rapport sur les progrès de la poésie », *Recueil des rapports sur les progrès des lettres et des sciences en France*, Paris, Imprimerie impériale, 1868, p. 119.

（65） F. Dollinger, « Louis Ratisbonne », *Revue alsacienne illustrée,* décembre 1900, p. 83-85.

（66） Rimbaud, « L'Angelot maudit », *Œuvres,* éd. Suzanne Bernard et André Guyaux, Paris, Garnier, 1991, p. 318. ラウル・ポンションのふたつのパロディーのほうはラティスボンヌの文章にいっそう類似している（*Album zutique,* éd. Pascal Pia, Paris, J.-J. Pauvert, 1962, p. 101, 145 [Rimbaud] et 157)。ルイ・ラティスボンヌの娘であるエチエンヌ・トレフ・ド・フレヴァル夫人は、父の死後、その詩を集めて一巻に編んでいる（Louis Ratisbonne, *Les Grandes Ombres. Poésies diverses. Au printemps de la vie,* Paris, Delagrave, 1901）。そのうちの一篇「昨日、今日、いつも」（p. 104-105）が、それに続く「記念日」と「思い出」（p. 106-109）と共に、フロール・サンジェに関わった内容であることを、フロールはブリュヌチエールに伝え、その詩集について『ルヴュ・デ・ドゥー・モンド』誌で触れてくれるように依頼している（一九〇一年八月一六日付の手紙。N. a. fr. 25049, f° 361-362)。この依頼が一九〇一年九月一日号の表紙裏で果たされることは、フロールの感謝の言葉が証言するとおりである（一九〇一年九月一〇日付の手紙。N. a. fr. 25049, f° 463-464)。これに先立ち、彼女の弟が没した折に、『ルヴュ・デ・ドゥー・モンド』誌が一九〇〇年一〇月一五日号の「文芸書評」欄でドゥーミックの署名記事によりオマージュを捧げた際、彼女はすでにブリュヌチエールに感謝の言葉を述べている。メジエールは、『ルヴュ・ナシオナル』誌でつながりがあったルイ・ラティスボンヌを通じてフロール・サンジェに紹介されていた（*De tout un peu, op. cit.*, p. 62)。

（67） ナフタリ・セール・ベール・ド・メデルスハイムは一七六〇年から一七八八年までアルザスのユダヤ人総会長の任にあった。彼はビシュハイム、ストラスブール、トンブレーヌ、パリ、そしてロマンスヴィレールに住んだ。ストラスブール駐留軍の糧食補給担当者、工場経営者、不動産所有者、大資産家にしてユダヤ人共同体の篤志家であった彼は、一七七五年にルイ一六世から帰化承認状を受けた最初のアルザスのユダヤ人となった。一七八九年、彼は三部会にユダヤ人の声を届けるために三地方のユダヤ人の代表者の資格を得ている。セール・ベールとその後裔については、以下を参照。Alphonse Cerfberr de Medelsheim, *Biographie alsacienne-lorraine*, Paris, Lemerre, 1879 ; J. Édouard Sitzmann, *Dictionnaire de biographie des hommes célèbres de l'Alsace depuis les temps les plus reculés jusqu'à nos jours,* Rixheim, F. Sutter, 1909-1910, 2 vol. ; réédition Paris, Éditions du Palais-Royal, 1973 ; et *Nouveau Dictionnaire de biographie alsacienne,* Strasbourg, Fédération des sociétés d'histoire et d'archéologie d'Alsace, depuis 1982. フランスのユダヤ人解放に至る数年間の彼の活動については、以下を参照。Jacob Katz, *Out of the Ghetto: The Social Background of Jewish*

Emancipation, 1770-1870, Cambridge (Massachusetts), Harvard University Press, 1973, p. 70; trad. fr. *Hors du Ghetto. L'émancipation des juifs en Europe, 1770-1870*, préface de P. Vidal-Naquet, Paris, Hachette, 1984 ; Arthur Hertzberg, *The French Enlightenment and the Jews*, New York, Columbia University Press, 1968 ; et Simon Schwarzfuchs, *Du juif à l'israélite. Histoire d'une mutation, 1770-1870*, Paris, Fayard, coll. « Nouvelles Études historiques », 1989, p. 97-156.

（68）　父を継いで一七八八年から一七九二年までアルザスのユダヤ人総会長を務めた。

（69）　オーギュスト・ラティスボンヌとアデライード・セール・ベール（一七七九―一八一八）には一三人の子供があった。そのうち三人は幼くして死んでいる。テオドールは四番目、アルフォンスは一一番目の子供であった。オーギュスト・ラティスボンヌのあと、その弟のルイ・ラティスボンヌ（一七七九―一八五五）――アデライードの妹であったフロール・セール・ベール（一七八二―一八二〇）と結婚した――が県のユダヤ長老会代表を務めた。オーギュストの息子で、テオドールとアルフォンスの兄弟であるアシル・ラティスボンヌ（一八一二―一八八三）がそのあとを継いでいる。

（70）　オーガスタス・クレイヴン夫人の引用によるジェルベ神父の一八四二年一月二二日付の手紙。Lettre du 22 janvier 1842 de l'abbé Gerbet, citée par Mme Augustus Craven, *Récit d'une sœur. Souvenirs de famille* (1866), Paris, Didier, 1868, 16e éd., t. II, p. 313.

（71）　特に以下を参照。Théobald Walsh, *Le Comte de La Ferronays et Marie-Alphonse Ratisbonne, ou Mes impressions de quinze jours à Rome (16-31 janvier 1842)*, Paris, Poussielgue, 1842 ; seconde édition suivie de la relation de G. Goerres, traduite de l'allemand, 1843.

（72）　Mme Augustus Craven, *Récit d'une sœur, op. cit.*, p. 313.

（73）　[Mère Benedicta], *Le T. R. Père Marie-Théodore Ratisbonne, fondateur de la société et de la congrégation des religieuses de Notre-Dame de Sion*, Paris, Poussielgue, 1903, 2 vol., t. I, p. 258-259.

（74）　一八四二年五月三日付のフランソワ・リアール宛、ルナンの手紙。Renan, *Lettres de famille, Œuvres complètes*, éd. citée, t. IX, p. 609-610.

（75）　「マリアの子供」は、ビュシエール男爵〔一八〇二―一八六五、フランスの外交官・作家〕によるアルフォンスの回心譚の最も広く流布した版の題名である。ビュシエール男爵は、アルフォンスの中学校の同級生の兄で、新教徒からカトリック教徒に改宗した人物である。アルフォンスは一八四二年一月にローマで男爵に出会い、彼に随行してサンタンドレア・デッレ・フラッテ教会を訪れた。男爵が書いた『マリアの子供、もう一人の兄弟』というその小冊子は、クレルモン＝フェラン、リヨン、ボルドー、ブールジュ、ラヴァル、アヴィニョン、ナント、アンジェ等で同時印刷されたというから、一八四二年に猛烈な勢いでカトリック系の新聞雑誌の頁を繰らせたことがわかる。アルフォンス・ラティスボンヌの回心譚の現代の版としてはジャン・ギットンによるものがある（Jean Guitton, *La Conversion de Ratisbonne*, contenant *la Relation de la conversion de M.-A. Ratisbonne*, par le baron Marie-Théodore Renouard de Bussierre, et la *Lettre* de M.-A. Ratisbonne à M. Dufriche-Desgenettes, Paris, Wesmael-Charlier, 1964）。本書において使用した版は以下のとおり。Th. de Bussierre, *Relation authentique de la conversion de M.-A. Ratisbonne*, avec en appendice la *Lettre de M. M.-A. Ratisbonne à M. Dufriche-Desgenettes, fondateur et directeur de l'archiconfrérie de Notre-Dame des Victoires*, préface d'André Frossard, Paris, Téqui, 1981.

（76）*Grand Dictionnaire universel du XIX*^{e} *siècle*, Paris, 1875, t. XIII, s. v. Ratisbonne, Alphonse-Marie. 以下を参照。A. Ratisbonne, *Lettre à Desgenettes, op. cit.*, p. 69-70.

（77）ウィリアム・ジェームズはこの奇蹟を、閾下の〔サブリミナルな〕影響によって引き起こされるさまざまな幻覚を含むてんかんの発作によって説明している。この診断は、その人生の全体がたった数分間の出現によって決定されたアルフォンスの回心の決定的な性格をいっそう驚くべきものとする（William James, *The Varieties of Religious Experience* [1902], Cambridge [Massachusetts], Harvard University Press, 1985, p. 183-185, 192-193 et 209）。ジャン・ギットンはこの「全的瞬間」のうちに、内的葛藤と、キリスト教への高貴なる憎悪すなわち倒錯した愛の強迫観念とが至った結果を見ている（Jean Guitton, *La Conversion de Ratisbonne, op. cit.*, p. 79-80）。

（78）Gide, *Les Caves du Vatican*, Paris, Gallimard, coll. « Folio », 1972, p. 40.

（79）現在流布している諸々の事典によればアルフォンス・ラティスボンヌは一八一二年生まれということになっているが、本書も多くを負っている最新かつ最も情報豊かな伝記によれば（René Laurentin, *Alphonse Ratisbonne : vie authentique*, t. I, *La Jeunesse : à l'heure où naissait le judaïsme moderne, 1812-1842*, Paris, OEIL, 1986, 2 vol., et t. II, *20 janvier 1842 : Marie apparaît à Alphonse Ratisbonne*, 1991, 2 vol.）、彼の出生証明書は一八一四年となっている（t. I, vol. 2, p. 15）。

（80）アドルフ・ラティスボンヌ（一八〇一—一八六一）はシャルロット・オッペンハイム（一八〇二—一八三六）と結婚し、七人の子供をもうけた。そのうち、ルイとフロールを除くと、長男エドモン（一八二三—一八九六）はカトリック教徒になった。エレナとエリザは、それぞれアドルフおよびフェリックス・ヴォルムス・ド・ロミイーと結婚した。ゼリーはアルフレッド・ラルーエル・ド・スールドヴァルと結婚した。下のふたりの姉妹ゼリーとエリザは、母親の死後、資本家のブノワ・フールドと、その妻、旧姓エレナ・オッペンハイム——ふたりの母親の姉——夫妻の養女となった。フールド銀行頭取、オッペンハイム商会社長で、七月王政期には代議士も務めたブノワ・フールド（一七九二—一八五八）は、同じく、銀行家、政治家、代議士、上院議員、第二共和政期および第二帝政期に財務大臣を数度務めたアシル・フールド（一八〇〇—一八六七）の長兄であった。彼らの父、ベール＝リヨン・フールドは、ラティスボンヌ家の先祖であるセール・ベール・ド・メデルスハイムの雇い人から身を立てた人物で、バルザックにとって銀行家ニュシンゲンのモデルとなった人物であった。ニュシンゲン商会の三度目の破産の犠牲者となったダルドリッガー男爵は、セール・ベール自身を表しているとのことである（以下を参照。Anne-Marie Meininger, préface à *La Maison Nucingen*, Paris, Gallimard, coll. « Folio », 1989, p. 29-56）。

（81） A. Ratisbonne, *Lettre à Desgenettes*, *op. cit.*, p. 39.

（82） ローマのノートル＝ダム・ド・シオンの古文書室所蔵の一八四一年三月八日付の手紙。以下の著作における引用による。R. Laurentin, *A. Ratisbonne*, *op. cit.*, t. I, vol. 1, p. 46.

（83） A. Ratisbonne, *Lettres à Desgenettes*, *op. cit.*, p. 39-40.

（84） 手紙の手稿のうえでは、この一節は抹消され、三人の訂正者によって見直されて、ローマのノートル＝ダム・ド・シオンの古文書室に保存された。この一節は、以下の著作における引用による。R. Laurentin, *A. Ratisbonne*, *op. cit.*, t. I, vol. 1, p. 48. 印刷された版では、代わりに、次のようになっている。「［……］私の婚約者を目にすることは私のうちに何かしら人間的尊厳の感情のようなものを引き起こしたのです。私は魂の不滅を信じ始めていました。さらに、私は本能的に神に祈り始めたのです」（A. Ratisbonne, *Lettres à Desgenettes*, *op. cit.*, p. 42）。

（85） 一八四一年三月八日付の手紙。以下の引用による。R. Laurentin, *A. Ratisbonne*, *op. cit.*, t. I, vol. 1, p. 48.

（86） 一八四二年一月二一日付の手紙。以下の引用による。R. Laurentin, *A. Ratisbonne*, *op. cit.*, t. II, vol. 2, p. 215-216.

（87） 一八四二年一月二七日付エリザ・セール・ベール宛の手紙。以下の引用による。R. Laurentin. *A. Ratisbonne*, *op. cit.*, t. II, vol. 2, p. 222.

（88） 一八四二年二月一四日付の手紙。以下の引用による。R. Laurentin. *A. Ratisbonne*, *op. cit.*, t. II, vol. 2, p. 223.

（89） 叔父のルイ・ラティスボンヌには子供がなく、オーギュスト・ラティスボンヌ、すなわちアルフォンスの父親の死後は、彼が一家の長であった。

（90） 以下の引用による。R. Laurentin, *A. Ratisbonne*, *op. cit.*, t. II, vol. 2, p. 228.

（91） 以下の引用による。R. Laurentin, *A. Ratisbonne*, *op. cit.*, t. II, vol. 2, p. 156.

（92） エルネスティーヌ・ベーフュス（一八一七—一八六六）はアルフォンスの一番下の妹。

（93） 一八四二年三月一〇日付テオドール・ド・ビュシエール宛のアルフォンス・ラティスボンヌの手紙。以下の引用による。R. Laurentin, *A. Ratisbonne*, *op. cit.*, t. II, vol. 2, p. 231.

(94) *Ibid.*, p. 231.

(95) Huysmans, *A rebours*, éd. Marc Fumaroli, Paris, Gallimard, coll. « Folio », 1990, 2e éd., p. 259.

(96) Michelet, *Journal* (26 juin 1842), éd. Paul Viallaneix, Paris, Gallimard, 1959, t. I, p. 421.

(97) Th. Ratisbonne, *La Question juive*, Paris, Dentu et Douniol, 1868, p. 8.

(98) A. Ratisbonne, *Lettre à Desgenettes*, *op. cit.*, p. 36 et 39.

(99) *Ibid.*, p. 44.

(100) Th. Ratisbonne, *La Question juive*, *op. cit.*, p. 8.

(101) 一八四二年三月一〇日付の手紙。引用は以下による。R. Laurentin, *A. Ratisbonne*, *op. cit.*, t. II, vol. 2, p. 231.

(102) 一八四二年一月二七日付エリザ・セール・ベール宛の手紙。引用は以下による。R. Laurentin, *A. Ratisbonne*, *op. cit.*, t. II, vol. 2, p. 222.

(103) フロールの上の兄エドモン、フロールの姉妹エレナとエリザ、フロールの甥の数名、（アイルランド人女性と結婚した）弟ルイの子供たちは、カトリック教徒になった。ルイの娘のマリー・ラティスボンヌは一八八一年にノートル＝ダム・ド・シオンの修練所に入り、シスター・ロマという名前で修道女になった（R. Laurentin, *A. Ratisbonne*, *op. cit.*, t. II, vol. 2, p. 159 et 205）。ヴィニーのルイ・ラティスボンヌ――やがてヴィニーの遺言執行人を務めることになる――への友情について、レオン・ポリアコフはルイを改宗者として紹介しているが、それは事実ではないようである（Léon Poliakov, *Histoire de l'antisémitisme*, Paris, Calmann-Lévy, coll. « Liberté de l'esprit », 1968, t. III, p. 376. 同書の新版ではこの参照が脱落している。*Histoire de l'antisémitisme*, la nouvelle édition, Paris, Le Livre de poche, coll. « Pluriel », 1981, t. II, p. 199-201 ; réédition Paris, Éd. du Seuil, coll. « Points », 1991）。一八四六年に、その宣教活動についてテオドール・ラティスボンヌと論争した『アルシーヴ・イスラエリット』誌は、ルイ・ラティスボンヌの「エゼキアスの詩の模倣」という詩を載せている（*Archives israélites*, novembre 1846, p. 680-681）。ルイの子供向けの作品には穏健な理神論が感じられる。

(104) ［歴史家の］ピエール・オーブリはその優れた著作『ユダヤ人作家を通じてみる現代フランスのユダヤ人社会』において、ユダヤ人の態度としての改宗を次のような言葉で解釈している。「宗教的な不満がユダヤ人に対する異教徒たちの敵意の最も深いところにある永続的な理由になっているように見える。その結果、ユダヤ人にとって、同化意志の最も極端な現れは、ユダヤ教に対して最も激しく対立する宗教へと改宗することである。実際、自分を迫害する者に同一化することほど完全な転向はない」（Pierre Aubery, *Milieux juifs de la France contemporaine à travers leurs écrivains*, Paris, Plon [1957], coll. « Recherches en sciences humaines », 1962,

p. 277）。オーブリが挙げる最初の例がまさしくアルフォンス・ラティスボンヌの改宗である（*ibid*., p. 277-279）。

（105）　A. Ratisbonne, *Lettre à Desgenettes, op. cit.*, p. 39.

（106）　一八四二年一月二七日付エリザ・セール・ベール宛の手紙。引用は以下。R. Laurentin, *A. Ratisbonne, op. cit.*, t. II, vol. 2, p. 222.

（107）　A. Ratisbonne, *Lettre à Desgenettes, op. cit.*, p. 54.

（108）　*Ibid.*, p. 67.

（109）　R・ローランタンは洗礼のこの段階については触れていない。

（110）　ラティスボンヌ家の人びととノートル＝ダム・ド・シオンについては、以下を参照。L'abbé Migne, *Dictionnaire des conversions, Nouvelle Encyclopédie théologique*, Paris, 1852, t. XXXIII, s. v. Ratisbonne, Théodore et Marie-Alphonse ; Th. Ratisbonne, *Mes souvenirs* (1883), Saint-Léger-Vauban (Yonne), Les Presses monastiques, 1966 ; Marguerite Aron, *Prêtres et Religieuses de Notre-Dame de Sion*, Paris, Grasset, 1936 ; Claude Mondésert, *Les Religieuses de Notre-Dame de Sion*, Lyon, Lescuyer, 1956 ; François Delpech, « Notre-Dame de Sion et les juifs » (1971), repris dans *Sur les juifs. Éudes d'histoire contemporaine*, Lyon, Presses universitaires de Lyon, 1983（歴史家の手になる唯一の研究）; sœur Marie Carmelle, *Théodore Ratisbonne. Itinéraire à la lumière de la parole*, Paris, Notre-Dame de Sion, 1984.

（111）　*Archives israélites*, octobre 1849, p. 552.

（112）　引用は以下。J. Vidal, « Essai sur le prosélytisme et l'apostasie », *Archives israélites*, avril 1852, p. 188.

（113）　J. Darmesteter, « Coup d'œil sur l'histoire du peuple juif », *Les Prophètes d'Israël, op. cit.*, p. 184.

（114）　しかしながら、以下の著作も参照のこと。Jacob Katz, « Religion as a Uniting and Dividing Force in Modern Jewish History », *The Role of Religion in Modern Jewish History*, éd. J. Katz, Cambridge (Massachusetts), Harvard University Press, 1975, p. 1-17 ; Christine Piette, *Les Juifs de Paris, 1808-1840. La marche vers l'assimilation*, Québec, Presses de l'Université Laval, 1983, p. 149-158 ; Jonathan I. Helfand, « Passports and Piety : Apostasy in Nineteenth-Century France », *Jewish History*, automne 1988, p. 59-83. この論文は量的にも質的にもこれらの改宗に特別な重要性を与えている。また、Richard I. Cohen, « Conversion in Nineteenth-Century France : Unusual or Common Practice ? », *Jewish History*, automne 1991, p. 47-56. は、そのような評価を修正し、強硬な手段を用いてもたらされたこれらの棄教は、ユダヤ教の歴史の観点からよりも、キリスト教の歴史の観点から、いっそう重要であると判断している。しかしながら、あとで見るように、たとえ『アルシーヴ・イスラエリット』誌のような機関誌がユダヤ教の信仰の改革を求めるためにそれらを利用したということを理由に、これらの改宗がフランスではけっして大人数に達することはなかったとしても、それらの果たした役割はユダヤ教の進展において無視できるものではなかった。

(115) 以下を参照。Richard Menkis, « Patriarchs and Patricians: The Gradis Family of Eighteenth-Century Bordeaux », *From East and West: Jews in a Changing Europe, 1750-1870*, éd. Frances Malino et David Sorkin, Oxford, Blackwell, 1990, p. 11-45.

(116) ドイツについては以下を参照。« Jewish Conversion from the Seventeenth Century to the Nineteenth Century », *Leo Baech Institute Year Book*, 1995, t. XL, p. 65-129.

(117) エルヴィン・シュニュルマンはストラスブール司教区におけるユダヤ人のカトリックへの改宗者の数を非常に少ないものと見なし、それをハンブルクやウィーンのより多い改宗者の数と比較しているが、これらの数字は一九世紀末と二〇世紀初頭に関するものであって、もっと多かったはずの一九世紀前半に関するものではない（Erwin Schnurmann, *La Population juive en Alsace*, Paris, Sirey, 1936, p. 18-19）。一八九一年、英国の雑誌『ジューイッシュ・クオータリー・レヴュー』に発表されたフランスのユダヤ人に関する大部の論文において、ヌイイのラビであったシモン・ドブレは、異教徒間の婚姻数が増加していることを認めつつも、ユダヤ教からキリスト教への改宗は「まったく馴染のないもの」で、フランス的精神にとって縁遠いものであり、それは、異教徒間の婚姻における場合も含めて、裏切りとして認識されると付け加えている。実際、次の頁で彼は、反ユダヤ主義もまたフランスには存在しないとしている（Simon Debré, « The Jews of France », *Jewish Quarterly Review*, avril 1891, p. 392-394）。出典を明記していないが、パトリック・ジラールによれば、一八六〇年のフランスには改宗したユダヤ人が五〇〇人以上いたはずであるという（Patrick Girard, *Les Juifs de France de 1789 à 1860. De l'émancipation à l'égalité*, Paris, Calmann-Lévy, coll. « Diaspora », 1976, p. 159）。

(118) A. Cerfberr de Medelsheim, *Ce que sont les juifs de France*, Paris et Strasbourg, 1844, p. XXI. この著作の初版は「彼ら自身によって描かれたフランス人たち」という叢書の一巻として『ユダヤ人たち』（*Les Juifs*）というタイトルで一八四二年に刊行されたもので、伝統的なユダヤ人嫌いの紋切型のすべてを収録したものであった。この著作は『アルシーヴ・イスラエリット』誌上（一八四二年三月）において激しい反駁を引き起こし、第二版は同誌の反論の抜粋を載せている。第三版は『ユダヤ人たち、その歴史、その習俗』（*Les Juifs, leur histoire, leurs mœurs*）と題して一八四七年に刊行された。

(119) 以下を参照。Pierre Birnbaum, « Between Social and Political Assimilation: Remarks on the History of Jews in France », *Paths of Emancipation: Jews, State, and Citizenship*, éd. P. Birnbaum et Ira Katznelson, Princeton, Princeton University Press, 1995, p. 97-99. アシル・フールドはロンドン出身の女性ゴールドスミス嬢と結婚した（*Dictionnaire de biographie française*, s. v. Fould, Achille et Benoît）。彼の子供たちはプロテスタンティズムのなかで育てられ、彼はプロテスタントとして葬儀を受けた。しかし、彼はユダヤ教を明確に棄教したことは一度もなかった。彼の長兄であったブノワ・フールドは、フロール・サンジェの義理の伯父に当たる人で〔註80を参照〕、ユダヤ人共同体の活動に熱心であった（*The Jewish Encyclopedia*, éd. Isidore Singer, New York, 1901-1906, 12 volumes, s. v.

Fould, Achille)。このような情報の収録は、キリスト教への改宗ユダヤ人の数とそれらの改宗がユダヤ人共同体に提起した問題の重要性を、当時以降ほとんどすべての歴史家たちがそうであったのと同様に低く見積もっていたこの事典の立場に適合するものとなっている（*The Jewish Encyclopedia*, s. v. « Converts to Christianity, Modern »）。

（120） J. de Le Roi, *Geschichte der evangelischen Juden-Mission seit Entstehung des neueren Judentums*, Leipzig, 1899, p. 89 et 103-104 (cité par J. I. Helfand, « Passports and Piety », art. cité, p. 70).

（121） 彼は、一八二三年には、中央長老会の五名の会員には合わせて一二名のカトリックの近親者がいたと付け加えている（David Paul Drach, *Deuxième Lettre d'un rabbin converti aux israélites ses frères sur les motifs de sa conversion*, Paris, 1827, p. 291）。

（122） プロパガンダ目的でこの改宗を「大きな範例」として利用し、ヴォルムス・ド・ロミイーの息子がテオドールおよびアルフォンス・ラティスボンヌ兄弟の妹と結婚していたことを伝えているカトリックの新聞雑誌の記事を、『アルシーヴ・イスラエリット』誌は引用している（*Archives israélites*, août 1843, p. 465-466 ; janvier 1844, p. 75）。実際、エマニュエル・ヴォルムス・ド・ロミイーはゼリー・ラティスボンヌと結婚しており、ふたりの息子フェリックスは、従妹に当たるエリザ・ラティスボンヌ、つまりフロール・サンジェの姉妹のひとりと結婚することになる。一八〇八年から一九〇五年までの中央長老会の構成員については、以下を参照。H. Prague, « Coup d'œil sur la composition du consistoire central depuis sa création jusqu'à nos jours », *Archives israélites*, 9 et 16 février 1928, p. 21-22 et 25-26.

（123） « Retraite de M. Crémieux », *Archives israélites*, août 1845, p. 697-698. クレミュー（一七九六—一八八〇）は、その後、一八四八年には臨時政府の、そして一八七〇年には国防政府の法務大臣を歴任することになり、アルジェリアのユダヤ人にフランス国籍を与える一八七一年の政令の起草者となるが、一八三〇年以来、中央長老会のなかでも最も活発な会員であり、外交と法務を担当し、一八三四年以降副会長を務めていた。弁護士としては、裁判所からユダヤ人に対して要求されていた *more judaico*〔「ユダヤ人の習慣に従って」の意〕の誓いをすることを拒否したラビたちを擁護し、一八四六年にはこの慣行の廃止を勝ち取っている。ダマスカス事件においては、一八四〇年にモーゼズ・モンテフィオーレ卿と共にアレクサンドリアに赴き、カプチン会修道士を典礼によって殺害したとして追及されていたユダヤ人を解放した。彼は一八四四年五月二五日の政令によって採用されたユダヤ人の信仰の改革を準備した。しかし、一八四五年から、世界イスラエリット連盟の会長職を引き受ける一八六三年まで、ユダヤ教のあらゆる決定機関から退いた。以下を参照。S. Posener, *Adolphe Crémieux*, Paris, Alcan, 1930, 2 vol., t. I, p. 150-197 ; Daniel Amson, *Adolphe Crémieux, l'oublié de la gloire*, Paris, Éd. du Seuil, 1988, p. 151-162.

（124） *Archives israélites*, septembre 1845, p. 699-706.

(125) *Archives israélites*, novembre 1845, p. 868.

(126) « Élection de M. Crémieux », *Archives israélites*, octobre 1845, p. 838-842, novembre 1845, p. 871-872.

(127) マックス・セールベール（一七九二―一八七四、姓の「セールベール」の綴りは一定していない〔Max Cerf Beer, Cerf Berr, Cerfbeer ou Cerfberr〕）は、セールベール・ド・メデルスハイムの孫に当たり、一八三六年から中央長老会に席を占めた。一八四二年から一八四八年まで代議士を務めた。

(128) 本書二三七―二四一頁を参照。

(129) ポーラ・E・ハイマンによれば、ラティスボンヌ兄弟の改宗は、全体としてみれば啓蒙が進んでいない、知的でないままの共同体において、ユダヤ・エリートの相続者に世俗の高等教育を施すことがいかに危険なことかを示しているという（Paula E. Hyman, *The Emancipation of the Jews of Alsace : Acculturation and Tradition in the Nineteenth Century*, New Haven, Yale University Press, 1991, p. 116 et 126）。一九世紀のユダヤ人の改宗について特化した稀な研究のなかで、ナタリー・イッサーとリタ・リンザー・シュバルツは、大量入信の類似性を理由に、急激な世俗化によって若者たちが典礼から距離を置くようになっている世界において、一九世紀のカトリシズムに似て隆盛している二〇世紀末の原理主義的な宗教セクトに関心を持っている。彼女たちはアルフォンス・ラティスボンヌの事例について次のような心理学的な分析を提示している。四歳で母親を、一六歳で父親を失った若者が、自分の婚約に至るまで、周りが自分に望むとおりに従ってきて、その婚約のあと深い抑鬱状態に陥っていた。周囲は彼に旅行をさせることでその病いは治るものと思っていた。突然の改宗は、彼にとって、家族たちに対する自分の自由を主張する唯一の手段であり、おそらくは、エディプス的な欲望を満たすための、そしておそらくは自分の婚約者を自分からのあらゆる愛の宣言にもかかわらず遠ざけるための唯一の手段であった（Nathalie Isser et Lita Linzer Schwartz, « The Ratisbonnes : A Case Study in Minority Self Hatred », *Journal of Psychology and Judaism*, été-automne 1983, p. 101-117, et « Sudden Conversion : The Case of Alphonse Ratisbonne », *Jewish Social Studies*, hiver 1983, p. 17-30 ; repris dans *The History of Conversion and Contemporary Cults*, New York, Peter Lang, 1988）。

(130) *Archives israélites*, mars 1845, p. 183-191.

(131) 以下を参照。S. Posener, *Adolphe Crémieux, op. cit.*, p. 168-169. 一八四〇年以来パリ大司教を務めていたアッフル猊下（一七九三―一八四八）が一八四八年六月、蜂起した者たちを鎮めようとしていたときにバリケード上で流れ弾の犠牲になった際、『アルシーヴ・イスラエリット』誌は大司教に感動的なオマージュを捧げている（*Archives israélites*, juillet 1848, p. 343-344）。

(132) 「フランス人」を意味する「ツァルファティ」という筆名で、オルリー・テルケム（一七八二―一八六二）は一八二一年から一八四〇年までの間に二七通の書簡を書き、とりわけユダヤ教の安息日であるサバト〔金曜の日没から土曜の日没まで〕を日曜日に移すことと割礼を象徴的な儀式で代替することによって信仰を時代の精神に適合することを要求した。この二つの提案はスキャンダルを巻き起こした（以下を参照。C. Piette, *Les Juifs de Paris, 1808-1840, op. cit.*, p. 158-164）。

(133) *Archives israélites*, avril 1845, p. 311. 以下も参照。不機嫌な調子はますます募っている。*Ibid.*, mai 1845, p. 361-365, et juin 1845, p. 475-489.

(134) Edmond Halphen, « Du prosélytisme », *Archives israélites*, juin 1845, p. 475-489.

(135) *Archives israélites*, juin 1845, p. 464.

(136) *Archives israélites*, août 1845, p. 674-675.

(137) Proust, *A la recherche du temps perdu*, éd. Jean-Yves Tadié *et alii*, Paris, Gallimard, coll. « Bibliothèque de la Pléiade », 1987-1989, 4 vol., t. I, p. 90-91.

(138) *Archives israélites*, mai 1845, p. 393.

(139) *Archives israélites*, octobre 1845, p. 845. さらに、ボルドーでの改宗（そう呼ばれた件）についての記事を参照。*Ibid.*, mars 1846, p. 173-174, et mai 1846, p. 271-272.

(140) Michelet, *Du prêtre, de la femme et de la famille*, Paris, Hachette, 1845.

(141) *Archives israélites*, mai 1845, p. 188.

(142) *Archives israélites*, novembre 1846, p. 714. ラティスボンヌ神父との論争の間に記された次のような記事も参照。「結局、ユダヤ教のほうもまた布教勧誘活動は行っているのである。最近、ひとりの女性とひとりの若い男性がユダヤ教に入信した。しかし『アルシーヴ・イスラエリット』誌は、『リュニヴェール・ルリジウ』誌のように、それを公に示すことを欲しない。それは、キリスト教徒としてとどまった彼らの家族たちを悲しませないためである」(*Ibid.*, juillet 1845, p. 607)。

(143) *Archives israélites*, janvier 1847, p. 28. 一八四八年の革命のあと、サミュエル・カエンは、「共和政下のフランスのユダヤ教の将来」について自問しつつ、「イスラエルの民をカトリック教会のふところに入れさせるためのあまりにも有名なラティスボンヌ神父の義憤を催させる企て」を、七月王政末期の数年におけるカトリックの勝利至上主義と「王国の彷徨による神権の回帰」に結びつけていた (*Ibid.*, avril 1848, p. 205-206)。しかし彼はすぐに勢いを弱めざるをえなくなる。一八四九年一二月、中央長老会は集団で辞任することになった。理由は、長老会の諸々の要求が公教育・宗教担当大臣（一八四八年一二月から一八四九年一〇月まではファルー、次いで一八五〇年三月に聖職者特権を増やしたファルー法を可決させたパリウー）によってことごとく拒否されたことによる（宗教は一八四八年二月にクレミューが法務大臣に任命されてから公教育省の管轄になった）。大臣たちが長老会の要求を拒否した背景には特に、ギュアスタラ事件――ユダヤ人墓地から親族の遺物を掘り起こすことを許可された改宗者の名前による（*Ibid.*, janvier 1849, p. 43-45）――と、イジドール・カエン事件――『アルシーヴ・イスラエリット』誌の編集長の息子で、一八四九年一〇月に〈全フランス教員団〉から追放処分を受けた――があった（*Ibid.*, janvier 1850, p. 4-8, février 1850, p. 57-63, mars 1850, p. 114-117. カエン事件については、本書八六頁および註206を参照）。

(144) Th. Ratisbonne, *Quelques mots sur l'affaire de la famille Bluth*, Paris, Remquet, Goupy et Cie, 1861. この事件については、本書二三七―二四一頁を参照。

(145) シモン・ドゥッツは、正統王朝派で、ベリー公爵夫人と手を結び、一八三二年夏のヴァンデにおいてルイ＝フィリップに反対するフランス人たちの蜂起を促した夫人の企てに関与したが、一八三二年一一月、ナントで、金銭と引き換えに、夫人を内務大臣チエールの手の者に引き渡した。伝説によれば、内務大臣の秘書はドゥッツに紙ばさみの先で挟んだ千フラン紙幣五百枚を差し出したという。しかもその秘書は、裏切り者とはどういうものか、どのように金を払うかを自分のまだ幼かった子供に見せるためカーテンの背後に忍ばせたという。ドゥッツはその後姿を消した。彼の話は長い間フランスの反ユダヤ主義の有名な原因のひとつとなった。一方、ドラックは、一八三二年から一八四二年までローマに滞在し、宣教のための修道会の図書館司書を務めたのち、ヘブライ研究のためミーニュ神父〔教父研究の大家であるが教会財産の横流しなどの不正でも知られる〕の共同研究者となった。以下を参照。R. Howard Bloch, *God's Plagiarist: Being an Account of the Fabulous Industry and Irregular Commerce of the Abbé Migne*, Chicago, University of Chicago Press, 1994, p. 70; trad. fr. *Le Plagiaire de Dieu. La fabuleuse industrie de l'abbé Migne*, Paris, Éd. du Seuil, coll. « La Librairie du XXe siècle », 1996. なお、ドラックのふたりの娘は修道女となり、息子はノートル＝ダム・ド・パリの祭式者として生涯を終えた。以下を参照。*Dictionnaire des conversions*, *op. cit.*; Paul Klein, « Maivais juif, mauvais chrétien », *Revue de la pensée juive*, avril 1951, p. 87-103.

(146) A. Leroy-Beaulieu, *Israël chez les nations*, éd. citée, p. 277, n. 2. 同じ註の続き（p. 278）はラティスボンヌ兄弟のことに触れている。

(147) ジョゼフ・レマンはドリュモンと同じ年にフランスのユダヤ人に対する厳しい批判の書物を出版している。それは次のような前提に立っていた。「人びとが、ユダヤ人たちが市民であったということに気づいたとき、彼らはすでに部分的に教師たちであった」（Joseph Lémann, *L'Entrée des israélites dans la société française*, Paris, V. Lecoffre, 1886, p. V）。一八八九年、彼は正真正銘の反ユダヤ主義の攻撃文書のなかで同じことを繰り返すだろう（Joseph Lémann, *La Prépondérance juive*, Paris, V. Lecoffre, 1889-1894, 2 vol.）。以下を参照。L. Caze, « Ce que sont devenus les israélites convertis au XIXe siècle », *Revue des revues*, 1er septembre 1896, p. 430-436.

(148) Proust, Lettre de 1908 à Mme Straus, *Correspondance*, éd. citée, t. VIII, p. 141.

(149) F・デルペッシュによると、一八四三年から一八八二年までの間、ラティスボンヌ兄弟とノートル＝ダム・ド・シオン修道会に関係する他の司祭たちによって洗礼を施されたユダヤ人は三七三名、非ユダヤ人は一三名であり、一八五三年以後、その数は減少していたという（F. Delpech, *Sur les juifs, op. cit.*, p. 346 et 350）。

(150) 以下の引用による。M. Marrus, *Les Juifs de France à l'époque de l'affaire Dreyfus, op. cit.*, p. 80 ; Chantal Bischoff, *Geneviève Straus (1849-1926). Trilogie d'une égérie*, Paris, Balland, 1992, p. 55. エスプリの利いたこの言葉はミュニエ神父の日記の公開された抜粋には収録されていない（*Journal de l'abbé Mugnier, 1879-1939*, Paris, Mercure de France, coll. « Le Temps retrouvé », 1985）。

(151) 一八四二年三月一〇日付テオドール・ド・ビュシエール宛の手紙。以下の引用による。R. Laurentin, *A. Ratisbonne, op. cit.*, t. II, vol. 2, p. 230.

(152) 一八四五年の長老会選挙のために作成されたパリ市域の著名ユダヤ人の全体名簿にはサンジェ姓が三名記載されている。すなわちアレクサンドル・サンジェ（両替商、二区）、ダヴィッド・サンジェ（地主、三区）、ウジェーヌ・サンジェ（服飾業、三区）の三名である（*Archives israélites*, juillet 1845, p. 587）。

(153) *Archives israélites*, février 1846, p. 100-102.

(154) ダヴィッド・サンジェはまた、その権威を物語るふたつの著作をものしている。David Singer, *Situation de l'industrie cotonnière en France en 1828*, Paris, 1829 et *Miroir politique de la France*, Paris, 1841.

(155) *Archives israélites*, mai 1846, p. 320, et novembre 1846, p. 685.

(156) *Archives israélites*, octobre 1846, p. 641.

(157) *Ibid.*, p. 643.

(158) アレクサンドル・サンジェはおそらくその父ほど宗教的ではなかったようであるが、それでも彼の名前は『アルシーヴ・イスラエリット』誌の定期購読者リストの六番目に「サンジェ、息子」として記載されていた（*Archieves israélites*, décembre 1843, p. 763）。

(159) Raphaël-Georges Lévy, « Une Alsacienne », 2 décembre 1915, cité par R. Laurentin, *A. Ratisbonne, op. cit.*, t. I, vol. 2, p. 36.

(160) A. Cerfberr de Medelsheim, *Ce que sont les juifs de France, op. cit.*, p. 73 (cité par C. Piette, *Les Juifs de Paris, 1808-1840, op. cit.*, p. 113).

(161) 共和派の弁護士にして、亡命者の息子であり、野党代議士のあと「第三の党」の党首となったオリヴィエは、第二帝政と結び、一八七〇年一月二日、内閣首班に任命された。彼は体制のリベラル化に乗り出すが、普仏戦争によりその経歴は挫折する。一八七〇年七月一五日、戦争責任を問われた政府について、「我々はそれを軽い心で受け入れよう！」と言った。歴史はその台詞に続いた限定の言葉を保持することなく、彼はそこから立ち直ることができなかった。オリヴィエは一八七〇年にアカデミー・フランセーズに選出された。以下を参照。Pierre Saint-Marc, *Émile Ollivier*, Paris, Plon, 1950.

(162) É. Ollivier, *Journal*, éd. Theodore Zeldin et Anne Troisier de Diaz, Paris, Julliard, 1961, 2 vol., t. I, p. 184.

(163) *Ibid.*, t. II, p. 167.

(164) 一八七一年九月八日付の手紙（É. Ollivier, *Lettres de l'exil, 1870-1874*, Paris, Hachette, 1921, p. 70）。

(165) 一八七二年一〇月九日付の手紙（*Ibid.*, p. 129）。

(166) 一八七九年一一月二三日付の未刊の手紙。引用は以下による。Juliette Gérin-Beltrando, « É. Ollivier à travers ses correspondances féminines », *Regards sur É. Ollivier*, éd. Anne Troisier de Diaz, Paris, Publications de la Sorbonne, 1985, p. 320.

(167) 一八七二年一〇月九日付の手紙（É. Ollivier, *Lettres de l'exil*, *op. cit.*, p. 130）。

(168) 一八九八年二月二八日付および一八九九年二月五日付ブリュヌチエール宛の手紙。N. a. fr. 25046, f° 271-274.

(169) 一八九八年一〇月二五日付の未刊の手紙。引用は以下による。Juliette Gérin-Beltrando, « É. Ollivier à travers ses correspondances féminines », art. cité, p. 324.

(170) 日付のない手紙。N. a. fr. 25049, f° 456-457.

(171) V. Du Bled, *Le Salon de la « Revue des Deux Mondes »*, *op. cit.*, p. 67-68.

(172) マラケー河岸通り一七番地のシメー館は、かつてのラ・バジエールあるいはブイヨンの館で、一六四〇年にマンサールによって建設され、ル・ブランとル・ノートルによってさらに美しく飾られた。館は一八五二年にシメー公の所有となり、その年、公の妻——旧姓をペラプラといい、その母親はナポレオンに高く評価されていたという——が館を相続した。館は夫妻の息子ジョゼフ・ド・カラマン゠シメー公（一八三六—一八九二）に引き継がれ、公はそこで妻（旧姓マリー・ド・モンテスキウ゠フザンサック）と六人の子供たちと一緒に暮らした。子供たちのひとりがエリザベートであり、将来のグレフュール伯爵夫人、すなわちゲルマント公爵夫人のモデルのひとりとなるだろう。この一七番地本館の付属建物としてマラケー河岸通り一五番地にあった小シメー館の二階にアナトール・フランスが一八四四年から一八五三年まで居住した。

(173) 一八八四年二月一一日に四二〇万フランで売却された館は、エコール・デ・ボザール〔美術学校〕のアトリエとなった。

(174) Marie-Louise Pailleron, *Le Paradis perdu. Souvenirs d'enfance*, Paris, Albin Michel, 1947, p. 22-23.

(175) Goncourt, *Journal* (26 mai 1879), éd. citée, t. II, p. 823-824. レオン・ドーデもシャルコー家の「王侯のような」接待について描写している（Léon Daudet, *Devant la douleur*, éd. citée, p. 151 ; *Paris vécu*, Paris, Gallimard, 1929-1930, 2 vol. ; réédition *Souvenirs et*

Polémiques, éd. citée, p. 1115)。

(176) シャルコーの医学的な反ユダヤ主義は悪名高く、ドリュモンはシャルコーをふんだんに参照している（以下を参照。P. Birnbaum, *Destins juifs. De la Révolution française à Carpentras*, Paris, Calmann-Lévy, 1995, p. 110-112）が、シャルコー自身は、フロール・サンジェの義理の叔父にあたるブノワ・フールド〔註80および119を参照〕の主治医であり、フールド家と付き合い続けた（以下を参照。Christopher G. Goetz, Michel Bonduelle et Toby Gelfand, *Charcot*, New York, Oxford University Press, 1995 ; trad. fr. *Charcot, un grand médecin dans son siècle*, Paris, Éd. Michalon, 1996, p. 52）。

(177) M.-L. Pailleron, *Le Paradis perdu*, *op. cit.*, p. 87.

(178) Jacques-Émile Blanche, *La Pêche aux souvenirs*, Paris, Flammarion, 1949, p. 96-99.

(179) アナトール・プレヴォ＝パラドルの母親は、歌手で、のちにコメディー＝フランセーズの女優・劇団員となるリュサンド・パラドル（一七九八―一八四三）であったが、その死に際して、アナトールとその幼い妹ジュリエットを、レオン・アレヴィ（一八〇二―一八八三）の上の兄であったフロマンタル・アレヴィ（一七九九―一八六二）に託した。パラドル夫人〔リュサンド・パラドル〕は、一八一五年に改革された海軍工兵隊の指揮官だったヴァンサン・プレヴォ（一七八二―一八五四）と一八二九年に結婚していた。エコール・ノルマルでテーヌとオクターヴ・グレアールの仲間であったアナトール・プレヴォ＝パラドルは『ジュルナル・デ・デバ』紙の政治時評を担当し、皇帝に対立するリベラルであったが、一八七〇年一月には皇帝の味方となり、六月にはワシントンの大使に任じられるも、七月、任地に到着して数日後、普仏戦争勃発の知らせを聞いた彼はみずから命を絶った。レオン・アレヴィの息子で腹違いの兄アナトール・プレヴォ＝パラドルを深く慕っていたリュドヴィック・アレヴィ（一八三四―一九〇八）と、やはりアレヴィ家とつながりの深かったブランシュ医師（一八二〇―一八九三、フロマンタルとレオンの姉妹フロール・アレヴィとメラニー・アレヴィはパッシーにあったブランシュ医師の医院に滞在したことがあった）――ジャック＝エミール・ブランシュの父親――が、アナトールの死後、プレヴォ＝パラドルの子供たち、リュシー、テレーズ、そして末っ子のジャルマール（やがて一八七七年に一八歳で自殺する）の後見監督人となった（以下を参照。O. Gréard, *Prévost-Paradol*, Paris, Hachette, 1894 ; Ludovic Halévy, *Carnets*, éd. Daniel Halévy, Paris, Calmann-Lévy, 1935, 3 vol. ; Pierre Guiral, *Prévost-Paradol*, Paris, PUF, 1955 ; François Furet, préface à Élie Halévy, *Correspondance, 1891-1937*, éd. Henriette Guy-Loë, Paris, Éd. de Fallois, 1996, p. 19 et 22）。プレヴォ＝パラドルの選出がフロール・サンジェのサロンで決まったとしているのはジャック＝エミール・ブランシュである（J.-É. Blanche, *La Pêche aux souvenirs*, *op. cit.*, p. 96-97）。ギラルはその点については曖昧である（Guiral, *Prévost-Paradol*, *op. cit.*, p. 404）。リュドヴィック・アレヴィの結婚の裏話をめぐってブランシュ医師から聞いた話を書きとめているエドモン・ド・ゴンクールは、プレヴォ＝パラドルのことをリュドヴィック・アレヴィの「兄」と率直に呼んでいる。ゴンクールの『日記』の編者註でR・リカットは、「兄」というのは「友人」の「おそらく誤り」としているが、そうではなく、ふたりの続柄は明らかに周知の事実であった（Goncourt, *Journal* [21 avril 1890], éd. citée, t. III, p. 417 et n. 1）。

(180) ヴィニーは自分の将来の遺言執行人となるルイ・ラティスボンヌと付き合いがあったし、ルイの姉であるフロール・サンジェとも知り合いであった。フロールはアドルフ・フランク（次の註を参照）の仲立ちで一八六三年にヴィニーに宛てた手紙（Archives Sangnier 所蔵）のなかで、自分のことを「弟の姉」と紹介している。

(181) アドルフ・フランク（一八〇九―一八九三）はロレーヌ地方の生まれで、一八三〇年に非カトリック教徒にもさまざまな試験の受験資格が開かれたときに、哲学を志し、赫々たる経歴を辿った。アグレジェ（一八三二）、唯心論者ヴィクトル・クーザンの弟子となり、ソルボンヌの自由聴講講座講師（一八四〇）、学士院会員（一八四四）、コレージュ・ド・フランスのギリシャ・ラテン哲学講座担当代理講師（一八四九）、自然権講座担当教授（一八五四）、中央長老会会員（一八四四）、中央長老会副会長（一八四六）、無神論反対同盟会長を歴任し、大部な哲学事典も著している（Adolphe Franck, *Dictionnaire des sciences philosophiques*, 1844-1852, 6 vol.）。ゴンクール兄弟はいつもの反ユダヤ主義の筆致で、マチルド皇妃邸で会った折のフランクの「高利貸しの［……］顔付」を描写している（*Journal* [11 août 1869], éd. citée, t. II, p. 232）。ヴィニーがルイ・ラティスボンヌと知り合ったのは、おそらくアドルフ・フランクを通じてであったろう。というのも、フランクの妻ポーリーヌ・ベルナール（生年未詳―一八六七）はラティスボンヌ家ときわめて近い関係にあったからである。二〇歳でフランクと婚約した彼女は、フロール・サンジェとルイ・ラティスボンヌの若い姉弟たちの家庭教師を、彼らの母親が死んだ一八三六年に務めており、両親を亡くした子供たちの面倒をみるため自分の結婚を数年間遅らせたのであった。ルイ・ラティスボンヌは一八六七年一〇月の『ジュルナル・デ・デバ』紙で彼女の死に際して感謝の念を綴っている（Louis Ratisbonne, « Une vie de femme », *Auteurs et Livres. Variétés littéraires*, Paris, Amyot, 1868）。彼女の「親しい人びとへの手紙」は『女の一生』というタイトルで刊行され（Pauline Franck, *Une vie de femme*, Tours, Bousrez, 1898）、ルイ・ラティスボンヌの記事が序文として収録されている。この書物にはヴィニーやS夫人に関する言及が数多く含まれており、一八六七年のポーリーヌ・フランクの最晩年の手紙のひとつは、まさにアルフォンス・ラティスボンヌの改心の物語を含むオーガスタス・クレイヴン夫人の『あるシスターの物語』に触れている。

(182) 一八六一年二月二七日付ヴィニー宛の手紙でポーリーヌ・フランクは、「私の最良の友人のひとり」であるフロール・サンジェの手紙を挿み込み、アカデミー・フランセーズへのフイエの立候補の可能性についてヴィニーの意見を探ってほしいと頼まれた旨を記している（Archives Sangnier 所蔵）。オクターヴ・フイエ（一八二一―一八九〇）は、その喜劇と小説のほとんどが一八四八年以降『ルヴュ・デ・ドゥー・モンド』誌に掲載されており、一八五七年以降、皇帝と宮廷に足しげく通い、一八六二年、アカデミー会員に選出され、一八六七年にはフォンテーヌブロー城の図書館司書に任命された。ルイ・ラティスボンヌは帝国崩壊後、彼のあとを襲ってその地位に就いた。

(183) 以下、本書一八九頁を参照。

(184) エルネスト・ブーレ（一八二六―一八七四）は、帝政に反対し、オルレアン派として一八七一年に代議士となり、一八七三年のブロイ内閣で内務大臣を務めた。

(185) 以下、本書一九二頁を参照。

(186) アメデ・アシャール（一八一四―一八七五）はジャーナリスト・小説家。その書物の大半がまず『ルヴュ・デ・ドゥー・モンド』誌に連載されていた。

(187) 以下を参照。René Martin, *La Vie et l'Œuvre de Charles Dollfus (1827-1913)*, Gap, Louis Jean, 1935, p. 531. ミュルーズの工場経営者一族の生まれで、『ルヴュ・ジェルマニック』誌の創刊者であり『ル・タン』紙の寄稿者であったドルフュスは、一八七九年一二月二九日付の『ル・タン』紙で「Ch. D.」の署名で、アレクサンドル・サンジェの死亡報告記事を書いている。そこでドルフュスは「この三〇年来、我が国の存在の波乱万丈を通じて、マラケー河岸のサロンは、排除の精神を持つことなく、常に開かれたままであった」（*Le Temps*, 29 décembre 1879, p. 3）と記している。

(188) 以下、本書一八九頁および註78を参照。

(189) Jacques-Émile Blanche, *La Pêche aux souvenirs*, *op. cit.*, p. 97.

(190) フイエ夫人（一八三二―一九〇六）、旧姓ヴァレリー＝マリー＝エルヴィール・デュボワは、その回想のなかでフロールのサロンに触れている。フイエ夫妻は息子たちをともなってヌフムーチエにある「ある知的なエリート女性」の家でヴァカンスを過ごした（Mme Feuillet, « Les vacances à N... », *Quelques années de ma vie*, Paris, C. Lévy, 1894, p. 285-289）。また、フイエ夫人は、一八七〇年の春には、マラケー河岸の館に滞在し、そこで彼女は定期的に、当時内閣総理大臣を務めていたオリヴィエに会い、自分はそこから宮廷に赴いていた（« Quelques semaines passées quai Malaquais », *Souvenirs et Correspondances*, Paris, C. Lévy, 1896, p. 60-76）。フイエは一八六九年三月の妻宛の手紙で、サンジェ宅での、クレミューも参加した「じつに瀟洒で優雅な」祝宴と、アブーとの夕食の話題に触れている（*Ibid.*, p. 44 et 52）。

(191) É. Ollivier, *L'Empire libéral*, Paris, Garnier, 1895-1918, 18 vol.『ルヴュ・デ・ドゥー・モンド』誌は一八九五年と一九一〇年の間にその大著の抜粋を数多く掲載した。

(192) 一九〇三年一一月四日付の手紙。N. a. fr. 25049, f° 393 r°.

(193) ジョルジュ・ビベスコ公（一八三四―一九〇二）は太守ジョルジュ＝ドメトリオスの息子。

(194) 一八八九年にシャルル三世の後継者となったアルベール・ド・モナコ公（一八四八―一九二二）は同年、二番目の結婚で、アリス・ハイネ（一八五八―一九二五）と再婚した。彼女は大銀行の相続者で改宗ユダヤ人であり、九代目のリシュリュー公の未亡人であった（本書七六頁および註148を参照）。ふたりの法的な離婚は一九〇二年に告知された。アルベール一世はレオン・ドーデによれば「冷血漢のドレフュス派たちの王様」であった（Léon Daudet, *Au temps du Judas*, Paris, Nouvelle Librairie nationale, 1921 ; réédition *Souvenirs et Polémiques*, éd. citée, p. 522）。

(195) A. Mézières, « Au temps passé », art. citée, p. 566-567 ; *De tout un peu*, *op. cit.*, p. 63.

(196) オーベルノン夫人、旧姓リディ・ド・ネルヴィル（一八二五―一八九九）はフロール・サンジェとまったく同時代の人であり、そのサロンの常連には、ブールジェ、ブリュヌチエール、ドゥーミック、デュマ・フィス、アナトール・フランス、エレディア、エルヴィウ、ルメートル、パイユロン、ヴィクトル・デュ・ブレド、哲学者ヴィクトル・ブロシャールがいた。ロベール・ド・モンテスキウはそのサロンの風刺的な肖像画を描いている（Robert de Montesquiou, « La sonnette », *Professionnelles Beautés*, Paris, Juven, 1905, p. 221-230）。アルマン・ド・カイヤヴェ夫人、旧姓レオンティーヌ・リップマン（一八四四―一九一〇）は一八七六年以来、オーベルノン夫人の友人であったが、一八八六年、彼女からアナトール・フランスを奪い、その陰の女主人となった。プルーストはこれらのふたりの女性のところで社交界デビューを果たし、オーベルノン夫人はプルーストにヴェルデュラン夫人の主要なモデルを提供した。以下を参照。Jeanne Maurice Pouquet, *Le Salon de Mme Arman de Caillavet*, Paris, Hachette, 1926 ; Laure Rièse, *Les Salons littéraires parisiens du second Empire à nos jours*, Toulouse, Privat, 1962, p. 117 ; Émilien Carassus, *Le Snobisme et les Lettres françaises de Paul Bourget à Marcel Proust, 1884-1914*, Paris, Armand Colin, 1966.

(197) É. Pailleron, *Le Monde où l'on s'ennuie*, Paris, C. Lévy, 1881, p. 7.

(198) エルム＝マリー・カロ（一八二六―一八八七）はノルマリアン（一八四五）、哲学アグレジェ（一八四八）、ソルボンヌ教授（一八六四）、アカデミー・フランセーズ会員（一八七四）、クーザンの弟子で、唯心論者で、実証主義の批判者、社交界に出入りする哲学者であった。

(199) M.-L. Pailleron, *Le Paradis perdu*, *op. cit.*, p. 74-75, 279-280 et 287-288. ルイ・ラティスボンヌは友人のアカデミーへの選挙について、一八八二年一二月七日付で、折節の四行詩を作っている（Louis Ratisbonne, *Les Grandes Ombres*, *op. cit.*, p. 100）。

(200) Mme Feuillet, *Souvenirs et Correspondances*, *op. cit.*, p. 61.

(201) 一八七九年一二月のアレクサンドル・サンジェの死は、一八八〇年一月のアルフォンス・ラティスボンヌからテオドール・ラティスボンヌ宛の手紙のなかで言及されている（以下の引用による。R. Laurentin, *A. Ratisbonne, op. cit.*, t. II, vol. 2, p. 205）。フロール・サンジェは、館の売却のあとしばらくしてマラケー河岸を離れなければならなかった（マリー＝ルイーズ・パイユロンによると、シャルコー家は一八八六年か一八八七年にそこを出たとのことである。以下を参照。M.-L. Pailleron, *Le Paradis perdu, op. cit.*, p. 37)。

(202) M.-L. Pailleron, *Le Paradis perdu, op. cit.*, p. 71.

(203) J.-É. Blanche, *La Pêche aux souvenirs, op. cit.*, p. 98.

(204) Goncourt, *Journal*, éd. citée, t. III, p. 982 et 1156. ゴンクールはフロールを、ゴンクールとつながりのあった日本の美術品を扱う美術商の未亡人オーギュスト・シシェル夫人の友人として紹介している。

(205) R.-G. Lévy, « Une Alsacienne », art. cité par R. Laurentin, *A. Ratisbonne, op. cit.*, t. I, vol. 2, p. 36-37.

(206) その晩年に中央長老会の会員となったウジェーヌ・マニュエルは、第二帝政および第三共和政期のユダヤ人の社会的出世のモデルであった（本書二五頁および註34、以下二四二―二四三頁、そして以下を参照。David Cohen, *La Promotion des juifs en France à l'époque du second Empire, 1852-1870*, Aix-en-Provence, Université de Provence, 1980, 2 vol., t. II, p. 496-499）。マニュエルはアルフレッド・ドレフュスの文通相手であった（L. Daudet, *Au temps de Judas*, éd. citée, p. 560）。アナトール・ルロワ＝ボーリウは、「レヴィト［ユダヤ人聖職者］の孫」であるマニュエルの作品は「謙虚で控え目な詩、内面的で、家庭的で、おそらくやや短いが、貞潔で、健全である」が、カチュール・マンデス（一八四一―一九〇九）の詩とは正反対に、「イスラエル［ユダヤ］的ななにか」があると判断している（A. Leroy-Beaulieu, *Israël chez les nations*, éd. citée, p. 264）。マニュエルは、パリのシナゴーグの聖歌隊員あるいは司式者である〈ハザン〉の孫であった（彼の祖父についての彼の記事を参照。Israël Lovy, *Archives israélites*, juin et juillet 1850, p. 298-306 et 344-352）。彼が一八四五年にエコール・ノルマルで哲学を学んでいたとき、彼は教師たちから聖職者の敵意を避けるため、また、無宗教やユダヤ教の教授に反対する家庭の敵意を避けるために改宗するようにという助言を受けた。一八四五年一一月、彼は友人ローラン・ピシャにこう書いている。「私の改宗とは！　先生方がそんなことを私に言うとは、信じてもらえるでしょうか。彼らは、そうすればありがたい御利益があるだろうと、そう私に理解させようとしたのです。私が信仰していないある宗教から、私がもっと信仰していないある宗教へと移行することは、うまい方策だろうというのです。口実としての確信を主張することもできないのに、進んで背教者になるなどというのは、誤謬のために誤謬をもってすることであり、虚偽のために虚偽をもってすることに他ならないでしょう！」（E. Manuel, *Lettres de jeunesse*, Paris, Hachette, 1909, p. 58）。彼は早い段階で哲学の道を棄て、文学を志した。甘い考えを棄てた彼は正しかった。友人イジドール・カエン（一八二六—一九〇二）は彼と同じノルマリアン（一八四六）で、哲学のアグレジェ（一八四九）となる。カエンはアドルフ・フランク以来の哲学選択のユダヤ人であったが（*Archives israélites*, octobre 1849, p. 551）、一八四九年一〇月にナポレオン＝ヴァンデ高等中学校（ラ・ロッシュ＝シュル＝ヨン）に任じられ、一八四五年以来リュソン司教を務め一八五六年にピウス九世の要求に従って辞任するまで共和派と帝政派の政府と衝突した正統王朝派だったバイエス猊下（一七九八—一八七三）の圧力により、トゥールのリセの第二学年に配置換えされた。トゥールへの異動を拒否したあと手当のない休職に入ったカエンは教員の職を辞し、『ジュルナル・デ・デバ』紙と『ル・タン』紙で記者の仕事をしたのち、父親のサミュエル・カエンを継いで、一八五九年、『アルシーヴ・イスラエリット』誌の編集長となった（以下を参照。*Archives israélites*, novembre 1849, p. 557-559, décembre 1849, p. 621-628, janvier 1850, p. 8-22, mars 1850, p. 123-125 ; Jean Maurain, *La Politique ecclésiastique du second Empire de 1852 à 1869*, Paris, Alcan, 1930, p. 86 ; André Kaspi, « Note sur Isidore Cahen », *Revue des études juives*, juillet-décembre 1962, p. 417-425）。マニュエルは積極的なユダヤ共和派となり、とりわけイジドール・カエンと協力して、師であり友人であったジュール・シモン、そしてルナンを、一八六〇年の世界イスラエリット連盟の設立に結びつけることになる（以下を参照。André Chouraqui, *L'Alliance israélite universelle et la Renaissance juive contemporaine, 1860-1960*, Paris, PUF, 1965, p. 25-41 ; Michael Graetz, *Les Juifs en France au XIX*e *siècle. De la Révolution française à l'Alliance israélite universelle* [1982], trad. fr., Paris, Éd. du Seuil, coll. « L'Univers historique », 1989, p. 390-414. パリ長老会との緊張については以下を参照。Philip Nord, *The Republican Moment : Struggles for Democracy in Nineteenth-Century France*, Cambridge [Massachusetts], Harvard University Press, 1995, p. 68-78）。マニュエルは、その義理の兄弟に当たるエルネスト・レヴィ・アルヴァレスとの共著による学校向けの読本『フランス』（一八五五—一八五七、全四巻）の作者でもあり、また、一八七〇年にコメディー＝フランセーズで当たりをとり、フリーメーソン的な着想があるとしばしば評された社会派悲劇『労働者たち』の作者であった（Eugène Manuel, *Les Ouvriers*, Paris, M. Lévy, 1870）。彼の家庭的な詩作品は、フロールの弟のルイ・ラティスボンヌの詩を思い起こさせる。ふたりは友人であり、マニュエルもまた、『ジュティストのアルバム』のなかでパロディーの対象となっている（*Album zutique*, éd. citée, p. 53 [par Camille Pelletan] et 115-121 [par Léon Valade]）。一八七〇年一二月にマニュエルはラティスボンヌに詩を一篇献じている（Eugène Manuel, « Utopie », *Pendant la guerre* [1872], *Poésies complètes*, Paris, C. Lévy, 1899, 2 vol., t. II, p. 292-297）。ふたりの作品は、やはりマニュエルが詩を一篇献じた、彼らの共通の友人アルフレッド・メジエールの回想のなかで結びあわされている（Alfred Mézières, « Au temps passé », art. cité, p. 566 ; *De tout un peu*, *op. cit.*, p. 62-63 ; Eugène Manuel, « La Frontière » [1880], *Poésies complètes*, éd. citée, t. II, p. 376-378）。そしてふたりの愛国主義もまた似通っていた。全アルザス＝ロレーヌ協会のクリスマスツリー祝賀会のために、ふたりは揃って、復讐を誓う詩を作っていた（マニュエルの詩「（フランスを選ぶかプロシアを選ぶか、その選択の）最終期限」は、愛国主義の古典俳優コンスタン・コクランにより一八七三年一二月二五日に朗読され、同じくマニュエルの詩「記念日」はファヴァール夫人により一八七八年一二月二五日に朗読された。*Poésies complètes*, éd. citée, t. II, p. 356-361 et 370-375. また、ラティスボンヌの詩は「クリスマスプレゼントの驚き」を含む「アルザスの女たち」である。*Les Grandes Ombres*, *op. cit.*, p. 50-63. コクランは一八八一年にガンベッタの招きで催された懇話会の席でそのクリスマスツリーのことを回想している。*Un poète du foyer, Eugène Manuel*, Paris, Ollendorf, 1881, p. 28. 以下も参照。Vicki Caron, *Between France and Germany: The Jews of Alsace-Lorraine, 1871-1918*, Stanford, Stanford University Press, 1988, p. 98)。一方、マニュエルは視学官としての職務をまっとうした。たとえば一八八一年五月一六日ムーランにおいて彼が視察したギュスターヴ・ランソンについての評価は以下のとおりである。「氷のような気質の持ち主。彼は何事にも活気づかず、印象的な言葉もまったく発せず、熱を帯びる必要が大いにあったはずの教室を冷たいまま放置している。彼の話しぶりは臆病で、曖昧で、アクセントに欠けている。彼は他の人間の口から発せられれば効果があったかもしれないかなり良いことを力なく話している」（公教育省、ランソン関係資料、AN F 17 23927）。しかし、ランソンはその著『フランス文学史』のなかで、コペの先駆者としてマニュエルのために小さな場所をとっている（Gustave Lanson, *Histoire de la littérature française*, Paris, Hachette, 1895, p. 1047)。

（207）一九〇一年九月一八日付の手紙。N. a. fr. 25049, fº 368 rº-vº. 以下本書一二三―一二四頁を参照。

（208）引用は以下による。R. Laurentin, *A. Ratisbonne*, *op. cit.*, t. I, vol. 2, p. 37.

（209）*Ibid.*, t. II, vol. 2, p. 203.

（210）プレヴォ＝パラドル家とノートル＝ダム・ド・シオン修道会の関係は密であった。プレヴォ＝パラドルの妹ジュリエットもまたレオン・アレヴィの養女であったが、彼女はシスター・マリー・マルセルの名で、エルサレムのノートル＝ダム・ド・シオン修道会の修道女となっていた。テレーズ・プレヴォ＝パラドル（一八五五―一九三三）もまたマザー・マリー・ローザの名で、ノートル＝ダム・ド・シオン修道会の修道女となった。リュドヴィック・アレヴィの息子で、レオン・アレヴィの孫であるエリー・アレヴィ（一八七〇―一九三七）は、一九〇四―一九〇五年にテレーズがいたアレクサンドリアの修道院を訪問している（Élie Halévy, *Correspondance*, éd. citée, p. 306)。ブリュヌチエールの姪、代子で養女であったフェルナンドについては、彼女もまたノートル＝ダム・ド・シオンの生徒であった。修道会が運営するその女学校は、ノートル＝ダム＝デ＝シャン通り六一番地にあり、ジョゼフ＝バラ通り四番地のブリュヌチエールの自宅からすぐ近くであった。シスター・マリー・エミリー・ド・シオンからブリュヌチエールの死後にブリュヌチエール夫人に宛てた手紙を参照（N. a. fr. 25052, fº 112)。

（211） リオネル・オーゼール宛の一九一八年の手紙。*Correspondance*, éd. citée, t. XVII, p. 160.
（212） J.-É. Blanche, *La Pêche aux souvenirs, op. cit.*, p. 98.
（213） 日付のない手紙。N. a. fr. 25049, fº 447.
（214） Proust, *A la recherche du temps perdu*, éd. citée, t. II, p. 850.
（215） *Ibid.*, t. III, p. 490.
（216） *Ibid.*, t. III, p. 707.

第二章　アメリカの印象

（1） 以下を参照。P. Birnbaum, *Les Fous de la République. Histoire politique des juifs d'État de Gambetta à Vichy*, Paris, Fayard, coll. « Nouvelles Études historiques », 1992 ; réédition Paris, Éd. du Seuil, coll. « Points », 1994. その第一章はまさにレナックにあてられている。
（2） J. R. « Les grandes manœuvres de l'Est », *Revue des Deux Mondes*, 15 novembre 1891. ブリュヌチエールからレナックに宛てた一八九一年一〇月の二通の手紙がこの論文に関するものである（N. a. fr. 24874, fº 592 et 593）。
（3） Gide, *Les Caves du Vatican*, éd. citée, p. 99.
（4） A. Barine, « Question antisémitique. Le juif russe peint par lui-même », *Revue politique et littéraire*, 10 juin 1882, p. 716-721 ; *id.*, « La question juive d'après des publications récentes » [Th. Reinach, *Histoire des israélites, op. cit.* ; Eduard von Hartmann, *Das Judenthum in Gegenwart und Zukunft*, 1885], *ibid.*, 8 août 1885, p. 163-167. アルヴェード・バリーヌはプロテスタントの教育を受けていた。彼女はやがて〈フランス祖国同盟〉に加入することになる（以下に付録の初期加入者名簿による。Lemaitre, *La Patrie française*, Paris, Aux bureaux de « La Patrie française », 1899）。
（5） 一八九五年四月六日付の手紙。N. a. fr. 24874, fº 594 rº.
（6） N. a. fr. 24874, fº 594 vº-595 rº.
（7） 一八九六年三月二〇日付の手紙。N. a. fr. 24874, fº 596.
（8） 以下を参照。Jean-Yves Mollier, *Michel et Calmann Lévy ou la Naissance de l'édition moderne, 1836-1891*, Paris, Calmann-Lévy, 1984, p. 477.
（9） 以下を参照。Charles Andler (1866-1933), *Vie de Lucien Herr*, Paris, Rieder, 1932, p. 106-107.

（10）一八九四年一二月一一日付および一三日付の手紙。N. a. fr. 25041, f° 5-10. エールはジョゼフ・ベディエを通してブリュヌチエールの苦い思いを知っている（以下、本書二〇〇頁および註119）。R・J・スミスはこの悶着を以下の論文で報告している。R. J. Smith, « L'atmosphère politique à l'École normale supérieure à la fin du XIXe siècle », art. cité, p. 267, n. 1.

（11）N. a. fr. 25041, f° 8 r°.

（12）M. Berthelot, « La science et la morale », *Revue de Paris*, 1er février 1895 ; repris dans *Science et Morale*, Paris, C. Lévy, 1896.

（13）ルロワ＝ボーリウについては以下を参照。P. Pierrard, *Juifs et Catholiques français de Drumont à Jules Isaac*, *op. cit.*, p. 196-201.

（14）本書四五頁および註23を参照。J・ヴェルデス＝ルルーによれば、反ユダヤ主義に関して一八八六年にブリュヌチエールが表明した批判は一八九一年と一八九二年にルロワ＝ボーリウによって「再び取り上げられ、徹底的に押し進められている」という（J. Verdès-Leroux, *Scandale financier et Antisémitisme catholique*, *op. cit.*, p. 163）。ルロワ＝ボーリウはとりわけ、人種とは言わないまでもユダヤ人という類型の存在におけるキリスト教徒たちの責任について認めるためにブリュヌチエールを引用している。「ユダヤ人とユダヤ人種を作ったのは［……］ゲットーである。すなわち、それは我々キリスト教徒であり、我々の民法であり、我々の規範法であり、我々の聖職者であり、我々の君主たちである。この点で、じつにうまく言われたものだ。〈ユダヤ人と我々の間にある違いを作ったのは人種ではなくて、我々自身であり我々の父祖である〉」（Leroy-Beaulieu, *Israël chez les nations*, éd. citée, p. 144 ; 引用は以下による。Brunetière, « La France juive », art. cité, p. 695）。政治的・宗教的な問題に関する近似性にもかかわらず、ブリュヌチエールに宛てたルロワ＝ボーリウの手紙には親密性が見られない（N. a. fr. 25043, f° 20-36）。

（15）A. Leroy-Beaulieu, *Israël chez les nations*, éd. citée, p. 336-337. ルロワ＝ボーリウのこの書物はすぐにアメリカ合衆国で翻訳された。この書物は国民のなかに諸々の共同体を残したままにしていたアメリカの民主主義の精神によりよく合致していた（*Israel among the Nations : A Study of the Jews and Antisemitism*, New York, G. P. Putnam's Sons, 1895. 最近の分析については以下を参照。Sander L. Gilman, *Franz Kafka, the Jewish Patient*, New York et Londres, Routeledge, 1995）。ルロワ＝ボーリウのアメリカ主義はふたつの細部によって裏付けられる。彼はのちにアメリカのユダヤ人について研究論文をひとつ捧げるだろう（*Les Immigrants juifs et le Judaïsme aux États-Unis*, Paris, Librairie nouvelle, 1905）。そして『諸国民におけるイスラエル』の序文と結論が、一九四三年にニューヨークで、「歴史の真実に挑戦する、キリスト教とフランスの伝統の否定に他ならない、ヴィシーの反ユダヤ的ぺてん」に反対する宣伝用の小冊子のかたちで、フランス語で再版された（*Israël et l'Antisémitisme*, New York, Rand School of Social Science, coll. « Tradition française », 1943, p. 4 ; このシリーズにはルナン、バレス、ペギーのテクストも収録された）。

（16）*Ibid.*, p. IX.

（17） A. Leroy-Beaulieu, *L'Antisémitisme*, Paris, C. Lévy, 1897.

（18） A. Leroy-Beaulieu, *Les Doctrines de haine. L'antisémitisme, l'anticléricalisme, l'antiprotestantisme*, Paris, C. Lévy, 1902.

（19） René Pinon, « Anatole Leroy-Beaulieu », *Revue des Deux Mondes*, 1er novembre 1913, p. 108.

（20） *Journal des Débats*, 24 janvier 1899, p. 2.

（21） Proust, *A la recherche du temps perdu*, éd. citée, t. II, p. 449.

（22） ルロワ＝ボーリウは実際「卓越した経済学者」と形容されている（*ibid.*, p. 522）。アナトールの弟ポールはおごそかな顎鬚を蓄えていた。自由政治学院におけるプルーストについては以下を参照。J.-Y. Tadié, *Marcel Proust*, Paris, Gallimard, 1996, p. 138-142.

（23） たとえばレオン・ドーデはある（髭を生やした）ユダヤ人ジャーナリストを「アッシリア人の顔をしたやつ」と描写している（Léon Daudet, *Paris vécu*, éd. citée, p. 971）。またJ＝H・ロニー兄は小説『ユダヤ女（ラシェルと愛）——現代ユダヤ風俗小説』（一九〇七）で女主人公を「アッシリアの女神」や「アッシリアの王妃」と形容している——このふたつの表現では「女神」や「王妃」という名詞が「アッシリアの」という形容詞を表面上は穏やかなものにしている（J.-H. Rosny aîné, *La Juive (Rachel et l'amour). Roman de mœurs israélites contemporaines*, Paris, Flammarion, 1926, p. 12 et 20）。

（24） A. Leroy-Beaulieu, *Israël chez les nations*, éd. citée, p. 263.

（25） Proust, *Jean Santeuil*, éd. Pierre Clarac, Paris, Gallimard, coll. « Bibliothèque de la Pléiade », 1971, p. 636.

（26） J.-É. Blanche, « Quelques instantanés de Marcel Proust », *La Nouvelle Revue française* (« Hommage à Marcel Proust »), 1er janvier 1923, p. 53.

（27） J. Benoist-Méchin, *Avec Marcel Proust* (1957), Paris, Albin Michel, 1977, p. 155.

（28） しかしながらルロワ＝ボーリウは、ブリュヌチエールと同様、反ユダヤ主義の高まりにおけるユダヤ人の責任についてドリュモンに確認を求めている（以下、本書一二八—一三〇頁を参照）。

（29） Charles Richet, « La science a-t-elle fait banqueroute ? », *Revue scientifique*, 12 janvier 1895, p. 33-39.

（30） 以下を参照。Françoise Huguet, *Les Professeurs de la faculté de médecine de Paris*, *op. cit.*, p. 415-417. また、シャルル・リシェの以下の論文を参照。Charles Richet, *La Paix et la Guerre*, dans *Cahiers de la quinzaine*, VIIe série, IIe cahier, 1905.

（31） 以下を参照。V. Du Bled, *Le Salon de la « Revue des Deux Mondes »*, *op. cit.*, p. 20.

（32） Goncourt, *Journal* (4 avril 1894), éd. citée., t. III, p. 937.

（33） Lettres de Brunetière : N. a. fr. 25027, f° 198-501 et N. a. fr. 25028, f° 1-170. Lettres de Louise Buloz : N. a. fr. 25034, f° 97-297.

（34）一九〇三年五月一六日付の手紙。N. a. fr. 25028, f° 5.

（35）一九〇六年二月二八日付の手紙。N. a. fr. 25208, f° 70.

（36）ブリュヌチエールは一九〇六年七月三一日付の手紙で彼女に祝辞を述べている。N. a. fr. 25028, f° 77-78. ランドゥーズィ医師については以下を参照。F. Huguet, *Les Professeurs de la faculté de médecine de Paris, op. cit.*, p. 264-266.

（37）以下を参照。V. Du Bled, *Le Salon de la « Revue des Deux Mondes », op. cit.*, p. 120.

（38）一八九七年一一月九日付の手紙。N. a. fr. 25034, f° 174.

（39）一八九七年一一月二四日付の手紙。N. a. fr. 25027, f° 420 f°-v°.

（40）É. Drumont, *De l'or, de la boue, du sang. Du Panama à l'anarchie*, Paris, Flammarion, 1896.

（41）Brunetière, avant-propos de *La Renaissance de l'idéalisme* (conférence faite à Besançon le 2 février 1896), Paris, Firmin-Didot, 1896, p. VIII.

（42）ブリュヌチエールは一八八七年九月一日の『ルヴュ・デ・ドゥー・モンド』誌に書評「自然主義の破産」――一八九二年の『自然主義小説』第二版に再録――を発表している（Brunetière, « La banqueroute du naturalisme », *Revue des Deux Mondes*, 1er septembre 1887 ; repris dans la deuxième édition du *Roman naturaliste*, Paris, C. Lévy, 1892）。ブリュヌチエールの右腕であったドゥーミックはゾラの三部作のうち、『パリ』の前に出た『ローマ』の書評を一八九六年五月一五日の『ルヴュ・デ・ドゥー・モンド』誌で、署名入りでおこなっていた。

（43）カナダ駐在フランス総領事の一八九七年三月一九日付の手紙による。N. a. fr. 25041, f° 347 v°.

（44）一八九七年三月三一日付ビュローズ夫人宛のボルチモアからの手紙。N. a. fr ; 25027, f° 391 r°-v°.

（45）テレーズ・ブラン、あるいはマリー＝テレーズ・ド・ソルムス（一八四〇―一九〇七）はテレーズ・ベンツォンという筆名でアメリカ合衆国に関する何冊かの著作を発表している（そのなかに以下の著作がある。Thérèse Bentzon, *Les Nouveaux Romanciers américains*, Paris, C. Lévy, 1885 ; *Récits américains*, Paris, C. Lévy, 1888 ; *Notes de voyage. Les Américaines chez elles*, Paris, C. Lévy, 1896）。ブリュヌチエールに付き添った旅行は彼女に旅行記を書く着想を与えた（*Notes de voyage. Nouvelle-France et Nouvelle-Angleterre*, Paris, C. Lévy, 1899）。

（46）Brunetière, « Dans l'Est américain », *Revue des Deux Mondes*, 1er novembre 1897, p. 94.

（47）*Ibid.*, p. 93.

（48）*Ibid.*, p. 97.

(49) *Ibid.*, p. 96.

(50) 以下を参照。Fabian Franklin, *Daniel Coit Gilman*, New York, Dodd, Mead, 1910; Abraham Flexner, *Daniel Coit Gilman, Creator of the American Type of University,* New York, Harcourt, Brace and Company, 1946; Francesco Cordasco, introduction à D. C. Gilman, *University Problems in the United States* (1898), New York, Johnson Reprint, 1971.

(51) « Dans l'Est américain », art. cité, p. 98.

(52) *Ibid.*, p. 108.

(53) *Ibid.*, p. 107.

(54) *Ibid.*, p. 105.

(55) 一八九六年九月三日付ギルマンからブリュヌチエールに宛てた、ジョンズ・ホプキンス大学所蔵の手紙の写しによると、一八九六年一〇月一三日と一八九六年一二月八日の手紙が招待を確約していることがわかる（Milton S. Eisenhower Library, Special Collections, Ms. 1, Ser. 4. 3)。

(56) *The Percy Turnbull Memorial Lectureship in the Johns Hopkins University,* Johns Hopkins Universtiy, Milton S. Eisenhower Library, Special Collections, Ms. 1.（英語の翻訳は筆者による。）ローレンス・ターンバルは早逝した息子パーシー（一八七八―一八八七）を偲び毎年一〇〇〇ドルを拠出する旨申し出た。ブリュヌチエールについては、大学の執行部がこの謝金に大西洋往復の旅費を加えた（Trustees Minutes [5 octobre 1896], t. II, f° 55)。ローレンス・ターンバル夫人は一八九七年一月七日付ブリュヌチエール宛の手紙で、三月三一日にボルチモアで夕食に招きたい旨記している（N. a. fr. 25050, f° 445-446)。初期の講演者たちは、まず詩の本性について、続いて、規範的な順序に従って、ギリシャ詩とラテン詩について語った。詩人でエドガー・ポー作品の出版者であったエドムンド・C・ステッドマン（一八三三―一九〇八）が「詩の本性と要素」について（Edmund C. Stedman, *The Nature and Elements of Poetry : Lectures Delivered in 1891 on the Percy Turnbull Memorial Foundation in the Johns Hopkins University,* Boston, New York, Houghton Mifflin and Company, 1892)、英国ケンブリッジのサー・リチャード・クレイヴァーハウス・ジェッブ（一八四一―一九〇五）が「古典ギリシャ詩の成熟と影響」について（sir Richard Claverhouse Jebb, *The Growth and Influence of Classical Greek Poetry : Lectures Delivered in 1892...* (1893))、そしてロバート・Y・タイレル（一八四四―一九一四）が「ラテン詩」について語っている（Robert Y. Tyrrell, *Latin Poetry : Lectures Delivered in 1893...* (1895))。ユゴー・ポール・ティエム（一八七〇―一九四〇）によれば、ブリュヌチエールは第六回の招待講演者で、英語以外の言語で表現した最初の講演者であったという（Hugo Paul Thieme, « Ferdinand Brunetière aux États-Unis en 1897 », *Mélanges de littérature, d'histoire et de philologie offerts à Paul Laumonier,* Paris, Droz, 1935 ; réédition

Genève, Slatkine, 1972, p. 549-554)。ティエムはのちに、研究者たちの必携書となる『一八〇〇年から一九三〇年までのフランス文学書誌』(*Bibliographie de la littérature française de 1800 à 1930*, Paris, Droz, 1933, 3 vol.)の編纂者となる人物で、当時はジョンズ・ホプキンス大学の博士課程の学生で、助手を務めていた。ティエムは、フランス現代文学に関する講義を利用してブリュヌチエールの訪問を準備し、ボルチモアの新聞のために講演者ブリュヌチエールのインタビューを行ったと語っている。おそらくティエムのほうが、ブリュヌチエールに英語で手紙を書いていたA・M・エリオット(N. a. fr. 25038, f° 13-16)よりも有能だったものと思われる。本研究の予想外の反響によって、一九八四年以降中断し、拠出金――ターンバル夫人は一九二七年の死去に際して二万五〇〇〇ドルを遺贈していた――が蓄積していた「ターンバル記念講演」が一九九六年四月に再開することとなり、私は「〈客員教授〉のモデル――一八九七年のジョンズ・ホプキンス大学におけるブリュヌチエール」と題する講演を行った。

(57) 以下を参照。Francesco Cordasco, introduction à D. C. Gilman, *University Problems in the United States*, *op. cit.*, p. XI.

(58) « Dans l'Est américain », art. cité, p. 109.

(59) 以下を参照。Pierre Bourdieu, *La Noblesse d'État*, Paris, Éd. du Seuil, coll. « Le Sens commun », 1989.

(60) « Dans l'Est américain », art. cité, p. 110.

(61) *Ibid.*, p. 100-101. ブリュヌチエールは三月三一日付ビュローズ夫人宛の手紙で一〇〇〇人から一二〇〇人の聴衆がいたと語り、第八回講義のあとに書かれた日付のない手紙では「男女あわせて」八〇〇から九〇〇人の聴衆がいたと語っている(N. a.fr. 25028, f° 82 v°)。

(62) ボルチモアに保存されているブリュヌチエールの全九回の講義案内文に各講義のタイトルが載っている。

三月二五日木曜日　中世の叙事詩
三月二六日金曜日　宮廷詩
三月二九日月曜日　騎士道の詩：〔アーサー王伝説の〕円卓の騎士の物語およびアマディス〔騎士物語〕
三月三〇日火曜日　ロンサールからマレルブまで
四月一日木曜日　劇詩：コルネイユ、ラシーヌ、モリエール
四月二日金曜日　ヴォルテールからシャトーブリアンまで
四月五日月曜日　ロマン主義詩
四月七日水曜日　一九世紀詩におけるロマン主義と自然主義の闘争
四月九日金曜日　象徴主義と詩の現在の傾向

(Johns Hopkins University, Milton S. Eisenhower Library, Special Collections, Ms. 1. Ser. 4.3.)

（63） « Dans l'Est américain », art. cité, p. 102. ブリュヌチエールの通訳を務めたティエムはその時――序文には一八九七年五月の日付がある――博士論文を仕上げたところであり、審査は一八九七年に行われた。その主題は、ルコント・ド・リール、エレディア、コペ、シュリー・プリュドムおよびヴェルレーヌにおけるアレクサンドラン〔一二音節詩句〕の技術についてというもので、フランスでは考えられないアクチュアリティーをもったテーマであった（Hugo Paul Thieme, *The Technique of the French Alexandrine*, Ann Arbor [Michigan], The Inland Press, 1899）。

（64） Verlaine, « Pour le tombeau de Charles Baudelaire » (mai 1893), *Invectives* (1896), *Œuvres poétiques complètes*, éd. Yves-Gérard Le Dantec et Jacques Borel, Paris, Gallimard, « Bibliothèque de la Pléiade », 1968, p. 911-912. 以下を参照。Brunetière, « La statue de Baudelaire », *Revue des Deux Mondes*, 1er septembre 1892.

（65） ビュローズ夫人宛のボルチモアからの日付のない手紙による（N. a. fr. 25028, f° 83 r°）。ブリュヌチエールの評判はすぐに広まった。フィラデルフィアのある女性は、一八九七年四月七日にさっそくブリンマーのブリュヌチエール宛に手紙を書き、モリエール、ラシーヌ、コルネイユに関する彼の講演の原稿を入手したいと申し出ている（N. a. fr. 25047, f° 177-178）。また、彼の複数の講演に出席したフィラデルフィアの別のある女性は、一八九七年七月にサン＝モリッツ＝ドルフのホテル・クルムでA・M・エリオット教授と会った際、到着した教授がパリでブリュヌチエールと会ってきたと知って、喜びから話し相手の足元にあやうく倒れ込みそうになったという（一八九七年七月三〇日付の手紙。N. a. fr. 25038, f° 16 v°）。

（66） « Dans l'Est américain », art. cité, p. 123. ブリュヌチエールはケンブリッジへの旅程と旅行の続きについてビュローズ夫人への手紙で次のように詳しく語っている。「私たち一行は四月一一日から一七日までそこに滞在します。続いて四月二〇日から三〇日までニューヨーク滞在の予定です」（一八九七年三月三一日付ボルチモア発の手紙。N. a. fr. 25027, f° 394 r°）。アメリカのカトリック教についてのブリュヌチエールの主な話し相手がジェイムズ・ギボンズ（一八三四―一九二一）に他ならなかった。ギボンズは一八七七年から、合衆国の第一司教座であるボルチモアの司教を務め、一八八六年からは枢機卿としてアメリカのカトリック教徒の公的なトップの地位にあった。モダニストであったギボンズは、社会的キリスト教、および政教分離のアメリカ的な教義の支持者であった。一六三四年にメリーランドが英国植民地のなかで信教の自由を勝ち得た最初のカトリック教徒の入植地として確立して以後、ボルチモアはアメリカのカトリック教の揺籃の地であっただけにいっそう、ギボンズの強大な権威は確固たるものとなっていた。彼の著書『我らの父たちの信仰』（一八七六）は二〇〇万部以上印刷され、アメリカのカトリック文学のうちで最も成功した著作となっている。一八九九年、保守的な、とりわけフランスの聖職者たちがアメリカのカトリック教を「アメリカニズム」という名の異端であると非難したとき、ギボンズは激しく反応した。モダニストで、社会的カトリック教徒であり、「アメリカニスト」であり、政教分離の必要性を確信していたブリュヌチエールが、アメリカのカトリック教とギボンズの人柄に強い印象を受けていたことは、アメリカ滞在後に『ルヴュ・デ・ドゥー・モンド』誌に発表したもうひとつの論文「アメリカにおけるカトリック教」（一八九八年一一月一日）が証言しているとおりである（Brunetière, « Le catholicisme aux États-Unis », *Revue des Deux Mondes*, 1er novembre 1898, repris dans *Questions actuelles*, *op. cit.*, p. 157-242）。

（67） イェール大学の〈モダン・ランゲージ・クラブ〉を前にしたブリュヌチエールの講演はこの日、土曜日の夜八時から行われた。遅い時間に設定された理由は、受け入れの担当者がブリュヌチエールに次のような説明をしていたためであろう。「野球の試合――いわゆる国民的なゲームです――がイェール大学とウィリアムズ・カレッジの間で行われる予定です。聴衆の何人かは出席できないかもしれません」（一八九七年四月八日付ウィリアム・ヘンリー・ビショップからの手紙。N. a. fr. 25032, f° 46 r°-v°）。このことから考えられることとして、その晩、ブリュヌチエールの聴衆のうちのかなり多くの者が昼間の野球の試合から帰ってきたこと、そして手紙の相手から、午後の早い時間にニューヨークから到着すれば試合観戦に間に合いますから一緒にいかがですかと誘われていた（一八九七年四月一三日付の手紙。f° 47 v°）ことを思えば、おそらく講演者自身も試合を観戦したものと想像しなければなるまい。またブリュヌチエールはハーヴァード大学の〈フランス・サークル〉の名誉会員に選出されている（一八九七年四月一二日付の同サークル事務局長ローレンス・L・ジレスピーの手紙。N. a. fr. 25039, f° 224-225）。

（68） コロンビア大学は一八九七年一〇月にマンハッタン北部の現在地モーニング＝サイド・ハイツに引っ越した。

（69） フランス国立図書館ブリュヌチエール文庫には「現代文学」に関するはじめの四つの講演の目次が見出される。すなわち一八七五年から一八九七年までのフランス詩、歴史、演劇および批評である。小説についての第五回講演の目次が欠けているが、ブリュヌチエールはおそらくそれに先立つ四回の講演と同じ程度の注意を払って準備することはなかったのであろう（N. a. fr. 25059, f° 613-742）。

（70） 『ニューヨーク・タイムズ』紙一八九七年四月二二日木曜日付七頁、一八九七年四月二四日土曜日付七頁、一八九七年四月二九日木曜日付七頁、一八九七年四月三〇日金曜日付七頁、一八九七年五月一日土曜日付九頁。同紙はトッドについて「アメリカ初のロマンス語文献学者」と紹介している。以下を参照。*Todd Memorial Volumes: Philological Studies*, New York, Columbia University Press, 1930, 2 vol., t. I, p. 5-20.

（71） *The New York Times*, jeudi 29 avril 1897, p. 7.

（72） 一八九七年三月三一日付ボルチモア発の手紙。N. a. fr. 25027, f° 392 r°.

（73） N. a. fr. 25027, f° 397 r°-v°.

（74） おそらくこの式典のために、ブリュヌチエールの講演会の最後の三回分が当初予定していた二六日月曜日、二八日水曜日、三〇日金曜日という日程から、『ニューヨーク・タイムズ』紙四月二四日付七頁が告知しているとおり、二八日水曜日、二九日木曜日、三〇日金曜日の――三日連続の午後――という日程に変更になったのであろう。

（75） 一八九七年四月二七日付ビュローズ夫人宛の手紙（N. a. fr. 25027, f° 399 r°）。しかしブリュヌチエール夫人とブラン夫人は移動のための交通手段を見つけることができず式典を見物することができないまま、ブリュヌチエールが手紙を書き終える前に戻ってきている。

（76） 一八九七年四月二七日付の手紙（« Lettres de F. Brunetière et E.-M. de Voguë, 1892-1906 », *Revue des Deux Mondes*, 15 août 1924, p. 779-780）。ブリュヌチエールはすでに、ジョンズ・ホプキンスで九回、ブリンマーで三回、コロンビアで二回、合計一四回講演をこなしており、さらにハーヴァードでの複数の講演がそれに加わる。講演二五回という数字はニューヨークのある雑誌によっても引用されている（*The Bookman*, juin 1897, p. 274）。同誌によれば、［ブリュヌチエールはすでに］ジョンズ・ホプキンス九回、コロンビア六回、ハーヴァード三回、イェール一回をこなしているという。ブリュヌチエールは四月二二日付ビュローズ夫人宛の手紙では講演数は合計二四回になると語っている（N. a. fr. 25027, f° 395 v°）。

（77） *The Bookman*, juillet 1897, p. 361.

（78） « La conférence de M. Brunetière sur le naturalisme », *Nouvelle Revue internationale* (Madrid-Paris), 15 mai 1897, p. 642-644 ; « Brunetière on Zola », *The Bookman*, novembre 1902, p. 222-223.

（79） 一八八三年の版では一八七五年以降に発表された論文が収録されている。一八九二年の版では一八八七年までに発表された複数の論文が付加されている。

（80） « Brunetière on Zola and His School », *The Literary Digest*, 15 mai 1897, p. 72. デイヴィッド・バギュレーによるゾラ批評書誌二五二七番aに挙げられているこの記事（David Baguley, *Bibliographie de la critique sur Émile Zola*, Tronto, University of Tronto Press, 2 vol., 1976 et 1982）はブリュヌチエールの米国旅行に関する私の探求の出発点になった。

（81） *The New York Herald*, dimanche 2 mai 1897, 5e section, p. 3.

（82） N. a. fr. 25033, f° 181.

（83） *The Literary World*, 15 mai 1897, p. 160.

（84） *The New York Times*, samedi 1er mai 1897, p. 9.

（85）この『ルヴュ・シアンティフィック』誌の編集長はビュローズ夫人の弟のCh・リシェであり、リシェはブリュヌチエールの記事に応じていた（本書九五頁の註29を参照）。リシェはドレフュス派になるに違いなかった（以下を参照。Vincent Duchet, « Les savants », *L'Affaire Dreyfus de A à Z*, *op. cit.*, p. 490）。

（86）*The Literary Digest*, 26 janvier 1895, p. 379 et 25 mai 1895, p. 110.

（87）*The Literary Digest*, 3 avril 1897, p. 669-670; Adolphe Cohn, « Ferdinand Brunetière », *The Bookman*, mars 1897, p. 24-27. コーンは一八九六年一〇月四日、メジエールから、ブリュヌチエールを「親愛なる先生にしてかつての仲間」と呼びながら書いた手紙のなかで「あなたが私たちの古い関係について良い思い出をお持ちであると伺いました」と記している。コーンは当時一年間の予定でフランスに休暇滞在していた。「そこで知的生活を送って生き返りたいと願っております。高等教育に携わっているとはいえ、この二一年間というものいくらかそこから離れていたものですから」（N. a. fr. 25035, fº 324）。したがって彼はブリュヌチエールのニューヨーク訪問には立ち会うことができなかった。メジエールで彼は兄のレオン・コーンの家に滞在していた。ブリュヌチエール宛に「今度の旅行」に関係したことがらを記したブラン夫人の日付不明の手紙によれば、レオン・コーンは「アルデンヌ県主任会計官〔出納長〕」であったという（N. a. fr. 25032, fº 150-151）。古文書学校を一八七四年に卒業したアドルフ・イザーク・コーンは、一八七五年にニューヨークに向けて出発し、そこでガンベッタの主宰する『ラ・レピュブリック・フランセーズ』紙――ジョゼフ・レナックも寄稿した新聞――の特派員（一八七六―一八八四）を務め、続いて『ル・タン』紙の特派員（一八八四―一八九五）を務めた。その傍ら一八八二年から一八八四年までコロンビア大学で教鞭をとり、一八九一年にはハーヴァードで、その後は再びコロンビアで教えていた。彼が一九一六年に退職したとき、すでに一九一一年秋にコロンビアの客員教授を務めていたランソンが一九一六―一九一七年度にそのポストを占めたが、最終的にそこにとどまってほしいという大学側の申し出は断った（コロンビア大学古文書、ランソン関連資料による）。アドルフ・コーンの兄レオン・コーン（一八四九―一九一二以前）は一八七一―一八七三年、公教育大臣ジュール・シモンの大臣官房付を務め、ジュール・シモンが一八七六年一二月から一八七七年五月一六日まで首相を務めた折はその秘書室を率いた。ポール・ブールドレーとフェルディナン・ドレフュスとの共著で一八七六年および一八七七年の決選投票のための選挙人手引書を執筆したレオン・コーンは、ロワール＝エ＝シェール県知事（一八七七）、ソンム県知事（一八八二）、オート＝ガロンヌ県知事（一八八六）、ロワール県知事（一八九四）、続いてアルデンヌ県出納長（一八九六）、ユール県出納長（一九〇〇）、最後にパリ収入役を歴任した。彼はエマニュエル・アラゴ、ジャン・カジミール＝ペリエ、クレマンソー、ジュール・フェリー、メリーヌ、レオン・セー、フレシネといった人びととの間で数多くの手紙をやりとりしている。彼はエルネスト・アンドレ（一八四四―一九〇〇）の妹ラシェル・アンドレと結婚した。エルネスト・アンドレは共和国の最初のユダヤ人知事のひとりで、アナトール・フランスによって小説『散歩道の楡の木』のなかの知事ヴォルムス＝クラヴランとして明らかな反ユダヤ的な意地悪さでもってパロディー化された人物である。ふたりとも、ドリュモンの攻撃対象になっている。ドリュモンはレオン・コーンを「永遠のユダヤ人。その種族のあらゆる者たちと同様、彼は露店商人、街頭賭博師、いかさま師に生まれた」としている（*La Libre Parole*, 29 septembre 1894 ; cité par P. Birnbaum, « Une famille de juifs d'État, les Hendlé », *Histoire politique des juifs de France*, éd. P. Birnbaum, Paris, Presses de la Fondation nationale des sciences politiques, 1990, p. 71 ; *Les Fous de la République op. cit.*, p. 41-42 ; *Destins juifs. De la Révolution à Carpentras*, *op. cit.*, p. 152)。このエルネスト・アンドレはレオンおよびアドルフ・コーンの妹であるベティと結婚した（*The Jewish Encyclopedia*, s.v. Hendlé, Ernest）。コーン兄弟のような共和主義者で愛国者の数多くの若いユダヤ人たちがガンベッタの周囲に属していた。コルマール生まれのイザイ・ルヴァイヤン（一八四五—一九一一）の場合もそうであった。ルヴァイヤンは一八七七年に行政官の経歴を開始し、知事のポストをいくつも歴任したのち、一八八五年に内務省警察局長に任命され、一八八八年にはロワール県出納長に任命されている。高まる反ユダヤ主義の犠牲となった彼は、複数のユダヤ人が所有していたある破産した会社のために行政官に口利きをしたことで一八九五年に罷免された。彼は一八九六年から一九〇六年まで『リュニヴェール・イスラエリット』紙の主筆となり、中央長老会の会員となった（*The Universal Jewish Encyclopedia*, s. v. Levaillant, Isaïe ; M. Marrus, *Les Juifs de France à l'époque de l'affaire Dreyfus*, *op. cit.*, p. 162 et 250 ; P. Birnbaum, *Destins juifs. De la Révolution française à Carpentras*, *op. cit.*, p. 152-156)。しかし、レオンおよびアドルフ・コーン兄弟の父親であり、「ロチルド家の専属司祭」であったアルベール・コーン（一八一四—一八七七）は、さらに興味深い人物であった。ハンガリーのプレスブルク（ブラティスラヴァ）に生まれたアルベール・コーンはウィーンで東洋語を学んだあと、ヘブライ語とユダヤ教史をジャーム・ド・ロチルド男爵の上のふたりの息子、アルフォンスとギュスターヴに教えるため、一八三六年にパリにやってきた。正教ではないが宗教的で、現代の実証科学に夢中だった彼は、ユダヤ教関連の事柄について男爵の信頼する人物となり、一八三九年以降は男爵の慈善事業の管理者となり、パリ長老会慈善委員会の会計担当者（一八四八）、次いで代表者（一八五三）となった。彼はその身分で〔男爵の慈善事業管理者として〕アルジェリアに赴き（そして帰国するとルイ＝フィリップに拝謁を許されている。*Archives israélites*, mars 1846, p. 187-191）、さらにチュニジア、モロッコを訪れ、パレスチナには四度足を運び、そこでは彼はユダヤ人帰還の信奉者であった。アドルフ・フランクおよびサロモン・マンク（以下、本書一四七頁および註103を参照）と共に、パリに戻るとすぐ、フランスのユダヤ教の衰弱に反対する闘いを繰り広げ、信仰の現代的な改革を求める運動を展開した。アルベール・コーンはそうして一八五九年にフランスのユダヤ教神学校をメッスからパリへと移す際の主要な推進者となった。彼はその学校でユダヤ教史を教えた（ウジェーヌ・マニュエルは古代史と文学を担当した）。彼は中央長老会に座を占め（一八六八）、世界イスラエリット連盟の中央委員会に座を占めた（一八六八）（*The Jewish Encyclopedia* et *The Universal Jewish Encyclopedia*, s. v. Cohn, Adolphe, Albert et Léon ; Pierre-François Pinaud, *Les Trésoriers-Payeurs généraux au XIXe siècle. Répertoire nominatif et territorial*, Paris, Éd. de l'Érudit, 1983, s. v. Cohn, Léon ; Albert Cohn, « Lettres juives », *L'Univers israélite*, novembre 1864-mars 1866 ; Isidore Loeb, *Biographie d'Albert Cohn*, Paris, Durlacher, 1878 ; Maxime Du Camp, « La bienveillance israélite à Paris », *Revue des Deux Mondes*, 15 août et 15 septembre 1887, repris dans *Paris bienfaisant*, Paris, Hachette, 1888 ; Phyllis Cohen Albert, *The Modernization of French Jewry : Consistory and Community in the Nineteenth Century*, Hanover, New Hampshire, Brandeis University Press, 1977, p. 249-250 ; Michel Graetz, *Les Juifs en France au XIXe siècle*, *op. cit.*, p. 139-147）。

(88) 日付のない手紙［一八九七年四月］。N. a. fr. 25028, f° 84 r°-v°.

(89) *The Literary Digest*, 11 décembre 1897, p. 985.

(90) « Lettres de F. Brunetière et E.-M. de Vogüé », art. cité, p. 779.

(91) *The Bookman*, juin 1897, p. 274-275.

(92) コロンビア大学古文書、ヘンリー・アルフレッド・トッド関連資料。

(93) ペンシルヴェニア大学の理事のひとりであったJ・G・ローゼンガルテンは一八九六年一一月二五日および一二月二八日の手紙で、彼自身のポケットマネーからブリュヌチエールに五〇〇ドルを支払うと提案していた（N. a. fr. 25048, f° 555-556）。イェール大学では、ブリュヌチエールは一回の講演で一五〇ドルを受け取ったことが、W・H・ビショップのブラン夫人宛の指摘からわかっている（一八九七年四月四日付の手紙。N. a. fr. 25032, f° 48-49）。

(94) 一八九七年三月一八日付および四月一三日付の手紙。N. a. fr. 25035, f° 328-330.

(95) 一八九七年二月一六日付および四月二八日付の手紙。N. a. fr. 25041, f° 345-356. この手紙はその後、一九〇五年まで規則的に続く書簡の端緒となるものである（f° 357-388）。

(96) N. a. fr. 25041, f° 345 v°.

(97) マッギル大学の招待のほうが先だったことが、一八九六年一二月二八日付および一八九七年二月一二日付の二通の手紙からわかる。差出人はG・デゼタン伯爵で、モントリオールのフランス文学教授であるとだけ自己紹介していた（N. a. fr. 25038, f° 54-57）。

(98) N. a. fr. 25041, f° 350 v°.

(99) N. a. fr. 25041, f° 351 v°.

(100) N. a. fr. 25059, f° 592-612.

(101) « Lettres de F. Brunetière et E.-M. Vogüé », art. cité, p. 779. ニューヨークからのビュローズ夫人宛の手紙にあるとおり、帰りの船は〈トゥーレーヌ〉号であったことがわかる（一八九七年四月二二日付の手紙。N. a. fr. 25027, f° 396 r°）。ブラン夫人はそのままアメリカにとどまり、学年末（あるいは学年始め）の卒業証書授与式に一八九七年六月三〇日にハーヴァードで、前日にはハーヴァードの女子附属校ラドクリフで参列している（*Notes de voyage. Nouvelle-France et Nouvelle-Angleterre*, *op. cit.*, p. 307-309）。

(102) 以下、本書一二七頁および註38を参照。

(103) ケンブリッジからの一八九八年三月四日付の手紙。N. a. fr. 25037, f° 245.

(104) ニューヨークからの一八九八年三月一八日付の手紙。N. a. fr. 25037, f° 72 r°-v°. ブリュヌチエールはドゥーミックをジョンズ・ホプキンス大学に招聘するようにギルマンに手紙を書いている（一八九八年二月一五日付の手紙。Johns Hopkins University, Milton S. Eisenhower Library, Special Collections, Ms. 1）。

(105) *Revue politique et littéraire*, 10 décembre 1898, p. 737-743.

(106) ニューヨークからの一八九八年三月一八日付の手紙。N. a. fr. 25037, f° 72 r°-v°.

(107) 一八九八年八月八日付、一八日付、および二八日付の手紙。N. a. fr. 25038, f° 97.

第三章　アンガージュマン

（1）« Dans l'Est américain », art. cité, p. 123. 一年後、アメリカ旅行に想を得たブリュヌチエールのもうひとつの論稿が『ルヴュ・デ・ドゥー・モンド』誌（一八九八年一一月一日号）に掲載されるが、それは個人的な内容のものではなく、「合衆国におけるカトリシズム」という、当時の大きな時事問題に関係したものだった。

（2）一八九七年四月二七日付の手紙。N. a. fr. 25028, f° 213 r°.

（3）一八九七年七月二七日付D・C・ギルマン宛の手紙。Johns Hopkins University, Milton S. Eisenhower Library, Special Collections, Ms. 1.

（4）一八九八年三月四日付ケンブリッジからの手紙。N. a. fr. 25037, f° 246.

（5）この二本の記事の間に挟まれたふたつの記事、すなわち「返答権」（一八九八年一月一五日）と「進化論と文学史」（一八九八年二月一五日）については省略する。なお一八九八年五月一日、ブリュヌチエールは例外的に、五月八日と二二日に実施される総選挙の直前に、フランシス・シャルムに代わって雑誌の「政治欄」の執筆を担当している。

（6） N. a. fr. 25028, f° 288.

（7） シャルル・ブノワ（一八六一―一九三六）はジャーナリスト、社会学者、政治家。『ルヴュ・ブルー』誌と『ル・タン』紙に寄稿したのち、一八九五年から自由政治学院の大陸ヨーロッパの憲法史担当の教授を務め、一八九三年から一九一九年まで『ルヴュ・デ・ドゥー・モンド』誌の時評子、一九〇二年から一九一九年まで共和国連合グループに登録しパリ選出代議士を務めた。一九一九年にクレマンソーによりハーグのフランス公使に任命され、一九二四年の左翼カルテルの勝利までその地にあった。共和主義的保守主義から王党派に変わり、一九二七年にアクション・フランセーズに加入した（以下を参照。P. Birnbaum, « La France aux Français », *Histoire des haines nationalistes*, Paris, Éd. du Seuil, coll. « XXe siècle », 1993, p. 38）。

（8） 一八九七年一一月二五日付の手紙。N. a. fr. 25031, f° 120.

（9） 一八九七年一一月二四日付の手紙。N. a. fr. 25027, f° 419 r°.

（10） フランシス・シャルム（一八四八―一九一六）はジャーナリスト、政治家、一八七一年以後『ジュルナル・デ・デバ』紙がオルレアン主義から穏健共和主義へ変わった時期に同紙の編集者を務めた。五月一六日の危機（本書一二七頁および註38を参照）の間はチエールに近く、全権公使そして国家評議員、一八八一年から一八八五年まで、また一八八九年から一八九八年まで――困難な状況に置かれて二期目に引退した――カンタル県選出の代議士を務め、日和見主義の後、政権の共和主義者となり、一九〇〇年から一九一二年まで上院議員を務め、一九〇九年にはアカデミー・フランセーズ会員となっている。一八九四年から『ルヴュ・デ・ドゥー・モンド』誌の政治時評を担当し、ブリュヌチエールの死後は同誌の編集長を務めた。シャルムはドレフュス事件期の『ルヴュ・デ・ドゥー・モンド』誌の保守的自由主義の理念を代表する人物である。ブノワの回想によれば、ブリュヌチエールはブノワを一八九三年に同誌に招き、マザドの後継者にしようとした。しかしマザドがすぐに亡くなったため、当時『ジュルナル・デ・デバ』紙と関係していたシャルムが政治欄を担当することになった。宗教問題については、ブリュヌチエールはシャルムよりもブノワに近かった（Charles Benoist, *Souvenirs*, Paris, Plon, 1934, 3 vol., t. I, p. 360, et t. II, p. 4-5）。シャルムの死後、ブノワが一九一六年から一九一九年まで政治欄を担当した。一方、編集長にはドゥーミックが選ばれた。

（11） *Revue des Deux Mondes*, 1er décembre 1897, p. 707.

（12） N. a. fr. 25031, f° 123. ブノワは翌日にも自分の緊急メッセージを新たに発している（f° 124）。

（13） 一八九七年一一月二九日付ブノワの手紙。N. a. fr. 25031, f° 127.

（14） 一八九八年または一八九九年の七月一八日付の手紙。N. a. fr. 25035, f° 85.

（15） 本書九〇頁および註5を参照。

（16）一八九七年一二月二日付セレスタン・ブーグレ宛エリー・アレヴィの手紙（É. Halévy, *Correspondance*, éd. citée, p. 213）。

（17）*Revue des Deux Mondes*, 1er mars 1898, p. 230.

（18）*Ibid.*, p. 231.

（19）É. Duclaux, « Avant le procès », *Revue du Palais*, 1er mai 1898 ; repris dans une brochure sous le même titre〔同じタイトルで小冊子版に再録〕(Paris, Stock, 1898). *L'Aurore*, 14 janvier 1898, p. 1. ドレフュス事件のあと、ジャーム・ダルメステテールの未亡人となっていたマリー・ダルメステテール（旧姓ロバンソン）と結婚することになるデュクローについては以下を参照。V. Duclert, « Duclaux », *Mil neuf cent. Revue d'histoire intellectuelle*, 1993, p. 21-26 ; また、マリー・デュクローについては以下を参照。Emmanuel Berl, *Rachel et Autres Grâces* (1965), Paris, Grasset, coll. « Les Cahiers rouges », 1987, p. 127-148.

（20）A. Darlu, « De M. Brunetière et de l'individualisme », *Revue de métaphysique et de morale*, mai 1898, p. 381-400 ; repris dans une brochure sous le titre de *M. Brunetière et l'individualisme*〔『ブリュヌチエール氏と個人主義』のタイトルで小冊子版に再録〕(Paris, Armand Colin, 1898). ダルリュはすでにブリュヌチエールの論文「ヴァチカン訪問のあとで」を非難していた（Darlu, « Science, morale et religion », *Revue de métaphysique et de morale*, mars 1895, p. 239-251）。

（21）V. Basch, « Les idées de M. Brunetière », *La Grande Revue*, 1er janvier 1899, p. 32-81. ドイツ語の大学教授資格保持者《アグレジェ》でカント美学についての博士論文（一八九七）の著者であったバッシュは当時、レンヌ大学の教授だった。彼は妻とともに、一九四四年に親独義勇隊員によって暗殺された（以下を参照。Françoise Basch, *Victor Basch. De l'affaire Dreyfus au crime de la Milice*, Paris, Plon, 1994）。

（22）É. Durkheim, « L'individualisme et les intellectuels », *Revue politique et littéraire*, 2 juillet 1898, p. 7-13 ; repris dans *La Science sociale et l'Action*, introduction de Jean-Claude Filloux, Paris, PUF, coll. « Le Sociologue », 1970, p. 261-278 ; réédition 1987.

（23）A. Darlu, « De M. Brunetière et de l'individualisme », art. cité, p. 389-390.

（24）*Ibid.*, p. 400. ダルリュは一八九六年のブリュヌチエールのテクスト『理想主義の再生』の序文を参照している（本書九八頁および註41を参照）。

（25）V. Basch, « Les idées de M. Brunetière », art. cité, p. 64.

（26）ブリュヌチエールは自分の論文を小冊子のかたちで再版し、一八九八年五月二三日の日付をもった序文を付し、『訴訟のあと——何人かの〈知識人たち〉への返事』と題して、反駁者たちへの返答の覚書を添えている（Brunetière, *Après le procès. Réponse à quelques « intellectuels »*, Paris, Perrin, 1898）。

（27）« Après le procès », *Revue des Deux Mondes*, 15 mars 1898, p. 430.

（28） *Après le procès*, *op. cit.*, p. 9 (suite de la n. 1 de la p. 6).

（29） « Après le procès », art. cité, p. 429.

（30） *Après le procès*, *op. cit.*, p. 6-7 (n.1 de la p. 6).

（31） Renan, *Histoire du peuple d'Israël*, Paris, C. Lévy, 1887, t. I ; *Œuvres complètes*, éd. citée, t. VI, p. 32. ルナン著『イスラエル民族の歴史』の最初の二巻（一八八七―一八八八）についての『ルヴュ・デ・ドゥー・モンド』誌の両義的な書評においてブリュヌチエールはこの論争の種となった文句については触れていないが、表面上はルナンの著作を称賛するために、『イスラエル民族の歴史』をボシュエの『世界史論』と比較している。「ユダヤ人の〈宗教的な使命感〉と彼らの〈神の摂理による役割〉については、同じ精神ではないとしても、それらは同じ思想である。その証拠として、やがて見るとおり、人は彼らに同じ批判の言葉を向けることになるであろう」（*Pages sur Ernest Renan*, *op. cit.*, p. 100）。ところでこの暗示には、実はボシュエの中傷者であったルナンに対する背信の念が込められていた。ブリュヌチエールはボシュエの仇を討っているだけでなく、おそらくもっと踏み込んだほのめかしを行っている。すなわち『世界史論』のユダヤ人に関する章は実際には中世の神学的な反ユダヤ主義と一九世紀のカトリックの反ユダヤ主義との間を繋ぐ中継点として利用された有名な毒舌で結ばれていた。「これがユダヤ人の歴史である。彼らは彼らの救世主を迫害した。そして彼の人格において、および彼の家族の人格において［……］。彼らは誕生しつつあったキリスト教会に反対してローマ人と皇帝たちに武器を贈った［……］。彼らは滅びなければならない。彼らが虐殺した預言者たちの血と混じり合ったかくも多くの血は神の御前で復讐を叫んでいる」（II, 21）。『イスラエル民族の歴史』の著者はそれと同じ考えを持っているとブリュヌチエールは暗に示したのであろうか。ルナンはブリュヌチエールを恨んだ。しばらくのちにフランス文学史学会の会長職を依頼されたルナンは、ブリュヌチエールがその会員にならないことを条件に引き受けるつもりであった。しかし一八九四年に『ルヴュ・ディストワール・リテレール・ド・ラ・フランス』誌が創刊される前にルナンは亡くなった。しかしそれでもやはりブリュヌチエールが学会に入ることはなかった（以下を参照。Pierre Moreau, préface à Brunetière, *Pages sur Ernest Renan*, Paris, Perrin, 1924, p. 14 ; A. Compagnon, « Deux absences remarquables en 1894 : Brunetière, Lanson et la fondation de la *Revue d'histoire littéraire de la France* », art. cité, p. 52）。

（32） L. Daudet, *Fantômes et Vivants*, Paris, Nouvelle Librairie nationale, 1914 ; *Souvenirs et Polémiques*, éd. citée, p. 96.

（33） ブリュヌチエールが論文「訴訟のあとで」のなかで（« Après le procès », art. cité, p. 433）引用しているのはルナンの以下の著作である。Renan, *Histoire générale et Système comparé des langues sémitiques*, Paris, Imprimerie impériale, 1855 ; *Œuvres complètes*, éd. citée, t. VIII, p. 145-146. この若い頃の著作をルナンは、一八五五年の序文で人種差別的な部分を修正しなければならなかったと

しても、けっして否定はしなかった。ただしルナンの弁護のために言っておく必要があるが、彼は〈race〉という単語を、「血筋〔sang〕」の意味ではなく、じつにしばしば「言語〔langue〕」や「文明〔civilisation〕」の意味で用いることがあり、その意味において、セムとアーリアのraceを比較している。しかし、ルナンにおいてみられる「言語の種族」と「人類学の種族」との混同と、種族のヒエラルキーについては、以下の著作のルナンの章「崇高なものと醜悪なものの間」を参照。Maurice Olender, *Les Langues du paradis. Aryens et sémites : un couple providentiel*, Paris, Gallimard-Éd. du Seuil, coll. « Hautes Études », 1989, p. 75-111 ; réédition Paris, Éd. du Seuil, coll. « Points », 1994. また以下も参照。Mireille Hadas-Lebel, « Renan et le judaïsme », *Commentaire*, été 1993, p. 370-371.

（34）人種の不平等による文学の発展の説明として、ブリュヌチエールは小冊子版のなかでオーギュスタンおよびアメデ・チエリーとテーヌ、とりわけ『英文学史』のテーヌを引用するだろう（*Après le procès, op. cit.*, p. 10, n. 1）。彼はまた、ドリュモンがテーヌとルナンからセム族とアーリア族の区別を借用したこと、この区別は『ユダヤのフランス』から『ラ・リーブル・パロール』まで一貫して、かなりの成功を収めたことを指摘している（*ibid.*, p. 12 [suite de la n. 1 de la p. 11]）。

（35）« Dans l'Est américain », art. cité, p. 115-116.

（36）« Après le procès », art. cité, p. 430.

（37）*Ibid.*, p. 431. ブリュヌチエールはこの文章を冊子版では次のように訂正している。「いくらかのイスラエル人が私たちのなかで新参者であるとしても、その多くは古くからの者たちであり、おそらくは大部分がそうであろう。私たちのプロテスタントの大部分もまた私たちと同じく古株に属していることを忘れていたのは私の誤りであった」（*Après le procès, op. cit.*,p. 18, n. 1）。

（38）一八七七年五月一六日は、ジュール・シモンが内閣総理大臣職を辞任した日である。彼の辞任はマク＝マオンが「フランスに対する責任」が彼にあることを認めたことを受けてのものだった。この日付は共和国大統領——上院が下院を解散することを許可した——と、一八七六年の選挙の結果を受けた共和主義多数派の間の危機の始まりを画している。一八七七年の総選挙でもこの共和主義多数派は変わらなかったため、大統領の従属化は共和主義体制の決定的な確立を導いた。長い間、フランスの政治文化において、五月一六日は右派と左派の断裂を象徴するものとなった。すなわち右派にとっては「個人の力」と「反動」の敗北を意味し、左派にとっては「議会主義」と「反教権主義」の勝利を意味する日となったのである。以下を参照。M. Winock, *La Fièvre hexagonale. Les grandes crises politiques, 1871-1968*, Paris, Calmann-Lévy, 1986 ; réédition Paris, Éditions du Seuil, coll. « Points », 1987, p. 59-92.

（39）« Après le procès », art. cité, p. 431.

（40）*Ibid.*, p. 431.

（41）*Ibid.*, p. 430.

（42） *Ibid.*, p. 430 et 431.

（43） シャルル・ブノワの憲法に関する省察の出発点は次のように告げられている。「大きな悪にして大きな危険、それは分子的な〈国民主権〉であり、無機的な普通選挙――これは結局無政府的な普通選挙でしかありえない――である」（Charles Benoist, *La Crise de l'État moderne. De l'organisation du suffrage universel*, Paris, Firmin-Didot, 1895, p. 14-15）。この著作をブリュヌチエールに献呈したブノワは、著作においては自身は「国の現実の代表制」、すなわち三つないし四つの大きな職業グループに分かれたすべての市民による直接普通選挙による代議士たちが構成する下院選挙に好意的であると宣言している（*ibid.*, p. 155）。

（44） Y. Guyot, *Les Raisons de Basile*, Paris, Stock, 1899, p. V.

（45） A. Leroy-Beaulieu, *Israël chez les nations*, éd. citée, p. 317（テクストに誤りがあるため、一八九三年版の p. 391 を復元した）。

（46） *Ibid.*, p. 317.

（47） *Ibid.*, p. 317.

（48） *Ibid.*, p. 230. ドリュモンはフランスにおけるユダヤ人の数を五〇万人としているがそれは馬鹿げている。より本当に近い評価は一八九七年にフランスのユダヤ人は八万人、そのうちパリ在住のユダヤ人が五万人である。パリにはアルザス出身の多くのユダヤ人が一九世紀を通じて、とりわけ一八七〇年以降、定住した。そして、銀行や商業においてだけでなく、〔医師・弁護士などの〕自由業や公務員業においても注目すべき成功を収め、これによって世論は彼らの繁栄に敏感になった（以下を参照。M. Marrus, *Les Juifs de France à l'époque de l'affaire Dreyfus*, *op. cit.*, p. 45-51）。一八九四年七月一九日付の『ガゼット・ド・フランス』紙の計算によれば、フランスに三〇万ないし四〇万人のユダヤ人がいるとして、その母集団に対し、毎年三名弱が理工科学校《ポリテクニック》に、六名が陸軍士官学校《サン＝シール》に、四年に一名の割合で高等師範学校《エコール・ノルマル》に合格しているとのことである。一方――ロチルドの財産と同じくらい気まぐれな数字であるが――おそらく五〇名から六〇名のユダヤ人がポリテクニックとサン＝シールに、五名から六名がエコール・ノルマルにいるという見方もある（R. F. Byrnes, *Antisemitism in France*, *op. cit.*, p. 93-94）。実際のところ、『アルシーヴ・イスラエリット』誌は一八九四年にポリテクニックに入るユダヤ人の平均は一八八九年以降は年に一〇名を少し超す程度であると計算している（以下の引用による。Béatrice Philippe, *Les Juifs à Paris à la Belle Époque*, Paris, Albin Michel, coll. « Présences du judaïsme », 1992, p. 88）。

（49） Th. Ratisbonne, *La Question juive*, *op. cit.*, p. 9. この随想録――出版は一八六八年であるが、執筆は一八四六年からなされており、一八四三年から一八五〇年までパリの教皇大使を務め教皇権至上主義《ウルトラモンタニスム》の支持者であったフォルナリ猊下のために書かれた――が明らかにしているのは、テオドール・ラティスボンヌが、政治経済的な新たな反ユダヤ主義ではなく、伝統的なカトリックの反ユダヤ教主義を自分のものとしているということである。アルフォンス・ラティスボンヌの反ユダヤ教主義のほうは、レマン兄弟のそれの水準に達することはないものの、さらにはっきりと示されていた（以下を参照。F. Delpech, *Sur les juifs*, *op. cit.*, p. 348-350)。ユダヤ人によるいくつかの職業への侵攻が反ユダヤ主義的な幻想であったとしても、ユダヤの新聞雑誌はグランド・ゼコールの入学試験や行政の登用試験におけるユダヤ人共同体の並外れた成功についてはきわめて敏感であり、一八九七年八月二〇日付の『リュニヴェール・イスラエリット』紙は「ごく限定された比率の者が占めるにしては数的に多い」と、誇りをもって記していた（以下の引用による。M. Marrus, *Les Juifs de France à l'époque de l'affaire Dreyfus*, *op. cit.*, p. 60, n. 1)。

(50) *Ibid.*, p. 430.

(51) Goncourt, *Journal* (5 janvier 1886), éd. citée, t. II, p. 1213.

(52) ドレフュス事件たけなわの頃、一八九九年五月一日の『ルヴュ・デ・ドゥー・モンド』誌は「フランスにおけるフリーメーソン団」に関する匿名の長い研究を載せている（« La franc-maçonnerie en France », *Revue des Deux Mondes*, 1er mai 1899, p. 80-124)。

(53) 以下を参照。M. Winock, « Une question de principe », *La France de l'affaire Dreyfus*, éd. P. Birnbaum, Paris, Gallimard, coll. « Bibliothèque des histoires », 1994, p. 547-551.

(54) « Après le procès », art. cité, p. 434.

(55) *Ibid.*, p. 441-442.

(56) « Dans l'Est américain », art. cité, p. 117.

(57) *Ibid.*, p. 118.

(58) « Après le procès », art. cité, p. 442.

(59) « Le catholicisme aux États-Unis », art. cité, p. 155. これについてブリュヌチエールは、個人主義と社会主義の危険な二項対立はアメリカには無縁のものと判断しており、アメリカでは個人主義は「合理的な動機が示されるやいなやそれ自体が放棄される」としている（*ibid.*, p. 114-115)。

(60) トクヴィルは「訴訟のあと」のなかでも引用されている（« Après le procès », art. cité, p. 441)。

(61) « Dans l'Est américain », art. cité, p. 114-115.

(62) Barrès, *Les Déracinés*, Paris, Fasquelle, 1897 ; réédition *Romans et Voyages*, éd. Vital Rambaud, Paris, R. Laffont, coll. « Bouquins », 1994, t. I, p. 569.

(63) 「知的プロレタリアート」のタイトルで、一八九八年一月二五日付の『ル・タン』紙は、一八九八年一月一五日号の『ルヴュ・デ・ルヴュ』誌のアンリ・ベランジェの記事（以下に再録されている。Henry Béranger, *Les Prolétaires intellectuels en France*, Paris,

Éd. de la Revue, 1901）を匿名で報告している。

（64）Renan, « Philosophie de l'histoire contemporaine. La monarchie constitutionnelle en France », *Revue des Deux Mondes*, 1er novembre 1869, p. 92.

（65）*Ibid.*, p. 93.

（66）« Après le procès », art. cité, p. 446.

（67）F. Nitti, *La Population et le Système social*, Paris, Giard et Brière, 1897.

（68）ピエール・フロマンの架空の著作『新たなるローマ』はニッティの著作『カトリック的社会主義』（F. Nitti, *Socialisme catholique*, Paris, Guillaumin, 1894）から直接的に想を得たものである。

（69）ギルマンは休暇を過ごしていたメイン州から一八九七年八月一日にブリュヌチエール宛に手紙を書き、ボルチモア訪問に感謝するとともに、次の講演者としてベルリンのエーリッヒ・シュミット教授（一八五三―一九一三）が一八九九年春にドイツ語でゲーテについて語る予定であることを告げている（N. a. fr. 25039, f° 230-231）。実際にはシュミットはボルチモアに来ることはなく、〈ターンバル・レクチャーズ〉は一八九九年には開催されなかった。ギルマンは同時に、自身が『アメリカの民主主義について』への序文を執筆したので、一部献本すると知らせている（*Catalogue de la bibliothèque de feu M. Brunetière, op. cit.*, n° 724）。

（70）N・P・ギルマンはこう書いていた。「最も必要とされることは、自由競争という神聖にして不謬の名のもとに社会主義に対して十字軍を起こすことではなく、我々の時代に氾濫する粗野な個人主義に対して決然たる抵抗を示すことなのである」（N. P. Gilman, *Socialism and the American Spirit*, New York et Boston, Houghton Mifflin and Company, 1893, p. 22）。彼はまた『雇用者と被雇用者間の利益分配』（一八八九）および『労働への配当』（一八九九）の著者でもある。そこで彼は資本主義をより社会的なものにすることを目指している。N・P・ギルマンの著作は、ブリュヌチエールが選んだ引用箇所（「個人主義と社会主義」と題された第一章からの抜粋）がその書物の精神をよく要約しているとおり、アメリカのカトリック教会によって唱えられた個人主義と社会主義の総合に関するギボンズ枢機卿のテーゼを思わせる（本書一〇五頁および註66を参照）。ギボンズ枢機卿への紹介状をもってアメリカに出発し（以下を参照。J. Van der Lugt, *L'Action religieuse de Ferdinand Brunetière, op. cit.*, p. 75）、ジョンズ・ホプキンス大学訪問中は枢機卿のもともよく訪ねたブリュヌチエールは（以下を参照。« Dans l'Est américain », art. cité, p. 123）、その論稿「合衆国におけるカトリシズム」のなかで枢機卿の言葉を好意的に引用している（« Le catholicisme aux États-Unis », art. cité, p. 165-167）。ブリュヌチエールの「アメリカニズム」が話題になりえたのは、「社会問題」への関心の高さによってアメリカのカトリック教会全般に好意的なこの論稿との関連においてである（以下を参照。J. Van der Lugt, *L'Action religieuse de Ferdinand Brunetière, op. cit.*,

p. 100)。

(71) « Après le procès », art. cité, p. 443.

(72) *Ibid.*, p. 445.

(73) *Ibid.*, p. 443.

(74) *Ibid.*, p. 444.

(75) *Ibid.*, p. 446.

(76) *Ibid.*, p. 445. ポール・メイエとその同僚たちが果たした役割については以下を参照。Bertrand Joly, « L'École des chartes et l'affaire Dreyfus », *Bibliothèque de l'École des chartes*, 1989, p. 611-671.

(77) *Après le procès*, *op. cit.*, p. 1.

(78) 外交官のモーリス・パレオローグ（一八五九―一九四四）は、外務省の調査局員（一八八六―一九〇六）としてドレフュス事件を詳しく知る立場にあった。一八九九年には破棄院に証言を提出している。のちに外務省の政治局長（一九一二）、ロシア大使（一九一四―一九一七）、外務事務次官（一九二〇）を務めた。

(79) ポール・エルヴィウ（一八五七―一九一五）はストロース夫人と親交があった。ドレフュス事件に関する夫人への手紙は以下の文献で公刊された。Philippe Baron, « Quelques lettres de Paul Hervieu, écrivain dreyfusard », *Cahiers naturalistes*, 43, 1972, p. 83-104.

(80) 公教育省大臣官房長（一八八七）、美術学校校長（一八八八）、ソルボンヌ大学講師（一八九一）、ソルボンヌのフランス雄弁術講座教授（一九〇〇）を歴任したギュスターヴ・ラルーメの名前は〈フランス祖国同盟〉の最初のリストに載り、ついでラヴィスの「融和への呼びかけ」にも載る（本書一七一頁および註23、一七六頁および註40を参照）。

(81) 高等師範学校准教授（一八八八）、ソルボンヌの古代哲学史講座教授（一八九四）を務めたヴィクトル・ブロシャール（一八四八―一九〇七）はドレフュス事件では穏健派に属し、破棄院の判決はいずれにせよ尊重すべきであるとする要請文に署名した。

(82) ソルボンヌの哲学史講座准教授（一八八六）、教授（一八九八）を務めたガブリエル・セアイユ（一八五二―一九二二）は熱烈なドレフュス主義者で、ゾラ裁判で証言台に立ち、〈人権同盟〉設立発起人のひとりであった。

(83) M. Paléologue, *Journal de l'affaire Dreyfus, 1894-1899*, Paris, Plon, 1955, p. 90-91.「判決が出た事態への尊重」を擁護するブリュヌチエールはすでに軍法会議の問題へのゾラの口出しを「統辞論や韻律法の問題に憲兵隊の大尉が口出しするのと同様に適切さに欠けた突飛な行為である」と評していた（*ibid.*, p. 90）。

(84) 一八九八年八月二八日付の手紙（N. a. fr. 24449, f° 131 v°）。ガストン・パリス（一八三九―一九〇三）はポール・メイエほど社会参加はせず、アカデミー・フランセーズの同僚に対してはより儀礼的であったが、ブリュヌチエールが選択した立場については反駁を試みている。パリスは、個人と国民の行動において科学的な精神が果たす役割について、私信や『ル・フィガロ』紙上でブリュヌチエールと対話を行っている（一八九九年一月三日の『ル・フィガロ』紙でのA・ソレル宛の書簡でパリスは、新しい同盟〔フランス祖国同盟〕がその宣言において正義への言及を言い落とし、科学的な精神に対して宣戦を布告し、アンリ寄金の会員を含めていることについて非難している。アンリ寄金を擁護するコペの書簡と、歴史家たちの科学的な自惚れに対する自身の厳しい態度を科学的な精神そのものへの攻撃ではないと主張するブリュヌチエールの書簡が一八九九年一月四日の『ル・フィガロ』紙の一面に掲載される。さらに、一八九九年一月四日付ブリュヌチエール宛のガストン・パリスの手紙を参照。N. a. fr. 25047, fº 37-38）。ドレフュス事件における歴史家たちの立場の違いについては以下を参照。William R. Keylor, *Academy and Community : The Foundation of the French Historical Profession*, Cambridge (Massachusetts), Harvard University Press, 1975 ; R. J. Smith, « L'atmosphère politique à l'École normale supérieure à la fin du XIXe siècle », *Revue d'histoire moderne et contemporaine*, art. cité, p. 248-268, condensé d'une thèse de 1967 publiée sous le titre *The École normale supérieure and the Third Republic*, Albany, State University of New York Press, 1982 ; Madeleine Rebérioux, « Histoire, historiens et dreyfusisme », *Revue historique*, avril-juin 1976, p. 407-432.

（85） J. Reinach, *Histoire de l'affaire Dreyfus*, Paris, Fasquelle, 1903, t. III, p. 535.

（86） ジュール・カンボン（一八四五―一九三五）は反ユダヤ主義的なデモが勢いを増した間の一八九一年からアルジェリア総督を務めたあと、一八九七年から一九〇二年までワシントンで大使を務めた。

（87） N. a. fr. 25037, fº 76 rº-77 fº. ドゥーミックは追伸でアドルフ・コーン（本書一一三頁および註87を参照）の驚くべき反応を紹介している。「コーン氏は私に手紙でこう書いて寄こしました。「一五日の『ルヴュ』を読まれましたか。ブリュヌチエールの署名記事はとても興味深いものです。じつに、まったくそのとおりです！　ついに！　個人主義に対する反抗が始まったのです！」」（fº 77 vº）つまりコーンはブリュヌチエールの反ドレフュス主義についてまったく反対していない。彼はブリュヌチエールの意見を支持してさえいるように思われる。

（88） A. Beaunier, *Les Dupont-Leterrier. Histoire d'une famille pendant l'affaire*, Paris, Société libre d'édition des gens de lettres, 1900, p. 204-205 (*Bibliographie de la France*, 1899, nº 12659 ; cité par Cécile Delhorbe, *L'Affaire Dreyfus et les Écrivains français*, Neuchâtel, Attinger, 1932, p. 310). ジュール・ルナールはこの小説と同時期のボーニエの次の言葉を報告している。「ブリュヌチエールは彼にもっともそぐわない野心、人気者になりたいという野心を抱いている」（Jules Renard, *Journal* [30 octobre 1899], éd. citée, p. 550）。ブリュヌチエールの発言が広く知られていたことを示す指標として、アンリ・ダガンの論集『反ユダヤ主義に関する調査』での言及の多さが

挙げられる（Henri Dagan, *Enquête sur l'antisémitisme*, Paris, Stock, 1899）。

（89）R. Rolland, *Le Cloître de la rue d'Ulm*, *op. cit.*, p. 171. とはいえロマン・ロランは一八九七—一八九八年頃、『ルヴュ・デ・ドゥー・モンド』誌に載せるために戯曲の手稿をいくつかブリュヌチエールに委ねているし、姉のマドレーヌ・ロランの翻訳原稿も委ねている（日付不明の手紙。N. a. fr. 25048, f° 543-551）。なお、ウジェーヌ・マニュエルはブリュヌチエールの勲章を「たいへんよい位置づけのもの」と褒めたたえている（一八八九年一月二日付の手紙。N. a. fr. 25044, f° 72）。

（90）本書一二四頁および註22を参照。デュルケームは最初、セレスタン・ブーグレの要請にこたえて執筆した、ブリュヌチエールへの反駁文を『ルヴュ・ド・パリ』誌に発表しようとしてラヴィスに手紙を書いた。デュルケームの一八九八年三月のアンリ・ユベール宛の二通の手紙によると、その試みは無駄に終わったことがわかる（*Revue française de sociologie*, juillet-septembre 1987, p. 491-492）。ラヴィスの日和見主義と『ルヴュ・ド・パリ』誌の社会参加への拒絶については、一八九八年三月のエリー・アレヴィの手紙を参照。アレヴィはセレスタン・ブーグレにこう打ち明けている。「言っておきますが、私はブリュヌチエールのほうがまだしも好ましく思います」（É. Halévy, *Correspondance*, éd. citée, p. 226 et 239）。デュルケームの論文については以下を参照。P. Birnbaum, *Destins juifs. De la Révolution française à Carpentras*, *op. cit.*, p. 91-95.

（91）Durkheim, *La Science sociale et l'Action*, *op. cit.*, p. 265-266.

（92）実際、ブリュヌチエールは「訴訟のあと」のなかでスペンサーを明白に非難していた（« Après le procès », art. cité, p. 434）。

（93）Durkheim, *La Science sociale et l'Action*, *op. cit.*, p. 269-270.

（94）以下を参照。É. Faguet, *Le Libéralisme*, Paris, Société française d'imprimerie et de librairie, 1903. この書物でファゲはフランス・リベラリズムの古典（コンスタン、ロワイエ＝コラール、バラント、ギゾー、トクヴィル）をひとりも引用せず、それらとは一線を画して、元公教育大臣で、一八九五—一八九六年に総理大臣となり、〈教育同盟〉の代表を長く務め、集団主義と個人主義の中道としての「連帯主義」を創始し、共和国の公的な哲学者でもあったレオン・ブルジョワ（一八五一—一九二五）による『連帯』を引用している（Léon Bourgeois, *Solidarité*, Paris, Armand Colin, 1896）。

（95）実際には三月一五日号。

（96）ブリュヌチエールは、自分のことを「ユダヤ人に反対して最下層民と結託した」と非難していた『リュニヴェール・イスラエリット』紙の記事を引用していた（« Après le procès », art. cité, p. 432）。フロール・サンジェがいくらか軽蔑の念を込めて言っているように、「イスラエリットの新聞」である同紙は、『アルシーヴ・イスラエリット』誌と共に、ユダヤ人共同体の主要なジャーナルであり、中央長老会の公的な機関紙でもあったが、彼女は自分の叔父に対する『アルシーヴ・イスラエリット』誌の攻撃を覚えていたにちがいない（本書七三―七五頁参照）。発行部数は少なかったものの、『リュニヴェール・イスラエリット』紙の影響力は大きかった。それはちょうど同紙がイザイ・ルヴァイヤン（本書一一三頁および註87を参照）の推進のもとで、組織的な反ユダヤ主義への反対運動に力を注ぎつつある時であった。フロール・サンジェの留保姿勢は、沈黙こそが反ユダヤ主義の昂進に対する最良の防御であると長い間考えていた同化ユダヤ・ブルジョワジーの典型である（以下を参照。P. Birnbaum, « La citoyenneté en péril : les juifs entre intégration et résistance », *La France de l'affaire Dreyfus*, éd. P. Birnbaum, *op. cit.*, p. 523-526）。問題の記事は『リュニヴェール・イスラエリット』紙の主な執筆者のひとりであったルイ・レヴィの署名によるものであった（Louis Lévy, « Les fautes passées et le devoir présent », 21 janvier 1898, p. 552-556）。レヴィはこの記事のなかで教権主義をひとまとめに非難していた。「ドレフュス事件は教権主義がユダヤ人と〈共和国〉に対して、すなわち〈自由〉と〈思想〉に対して企てた恐ろしい仕掛けである」(p. 553)。少し先のところでレヴィは有名な反ユダヤ主義者のリストを掲げ、ブリュヌチエールをドリュモン、ヴィリエ・ド・リラダン、バルベー・ドールヴィイー、ヴェルレーヌ、ヴォギュエおよびバレスに結びつけている。しかしブリュヌチエールの名前はリストの最後に載っており、その理由も科学への破綻宣告によるというだけのものである（p. 555）。ブリュヌチエールが引用した箇所――「彼らは最下層民と結託した」（p. 553）――は名前を挙げてなされる告発の前に位置しており、これと直接的な関係はなかった。ルイ・レヴィは「訴訟のあと」に対して、『リュニヴェール・イスラエリット』紙の次の二回の配本のなかで返答している（Louis Lévy, « M. Brunetière et l'"Univers israélite" », 25 mars 1898, p. 5-8 ; « M. Brunetière et l'antisémitisme », 1er avril 1898, p. 40-44）。レヴィはブリュヌチエールに、科学に対する長広舌は除いて、反ユダヤ主義についての考察と人種の観念についての反論の第一部について確認を求める一方で、ユダヤ人がエリートにおける過剰代表によって「反ユダヤ主義に利する行為を働いている」という考えに激しく反論し、一七九一年以来すべての市民に開かれた共和国の功績主義を擁護している。しかし主な非難の柱は教権主義にあった。「ブリュヌチエール氏が語っている微温的な〈教権派〉について言えば、そんなものは存在しない。人はいったん〈教権派〉になるやいなや、教権主義のすべてを欲するのである」（p. 8）。ブリュヌチエールは中立的な立場を望む「より微温的なある〈教権派〉」について言及していたが、『リュニヴェール・イスラエリット』紙のそれのような攻撃はそうした人たちを過激化させる危険があった（« Après le procès », art. cité, p. 432）。ラリマンの期間は終わり、両陣営の対立が再燃していた。ブリュヌチエールにとっては、ユダヤ人は反ユダヤ主義において責任の一端があり、これは同化ユダヤ・ブルジョワジーが同宗者に対する攻撃にあまりにも控え目にしか反応しない際に示す態度とさほど異ならないものであった。それに対して、ルイ・レヴィにとっては、カトリシズムと反ユダヤ主義は不可分であり、教権主義と反共和主義は一体のものであった。

(97) ルイ・ヴイヨ（一八一三―一八八三）は教皇権至上主義《ウルトラモンタニズム》の指導者で、モルタラ事件のあと、一八五八年一一月一九日付の『リユニヴェール』紙で激しい反ユダヤ主義的な記事を発表していた。モルタラはローマ教皇領のひとつであったボローニャのユダヤ人の子供の名前で、この子供は一八五八年六月に教皇の憲兵たちの手によって両親から引き離された。その子が死にかけていると思った家政婦が一八五四年に密かにその子に洗礼を受けさせていたことが明らかになり、その後はキリスト教徒として育てられるべきであると教会法が命じたというのがその理由だった。国際的な圧力があったにもかかわらず子供が親のもとに返されることはなく、子供は司教座聖堂参事会員として亡くなる（以下を参照。*Archives israélites*, octobre 1858, p. 547-561［これは『ジュルナル・デ・デバ』紙におけるプレヴォ＝パラドルの記事を転載したものである］; J. Maurain, *La Politique ecclésiastique du second Empire*, *op. cit.*, p. 230-232)。ヴイヨはタルムードに関する三つの記事を続けて発表しているが、それはユダヤ教に関する根本的な無知を示している（*L'Univers*, 18, 20 et 23 décembre 1858）。ヴイヨによる攻撃は公教育および信仰大臣宛の中央長老会による厳重な抗議を惹き起こすと共に、ラビのエリー＝アリスティド・アストリュックによる論証的な回答も呼ぶことになった。それはフロール・サンジェが示した区別と合致している。「ユダヤ人はキリスト教徒を憎んではいない。ユダヤ人はヴイヨ氏さえも嫌っていない［……］。ユダヤ人は彼らを憐れんでいるのだ。偉大な才能を持ちながら、悪しき心に与しているときの彼らを［……］。仮にキリスト教徒への憎悪がユダヤ人の教義であったならば［……］ユダヤ人はその教義を久しい以前から破っている。それは政策によって、あるいは人類愛によってである。他方で、仮に慈愛がヴイヨ氏の教義であるとしても、氏は、正統な教えによってなのか、あるいは狂信によってなのか、その教義をまったく実践していない」（Élie-Aristide Astruc, *Les Juifs et L. Veuillot*, Paris, Dentu, 1859, p. 27-28 ; 以下に部分的な引用が見られる。P. Pierrard, *Juifs et Catholiques français de Drumont à Jules Isaac*, *op. cit.*, p. 21)。『アルシーヴ・イスラエリット』誌におけるモルタラ事件についてのイジドール・カエン（本書八六頁および註206を参照）の記事のなかには世界イスラエリット連盟創設のアイデアが現れている（*Archives israélites*, novembre 1858, p. 624-625 ; décembre 1858, p. 692-702)。

（98）ブリュヌチエールがルナンを引用していたのは、「ユダヤの種族」ではなく「セムの種族」の劣等性についてであった（« Après le procès », art cité, p. 433 ; 本書一二六頁および註33を参照）。しかしフロール・サンジェが、セムの種族はルナンにとっては、ルナン自身がそう呼ぶことを好んだとおり、東方あるいは「シリア＝アラブ」の諸言語に相当することを注意喚起しているのは正しい。そもそも種族はルナンにとっては言語と文化によって定義されるものであって、血によって定義されるものではない。ユダヤ民族が語の生理学的な意味での種族に相当するものであるとはルナンはまったく考えていなかった。ルナンはブリュヌチエールと同様の判断を示し、のちの成熟期の文章のなかで次のように明確化するだろう。「歴史の根源においては重要な民族学的事実は、文明化が進むに従って、常にその重要性を失っていくものである」（Ernest Renan, « Le judaïsme comme race et comme religion »[1883], *Œuvres complètes*, éd. citée, t. I, p. 944)。ベルナール・ラザールは次のように指摘した。「ルナン氏はその晩年において、種族の教義、種族間の不平等、相互の優越性や劣等性に関する教義を放棄していた」(Bernard Lazare, *L'Antisémitisme*, *op. cit.*, t. II, p. 68, n. 1)。

(99) ジュール・オッペール(一八二五―一九〇五)はハンブルク生まれのフランスの東洋学者。その宗教によってドイツで大学人としての経歴をたどることができず、一八四七年にフランスに来た。一八七四年にコレージュ・ド・フランスの文献学およびアッシリア考古学担当教授に任命された。

(100) ミシェル・ブレアル(一八三二―一九一五)はフランス人の両親のもとにバイエルン・プファルツのランダウで生まれた。一八五二年に高等師範学校の候補生となり、当時の大臣アシル・フールドの介入ののち、ようやく入学試験に召喚され――これはプロテスタントのジョルジュ・ペローと同様であった――合格した。一八六四年にコレージュ・ド・フランスの比較文法担当教授に任命された。ジュール・シモンが公教育大臣に就いていた間(一八七〇―一八七三)、教育改革に対するブレアルの影響力は大きく、その力はとりわけ伝統的な文学教育に反対する方向で行使された。

(101) ガブリエル・リップマン(一八四五―一九二一)はハーレリッヒ(ルクセンブルク)生まれのフランスの物理学者。ソルボンヌ教授を務め、一九〇八年にノーベル賞を受賞。

(102) ジャーム・ダルメストテールについては本書四九―五二頁および九一―九二頁を参照。シャトー゠サランに生まれ、パリの長老会が運営する学校であるタルムード・トーラーで教育を受け、のちにブレアルの弟子となり、一八八五年にコレージュ・ド・フランスのペルシャ語担当教授に任命された。兄のアルセーヌ・ダルメストテールは父親によってラビとなるべく導かれ、同じくタルムード・トーラーで教育を受け、文献学者となった。彼のために一八八三年、ソルボンヌに中世フランス語フランス文学講座が設けられた。一八八〇年の『ルヴュ・デ・ゼチュード・ジュイヴ〔ユダヤ研究〕』誌の創刊者のひとりとなった。

(103) アナトール・ルロワ゠ボーリウは「我々においては、マンク家、オッペール家、ブレアル家、ヴェイユ家、ドランブール家、アレヴィ家、レブ家、ふたりのダルメステール、ふたりのレナックがいる」と列挙していた(A. Leroy-Beaulieu, *Israël chez les nations*, éd. citée, p. 234)。フロール・サンジェはユダヤ共同体あるいはヘブライ研究において最も活動的な学者たちの名前や、彼女が最もよく知っていた人びとの名前には言及していない。後者にはたとえばアドルフ・フランクや、サロモン・マンク(一八〇三―一八六七)が挙げられる。マンクはシレジアのグロス・グロガウに生まれ、ベルリンとボンで学業を修めたあと、一八二八年にパリに着き、アルフォンスおよびギュスターヴ・ド・ロチルドの家庭教師を務め、一八四〇年にはクレミューの東方旅行に同伴した。国立図書館の東洋手稿部の司書、学士院会員(一八五八)、ルナンの罷免のあと一八六四年にコレージュ・ド・フランスのヘブライ語・カルデア語・シリア語講座の担当教授に任命された。中央長老会の事務局員(一八四四)、ついで会員(一八五七)を歴任した(以下を参照。D. Cohen, *La Promotion des juifs en France à l'époque du second Empire*, *op. cit.*, t. I, p. 165-172)。あるいはまたジョゼフ・ドランブール（一八一一―一八九五）の名前も挙げられるだろう。マイエンスに生まれ、一八三八年にパリにやってきたドランブールは、ヘブライ語とアラビア語の専門家であり、学士院会員（一八七一）、高等研究実習院の研究部長（一八七七）、パリ長老会会員（一八六九―一八七二）、世界イスラエリット連盟副代表（一八七八）を歴任した。これらすべての学者たちについては、以下を参照。Perrine Simon-Nahum, *La Cité investie. La « science du judaïsme » français et la République*, Paris, Éd. du Cerf, coll. « Bibliothèque franco-allemande », 1991.

(104) ブリュヌチエールによれば、ダルメストテールはユダヤ人を「疑り深さの卓越した博士」と呼んでいたという（« Après le procès », art. cité, p. 432-433)。この引用文の元々の文脈からするとやはりフロール・サンジェの言い分が正しいことがわかる。というのもダルメストテールは、ローマ・カトリック教会のユダヤ人に対する敵意、とりわけ中世における敵意を喚起しながら、実際には次のように書いていたからである。「ユダヤ人はローマ・カトリック教会の弱点を暴露しようとしていた。ユダヤ人はそのために、聖書の知性に加えて、抑圧された者の恐るべき慧眼を用いなければならなかった。ユダヤ人は疑り深さの博士であった。精神のあらゆる反抗者たちが夜となく昼となくユダヤ人のもとにやってきた」（*Les Prophètes d'Israël, op. cit.*, p. 185)。ベルナール・ラザールはこの文を引用し、ユダヤ人を世界の近代化の推進者と見なすダルメストテールのテーゼを全般的に認めていた（*L'Antisémitisme*, éd. citée, t. II, p. 189)。それとは逆に、アナトール・ルロワ＝ボーリウはあらゆる読者に明らかに強い印象をもたらした同じ文を引用しつつも、ダルメストテールの意見には賛同しなかった（*Israël chez les nations*, éd. citée, p. 86)。彼がブリュヌチエールと離れる唯一の点がそれだった。ブリュヌチエールにとっては、一八八六年の『ユダヤのフランス』についての書評以来、ユダヤ問題に関する参照体系は同じであった。すなわち種族の観念をルナンに帰し、一気にそれから自身の立場を画すためにルナンを参照し、ユダヤ人の免責論に従ったのちにそのキリスト教への敵意を告発するためにダルメストテールを参照していた。ダルメストテールは一八八八年の『ジュルナル・デ・デバ』紙における『イスラエル民族の歴史』第一巻の書評および一八九一年の『ルヴュ・デ・ドゥー・モンド』誌における同書第三巻の書評において明確な留保は付けていなかった（*Les Prophètes d'Israël, op. cit.*, p. 199-226 et p. 1-120）が、ルナンの死後、「種族の概念と言語の概念の同一化が含む疑わしく危険な点」およびセム系諸族の原始多神教についての無理解を指摘している（« Rapport annuel », *Journal asiatique*, 1893, p. 57；以下も参照。« Race et tradition »[1883], *Les Prophètes d'Israël, op. cit.*, p. 247-261)。しかし両者の根本的な不一致はユダヤ教とキリスト教の相対的な近代性に関わっている。すなわちルナンにとっては、奇蹟を取り除いた「キリストの宗教」あるいは「絶対の宗教」は科学と調和し、セム種族の一神教を超越するものであり、このセム種族の一神教は「改善可能性」を不可能にし、人類の進歩に障害をなすものであった（以下を参照。M. Olender, *Les Langues du paradis, op. cit.*, p. 91-103）のに対して、ダルメストテールにとっては、逆に、啓蒙主義の理想とユダヤ教の伝統の総合であるフランコ＝ユダイズムこそが、キリスト教の超越として構想され、進歩への信仰と融合し、ただ「偉大なる統一性と慈愛と正義への不安の感情」だけがそこから残存することになる現実の諸宗教の終焉を告げるものであった（*Les Prophètes d'Israël*, *op. cit.*, p. 196）。ルナンとダルメストテールを上回るようなユダヤ教についての知識をブリュヌチエールは持ち合わせていなかった。ただし彼はヒルシュ・グラーツの大著『ユダヤ人の歴史』のフランス語抄訳版（Hirsch Graetz, *Histoire des juifs*, Paris, A. Lévy, 1882-1897, 5 vol.）の最初の四巻を所有していて（*Catalogue de la bibliothèque de feu M. Brunetière*, *op. cit.*, n° 1403）、それをルナンの『イスラエル民族の歴史』よりも「はるか上に」位置づけていた（*Après le procès*, *op. cit.*, p. 27, n. 1）。

(105) 実際には、ブリュヌチエールはユダヤ人における宗教的な感情の存在に気づいていないわけではなかった。それどころか、ヘレニズムとは異なり、ユダヤの教えにおいては道徳が宗教に基づいており、社会的な不公正に対する闘争をも含んでいるという事実はブリュヌチエールにとって称賛の対象となっていた。この点においても彼はルナンと対立していた。ルナンはブリュヌチエールからするとあまりにもギリシャ寄りであり、ブリュヌチエールはダルメストテールと意見が一致していた（« Le peuple d'Israël et son historien », *Pages sur Ernest Renan*, *op. cit.*, p. 93-95）。

(106) フロール・サンジェにはひとり息子のルイ・サンジェ（一八五〇—？）がいた。ルイは一八七七年一一月一九日にテレーズ・ステルンと結婚し（以下に引用されたアルフォンス・ラティスボンヌの手紙による。R. Laurentin, *A. Ratisbonne*, *op. cit.*, t. II, vol. 2, p. 204）、三人の息子、アレクサンドル、ピエール、ロベールを設けた（以下の付録の系図による。Th. Ratisbonne, *Mes souvenirs*, *op. cit.*, p. 225）。『パリ名士録』によると、一八九八年に、ルイ・サンジェ夫妻はイエナ通り九番地に住んでいた。ルイ・サンジェはスポーツマンで、一八九八年には、〈アカシア〉、〈鉄路〉、〈オムニウム〉、〈乗馬協会〉、〈フランス・ヨット連盟〉など数多くのサークルに所属していた。一九〇五年にはさらに〈自動車クラブ〉、〈イル＝ド＝ピュトー・スポーツ協会〉および〈ポロ〉の会員となっていた。彼は慈善活動についての短い入門書、『悲惨と援助——歴史学的覚書』という書物の著者であったが（Louis Singer, *Misère et Assistance. Notes historiques*, Paris, Hébert, 1905）、出版流通されることはなかったようである。彼にはもう一冊、『自分の身は自分で守りなさい！《護身》』という小冊子があり、控訴院の弁護士が一九一八年八月付で序文を付している。一八七〇年の彼の態度については、オクターヴ・フイエ夫人によれば、ルイはパリ包囲の間、城砦のうえで戦闘に参加したという。一方、その折、パリに閉じ込められたフロールは、こちらもまた勇敢なことに、「健康が芳しくなく、感じやすい性質であったにもかかわらず［……］、遠くから息子を守るために飢えと弾丸の炎に耐え忍んだのであった」（*Souvenirs et Correspondances*, *op. cit.*, p. 221 et 226）。しかし、ヌフムーチエの城館はプロシア軍に占領されてしまっていた。フイエ夫人はサンジェ家がそこを取り戻してからすぐに、一八七一年夏の間、そこに赴いている（*ibid.*, p. 237）。

(107) ドレフュス事件におけるブリュヌチエール夫人の態度を明確に示すものは何もない。

(108) 一八九八年四月一九日付の手紙。N. a. fr. 25049, f° 355-360. 最後の一文と署名のみ自筆。この手紙は以下に部分的に引用されている。A. Archidec, *Ferdinand Brunetière ou la Rage de croire, op. cit.*, t. I, p. 551-553.

(109) Proust, *A la recherche du temps perdu*, éd. citée, t. III, p. 111.

(110) *Ibid.*

(111) *Ibid.*, t. II, p. 584.

(112) この点については、フロール・サンジェは間違っている。ドレフュス家の同化は彼らの宗教を棄てるところまでは進んでいなかった。アルフレッド・ドレフュスの両親はユダヤ教の戒律を遵守し、息子たちにバル・ミツバー〔ユダヤ教の成人式〕を施し、息子たちは一八七〇年以前にミュルーズで最小限度の宗教教育を受けていた。アルフレッド・ドレフュスとリュシー・アダマールの結婚は新しくフランスの大ラビになったばかりのザドック・カーンによって一八九〇年四月二一日にパリのヴィクトワール通りのシナゴーグで執り行われた（Michael Burns, *Dreyfus. A Family Affair, 1789-1945*, New York, Harper Collins, 1991, p. 39 et 85; trad. fr. *Histoire d'une famille française. Les Dreyfus. L'émancipation, l'affaire, Vichy*, Paris, Fayard, coll. « Pour une histoire du XIXe siècle », 1994）。

(113) 日付のない手紙。N. a. fr. 25049, f° 452-454.

(114) 興味深い事実がある。反ドレフュス派のユダヤ人の典型で、『ル・ゴーロワ』紙――回心したユダヤ人で、ユダヤ人からは反ユダヤ主義者として忌み嫌われていたアルチュール・メイエが主宰した新聞で、メイエはジャン・ロランが呼ぶところによれば「ユーピオン」〔youpillon は youpin と papillon の合成語。変節するユダヤ人という軽蔑語〕であり（以下に引用されている。A. Keim, *Le Demi-Siècle, op. cit.*, p. 93）、レオン・ドーデによれば「一種のドゥッツのような男、ルドゥッツ〔ドゥッツの再来〕」と見なされていた（Léon Daudet, *Salons et Journaux*, Paris, Nouvelle Librairie nationale, 1917 ; réédition *Souvenirs et Polémiques*, éd. citée, p. 444 ; ドゥッツについては、本書七五頁および註145を参照）――に、反ユダヤ主義の反乱が最高潮に達していた一八九八年一月の終わりに、「我々の国をかくも深く悩まし、我々の軍隊に不信感を投げつけようとしている、現在行われている実りなきキャンペーン」を糾弾するために記事を書いた人物は、一八七〇年の戦争に従軍した元兵士であり、『ル・ゴーロワ』紙によれば、フェルナン・ラティスボンヌという名前で「その愛国的行動によって受勲した」人物とされている。『ル・シエークル』紙によれば、この人物は「ほとんどすべてのイスラエリットが声低く語ることを敢えて声高に語る」という。ところで『ル・シエークル』紙はこの人物にその「親」を対立させており、その親というのが詩人ルイ・ラティスボンヌであり、この「親」のほうは再審を請求する知識人たちの申し立てに賛同したところであった（*Le Gaulois*, 24 janvier 1898, p. 1 ; *Le Siècle*, 26 janvier 1898, p. 1 ; J. Reinach,

Histoire de l'affaire Dreyfus, *op. cit.*, t. III, p. 335 ; M. Marrus, *Les Juifs de France à l'époque de l'affaire Dreyfus*, *op. cit.*, p. 262. マラスの本では、フェルナン・ラティスボンヌを「ユダヤ人退役将校」としている）。

（115） 一八九八年八月二〇日付の手紙（以下に引用されている。Y. Guyot, *Les Raisons de Basile*, *op. cit.*, p. 58）。ペギーはドレフュス有罪判決後のユダヤ人コミュニティの受動性をこう指摘していた。「彼らは嵐を厄介払いするためにドレフュスを犠牲にすることばかりを願っていた」（Péguy, *Notre jeunesse*, éd. citée, p. 50-51）。レオン・ブルムもこれと同じ非難を『ドレフュス事件の思い出』（一九三五）のなかでこう繰り返している。「大きな不幸がイスラエルのうえに落ちた。人びとは何も言わずにその不幸を受け入れた。時間と沈黙がその不幸の結果を消してくれるだろうと期待しながら。」ユダヤ人のこうした断念についてブルムは、ユダヤ人たちがみずから築いた成功が危うくなることを恐れたためと見ていた。「たしかに愛国心および猜疑心に満ちた愛国心さえも存在したし、軍隊への尊敬の念も存在した［……］。しかし一種のエゴイスト的な小心な慎重さもまた存在したのである」（*L'Œuvre de Léon Blum*, Paris, Albin Michel, 1965, t. IV, vol. 2, p. 520）。ハンナ・アーレントは、もっと手厳しく、フランスのユダヤ人たちがほとんど皆、ドレフュスを見棄て、そして事件の意味について目を塞いだとして非難した。事件は同化の破綻を彼らに思い知らせることに失敗し、シオニズムに反対させる方向に彼らを導いたと指摘した（Hannah Arendt, *Antisemitism* [1951], New York, Harcourt Brace Jovanovich, 1985, p. 117-119 ; trad. fr. *Sur l'antisémitisme*, Paris, Calmann-Lévy, coll. « Diaspora », 1973, p. 254-257 ; réédition, Paris, Éd. du Seuil, coll. « Points », 1984）。しかしこうした後世から振り返った印象は訂正されなければならない。特にフロール・サンジェの手紙が示しているとおり、ユダヤ人たちの中立性についてやその卑怯さについてであっても、行動の炎のさなかに行われた同じ観察は、再審のための闘いのなかの議論として役立っていたからである。フロール・サンジェがわざわざ強調していたように、彼女がドレフュスを擁護したのは、彼女がユダヤ人であるからではなかった。大半のユダヤ人によるいわゆる棄権は、そのことを裏付けるものである（以下を参照。P. Birnbaum, « La citoyenneté en péril : les juifs entre intégration et résistance », art. cité, p. 513-514）。フロール・サンジェがジョゼフ・レナックに宛てた日付のない二通の手紙には彼女の事件へのアンガージュマンの連続性がよく示されている（N. a. fr. 13578, f° 38-41）。彼女はおそらく一八九九年の春に「裁判がついにその出番を持つようになった時に」（f° 38）特にレナックに祝意を伝えている。彼女が常にその近いところにいた、弟のルイ・ラティスボンヌが「私は告発する」のあとに発表された再審を求める抗議の主な署名者たちのひとりであったことは既に見たとおりである。

（116） ノルドーは『ラ・リーブル・パロール』紙で行われた対談のなかでドリュモンの才能への称賛を明言していた。「フランスの反ユダヤ主義はフランスを再国有化しようとするものでしょう。シオニズムはイスラエルを再国有化しようとするものでしょう。私たちの領域のそれぞれで、私たちは同じ目標を追っているのです。手を握りましょう。」『リュニヴェール・イスラエリット』紙はこのようなナショナリズム的な分離主義に反対し、ロシアのユダヤ人の運命の改善を勝ち取る手段として、人類愛的な観点からのみシオニズムを擁護した。ただし、ロシアについて、「もし我々がそこで働き、そこで成功することを望むとしても、それはフランスを離れることによってではない。我々の最終的な祖国はフランスであり、我々はやがてそこに帰ってくるだろう。［……］人はアパルトマンを変えるように祖国を離れることはできないのである」（M. Lazare, « Sionisme et drumontisme », *L'Univers israëlite*, 1er octobre 1897, p. 53-54）。「ドレフュス事件」と題された定期的なコラムが『リュニヴェール・イスラエリット』紙に載るのは一八九七年一一月五日付（p. 205）からであり、この週刊新聞はドレフュス事件の衝撃のもとで、それから二年の間、ユダヤ・ナショナリズムに対して以前ほど敵対的になることはなかった（以下を参照。M. Marrus, *Les Juifs de France au moment de l'affaire Dreyfus*, *op. cit.*, p. 312-316）。しかし、マラスが示唆していることがらにもかかわらず、フランスのユダヤ共同体は全体としては反シオニズムのままであった（以下を参照。Catherine Nicault, *La France et le Sionisme, 1897-1948. Une rencontre manquée ?*, Paris, Calmann-Lévy, coll. « Diaspora », 1992, p. 17-35）。

(117)［一八九八年］一二月二六日付の手紙。N. a. fr. 25049, f° 436-438.

(118) 本書二六四頁および註25を参照。

(119) M. Paléologue, *Journal de l'affaire Dreyfus* (5 février 1898), *op. cit.*, p. 105-106.

(120) 一八八〇年と一八八一年、二年続けてブールジェは『ル・パルルマン』紙の自身のコラムのなかで、ヨム・キプール〔贖罪の日。ユダヤ教における最大の休日のひとつ〕の折に、フランスのユダヤ人に対する共感を表明していた。一八八〇年には、「時代の王者ユダヤ人」というタイトルで、トゥースネル〔反ユダヤ主義で知られたジャーナリスト〕への参照がある点を除けば全面的に積極的な姿勢を示すブールジェは、ユダヤ人を楽観的で粘り強い民族として尊敬を込めて描き、女たちは家族の生活をしっかりと守っていると記していた（*Le Parlement*, 16 septembre 1880）。一八八一年には、ジャーム・ダルメステテールの『ユダヤ民族史瞥見』について熱狂的な賛辞を捧げた書評を発表し、フランス革命以来の近代世界とユダヤ教の進展の一致というテーゼを承認していた。そしてすでにヨム・キプールを、ひとたびそれが「一神を信仰することへとそれを強いたもの」を廃棄したあかつきには、「人類が祝うであろう諸々の至高の祝祭のなかに」加わるものとして位置づけていた（*Le Parlement*, 6 octobre 1881）。道徳至上主義、さらにキリスト教へとブールジェが転じていく様子は『弟子』（一八八九）に明らかである。この小説はブリュヌチエールとアナトール・フランスの間に激しい論争を惹き起こした。それはボードレールをめぐるふたりの論争を延長したものであり、ドレフュス事件におけるふたりの立場の違いを予告するものであった（以下を参照。M.-C. Bancquart, *Anatole France polémiste*, *op. cit.*, p. 171-188 ; A. Compagnon, *La Troisième République des lettres*, *op. cit.*, p. 60 et n. 6〔アントワーヌ・コンパニョン『文学史の誕生——

ギュスターヴ・ランソンと文学の第三共和政』前掲邦訳、八二―八三頁、四四一―四四二頁）。

（121）一八九八年四月二〇日付の手紙。N. a. fr. 25033, f° 183 v° - 184 r°.

（122）N. a. fr. 25033, f° 147.

（123）一八九八年四月二〇日付の手紙。N. a. fr. 25033, f° 184 r°.

（124）一八九三年六月にブリュヌチエールが闘って勝利した相手であったゾラは一八九〇年以降ずっとアカデミー・フランセーズ会員の候補者であった。ブールジェとコペの支持を受けたゾラは一八九六年五月にデュマ・フィスの席をめぐって一四票を獲得したが、この時は彼のローマに関する小説が悪影響を及ぼした。ブリュヌチエールが敵意を明らかにしていたにもかかわらず、ゾラはブリュヌチエール宅を訪問したらしいことがエドモン・ド・ゴンクールの日記からわかる（E. de Goncourt, *Journal* [31 mai 1896], éd. citée, t. III, p. 1290）。一八九九年の二五回目の立候補の際に争った相手はポール・デシャネル（一八五五―一九二二）であった。一八七六年に総理大臣職にあったジュール・シモンの秘書を務めたデシャネルは、一八八五年に共和派のリストに載って代議士に選出され、進歩派集団に属し、一八九八年から下院議長を務め、フロール・サンジェとも親しく、やがて共和国大統領となる。ゾラは彼を相手にたった一票しか獲得できなかった。

（125）« Le *Paris* de M. Zola », *Revue des Deux Mondes*, 15 avril 1898, p. 925-926.

（126）*Ibid.*, p. 926.

（127）Académie française, *Discours prononcés dans la séance publique tenue par l'Académie française pour la réception de M. Brunetière le 15 février 1894*, *op. cit.*, p. 34.

（128）Ch. Brunetière, « Une correspondance inédite de Ferdinand Brunetière », art. cité, p. 371-372. 兄弟仲は良くなかった。一八八九年八月三日付の遺言書のなかでブリュヌチエールはすべてを愛する妻に遺贈するとし、「自身の最後の意志の表現」として、こう付け加えている。「それは、私が死んだ時に、私の兄弟たちが私のところへ悲嘆の喜劇を演じにやってくるなどということのないように、そして私の家の入口は彼らには固く閉ざされるようにということである」（N. a. fr. 25053, f° 20-21）。

（129）一八九七年七月二七日付D・C・ギルマン宛の手紙。Johns Hopkins University, Milton S. Eisenhower Library, Special Collections, Ms. 1.

（130）« Le *Paris* de M. Zola », art. cité, p. 926.

（131）*Ibid.*, p. 926-927.

（132）*Ibid.*, p. 928.

（1）*Revue des Deux Mondes*, 1er juin 1897, p. 697-706.
（2）Brunetière, « Le droit de réponse », *Revue des Deux Mondes*, 15 janvier 1898, p. 455-468.
（3）N. a. fr. 25027, f° 430 r°.
（4）« Correspondance. L'épilogue de *Frédégonde* », *Revue des Deux Mondes*, 1er juillet 1898, p. 214-237.
（5）Yves Guyot, *Les Raisons de Basile*, *op. cit.* ; Brunetière, *Lettres de combat*, Paris, Perrin, 1912. 一八九八年八月一二日付『ル・シエークル』紙にミシェル・コリーヌの署名で、バジルという名でのブリュヌチエールの肖像が発表されたことから始まったこの論争については、以下にその分析が見られる。A. Archidec, *Ferdinand Brunetière ou la Rage de croire*, *op. cit.*, t. I, p. 509-543. イヴ・ギヨー（一八四三―一九二八）はセーヌ県選出の代議士（一八八五―一八九三）を務め、急進左派に所属した自由思想家でフリーメーソン会員。公共事業担当大臣（一八八九―一八九二）、『ル・シエークル』紙主幹（一八九二―一九〇三）を歴任した。
（6）Y. Guyot, *Les Raisons de Basile*, *op. cit.*, p. 23.
（7）一八九八年八月二五日付の手紙（*ibid.*, p. 148）。
（8）*Ibid.*, p. 209.
（9）一八九八年八月一九日付および二二日付の手紙（*ibid.*, p. 68 et 82）。
（10）一八九八年八月二七日付の手紙（*ibid.*, p. 165）。
（11）一八九八年九月一日付の手紙（*ibid.*, p. 218）。
（12）一八九八年九月三日付の手紙（*ibid.*, p. 224）。
（13）Barrès, *Scènes et Doctrines du nationalisme* (1902), Paris, Plon, 1925, t. I, p. 161.
（14）一八九五年には科学と道徳に関する点でブリュヌチエールに対立していたマルスラン・ベルトロ（本書二三頁を参照）は、ドレフュス事件の間は、留保の姿勢を貫いた。
（15）一八九八年八月二七日付の手紙。N. a. fr. 25033, f° 186 r°-v°.
（16）しかしブリュヌチエールは一八九八年八月一二日付ギヨー宛の手紙で、「ドレフュス事件における司法上の誤りの存在を私は信じておりません」と書いていた（Y. Guyot, *Les Raisons de Basile*, *op. cit.*, p. 16）。

(17) 一八九八年九月一八日付の手紙。N. a. fr. 25050, f° 49-50.

(18) アナトール・ルロワ゠ボーリウの態度については、本書九三頁および註19を参照。

(19) 一八九八年一〇月八日付の手紙。N. a. fr. 25027, f° 433 v°.

(20) 一八九八年一〇月三〇日付の手紙。N. a. fr. 25027, f° 438 v°. ここでブリュヌチエールが言及しているのは一八九八年一〇月二五日のアンリ・ブリッソン内閣の失墜と、一八九八年一一月三日にシャルル・デュピュイ内閣によって決定された撤退――キッチナー［イギリスの将軍］の遠征に対峙すべく派遣した使者マルシャン［フランスの将軍］がファッショダ［南スーダンの要衝］を退去した一件――である。

(21) N. a. fr. 25027, f° 446 r°-v°.

(22) 〈フランス祖国同盟〉におけるエミール・オリヴィエの不在――彼が署名を望まなかったとすれば話は別であるが、彼の友人たちは加盟しており、彼も友人たちと同じ考えだった（本書八一頁および註168を参照）――についてはふたつの理由が考えられる。ひとつは、オリヴィエがパリから遠く離れた南仏サン゠トロペのラ・ムートの地所で大半の時間を過ごしていたということ。もうひとつは、アカデミー・フランセーズにおけるオリヴィエの立場が独特であったということである。オリヴィエは普仏戦争と亡命の前、一八七〇年四月にラマルチーヌの席を襲って会員に選ばれた。一八七四年、ようやく入会演説を行う段になったとき、審議会における彼の朗読がギゾーとの口論を惹起した。オリヴィエの演説のなかに含まれていた皇帝を賛美する一節が時宜を得ないものと判断されたのである。結局演説は承認されたが、政府支持の『ラ・プレス』紙がこの問題を大きく取り上げ、アカデミー・フランセーズに対して審議会の議論に戻るように催促した。オリヴィエは非難を受けた一節を含む演説をもう一度読み上げることは拒絶し、アカデミー・フランセーズは総会の多数決によってオリヴィエの入会演説の延期を表明した。メジエールのとりなしで妥協点に達した結果、オリヴィエはその後諸々の会合に召集されるようにはなったが、シャトーブリアンと同様に、結局入会演説を行わないままアカデミー・フランセーズの席を占めた（P. Saint-Marc, *Émile Ollivier, op. cit.*, p. 432-434）。

(23) つまりソルボンヌのフランス文学の全体である。ラルーメは一九〇〇年にクルーレ（一八三〇―一九〇三）の後任としてフランス雄弁術講座の担当となる。ファゲは一八九七年からフランス詩講座を担当し、プチ・ド・ジュルヴィル（一八四一―一九〇〇）は一八八八年にアルセーヌ・ダルメストテールの後任として中世フランス文学およびフランス語史の担当教授となった。クリストフ・シャルルは、ドレフュス派の大学人の多くは実証主義が勝利した学問分野（社会学、哲学、歴史学）の所属であったのに対し、反ドレフュス派の大学人の多くはまず文学によって代表される伝統重視の保守的な学問分野に所属していたとしている（C. Charles, *La Crise littéraire à l'époque du naturalisme, op. cit.*, p. 178-179）。

（24） *Le Temps*, 1er janvier 1899, p. 2.

（25） 以下を参照。J.-P. Rioux, *Nationalisme et Conservatisme. La Ligue de la patrie française, 1889-1904*, *op. cit.*, p. 14.〈フランス祖国同盟〉については以下を参照。Z. Sternhell, *La Droite révolutionnaire, 1885-1914. Les origines françaises du fascisme*, Paris, Éd. du Seuil, coll. « L'Univers historique », 1978, p. 130-144 ; réédition coll. « Points », 1984.

（26） *Le Temps*, 1er janvier 1899, p. 2. リウーもビルンボームも、この最後の文の終結部、すなわち「[……] 反ユダヤ主義者たちやデルーレード氏の信奉者たちが私たちの組織の仲間に入ることを妨げるものではありません」という部分だけを引用しているが、それだとブリュヌチエールが最初に「私たちはとりわけ反ユダヤ主義的で国粋主義的な教義を強く排斥します」と述べていた説明部分の意味を変質させることになる（J.-P. Rioux, *Nationalisme et Conservatisme. La Ligue de la patrie française, 1889-1904*, *op. cit.*, p. 13 ; P. Birnbaum, « Affaire Dreyfus, culture catholique et antisémitisme », *Histoire de l'extrême droite en France*, éd. M. Winock, Paris, Éd. du Seuil, coll. « XXe siècle », 1993, p. 104 ; *id.*, *Destins juifs. De la Révolution française à Carpentras*, *op. cit.*, p. 136）。逆に、あとで見るとおり、バレスが反応を示すのはその先行した表現の部分〔「国粋主義的な教義」〕に対してであった。

（27）「ユダヤ人レナックに反対し、アンリ少佐の未亡人と父を亡くした子のための」寄付（これはアンリをエステラジーと共謀したとして非難したレナックに対する訴訟を起こすためのものであった）が『ラ・リーブル・パロール』紙によって募集されたのは一八九八年一二月一四日から一八九九年一月一五日までであった。以下を参照。Pierre Quillard, *Le Monument Henry. Liste des souscripteurs classés méthodiquement et selon l'ordre alphabétique*, Paris, Stock, 1899 ; et Stephen Wilson, « Le monument Henry : la structure de l'antisémitisme en France, 1898-1899 », *Annales ESC*, mars-avril 1977, p. 265-291, repris dans *Ideology and Experience : Antisemitism in France at the Time of the Dreyfus Affair*, Londres, Associated University Presses, 1982, p. 125-165.

（28） Barrès, *Scènes et Doctrines du nationalisme*, *op. cit.*, t. I, p. 71.

（29） *Ibid.*, p. 71.

（30） 以下を参照。P. Quillard, *Le Monument Henry*, *op. cit.*, p. 169. ルメートルも『ルヴュ・デ・ドゥー・モンド』誌の誰も寄付には応じなかった。

（31）『ル・タン』紙でのブリュヌチエールの宣言を長々と引用したのち、エルヴェ・ド・ケロアンは次のようにコメントをつけていた。「〔フランス祖国〕同盟が採用しようとしている、そしてみずからのものにしようとしているのはまさに『ル・ソレイユ』紙の政策であることがおわかりいただけよう。我々はそのことをじつに誇りに思う次第である。そして我々に可能なことは、そのプログラムが我々の希望に完全なかたちで応えている〈フランス祖国同盟〉に熱狂をもって参加することのみである」（*Le Soleil*, 2 janvier 1899, p. 1)。

（32）N. a. fr. 25035, f° 360.

（33）『ル・ソレイユ』紙は、第二帝政期はリベラル、共和政期はオルレアン派であったエドゥアール・エルヴェ（一八三五―一八九九）の新聞で、エルヴェはこの悶着が起こったさなかの一八九九年一月四日に死去した。

（34）*Le Soleil*, 3 janvier 1899, p. 1.

（35）*Le Soleil*, 4 janvier 1899, p. 1 ; *Le Temps*, 4 janvier 1899, p. 1 et 2. 一八九九年一月一日付の『ル・タン』紙（p. 2）には、『ル・ソレイユ』紙での「完全でもなければ真正でもない」リストのフライング掲載を非難する「主導委員会」の覚書がコペ、ルメートル、デュボワ、ドーセ、シヴトン、ヴォージョワの連名で掲載されている。ケロアン参加の拒否に署名しているのも同じ者たちである（*Le Temps*, 4 janvier 1899, p. 2. 以下も参照。J.-P. Rioux, *La Ligue de la patrie française*, *op. cit.*, p. 15）。アンリの自殺以後の再審において名を上げたカトリック教徒のケロアンは、〈権利擁護のためのカトリック委員会〉の一六人の初期メンバーのひとりとなる。この委員会は一八九九年二月に、古文書学校教授で学士院会員、フランス古代法の専門家であったポール・ヴィオレ（一八四〇―一九一四）によって設立された。一年前には同じく〈人権同盟〉の共同創設者でもあったヴィオレは修道会の教育権を要求する自身の動議が満場一致で否決されたあと、その執行部を離れていた。ヴィオレとその委員会については以下を参照。Jean-Marie Mayeur, « Les catholiques dreyfusards », *Revue historique*, avril-juin 1979, p. 346-354.

（36）*Le Temps*, 4 janvier 1899, p. 1.

（37）Brunetière, « Les ennemis de l'âme française », *Discours de combat*, Paris, Perrin, 1900, t. I, p. 174-175.

（38）Brunetière, « Le génie latin » (1899), *Discours de combat*, *op. cit.*, t. I, p. 259.

（39）Renan, *Œuvres complètes*, éd. citée, t. I, p. 887-906.

（40）*Le Temps*, 24 janvier 1899, p. 2.「融和への呼びかけ」はジュール・クラルティ、ラヴィス、パリス、ヴィクトリアン・サルドゥ、シュリー・プリュドム、リュドヴィック・アレヴィといった、〈フランス祖国同盟〉によって囲い込まれることのなかったアカデミシアンたちを集めた。さらに、ヴィオレのようなカトリック教徒や、〈フランス祖国同盟〉から加入を拒絶されたエルヴェ・ド・ケロアン、ラルーメやデジャルダンやペローといった穏健派の大学人たちも集めた（*Journal des Débats*, 24 et 25 janvier 1899, p. 2, 26 janvier 1899, p. 3）。「同時に、〈適法性の友〉にして」（モノー〔共和主義者にして熱心なドレフュス派〕に微笑を投げかけ）、〈公共の平和〉の友でもあろうとし（大部の『フランス史』の共同監修者でもあったランボーに対して微笑を投げかけ）たラヴィスの巧みな処世術については以下を参照。M. Rebérioux, « Histoire, historiens et dreyfusisme », art. cité, p. 425. アルフレッド・ランボー（一八四二―一九〇五）は一八九六年から一八九八年までメリーヌ内閣の公教育大臣を務め、〈フランス祖国同盟〉に加わった最も卓越した歴史家でもあった。

（41） *Le Temps*, 4 janvier 1899, p.1.

（42） *Le Temps*, 5 janvier 1899, p.2.

（43） このときはアカデミー・フランセーズ会員の名前は古株の順番に並んでいた。すなわち、ルグーヴェ、ド・ブロイ、メジエール、ボワシエ、ドディフレ＝パキエ、等々である。クリストフ・シャルルはこの配置のもたらした効果を分析している（C. Charles, *Naissance des « intellectuels », 1880-1900*, *op. cit.*, p. 145-148）。

（44） *Le Temps*, 21 janvier 1899, p. 1 et 2-3 ; Lemaitre, *La Patrie française*, Paris, Aux bureaux de « La Patrie française », 1899.

（45） *Le Temps*, 21 janvier 1899, p. 2.

（46） *Le Temps*, 22 janvier 1899, p. 3.

（47） リウーによると、ブリュヌチエールは事務局のメンバーには加わっていないという（J.-P. Rioux, *La Ligue de la patrie française*, *op. cit.*, p. 33, n. 5）。しかしブリュヌチエールの名前は『ル・タン』紙上にも、またルメートルの講演の付録にも、はっきりと記載されている（Lemaitre, *La Patrie française*, *op. cit.*）。

（48） *L'Écho de Paris*, 19 février 1899, p.1.

（49） *L'Écho de Paris*, 20 février 1899, p.1.

（50） *L'Écho de Paris*, 20 février 1899, p.2.

（51） *L'Écho de Paris*, 21 février 1899, p.2.

（52） *Le Temps*, 20 février 1899, p. 2.

（53） ［一八九九年二月一九日］日曜日夕方の日付のある手紙。N. a. fr. 25040, f° 361-362.

（54） *Le Temps*, mercredi 22 février 1899, p. 4. これに隣接した欄には、共和国新大統領から下院へのメッセージが掲載されている。

（55） フロール・サンジェの日付不明の手紙――ここで彼女は「［ブリュヌチエールの］署名入りで『ル・タン』紙に発表された美しい表明に対する賛辞」を述べている――は一八九九年二月のもので、ブリュヌチエールの〈フランス祖国同盟〉事務局からの辞任のときのものである可能性がある（N. a. fr. 25042, f° 464）。

（56） N. a. fr. 25042, f° 464. この手紙は以下に引用されている。J. Clark, *La Pensée de Ferdinand Brunetière*, *op. cit.*, p. 192, n. 33.

（57） 二月二二日付（一面）および二四日付（一面）の『レコー・ド・パリ』紙におけるコペとルメートルの公的な説明はもはやほ

とんど明晰とは言えない。

（58） 日付不明［一八九九年二月二一日］の訪問名刺。N. a. fr. 25035, f° 384.

（59）「フランス魂の敵」は一八九九年三月一五日にリールで〈社会平和ユニオン〉のために行われた講演であり、「国民と軍隊」は一八九九年四月二六日にパリで〈フランス祖国同盟〉のために行われた講演である（Brunetière, « Les ennemis de l'âme française », « La nation et l'armée », *Discours de combat, op. cit.*, t. I, p. 161-211 et 215-248）。

（60） N. a. fr. 25035, f° 361.

（61） Barrès, *La Terre et les Morts. Sur quelles réalités fonder la conscience française*, Paris, Aux bureaux de « La Patrie française », 1899.

（62） « La nation et l'armée », *Discours de combat, op. cit.*, t. I, p. 236-237.

（63） A. Leroy-Beaulieu, « Le règne de l'argent », *Revue des Deux Mondes,* 15 avril 1894, p. 722.

（64） « Les ennemis de l'âme française », *Discours de combat, op. cit.*, t. I, p. 193 (cité par Yves Déloye, *École et Citoyenneté,* Paris, Presses de la Fondation nationale des sciences politiques, 1994, p. 29-30. なおこの著作ではブリュヌチエールの宣言の日付が誤って一八九六年となっている。および次の論文による引用を参照。P. Birnbaum, « *La France aux Français* », *op. cit.*, p. 85).

（65） « Les ennemis de l'âme française », *Discours de combat, op. cit.*, t. I, p. 198. この引用文は前の引用文に関する次のP・ビルンボームの解釈と矛盾している。「結論が重きをなしている。すなわち、フランス人はカトリック種族にしか属することができず、プロテスタントやユダヤ教徒は永遠に排除されなければならない」（P. Birnbaum, « *La France aux Fracais* », *op. cit.*, p. 34）。

（66） たとえばレナックによる引用がある。J. Reinach, *Histoire de l'affaire Dreyfus, op. cit.*, t. III, p. 546.

（67） Pierre Fortin, *Brunetière et Besançon. Les étapes de son évolution religieuse,* Besançon, Marion, 1912, p. 41.

（68） 本書一七五頁および註35を参照。

（69） 一八九八年九月四日付の手紙。N. a. fr. 25051, f° 213-214.

（70）『カイエ・ド・ラ・カンゼーヌ』誌の発行責任者の堅固な共和主義とドレフュス主義にもかかわらず、一九三〇年代の極右に利用されたペギーにおけるキリスト教と国民の混同については以下の近著を参照。David Carroll, *French Literary Fascism : Nationalism, Anti-Semitism, and the Ideology of Literature,* Princeton, Princeton University Press, 1995, p. 42-70.

（71） « Voulons-nous une église nationale? », *Revue des Deux Mondes,* 15 novembre 1901 (repris dans *Questions actuelles, op. cit.*, p. 243-279) ; « Quand la séparation sera votée... », *Revue des Deux Mondes,* 1er décembre 1905. 一九九五年夏、ドイツで、バイエルンの学校における十字架像の存在は基本法〔憲法〕と相容れないと宣告したカールスルーエ憲法裁判所の裁定のあとに起こった論争は、フランスの

世紀転換期に起こった論争とよく似ていた。〔十字架像の撤去を〕申請した者たちにとっては、十字架像は憲法によって予想された宗教と良心の自由に抵触するものであったのに対して、ブリュヌチエールと同様、伝統と信条を区別しようとする〔十字架像の〕擁護者たちにとっては、この十字架は歴史上の記号、国のキリスト教的伝統の記念物、そのままのかたちで保存すべき「記憶の場」に過ぎないものであった。政教分離はこの種の議論をフランスに免除した。宗教的なことがらに関する国家の中立性はフランスにおいて一定であり、あまりに一定しているため、論争は、壁ではなく首に持ち運ばれる、公的ではない私的な記章に関するものとなっている。

(72)「これはいかなる程度においてもあなたを傷つけようとするものではありません。しかし若者たちがこうした苛立ち——それに対してあなたの厳しさはあまりに寛大過ぎました——を私たちに示すのを目にするのはあなたを悲しませるに違いありません」（一八九四年三月一日付の手紙。N. a. fr. 25045, f° 360. この騒動については、本書二五頁および註37を参照）。ブリュヌチエールとモノーは互いをよく知っており、ふたりの文通は一八九五年まで頻繁に交わされていた（N. a. fr. 25045, f° 342-376）。

(73) *Revue historique*, mars-avril 1907, p. 321.

(74) ここでもまた、考えの筋道は一九〇一年に社会高等研究院で行われた講演において〈人権宣言〉に記載された法の前での市民の平等を呼び起こし、自由と平等と寛容を説くルロワ＝ボーリウのそれと似ている（A. Leroy-Beaulieu, *Les Doctrines de haine. L'antisémitisme, l'anticléricalisme, l'antiprotestantisme*, *op. cit.*, p. 298）。

(75) 共和国の普遍主義的諸原理と「現実の国」のカトリック特殊主義との間の永遠の衝突については、以下を参照。P. Birnbaum, *Les Fous de la République*, *op. cit.*, p. 21.

(76) A. Leroy-Beaulieu, *Les Doctrines de haine*, *op. cit.*, p. 75.

(77) 一九〇三年九月、ルナンの銅像がトレギエに建立された折、『ル・ウェスト＝エクレール』紙に発表された論文「銅像の周辺」を参照（« Autour de la statue », articles publiés dans *L'Ouest-Éclair* en septembre 1903 ; repris dans *Cinq Lettres sur Ernest Renan*, Paris, Perrin, 1904, et dans *Pages sur Ernest Renan*, préface de P. Moreau, Paris, Perrin, 1924）。

(78) エミール・デシャネル（一八一九—一九〇四）はノルマリアン（一八三九）、高等師範学校准教授（一八四五）を務め、生徒にメジエール、プレヴォ＝パラドル、ルイ・ラティスボンヌがいた（これら人物たちは皆、フロール・サンジェのサロンの常連となる）。一八五一年に逮捕され、ベルギーに追放されたのち、一八五九年に特赦によりフランスに帰還。一八七六年、代議士に選出され、「五月一六日」には反対者三六三名のひとりとなる。一八七七年に再選され、左翼に席を占める。一八八一年、コレージュ・ド・フランス教授および上院議員となり、〈共和国連合〉グループに所属。彼自身もロマネスクな波乱万丈を生きた。一九〇一年、コレージュ・ド・フランスでの彼の講義の終わりに、ロシア人女子学生がデシャネルの殺害を試み、自分を棄ててデシャネルを追いかけようとした友人女性に恨みを持って重傷を負わせるということがあった。

(79) ドゥーミックは自分が候補者になりたいと考えていたが、一九〇三年一一月一八日付ブリュヌチエール宛の手紙に、望まれているのはブリュヌチエールであることを知らせている（N. a. fr. 25037, fº 132-133）。

(80) ガストン・パリスの後継としてジョゼフ・ベディエが選出された晩［一九〇三年一一月八日］ブリュヌチエールに送られた日付のないメモのなかでボワシエはこう付け加えていた。「デシャネルが引退を申し出たとのことです。あなたは立候補を決意されますか。早めにご決断ください」（N. a. fr. 25032, fº 408 vº）。ポール・ルロワ＝ボーリウは一一月一六日にブリュヌチエールに支持を表明している（N. a. fr. 25043, fº 76-77）。一九〇四年三月八日付の手紙では古代ギリシャ語学者のモーリス・クロワゼ（一八四六—一九三五）もブリュヌチエールへの投票を約束している（N. a. fr. 25035, fº 477）。

(81) *L'Aurore*, 13 mars 1904, p. 1. アベル・ルフラン（一八六三—一九五二）は古文書学士［古文書学校卒業生］で一八八三年からコレージュ・ド・フランスの事務職員を務めていた。コレージュ・ド・フランス院長を一八九五年から一九〇三年の没年まで務めたガストン・パリスに宛てた多くの手紙を参照（N. a. fr. 24445, fº 370-401）。『その詩作品に基づくマルグリット・ド・ナヴァールの宗教思想』に関する業績（Abel Lefranc, *Les Idées religieuses de Marguerite de Navarre d'après son œuvre poétique*, Paris, Fischbacher, 1896）や、とりわけラブレーの無神論に関する研究（Abel Lefranc, *Les Navigations de Pantagruel. Étude sur la géographie rabelaisienne*, Paris, H. Leclerc, 1905 ; réédition Genève, Slatkine, 1967）——のちにリュシアン・フェーヴルによって修正されることになる（Lucien Febvre, *Le Problème de l'incroyance au XVIe siècle. La religion de Rabelais*, Paris, Albin Michel, coll. « L'Évolution de l'humanité », 1942 ; *Autour de l'« Heptaméron ». Amour sacré, amour profane*, Paris, Gallimard, 1944）——が示しているとおり、ルフランにおける反教権主義は疑いの余地のないものであった。ルフランは『ロロール』紙のお気に入りの候補者だったのである。

(82) 大学の「団結心［連帯意識］」については以下を参照。P. Bourdieu, *Homo academicus*, Paris, Éd. de Minuit, coll. « Le Sens commun », 1984, p. 80-81 *et passim*.

(83) しかし世紀転換期の大学における除け者の最も明白な事例はピエール・デュエム（一八六一—一九一六）のそれであった。物理学者にして独創的な科学史家であったデュエムは一徹なカトリックであり、「アンリの記念碑」のための募金者にして〈フランス祖国同盟〉の最初の名簿の署名者であった。ベルトロはドレフュス事件では発言を控えていたが、デュエムが一八八四年に博士論文を提出した時からデュエムと敵対関係にあり、デュエムの反ドレフュス主義を利用して彼の大学人としての経歴をボルドー止まりにした（以下を参照。V. Duclert, « Un engagement dreyfusard : Léopold Delisle et la Bibliothèque nationale pendant l'affaire Dreyfus »,

Revue de la Bibliothèque nationale de France, été 1994, p. 44)。

（84） 投票総数三六票のうち、ブリュヌチエールは〔四回の投票で〕それぞれ一四票、一四票、一五票、一五票を獲得し、アベル・ルフランはそれぞれ一二票、一四票、一七票、一六票を獲得し、その他の候補者は合わせて九票から四票を分け合うかたちとなった。ボワシエがブリュヌチエールを紹介し、『ルヴュ・クリティック・ディストワール・エ・ド・リテラチュール』誌の編集長でドイツ文化研究者のアルチュール・シュケ（一八五三―一九二五）がルフランを紹介した（*L'Aurore*, 14 et 15 mars 1904, p. 1 ; *Le Temps*, 15 mars 1904, p. 2)。ボワシエとシュケは共に一八九九年に〈フランス祖国同盟〉の会員となっていた（*Le Temps*, 6 janvier 1899, p. 2)。革命戦争の歴史についての研究者で、軍人たちとも交流があり、『ルヴュ・ディストワール・リテレール・ド・ラ・フランス』誌の創刊発起人でもあったシュケについては以下を参照。A. Compagnon, « Deux absences remarquables en 1894 : Brunetière, Lanson et la fondation de la *Revue d'histoire littéraire de la France* », art. cité, p. 44-49.

（85） 一九〇四年三月一五日付の手紙。N. a. fr. 25049, f° 401.

（86） *L'Aurore*, 21 mars 1904, p. 1.

（87） *Le Temps*, 22 mars 1904, p. 2.

（88） *Ibid.*, p. 2. パレルモで『ル・タン』紙のこの号を手にしたE・M・ド・ヴォギュエはこの選挙の「性急な結末」についてショーミエの強権発動であることを認める言葉遣いでこうコメントしている。「私はすっかり安心してこちらに来ておりました。慣例によれば、推薦指名が二回にわたるときは一カ月の間隔を設けることになっていると確信していたからです」（« Lettres de F. Brunetière et E.-M. de Vogüé », art. cité, p. 789)。P・ルロワ＝ボーリウはこの「排除の投票」は「いわゆる自由思想家たちの狂信と無能ぶり」をよく示すものだと判断している（一九〇四年三月二一日付の手紙。N. a. fr. 25043, f° 86 r°)。

（89） 日付のない手紙。N. a. fr. 25049, f° 445 r°-446 r°.

（90） ボワシエからブリュヌチエールへの日付のない手紙。N. a. fr. 25032, f° 397.

（91） 哲学者のヴィクトル・ブロシャールとの会話のあとドゥーミックは一九〇三年八月二八日にブリュヌチエールに注意を促していた。「高等師範学校の教授陣がソルボンヌに編入される計画があり、もしあなたが高等師範学校准教授の肩書を保持されていたとすれば、この件はあなたにも関係する可能性があります」（N. a. fr. 25037, f° 128 r°-v°)。

（92） 一八五二年、ペローとブレアルはアシル・フールドの介入後にようやく高等師範学校の入学試験に呼び出された（本書一四七頁および註100を参照）。アグレジェ（一八五九）、博士（一八六七）、ソルボンヌの考古学教授（一八七六）を歴任したペローは共和主義者でドレフュス派だった。

(93) 一九〇二年七月二三日付の手紙。N. a. fr. 25037, f° 118 v°-119 r°.

(94) この「二番目の女婿」とは、ルイ＝ル＝グラン高校の修辞学教授で、一九〇三年にソルボンヌの准教授に任命されたギュスターヴ・レニエ（一八五九―一九三七）を指している［一番目の女婿は先の引用部に出ていたガストン・デシャン］。ペローの女婿のうち二人は共にソルボンヌに新しく任用された。もうひとり［三番目の女婿になろうか］は心理学者のジョルジュ・デュマ（一八六六―一九四六）であった。以下を参照。C. Charle, *La République des universitaires*, *op. cit.*, p. 202 et n. 24. 問題の選挙が行われた一九〇三年一月一〇日の文学部教授会で、フランス雄弁術講座のラルーメが病気で休職するためランソンがその代理教授となって空席となった准教授のポストへの応募者は多数にのぼった。ドゥーミックはファゲの支持を受けたが、ラルーメによって「無味乾燥」と判断された一方、ラヴィスは博士号を持たない候補者を選ぶことに反対した（Registre des actes et déclarations de la faculté des lettres de Paris. AN AJ 16* 4749, p. 91-94）。

(95) 一九〇三年一月一〇日付の手紙。N. a. fr. 25037, f° 123.

(96) R. Doumic, « La comédie de mœurs contemporaine. Esquisse de l'histoire d'un genre », *Revue d'histoire littéraire de la France*, janvier 1894, p. 5.

(97) 一九〇四年三月二二日付の手紙。N. a. fr. 25037, f° 134.

(98) 一九〇四年一一月二四日の文学部教授会（AN AJ 16* 4749, p. 135）。一九〇四年七月二六日のふたつの政令によって新たなソルボンヌ教授の講座がいくつか創設され、これらの講座にはいずれも、高等師範学校の他の准教授たちが任用されていた（AN AJ 16* 4749, p. 129）。

(99) 一九〇四年一二月五日付の手紙。N. a. fr. 25037, f° 185-186.

(100) 実際、議事録ではこう読める。「オラール氏は、教授会の必要事項リストのどこにも載っていなかった講座新設の適時性についてまず諮られなかったことは遺憾である［……］と表明した。現在の新設を前にしてブリュヌチエール氏の状況がどのようになるのか自問するのが自然ではないか。この教員は辞職しているのか、それとも罷免されているのか。反対に、氏は、高等師範学校を再編する政令に照らして、文学部の枠組みに編入されるのか」（AN AJ 16* 4749, p. 136 ; 以下に部分的な引用が見られる。C. Charle, *La République des universitaires*, *op. cit.*, p. 229）。

(101) 古代ギリシャ語学者のアルフレッド・クロワゼ（一八四五―一九二三）は一八九八年から一九一九年まで文学部長を務めた。

(102) アンリ・ルモニエ（一八四二―一九三六）は美術史講座の講師（一八九三）、教授（一八九九）、カトリックで、ドレフュス事件では穏健派だった。

(103) ゴーチエが獲得したのは六票のみであった（AN AJ 16* 4749, p. 137）。

(104) エルネスト・ジロムスキーもまた高等師範学校でブリュヌチエールの生徒であり、一八九八年に博士論文『抒情詩人ラマルチーヌ』で博士号を得た。一九〇三年からトゥールーズ大学教授。ブリュヌチエールのコレージュ・ド・フランス教授選敗北の折は同情する旨知らせている（一九〇四年三月一六日付の手紙。N. a. fr. 25051, fº 597-598）が、「ソルボンヌ＝高等師範学校」の准教授ポストへの自分の応募についてはかなり冷淡に告げるにとどめている（一九〇四年一一月二一日付の手紙。N. a. fr. 25051, fº 599）。

(105) 一九〇四年三月二一日付の手紙。N. a. fr. 25042, fº 309.

(106) Goncourt, *Journal*, éd. citée, t. III, p. 720. ラヴィスについてのより公平な判断については以下を参照。Pierre Nora, « Ernest Lavisse : son rôle dans la formation du sentiment national », *Revue historique*, juillet-septembre 1962, p. 73-106, et « L'Histoire de France de Lavisse », *Les Lieux de mémoire*, t. II, *La Nation*, vol. 1, éd. P. Nora, Paris, Gallimard, coll. « Bibliothèque des histoires », 1986, p. 317-375.

(107) *Le Temps*, 30 octobre 1904, p. 4 ; 1er novembre 1904, p. 4 ; 2 novembre 1904, p. 2.

(108) 本書一二一頁および註7を参照。

(109) ブリュヌチエールは大臣ショーミエ宛の手紙を一九〇四年一二月一五日（p. 2-3）および一九〇四年一二月一六日（p. 2）の『ル・タン』紙上で引用している。

(110) N. a. fr. 25042, fº 308 fº-vº.

(111) 一九〇四年二月、コレージュ・ド・フランスに立候補する運動を行っている際、ブリュヌチエールは『ロロール』紙の「エコー」欄で自分がこの准教授職に就いて一八年になること、そしてそのうち一四年について、実際の教育に当たったことを報告している（*L'Aurore*, 11 février 1904）が、担当義務があった三つの講義についてはめったに担当しなかった。ランソンは一八九四―一八九五年度、一八九六年―一九〇〇年度、そして一九〇一年―一九〇二年度については二つの講義を代理し、一九〇二年―一九〇四年度については三つの講義を代理した。ランソンに代理をしてもらっている間、ブリュヌチエールは休暇中の扱いであった（Ministère de l'Instruction publique, dossier Lanson, AN F 17 23927）。

(112) Brunetière, *Victor Hugo*. *Leçons faites à l'École normale supérieure par les élèves de deuxième année, 1900-1901*, Paris, Hachette, 1902, 2 vol.

(113) N. a. fr. 25042, fº 310.

(114) Péguy, *L'Argent suite*, éd. citée, p. 863.

(115) 一八九九年一月一四日付の『レコー・ド・パリ』紙に掲載された同盟の第四の会員名簿に「G・ミショー、高等師範学校卒業生」という名前がある。

（116） 一八九三年一一月八日付のムーラン〔フランス中央部アリエ県の県庁所在地〕からの手紙（N. a. fr. 25045, f° 188-189）。ブリュヌチエール宛のミショーの手紙はたくさんある（N. a. fr. 25045, f° 186-206）。

（117） このカトリック大学の創設については以下を参照。*Histoire de l'Université de Fribourg, Suisse, 1889-1989*, éd. Roland Ruffieux, Fribourg, Éd. universitaires, 1991-1992, 3 vol., t. I, p. 4-74.

（118） Péguy, *L'Argent suite*, éd. citée, p. 863 et 866.

（119） N. a. fr. 25030, f° 269-295. ベディエはブリュヌチエールの死から数年後も「私は先生が大好きでした」と語っている（*Inauguration du buste de Ferdinand Brunetière* [6 novembre 1911], Paris, Hachette, 1911, p. 9）。友人たちやもうひとりの師であるガストン・パリスへのベディエの愛情については以下を参照。Alain Corbellari, « Joseph Bédier, Philologist and Writer », *Medievalism and the Modernist Temper*, éd. R. Howord Bloch et Stephen G. Nichols, Baltimore, The Johns Hopkins University Press, 1996, p. 269-285.

（120） H. J. Brunhes, *Ruskin et la Bible*, Paris, Perrin, 1901. この書物はプルーストの関心を惹いた。プルーストはラスキンの『アミアンの大聖堂』を翻訳している（Proust, *Correspondance*, éd. citée, t. III, p. 180）。

（121） Léon Grégoire [Georges Goyau], *Le Pape, les Catholiques et la Question sociale*, Paris, Perrin, 1893. ブリュヌチエール宛のゴワイヨーの手紙は以下。N. a. fr. 25039, f° 317-474.

（122） ブリュヌチエールはゴワイヨーが、一八九九年に死去した大統領の娘であり、プルーストの幼年時代の女友達だったリュシー・フェリックス＝フォールと一九〇三年一一月一〇日に結婚した際の証人のひとりになっている。プルーストは結婚式には参列できなかったが、ゴワイヨーに〔案内の〕礼を述べている。ゴワイヨーは二週間後の一九〇三年一一月二四日、プルーストの父親の死のあと、プルーストにお悔やみを述べている（Proust, *Correspondance*, éd. citée, t. III, p. 460）。ゴワイヨーはラスキンの『アミアンの聖書』のプルーストによる翻訳の書評を『ルヴュ・デ・ドゥー・モンド』誌と『ル・ゴーロワ』紙に発表した。プルーストはゴワイヨーの『宗教的ドイツ——カトリシズム、一八〇〇年—一八四八年』（Goyau, *Allemagne religieuse. Le catholicisme, 1800-1848*, Paris, Perrin, 1905）を絶賛した（*Correspondance*, éd. citée, t. V, p. 246-248）。ゴワイヨーは一九〇五年九月二八日にプルースト夫人〔プルーストの母親〕の葬式に参列している。以下を参照。V. Giraud, *Georges Goyau, l'homme et l'œuvre*, Paris, Perrin, 1922.

（123） Brunetière, *Bossuet*, préface de V. Giraud, Paris, Hachette, 1913 ; V. Giraud, *Brunetière*, Paris, Flammarion, 1932. さらにジローによるブリュヌチエールの故人略歴（*Notes et souvenirs, avec des fragments inédits*, Paris, Bloud, 1907）と、その著書（*Maîtres de l'heure. Essais d'histoire morale contemporaine. Loti, Brunetière, Faguet, Vogüé, Bossuet*, Paris, Hachette, 1911, t. I）の一章を参照。ブリュヌチエール宛

のジローの手紙は以下。N. a. fr. 25039, f° 245-275.
(124) G. Michaut, *Les Époques de la pensée de Pascal,* Paris, A. Fontemoing, 1902.
(125) F. Strowski, *Montaigne,* Paris, Alcan, 1906. ブリュヌチエール宛のストロウスキーの手紙は以下。N. a. fr. 25050, f° 34-71. また以下を参照。A. Compagnon, « Le Montaigne de Brunetière », préface à Brunetière, *Montaigne*, Paris, Champion, à paraître.〔この書物は一九九九年に刊行されている。Ferdinand Brunetière, *Études sur Montaigne (1898-1907)*, Paris, Champion, 1999.〕
(126) ベディエは、カトリック大学創設の折、ブリュヌチエールの提案に従ってフライブルクに着任する際、その条件として、自身の「個人的な宗教生活」が統制されないことを要求した。その点についてはベディエがブリュヌチエール(一八八九年九月五日付の手紙。N. a. fr. 25030, f° 268 bis r°-v°)および、もうひとりの指導者であったガストン・パリス(一八八九年九月三日付の手紙。N. a. fr. 24431, f° 320-323)に説明しているとおりである。以下を参照。R. J. Smith, « L'atmosphère politique à l'École normale supérieure à la fin du XIXe siècle », art. cité, p. 250, n. 2.
(127) シュアレスは一八八九年のロマン・ロラン宛の手紙で「ブリュヌチエールは私を自由思想家だと思っている」と書いている。以下の引用による。Marcel Dietschy, *Le Cas André Suarès,* Neuchâtel, A la Baconnière, 1967, p. 46.
(128) R. Rolland, *Mémoires et Fragments du journal, op. cit.*, p. 51.
(129) 一八九五年一一月二四日付の手紙。N. a. fr. 25048, f° 622. ネオカトリシズムという言い方でリュドレールが意味していたのは本当のところはネオクリスチアニズムである。これはとりわけ、E・M・ド・ヴォギュエが『ロシア小説』(一八八六)序文、ブールジェが『弟子』(一八八九)序文で、一八九二年に〈倫理的行動のためのユニオン〉の創設者となり、のちに〈人権同盟〉の共同設立者となるポール・デジャルダン(一八五九―一九四〇)が『現在の義務』(一八九一)のなかで表現しているものであり、現代の実証主義と懐疑主義に対する反動として理想主義への渇望を表現するものであった。このネオクリスチアニズムは、たとえばペラダンにおけるそれのような世紀末の神秘主義と混同されるべきではない。以下を参照。R. Doumic, « Les décadents du christianisme », *Revue des Deux Mondes,* 15 mars 1895. のちにアクション・フランセーズおよびヴィシーに加担することになる社会主義者でドレフュス派の社会学者のユベール・ブールジン(一八七四―一九五六)によれば、リュドレールの本当の師はランソンではなくオラールであったと言い、オラールは教授が果たす政治的、公民的な役割の重要性を強調していたという(Hubert Bourgin, *De Jaurès à Léon Blum. L'École normale et la politique, op. cit.*, p. 168-170)。ランソンへの献身でリュドレールが払った犠牲のあり方については以下を参照。Annie Barnes, « Comment Rudler fut écarté de la Sorbonne », *L'Amitié Charles Péguy,* janvier-mars 1981, p. 57-65.
(130) ミショーは一九〇四年にリール大学文学部の講義担当を経験している。

(131) 実際、ランソンは一九〇三年一二月にフランス雄弁術講座のラルーメのポストを継承する。

(132) 実際、ベディエは一九〇三年一二月、ブリュヌチエールの敗北の数カ月前に、コレージュ・ド・フランスのガストン・パリスのポストを継承する。

(133) ネオクリスチアニズムの代表的存在であったポール・デジャルダン（註129を参照）はセーヴル女子高等師範学校およびサン＝クルー高等師範学校で教えていた。

(134) レニエについては、本書一九三頁および註94を参照。

(135) ［一九〇三年］八月二九日付の手紙。N. a. fr. 25045, fº 194-196.

(136) ［一九〇三年］九月三日付および九月一七日付の手紙。N. a. fr. 25045, fº 205 et 201-202.

(137) ミショーをソルボンヌに任用する一九〇四年一二月二日付の省令によれば確かに「彼はその職務のすべてを高等師範学校において担当する」（AN AJ 16* 4749, p. 138）となっている。ラヴィス〔新たに高等師範学校校長になったばかりだった〕は一九〇四年一一月三〇日に、パリ大学区副区長となっていたリアールに宛てて、「問題を注意深く検討した結果、ミショー氏がここにふさわしい人物であることを確信しています」と書いていた。おそらくショーミエ〔公教育大臣〕は躊躇したはずだが、リアールはラヴィスに手紙を送り、次のように知らせた。「彼〔ショーミエ〕はミショーの任用に署名しました」（École normale supérieure, gestion Lavisse, AN AJ 61 83 ; この文書にはさらに、ミショー、ジローおよびブリュヌのフライブルクにおけるフランスの存在を誇示する貢献について要約した覚書も含まれている）。

(138) ［一九〇四年］一二月三日土曜日付の手紙。N. a. fr. 25045, fº 206.

(139) Péguy, *L'Argent suite*, éd. citée, p. 865.

(140) Brunetière, *Histoire de la littérature française classique, 1515-1830*, Paris, Delagrave, 1904-1919, 4 vol.

(141) 一九〇八年七月二九日付の手紙。N. a. fr. 25052, fº 152-153.

(142) 不運な役どころを演じる運命にあったように見えるミショーは、その後、ランソンが新たにフランス一八世紀文学講座の担当となって空いたフランス雄弁術講座教授の席に着く一九二二年まで准教授職を務めた。そのときミショーが退けた対抗馬がストロウスキーであったが、ストロウスキーはすでに一九一四年に、ファゲのあとを継いだオーギュスタン・ガジエ（一八四四―一九二二）の後任の選出でも敗北しており、一九二八年のフランス一八世紀文学講座のランソンの後継の選出に際してダニエル・モルネ（一八七八―一九五四）に敗北し、翌一九二九年には一九世紀―二〇世紀講座の担当の選出でアンドレ・ル・ブルトン（一八六〇―一九三一）に敗北し、一九三〇年、六〇歳に至ってようやく専任職員として採用された。ランソンによって長期にわたって行われたストロウスキーへの排斥については以下を参照。C. Charle, *La République des universitaires*, *op. cit.*, p. 205 et 211.

(143) 以下を参照。A. Aulard, *Polémique et Histoire*, Paris, Cornély, 1904. この書物は政治問題、宗教問題、教育問題についてのオラールの論文を集成したものである。

(144) 一九〇四年一二月一日付から一九〇五年九月二八日付までの手紙による。N. a. fr. 25042, f° 44-57. これらの手紙のうちのひとつ（f° 56）はショーミエ宛のブリュヌチエールの手紙の『ル・タン』紙への掲載（本書一九七頁および註109を参照）に触れている。ラマルゼルはパリのカトリック研究所の法学部で国際法を講じていた。

(145) コレージュ・ド・フランスでのルナンの講義は一八六二年二月に、そのヘブライ語講座の開講後わずか三日にして、時の公教育および信仰担当大臣ギュスターヴ・ルーラン（一八〇六―一八七八）によって停止させられた。ルナンがヘブライ語の研究よりもイエスについて多く話をしたとして非難されたのである。ルナンはイエスを「またとない人――きわめて偉大なので、ここではすべてが実証的な科学の観点から判断されなければならないとしても、私としては、その業績の例外的な性格に心打たれて彼のことを神と呼ぶ人びとに反論を述べるつもりはないような人」と形容した（Renan, « La chaire d'hébreu au Collège de France » [1862], *Questions contemporaines* [1868], *Œuvres complètes*, éd. citée, t. I, p. 160）。『イエスの生涯』（一八六三）の出版のあと、ルーランを更迭し、ルナンの後任としてサロモン・マンクを任命して復讐を果たしたヴィクトル・デュリュイ（一八一一―一八九四）の助言に反して、ルナンは一八六四年にコレージュ・ド・フランスを罷免された（本書一四七頁および註103を参照）。ルナンはその後、一八七〇年に再びコレージュ・ド・フランスに編入された（J. Maurain, *La Politique ecclésiastique du second Empire*, *op. cit.*, p. 593-594 et 679-683 ; M. Olender, *Les Langues du paradis*, *op. cit.*, p. 78, n. 9 ; Dominique Bourel, « La *Wissenschaft des Judentums* en France », *Revue de synthèse*, avril 1988, p. 274-277）。

(146) A. Aulard, « M. Brunetière et le Collège de France », *L'Aurore*, 8 février 1904, p. 1 ; repris dans *Polémique et Histoire*, *op. cit.*, p. 386-390 (cité partiellement par l'abbé Th. Delmont, *Trois Illustres Conquêtes de la foi. F. Coppée, F. Brunetière et P. Bourget* [extrait de *L'Université catholique*], Lyon, 1904, p. 64-66). その翌日、ブリュヌチエールの競争相手として選挙に立候補し、一八九三年以来、アナトール・フランスのあとを継いで『ル・タン』紙の文芸時評を担当していたガストン・デシャン（一八六一―一九三一）を敵に回したギュスターヴ・カーン（一八五九―一九三六）の記事が『ロロール』紙の同じ場所に掲載され、自分の要望について他の候補に訴えかけた。

(147) Aulard, « La statue de Taine », *Action*, 19 juillet 1903 ; repris dans *Polémique et Histoire*, *op. cit.*, p. 39-43. Brunetière, « La statue provocatrice », *Le Gaulois*, 4 septembre 1903 ; repris dans *Pages sur Ernest Renan*, *op. cit.*, p. 160. ブリュヌチエールは、その個人的な覚

書に記したとおり、自分の反ルナンの手紙がコレージュ・ド・フランスの選挙で高くついたと考えていた。「したがって私は敗北した［……］。理由三。ルナンに触れてはいけなかったため」（以下の引用による。P. Moreau, préface à Brunetière, *Pages sur Ernest Renan, op. cit.*, p. 23）。

（148）以下を参照。C. Charle, *La République des universitaires, op. cit.*, p. 430-432.

（149）A. Aulard, *Histoire politique de la Révolution française*, Paris, Armand Colin, 1901. オラールは専門的な教育を受けた歴史家ではなく、一文学者であり、一八七七年に提出したレオパルディについての博士論文の著者であると同時に、フランス革命の雄弁家たちのアンソロジーの著者でもあった（*L'Éloquence parlementaire pendant la Révolution française*, Paris, Hachette, 1882-1886, 3 vol.）。ジャンソン＝ド＝サイイ高校の修辞学教授を務めたあと、パリ市によって新たに創設されたフランス革命史講座の担当教員として一八八六年にソルボンヌに移った（以下を参照。W. R. Keylor, *Academy and Community: The Foundation of the French Historical Profession, op. cit.*, p. 68-69）。

（150）É. Faguet, « Une histoire de la Révolution française », *Revue des Deux Mondes*, 1er août 1901, p. 631-659. ここでファゲはオラールを、「〈ブロック〉の理論を打ち砕く」（p. 631）フランス革命の「哲学史」を提供しているとして、自分の立場に引きつけている。

（151）Péguy, « [Brunetière] », *Œuvres complètes en prose*, éd. citée, t. II, p. 589.

（152）*Ibid.*, p. 602.

（153）*Ibid.*, p. 597.

（154）*Ibid.*, p. 594.

（155）*Ibid.*, p. 596.

（156）Péguy, *L'Argent suite*, éd. citée, p. 867.

（157）一九〇二年四月二日付の手紙。N. a. fr. 25037, f° 116 v°.

（158）一九〇四年三月二一日付の手紙。以下の引用による。Henry Bordeaux, « Arvède Barine », *Cent Ans de vie française à la « Revue des Deux Mondes », op. cit.*, p. 453.

（159）一九〇三年七月二八日付の手紙。N. a. fr. 25049, f° 389 r°-v°.

（160）A. Mézières, « Au temps passé », art. cité, p. 566-567 ; *De tout un peu, op. cit.*, p. 63-64.

（1）Ch. Benoist, *Souvenirs, op. cit.*, t. III, p. 19.
（2）以下の引用による。É. Faguet, *Le Libéralisme, op. cit.*, p. 319.
（3）« Le besoin de croire », conférence prononcée le 19 novembre 1898 à Besançon, *Discours de combat, op. cit.*, t. I, p. 304-305.
（4）以下を参照。P. Birnbaum, *Le Fous de la République, op. cit.*, p. 15. 同じ意志は革命百周年の折に「この重い遺産において、実現可能なものと幻影的なものとを分離すること」を唱えたアナトール・ルロワ＝ボーリウや（A. Leroy-Beaulieu, *La Révolution et le Libéralisme*, Paris, Hachette, 1890, p. XIV）、ヴォギュエにおいてもみられる（E.-M. de Vogüé, « A travers l'exposition », *Revue des Deux Mondes*, 1er juillet au 1er novembre 1889）。
（5）Brunetière, « Les raisons actuelles de croire », conférence prononcée à Lille le 18 novembre 1900, *Discours de combat*, Paris, Perrin, 1903, t. II, p. 43.
（6）*Ibid.*, p. 48.
（7）Péguy, *Notre jeunesse*, éd. citée, p. 22.
（8）*Ibid.*, p. 10-11.
（9）J. Renard, *Journal* (14 septembre 1903), éd. citée, p. 849.
（10）ドゥニ・コシャンの息子で歴史家のオーギュスタン・コシャン（一八七六―一九一六）は、オラールに対抗してテーヌを擁護し、ジャコバン主義を政治的なシステムとして捉えなおすことになる（Augustin Cochin, *La Crise de l'histoire révolutionnaire, Taine et M. Aulard*, Paris, Champion, 1909 ; 以下を参照。F. Furet, *Penser la Révolution française*, Paris, Gallimard, coll. « Bibliothèque des histoires », 1978 ; réédition coll. « Folio », 1985, p. 257-316）。
（11）Brunetière, « Quand la séparation sera votée... », *Revue des Deux Mondes*, 1er décembre 1905, p. 706.
（12）プルーストは一九〇五年七月にフェルナン・グレッグ宛に「僕たちはこのまま、僕はアナトール・ルロワ＝ボーリウのほうを、君はオラールのほうを好み続けることになりそうです」と書いている（Proust, *Correspondance*, éd. citée, t. V, p. 284）。
（13）以下を参照。« La mort des cathédrales », *Le Figaro*, 16 août 1904 ; repris dans *Pastiches et Mélanges* (1919), éd. Pierre Clarac et Yves Sandre, Paris, Gallimard, coll. « Bibliothèque de la Pléiade », 1971, p. 141-149.

（14）« Quand la séparation sera votée... », art. cité, p. 707.

（15）以下を参照。Julien de Narfon, *La Séparation de l'Église et de l'État. Origines, étapes, bilan*, Paris, Alcan, 1912. ナルフォンは一九〇二年および一九〇三年に『ル・ゴーロワ』紙上で教育の自由についてブリュヌチエールとのいくつかの対談を行っている。また、一九〇六年三月二六日の『ル・フィガロ』紙に司教たちへの「緑服の枢機卿たち」の手紙を掲載している。

（16）Brunetière, « Sur les événements de l'heure présente », *Les Débats*, 15 septembre 1906 ; repris dans *Lettres de combat, op. cit.*, p. 185-195.

（17）一九〇六年一二月三日付セレスタン・ブーグレ宛のエリー・アレヴィの手紙（É. Halévy, *Correspondance*, éd. citée, p. 381）。

（18）一九〇四年五月二五日付の手紙。N. a. fr. 25049, fº 405 vº.

（19）一九〇一年八月一六日付の手紙。N. a. fr. 25049, fº 362 rº - 364 vº.

（20）S・ウィルソンは、セーヌ＝エ＝マルヌ県におけるアンリ寄金への参加率の高さを指摘しつつ、「重鎮のユダヤ人の所有になる大きな地所の存在は考慮すべき要素のひとつであろう」と付け加えた（S. Wilson, « Le monument Henry », art. cité, p. 269）。ロチルド家の地所であったフェリエールが当然ながら最も有名であった。

（21）Mme Octave Feuillet, *Quelques années de ma vie, op. cit.*, p. 286-287.

（22）Proust, *A la recherche du temps perdu*, éd. citée, t. III, p. 492. シャルリュスと同じように、ベルナール・ラザールもまた、ユダヤ人によるホスチヤの冒瀆というキリスト教の幻想を奇妙なものと見なしている。「ホスチヤの血を集めているとして糾弾されるユダヤ人について言えば、その非難は馬鹿げている。なぜなら、ユダヤ人はホスチヤのなかにキリストの存在などまったく信じていなかったからである。もしそれを信じたとしたら、ユダヤ人がキリスト教に回心するための可能性は存在する。それは全面的に起きたことでもあった」（Bernard Lazare, *L'Antisémitisme*, éd. citée, t. II, p. 220, n. 1）。

（23）一八七三年五月一九日付の手紙（É. Ollivier, *Lettres de l'exil, op. cit.*, p. 176）。

（24）*Ibid.*, p. 177. カロについては、本書八四頁および註198を参照（カロは唯心論者（心霊論者）で実証主義の批判者とあるので、おそらくルルドの奇蹟を擁護したものと思われる）。カロの妻、旧姓名ポーリーヌ・カッサン・ダルバーヌ（一八三五—一九〇一）は小説家で、その死まで、フロール・サンジェと親しい存在だった。『失われた時を求めて』のなかで、若きカンブルメール夫人のスノビズムがカロやブリュヌチエールのソルボンヌの講義によく通っていたことによって示唆されている（Proust, *A la recherche du temps perdu*, éd. citée, t. III, p. 214）。

（25）一九〇一年九月一八日付の手紙。N. a. fr. 25049, fº 366 rº-367 rº.

（26）N. a.fr. 25049, fº 367 rº-368 vº.

(27) フロールは「カルヴァンについての演説」(N. a.fr. 25049, f° 458-459) すなわち一九〇一年一二月一七日にジュネーヴで行われたブリュヌチエールの講演「カルヴァンの作品」(*Discours de combat, op. cit.*, t. II, p. 123-160) を朗読させている。フロールは一九〇四年三月から四月にブリュヌチエールがジョルジュ・ルナールと交わした論争にも付き合っている。「何という面白さでしょう! あなたがたの論争といったら!……今までのところ、我が親愛なる社会主義者さん、あなたの論敵、ルナール〔「狐」の意〕であるくせに、それを取って食ってやる勢いなのは牝鶏のあなたのほうであるように見えますわ!……」(N. a.fr. 25049, f° 441-442)。一九〇四年春に『ラ・プチット・レピュブリック』誌でブリュヌチエールが社会的カトリシズムについて数通の公開書簡 (*Lettres de combat, op. cit.*, p. 133-168) を交わしたジョルジュ・ルナール (一八四七―一九三〇) は、以前、アナトール・フランス、ガンドラスおよびブールジェと並んで、『若き批評のプリンスたち』のなかでブリュヌチエールに一章を与えていた (Georges Renard, *Les Princes de la jeune critique*, Paris, Librairie de la Nouvelle Revue, 1890)。ルナールはノルマリアン (一八六七) で元コミューン派、ジョレスに近く、『文学史の科学的方法』(*Méthode scientifique de l'histoire littéraire*, Paris, Alcan, 1900) の著者。ルナールは労働史家となり、コレージュ・ド・フランス教授となる (一九〇七)。フロールはまた、一九〇四年五月二四日にブリュヌチエールにこう告げている。「友よ、〈信じ難いことがら〉に関するあの素晴らしい講演を朗読してもらいました」(N. a.fr. 25049, f° 405-407)。これは一九〇四年五月九日にアムステルダムで行われたブリュヌチエールの講演を指している (*Discours de combat*, Paris, Perrin, 1907, t. III, p. 173-220)。さらに、ブリュヌチエールの最後の護教論の著作『信仰の途上で』(Brunetière, *Sur le chemin de la croyance*, Paris, Perrin, 1904) の献本に一九〇四年一一月二四日、フロールは謝意を表している (N. a.fr. 25049, f° 408-409)。

(28) 一九〇二年一一月二〇日付の手紙。N. a. fr. 25049, f° 372 r°-373 r°. フロール・サンジェがここで触れているのは多分、一九〇二年一一月一八日に〈教育自由同盟〉のためにパリで行われたブリュヌチエールの講演の一句であろう。ブリュヌチエールはこれと同じ言葉を一九〇三年一月一八日にリールで行われた、〈社会平和ユニオン〉のための講演「子どもの権利」のなかでも再び用いた (« Le droit de l'enfant », *La Réforme sociale*, 1er février 1903, p. 209)。この言葉に不快感をあらわにしたレオン・ブロワは、『ル・タン』紙によればそれを引用し、ブリュヌチエールの言葉を「俚言」扱いしたという (*Les Dernières Colonnes de l'Église*, éd. citée, p. 251)。フロール・サンジェが示唆したこととは逆に、ブリュヌチエールはこの誤謬の権利をカトリック教会にではなく国家に、その真理を学校に課そうとしつつある国家に求めている。

(29) 一九〇二年一一月二六日付の手紙。N. a. fr. 25049, f° 374 v°-375 r°. 同じ喩え、おそらく固定した喩えであろうが、これは一八九二年のレオ一三世の回勅「レーレム・ノヴァールム」を解説するアナトール・ルロワ＝ボーリウにおいても見出される。「ヴェネチア共和国と大トルコを――フランス共和国とツァーリ独裁主義さえも――結婚させることはできるが、教皇を社会主義と結婚させることはできない」(A. Leroy-Beaulieu, « La papauté, le socialisme et la démocratie », Revue des Deux Mondes, 1er mars 1892, p. 120-121)。

(30) 以下を参照。J. Van der Lugt, *L'Action religieuse de Ferdinand Brunetière*, *op. cit.*, p. 155 et 185. ブリュヌチエールの死後まもなく、ピウス一〇世による一九〇七年九月の回勅「パスケンディ・ドミニキ・グレジス〔「主の群れを養う」の意〕」において、神学的な意味に加えて精神のあり方としても「現代主義《モダニズム》」は弾劾された。

(31) 一九〇三年七月二〇日付の手紙。N. a. fr. 25049, f° 383 v°-f° 384 v°.

(32) Théophile Valentin, *Les Fleurs de l'histoire. Dialogues, biographies et récits à l'usage de la jeunesse*, Toulouse, Privat, 1890-1891, 4 vol.

(33) 国立図書館には『歴史の花』全四巻のうち第一巻、第二巻、第四巻があるが、この言語道断な一節は、欠本となっている第三巻のなかに記されているものと考えられる。問題のその巻は他のいかなる場所でも参照することができなかったため、ピエラールの書物（次の註を参照）における引用を用いた。

(34) 以下を参照。P. Pierrard, *Juifs et Catholiques français de Drumont à Jules Isaac*, *op. cit.*, p. 84 ; M. Marrus, *Les Juifs de France à l'époque de l'affaire Dreyfus*, *op. cit.*, p. 268. 長老会と政府の双方を弁護するために、M・マラスは、反ユダヤ主義の新聞雑誌が一八八一年七月二九日の法律の極端な自由主義によって保護されていた点を指摘している。

(35) これはZ・ステルネルのきわめて断定的なテーゼである。「下級聖職者のアンガージュマンは反ユダヤ主義の民衆的な次元を例証するだけでなく、カトリック反動が全会で一致していることをも示している。それは連帯がけっして揺らぐことのない唯一の社会集団であった」(Z. Sternhell, *La Droite révolutionnaire*, *op. cit.*, p. 238)。ステルネルほど断定的ではない見解として以下を参照。Jean-Marie Mayeur, « Les catholiques dreyfusards », art. cité, p. 337-341.

(36) L. Bloy, *Le Salut par les juifs* (1892), *Œuvres*, éd. citée, p. 337-341.

(37) 以下を参照。Louis Capérant, *L'Anticléricalisme et l'Affaire Dreyfus, 1897-1899*, Toulouse, Imprimerie régionale, 1948. カペランのこの書物はカトリックの反ユダヤ主義に対して寛容すぎる態度を示しており、たとえば、アンリ寄金の唾棄すべき罵詈雑言については控え目な態度を示している。この点については以下のピエール・ソルランによるすぐれた著作を参照。Pierre Sorlin, « *La Croix* » *et les Juifs, 1880-1899*, Paris, Grasset, 1967.

(38) 本書一五四頁および註116を参照。

(39) Proust, *A la recherche du temps perdu*, éd. citée, t. III, p. 68.

(40) *Ibid.*, t. III, p. 89.

(41) *Ibid.*, t. III, p. 77.

(42) *Ibid.*, t. I, p. 329. 異教徒間結婚やスワンの祖父のキリスト教への改宗、スワンの社交界での成功、ユダヤ教に対する密かな忠誠心があるという疑い、こうしたものをすべて真実らしいものとするために、ジュリエット・アシーヌが提案しているようなかたちでスワンをセファラドやマラーノ〔いずれもスペインやポルトガルの非改宗ユダヤ教徒〕にする必要はない。というのも、彼の物語はラティスボンヌ家やフールド家のようなアシュケナジの物語、また、ペレール家やフュルタド家のようなセファラドの物語をも、まったく同様に思い起こさせるからである。解放後の、一九世紀末のユダヤ人の同化や改宗は、アンシャン・レジーム期のマラニズムとは異なる現象を表している。そして、スワンの例に示されているような彼らの失敗は、それだけにいっそう不安をかきたてるものとなっている。一九世紀末においてマラニズムが意味を持つのは、したがって、伝記的な現実性としてではなく、同化という幻想のメタファーとしてである（以下を参照。Juliette Hassine, *Marranisme et Hébraïsme dans l'œuvre de Proust*, Paris, Minard, 1994, p. 26-35 ; 以下も参照。Elaine Marks, *Marrano as Metaphor : The Jewish Presence in French Writing*, New York, Columbia University Press, 1996）。

(43) A. Leroy-Beaulieu, *Israël chez les nations*, éd. citée, p. 205.

(44) 「プルーストが我々に提供するタブローが示しているのは、公的なユダヤ教によって表明された、もちろん明らかに利点のある見解とは裏腹に、その時代の同化ユダヤ人においてほど、ユダヤ起源というものが個人生活や日常生活において決定的な役割を果たしたことはなかったということである」（Hannah Arendt, *Sur l'antisémitisme*, *op. cit.*, p. 186）。

(45) 一九〇三年七月二八日付の手紙。N. a. fr. 25049, f° 386 r°-v°.

(46) ドレフュス事件期の修道会所属の聖職者の反再審主義と反ユダヤ主義に対する反動として、世紀転換期の厳しい反教権主義の波を説明し、教権主義に対して甘い態度を示すことはけっしてなかったアナトール・ルロワ＝ボーリウは、一方で、フロール・サンジェと同様、政教条約《コンコルダート》に従っている、司教職や在俗聖職者の全般的な沈黙の姿勢を、承認と同じことだとして嘆いている。「あまりに多くのカトリック教徒、あまりに多くの聖職者たち、あまりに多くの自称宗教新聞雑誌が、カトリック教会の大義を反ユダヤ主義の大義と同一視させてきた。高位聖職者、とりわけ司教職は、たしかに、そうした同一視を控えた。その点で、司教職はあまりに賢明過ぎた。司教たちは沈黙したのである。彼らの慎重さは沈黙のなかに逃避した。しかし、反ユダヤ主義者たちが彼らに対して非難した、この沈黙そのものについて、他の者たちは、反ユダヤ主義への暗黙の承認を見ることができたのである。修道士、司祭あるいは非宗教者、あまりにも少数のカトリック教徒が、彼らの義務は、彼らの利益と同様に、反ユダヤ主義の暴力に対して憤慨することであると感じていた。〔……〕その連合した行動に声高に抗議し、公的に告発しようとした勇気のある者はごくわずかであった」（A. Leroy-Beaulieu, *Les Doctrines de haine*, *op. cit.*, p. 276-277）。

(47) ブリュヌチエールは、レオ一三世の死の翌日、一九〇三年七月二一日付の『ル・ゴーロワ』紙に、記事を発表していた（以下に収録されている。Brunetière, *Lettres de combat*, *op. cit.*, p. 115-132）。

(48) ルイジ・ルザッチ（一八四一―一九二七）はヴェネチア生まれ。政治経済学の教授を務めたのち、一八七〇年から代議士となり、一八九六年から一八九八年まで数度にわたり財務大臣を務めた。一八九八年にフランスとの間で締結された協商条約の立案者。フランス学士院の連携会員となり、一九一一年にはイタリア初のユダヤ起源の総理大臣となる。アナトール・ルロワ＝ボーリウによって、ルザッチは、同化ユダヤ人における無神論を拒否する者の典型として、また同化ユダヤ人の愛国主義の典型として引用されている。ルザッチは、フランスの同化ユダヤ人の範例としてのウジェーヌ・マニュエルやアドルフ・フランクと比較される（A. Leroy-Beaulieu, *Les Doctrines de haine*, *op. cit.*, p. 105-107 et 121）。

(49) パリ大司教だったリシャール枢機卿（一八一九―一九〇八）は、一八九七年の終わり頃、支援を求めにやってきた再審派大学人たちの行動を、自身の権威によって支援することを拒否したようである。ただ、彼の名誉のために言っておくと、フランスの司教職の自由は政教条約の時代の終わりにおいて脆弱なものであった（L. Capéran, *L'Anticléricalisme et l'Affaire Dreyfus*, *op. cit.*, p. 48 ; P. Pierrard, *Juifs et Catholiques français de Drumont à Jules Isaac*, *op. cit.*, p. 82）。『ラ・クロワ』紙の反ユダヤ・キャンペーンは一八九八年五月の総選挙でその頂点に達していたはずである（P. Sorlin, « *La Croix* » *et les Juifs*, *op. cit.*, p. 120）。一八九九年の〈権利擁護のためのカトリック委員会〉の創設者ポール・ヴィオレ（本書一七五頁および註35参照）は、一八九八年一〇月に、『ラ・クロワ』紙をはじめとするカトリック系新聞雑誌の反ユダヤ・キャンペーンをやめさせるため、教皇大使クラリ猊下に仲裁を求めた（J.-M. Mayeur, « Les catholiques dreyfusards », art. cité, p. 348）。レオ一三世はようやく一八九九年三月一五日付の『ル・フィガロ』紙に掲載された談話のなかで、破棄院〔最高裁判所〕の決定を待ちながらの静粛を呼びかけた。「この不幸な事件はついにその審判を見出したのではないか。」レオ一三世は「仮に真の被告が共和国であるとしても、それは今や、たったひとりでみずからを擁護するに十分なほど大きな存在なのである」と述べて、現在の政体についての承認の姿勢を新たにしたが、カトリックの反ユダヤ主義を非難することは差し控えていた（Boyer d'Agen, « Une visite à Léon XIII », *Le Figaro*, 15 mars 1899, p. 1 ; 以下を参照。le R. P. Lecanuet, *Les Signes avant-coureurs de la séparation*, Paris, Alcan, 1930, p. 188-189）。

(50) N. a. fr. 25049, f° 386 v°- f° 387 v°.

(51) ジョゼフ・レナックは、その長い政治家人生のなかで、政治論争のなかでも最も激しい争点となった非宗教法案の問題に介入することは稀であった（M. Marrus, *Les Juifs de France à l'époque de l'affaire Dreyfus*, *op. cit.*, p. 163 et n. 3）。

(52) 一八六四年一二月のピウス九世による回勅「クワンタ・クラ」〔「注意深く」の意〕に付随した「近代謬説表」、すなわち受け入れがたいと判断された八〇箇条の命題を列挙したもの。ルナンの『イエスの生涯』のすぐあとに発表され、ある者たちからは近代自由主義に対する宣戦布告とみなされ、またある者たちからはカトリックの蒙昧主義の概要とみなされたこの「近代謬説表」は、長きにわたり、カトリック教会およびその外部における保守主義者と自由主義者の間の断絶を象徴するものとなった。

（53）N. a. fr. 25049, f° 387 v°- f° 388 r°.

（54）N. a. fr. 25049, f° 388 v°.

（55）一九〇〇年二月二三日の講演「教育の自由」。Brunetière, *Discours de combat, op. cit.*, t. III, p. 76.

（56）本書一六五—一六六頁および註2を参照。

（57）以下を参照。Péguy, *Notre jeunesse*, éd. citée, p. 68-69 et 90-94 ; N. Wilson, *Bernard Lazare, op. cit.*, p. 253-256.

（58）Bernard Lazare, « La loi et les congrégations », *Cahiers de la quinzaine*, IIIe série, XXIe cahier, 1902, p. 214.

（59）*Ibid.*, p. 223.

（60）*Ibid.*, p. 215.

（61）*Ibid.*, p. 227-228.

（62）Péguy, *Notre jeunesse*, éd. citée, p. 93.

（63）引用は以下による。J. Van der Lugt, *L'Action religieuse de Ferdinand Brunetière, op. cit.*, p. 114. ヴォージョワおよび、一八九九年から一九〇四年までの〈フランス祖国同盟〉とアクション・フランセーズの関係については、以下を参照。Eugen Weber, *Action française : Royalism and Reaction in Twentieth-Century France*, Stanford, Stanford University Press, 1962, p. 17-32 ; trad. fr. *L'Action française*, Paris, Stock, 1964 ; réédition Paris, Fayard, coll. « Nouvelles Études historiques », 1985, p. 35-50, et Paris, Hachette, coll. « Pluriel », 1990.

（64）本書一九三頁および註93を参照。

（65）Brunetière, « La liberté d'enseignement », art. cité, p. 93.

（66）本書五二頁および註55参照。

（67）Péguy, *Notre jeunesse*, éd. citée, p. 55 ; *L'Argent suite*, éd. citée, p. 862 et 867.

（68）一九一三年の『続・金銭』を特徴づけている、ブリュヌチエール擁護への傾斜は、批評家が亡くなる数カ月前の一九〇六年夏の未完成のテクストにはなかったものである。ペギーはそこで、ブリュヌチエールの科学主義とコンブ主義との隠れた共謀性だけを告発していた（本書二〇八頁および註151を参照）。

（69） Esther Bénisti, dite Esther de Suze, *Institutrice*, Paris, Calmann-Lévy, 1902 (Bibliothèque de la France, 1905, n° 3710).

（70） 一九〇三年二月二〇日付の手紙。N. a. fr. 25049, f° 380-381.

（71） 一九〇四年三月二五日付の手紙。N. a. fr. 25049, f° 402 v°-403 r°.

（72） 日付不明の手紙。N. a. fr. 25049, f° 450.『女教師』は独身の若い村の女教師たちの不幸を描いている。司祭と村長の間で孤独を味わっている彼女たちは男たちの欲望に委ねられる。父親が破産して死に、母親は目の前で轢き殺され、孤児となった一八歳のマリー＝テレーズ・ロマーヌは女教師となった。アルプス山中の小さな村に任免された彼女は、最初はそこで幸福な日々を送るが、やがて倦怠を感じる。農夫に嫌がらせを受け、次いで村長に言い寄られ、彼女はそれに応じてしまう。他の女たちと同様に、彼女も転落していくが、年老いた女乞食に救われる。この老女もまた操を失った元女教師だった。結論で、エステル・ド・スュズは女教師たちが結婚できるよう国家に訴えている。

（73） Esther de Suze, *Journal d'une juive au couvent*, Paris, Lemerre, 1899. エステル・ド・スュズは小説第一作『傷心』（*Cœur brisé*, Paris, Lemerre, 1898）を発表していた。これもやはり観念小説で、内容はメロドラマであり、マリー＝アンジュ・アブレールという名のヒロインが、幼い頃に母親が亡くなるのを目にし、父親の自殺を防いだあと、彼女を愛した傷病兵マルク・ド・ジェンスの傷を治したあと不可解な病にかかって亡くなってしまう。ふたりは時折、マルクが信じていなかったイエスについて議論をしていた。これら三つの小説と一冊の詩集『琥珀の首飾り』（*Collier d'ambre*, Paris, Lemerre, 1900）のあと、エステル・ド・スュズの文学的な経歴は止まったようである。

（74） 以下を参照。Th. Ratisbonne, *Quelques mots sur l'affaire de la famille Bluth, op. cit.* ; [mère Benedicta], *Le T. R. Père Marie-Théodore Ratisbonne, op. cit.*, t. II, p. 127-137 ; Pierre de La Gorce, *Histoire du second Empire*, Paris, Plon, 1894-1905, 7 vol., t. IV, p. 124 ; J. Maurain, *La Politique ecclésiastique du second Empire, op. cit.*, p. 465-467, 533-543 et 574-575 ; Natalie Isser, « The Mallet Affair : Case Study of a Scandal », *Revue des études juives*, juillet-décembre 1979, p. 291-305, et « The Linneweil Affair : A Study in Adolescent Vulnerability », *Adolescence*, automne 1984, p. 629-642, repris dans *Antisemitism During the French Second Empire*, New York, Peter Lang, 1991.

（75） 本著一四七頁および註97を参照。

（76） 以下を参照。François Dutacq, *Gustave Rouland, ministre de l'Instruction publique, 1856-1863*, Tulle, Mazeyrie, 1910, p. 259-266. 体制によるイタリア政策を支持していた野党の新聞『ル・シエークル』紙と『ロピニオン・ナショナル』紙は、反教権主義運動のなかで実力以上の成果を収めた。というのも、両紙の編集長は一八六一年八月のレジオン・ドヌール勲章を授与されたからである（以下を参照。N. Isser, « The Mallet Affair », art. cité, p. 297）。

(77) 一八六一年三月一二日付の手紙。以下の引用による。[mère Benedicta], *Le T. R. Père Marie-Théodore Ratisbonne*, *op. cit.*, t. II, p. 128.

(78) 以下を参照。[Mère Benedicta], *Le T. R. Père Marie-Théodore Ratisbonne*, *op. cit.*, t. II, p. 131-137 ; J. Maurain, *La Politique ecclésiastique du second Empire*, *op. cit.*, p. 575-577 ; N. Isser et L. Linzer Schwartz, « Minority Self-Hatred », art. cité, p. 111.

(79) この名の綴りには揺れがある。一八六一年一一月二三日から二九日までの『ル・タン』紙——裁判記録を再転記していた——によれば、またマザー・ベネディクタによればLinnewiel であり、J・モーランによればLinnerviel であり、N・イッサーによればLinneweil である。

(80) [Mère Benedicta], *Le T. R. Père Marie-Théodore Ratisbonne*, *op. cit.*, t. II, p. 136.

(81) 以下の引用による。J. Maurain, *La Politique ecclésiastique du second Empire*, *op. cit.*, p. 576.

(82) 一八六一年九月三日付バラント男爵夫人宛の手紙。以下の引用による。[Mère Benedicta], *Le T. R. Père Marie-Théodore Ratisbonne*, *op. cit.*, t. II, p. 132-133.

(83) 一八七八年の小冊子『現代のイスラエリットの諸問題への回答』の結論でテオドール・ラティスボンヌは、「カトリック教会の外に救済なし」という格言を引用しながら、「唯一真正な宗教はひとつしかない」ことを強調し、ユダヤ教とプロテスタンティズムを誤った宗教であるとして明白に告発していた（Théodore Ratisbonne, *Réponses aux questions d'un israélite de notre temps*, Paris, Poussielgue, 1889, p. 61-66)。ノートル＝ダム・ド・シオンのカトリックの不寛容と神学的な反ユダヤ教主義はその後、レマン兄弟の反ユダヤ主義と一体化していく。宣教活動の時代が過ぎ去ったとき、ノートル＝ダム・ド・シオンとユダヤ共同体との親近性のおかげで、ナチズム政権下において数多くのユダヤ人がノートル＝ダム・ド・シオンの館に避難先を見つけることができた。そしてこの修道会は、第二次世界大戦後、教会一致運動《エキュメニズム》の擁護の先頭に立った（以下を参照。F. Delpech, « Notre-Dame de Sion et les juifs », *Sur les juifs*, *op. cit.*, p. 369-371)。

(84) *Journal d'une juive au couvent*, *op. cit.*, p. 9.

(85) *Ibid.*, p. 72.

(86) *Ibid.*, p. 79.

(87) É. Drumont, *La France juive*, *op. cit.*, p. 29.

(88) *Journal d'une juive au couvent*, *op. cit.*, p. 80.

(89) *Ibid.*, p. 81. エステル・ド・スュズの小説が刊行されたのと同じ一八九九年にカルマン・レヴィから刊行された『全詩集』の序文で、マニュエルは「貧しい者たちの医師の息子」と自己紹介していた（Eugène Manuel, *Poésies complètes*, *op. cit.*, t. I, p. V)。

（90）エステル・ド・スュズが引用している部分は、一八五五年の日付のある、エルム・カロに捧げられた「ある魂の歴史」という詩篇の最初の数行である。これは『親密な頁』（一八六六年）に再録されている（*Poésies complètes, op. cit.*, t. I, p. 19）。小説のヒロインがその数行を読んだのは、『黄金の箔――成聖と生の幸福のための小助言集』においてであっただろう。これは多くの司教および大司教たちによって承認されたカトリックの定期刊行物であり、使徒座書記官アドリアン・シルヴァン猊下によって執筆されたローマ教皇ピウス九世の小勅書によって称えられ、一八六八年から一九一二年までアヴィニョンで刊行された。この定期刊行物は多くの版を重ねた。ウジェーヌ・マニュエルの詩は、その詩の最終行から借りた「神はいかにして魂を鍛えるか」というタイトルのもと、第三集（一八七四―一八七六）に再録された。なお、著者のユダヤ出自についての記述はない（*Paillette d'or*, Avignon, Aubanel, 1876, t. III, p. 91-93 ; *Recueil complet* [des 12 premières séries], Avignon, Aubanel, 1901-1905, 4 vol., t. I, p. 473-477）。

（91）*Journal d'une juive au couvent, op. cit.*, p. 261.

（92）*Ibid.*, p. 214.

（93）*Ibid.*, p. 263-264.

（94）ベルナール・ラザールは一八九七年に、フランスのユダヤ人は「悪を受動的に受け入れていること、そして彼らの臆病な態度」によって「反ユダヤ主義の最大の推進者になっている」と書いていた（Bernard Lazare, *Le Nationalisme juif* [conférence faite à l'Association des étudiants israélites russes le 6 mars 1897], Paris, Stock et Flammarion, 1898, p. 9）。

（95）反ユダヤ主義への対抗策として、ベルナール・ラザールは、一八九七―一八九八年に、みずから複数主義的社会におけるユダヤ民族主義の弁護人を買って出ている。「ユダヤ問題の解決策を私は、ユダヤ民族主義の発展のうちに見ている。［……］民族主義というものはどのように考えられるべきであろうか。それは私にとってはこうだ。すなわち、集合的な自由の表現であると共に個人的な自由の条件でもあるものだ。私が民族《ナシオン》と呼ぶのは、そのなかでは個人が自ら発展することができ、完全な仕方で自ら「の能力」を開花させることができる、そのような環境のことである」（*ibid.*, p. 10）。そのように理解されたユダヤ民族主義は、ラザールにとっては、社会主義や国際主義と相いれないものではなかったようである。ヘルツルに短期間だけ近づいたあとで、ドレフュス事件が終わって以来、ラザールはヘルツルとは距離をとるようになり、同化とシオニズムの間で、フランス共和国におけるユダヤ人の二重の所属を明確に肯定することを説くようになる（以下を参照。N. Wilson, *Bernard Lazare, op. cit.*, p. 232）。

（96）一九〇四年二月一五日付の手紙。N. a. fr. 25049, f° 395 v°- 396 v°.

（97）一九〇四年二月二五日付の手紙。N. a. fr. 25049, f° 398- 399.

（98）一九〇四年三月二五日付の手紙。N. a. fr. 25049, f° 403 v°- 404 v°.

(99) 日付不明の手紙。N. a. fr. 25049, f° 451 r°- v°.

(100) 本書二一一頁およびおよび註160を参照。

(101) N. a. fr. 25049, f° 417 v°- 418 v°. 最後の言葉はフロールの自筆。

(102) N. a. fr. 25049, f° 369 r°.

(103) J.-É. Blanche, *La Pêche aux souvenirs, op. cit.*, p. 96.

(104) Abbé Félix Klein, *Madeleine Sémer convertie et mystique (1874-1921)*, Paris, Bloud et Gay, 1932, p. 140 et 60-62. この書物の著者である司祭は三〇年前にブリュヌチエールについての不適切な文学的肖像を発表した司祭と同一人物であり（本書二六―二七頁および註43を参照）、一八九九年以後、何通かの手紙をブリュヌチエール宛に送っている人物である（N. a. fr. 25041, f° 389-396）。

(105) 先に触れたとおり、この城館は一八七〇年にプロシア軍によって接収され、周辺では激しい戦闘が繰り広げられた（Mme Octave Feuillet, *Souvenirs et Correspondances, op. cit.*, p. 237 ; 本書一四九頁および註106を参照）。

(106) F. Klein, *Madeleine Sémer, op. cit.*, p. 99.

(107) *Ibid.*, p. 100.

(108) フロールの死後、フロールの古くからの友人であったモナコ大公アルベール一世は、マドレーヌ・セメールを個人秘書として雇い入れている（*ibid.*, p. 101）。

(109) *Ibid.*, p. 100.

(110) 本書七三頁および註130を参照。

(111) N. a. fr. 25049, f° 396 r°-v°.

(112) 一九〇四年一〇月八日付の手紙。N. a. fr. 25049, f° 412 r°-v°.

(113) V. Basch, « Les idées de M. Brunetière », art. cité, p. 56. フロール・サンジェの見方はまたアンリ・ブレモンの見解とも一致している。Henri Bremond, « M. Brunetière et l'irrationnel de la foi », *L'Inquiétude religieuse*, Paris, Perrin, 1924, t. I, p. 91-130.

(114) 一九〇四年一〇月八日付の手紙。N. a. fr. 25049, f° 415.

(115) ブリュヌチエールのユルム〔高等師範学校〕の教え子であり、ジッドの友人で『ラ・ヌーヴェル・ルヴュ・フランセーズ』誌の創刊者のひとりでもあった哲学者マルセル・ドルーアン（一八七一―一九四三）、別名ミシェル・アルノーは、ブリュヌチエールの文字が「ゴシック体の勅許状のような飾った、込み入った文字」であり、時に解読不能なほどであったと言っている（Michel Arnauld, « Notes sur Brunetière », *Antée*, janvier-février 1907, p. 888）。以下を参照。Michel Drouin, « Marcel Drouin (Michel Arnauld) »,

Bulletin des amis d'André Gide, octobre 1993, p. 645-660.

結論

（1）ジュール・ルナールの『日記』（一九〇七年一月三日）によればエレディアのものとされる二行詩（Jules Renard, *Journal*, éd. citée, p. 1099）。

（2）「知的プロレタリアート」という表現自体は少し遅れて登場する。この点については、本書一三六頁および註63を参照。

（3）Péguy, *Un nouveau théologien, M. Fernand Laudet, Cahiers de la quinzaine*, XIIIe série, IIe cahier, 1911 ; *Œuvres en prose complètes*, éd. citée, t. III, p. 484.

（4）V. Du Bled, *Le Salon de la « Revue des Deux Mondes », op. cit.*, p. 96.

（5）L. Bertrand, *Hippolyte porte-couronnes, op. cit.*, p. 203.

（6）E. Caramaschi, *Critiques scientistes et Critiques impressionnistes, op. cit.*, p. 52.

（7）L. Daudet, *La France en alarme*, Paris, Flammarion, 1904, p. 62.

（8）L. Daudet, *L'Entre-deux-guerres*, éd. citée, p. 345.

（9）Ch. Maurras, « La décadence de M. Ferdinand Brunetière vue de la fin de siècle », *Revue encyclopédique*, 1899 ; repris dans *L'Allée des philosophes*, Paris, Société littéraire de France, 1923, p. 260.

（10）ブノワのアクション・フランセーズへの加盟は「民主主義の病」に関する『ルヴュ・デ・ドゥー・モンド』誌掲載の一連の論文――「議会重点主義」（一九二五年四月一日）、「選挙重点主義」（一九二五年六月一日）、「誰でもよい主義」（一九二五年一二月一五日）、「委員会重点主義」（一九二七年二月一日）――の結論であった。

（11）J. Durel [Péguy et Joseph Lotte], « L'*Ève* de Péguy », *Bulletin des professeurs catholiques de l'Université*, 20 janvier 1914 ; *Œuvres complètes en prose*, éd. citée, t. III, p. 1218.

（12）一九〇一年五月一一日にアンジェで行われた「カトリック教会の生活における修道会の役割」に関する講演のための覚書。「反ユダヤ主義の創設者ルナンについて」、「反ユダヤ主義の守護聖人ルナンについて」（N. a. fr. 25060, f° 57 et 58）。

（13）*Pages sur Ernest Renan, op. cit.*, p. 218（本書二〇七頁および註147を参照）.

（14）*Ibid.*, p. 218-219. 本を持たずに滞在していたディナールから手紙を書いていたブリュヌチエールは、あとで註にいつもの引用文を付け加える必要があったが、その際、最も深刻なのは、ルナンがそれらの文を「意見」としてではなく、「事実」として見なしていた点であることを強調している。

（15）本書四五頁および註26、27を参照。

（16）*Pages sur Ernest Renan*, *op. cit.*, p. 219-220.

（17）*Ibid.*, p. 220.

（18）一九〇四年二月一五日付の手紙。N. a. fr. 25049, f° 397 r°.

（19）反ユダヤ主義におけるルナンの責任についてアンリ・ダガンに質問を受けたエミール・デュクローは、次のように答えた。「ブリュヌチエール氏のテーゼはまったくの誤りである。［……］もしルナンが生きていたら、ブリュヌチエール氏の論文［「訴訟のあと」を指す］を微笑でもって受け入れたであろう。」しかし、このような無罪放免はその前提にある寛容主義によって弱められていた。「哲学者や科学者の思想が大衆を熱狂させるほど大衆に影響を与えることなど未だかつてなかったことだ！」（H. Dagan, *Enquête sur l'antisémitisme*, *op. cit.*, p. 53）。

（20）以下を参照。*Revue des études juives*, 1882, t. VI, p. 311, et 1883, t. VII, p. 160.

（21）Renan, *Le Judaïsme et le Christianisme*, Paris, C. Lévy, 1883.

（22）M. Marrus, *Les Juifs de France à l'époque de l'affaire Dreyfus*, *op. cit.*, p. 35.

（23）*Pages sur Ernest Renan*, *op. cit.*, p. 219, n. 1. アルフォンス・ド・ロチルド男爵が開会の挨拶をした。

（24）R. Rolland, *Le Cloître de la rue d'Ulm*, *op. cit.*, p. 30.

（25）[André de Séipse〔シュアレスの当時の筆名〕], *Lettre d'un solitaire sur les maux du temps. I. Barrès* et *II. Lemaitre* (lettres datées des 3 et 23 janvier 1899), Paris, Ollendorff, 1899 ; *Lettre III sur la soi-disant Ligue de la patrie française* (lettre datée du 3 février 1899), Paris, Librairie de l'art indépendant, 1899.

（26）*Lettre II*, *op. cit.*, p. 32.

（27）シュアレスからブリュヌチエールに宛てた手紙は真心に満ちたものである（N. a. fr. 25050, f° 77-95）。

（28）A. Suarès, « Visite à Pascal », *Revue des Deux Mondes*, 1er juillet 1900 ; « En Cornouilles », 15 septembre et 1er octobre 1901 ; « Ibsen », 15 août et 15 septembre 1903. ロマン・ロランによると、シュアレスは「暗い輝きを持つ評論によって知られ始めた。それはパスカルとイプセンについて彼が『ルヴュ・デ・ドゥー・モンド』誌に発表したものだった。発表はブリュヌチエールの助けを得たものだったが、師の悲劇的な悲観主義は、その当時、絶望していた若者のそれとうまく共感したのである」（R. Rolland, *Mémoires et*

Fragments du journal, op. cit., p. 263)。

（29） A. Suarès, *Le Livre de l'émeraude,* Paris, Calmann-Lévy, 1902.

（30） A. Suarès, *Le Portrait d'Ibsen, Cahiers de la quinzaine*, X^{e} série, V^{e} cahier, 1908 ; repris dans *Trois Hommes. Pascal, Ibsen, Dostoïevski,* Paris, Éd. de la Nouvelle Revue française, 1913, p. 80-81.

（31） ミシェル・アルノーによる追悼文「ブリュヌチエールについての覚書」については以下を参照。Auguste Anglès, *André Gide et le Premier Groupe de « La Nouvelle Revue française », 1890-1910,* Paris, Gallimard, 1978, t. I, p. 95.

（32） [Yves Scantrel], *La Grande Revue,* 25 février 1908 ; repris dans *Sur la vie* (1909-1912, 3 vol.), Paris, Émile-Paul, 1925-1928, t. I, p. 27.

（33） *Ibid.,* p. 28.

（34） *Ibid.*, p. 29.

（35） *Ibid.*, p. 30.

（36） *Ibid.*, p. 31.

（37） ロマン・ロランは一八九七年のミシュレ未亡人宅での夕食会の場で、ボワシエが「ブリュヌチエールは、その驚くべき精神的、文学的な富にもかかわらず、まったく不幸であり、自分の人生が誤ったものだと判断して、自分を苦しめている」と語った旨を伝えている（R. Rolland, *Mémoires et Fragments du journal, op. cit.,* p. 269)。

（38） Suarès, *Sur la vie, op. cit.*, t. I, p. 25.

（39） *Ibid.*, p. 32.

（40） Brunetière, « Théâtre complet de M. Auguste Vacquerie », *Revue des Deux Mondes,* 15 juillet 1879, p. 454.

（41） Brunetière, art. « Critique », *La Grande Encyclopédie, op. cit.*, 1892, t. XIII, p. 418 B.

（42） 以下を参照。A. Compagnon, « Brunetière, ou l'histoire littéraire pour le meilleur et pour le pire », *Texte,* 1992, t. XII, p. 65-79.

（43） 一九〇四年三月一八日付の手紙（Correspondance Maurice Barrès-Ferdinand Brunetière, Fonds Maurice Barrès, Bibliothèque nationale de France)。ブリュヌチエールはつとに「作品は時間の連鎖のひとつの環をなしている」と認識していた（Brunetière, « La statue de Baudelaire », *Revue des Deux Mondes,* 1er septembre 1892, p. 213)。

（44） « Lettre de F. Brunetière et E.- M. de Vogüé », art. cité, p. 780.

（45） Proust, *Correspondance,* éd. citée, t. VI, p. 314.

（46） Péguy, *L'Argent suite,* éd. citée, p. 862.

人名索引

ア行

アーレント、ハンナ　Arendt, Hannah　16, 230, 337, 360
アヴランジュ、イザベル　Havelange, Isabelle　272
アグー、マリー・ド・フラヴィニー（伯爵夫人）　Agoult, Marie de Flavigny, comtesse d'　80
アシーヌ、ジュリエット　Hassine, Juliette　360
アシェット（書店）　Hachette, librairie　20-21, 24, 54, 92, 272, 281
アシャール、アメデ　Achard, Amédée　83, 303
アスター（家）　Astor, famille　107
アストリュック、エリー＝アリスティド　Astruc, Élie-Aristide　332
アダス＝ルベル、ミレイユ　Hadas-Lebel, Mireille　324
アッフル（猊下）　Affre, Mgr　296
アブー、エドモン　About, Edmond　83, 303
アポリネール、ギヨーム　Apollinaire, Guillaume　100
アムソン、ダニエル　Amson, Daniel　295
アラゴ、エマニュエル　Arago, Emmanuel　317
アルシデック、アラン　Archidec, Alain　279, 336, 340
アルノー、ミシェル　Arnauld, Michel　→ドルーアン、マルセル
アルベール、ポール　Albert, Paul　190
アルベール、モーリス　Albert, Maurice　190
アルマン・ド・カイヤヴェ、アルベール夫人（旧姓レオンティーヌ・リップマン）　Arman de Caillavet, Mme Albert (née Léontine Lippmann)　304
アレヴィ、エリー　Halévy, Élie　123-124,

218, 307, 322, 330, 357
アレヴィ、ジュヌヴィエーヴ　Halévy, Geneviève　→ストロース、エミール夫人
アレヴィ、ダニエル　Halévy, Daniel　16, 124
アレヴィ、フロール　Halévy, Flore　301
アレヴィ、フロマンタル　Halévy, Fromental　76, 301
アレヴィ、メラニー　Halévy, Mélanie　301
アレヴィ、リュドヴィック　Halévy, Ludovic　301-302, 307, 343
アレヴィ、レオン　Halévy, Léon　83. 301, 307
アロークール、エドモン　Haraucourt, Edmond　285
アロン、マルグリット　Aron, Marguerite　293
アロン、レーモン　Aron, Raymond　16, 272
アングレース、オーギュスト　Anglès, Auguste　369
アンドレ、エルネスト　Hendlé, Ernest　317-318
アンドレ、エルネスト夫人（旧姓ベティ・コーン）　Hendlé, Mme Ernest (née Betty Cohn)　318
アンドレ、ラシェル　Hendlé, Rachel　→コーン、レオン夫人
アンドレール、シャルル　Andler, Charles　308
アンリ、ユベール（少佐／中佐）　Henry, lieutenant-colonel Hubert-Joseph　36, 166-167, 169, 173, 174, 329, 342, 343, 347, 357, 359
イッサー、ナタリー　Isser, Natalie　363-364
イプセン、ヘンリック　Ibsen, Henrik　368
インノケンティウス十二世　Innocent XII　254
ヴァクリー、オーギュスト　Vacquerie, Auguste　369
ヴァプロー、ギュスターヴ　Vapereau, Gustave　280
ヴァラド、レオン　Valade, Léon　306
ヴァランタン、テオフィル　Valentin, Théophile　359
ヴァルシュ、テオバルド　Walsh, Théobald　289
ヴァルデック＝ルソー、ピエール　Waldeck-Rousseau, Pierre　90, 117, 216, 246, 277
ヴァルデック＝ルソー、ピエール夫人（旧姓デュルヴィス、シャルコー医師の義理の娘、アンリ・リウーヴィル医師の未亡人）　Waldeck-Rousseau, Mme Pierre (née Durvis, belle-fille du Dr Charcot, veuve du Dr Henri Liouville)　277
ヴァン・ヴィーン　Van Wien　→リンネヴィール
ヴァン・デル・ルクト、ジョアンヌ　Van der Lugt, Joannes　279. 327, 359, 362
ヴァンサンス夫人　Vincens, Mme　→バリーヌ、アルヴェード
ヴァンダービルト家　Vanderbilt, famille　107
ヴァンダル、アルベール　Vandal, Albert　171, 236
ヴィオレ、ポール　Viollet, Paul　186, 233, 343, 361
ヴィダル＝ナケ、ピエール　Vidal-Naquet, Pierre　286, 289
ヴィダル、J　Vidal, J.　293

ヴィニー、アルフレッド・ド　Vigny, Alfred de　54, 83, 292, 302
ヴィノック、ミシェル　Winock, Michel　33, 283, 324, 326, 342
ヴイヨ、ルイ　Veuillot, Louis　147, 227, 241, 331-332
ヴィリエ・ド・リラダン、オーギュスト・ド（伯爵）　Villiers de L'Isle-Adam, Auguste, comte de　331
ウィルソン、ステファン　Wilson, Stephen　342, 357
ウィルソン、ネリー　Wilson, Nelly　285, 362, 365
ヴェイユ、アンリ　Weil, Henri　333
ウェーバー、マックス　Weber, Max　50
ウェーバー、ユージン　Weber, Eugen　362
ヴェルデス＝ルルー、ジャンヌ　Verdès-Leroux, Jeanne　280, 309
ヴェルレーヌ、ポール　Verlaine, Paul　104, 314, 331
ウォーショー、ダン　Warshaw, Dan　281
ヴォージョワ、アンリ　Vaugeois, Henri　171, 234, 343, 362
ヴォギュエ、ウジェーヌ＝メルシオル・ド（子爵）　Vogüé, Eugène-Melchior, vicomte de　22, 41, 107, 114, 117, 134, 171, 268, 274, 331, 348, 352, 356
ヴォルテール　Voltaire　41, 86, 253, 313
ヴォルムス・ド・ロミイー、アドルフ　Worms de Romilly, Adolphe　290
ヴォルムス・ド・ロミイー、アドルフ夫人（旧姓エレナ・ラティスボンヌ）　Worms de Romilly, Mme Adolphe (née Héléna Ratisbonne)　290, 292
ヴォルムス・ド・ロミイー、エマニュエル　Worms de Romilly, Emmanuel　295
ヴォルムス・ド・ロミイー、エマニュエル夫人（旧姓ゼリー・ラティスボンヌ）　Worms de Romilly, Mme Emmanuel (née Zélie Ratisbonne)　295
ヴォルムス・ド・ロミイー、オルリー　Worms de Romilly, Olry　72, 295
ヴォルムス・ド・ロミイー、フェリックス　Worms de Romilly, Félix　290
ヴォルムス・ド・ロミイー、フェリックス夫人（旧姓エリザ・ラティスボンヌ）　Worms de Romilly, Mme Félix (née Élisa Ratisbonne)　290, 292
ヴォワザン、ジルベール・ド　Voisins, Gilbert de　276
エール、リュシアン　Herr, Lucien　91-92
エステラジー、シャルル（少佐）（本名フェルディナン・ヴァルサン・エステラジー）　Esterhazy, commandant Charles-Ferdinand Walsin-　120, 122, 342
エストネール、サラ　Estener, Sarah　240
エッツェル（書店）　Hetzel, librairie　54
エリオ、エドゥアール　Herriot, Édouard　24, 189, 274
エリオット、アーロン・M　Elliott, Aaron M.　102, 120, 161, 313, 314
エルヴィウ、ポール　Hervieu, Paul　141, 304, 328
エルヴェ、エドゥアール　Hervé, Édouard　343
エレディア、ジョゼ・マリア・ド　Heredia, José Maria de　28-29, 171, 179-181, 276, 277, 304, 314, 367
オーゼール、リオネル　Hauser, Lionel　54, 308
オーディフレ＝パキエ、ガストン（公爵）　Audiffret-Pasquier, Gaston, duc d'　344
オーブリ、ピエール　Aubery, Pierre　292-293

オーベルノン・ド・ネルヴィル夫人 Aubernon de Nerville, Mme 84, 141, 304
オッフェンバック、ジャック Offenbach, Jacques 104
オッペール、ジュール Oppert, Jules 147, 333
オッペンハイム、エレナ Oppenheim, Héléna →フールド、ブノワ夫人
オッペンハイム、シャルロット Oppenheim, Charlotte →ラティスボンヌ、アドルフ夫人
オッペンハイム家 Oppenheim, famille 290
オラール、アルフォンス Aulard, Alphonse 18, 194-195, 198-199, 204-208, 217, 349, 352, 354, 355, 356
オランデール、モーリス Olender, Maurice 324, 334, 354
オリヴィエ、エミール Ollivier, Émile 79-82, 121, 171, 211, 341
オリヴィエ、エミール夫人(旧姓ブランディーヌ・リスト) Ollivier, Mme Émile (née Blandine Liszt) 80
オリヴィエ、エミール夫人(旧姓マリー＝テレーズ・グラヴィエ) Ollivier, Mme Émile (née Marie-Thérèse Gravier) 80

カ行

カーズ、L Caze, L. 298
カーン、ギュスターヴ Kahn, Gustave 181, 354
カーン、ザドック Kahn, Zadoc 336
カイヨー、ジョゼフ Caillaux, Joseph 277
カイヨー、ジョゼフ夫人（旧姓アンリエット・レーヌアール） Caillaux, Mme Joseph (née Henriette Rainouard) 277
カエン、イジドール Cahen, Isidore 298, 306, 332
カエン、サミュエル Cahen, Samuel 72, 77, 283, 297-298, 306
ガジエ、オーギュスタン Gazier, Augustin 353
カジミール＝ペリエ、ジャン Casimir-Perier, Jean 317
カスピ、アンドレ Kaspi, André 306
カッツ、ジャコブ Katz, Jacob 288, 293
カッツネルソン、イラ Katznelson, Ira 294
カペラン、ルイ Capéran, Louis 359, 361
カラシュス、エミリアン Carassus, Émilien 304
カラマシ、エンゾ Caramaschi, Enzo 279, 367
カラマン＝シメー、ジョゼフ・ド（公） Caraman-Chimay, prince Joseph de 82, 300
カラマン＝シメー、ジョゼフ・ド(公夫人)(旧姓マリー・ド・モンテスキウ・フザンサック) Caraman-Chimay, princesse Joseph de (née Marie de Montesquiou Fezensac) 82, 300
カルヴァン Calvin 358
カルマン＝レヴィ（書店） Calmann-Lévy, librairie 20, 91-92, 364
カルメット、ガストン Calmette, Gaston 277
カロ、エルム Caro, Elme 83, 84, 222, 304, 357, 365
カロ、エルム夫人（旧姓ポーリーヌ・カッサン・ダルバーヌ） Caro, Mme Elme (née Pauline Cassin d'Albane) 357
カント Kant 144-145, 322

ガンドラス、ルイ　Ganderax, Louis　91, 358
ガンベッタ、レオン　Gambetta, Léon　41, 282, 307, 317-318
カンボン、ジュール　Cambon, Jules　142-143, 329
ギゾー、フランソワ　Guizot, François　330, 341
キッチナー、ハーバート　Kitchener, lord Herbert　341
ギットン、ジャン　Guitton, Jean　59, 289-290
ギボンズ（猊下）　Gibbons, Mgr　105, 314-315, 327
キヤール、ピエール　Quillard, Pierre　342
キャロル、デヴィッド　Carroll, David　345
キャロン、ヴィッキ　Caron, Vicki　307
ギュアスタラ　Guastalla　298
ギヨー、イヴ　Guyot, Yves　37, 39, 128, 142, 144, 155, 166-167, 186, 340
ギラル、ピエール　Guiral, Pierre　301
ギルマン、サンダー　Gilman, Sander　309
ギルマン、ダニエル・C　Gilman, Daniel C.　100-102, 137-139, 312, 320, 327, 339
ギルマン、ニコラス・P　Gilman, Nicholas P.　139, 145, 327
クーザン、ヴィクトル　Cousin, Victor　223, 302, 304
グージュノ・デ・ムーソー、ロジェ　Gougenot des Mousseaux, Roger　283
クーパー、フェニモア　Cooper, Fenimore　99
グノー、シャルル　Gounod, Charles　95
クラーク、ジョン　Clark, John　279, 344
グラーツ、ハインリヒ・ヒルシュ　Graetz, Heinrich Hirsch　335
グラーツ、ミカエル　Graetz, Michael　306, 319
グラヴィエ、マリー＝テレーズ　Gravier, Marie-Thérèse　→オリヴィエ、エミール夫人
クラリ（猊下）　Clari, Mgr　361
クラルティ、ジュール　Claretie, Jules　276, 343
クラルティ、レオ　Claretie, Léo　29, 276-276, 278
クラン、フェリックス（神父）　Klein, abbé Félix　26-27, 276, 366
クラン、ポール　Klein, Paul　298
グラント、ユリシーズ（将軍）　Grant, général Ulysses　107
クルーレ、レオン　Crouslé, Léon　171, 341
クルチウス、エルンスト・ローベルト　Curtius, Ernst Robert　31
グレアール、オクターヴ　Gréard, Octave　301
クレイヴン、オーガスタス夫人（旧姓ポーリーヌ・ド・ラ・フェロネー）　Craven, Mme Augustus (née Pauline de La Ferronays)　56-57, 86, 289, 302
グレゴワール、レオン　Grégoire, Léon　→ゴワイヨー、ジョルジュ
グレゴワール（神父）　Grégoire, abbé　69, 283
グレッグ、フェルナン　Gregh, Fernand　356
クレッコウスキー、A・ド　Kleczkowski, A. de　116
グレフュール、アンリ・ド（伯爵夫人）（旧姓エリザベト・ド・カラマン＝シ

メー） Greffulhe, comtesse Henri de (née Élisabeth de Caraman-Chimay)　300
クレマンソー、ジョルジュ　Clemenceau, Georges　214, 317, 321
クレミュー、アドルフ　Crémieux, Adolphe　72-73, 83, 295, 297, 303, 333
クロワゼ、アルフレッド　Croiset, Alfred　349
クロワゼ、モーリス　Croiset, Maurice　347
ケイラー、ウィリアム・R　Keylor, William R.　329, 355
ケーム、アルベール　Keim, Albert　278, 336
ゲッツ、クリストファー・G　Goetz, Christopher G.　301
ケロアン、エルヴェ・ド　Kérohant, Hervé de　175, 342-343
ゴエール、G　Goerres, G.　289
コーアン、ダヴィッド　Cohen, David　305, 333
ゴーチエ、テオフィル　Gautier, Théophile　54
ゴーチエ、ポール　Gautier, Paul　194-195, 350
コーヘン・アルバート、フィリス　Cohen Albert, Phyllis　319
コーヘン、リチャード・I　Cohen, Richard I.　293
ゴールドスミス夫人　Goldsmith, Mlle →フールド、アシル夫人
コーン、アドルフ　Cohn, Adolphe　113, 115, 318-319, 329
コーン、アルベール　Cohn, Albert　258, 317-319
コーン、ベッティ　Cohn, Betty　→アンドレ、エルネスト夫人
コーン、レオン　Cohn, Léon　317-318
コーン、レオン夫人（旧姓ラシェル・アンドレ）　Cohn, Mme Léon (née Rachel Hendlé)　317
コクラン、コンスタン　Coquelin, Constant　307
コシャン、オーギュスタン　Cochin, Augustin　356
コシャン、ドゥニ　Cochin, Denys　217, 356
ゴビノー、アルチュール・ド（伯爵）　Gobineau, Arthur, comte de　261, 283
コペ、フランソワ　Coppée, François　38, 171, 173-182, 264, 274, 307, 314, 329, 339, 343, 344
コラス　Collas　240
コラン、L（神父）　Colin, abbé L.　116
コリーヌ、ミシェル　Colline, Michel　340
コルダスコ、フランチェスコ　Cordasco, Francesco　312, 313
コルベラリ、アラン　Corbellari, Alain　351
ゴワイヨー、ジョルジュ（通称レオン・グレゴワール）　Goyau, Georges (dit Léon Grégoire)　200, 268, 351
ゴワイヨー、ジョルジュ夫人（旧姓リュシー・フェリックス＝フォール）　Goyau, Mme Georges (née Lucie Félix-Faure)　351
ゴンクール、エドモン・エ・ジュール・ド　Goncourt, Edmond et Jules de　276, 277, 302
ゴンクール、エドモン・ド　Goncourt, Edmond de　26, 28-29, 82, 85, 95-96, 110, 131, 196, 249, 276, 278, 301-302, 305, 339
コンスタン、バンジャマン　Constant,

Benjamin　330
コント、オーギュスト　Comte, Auguste　23
コンパニョン、アントワーヌ　Compagnon, Antoine　271, 279, 323, 338-339, 348, 352, 369
コンブ、エミール　Combes, Émile　14, 90, 117, 191, 208-209, 216-218, 227, 232, 234-235, 246, 254, 261, 362

サ行

サルヴァドール、ジョゼフ　Salvador, Joseph　286
サルドゥー、ヴィクトリアン　Sardou, Victorien　343
サルトル、ジャン＝ポール　Sartre, Jean-Paul　46, 65
サン＝マルク、ピエール　Saint-Marc, Pierre　300, 341
サンジェ、アレクサンドル　Singer, Alexandre　53, 77-78, 299, 303, 305
サンジェ、アレクサンドル夫人（旧姓フロール・ラティスボンヌ）　Singer, Mme Alexandre (née Flore Ratisbonne)　17-18, 53-54, 77, 80-87, 94, 146-155, 171, 189, 190, 192, 210-212, 218-228, 235, 236-237, 241, 247-255, 258, 262-263, 264, 269-270, 287, 288, 290, 294, 295, 301-305, 330-337, 339, 344, 346, 357-358, 360, 366
サンジェ、イジドール　Singer, Isidore　294
サンジェ、ウジェーヌ　Singer, Eugène　299
サンジェ、ダヴィッド　Singer, David　77, 299
サンジェ、ルイ　Singer, Louis　287, 335
サンジェ、ルイ夫人（旧姓テレーズ・ステルン）　Singer, Mme Louis (née Thérèse Stern)　287
サント＝ブーヴ、シャルル＝オーギュスタン　Sainte-Beuve, Charles-Augustin　11, 20, 113, 194
サンニエ、マルク　Sangnier, Marc　200
シヴトン、ガブリエル　Syveton, Gabriel　171, 343
シェークスピア　Shakespeare　285, 287
ジェームズ、ウィリアム　James, William　59, 290
ジェッブ、リチャード・クレイヴァーハウス卿　Jebb, sir Richard Claverhouse　312
ジェラン＝ベルトランド、ジュリエット　Gérin-Beltrando, Juliette　300
ジェルベ（神父）　Gerbet, abbé　289
ジェルマン、アンリ　Germain, Henri　42, 281-282
シオン＝ナユム、ペリーヌ　Simon-Nahum, Perrine　334
シシェル、オーギュスト夫人　Sichel, Mme Auguste　305
シズマン、J・エドゥアール　Sitzmann, J. Édouard　288
ジッド、アンドレ　Gide, André　22, 59, 273, 366
シメー、ド（公）、（公夫人）（旧姓ペラプラ）　Chimay, prince de, et princesse (née Pellaprat)　300
シモン、ジュール　Simon, Jules　15, 172, 274, 306, 317, 324, 333, 339
シャトーブリアン、フランソワ＝ルネ・ド（子爵）　Chateaubriand, François-René, vicomte de　56, 99, 110, 206, 313, 341
シャルコー、ジャン　Charcot, Jean　82, 277-278

シャルコー、ジャン・マルタン（医師） Charcot, Dr Jean Martin　29, 82, 300-301, 305
シャルコー、ジャン・マルタン夫人 Charcot, Mme Jean Martin　277
シャルコー、ジャンヌ　Charcot, Jeanne　82, 277
ジャルダン、アンドレ　Jardin, André　281
シャルム、フランシス　Charmes, Francis　122-124, 276, 320, 321
シャルル、クリストフ　Charle, Christophe　279, 280, 341, 344, 349, 354, 355
シュアレス、イザーク・フェリックス（通称アンドレ）　Suarès, Isaac Félix, dit André　17, 155, 201, 264-266, 352, 368-369
シュヴァルツフックス、シモン　Schwarzfuchs, Simon　289
シュケ、アルチュール　Chuquet, Arthur　37, 348
シュニュルマン、エルヴィン　Schnurmann, Erwin　294
シュミット、エーリッヒ　Schmidt, Erich　327
シュリー・プリュドム　Sully Prudhomme　314, 343
シュレール、エドモン　Scherer, Edmond　281
ショーミエ、ジョゼフ　Chaumié, Joseph　191, 195, 204, 205, 348, 350, 353, 354
ジョリー、ジャン　Jolly, Jean　280
ジョリー、ベルトラン　Joly, Bertrand　328
ジョレス、ジャン　Jaurès, Jean　172, 254, 358
ジラール、パトリック　Girard, Patrick　294
ジラール、ルイ　Girard, Louis　281
シルヴァン、アドリアン　Sylvain, Adrien　365
ジレスピー、ローレンス・L　Gillespie, Lawrence L.　315
ジロー、ヴィクトル　Giraud, Victor　200, 272, 351-352, 353
ジロムスキー、エルネスト　Zyromski, Ernest　195, 350
ステッドマン、エドムンド・C　Stedman, Edmund C.　312
ステルネル、ゼーヴ　Sternhell, Zeev　13, 359
ステルン、テレーズ　Stern, Thérèse　→サンジェ、ルイ夫人
ストロウスキー、フォルチュナ　Strowski, Fortunat　169, 171, 200, 352, 353-354
ストロース、エミール夫人（旧姓ジュヌヴィエーヴ・アレヴィ）　Straus, Mme Émile (née Geneviève Halévy)　76, 155, 328
スピノザ　Spinoza　147
スビルー、ベルナデット　Soubirous, Bernadette　59, 222
スペンサー、ハーバート　Spencer, Herbert　144, 330
スポルベルシュ・ド・ロヴァンジュール、シャルル・ド（子爵）　Spoelberch de Lovenjoul, vicomte Charles de　91
スミス、ロベール・J　Smith, Robert J.　273, 309, 329, 352
スュズ、エステル・ド　Suze, Esther de　→ベニスティ、エステル
セアイユ、ガブリエル　Séailles, Gabriel　141, 168, 328
セー、レオン　Say, Léon　317

セールベール・ド・メデルスハイム、アルフォンス Cerfberr de Medelsheim, Alphonse 71, 79
セール・ベール・ド・メデルスハイム、ナフタリ Cerf Berr de Medelsheim, Naftali 67, 288, 296
セール・ベール、アデライード Cerf Berr, Adélaïde →ラティスボンヌ、オーギュスト夫人
セール・ベール、フロール Cerf Berr, Flore →ラティスボンヌ、ルイ夫人
セール・ベール、マックス Cerf Beer (ou Cerf Berr, Cerfbeer, Cerfberr), Max 72, 296
セール・ベール、マックス夫人（旧姓エリザ・ラティスボンヌ） Cerf Beer, Mme Max (née Elisa Ratisbonne) 72, 291, 292
セメール、マドレーヌ Sémer, Madeleine 252-253, 366
セリーヌ、ルイ＝フェルディナン Céline, Louis-Ferdinand 114, 242
ゾラ・エミール Zola, Émile 12-13, 20, 23, 25-26, 28, 35-37, 98-99, 105, 108-112, 115, 120-122, 124, 131, 138, 140, 143, 158-160, 162-164, 174, 218, 243, 267, 311, 316, 328, 339
ソルラン、ピエール Sorlin, Pierre 277, 359, 361
ソレル、アルベール Sorel, Albert 171, 179, 181, 204, 329
ソレル、ジョルジュ Sorel, Georges 260

タ行

ダーウィン、チャールズ Darwin, Charles 11, 21, 215, 283
ターンバル、パーシー Turnbull, Percy 102, 312, 327
ターンバル、ローレンス Turnbull, Lawrence 312
ターンバル、ローレンス夫人 Turnbull, Mme Lawrence 312-313
タイレル、ロバート・Y Tyrrell, Robert Y. 312
ダガン、アンリ Dagan, Henri 330, 368
タディエ、ジャン＝イヴ Tadié, Jean-Yves 297, 310
ダボ、アンリ Dabot, Henri 276
ダルメステテール、アルセーヌ Darmesteter, Arsène 106, 333, 341
ダルメステテール、ジャーム Darmesteter, James 49-52, 70, 91-92, 147, 215, 258, 285, 286, 333, 334-335, 338
ダルメステテール、ジャーム夫人 Darmesteter, Mme James →デュクロー、エミール夫人
ダルリュ、アルフォンス Darlu, Alphonse 124-125, 144, 322
チエール、アドルフ Thiers, Adolphe 40, 172, 281, 282, 298, 321
チエリー、オーギュスタンおよびアメデ Thierry, Augustin et Amédée 324
ディウゼード、フェルナンド（ブリュヌチエール夫妻の姪） Dieuzeide, Fernande 30, 96, 269, 272, 307
ディエシー、マルセル Dietschy, Marcel 352
ティエム、ユゴー・ポール Thieme, Hugo Paul 312-313, 314
ディケンズ、チャールズ Dickens, Charles 111
ディズレーリ、ベンジャミン Disraeli, Benjamin 147
テーヌ、イポリット Taine, Hippolyte 11, 47, 109, 110, 137, 166, 207, 268, 301,

324, 356
デカルト　Descartes　219, 224
デシャネル、エミール　Deschanel, Émile　83, 189, 346-347
デシャネル、ポール　Deschanel, Paul　83, 237, 339
デジャルダン、ポール　Desjardins, Paul　190-191, 201, 343, 352, 353
デシャン、ガストン　Deschamps, Gaston　190-191, 349, 354
デゼタン、G（伯爵）　Étangs, comte des　319
デプレ（猊下）　Desprez, Mgr　226
デュ・カン、マクシム　Du Camp, Maxime　319
デュ・ブレド、ヴィクトル　Du Bled, Victor　275, 278, 279, 300, 310, 311, 367
デュエム、ピエール　Duhem, Pierre　347-348
デュクレール、ヴァンサン　Duclert, Vincent　322, 347
デュクロー、エミール　Duclaux, Émile　322
デュクロー、エミール夫人（旧姓マリー・ロビンソン、ジャーム・ダルメステテールの未亡人）　Duclaux, Mme Émile (née Mary Robinson, veuve de James Darmesteter)　322
デュタック、フランソワ　Dutacq, François　363
デュパンルー（猊下）　Dupanloup, Mgr　58, 239
デュピュイ、シャルル　Dupuy, Charles　341
デュブー、アルフレッド　Dubout, Alfred　165-166
デュフリッシュ＝デジュネット（神父）　Dufriche-Desgenettes, abbé　56, 59
デュボワ、マルセル　Dubois, Marcel　171, 343
デュマ、ジョルジュ　Dumas, Georges　349
デュマ・フィス、アレクサンドル　Dumas fils, Alexandre　304, 339
デュリュイ、ヴィクトル　Duruy, Victor　354
デュルケーム、エミール　Durkheim, Emile　124, 144-145, 330
デュルスト（猊下）　Hulst, Mgr d'　93
テュロー＝ダンジャン、ポール　Thureau-Dangin, Paul　171
デリール、レオポルド　Delisle, Léopold　347-348
デルーレード、ポール　Déroulède, Paul　173, 178, 182, 342
テルケム、オルリー　Terquem, Olry　73, 253, 296-297
テルケム、ラザール（医師）　Terquem, Dr Lazare　73, 253
デルペッシュ、フランソワ　Delpech, François　293, 299, 326, 364
デルモン、Th（神父）　Delmont, abbé Th.　354
デロルブ、セシル　Delhorbe, Cécile　329
デロワイユ、イヴ　Déloye, Yves　345
トゥースネル、アルフォンス　Toussenel, Alphonse　261, 283, 338
ドゥーミック、ルネ　Doumic, René　27, 117, 120, 142-143, 192-195, 202, 203, 209-210, 234, 260, 276, 288, 304, 311, 320, 321, 329, 347, 348, 349
ドゥッツ、エマニュエル　Deutz, Emmanuel　75
ドゥッツ、シモン　Deutz, Simon　75, 298, 336

ドーセ、ルイ　Dausset, Louis　171, 343
ドーソンヴィル、オトナン（伯爵）　Haussonville, Othenin, comte d'　25, 160, 171
ドーデ、アルフォンス　Daudet, Alphonse　111, 277-278
ドーデ、レオン　Daudet, Léon　26, 126, 259, 268, 277-278, 300-301, 304, 310, 336
トクヴィル、アレクシ・ド　Tocqueville, Alexis de　114, 135, 139, 326, 330
ドストエフスキー、フョードル　Dostoïevski, Fedor　369
トッド、ヘンリー・アルフレッド　Todd, Henry Alfred　106, 115-116, 315, 319
トブラー、アドルフ　Tobler, Adolf　106
ドブレ、シモン　Debré, Simon　294
ドラグラーヴ、マックス　Delagrave, Max　203
ドラグラーヴ（書店）　Delagrave, librairie　23, 54, 92
ドラック、ダヴィッド・ポール　Drach, David Paul　295
ドランブール、ジョゼフ　Derenbourg, Joseph　333-334
ドリュモン、エドゥアール　Drumont, Édouard　15, 29, 33, 36, 40, 42-52, 91, 93, 98, 125-126, 130-131, 150, 154, 156, 166, 183, 218, 227, 230-231, 242, 261, 263, 280, 282, 283, 285, 298, 301, 310, 318, 324, 325, 331, 337
ドリンジェ、F　Dollinger, F.　288
ドルーアン、マルセル（通称ミシェル・アルノー）　Drouin, Marcel (dit Michel Arnauld)　265, 366, 369
ドルーアン、ミシェル　Drouin, Michel　34
ドルフュス、シャルル　Dollfus, Charles　83, 303
トレフー・ド・フレヴァル、エチエンヌ夫人　Tréfeu de Fréval, Mme Étienne　288
ドレフュス、アルフレッド　Dreyfus, Alfred　120, 151, 152, 228, 305, 336
ドレフュス、アルフレッド夫人（旧姓リュシー・アダマール）　Dreyfus, Mme Alfred (née Lucie Hadamard)　336
ドレフュス、フェルディナン　Dreyfus, Ferdinand　317
ドレフュス、マチウ　Dreyfus, Mathieu　120

ナ行

ナポレオン一世　Napoléon Ier　194, 300, 306
ナポレオン三世　Napoléon III　54, 237
ナルフォン、ジュリアン・ド　Narfon, Julien de　357
ナントゥイユ、ジャック　Nanteuil, Jacques　279
ニーチェ、フリードリヒ　Nietzsche, Friedrich　137, 141
ニコー、カトリーヌ　Nicault, Catherine　338
ニコレ、クロード　Nicolet, Claude　281
ニッティ、フランチェスコ・サヴェリオ　Nitti, Francesco Saverio　327
ネッテール、マリー＝ローランス　Netter, Marie-Laurence　280
ノール、フィリップ　Nord, Philip　306
ノラ、ピエール　Nora, Pierre　33, 350
ノルドー、マックス　Nordau, Max　154, 337

ハ行

ハーツバーグ、アーサー　Hertzberg,

Arthur 289
ハーベル家 Haber, famille 76
バーンズ、アニー Barnes, Annie 352
バーンズ、マイケル Burns, Michael 336
バーンズ、ロバート・F Byrnes, Robert F. 280, 325
バイエ、シャルル Bayet, Charles 202
バイエス（猊下） Baillés, Mgr 306
ハイネ、アリス Heine, Alice →モナコ公妃
ハイネ家 Heine, famille 76, 304
ハイネ、ハインリヒ Heine, Henri 147
ハイマン、ポーラ・E Hyman, Paula E. 296
パイユロン、エドゥアール Pailleron, Édouard 82, 83, 304
パイユロン、エドゥアール夫人(旧姓ビュローズ) Pailleron, Mme Édouard (née Buloz) 82
パイユロン、マリー=ルイーズ Pailleron, Marie-Louise 82, 84, 305
バギュレー、デイヴィッド Baguley, David 316
パスカル Pascal 47, 200, 252, 254, 265, 368
バッシュ、ヴィクトル Basch, Victor 46-47, 124-125, 254, 263, 284, 322
バトラー、ニコラス・M Butler, Nicholas M. 115
パラドル、リュサンド Paradol, Lucinde 301
バラント、ド（男爵夫人） Barante, baronne de 364
バラント、プロスペル・ド（男爵） Barante, Prosper, baron de 330
バリーヌ、アルヴェード(本名ヴァンサンス夫人) Barine, Arvède (pseudonyme de Mme Vincens) 90. 210, 269, 280, 283, 308
パリウー、フェリックス・エスキルー・ド Pariu, Félix Esquirou de 297
パリス、ガストン Paris, Gaston 37, 106, 142, 176, 190, 328-329, 343, 347, 351, 352, 353
バルザック、オノレ・ド Balzac, Honoré de 20, 92, 209, 210, 291
バルト、ロラン Barthes, Roland 267
ハルトマン、エデュアルト・フォン Hartmann, Eduard von 308
バルベー・ドールヴィイー、ジュール Barbey d'Aurevilly, Jules 331
パレオローグ、モーリス Paléologue, Maurice 141-142, 155, 328
バレス、モーリス Barrès, Maurice 33, 37, 38, 136, 141, 157, 168, 171, 173-174, 176, 177, 182, 217, 260, 264, 267, 280, 309, 331, 342
バロン、フィリップ Baron, Philippe 328
バンカール、マリー=クレール Bancquart, Marie-Claire 272, 280, 338
ビイー、アンドレ Billy, André 275
ピウス一〇世 Pie X 18, 31, 217, 225, 359
ピウス九世 Pie IX 237, 306, 361, 365
ピエット、クリスティーヌ Piette, Christine 293, 297, 299
ピエラール、ピエール Pierrard, Pierre 280-281, 309, 332, 359, 361
ピカール、ジョルジュ（中佐） Picquart, lieutenant-colonel Georges 94, 173-175
ビショップ、ウィリアム・H Bishop, William H. 315, 319
ビショッフ、シャンタル Bischoff,

Chantal 299
ビゼー、ジョルジュ Bizet, Georges 76
ピノー、ピエール＝フランソワ Pinaud, Pierre-François 319
ピノン、ルネ Pinon, René 310
ビベスコ、ジョルジュ（公） Bibesco, prince Georges 83, 304
ビュシエール、マリー＝テオドール・ルヌアール・ド（男爵） Bussierre (ou Bussières), Marie-Théodore Renouard, baron de 67, 289, 291, 299
ビュローズ、シャルル Buloz, Charles 20, 25-26, 31, 91, 95, 96, 275
ビュローズ、シャルル夫人（旧姓ルイーズ・リシェ） Buloz, Mme Charles (née Louise Richet) 31, 82, 83, 95-99, 106-107, 113, 122, 166, 169, 171, 269, 270, 275, 311, 313, 314, 316, 317, 320
ビュローズ、フランソワ Buloz, François 19, 28, 39, 41, 82, 83, 85, 95, 96, 275, 287
ビュローズ、フランソワ夫人 Buloz, Mme François 82, 83
ビルンボーム、ピエール Birnbaum, Pierre 34, 89, 294, 301, 308, 318, 321, 326, 330, 331, 337, 342, 345, 346, 359
ファーヴル、ジュール Favre, Jules 172
ファヴァール、ピエレット・マリア・パンゴー（通称ファヴァール夫人） Favart, Pierrette Maria Pingaud, dite Mme 307
ファゲ、エミール Faguet, Émile 91, 117-118, 171, 194-195, 207-208, 214, 330, 341, 349, 353, 355
ファルー、アルフレッド・ド（伯爵） Falloux, Alfred, comte de 297
フイエ、オクターヴ Feuillet, Octave 83, 85, 302-303
フイエ、オクターヴ夫人(旧姓ヴァレリー＝マリー＝エルヴィール＝デュボワ) Feuillet, Mme Octave (née Valérie-Marie-Elvire Dubois) 83, 84, 85, 221, 303, 335
フィリップ、ベアトリス Philippe, Béatrice 325
ブーグレ、セレスタン Bouglé, Célestin 322, 330, 357
プーケ、ジャンヌ・モーリス Pouquet, Jeanne Maurice 304
ブートミー、エミール Boutmy, Émile 176, 281
フーリエ、シャルル Fourier, Charles 283
ブールジェ、ポール Bourget, Paul 19, 21, 36, 38, 39, 110, 114, 155-159, 168, 171, 204, 272, 273, 304, 338, 339, 352, 358
ブールジン、ユベール Bourgin, Hubert 189, 352
フールド、アシル Fould, Achille 71, 290, 294, 333, 348
フールド、アシル夫人（旧姓ゴールドスミス） Fould, Mme Achille (née Goldsmith) 294
フールド、ブノワ Fould, Benoît 290, 301
フールド、ブノワ夫人（旧姓エレナ・オッペンハイム） Fould, Mme Benoît (née Héléna Oppenheim) 290
フールド、ベール＝リヨン Fould, Beer-Lyon 290-291
フールド家 Fould, famille 301, 360
ブールドレー、ポール Beurdeley, Paul 317
ブーレ、エルネスト Beulé, Ernest 83, 303
ブーレル、ドミニック Bourel, Dominique 354

フェーヴル、リュシアン　Febvre, Lucien　347
フェリー、ジュール　Ferry, Jules　41, 317
フェリックス＝フォール、リュシー　Félix-Faure, Lucie　→ゴワイヨー、ジョルジュ夫人
フォール、フェリックス　Faure, Félix　178, 182
フォーレ、ガブリエル　Fauré, Gabriel　285
フォルタン、ピエール　Fortin, Pierre　345
フォルナリ（猊下）　Fornari, Mgr　325
プチ・ド・ジュルヴィル、ルイ　Petit de Julleville, Louis　171, 341
ブノワ＝メシャン、ジャック　Benoist-Méchin, Jacques　94, 310
ブノワ、シャルル　Benoist, Charles　121, 123, 128, 196-197, 213, 260, 321, 325, 367
フュルタド家　Furtado, famille　360
フュレ、フランソワ　Furet, François　301, 356
プラーグ、H　Prague, H.　295
ブラン、テレーズ（通称テレーズ・ベンツォン）　Blanc, Thérèse (dite Thérèse Bentzon)　269, 316, 317, 319, 320
フランク、アドルフ　Franck, Adolphe　83, 258, 302, 306, 318, 333, 361
フランク、アドルフ夫人（旧姓ポーリーヌ・ベルナール）　Franck, Mme Adolphe (née Pauline Bernard)　302
フランクリン、ファビアン　Franklin, Fabian　312
ブランシュ、エミール（医師）　Blanche, Dr Émile　301
ブランシュ、ジャック＝エミール　Blanche, Jacques-Émile　83-86, 94, 251, 301
フランス、アナトール　France, Anatole　20, 27, 36, 124, 131, 300, 304, 318, 338, 354, 358
プランツィーニ　Pranzini　277
ブリッソン、アンリ　Brisson, Henri　341
ブリュト、アンナ　Bluth, Anna　237-241
ブリュト家　Bluth, famille　238, 239
ブリュヌ、ジャン　Brunhes, Jean　200, 353
ブリュヌ、ジャン夫人　Brunhes, Mme Jean　200
ブリュヌチエール、シャルル　Brunetière, Charles　272
ブリュヌチエール、フェルディナン夫人（旧姓シルヴィ・ルフェーヴル）　Brunetière, Mme Ferdinand (née Sylvie Lefebvre)　30, 99, 106, 161, 203, 269, 307, 316, 336
プルースト、アドリアン　Proust, Adrien　351
プルースト、アドリアン夫人　Proust, Mme Adrien　54, 269, 351
プルースト、マルセル　Proust, Marcel　76, 87, 94, 124, 150, 151, 217, 237, 268-269, 304, 310, 351, 356, 360
ブルジョワ、レオン　Bourgeois, Léon　330
ブルデュー、ピエール　Bourdieu, Pierre　313, 347
ブルム、レオン　Blum, Léon　337
ブレアル、ミシェル　Bréal, Michel　147, 153-154, 233, 333, 348
プレヴォ、ヴァンサン（少佐）　Prévost, commandant Vincent　301
プレヴォ＝パラドル、ジャルマール

Prévost-Paradol, Hjalmar　301
プレヴォ＝パラドル、ジュリエット（シスター・マリー・マルセル）　Prévost-Paradol, Juliette (sœur Marie Marcelle)　301, 307
プレヴォ＝パラドル、テレーズ（マザー・マリー・ローザ）　Prévost-Paradol, Thérèse (mère Marie Rosa)　86, 301, 307
プレヴォ＝パラドル、リュシアン・アナトール　Prévost-Paradol, Lucien Anatole　83, 301-302, 307, 332, 346
プレヴォ＝パラドル、リュシー　Prévost-Paradol, Lucy　301
フレシネ、シャルル・ド・ソークル・ド　Freycinet, Charles de Saulces de　317
フレックスナー、エイブラハム　Flexner, Abraham　312
ブレモン、アンリ　Bremond, Henri　366
ブロイ、アルベール・ド（公爵）　Broglie, Albert, duc de　303, 344
ブロイ、ガブリエル・ド　Broglie, Gabriel de　275
フローベール、ギュスターヴ　Flaubert, Gustave　20, 111
フロサール、アンドレ　Frossard, André　290
ブロシャール、ヴィクトル　Brochard, Victor　141, 304, 328, 348
ブロック、R・ホワード　Bloch, R. Howard　34, 298, 351
ブロック夫人　Bloch, Mme　28-29, 269
フロマンタン、ウジェーヌ　Fromentin, Eugène　83
ブロワ、レオン　Bloy, Léon　22, 227, 358
ベーフュス夫人(旧姓エルネスティーヌ・ラティスボンヌ)　Beyfus, Mme (née Ernestine Ratisbonne)　291
ベール、マルクス　Berr, Marx　56
ペギー、シャルル　Péguy, Charles　12, 14, 16-17, 24, 187, 199-203, 208-209, 215-216, 233-235, 260, 265, 267, 270, 309, 337, 345, 362
ベディエ、ジョゼフ　Bédier, Joseph　200-201, 309, 347, 351, 352, 353
ベニシュー、ポール　Bénichou, Paul　273-274
ベニスティ、エステル(通称エステル・ド・スュズ)　Bénisti, Esther (dite Esther de Suze)　236-237, 241, 244, 247, 249, 251-252, 254, 265, 269, 270, 363, 364-365
ベネディクタ（マザー）　Benedicta, mère　364
ペラダン、ジョゼファン　Péladan, Joséphin　352
ベランジェ、アンリ　Bérenger, Henry　326-327
ベランジェ、クロード　Bellanger, Claude　275, 279
ペラン書店　Perrin, librairie　23, 92
ペランス、フランソワ　Perrens, François　272
ベリー、ド（公爵夫人）　Berry, duchesse de　228, 298
ベルクソン、アンリ　Bergson, Henri　59
ペルタン、カミーユ　Pelletan, Camille　306
ベルタン、フランソワ・エドゥアール　Bertin, François Édouard　83
ヘルツル、テオドール　Herzl, Theodor　154, 228, 365
ベルトラン、ジョゼフ　Bertrand, Joseph　275
ベルトラン、ルイ　Bertrand, Louis　21-22
ベルトロ、マルスラン　Berthelot, Marcelin

23, 92, 168, 192, 267, 340, 347
ベルナール＝ラザール（→ラザール、ベルナール）　Bernard-Lazare (voir Lazare, Bernard).
ベルナール、サラ　Bernhardt, Sarah　13, 103
ベルナール、ポーリーヌ（→フランク、アドルフ夫人）　Bernard, Pauline (voir Mme Adolphe Franck).
ヘルファンド、ジョナサン・I　Helfand, Jonathan I.　293, 295
ベルル、エマニュエル　Berl, Emmanuel　322
ペレール家　Pereire, famille　360
ペロー、ジョルジュ　Perrot, Georges　83, 189-190, 192, 193, 201, 202, 333, 343, 348, 349
ベンツォン、テレーズ（→ブラン、テレーズ）　Bentzon, Thérèse (voir Thérèse Blanc).
ポー、エドガー・アラン　Poe, Edgar Allan　104, 312
ボーシール、エミール　Beaussire, Émile　272
ボードレール、シャルル　Baudelaire, Charles　13, 20, 83, 104, 267-268, 271, 338
ボーニエ、アンドレ　Beaunier, André　143, 329
ボシュエ　Bossuet　20, 23, 26, 27, 47, 69, 116, 200, 206, 254, 272, 283, 323
ポズネール、S　Posener, S.　295, 296
ボナルド、ルイ・ド（子爵）　Bonald, Louis, vicomte de　69
ポリアコフ、レオン　Poliakov, Léon　292
ボルドー、アンリ　Bordeaux, Henry　355
ボワ・ド・ラ・トゥール夫人　Boy de La Tour, Mme　277
ボワイエ・ダジャン　Boyer d'Agen　361
ボワシエ、ガストン　Boissier, Gaston　83, 171, 189, 191, 344, 347, 348, 369
ポワリエ、ポール（医師）　Poirier, Dr Paul　29, 277
ポンション、ラウル　Ponchon, Raoul　55, 288

マ行

マークス、エレイン　Marks, Elaine　360
マイアベーア、ジャコモ　Meyerbeer, Giacomo　147
マイモニデス　Maimonide　147
マク＝マオン（元帥）　Mac-Mahon, maréchal de　15, 324
マザド、シャルル・ド　Mazade, Charles de　41, 321
マチルド（皇妃）　Mathilde, princesse　302
マニュエル、ウジェーヌ　Manuel, Eugène　25, 86, 242-243, 258, 274-275, 305-307, 318, 330, 361, 364, 365
マユール、ジャン＝マリー　Mayeur, Jean-Marie　343, 359, 361
マラス、マイケル・R　Marrus, Michael R.　286, 299, 318, 325, 326, 337, 338, 359, 361, 368
マリー・エミリー（シスター）　Marie Émilie, sœur　307
マリー・カルメル（シスター）　Marie Carmelle, sœur　293
マリブラン、マリア　Malibran, Maria　147
マルシャン、ジャン（少佐）　Marchand, commandant Jean　341
マルタン、ルネ　Martin, René　303
マレ（神父）　Mallet, abbé　238-240

マレルブ　Malherbe　313
マン、アルベール・ド　Mun, Albert de　171
マンク、サロモン　Munk, Salomon　318, 333, 354
マンデス、カチュール　Mendès, Catulle　305
ミーニュ、ジャック＝ポール（神父）　Migne, abbé Jacques-Paul　298
ミシュレ、ジュール　Michelet, Jules　65-66, 75, 369
ミシュレ、ジュール夫人　Michelet, Mme Jules　369
ミショー、ギュスターヴ　Michaut, Gustave　194-195, 198-199, 200-203, 350-351, 352, 353
ミュニエ、アルチュール（神父）　Mugnier, abbé Arthur　76, 299
メイエ、アルチュール　Meyer, Arthur　336
メイエ、ダニエル夫人　Mayer, Mme Daniel　54
メイエ、ポール　Meyer, Paul　106, 140, 142, 328
メーストル、ジョゼフ・ド　Maistre, Joseph de　69, 125, 135, 186
メーニンガー、アンヌ＝マリー　Meininger, Anne-Marie　291
メールマン、ジェフリー　Mehlman, Jeffrey　284
メジエール、アルフレッド　Mézières, Alfred　53, 83-84, 171, 211, 236, 243, 249, 258, 287, 288, 306, 341, 344, 346
メリーヌ、ジュール　Méline, Jules　317, 344
メンキス、リチャード　Menkis, Richard　294
メンデルスゾーン、モーゼス　Mendelssohn, Moses　56
モーパッサン、ギー・ド　Maupassant, Guy de　110
モーラス、シャルル　Maurras, Charles　44, 260
モーラン、ジャン　Maurain, Jean　306, 332, 354, 363-364
モナコ、アルベール一世・ド（公）　Monaco, prince Albert Ier de　83, 304, 366
モナコ、シャルル三世・ド（公）　Monaco, prince Charles III de　304
モナコ公妃（旧姓アリス・ハイネ、リシュリュー公爵夫人）　Monaco, princesse de (née Alice Heine, duchesse de Richelieu)　304
モノー、ガブリエル　Monod, Gabriel　168, 187-188, 233, 343, 346
モリエ、ジャン＝イヴ　Mollier, Jean-Yves　308
モリエール　Molière　313, 314
モルタラ事件　Mortara, affaire　237, 274, 331-332
モルネ、ダニエル　Mornet, Daniel　353
モレアス、ジャン　Moréas, Jean　265
モロー、ギュスターヴ　Moreau, Gustave　85
モロー、ピエール　Moreau, Pierre　323, 346, 355
モンテスキウ＝フザンサック、マリー・ド　Montesquiou-Fezensac, Marie de　→ジョゼフ・ド・カラマン＝シメー公妃
モンテスキウ＝フザンサック、ロベール・ド（伯爵）　Montesquiou-Fezensac, Robert, comte de　304
モンデゼール、クロード　Mondésert, Claude　293

モンテフィオーレ、モーゼス卿 Montefiore, sir Moses 295
モンロー、ジェイムズ Monroe, James 138

ヤ行

ヤウス、ハンス・ローベルト Jauss, Hans Robert 266
ユイスマンス、J-K Huysmans, J.-K. 65
ユゲ、フランソワーズ Huguet, Françoise 277, 310, 311
ユゴー、ヴィクトル Hugo, Victor 197, 277
ユゴー、シャルル Hugo, Charles 277
ユゴー、ジャンヌ Hugo, Jeanne 277-278
ユベール、アンリ Hubert, Henri 330

ラ行

ラ・クーロンシュ、フェルディナン・ド La Coulonche, Ferdinand de 21
ラ・ゴルス、ピエール・ド La Gorce, Pierre de 363
ラ・フェロネー、ド（伯爵） La Ferronays, comte de 56-57
ラヴィス、エルネスト Lavisse, Ernest 91, 93, 144, 157, 172, 175-176, 195-199, 328, 330, 343, 349, 350, 353
ラザール、M Lazare, M. 338
ラザール、ベルナール（ラザール・ベルナール、通称ベルナール＝ラザール） Lazare, Bernard (Lazare Bernard, dit Bernard-Lazare) 27-28, 45, 233-235, 246, 282-283, 284-285, 332-333, 334, 357, 365
ラシーヌ Racine 267, 313, 314
ラシェル、エリザ・フェリックス（通称ラシェル嬢） Rachel, Élisa Félix, dite Mlle 147
ラスキン、ジョン Ruskin, John 200, 351
ラセール、ピエール Lasserre, Pierre 278
ラティスボンヌ、アシル（テオドールおよびアルフォンスの兄） Ratisbonne, Achille (frère de Théodore et Alphonse) 289
ラティスボンヌ、アドルフ（テオドールおよびアルフォンスの兄、フロールの父） Ratisbonne, Adolphe (frère de Théodore et Alphonse, père de Flore) 290
ラティスボンヌ、アドルフ夫人（旧姓シャルロット・オッペンハイム） Ratisbonne, Mme Adolphe (née Charlotte Oppenheim) 290
ラティスボンヌ、アルフォンス（マリー・アルフォンス神父） Ratisbonne, Alphonse (père Marie Alphonse) 55-69, 72-73, 77, 86, 150, 237, 245, 250-253, 289, 290, 291, 293, 295, 296, 302, 305, 325, 335
ラティスボンヌ、エドモン（フロールの兄） Ratisbonne, Edmond (frère de Flore) 290, 292
ラティスボンヌ、エリザ（テオドールおよびアルフォンスの妹→セール・ベール、マックス夫人） Ratisbonne, Élisa (sœur de Théodore et Alphonse, voir Mme Max CerfBeer).
ラティスボンヌ、エリザ（フロールの妹→ヴォルムス・ド・ロミイー、フェリックス夫人） Ratisbonne, Élisa (sœur de Flore, voir Mme Félix Worms de Romilly).
ラティスボンヌ、エルネスティーヌ（テ

オドールおよびアルフォンスの妹→ベーフュス夫人） Ratisbonne, Ernestine (sœur de Théodore et Alphonse, voir Mme Beyfus).
ラティスボンヌ、エレナ（フロールの妹→ヴォルムス・ド・ロミイー、アドルフ夫人） Ratisbonne, Héléna (sœur de Flore, voir Mme Adolphe Worms de Romilly).
ラティスボンヌ、オーギュスト（テオドールおよびアルフォンスの父） Ratisbonne, Auguste (père de Théodore et Alphonse) 56, 289, 291
ラティスボンヌ、オーギュスト（フロールの弟）〔一〇歳で夭折〕 Ratisbonne, Auguste (frère de Flore) 60
ラティスボンヌ、オーギュスト夫人（旧姓アデライード・セール・ベール） Ratisbonne, Mme Auguste (née Adélaïde Cerf Berr) 289
ラティスボンヌ、ゼリー（テオドールおよびアルフォンスの妹→ヴォルムス・ド・ロミイー、エマニュエル夫人） Ratisbonne, Zélie (sœur de Théodore et Alphonse, voir Mme Emmanuel Worms de Romilly).
ラティスボンヌ、ゼリー（フロールの妹→ラルーエル・ド・スールドヴァル、アルフレッド夫人） Ratisbonne, Zélie (sœur de Flore, voir Mme Alfred Lalouel de Sourdeval).
ラティスボンヌ、テオドール（マリー・テオドール神父） Ratisbonne, Théodore (père MarieThéodore) 55-56, 58, 60, 65-67, 69, 72, 73-75, 78, 86, 130, 237-241, 253, 289, 292, 295, 305, 364
ラティスボンヌ、フェルナン Ratisbonne, Fernand 336-337
ラティスボンヌ、フロール（→サンジエ、アレクサンドル夫人） Ratisbonne, Flore (voir Mme Alexandre Singer).
ラティスボンヌ、マリー（フロールの姪〔ルイの娘〕、シスター・ロマ） Ratisbonne, Marie (nièce de Flore, sœur Roma) 292
ラティスボンヌ、ルイ（テオドールおよびアルフォンスの叔父） Ratisbonne, Louis (oncle de Théodore et Alphonse) 56, 289, 291
ラティスボンヌ、ルイ（フロールの弟、通称トリム） Ratisbonne, Louis (frère de Flore, dit Trim) 54-55, 84, 85, 243, 287-288, 290, 292, 302, 303, 304, 306, 336, 337, 346
ラティスボンヌ、ルイ夫人（旧姓フロール・セール・ベール） Ratisbonne, Mme Louis (née Flore Cerf Berr) 289
ラティスボンヌ家 Ratisbonne, famille 290
ラドー、R Radau, R. 119, 278
ラブレー Rabelais 347
ラマルゼル、ギュスターヴ・ド Lamarzelle, Gustave de 204, 354
ラムネー、フェリシテ・ド Lamennais, Félicité de 69-70
ラルーエル・ド・スールドヴァル、アルフレッド Lalouel de Sourdeval, Alfred 290
ラルーエル・ド・スールドヴァル、アルフレッド夫人（旧姓ゼリー・ラティスボンヌ） Lalouel de Sourdeval, Mme Alfred (née Zélie Ratisbonne) 79, 290
ラルース、ピエール Larousse, Pierre 59
ラルーメ、ギュスターヴ Larroumet, Gustave 141, 171, 176, 201, 328, 341, 343, 349, 353

ランソン、ギュスターヴ　Lanson, Gustave　11-12, 24, 194, 199, 201, 271, 274, 307, 317, 339, 349, 350, 352, 353
ランドゥーズィ、ルイ（医師）　Landouzy, Dr Louis　96, 311
ランボー、アルチュール　Rimbaud, Arthur　55
ランボー、アルフレッド　Rambaud, Alfred　343-344
リアール、フランソワ　Liart, François　289
リアール、ルイ　Liard, Louis　21, 103, 192-193, 202, 234, 353
リウー、ジャン＝ピエール　Rioux, Jean-Pierre　279, 342, 343, 344
リエーズ、ロール　Rièse, Laure　304
リカット、ロベール　Ricatte, Robert　276
リシェ、アルフレッド（医師）　Richet, Dr Alfred　95
リシェ、シャルル（医師）　Richet, Dr Charles　95, 275, 310, 317
リシェ、ルイーズ（→ビュローズ、シャルル夫人）　Richet, Louise (voir Mme Charles Buloz).
リシェ家　Richet, famille　95
リシャール（猊下）　Richard, Mgr　361
リスト、フランツ　Liszt, Franz　80
リップマン、ガブリエル　Lippmann, Gabriel　147, 333
リップマン、レオンティーヌ（→アルマン・ド・カイヤヴェ夫人）　Lippmann, Léontine (voir Mme Arman de Caillavet).
リベルマン、フランソワ＝マリー　Libermann, François-Marie　75
リュドレール、ギュスターヴ　Rudler, Gustave　201, 352
リンザー・シュバルツ、リタ　Linzer Schwartz, Lita　296, 364
リンネヴィール家　Linnewiel, famille　240-241
ル・ロワ、ジョアンヌ・ド　Le Roi, Johannes de　295
ルイ＝フィリップ　Louis-Philippe　298, 318
ルイ十六世　Louis XVI　288
ルヴァイヤン、イザイ　Levaillant, Isaïe　318
ルヴェル、ジャック　Revel, Jacques　272
ルーベ、エミール　Loubet, Émile　178-181
ルーラン、ギュスターヴ　Rouland, Gustave　363
ルカニュエ、R・P　Lecanuet, R. P.　361
ルグーヴェ、エルネスト　Legouvé, Ernest　344
ルコント・ド・リール　Leconte de Lisle　314
ルザッチ、ルイジ　Luzzatti, Luigi　231, 361
ルソー　Rousseau　145
ルナール、ジュール　Renard, Jules　216, 278, 329, 367
ルナール、ジョルジュ　Renard, Georges　358
ルナン、エルネスト　Renan, Ernest　22, 23, 32, 44, 46, 49, 58, 83, 126, 136-137, 147, 155, 157, 176, 183, 189, 205, 207, 261-263, 268, 280, 284, 285, 286, 289, 306, 309, 323-324, 332, 333, 334-335, 346, 354, 355, 362, 367-368
ルフェーヴル、シルヴィ（→ブリュヌチエール、フェルディナン夫人）　Lefebvre, Sylvie (voir Mme Ferdinand Brunetière).
ルフラン、アベル　Lefranc, Abel　190-

192, 209, 347, 348
ルブルトン、アンドレ　Lebreton, André　353
ルベリウー、マドレーヌ　Rebérioux, Madeleine　329, 343
ルメートル、ジュール　Lemaitre, Jules　21, 28, 38, 117, 165-166, 168, 171, 173, 175-181, 264, 304, 342, 343, 344
ルモニエ、アンリ　Lemonnier, Henry　195, 349
ルモワンヌ、ジョン　Lemoinne, John　25, 83, 159
ルロワ＝ボーリウ、アナトール　Leroy-Beaulieu, Anatole　41, 45, 48, 92-94, 128-131, 157, 159, 176, 183, 188, 217, 230, 258, 280, 281, 282, 285, 305, 309, 310, 333-334, 341, 346, 356, 358, 360, 361
ルロワ＝ボーリウ、ポール　Leroy-Beaulieu, Paul　41, 94, 281, 347, 348
レヴィ・アルヴァレス、エルネスト　Lévi Alvarès, Ernest　306
レヴィ、カルマン　Lévy, Calmann　91
レヴィ、ポール　Lévy, Paul　91
レヴィ、マルグリット（→メイエ、ダニエル夫人）　Lévy, Marguerite (voir Mme Daniel Mayer).
レヴィ、ミシェル　Lévy, Michel　54
レヴィ、ラファエル＝ジョルジュ　Lévy, Raphaël-Georges　287, 299
レヴィ、ルイ　Lévy, Louis　331
レヴロー、M　Levrault, M.　66
レーヌアール、アンリエット（→カイヨー、ジョゼフ夫人）　Rainouard, Henriette (voir Mme Joseph Caillaux).
レオ一三世　Léon XIII　22, 31, 41, 90, 95, 122, 143, 217, 273, 358, 361
レナック、サロモン　Reinach, Salomon　285, 333
レナック、ジョゼフ　Reinach, Joseph　37, 89-91, 123, 131, 142, 214, 308, 317, 333, 337, 342, 345, 361
レナック、テオドール　Reinach, Théodore　52
レニエ、アンリ・ド　Régnier, Henri de　276
レニエ、ギュスターヴ　Reynier, Gustave　193, 201, 349, 353
レマン兄弟、オーギュストおよびジョゼフ　Lémann, Augustin et Joseph　76, 298, 325, 364
レモン、ルネ　Rémond, René　282
ロウ、セート　Low, Seth　115
ロヴィ、イスラエル　Lovy, Israël　305
ローゼンガルテン、J・G　Rosengarten, J. G.　319
ローブ、イジドール　Loeb, Isidore　319
ローランタン、ルネ　Laurentin, René　290, 291, 292, 293, 299, 305, 307, 335
ロチ、ピエール　Loti, Pierre　110
ロチルド、アルフォンス・ド　Rothschild, Alphonse de　210, 258, 263, 318, 333, 368
ロチルド、ギュスターヴ・ド　Rothschild, Gustave de　318, 333
ロチルド、ジャーム・ド　Rothschild, James de　318
ロチルド家　Rothschild, famille　45, 318, 325, 357
ロット、ジョゼフ　Lotte, Joseph　367
ロニー兄、J－H　Rosny aîné, J.-H.　310
ロベスピエール　Robespierre　214
ロラン、ジャン　Lorrain, Jean　336
ロラン、マドレーヌ　Rolland, Madeleine　330

ロラン、ロマン　Rolland, Romain　21,
30, 143, 189, 201, 264, 330, 352
ロワイエ＝コラール、ピエール・ポール
Royer-Collard, Pierre Paul　330
ロンサール　Ronsard　313

ワ行

ワイルド、オスカー　Wilde, Oscar　104

訳者あとがき

本書は、Antoine Compagnon, *Connaissez-vous Brunetière ? Enquête sur un antidreyfusard et ses amis*, Seuil, 1997 の全訳である。

「ブリュヌチエールをご存知ですか？　ある反ドレフュス主義者とその友人たちについての調査」という原題が示すとおり、ドレフュス事件百周年を記念する行事が相次いだ原著刊行当時にあって、フェルディナン・ブリュヌチエール（一八四九―一九〇六）の名前は、ほとんど忘れ去られていたにちがいない。かろうじて記憶されているとしても、それは一九世紀末から二〇世紀初頭の世紀転換期に『ルヴュ・デ・ドゥー・モンド〔両世界評論〕』誌を率いた保守派の論客のひとり、あるいはコンパニョン自身が一九八三年の『文学史の誕生――ギュスターヴ・ランソンと文学の第三共和政』（邦訳水声社、二〇二〇）で活写したランソン（一八五七―一九三四）よりもさらに前の世代の文学史家のひとりとしてであっただろう。講壇文学史の創設者であったランソンの影にすっかり隠れ、忘れられたこの文人は、しかし、その複雑な人間性によって、ランソン論執筆のあとも長く、コンパニョンの関心を惹き続けていた。その関心の結実が本書である。

もはや顧みられることのない人物を忘却の彼方から呼び戻し、膨大な資料を読み解きながら、その人物の活動を時代の文脈のなかに置きなおして、今一度、正当に再評価するという「肖像」の技法は、コンパニョンの得意技ともいえるものである。出世作となった『文学史の誕生』自体、原著刊行時にはほとんど忘却されていた「旧批評」の権化たるギュスターヴ・ランソンを第三共和政の大学制度史のなかに置きなおして再評価する野心的な試みであったが、ランソン論から十数年を経て刊行された本書、そして、ナチス・ドイツによる占領期にフリーメーソンの弾圧を指揮した国立図書館長の姿を、その青年期にまで遡って克明に描いた『ベルナール・ファイ〔原題 *Le cas Bernard Faÿ*〕』（ガリマール、二〇〇九）において、コンパニョンの肖像の筆遣いはさらに力強さを増しているように思われる。『ブリュヌチエール』においてはドレフュス事件期、『ベルナール・ファイ』においてはドイツ占領期という、いずれもフランス史上、国民を分断した危機の時代にあって、その後の歴史によって負の烙印を押された文人を敢えて「調査」の対象に選び、彼らに関する「ミクロの歴史」に分け入っていくコンパニョンの筆遣いには、行き過ぎた単純化を正そうとするバランス感覚——もう少し強い言い方をするならば、人物の歴史的な評価の不公正を正そうとする、ある種の正義感——が感じられるときがしばしばある。

たとえば、本書の序論で、ハンナ・アーレントの『全体主義の起源』におけるドレフュス事件に関する記述に対するレーモン・アロンの批判が紹介されるとき、アロンによる批判はそのままコンパニョンの立場を代弁するものだろう。ヒトラーによる「最終的な解決」を目指したショアーの悲劇を経たあとでは、反ユダヤ主義のレッテルは、歴史を遡って過去の時代の現実を捨象し、アナクロニックに適用される傾向が強いという偏向に対する慎重な警戒、そして、高みから眺めれば単純至極に見える事柄も、歴史の細部に立ち戻るやいなや、複雑かつ不明瞭な姿を現すことへの十分な理解——コンパニョンの執筆姿勢を決定している基本方針を要約すれば、そういうことになるだろう。そうした「ミクロの歴史」から見えてくるのが、本書の場合であれば、志操堅固な共和主義者にしてなおかつカトリック教徒であることを公言したブリュヌチエールという人間の姿である。また、『ベルナール・ファイ』では、前年に同じガリマールから刊行された歴史家マルチーヌ・プーランの著作『略奪された書物、監視された読書』（二〇〇八）で完膚なきまでに断罪された国立図書館長ファイが、戦前はむしろ開明的なアメリカ研究者であった事実に着目することによって、ファイという人物の矛盾に満ちた複雑な人間性と、ファイを利用したナチスのインテリ将校たちの姿が活き活きと浮き彫りにされている。

さて、本書には、ブリュヌチエールと並んで、もうひとりの主人公がいる。「ユダヤの女」、フロール・サンジエ（一八二四―一九一五、旧姓ラティスボンヌ）である。コンパニョン自身が書いているとおり、フロールという魅力的な人物とブリュヌチエールとの交流、二人の往復書簡、フロールが生まれ育ったラティスボンヌ家の壮大なファミリー・ヒストリーがなかったならば、本書は書かれることがなかっただろうし、仮に書かれたとしても、読者を巻き込む「サーガ」の要素は大きく減じていたことだろう。本訳書でおよそ百頁にもわたる註は、「歴史の世界」叢書の一巻をなす原著が手堅い文献学的実証主義に基づく学術書であることを示すものであるが、テクスト本文において、一九世紀のユダイズムとカトリシズムと共和主義の三つ巴の歴史が、フロールとブリュヌチエールという二人の個人の人生を通してダイナミックに描きだされている点に、読み物としても興味深い本書の価値と意義があることはまちがいないと思われる。

二〇二四年八月　訳者

著者／訳者について――

アントワーヌ・コンパニョン（Antoine Compagnon）　一九五〇年、ブリュッセルに生まれる。コレージュ・ド・フランス名誉教授。アカデミー・フランセーズ会員。専攻、フランス文学。主な著書に、『近代芸術の五つのパラドックス』（水声社、一九九九年）、『文学をめぐる理論と常識』（岩波書店、二〇〇七年）、『ロラン・バルトの遺産』（みすず書房、二〇〇八年）、『第二の手、または引用の作業』（二〇一〇年）、『文学史の誕生』（二〇二〇年、以上、水声社）などがある。

＊

今井勉（いまいつとむ）　一九六二年、新潟県に生まれる。東京大学大学院人文社会系研究科博士課程修了。現在、東北大学大学院文学研究科教授。専攻、フランス文学。主な著書に、『ポール・ヴァレリー『アガート』――訳・注解・論考』（共著、筑摩書房、一九九四年）、『ヴァレリーにおける詩と芸術』（共著、水声社、二〇一八年）、『愛のディスクール』（共著、水声社、二〇二〇年）、主な訳書に、コンパニョン『第二の手、または引用の作業』（二〇一〇年）、同『文学史の誕生』（二〇二〇年、以上、水声社）などがある。

装幀——中山銀士（協力＝金子暁仁）

ブリュヌチエール——ある反ドレフュス派知識人の肖像

二〇二四年一一月一日第一版第一刷印刷　二〇二四年一一月一〇日第一版第一刷発行

著者——アントワーヌ・コンパニョン

訳者——今井勉

発行者——鈴木宏

発行所——株式会社水声社

東京都文京区小石川二—七—五　郵便番号一一二—〇〇〇二
電話〇三—三八一八—六〇四〇　ＦＡＸ〇三—三八一八—二四三七
［**編集部**］横浜市港北区新吉田東一—七七—一七　郵便番号二二三—〇〇五八
電話〇四五—七一七—五三五六　ＦＡＸ〇四五—七一七—五三五七
郵便振替〇〇一八〇—四—六五四一〇〇
URL : http://www.suiseisha.net

印刷・製本——モリモト印刷

ISBN978-4-8010-0827-4

《言語の政治》叢書

ユートピア的身体／ヘテロトピア　ミシェル・フーコー　二五〇〇円
レイモン・アロンとの対話　ミシェル・フーコー　一八〇〇円
絵葉書I——ソクラテスからフロイトへ、そしてその彼方　ジャック・デリダ　四〇〇〇円
絵葉書II——ソクラテスからフロイトへ、そしてその彼方　ジャック・デリダ　五〇〇〇円
メモワール——ポール・ド・マンのために　ジャック・デリダ　五〇〇〇円
ポスト・モダンの条件　ジャン＝フランソワ・リオタール　二五〇〇円
聞こえない部屋——マルローの反美学　ジャン＝フランソワ・リオタール　三五〇〇円
受肉した絵画　ジョルジュ・ディディ＝ユベルマン　三五〇〇円
われわれが見るもの、われわれを見つめるもの　ジョルジュ・ディディ＝ユベルマン　四五〇〇円
カドミウム・イエローの窓——あるいは絵画の下層　ユベール・ダミッシュ　四〇〇〇円
国家に抗する社会　ピエール・クラストル　三五〇〇円
政治人類学研究　ピエール・クラストル　四〇〇〇円
問いの書　エドモン・ジャベス　三五〇〇円
ユーケルの書　エドモン・ジャベス　三〇〇〇円
書物への回帰　エドモン・ジャベス　二五〇〇円
ジョン・ケージ　ダニエル・シャルル　四〇〇〇円
参照点　ピエール・ブーレーズ　五〇〇〇円
他者のユマニスム　エマニュエル・レヴィナス　二〇〇〇円
芸術の幼年期——フロイト美学の一解釈　サラ・コフマン　三五〇〇円
異邦人のフィギュール　アブデルケビル・ハティビ　四〇〇〇円
言語への愛　ジャン＝クロード・ミルネール　三〇〇〇円
底意地の悪い〈他者〉——迫害の現象学　ジャック＝アラン・ミレール　四〇〇〇円
近代芸術の五つのパラドックス　アントワーヌ・コンパニョン　三五〇〇円
文学史の誕生——ギュスターヴ・ランソンと文学の第三共和政　アントワーヌ・コンパニョン　七〇〇〇円
第二の手、または引用の作業　アントワーヌ・コンパニョン　八〇〇〇円
スピノザと政治　エティエンヌ・バリバール　四〇〇〇円
神の身振り——スピノザ『エチカ』における場について　A・カリオラート＋J＝L・ナンシー　三〇〇〇円
欺瞞について——ジャン＝ジャック・ルソー、文学の嘘と政治の欺瞞　セルジュ・マルジェル　三〇〇〇円

［価格税別］